"如果一个女生对别人笑,你心烦,这是为什么?因为喜欢吗?"

"这绝对是喜欢呀,肆哥,这是吃醋的感觉。"

许肆的脑子里突然冒出来一张脸。

她弯着一双眼睛,笑得很乖。

许肆摸了摸自己的心口。

心跳得很快。

嘴能骗人,但是心脏不会。

他大抵是喜欢上小古板了。

她不哄他了

秋日凉 —— 著

广东旅游出版社
GUANGDONG TRAVEL & TOURISM PRESS
悦读书·悦旅行·悦享人生

中国·广州

图书在版编目（CIP）数据

她不哄他了 / 秋日凉著. — 广州：广东旅游出版社，2024.5（2025.6 重印）
ISBN 978-7-5570-3314-9

Ⅰ.①她… Ⅱ.①秋… Ⅲ.①长篇小说－中国－当代 Ⅳ.① I247.5

中国国家版本馆 CIP 数据核字 (2024) 第 103737 号

出 版 人：刘志松
责任编辑：陈　吉
责任校对：李瑞苑
责任技编：冼志良

她不哄他了

TA BU HONG TA LE

广东旅游出版社
（广东省广州市荔湾区沙面北街 71 号首、二层）

邮　　编	510130
电　　话	020-87347732（总编室）020-87348887（销售热线）
投稿邮箱	2026542779@qq.com
印　　刷	长沙鸿发印务实业有限公司
地　　址	长沙市长沙县黄花镇黄花工业园 3 号鸿发印务
开　　本	787mm×1092mm　1/16
印　　张	27.375
字　　数	551 千字
版　　次	2024 年 5 月第 1 版
印　　次	2025 年 6 月第 8 次
定　　价	52.00 元

［版权所有 侵权必究］

本书如有错页倒装等质量问题，请直接与印刷厂联系换书。

目录
Contents

第一章
小同桌
/ 001

第二章
小没良心
/ 034

第三章
乖学生
/ 064

第四章
小古板
/ 093

第五章
你别怕
/ 130

第六章
吃点儿糖
/ 159

第七章
我教你
/ 183

第八章
听小老师的
/ 216

第九章
好小的手
/ 241

第十章
差一点儿
/ 275

第十一章
祝你快乐
/ 304

第十二章
我在呢
/ 335

第十三章
她不哄他了
/ 365

番外一
荞荞的日记
/ 381

番外二
没有她以后
/ 387

番外三
梦醒时见你
/ 400

番外四
如果有如果
/ 410

番外五
他们和她们
/ 415

相逢是盛夏,别离亦盛夏,他的小玫瑰永远藏在了那个盛夏。

第一章

小同桌

同学，你叫什么名字？

 许肆。

2015年9月1日 ☀

听说新同桌很凶。
他说他叫许肆，语气很冷漠。

他成了我同桌

二〇一五年九月一日。

A市的夏天燥热极了。

田泠将牛奶装进江荞包里，叮嘱道："荞荞，牛奶装在书包里了，还有热水和药也装在包里了。"

"好，我走了，妈。"女孩笑得很甜，身上穿着浅色的裙子，露出的一截小腿纤细雪白。

直到江荞消失在视线里，田泠还没有回过神——她有些不放心。

江荞高一时确诊了胃癌晚期，医生说已经没有治愈的可能了，最多还能活三年，让她去做自己想做的事吧。

田泠和江知恩常年工作在外，只留江荞一个人在家，回家夫妻二人也只有无休止的争吵。江荞那天昏倒，还是刘妈送她去的医院，打电话叫回了两人，两人拿着她的诊断书在病房门口吵了很久。

江父说："都怪你平时不在家带孩子，孩子生了这么大的病都不知道。"

田泠讽刺道："你平常就在家了？孩子的事情你管过问过？"

江父冷哼了一声。

江荞被吵得头痛，有些虚弱地开口："能别说了吗？我想休息。"

两人顷刻间噤了声。

田泠替她掖了掖被子，看着闭眼的江荞，无声地流了眼泪。

医院的走廊里，响起两人低声的争执声。江荞并没有睡着，她听着门外两人的声音，攥了攥床单又松开。

她睁开眼，盯着天花板看了好一会儿。

后来江荞说想去A市念书，两人立刻给她办了转学手续。

转学手续办好后，江荞第一时间打电话告诉了姜知许，姜知许听完她的话明显一顿，然后问她："去哪里念书？"

"A市六中。"

姜知许问她："哪个班呀？"

"十七班。"

"行，照顾好自己，有空我去看你呀，小朋友，不许让我看到你瘦了。"

"好。"

……

姜知许是江荞最好的朋友。

两个人一个看起来张扬明艳，一个看起来文静乖巧。

看起来张扬的那个也很温柔，很会照顾人，而文静乖巧的那个也有叛逆的一面，像极了带刺的小玫瑰。

"肆哥，我们班要转来新学生了。"杨世昆扭头冲身后的男生开口。

那名男生穿着校服，衣领处松开一颗扣子，皮肤冷白，露出精致的锁骨，瑞凤眼，薄唇，黑发，闻言抬了下眼皮，淡淡道："哪儿得来的消息？"

"就今天，肆哥，听说转来的是个男生，还是个学霸呢。"

男生，学霸。

许肆默默重复了一遍，他并不感兴趣，伸手敲了一下杨世昆的脑袋："又听墙脚？"

杨世昆有些委屈："哥，我没听墙脚，今天老方在办公室跟别人聊天，我听到的。"

一个上午的时间，班里就传开了，十七班要转来一个男生，据说还是个学霸。

下午。

"同学们，我们班要转来一位新同学，让我们欢迎新同学。"讲台上身材瘦削的男人说完，冲门外看了一眼。

讲台上的男人就是杨世昆口中的"老方"，他们班的班主任，名叫方子新。

底下不少人都探着头去看这位学霸长什么样子。

江荞慢慢走上讲台，声音很缓很柔："你们好，我叫江荞。"

许肆抬头看了一眼，这就是杨世昆口中的男学霸？

女孩长得很乖很甜，身材纤细，穿着一条浅紫色的裙子，一双眼睛生得好看极了，似水杏儿一般，笑起来脸上还有小梨涡。

"哇，美女呀。"底下有男生起哄道。

许肆看到这位新同学的耳朵染上了淡粉色。

方子新看了一圈，指了一个方向，冲江荞开口："后面还有一个空位，你坐那里可以吗？"

"好的，谢谢老师。"

江荞冲方子新笑了一下，便径直朝许肆走去，拉开椅子，坐在了他身旁。

许肆是问题学生，打架旷课，上课睡觉，经常无视课堂纪律，所以方子新让他坐在后面，没给他安排同桌。

许肆准备低头睡觉，便感觉到身旁的人凑了过来，声音小小的："同学，你叫什么名字？"

"许肆。"

他说完看到她笑了一下,很乖,她很快又直起身子。

第一节课是英语课,英语老师名叫陈松,是一个严厉的中年男人,让班里学生都心生畏惧。他走进教室,先是环顾了一下四周,将书放在讲桌上:"英语书打开翻到第一百三十页,我们来讲这篇课文。"

陈松走到最后一排,看到许肆又睡着了,而他身旁的女生桌上没有书,顿时气不打一处来。

他先是猛拍了一下桌子,然后开口:"许肆,睡、睡、睡,上课了你不知道吗?我看你睡得挺香,要不要我给你披件衣服?别着凉了。"

"好啊,谢谢老师。"

班里的人都想笑不敢笑,憋得肚子疼。

陈松觉得自己很没有面子,又将火力转向许肆的同桌:"还有你,上课了书都没带,怎么学习的?这就是你的学习态度吗?要我说你们班到底是怎么回事呀?都高二了,一点儿学习氛围都没有,有的同学居然还不带书……"

陈松的话没说完,一本英语书就丢在了江荞的桌上,许肆淡淡道:"她是新同学。我出去站着。"说完,他便走了出去,没给陈松一个眼神。

陈松被许肆气得胸口疼,看了眼垂下头的江荞:"老师错怪你了。"

江荞"嗯"了一声,将视线投向外面的男生,男生靠在墙上,站得笔直,不知道在想些什么。

一下课,杨世昆便跑出去了,气得陈松在后面骂:"都高二了,还不知道学习,一下课就往外跑,能考上大学就怪了呢。"

一直到陈松出去,班里的人才松了一口气。

许肆抬眼看杨世昆:"怎么?"

"肆哥,从未见过你替女生出头,怜香惜玉?"

许肆低声骂了句,然后道:"不是。"

他本来就不想在班里待着,而且,一直被骂的话,她那种乖学生大概会哭吧。

江荞不知道什么时候站在了两人身后,小心翼翼地喊了句:"许肆。"

许肆抬眼回头看她,语气有些随意:"有事?"

"今天,谢谢你。"女孩的声音很小,有些软绵绵的。

许肆轻笑一声:"多大点儿事,进去吧。"

江荞看了他一眼,有些欲言又止,然后慢吞吞地进去了。

她又回头看了一眼门外的许肆,让他在外面站了一节课,真的没事吗?

许肆回到班里,看到自己的座位前围了好几个女孩子。

罗星见许肆进来了,慌乱地站起身,从他的座位上离开了,然后坐到了江荞前面,小声同江荞说着话。

江荞听罗星她们说，许肆很凶，经常翘课出去打架，他对女生都是冷冰冰的。

许肆今天居然帮了江荞这个新来的女生，让所有人都有些意外。

不过罗星又调侃道："不过像江荞同学这么漂亮的女孩子，是我的话，我也乐意帮。"

几人三言两语，把江荞说得有些脸红。

许肆慢条斯理地坐下，伸手去摸抽屉里的手机，却摸到了一堆硬硬的东西，外面是塑料包装袋。

他拧着眉掏出了那些东西，是一把糖果，还是草莓味的，他刚想问是谁给的，抬头看见自己的新同桌慌乱地低下了头。

许肆低头，看到桌子里还有一张字条，字条上只有三个字："谢谢你。"

不用想，也知道是谁给的。

许肆抬头，看到自己新同桌的耳朵又红了。

再抖腿就出去

下午第三节课，江荞发现自己的同桌没回来，她只是看了一眼空位，便继续听课了。

许肆的脸上挂了彩，他将创可贴贴在脸上，没什么表情。

回来的路上，许肆看到一个染着黄色头发的男生正在威胁一个瘦瘦小小的男生，嘴里骂道："让你拿钱，听不懂人话吗？"

"我没钱。"

"没钱你不能从家里拿吗？老子不管，你明天给老子把钱整过来。"

许肆拧了一下眉，一把揪起男生，把他拽过来。

"黄毛"疼得龇牙咧嘴，正想骂，看到眼前人是谁，有些哆哆嗦嗦地开口："肆哥，您来了。"

"别叫我哥，我跟你可不熟。"许肆嗓音低哑，"别再让我看到你在学校里欺负人。"

"黄毛"缩在角落里，知道眼前的这位不是好惹的，连连点头道："我知道了，我保证，不，我发誓，我以后不会再欺负别人。"

许肆嗤笑了一声，淡声道："最好是这样。"

"黄毛"扑过去抱他的腿："我真的不会了，哥。"

"别喊我，跟他道歉。"

"黄毛"冲一旁瘦瘦小小的男生开口："我错了，求你让他放过我吧。"

"我不原谅。"

许肆又瞪了他一眼，然后将那个瘦小男生扶起来："回去吧。"

江莠正在记笔记，看到许肆晃着走了进来，脸上还歪七扭八地贴着创可贴，在自己身边坐下了。

讲台上的老师似乎对此习以为常，连一个眼神都没给许肆，继续上课，班里的人睡着了大半，包括刚回来的许肆，一倒头就睡了。

一下课，班里的人都冲出去吃晚饭。

班上的女孩子问江莠要不要一起去食堂，江莠摆摆手："你们去吧。"

江莠去了校门口，刘妈每天都会准时来给她送饭，她的饮食需要特别注意，以清淡为主。学校的食物，不是太油就是过咸或过辣，她都不能吃，而且吃完饭，她还要吃药。

江莠端着饭盒，小口小口地吃着，刘妈递给她一杯水，她冲刘妈笑道："谢谢刘妈。"

刘妈慈爱地看着她："莠莠，今天的饭还合胃口吗？"

"很好吃。"江莠冲刘妈甜甜地笑了下。

吃完饭，刘妈将药递给她，又递给她一个保温杯，看着她吃下了药。

不远处，路过的许肆看到了这一幕。

"肆哥，你看什么呢？"

许肆收回视线，淡声道："关你什么事。"

杨世昆也道："听见没有，关你什么事。"

"老杨，你信不信我揍你。"郝明给了他一个威胁的眼神。

"你打我呀。"杨世昆说完，意识到身旁的许肆走得很快，他连忙追上去，"肆哥，肆哥，你别走那么快呀。"

晚自习下课，江莠正在看书，听到有人敲了敲玻璃，她抬眼看去，窗外站着一个瘦小的男生。

江莠把窗户打开，看向那个男生："请问你找谁？"

男生舔了舔唇，将手里的牛奶递给江莠："麻烦你帮我转交给许肆，帮我跟他说谢谢。"

他问了一下别人，一下就问出了许肆的班级和名字。他和别人说许肆救了他，别人都哈哈大笑，说他不揍你都是好的，会帮你？做梦呢。

他想说，是真的，下午许肆真的帮了他。

江莠点头："好，我会的。"

许肆刚回来，江莠便把牛奶放在他桌上："刚刚下课有人送来的。"

"丢垃圾桶里。"

江莠知道他肯定是误会了，忙解释道："是一个男孩子，他让我跟你说谢谢，不是女孩子。"

许肆拿起桌上的牛奶看了一眼:"嗯,知道了。"是下午他帮的那个男生。

江荞替人传完了话,便继续做自己的事了,她捏着笔,认真地盯着书上的题。

班里的字条满天飞,说话的说话,聊天的聊天,完全没有学习的氛围。许肆低着头,玩着手机上的小游戏。

"肆哥,肆哥,打游戏不?"杨世昆扭头冲许肆开口。

江荞抬头看了两人一眼,听到许肆说了一句:"不玩,走开。"

杨世昆扭过头去——肆哥不跟他玩,那他找郝明玩。

许肆看了眼在写作业的江荞,踹了下一直抖腿的杨世昆的椅子。

杨世昆回头:"肆哥,有什么吩咐?要上号吗?来一局吗?"

"再抖腿就出去。"

"好的,肆哥。"杨世昆果断回头。

他好凶,江荞默默想,不过桌子终于不晃了。

晚上回到家。

"今天开学第一天怎么样?荞荞。"

江荞想了想,然后开口:"一切都好,老师挺好的,班里的学生也都挺好的,新同学也好,新同桌……也挺好的。"

田泠点头:"那就好,有什么不满意或者不开心,跟妈妈说,妈妈跟你们老师打电话。"

江荞轻轻地摇了摇头:"不用了,我一切都挺好的。"

田泠揉揉她的脑袋:"好,乖孩子,那我不打扰你了,药在桌子上,你吃完赶紧睡觉。"

江荞"嗯"了一声,将药丢进嘴里,喝了口温水。

田泠替她关上门,温声道:"晚安,荞荞。"

"晚安,妈。"

晚上,江荞翻来覆去睡不着,胃又在抽痛,她疼得额头上满是冷汗,被单都攥得皱巴巴的。

她哆哆嗦嗦地摸出抽屉里的止痛药吃了一片,一直到后半夜,她才沉沉睡去。

挺仗义呀,小同学

江荞转学的第三天。

许肆看到有男生来敲窗户,他先是小心翼翼地看了一眼许肆,然后冲江荞开口:"江

同学,这个送给你喝。"

江荞并不是什么都不懂,她冲男生笑了一下:"我不喝,谢谢你。"

男生还想说什么,看到许肆不耐烦的表情,慌忙走开了——虽然江荞很好看,但他可不想招惹这尊"大佛"。

许肆揉了揉太阳穴,趴在桌上休息,听到又有女生跑过来找江荞说话,几个人有说有笑的。

她还真是人缘好。

他睁开眼,瞥了一眼那三个女生。

罗星舔了舔唇,觉得自己可能声音有点儿大了:"肆哥,吵到你了?"

许肆挑了下眉,一脸"你说呢"的表情。

罗星拉着另外两人扭头就跑了,还不忘回头对江荞说:"一会儿再来找你。"

江荞说了句"好",又小心翼翼地看了眼又趴在桌子上的许肆,叹了口气。

许肆:嗯?

上课十几分钟了,许肆还在睡。江荞看了看讲台上的老师,轻轻用手指戳了他一下:"醒醒,上课了。"

杨世昆听到她的话,吓得心跳都漏了半拍——肆哥有起床气。他忙转头对着江荞小声开口:"别叫肆哥,他……"

话没说完,许肆已经抬起了头,脸上还有趴着睡觉产生的压痕,他的眼睛很红,表情看起来很凶,他换了个姿势,说了句:"老方来了再喊我。"

江荞"哦"了一声,专心去看自己的书了。

杨世昆心想:这……这就完了?这还是他认识的肆哥吗?

江荞的情况,在她来六中之前,方子新就从田泠那里了解清楚了。

他看过江荞的成绩单,她成绩很好,一直保持在B市七中的年级前十名。第一次见到江荞的时候,他发现这小姑娘长得真乖,然而这样一个乖巧可爱的小丫头,可能活不过今年。

方子新不禁有些感慨:老天爷,你要不要看看你自己在做什么?

江荞不想让别人知道她的身体情况,每次要去医院治疗的时候,就拜托方子新跟别的老师说自己去了补习班。

这天是江荞要去医院的日子,早上第三节课刚下课,她便收拾好东西,准备出去了。

罗星看她背着书包,似乎要出去,便问她:"江同学,你去哪里?"

"我妈妈给我报了补习班,我先走了。"

罗星笑嘻嘻地同她挥手:"好啊,早点儿回来。"

她慢慢地走下楼梯,熟悉的感觉又来了,她开始胸闷,呼吸困难,腹部痛得她几乎直不起腰来。

江荞慢吞吞地移步到厕所，靠着厕所的墙蹲了下来，吞下几颗药。

她在厕所待了小半节课的时间，细白的胳膊上被她掐得青一块紫一块，腹部的痛感缓解了些，她才慢吞吞地走了出去。

照这种情况看，她在学校应该待不了多久了。

江荞挑着学校里偏僻的路走，不想等下发病的时候遇见自己的同学。

路过一处走廊，她看到几个人围在一起。

其中一个人还穿着校服，看起来有些不羁，嘴里骂道："嘴巴给我放干净点儿。"

骂完，他看到了站在那里一脸呆滞的江荞，鬼使神差般，他走到了江荞面前，低下头，用了自己最温和的声音："吓到了？"

虽然听起来还是很凶。

江荞轻声道："嗯。"

许肆可能也没想到她会承认得这么坦然，一时之间有些手足无措，干巴巴地丢出一句："别害怕。"

"好。"

许肆平日里总是让杨世昆闭嘴和走开，可是这回一听说有人骂杨世昆是"没娘养的孩子"，就直接找了过来。

杨世昆第一次见到许肆的时候还是初中，他被一群小混混盯上了，那些人三天两头管他要钱，不给钱就打他。

他经常带着一身伤回去，又不敢告诉家里人。那些人警告他如果敢告诉家里人，会把他打得更狠。杨母都是一次给他两周的生活费，他将钱全部给那些人了，可他们还是盯着他不放。

他是真的没钱了。

为首的小混混冲杨世昆伸出手："今天的钱带了吗？"

杨世昆咬着牙，不知道哪来的勇气，他说了一句："我没钱给你们了。"

那人挑起杨世昆的下巴："我不是告诉你了吗？问你家里人要，怎么？听不懂人话吗？"

杨世昆只是重复同一句话："我没有钱。"

他的话彻底激怒了那个混混头子，几个人将他按在地上打。

就当他以为自己完了的时候，许肆出现了。

那时候的许肆还很稚嫩，穿着黑衣黑裤，皮肤白得过分，他淡淡道："总是管我们学校的人要钱，过分了吧？"

那混混头子看了眼许肆，说："行，给咱们肆哥一个面子，以后这小子的钱我

们不要了。"

许肆"喊"了一声,紧接着将几人收拾得心服口服。最后,他冲地上的杨世昆伸出手:"还能站起来吗?"

从那以后,杨世昆就像个跟屁虫一样,跟在许肆的身后要和他做朋友。

许肆怕麻烦,又被杨世昆烦得不行,最后还是同意了。

虽然许肆性子冷,但是杨世昆知道,许肆是一个骨子里很善良的人。

杨世昆突然看到几人前面不远处那个喷着发胶、穿着皮鞋的男人,喊道:"老何来了,肆哥快跑。"

几人看了一眼主任,一溜烟跑没影了,只剩下许肆和江荞。

何国士是学校的教导主任,学生们之所以怕他,是因为他真的很啰唆,训起人来能说一天一夜。

许肆有幸领教过。

现在跑已经来不及了,何国士已经来到了两人面前。他先是眯着本就细小的眼睛看了一眼许肆:"又闹事?上次我怎么说的?啊?又把我的话当作耳旁风吗?我怎么跟你说的,作为一个高中生,我们要团结友爱,知道吗?团结友爱是我们应当传承的美德……"

江荞轻咳了一声:"老师好,许同学是要送我去校门口,他是我同桌,我身体不舒服,老师让他送我。"

江荞长得很乖,说话的时候语调很缓,让人莫名就很信服她。

果不其然,何主任看了一眼两人,开口:"身体不舒服是吧?快去吧。"他又看了眼许肆,忍不住开口道:"总算做了件好事。"

何主任走了。许肆调侃道:"挺仗义啊,小同学。"

江荞想反驳他,说自己并不小,但又觉得争论这个话题很没有意义,便拉了拉书包带,冲许肆开口:"我先走了。"

见许肆一直跟在她身后,她忍不住扭头问他:"你也去校门口?"

"不是你刚刚说的,我是送你去校门口的,不得装像一点儿?"

江荞没有反驳,依旧慢吞吞地走着。

到了校门口,许肆抱着胳膊看着她掏出了请假条:"怎么?真是身体不舒服?"

"没有,我请假出去补习。"

据杨世昆当时了解的新同学的消息,除了性别是错的,别的应该没有错。

成绩那么好了还去补习,果然是乖小孩,他冲江荞笑了一下:"今天谢谢你了。"

"不客气,之前开学你也帮过我。"

江荞认认真真的模样成功逗笑了许肆,他突然瞥见江荞手腕上的青紫痕迹,想问但还是没有问出口，只说："走了。"

江荞"嗯"了一声，便走了。

他是真的好凶

许肆回到班里，杨世昆惊讶道："肆哥，何主任没有拉你去办公室'喝茶'吗？怎么回来得这么快？"

"闭嘴，睡觉了。"

杨世昆扭回头，心道肆哥还是一如既往地暴躁，估计是被何主任骂得心烦了。

他默默心疼了许肆三秒钟，也仅仅三秒——肆哥哪里需要他心疼呢！

化疗完。

江荞被田泠扶着去了厕所，在厕所里吐了半天。

她的嘴唇白得像纸，身体单薄，好像随时要告别这个世界一般。

田泠攥着她细瘦的胳膊，红了眼眶，江荞本来就瘦，生了病以后就更单薄了。

江荞躺在病床上，觉得眼皮有些沉。

"荞荞，要不然我们不去学校了吧？"

"我想去。"

江荞睡下后，田泠找医生了解了她现在的身体情况。

那是一位女医生，她看着病床上的小丫头，也是觉得有些惋惜："这次化疗，虽然她并没有出现很严重的反应，但我还是建议她休学回家休养，她这种情况完全不适合在学校待着。"

"我说了想让她回家休养，但是她说她想去，要不然她会遗憾。"

女医生叹了口气，拍了拍田泠的肩膀："下次化疗是两周后。"

田泠守在病床前，看着江荞熟睡的侧脸，伸出手摸了摸。

江荞一直睡到第二天早上才醒过来，每次化疗完，她都吐得天昏地暗，然后昏睡到第二天。

周日这天，江荞出院了。田泠想让她再住几天院，可江荞说自己没事，撑得住。

一向严厉的江知恩也没有说什么，她想做什么便做什么吧，只要她开心就好。

两人本来觉得，多挣点儿钱，可以让江荞生活得更好，但现在才发觉，有些事情，根本就不是钱能买来的。

他们后悔多年来忽略了对江荞的陪伴，也是因为他们长时间的忽视，她的病才会拖到胃癌晚期才被发现。

周一。

江荞看了眼镜子里的自己，嘴唇很白，看上去很虚弱，她摸出抽屉里的唇膏涂了一点儿，总算看起来气色好了一些。

每个周一的早晨，全体师生都要在操场参加升国旗仪式。

江荞穿着校服站在队伍里，她听着教导主任念着上周违纪违规的学生名字。突然听到自己同桌的名字，她抬头看了一眼。

许肆今天没有穿校服，上身穿了一件黑色的T恤，衬得他的肤色更加冷白，他就站在那里，带着生人勿近的气场，毫不在意地听着教导主任的批评，仿佛被说的是别人一般。

"许肆，到底有没有在听我讲话？你违纪已经不是一次两次了，你这样对得起父母的心血吗？你的父母把你送到学校不是让你整天打架逃课，你不好好学习，以后拿什么养活自己？"

"继承家业？"

教导主任被气得脸都绿了，底下的学生笑成一片。

杨世昆咂舌："不愧是肆哥，何主任都快气死了。"

"少贫嘴，念检讨。"

许肆从兜里掏出一团皱巴巴的纸，声音没有什么起伏："我不该因为觉得马彬欠揍就揍他，我应该改过自新，重新做人，虽然……但是，马彬真的很欠揍。"

底下又笑成一片。

何主任指着他开口："写的什么玩意？我看你根本没有深刻反省，给我回去重新写。"

许肆"哦"了一声，便下去了，路过江荞的时候，看了她一眼，匆匆擦肩过去了。

江荞突然想起第一天来学校的时候，她没有书，许肆将自己的书丢给她，自己出去站着，并且替她说了话，还有前几天撞见他凶巴巴地教训人，他问她怕不怕。

他好像也没有表面上看起来那么凶。

第一节课，许肆都在打游戏、睡觉。江荞偷看了一眼，他居然也会玩"消消乐"这种无聊的小游戏。

第二节课，许肆悠悠转醒，任凭讲台上的陈松讲得唾沫横飞，他都是一副听不进去的样子。

陈松讲到一个知识点，看向许肆："许肆，站起来回答问题。"

许肆站起身，都没听老师的问题是什么，就直接道："我不会。"

陈松气得头疼，又将视线投向一旁的江荞："同桌替他回答一下。"

听完了江荞的回答，陈松的气消了些："都坐下吧。"

语文课是课堂纪律最乱的，传字条的，说话的，看小说的，干什么的都有。

因为大部分同学觉得语文没什么学的必要，学不学考试分数都差不多，还有一个原因就是三班的语文老师不严厉。

李秋红看了眼后面"冒烟"的同学："伍葳同学，你是学习过度，脑子主板烧了吗？"

伍葳从书本里抬起头："老师您怎么知道？"

李秋红走过去抽走他的书："去讲台上站着吃，吃完了再下来。"

伍葳站在讲台上吃自热火锅，一直发出"哧溜哧溜"的声音，辣得脸上都冒了汗。

李秋红递给他一张纸："辣了吧？"

"老师您怎么知道我迫切地想要一张纸。"

"出去站着。"

伍葳抹了一把嘴巴，喊了句："得嘞，小的这就走。"

下课了，班里的人打打闹闹，乱成一锅粥，不知道哪里来的矿泉水瓶砸了过来，砸中了江荞的头，发出了清脆的响声。

她捡起瓶子，放在了桌子上，揉了揉自己的头，并没有放在心上。前面的人还在笑，还在闹。

许肆突然踹了一下桌子，喊了句："吵死了，砸到人了不知道道歉呀？眼睛只是装饰吗？！"

班里立刻安静了下来，大家知道许肆这是生气了，都不敢说话了。

一个男生跑过来，冲江荞开口："对不起，新同学。我不是故意的，我们刚刚就是在玩，我也不知道瓶子砸到你了，真的很抱歉。"

"没事，你也不是故意的。"

男生回到座位上，小声跟同桌开口："天哪，新同学真的很温柔，长得好好看，近看更好看了。许肆真的好凶，他刚刚看着我，我都不敢讲话了。"

同桌立刻附和："对，他刚刚真凶，吓得我一句话不敢说。"

直到许肆继续趴回去睡觉，班里才又有人开始讲话。

江荞看了眼熟睡的许肆，越发觉得他没有表面上看起来那么凶，好像还挺好的……

许肆突然坐起身，语气很凶："杨世昆，闭上你的嘴！"

杨世昆立刻捂住了自己的嘴。

江荞默默撤回自己刚刚的想法。

他说放学别走

下午第三节课。

江荞正在班里看书，听到同学说门外有人找她。她走到门口，看到了一个陌生的女生。

那女生看起来有些张扬。

"请问你找我有事吗?"

沈沫上下打量了江荞几眼,面前的女孩很瘦很白,看上去很乖巧,一身蓝白的校服穿在身上,扎着低马尾。

她双臂环抱,看向江荞:"你是许肆的同桌?我怎么没见过你。"

江荞解释道:"我是新转学来的,老师让我坐在他的旁边。"

沈沫"哦"了一声,威胁道:"离他远点儿。"

江荞虽然有些不明所以,但还是点头:"我知道了。"

回到座位上,她还在思考这句话,离许肆远一点儿?她这算是被人威胁了吗?

杨世昆看着江荞依旧在纸上写写画画,还是没忍住开口:"江同学,刚刚她找你说了什么?"

"我也不知道。"

杨世昆对上她清澈的眸子,觉得自己对上这种乖女孩,真是一句浑话都说不出,难怪肆哥第一天会帮她。

江荞也太乖了吧,长得又好看。

"她有没有对你说过分的话?"

江荞想了一下,摇头:"她说让我离许肆远点儿。"

"刚刚那个女生叫沈沫,经常来找肆哥,说要交朋友,但是肆哥不喜欢她,拒绝了很多次。"杨世昆也不知道为什么,就是莫名地想要解释。

"我知道了,谢谢你。"

罗星和另外两人也围上来,问江荞刚刚沈沫有没有为难她。

江荞摇头:"她就说让我离许肆远点儿,没说什么别的。"

罗星惊讶道:"她跟你说那些莫名其妙的话,你不生气吗?"

"不生气呀。"江荞并不觉得这有什么好生气的。

罗星看着她乖乖的表情,眼睛都要变成星星眼了:"你的脾气也太好了吧。"她又小声道,"其实喜欢许肆的女生还挺多的。他长得好,家世好,就是凶了些,不跟女生接触,所以说什么的人都有。"

江荞没剩多少时间了,她只想过得开心一点儿,不想把心思花在不重要的事情上。

快上课了,许肆才踩着点回来,杨世昆见他坐下,丢了一张字条给他。

许肆挑眉:"干吗?有事不能明说?"

杨世昆朝他挤眉弄眼,让他打开看看。

许肆打开字条,上面写着:"下课的时候,沈沫来找江荞了。"

许肆看了一眼江荞,她在认真地看书。

还是下课再找她吧,不过沈沫来找江荞干什么?他有些想不通。

他忍着烦躁，丢了一张字条给江荞。

江荞把字条压在书本底下，趁着老师转过头去，偷偷地打开看了一眼。许肆看到了，暗笑：真是乖学生，偷看字条的样子跟小学生似的。

字条上写着："放学别走，有事找你。"

没过一会儿，字条又被丢回来。

许肆打开，看到上面写了一个"好"字。

江荞也不知道他找自己有什么事，可能是下午的事吧，她很快就将这件事抛之脑后，开始专心听讲。

转眼到了放学时间，班里的人走得差不多了，江荞转头冲许肆开口："你有什么事吗？"

"今天沈沫来找过你了？"

江荞反应了一下，想起他说的应该是今天来找自己的那个女生，她"嗯"了一声。

"她说什么了？"

"她叫我离你远点儿。"

"没了？"

"嗯，没了。"

许肆沉默了一会儿，看着面前一脸乖巧的江荞，憋出一句话来："你不用理她。"

江荞看了他一眼，开口道："我知道。"

许肆想起前两天看到的她腕上的青紫痕迹，下意识地往她手腕上看了一眼，可是她今天穿了外套，遮住了手腕。

他还是没忍住，说出了心里的想法："你爸妈虐待你？"

江荞有些不解地抬头看他。

看着她懵懂的表情，许肆解释道："前几天你胳膊上的痕迹我看到了，我本来不想问的。"

江荞撸起袖子给他看："你说这个？"她的手腕本来就白，青紫的痕迹在胳膊上显得格外可怕，看上去像是被人打了一般。

"这是我自己弄的。"

"你还有自虐倾向？"

江荞摇头："不是自虐，是因为身体不舒服，自己掐的。"

看着她一板一眼地回答问题，许肆就觉得她格外乖。

"我回答完了，我可以走了吗？"

"可以了。"

看着江荞离去的背影，许肆勾了勾唇角。

可以见一面吗

沈沫一抬眼就看到食堂里的许肆。少年身材颀长，身上穿着夏季校服，露出的小臂肌肉线条流畅，看人的时候目光总是冷冷的。

她还记得第一次遇见许肆的时候，少年穿着红色的球衣，在篮球场上尤为显眼，中场休息的时候随手撩起衣服擦了擦头上的汗，不知道身旁的人说了什么，他的唇角勾起一抹笑，耀眼夺目。

"肆哥，沈沫在那边。"

许肆看了一眼，端着餐盘走了过去。

沈沫看着面前的少年，刚想开口，却听到许肆说："你找我同桌了？"

"对，新同学？"

许肆看她，嗓音淡淡的："别招惹她。"

沈沫撩了一下自己的长发："行，能不能给个联系方式？许同学。"

杨世昆看了一眼许肆的表情，心想：如果沈沫不是女生的话，许肆大概率会让她走开别挡道。

"做梦。"

杨世昆看了一眼沈沫，得，还不如"走开"好听。

沈沫问身旁的女生："你有没有觉得他说'做梦'的时候也特别帅？"

那女生说："帅……很帅……"

"肆哥，肆哥，去打球吗？"

许肆头也不抬："不去。"他修长的指尖滑动了一下，手机屏幕上相同的色块被消掉了。

手机上方冒出一条短信，他刚想滑掉，就看见了那句："我是妈妈。"

他点开了信息，是一个陌生号码，留言是："我是妈妈，可以见一面吗？小肆。"

许肆只看了一眼，就将这个号码拉入了黑名单。他有些烦躁地关掉手机，离开了食堂。

当初，他的父亲许珩宇白手起家，他们一家人虽然不富有，但是过得很幸福。许珩宇苦心经营生意很多年，慢慢地生意有些起色了。可惜，后来他被同行的伙伴给骗了，钱都被卷跑了，一时间负债几百万元。可是在许肆的记忆里，父亲从未亏待过母亲，哪怕最开始月收入只有几千块钱，父亲也会给母亲买几万块钱的包，哪怕家里负债累累，父亲也没有让母亲吃什么苦。

但是突然有一天，母亲开始收拾东西，以通知的口吻告诉他："我要走了。"

那时候的许肆才七岁，他抱着她的腿，哭着求她不要走。

然而那时候，他的母亲只是回头冷漠地看了他一眼，告诉他："这样的日子我一天都不想过。"

"你不要我了吗？"

她看他的眼神很嫌弃，一字一句宛若刀子一般割在他的心上："我不想带着一个拖油瓶。"

许珩宇不怪妻子走了，只怪自己没有本事，不能让她过上好日子。

从那以后许珩宇就一心扑在了事业上，脸上几乎没了笑容，对许肆这个亲儿子也很冷淡。

许珩宇的生意越做越大，钱赚得越来越多，却依旧不快乐。许肆无论做什么，都得不到许珩宇的一句夸奖或者一个笑容。

许珩宇之后没有再娶，手机屏保还是和前妻的第一张合照，钱包里也放着自己和前妻的合照。

许肆初二那年。他放学回家，一进门就闻到了刺鼻的烟酒味，他看到了满桌子的烟头和酒瓶。许珩宇喝得酩酊大醉，躺在沙发上，手里还死死地捏着一张照片，照片上的女子容貌清丽，一身白裙子，对着镜头笑得一脸羞涩。

母亲走后的许多年，许肆看到的许珩宇都是沉稳的、不苟言笑的，这么失态的许珩宇，他还是第一次见到。

他扶许珩宇去了卧室，一张红色的请帖从许珩宇的怀里掉了出来。

烫金的封面，翻开入目的是熟悉的名字和一张红底的男女合照，照片上的女人冲镜头笑得很开心。

许肆默默地将喜帖塞回了许珩宇的怀里，然后退出了房间。

沈好纯，他的母亲要再婚了。

当年沈好纯毫不犹豫地抛下他走了，他很久都走不出来，本以为再听到她的消息，他会火冒三丈，恨不得冲到她面前质问她为什么抛下他，为什么抛下许珩宇？为什么不要他？

可是再看到关于她的消息的时候，他也说不清自己的心情，他没有释然，只是突然觉得一切好像都不那么重要了。

许珩宇仿佛一夜之间老了十岁，这么多年他一直幻想着妻子会回来，他一直在等她。

许肆觉得父亲的痴情就像一个笑话，一直在等一个根本就不爱自己的人。

许肆垂下眼，将手机按灭又按亮。他攥紧了手指，指尖都有些发白，心里突然像是堵住了一般。他没有心思玩那些游戏了，指尖轻轻滑动了几下手机屏幕，最终关上了手机。他趴在桌上，将外套盖在头上，闭上了眼睛。

江荞转头看了他一眼，然后又将头扭了回去，低头写着自己的题目。

"肆……"杨世昆回头刚想跟许肆说话，看到他趴在桌子上睡着了，又转了回去。

许肆做了一个梦，他又回到了小时候，穿着白裙子的沈好纯将他抱在怀里，笑得一脸灿烂。画面一转，沈妤纯拖着行李箱冲他开口："我不想带着一个拖油瓶。"

"醒醒……放学了。"耳边传来女孩柔和的声音。

许肆睁开眼，双眼满是红血丝，把江荞吓了一跳。

他拿下头上的外套，声音还有些哑，冲江荞开口："谢谢。"说完他就站起身走了出去。

杨世昆追在他后面："肆哥，等等我呀。"许肆走得很快，丝毫没有要停下脚步的意思。

江荞收拾着桌上的书，罗星走了过来："一起走吧。"

江荞抬眼看她，轻声道："好。"

罗星亲昵地挽着她的胳膊，走在她的右侧："荞荞，你也不住校吗？"

江荞摇了摇头，然后道："嗯，不住校。"她不能住校，很多事情都不方便，而且再过一段时间，她可能很长时间都不能待在学校。

罗星笑了一下："我也不住校，我们以后放学可以一起走。"

"好。"

走到校门口，罗星看到了来接自己的父母，冲江荞挥手："我走了，明天见。"

"明天见。"

无休止的争吵

刘妈接过江荞手里的书包："荞荞，刚来学校就交到了新朋友呀？"

江荞点头："对。"

"和新同学相处得还好吗？"

江荞看着玻璃上自己的影子："挺好的。"

刘妈慈爱地看着她："夫人在家里早就炖好了鸡汤呢，就等你回去喝了。"

江荞闻言只是笑了一下，轻声应了一句"好"。刘妈见她不想再说话，也没再开口。

刘妈眼看着江荞一点儿点儿长大，看着她从软乎乎的奶娃娃慢慢长成大姑娘。江荞生得好看，人很乖，成绩也是名列前茅，很让人省心。

江荞的父母几乎是完全将江荞丢给了她，平常也只是定时打钱回来。江荞从不哭闹，她只是平静地做着自己的事，仿佛周遭的一切都和她没有关系。

那天若不是她去给江荞送牛奶，也不会发现她晕倒在了房间里。她在医院陪了江荞一晚上，拿到诊断书的那天，她不可置信地看了好几遍，诊断书上赫然写着"胃癌晚期"。

刘妈刚打开门，就听到里面的争执声。

"江知恩，你别太过分了！"

"我怎么过分了？"

"你别以为我不知道你在外面搞的那些破事，要不是为了荞荞，我早就跟你离婚了。"

"田泠，你把话给我说清楚，我怎么了？我搞的什么破事？你跟我说清楚！"

江荞站在门口，听着两个人的争执，平静地越过了两个人，仿佛一个木头人。

刘妈在后面一脸尴尬。

江荞早习惯了父母的争吵，在她还小的时候，他们就每天无休止地争吵，要么都不在家，要么一回家就吵架。

过了一会儿，田泠轻轻地敲了敲门。江荞刚洗完澡，小脸有些微粉，身上穿着奶黄色的睡衣，露出好看的锁骨。她打开门，看了一眼田泠手里的鸡汤，没有说话。

"荞荞，这是妈妈给你炖的鸡汤，喝一点儿吧，里面加了很多东西，炖了好几个小时呢。"

"你放桌上吧。"

田泠看着江荞的神色，笑道："那你早点儿休息吧。"

"嗯。"

江荞坐在桌前，写完了日记的最后一句，然后将日记本收进了抽屉里，锁了起来。

桌上的那碗鸡汤还冒着热气，江荞盯着看了一会儿，端起来喝了一口。味道很鲜，她的胃里却翻江倒海一阵恶心。她跑到厕所吐了起来，几乎将胃里的东西全部吐了出来，却还是干呕得很厉害，胃疼得近乎痉挛。

门外的争吵声还在继续，他们以为她听不到，实际上她听得一清二楚。

她干呕了几声，听到有人急促地走到门口。

"荞荞，你又吐了吗？荞荞，你开开门，让妈妈进去好不好？"

"别进来。"江荞按着胃部挣扎着站了起来，疼得一张素净的小脸惨白。她抠出几颗药丢进了嘴里，端起桌上的温水喝了几口。

"荞荞，你让妈妈进来好不好？"

"开下门，荞荞。"

江荞听着门外两个人的声音，跌坐在床边，大口大口地喘着气。

田泠找来了备用钥匙，打开了房门，看着坐在地上的江荞，一把将她搂进了怀里。

江荞一双眼睛仿佛失去了焦距，就那么任她抱着，一句话都没有说，像个破碎的洋娃娃一般。半晌，江荞才开了口，她说："我想休息了。"

田泠将她抱到了床上："睡吧，睡吧。"

江知恩关上了灯，两个人退出了房间。两个人难得没有继续吵架，坐在沙发上，久久无言。

"小肆最近在学校怎么样？"沙发上的男人穿着一身黑色的定制西装，戴着银丝边眼镜，一双桃花眼，薄唇。

杨冠斟酌着措辞，开口："小肆最近没有惹事。"

许珩宇闻言"嗯"了一声，似乎是听进去了这句话，继续翻看着手里的报纸，没有再说话。

听到开门声，他抬眼看了一眼，许肆身上的校服穿得很随意，脸上贴着创可贴。

杨冠有几分局促，他刚说完许肆最近没惹事，许肆就回来了，脸上还带了伤。

"脸上的伤是怎么回事？"

"摔的。"许肆说完，便径直上了楼。

许珩宇看了他一眼，然后又将视线投到了面前的报纸上，父子俩一向没有什么交流，即使有也只是几句简单的对话。

第二天一早。

杨世昆看着进来就准备睡觉的许肆，瞧了一会儿他眼底的乌青，问："肆哥，你昨晚熬了一夜吗？"

"没。"只是翻来覆去睡不着，干脆起来玩手机，玩到了天快亮。

郝明从杨世昆背后冒出来："肆哥，早饭没吃吧？给你带的。"

"不吃。"

"好吧，这个灌汤包很好吃的。"郝明又问了一遍，"真的不吃吗？肆哥，我排了好久的队呢。"

许肆抬眼看他："给我吧，等会儿把钱转你。"

郝明摇头："不用给我，肆哥。"

"钱已经转你了。"许肆接过他手里的早餐，塞进了抽屉里，趴在桌上闭上了眼，准备睡觉。

杨世昆问郝明："嗯？没有我的吗？"

"没有，听天气预报说，今天有西北风，你去外面用嘴喝点儿西北风吧。"

"郝明你找打，我不喝西北风。你才喝西北风。"

"老杨，你别抢我的灌汤包。"郝明看着杨世昆饿虎扑食一般扑向了自己的灌汤包，拿起灌汤包就往后退了几步。

"你真小气，郝大头。"杨世昆夺走他手里的灌汤包，打开袋子就丢了一个进嘴里，即使被烫得龇牙咧嘴也不在乎，他口齿不清地说，"还挺好吃，明天给我也带一份。"

郝明伸手："给钱。"

"好兄弟谈钱多伤感情。"

江荞刚到班里，罗星就兴奋地冲她挥了挥手："荞荞。"

她冲罗星笑了一下，背着书包来到自己的座位上。她看了一眼正在睡觉的许肆，将自己的语文书掏了出来。

一路货色

方子新来看早读,他在班里转了一圈,然后停在了江荞面前,冲她开口:"江荞,你跟我出来一下。"

江荞放下书,乖巧地跟在他的身后。

"坐吧。"

江荞坐在方子新对面:"老师,您找我出来有什么事?"

方子新看看面前乖巧的女孩,笑了一下,问她:"你觉得跟许肆坐一起怎么样?"

江荞如实回答:"挺好的。"许肆平常很安静,要么睡觉,要么在玩游戏,不像传闻中的那样不堪,就是有点儿凶而已。

方子新点头:"那就行,你要是身体有任何不适,随时跟老师说。"

"我知道了,谢谢老师。"

"行,你先回去吧。"

江荞推门走了出去。

隔壁桌的老师问方子新:"这是你们班新转来的同学吗?听说成绩还不错。"

方子新喝了一口水,然后开口:"对,刚转来的,在原来就读的B市的重点高中排名年级前十。"

"你让这个乖学生和许肆坐在一起?"问这话的女老师带过许肆,知道许肆是什么样的学生。

"他人不坏。"

方子新刚工作没多久,是从上一任班主任手里接管的十七班。刚接管这个班的时候,他就听别人说这个班有很多问题学生,成绩是年级里最差的,尤其是最后一排爱睡觉的那个学生最爱惹事。

十七班的上一任班主任是位温柔的女老师,她是因为怀孕了才不得已将这个班交了出去。她告诉方子新,这群孩子虽然有些闹腾,有些吵,有时候又爱惹事,但是并不坏。

方子新后来也发现确实如此。

第一节课是方子新的课,他夹着数学书进了教室,冲底下闹腾的同学们开口:"好了,好了,静一静,别闹了,上课了。"

班里很快安静下来。

方子新紧接着开口:"第一次摸底考试定在下周四,周四周五考两天。同学们好好复习,专心准备考试。"

底下哀号声一片。

"老方,这才刚开学没多久怎么就考试呀?"

方子新推了推鼻梁上的眼镜:"也算是摸底考试吧,考察你们上学期还有这个暑假学得怎么样。"

"暑假?谁暑假还学习呀?"

方子新笑了一下:"我也没什么特别高的要求,就是这次能不能别让我们班再考倒数第一了?大家努努力,多考几分。我就在办公室,有不会的题随时来问我。"

"我尽量不考个位数给班级拖后腿。"

"保佑我别考零分就行了。"

方子新拍拍桌子,示意安静:"行了,上课了。"

刚下课,杨世昆就忍不住开口:"我上学期期末物理考了个位数,吃了徐女士一顿'皮带肉丝',现在想想屁股还隐隐作痛呢。"

郝明说:"我就比你多了三分,我妈说我丢死人了,叫我不要回家。"

"不要回家算什么?我妈能追着我打三条街。"

"牛。"

江荞听着两人的对话,抬头看了看两个人,又垂下了头。

第二节课是英语课,杨世昆看着还睡着的许肆,在叫醒许肆被许肆骂和不叫醒许肆也被骂之间挣扎着。

正犹豫着要不要喊醒他,一只素白的手就伸了过去,声音轻柔:"快上课了,醒醒。"

杨世昆瞬间看江荞的眼神就不一样了,他对郝明说:"我宣布,以后新同学就是我的偶像。"

"让我数数这是你这学期的第几个偶像。"

"走开!"

许肆刚睡醒,面色有些冷,他瞥向杨世昆:"闭嘴。"

杨世昆说了句"好",立刻噤声。

一只柔软的小手又戳了戳他的胳膊,声音也是软绵绵的:"方老师还没有给我英语书,能不能和你看一本?如果麻烦的话……"

许肆将那本比脸还干净的英语书丢在桌上:"你看吧,我不需要。"

江荞冲他笑道:"谢谢。"英语书被翻开,江荞把书放在中间,往许肆那边推了推,"一起看。"

许肆看着她推过来的书,想说不用,他又不听课,对上她的视线,抿了抿唇,没说话。

算了,她想推过来就推过来吧。

江荞上课的时候很认真，一缕刘海垂在脸颊旁边，脊背挺得很直，校服穿在身上有些空荡，手臂纤细莹白，细瘦的手腕看起来仿佛一捏就断。

前面的男生有些高，挡住了江荞的视线。她坐直了身子，伸着头去看黑板上的字，露出的脖颈纤细修长，听到身边的人问："哪里看不清？"

"最后一行。"

许肆拿起手里的笔，将黑板上最后一行板书抄在纸上，然后放在江荞的桌子上。

"许肆，站起来回答一下这个问题。"

许肆瞥了一下黑板上的问题："我不会。"

"不会？不会你上课给同桌扔什么字条呢？要我说你毕业了也没什么出息，一天天的不学好就会打架惹事，毕业准备去哪儿高就呢？你对得起你父母把你送到这里吗？对得起你妈把你生下来养这么大吗？"

许肆一言不发地站起身，径直走出了教室。

陈松还在后面骂："说你两句怎么了？这么不尊重老师。"

杨世昆觉得许肆刚刚的状态有些不对，捂着鼻子跟陈松开口："老师，我鼻子流血了，我出去一下。"

陈松还没说话，杨世昆就跑了出去。

他看向后面的江荞，只见她站了起来："老师，是我看不清黑板问的他，不是他跟我扔字条。"

她说着，将手里的那张纸扬了起来，哪里是什么小字条，少年的字迹肆意潦草，抄写的是黑板上的内容。

陈松可拉不下脸给学生道歉，只说："知道了，但是上课的时候也不要传字条，有什么问题可以下课问老师或者问同学，知道了吗？"

江荞点头："嗯，那我出去罚站。"

他看着面前的女生，心生不喜——刚来没多久，就和许肆那种货色混在一起，肯定也不是什么好学生。他打心底里就瞧不起许肆这种成绩差又爱惹事的学生。

和你无关

"肆哥，肆哥，你别走那么快呀，等等我。"

许肆停了下来，问他："跟着我干吗？"

"我有点儿害怕。"

许肆看向他，似是不解："你怕什么？"

杨世昆挠挠头："怕你出事。"

"怎么出来的？"

"我说鼻子流血了。"

"回去,别跟着我。"许肆周身散发着戾气,眼底的情绪讳莫如深。

"我……那我回去了。"杨世昆又回头看了一眼许肆,离开了。

少年长得很高,身姿挺拔,领口的扣子是松开的,阳光洒在他的身上,表情显得柔和了许多。

许肆有些烦躁地揉了一把头发,走进厕所,打开水龙头,他捧起水泼在脸上,深呼吸了几口气,才觉得自己心底的那抹躁意消散了些。

下课的铃声响起,有不少学生冲了出来。

许肆靠在走廊墙上,低头玩着"消消乐",他的手有一下没一下地点着屏幕。

忽然袖子被人很轻地拽了一下,许肆垂眸,看到了乖巧的同桌:"有事吗?"

江荞对上许肆的视线,有些害怕地攥紧了手——他的表情好凶。

"对不起,上课的时候你是为了帮我看清黑板上的内容才被骂的。"江荞仰着头看他,白皙的小脸上满是认真。

许肆看着她乖巧的模样,垂下眸子:"和你无关。"是陈松看不惯他,几乎每节课都要找点儿事情"敲打"他,和她有什么关系呢?

少年的眼睛很黑,眼形细长,皮肤偏白,黑色的碎发搭在额前,脸上的伤口已经结痂了,无端多了几分痞气,水珠顺着他的脸颊往下滑落。

江荞盯着他看了一会儿,从兜里掏出一张纸巾递给了他。

许肆轻笑一声,提醒她:"谢谢,快上课了。"

江荞看了一下腕上的手表,然后小跑着离开了。

他将那张纸巾塞进了兜里,心道:还真是个乖学生,一说上课了,跑得真快。

江荞踏着铃声到了教室门口,听到身后一句:"报告。"

她和许肆对视了一眼,然后错开了目光,慢慢地走进了教室。

许肆坐下就开始睡觉。课上到一半,窗户被敲了几下,江荞扭头对上方子新的目光,表情有些茫然。

方子新看了一眼又在睡觉的许肆,指着他说:"你下课叫他来一趟办公室。"

"好。"

许肆并没有睡着,抬起头看了一眼方子新:"知道了,等下就过去。"

下节课是自习课。

许肆坐在方子新的对面,面上没什么情绪。

"许肆,你知道我叫你来是因为什么事吗?"

许肆抬眸看他,眸子里带了些嘲弄:"逃课?还是别的事?如果你是说顶撞老师,那我不承认。"少年抱着手臂靠在椅子上,神色淡淡。

方子新从陈松那里得知了课上的情况,有些无奈地看着面前的少年:"你也知道,陈老师他没有恶意,他只是想让你变好。"

办公室的门被敲响了几下,然后许肆看到推门进来的江荞。

"怎么了?江同学。"方子新有些错愕地看着面前突然出现的姑娘,碍于许肆在,他没有问江荞是不是身体不舒服需要请假。

江荞看着方子新,一字一句说得很认真:"今天上课,因为我看不清黑板上的字,所以许同学抄在纸上递给我,结果被陈老师误以为他在传字条,这件事和许同学无关。"

方子新看向许肆,问他:"是这样吗?许肆。"

许肆对这些并不在意,解释与不解释他都不在意,不咸不淡地"嗯"了一声。

江荞继续道:"我就是来说这件事的。"

"我知道了,你先回去吧。"

江荞离开了办公室。

许肆靠在椅子上,看着方子新,说:"如果老师您要跟我说什么尊重老师那些话,大可不必了。"

方子新叹了口气:"我作为班主任,肯定是希望你越来越好。"看着少年毫不在意的样子,他语重心长地说,"快月考了,你这段时间好好学习。江同学的成绩十分优异,你有什么问题都可以问问她。"

许肆"嗯"了一声。他的那个小同桌成绩好他一早就听说了,他站起身:"没什么事我就先走了。"

门突然又被敲响,杨世昆龇着大牙走了进来。

许肆抬眼瞧他,没有说话,然后从他旁边走开了。

"老师,我来问数学题。"

方子新有些疑惑地看了他一眼:"哪道题?"

杨世昆指了指其中一题:"这一题不用讲,剩下的都不会。"

"行。"

方子新耐心地给他讲完了题目,杨世昆突然开口道:"老师,我有事要跟你说。"

"你说。"

杨世昆添油加醋地将今天课上的事情说了一遍,愤愤地开口:"今天上课陈老师说话确实有些难听了。"

方子新大概了解了今天发生的事:"行,你回去吧。"他按了按眉心,有些疲惫。

方子新了解过许肆的家庭,知道他的父亲因为工作经常在外,却没有听过许肆母亲的任何信息。

陈松原来是带学校好班的,心气比较高,突然被调来带十七班这个差班,一时间不能接受,跟学校抗议了很多次都无果。陈松多少有些看不上这些学生,不止一次在他面前说过这事,没想到居然会公然在班里说那种话。

方子新觉得有必要跟陈松聊一聊这件事。

凭什么想来就来,想走就走

陈松跟方子新没讲几句就吵了起来,两个人剑拔弩张,你一言我一语地唇枪舌剑着。

办公室的其他老师见形势不对,都跑过来劝。

"好了,好了,有什么事不能好好说,别吵了。"

"哎呀,都少说几句吧。"

"都是带一个班的,不要伤了和气嘛。"

"就是嘛,不要伤了和气,都少说几句。"

陈松撂下一句:"就你们十七班那个破成绩,你以为我稀罕带?"

办公室的老师们一时间都面面相觑,不知道该说什么好,安慰和劝和的话堵在了嘴边。

方子新也生气了:"我会跟学校申请换英语老师的。"

"最好是,这种班我一天都待不下去,你们班能有一个挤进去年级前十的,我就当着全班的面给你道歉,算我陈松说错了。"

……

方子新和陈松吵架的事情很快就传开了。

杨世昆叹气道:"虽然陈松说话难听,但说的确实是事实,我们班成绩确实太烂了,每次考试挤进前一百的人都没有,更别提进前十了。"

郝明闻言也是叹气:"不过陈老师说话也太过分了,只是我们什么也做不了。"

杨世昆看向正在玩"消消乐"的许肆:"肆哥,你怎么看?"

"不知道。"

江荞听见两人的对话,写字的手顿了一下,又继续写着自己的数学题。

班里的气氛有些低迷,老方很好,他们也想替老方争一口气,无奈实力不允许呀。

中午。

"肆哥,肆哥,后街开了一家新店,去不去吃啊?"郝明冲许肆开口。

许肆点头:"嗯。"

一说到吃,杨世昆有些兴奋:"去吃,去吃,我听说那家特别好吃。"

新开的小店卖炒菜,人很多,三人挑了一个角落坐下。

"肆哥,你吃什么?"杨世昆看着手里的菜单,问许肆。

"都行。"

"老板娘，要一份糖醋排骨，一份胡萝卜木耳炒鸡蛋，一份西红柿炒鸡蛋，一个三鲜豆腐汤，还有五碗米饭。"

杨世昆还准备再点菜，旁边的郝明制止他："别点了，你还准备吃一盆呀？"

杨世昆问许肆："肆哥有特别想吃的吗？"

"没有，可以了。"许肆将手机丢在了桌上。

"哎，肆哥，你手机亮了，好像是有人打电话。"

许肆拿起来看了一眼，是陌生号码，他直接按了拒绝。

手机又闪烁了几下。

许肆看了一眼，然后又按了拒绝。

"哟，还挺执着，有没有可能是认识的人打来的。肆哥你真的不接一下吗？"

许肆看着不停跳动的手机号，看向两人："你们先吃，我去接个电话。"

说着，他站起身走了出去，按了接听："喂，你好。"

"小肆。"

是一个女人的声音，许肆看了一眼手机号，确定是自己没有存过的号码："你是谁？请问你有事吗？"

"我是妈妈，小肆，我能和你见个面吗？就吃个饭说说话，我都那么多年没有见过你了，我想看看你现在长什么样子了，这么多年妈妈真的很想你。"

许肆沉默了一会儿，嘲讽地笑了："不需要，别来打扰我的生活。"

那边短暂沉默了一会儿，有些欲言又止，许肆直接挂断了电话。

他将手机收回兜里，然后走了进去，冲两人开口："你们吃吧，我不吃了。"

"哎，肆哥。"

郝明和杨世昆对视了一眼，不知道发生了什么，但是看许肆的表情，猜到刚才那通电话不是什么好事。

但是他俩不敢追上去——许肆生气的时候喜欢一个人待着，不喜欢别人打扰。

哪怕两个人和许肆认识了好几年，也只是知道许肆有一个经常不在家的父亲。

"老板，除了刚刚的几个菜，再另做一份打包带走。"

郝明看着摆在面前的五碗饭："你刚刚怎么不让老板少上两碗饭？我们就两个人，吃得完吗？"

"区区五碗饭而已，瞧不起谁呢？"

"希望你一会儿也能这么硬气。"

"我一直都很硬气好不好。"

盘子里还剩最后一块排骨，杨世昆刚想动手就被郝明夹走了。

"郝明，最后一块排骨是我的。"

郝明问："骨头吃吗？"

"恶心死了，你。"

杨世昆吃完了碗里的最后一粒米，揉了揉肚子："这辈子都没吃这么饱过，感觉一说话饭就要从嘴里出来了。"

"你别靠我那么近，等会吐我身上，我打死你。"郝明刚说完，杨世昆就突然凑近郝明"哕"了一声。

"老杨，你真恶心死了。"

"我辛苦吃进去肚子里的饭才不会吐出来，农民伯伯多辛苦。"

郝明无语："明明就是你吃得多，哪来那么多借口。"

"走开。"

杨世昆从老板那里拿走打包的饭："也不知道肆哥在不在班里。"

郝明说："没事，先带回去，反正肆哥不在你也能吃了。"

"你真当我是猪呀？"

"难道不是？"

…………

许肆拨了一个号码，很快就被接通了。

"我的号码是你给她的？"

许珩宇指尖轻点了几下桌子，端起桌子上的咖啡喝了一口："你妈妈很想你。"

"想我？你别忘了当初是她不要我们的，我不是什么物品，不是她想要就要、说扔就扔的东西，我是个人。"

许珩宇停顿了一下，随即开口："是我当初没有本事，所以没有留住她，不怪你妈妈。"

许肆嘲讽道："你想见她，你就自己去见，不要扯上我。"

"她很想你。"

"啧，这会儿倒是说这个了，真是好笑，告诉她我不想她，以后也不要再给我打电话、发信息了。"许肆说完就挂断了电话。

许珩宇还是跟以前一样，只要沈好纯招招手，他就巴巴地凑上去，他眼里只有沈好纯，再容不下别人，哪怕自己的亲儿子。

许肆攥紧了手，指甲嵌进了肉里都不知道。

他是不是讨厌我？

"小肆是不是不喜欢我呀？我今天给他打电话，还没说完呢，他突然就挂了我的电话。"女人一身黑裙包裹着姣好的身材，长发烫成了微卷，垂在锁骨旁边，显得更加有女人味了些，看起来不过二十多岁，保养得极好。

"小兔崽子他不懂事，你别放在心上。"许珩宇吐出一口烟圈，修长的手指握着烟蒂，然后按灭在了烟灰缸里。

沈妤纯握着电话开口："那我还要不要给他打电话？我怕他会不接我的电话。"

"他在六中，你可以直接去学校门口找他，或者来家里。"

"行，那我去学校门口找他吧，这么久没见了，不知道小肆长多高了。"

"比你我都高，长得像你多点儿，样貌自然是不用说的，你见到了就知道了。"

"之前小肆还那么小，才到我腰那么高。"沈妤纯说着，想起来那时候许肆抱着自己的腿说妈妈不要走，她轻叹了口气，"也不知道那么多年过去了，他会不会记恨我。"

"不会的，是我当时没本事。"许珩宇还想再说什么，听到那边一声清脆的"妈妈"。

"我就不跟你说了，有事再跟你联系吧。"

沈妤纯挂断了电话，揉了揉面前小男孩的头："宝贝，是饿了吗？妈妈这就给你做饭吃。"

"妈妈，刚刚和你打电话的那个叔叔是谁呀？"梁介然抓着沈妤纯的裙子，一脸纯真的模样。

沈妤纯不知道怎么跟他说，蹲下来揉了揉他的头："其实然然还有一个哥哥，刚刚那个是哥哥的爸爸。"

"那我可以去找哥哥吗？"

沈妤纯看着面前和许肆小时候有五分像的孩子，揉了揉他的脑袋："哥哥现在还不愿意见我们，等以后哥哥愿意了，妈妈带你去见他，好不好？"

"好欸，然然有哥哥了。"梁介然开心得手舞足蹈。

沈妤纯看着他脸上的笑容，恍惚之间仿佛看到了许肆小时候拉着她的袖子叫妈妈，那时的许肆也是一样乖巧。

她依旧不后悔当初的选择，她绝对不可能陪着他去过那样的苦日子，每当想起小时候的许肆，她就对梁介然更加好，好像这样就能弥补她心里的愧疚感。

过去了那么多年，她想看一看许肆究竟长成什么样子了。

"老婆，我回来了。"

沈妤纯接过梁正之手里的包："今天怎么回来这么早？"

梁正之一身酒气，靠在她身上："不是想你了吗？想早点儿回来见到你。"

"喝了多少呀？一身酒气。"沈妤纯闻着他一身酒气皱眉。

沈妤纯扶着他躺在了沙发上，然后蹲下来脱掉了他的鞋子："你等一会儿啊，我这就去厨房里给你弄点儿蜂蜜水。"

沈妤纯从厨房出来，看到梁正之躺在沙发上已经呼呼大睡了，她将蜂蜜水放在桌上，想要叫醒他，发现他的手机屏幕亮了一下。

她本来也不想看的，只是手机一连弹出了好几条消息。

瑶瑶："今天开心吗？下次还在老地方等你哟。"

瑶瑶："你到家了吗？怎么突然不回信息了？"

接着发了一个小猫咪的表情包。

沈妤纯握着手机看了一会儿，然后握着梁正之的手指将他的手机解了锁，她打开那个聊天界面。

梁正之给对方的备注是"瑶瑶"。

两个人的消息只能翻到上周六的，之前的应该都删了。

瑶瑶："这是我新买的衣服，你看看好看吗？"

梁正之："反正都会脱掉。"

瑶瑶："害羞。"

瑶瑶："你怎么那么不正经。"

梁正之："你等我今晚好好'疼'你。"

瑶瑶："你再这样我就生气了，不理你了。"

梁正之："好了，好了，别生气，今晚带你去最爱的那家店好不好？"

……

沈妤纯翻看了瑶瑶的朋友圈，看到了这个女人的照片，她穿着一条白裙子，站在一棵树下，模样清纯可爱。

沈妤纯将梁正之和瑶瑶的聊天记录全部翻看了一遍，发现两个人什么事情都会分享——吃了什么，今天的天气怎么样……

上周六梁正之跟她说在公司加班，原来是和这个女人在一起。

周一，梁正之送给她一条手链，当时还问她喜不喜欢，其实是给这个女人买项链戒指送的赠品。

几天前，梁正之说有一家店的菜特别好吃，说是同事推荐的，原来是这个瑶瑶爱吃的。

短短几天互发的消息，居然比他们几个月互发的消息都要多，以往她给梁正之发信息，他总说自己很忙、在加班，后来她怕打扰他，就很少发信息了。她在家里等着他回家吃饭，他却在外面陪别的女人过生日。

沈妤纯看着沙发上还在呼呼大睡的人，突然就很想端起桌子上的水杯把他泼醒。

她低头闻了闻，梁正之身上除了酒味，还夹杂着淡淡的香水味。

蜂蜜水在桌子上已经放凉了，沈妤纯就静静地坐在沙发上，看着眼前的梁正之，觉得熟悉又陌生。

当初，她和许珩宇离了婚，转头就遇见了追她的梁正之。梁正之生得一副好相貌，家世好，人也绅士，并不介意她的过往，和她保持着合适的距离，没有让她立刻接受他的追求，他说会一直等她。

梁正之说那天看见了穿白裙子的她，纯洁得好像从画中走出来的姑娘，对她一见钟情。沈妤纯和他相处了一段时间后，觉得他是一个靠谱的人，而且条件很好，于是两人结婚了。

结婚几年后，她怀孕了，生下了梁介然，两个人也是别人眼里的模范夫妻。

现在，他却找了一个跟她当初差不多大的姑娘。

谢谢你的药，小同学

"你怎么一直坐在这里不进去？"梁正之终于醒了过来，揉了揉太阳穴，觉得脑袋胀痛得厉害。

"瑶瑶是谁？"沈妤纯坐在他面前，开口质问道。

"你动我手机了？"梁正之看了她一眼。

"我本来就是想给你冲杯蜂蜜水，刚放下杯子，就看到你的手机亮个不停。"

梁正之又重复了一遍："你动我手机了？"

"是啊。"

"谁让你动我手机的？"

沈妤纯站起身来，将手机摔在他的脸上："你在外面养了小情人，还好意思问我动没动你的手机？真是好笑，我当初真是瞎了眼看上你。"

"沈妤纯，你是不是太把自己当回事了？老子当初就是看你长得好看，玩玩而已，你不会真以为我喜欢你吧？以我这条件，想要什么样的姑娘找不到？需要找你一个离过婚的女人？"

"梁正之，是你当初说喜欢我的。"

"沈妤纯，你不会还当自己是十八九岁的小姑娘吧？跟我装什么呢？把你娶回家只是因为带出去有面子而已，这么多年你吃我的、喝我的、用我的、住我的，我哪里对不起你？不过是在外面逢场作戏而已，你至于这么大惊小怪吗？"

沈妤纯气得全身发抖，抓起桌上的烟灰缸就冲他砸了过去，却被梁正之一把握住了手腕甩开，摔倒在地。

"呜呜呜，爸爸妈妈你们不要吵架，然然害怕。"

沈妤纯的头磕在了桌子上，顿时血就流了出来。

梁正之看到她的头流了血，蹲下来问她："我不是故意的，没事吧？我带你去医院。"

沈妤纯甩开他的手："走开，我叫你走开啊。"

梁正之也来了脾气，冲她开口："行，沈妤纯你有种，有你来求我的时候。"说完他就摔门离去。

沈妤纯坐在地上，抹了一把额头上的血，然后晃晃悠悠地站起了身子。

"妈妈，你的头流了好多血。"

"呜呜呜，妈妈不会死掉吧？"

沈妤纯揉了揉梁介然的头："妈妈没事。"

梁介然跑去将医药箱拿了过来，冲沈妤纯开口："妈妈，消毒。"

沈妤纯站起身，从医药箱里拿出来了碘酒和棉签，然后对着镜子慢慢上了药。

梁介然抱住沈妤纯，对着她受伤的地方吹了吹："然然给妈妈吹吹，妈妈就不痛了。"他一双眼睛里蓄满了眼泪，仿佛随时要哭出来。

沈妤纯抱住他，然后用手捏了捏他的脸："妈妈不疼。"

许肆在外面待了两节课才回教室。

杨世昆看了一眼许肆的表情："肆哥，抽屉里是给你带的饭，不过已经凉了，吃了对胃不好，我下节课再去给你买份新的。"

"不用了，我不吃。"

"怎么能不吃饭呢？肆哥你本来就胃不好，不吃饭又该胃疼了。"杨世昆还记得之前许肆胃疼的时候，脸苍白得像纸一样，还说自己没事。

许肆盯着杨世昆看了一会儿，没有说话。

杨世昆突然反应过来，他刚刚居然用那样的语气跟肆哥说话，他还想再说什么，听到许肆开口："不饿。"

"好吧。"

许肆端起桌上的冷饮喝了一口，有一下没一下地玩着手机。

临近下课，胃部突然传来抽痛感，他伸出手捂住胃部。

江荞注意到了他的动作，偏头看了一眼他，又看到了他桌上剩下的冷饮，收回了视线。

许肆咬了一下唇，掏出放在抽屉里的外套，按在胃部。他坐得有些低，本想睡一会儿撑到放学，旁边却突然递过来一盒药，他偏头就对上了江荞的视线。

"治胃痛的。"

"你怎么知道我胃痛？"

"刚刚看到你揉胃部了。"

许肆沉默了一下，想问她你怎么会看到，可是对上她看过来的视线，只是说："谢谢。"

江荞"嗯"了一声，将手里的药放在他桌上，又将头转过去继续看书了。

许肆捏着手里的药盒，看了一眼安静看书的江荞，没想到刚刚就揉了一下胃部，居然被她看到了。

江荞停住写字的笔，想起了什么，转头看向许肆："一次吃一粒，不过药也只是起缓解作用，最好还是好好吃饭。"

许肆看着她认真的表情，所以他这是被说教了吗？不过她一板一眼说话的样子，真挺乖。

"谢谢。"

杨世昆就坐在前面，听到了两个人的对话，转身看向许肆："肆哥，我去给你接杯热水。"

许肆刚想说不用，就看到杨世昆抱着杯子跑去了饮水机那里。

郝明看着杨世昆拿着杯子接热水，笑道："啧啧，不是我说呀，老杨你也太虚了吧，大夏天的喝什么热水呀？"

杨世昆瞪了他一眼："闭嘴，这是给肆哥接的。"

"肆哥胃病又犯了？我去给肆哥买盒药，你跟老师说我去厕所了，一会儿就回来。"

杨世昆拉住他："不用了，肆哥已经有药了。"

郝明有些疑惑——怎么会有人比他还快？

杨世昆指了指江荞："是江同学给的，她还说胃不好吃药只是缓解，还是要好好吃饭，肆哥居然耐心听完了，还没反驳。"不过这似乎也不是第一次了。

郝明说："如果江同学这样好看的姑娘提醒我吃药，我也一句话不反驳。"

"大白天做什么春秋大梦呢！"杨世昆撑完郝明，将热水杯放在许肆桌上："没有新杯子，肆哥你凑合用一个，先把药吃一下。"

许肆抠了一片药扔进嘴里，然后喝了一口水："嗯。"

他将剩余的药放在江荞桌上："谢谢你的药，小同学。"

江荞收起桌上的药，放进了自己的书包里。她很想反驳说自己不是小同学，她一点儿也不小，又觉得争辩这个问题似乎没有意义，她轻声开口："不客气。"

第二章
小没良心

> 伞给你用。

> 许肆,你等等。

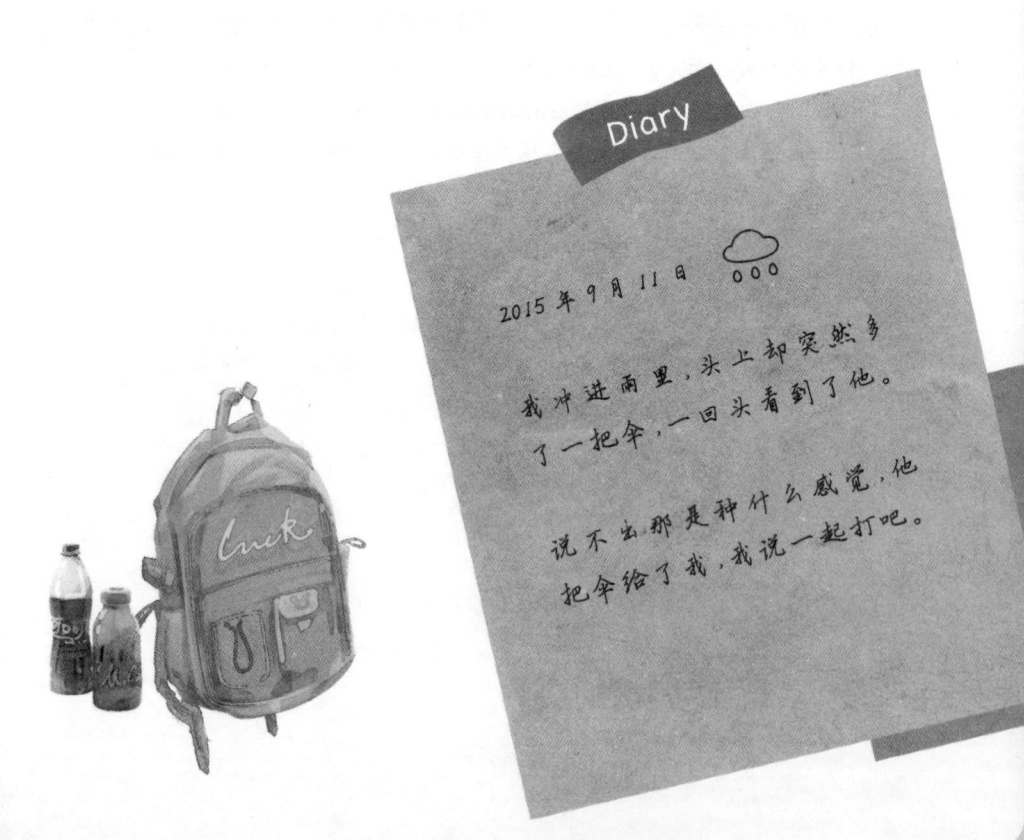

Diary

2015年9月11日 ☁

我冲进雨里,头上却突然多了一把伞,一回头看到了他。

说不出那是种什么感觉,他把伞给了我,我说一起打吧。

从不打"人"

周三。

"简直震惊！你们知道吗？今天许肆和七班一个男生骂起来了，听说还动手了，据说七班那男生成绩还挺好，之前还得过奖学金呢。"

"你们说的是七班的刘兴法吗？"

"就是他，就是他。"

"别讨论这个了，许肆往这边来了。"

少年身上的蓝白校服穿得十分随意，黑色的碎发同冷白的皮肤形成了鲜明的对比，神情冷漠，看起来就让人觉得不好接触。

他走过去后，那些人才松了一口气，心里开始担心他们刚说的话被许肆听见了多少。

杨世昆将那些话听了个七七八八，有些生气："那些人什么都不知道就在背后乱嚼舌根子，那个刘兴法表面一副好学生样，背后却搞那些小动作。"

他恨不得冲上去同那些什么都不知道的人理论，把刘兴法做的恶心事公之于众，让他们看看刘兴法到底是个什么样的人。

郝明也有些气愤："肆哥，要不要解释？现在所有人都以为那个畜生是受害者，都以为肆哥你故意欺负他呢！"

许肆闻言，抬眼看了一下两个人："随他们去说。"反正他本来就不是好学生，倒是这件事情如果传出去，那个女生怕是在学校待不下去。

"刘兴法，你的脸真的是许肆打的吗？"一个男生看着刘兴法肿得老高的脸，有些疑惑地问他。

刘兴法想起来昨天许肆那双黑眸还有他说的话，心里还是有些后怕，不过他又转念一想，许肆肯定不会将那件事说出去，那不是随他怎么说都行。

他摸了摸脸上的伤，假装害怕地开口："是啊，我也不知道哪里得罪了许肆，我跟他之前都没见过，更没说过什么话，他突然揍了我一顿，我现在脸还疼呢。"

一个有些胖胖的女生打抱不平："这也太过分了吧，他也不能随便揪出来一个人就打吧。"

刘兴法语气里带着几分害怕："我也不知道哪里招惹了他。"

"哎呀，你脸肿得太严重了吧，要不要去医院看看？"

"这脸上的伤看起来就好疼。"

"你真是太惨了，刘兴法。"

他被众人围在中间，理所应当地享受着大家的同情。

中午。

刘兴法一边走一边同身旁的人滔滔不绝地说着许肆的"恶行"，把许肆塑造成一个随意欺负同学的校园恶霸。

许肆和杨世昆刚买完饭，就看到了走进食堂的刘兴法。

杨世昆觉得自己的眼睛受到了污染。

刘兴法对上许肆的视线，脑海里冒出来昨天少年凶狠的模样。

"兴法，那个是不是许肆，就是欺负你的那个人。"刘兴法旁边的男生小声开口。

"对，就是他。"

刘兴法反应过来，这是在食堂，大庭广众之下，许肆又不能拿他怎么样，在路过许肆旁边的时候，他小声说了一句脏话。

许肆瞥了他一眼，将手里的盘子直接盖在了他头上，一瞬间，菜的汁水顺着刘兴法的头顶往下流。

许肆扯住他的衣领："闭上你的嘴。"

突然发生的事情，吸引了食堂里所有人的目光，大家饭也顾不上吃了。

杨世昆怒视刘兴法："刘兴法，你是不是有病啊？昨天不痛是吗？还非要嘴欠添一句是吗？！"

刘兴法梗着脖子开口："我说什么了？"

他身旁的男生替他打抱不平："你们这是校园暴力，凭什么莫名其妙地打人，太过分了吧。"

饶是郝明这种好脾气的人都生气了，他冲刘兴法开口："莫名其妙打人？真搞笑，肆哥从来不打'人'，人在做天在看，自己不要脸别问别人为什么。"

许肆看着狼狈的刘兴法，低声警告他："你继续好好蹦跶。"

直到许肆离开食堂，众人才觉得压迫感消失了。

刘兴法身旁的男生扶起他："兴法，他们未免也太欺负人了吧，要不然告诉老师吧。"

"不用。"刘兴法想起刚刚少年那个眼神，有些后怕地缩了缩脖子，"我回宿舍换个衣服，身上的衣服全部弄脏了。"

"要我陪你去吗？"

"不用。"

离开食堂，杨世昆气得整个人仿佛要爆炸了，嘴里骂骂咧咧："他还没长教训吗？

今天居然还敢凑上来挑衅,还一脸无辜的样子,我真是气死了。"

许肆抿着唇没有说话。

杨世昆骂完了,心里还是不爽,他看着冷着脸的许肆:"肆哥,你不要在意那个浑蛋。他根本就是道德败坏,还好学生呢,他那种人如果是好学生的话,天底下还有坏学生吗?!"

说到好学生,许肆脑子里倒是冒出来一个人,说话的时候一板一眼的,像个小学生一样,他语气平淡:"我不在意。"

真是乖学生

罗星看许肆不在,偷偷地跑到了江荞面前,将今天听到的事情跟她复述了一遍:"你说许肆哪天心情不好会不会把我们揍一顿,中午他还直接将餐盘扣在了那个人的头上。"

江荞闻言顿了一下,开口道:"不知道真相,就不要妄加揣测了,我觉得他不是那样的人。"虽然她和许肆的相处时间很短,甚至都没有说过很多话,但是她觉得许肆不会随便欺负人。

她话音刚落,就看到罗星旁边站着一个人。

许肆面上没什么表情:"让让。"

罗星本来就有些怕许肆,闻言冲江荞开口:"下节课下课再来找你。"

江荞应道:"好。"

许肆坐下,然后掏出手机就开始玩"消消乐"。

那些言论,他并不在意,只是他有些意外,他这个乖学生同桌居然会说"我觉得他不是那样的人"。

他瞥了一眼江荞,不知道她在看什么书。

啧,下课都在看书,真是乖学生。

"我不想去学校了。"秦路鼓起勇气,冲一旁的母亲厉新开口道。

"不去学校?为什么不想去学校了?"

秦路垂下眼睛:"我就是不想去了。"

"你这个死丫头,是不是吃饱了撑的没事干了?我辛辛苦苦挣钱供你吃、供你穿、供你上学,结果你好端端就跟我说你不想去上学了,你是要气死我呀?"

秦路脑海里浮现出昨天发生的事,眼泪夺眶而出,她红着眼冲厉新开口:"别问我为什么了,我说了不想去就是不想去。"她现在一提起学校就想起来那些恶心事,就会觉得生理性不适。

"噢，我知道了，哪里是什么身体不舒服跟我说你想回家，根本就是不想上课是吧，好你个秦路，现在长大了是吧，敢和妈妈撒谎了，我这么多年拼死拼活地工作是为了谁？你告诉我是为了什么？不就是想给你更好的生活吗？我把所有的希望都寄托在你身上，你就不能争点儿气吗？你能不能争点儿气呀！"

厉新一边说，一边拉扯着秦路，气得火冒三丈。

"我说了我不想去学校，你别说了，你别再说了。"秦路挣脱她的手，哭得满脸是泪。

"不想去不想去，我管你想不想去，你今天必须给我去学校！你今年都高二了，学习那么紧张，能让你在家里放松那么久吗？"

秦路看着厉新，一字一句开口："我说了我不想去，您别逼我了行吗？我求求您了，别逼我了，我不想去学校，我真的一点儿都不想去学校。"

"你对得起我这么多年养你这么大吗？我每天那么辛苦工作不就是为了你，为了给你提供更好的条件吗？你对得起我吗？"厉新一边说一边抹眼泪。

她犹豫了一晚上，鼓起勇气，终于准备将那件事告诉厉新，但是厉新的眼里似乎只有她的学习。她被厉新的话堵得说不出话来，心里难受极了。

厉新一边哭一边撕扯着自己的头发，将巴掌抽在自己的脸上："是我没有教育好你，是我没有教育好你，都是我的错，都是我的错。"

每次两个人起了争执，或者秦路没有按照她的想法来做，厉新都会用这种极端的方式来逼她妥协。

这次，秦路也妥协了："妈，你别这样，我去学校，我去学校还不行吗？"

厉新红着眼看她："你保证你去学校会好好学习。"

秦路机械地重复她的话："我保证，我会好好学习。"

厉新抱住她："这才乖，这才是妈的好女儿。"

秦路脸上的泪无声落下。

秦路走在去教学楼的路上，看到熟悉的学校、熟悉的路，她浑身颤抖得厉害。

她不知道，若是那时候没有许肆他们突然过来，她会被怎么样，她不敢想。

她抬头，在二楼又看到了那个化成灰她都认得出来的身影，正和旁边的人勾肩搭背，不知道说些什么。

她晃了晃身子，还好旁边有人伸出手拉住了她，女孩眼神里透着几分担心："同学，你没事吧？"

秦路摇头："我没事，谢谢你。"

江荞又不确定地问了一句："你真的没事吗？"

"没事。"

"秦路,你终于来了,你都不知道学校这两天可不太平,十七班的许肆你知道吧?"

秦路点了点头。

那女生又继续开口:"之前还觉得他挺帅的,痞痞的,没想到他居然是那种人,居然欺负同学,还把饭盘直接扣在刘兴法的头上,这不是明摆着欺负人吗?这也太过分了吧……"

后面的话秦路都没有听进去——救她的英雄成了施暴者,而那个令人作呕的"人渣"成了大家口中的受害者。

压死骆驼的最后一根稻草

"肆哥,那里面怎么好像有什么声音?"杨世昆狐疑地看了一眼紧闭的器材室大门。

许肆听见里面窸窸窣窣的声音,还有女生突然的一声:"救我!"

刘兴法捂住秦路的嘴,威胁道:"闭嘴!"

秦路浑身都在颤抖。

许肆冲两人开口:"里面有人。"

说完,他就一脚踹开了器材室的门,刘兴法被突如其来的声音吓了一跳,回头就看到门口的三人。

许肆逆光而来,像个英雄。

杨世昆看着死死拽着秦路的刘兴法:"你干吗呢?你把人家小姑娘困在器材室干吗?"

许肆看了一眼刘兴法,然后将他扯了过来,冲身后的杨世昆开口:"拉住他,别让他走。"

他别过头去:"你先整理一下衣服,慢慢说,怎么了?"

秦路理了理自己的衣服,哭得说不出完整的话来:"他……把我拉到……这里,脱我的衣服……拍我……"

许肆的目光闪烁了一下。

杨世昆摸了摸刘兴法的兜,果然掏出来一部手机,他冲刘兴法开口:"解开。"

"这是我的手机,凭什么你们想看就看。"

许肆低着头看他,重复一遍:"解开。"

刘兴法欺软怕硬,他接过自己的手机输了密码。

"把你手机里的那些照片删掉。"

刘兴法哆哆嗦嗦地翻到了相册,然后选中那几张照片,点了删除。

"还有没有别的?'最近删除'删了没有?"

刘兴法拼命摇头:"没有了,没有了,就这些,全都删了。"

许肆不会安抚女生,他看着哭得上气不接下气的秦路,问她:"需要我帮你报警

还是叫老师过来？"

"不要报警，也不要告诉老师。"

杨世昆的语气有些着急："可是他今天的行为明明就已经构成犯罪了，若不是我们今天路过这里，你就被毁了，你知道吗？"

秦路只是重复着一句话："不要报警，也不要告诉老师。"

若是这件事传了出去，厉新会疯吧？厉新不会关心她经历了什么，只会觉得她差点儿脏了，只会觉得她是烂掉的花。

许肆沉默了一会儿，才开口："我们尊重你的决定，我再问你最后一遍，真的不用报警吗？"

秦路摇头："不用，谢谢。"

许肆走到刘兴法面前，居高临下地看着他："你知道你今天在做什么吗？"

刘兴法低着头，咬着唇没有说话。

杨世昆气愤极了："你装什么大尾巴狼呢，你这是犯罪，你懂吗？还拍人家小姑娘的照片，你还是个男人吗？真恶心。"

刘兴法认识许肆，知道许肆的厉害，他跪在地上抱着许肆的腿："我错了，我不该偷拍她不好的照片，也不该对她动手动脚，念在事情没发生，放过我吧。"

他说的话，许肆一字不落地全部录了下来，防止以后这姑娘后悔，录音也能算是一个证据。

许肆一脚踹开他："别碰我，恶心。"

他拎起刘兴法就往外走，袖子被轻轻扯了一下。

"求求你，能不能别把这件事告诉别人？"

许肆应她："好，我会保守秘密。"他停顿几秒，又问她，"需要借你手机打电话给家人，现在先回家吗？"

"谢谢。"秦路整个人还处于高度紧绷的状态，接过了他递过来的电话。

……

事情突然发展成这样，秦路觉得自己可能做错了——她不该让许肆替自己守住秘密。明明他是为了帮她，她却给他带来了麻烦。他那时候破门而入，像个浑身散发着光的英雄，现在却成了大家口中的施暴者，而这一切的一切，都是因为她。

她看到刘兴法从教室外面走了进来，还一直盯着她，那眼神黏腻又恶心，让她作呕，她脑海里不断涌现那天的场景。

而在这之前，刘兴法背后造谣她，有意无意地引导班里的人孤立她。

秦路看到桌子上的一张白纸，是这次考试的成绩单。她拿起来看了一眼，看到了排在前面的刘兴法，还有排在后面的自己，攥在手里的纸都皱了。

"秦路，你出来一下。"

七班的班主任是一个严厉的女老师，戴着黑框眼镜，她将成绩单放在桌上，伸手指了指秦路的排名："看到你这次的排名了吗？"

秦路低着头，不敢看她："看到了。"

"秦路，我记得你之前不是这样的呀，老师一直都觉得你是一个很有潜力的孩子，怎么现在成绩会退到这种地步？是不是心思没有放在学习上？我今天和你妈妈通了电话，她说你不想来学校。我也是发现了，你最近都没有把心思用在学习上吧……"

秦路整个人都有些浑浑噩噩的，都不知道她是怎么走出办公室的。

警方介入

"你们听说了吗？七班出大事了。"

"什么？"

……

杨世昆听到前桌说有人想不开了，有些震惊："哪个班的？"

"七班的，听说原来成绩还蛮不错的，不知道为什么现在下滑了，可能是因为最近压力太大了吧。"

听闻这个，杨世昆戳了戳玩手机的许肆："肆哥，七班有女生出事了。"

许肆玩手机的手指一顿，熄灭了手机屏幕："七班？"

"对，是七班，肆哥。"

两个人对视了一眼，许肆印证了自己心里的猜想，出事的应该是前几天的那个女生。

楼道里挤满了人，学校楼下停着救护车。

方子新也听说了这件事，也是有些唏嘘，他看到门外站着的学生，催促着："别看了，上课了，快进教室吧。"

班里的学生这才陆陆续续从外面走了进来。

"同学们，有什么压力或者困扰你们的事，一定要跟老师、父母，或者跟朋友说，不要憋着不说，憋太久容易憋出事……"

许肆他们很清楚，根本不是因为什么学习上的压力，分明就是那件事给她造成了心理创伤，形成了无法磨灭的心理阴影。

……

秦路被救了过来，她睁开眼，看到一片白的医院。

厉新哭得眼睛都肿了，看到她醒来，声音里都带着哭腔："干吗突然想不开呀？你是傻吗？不疼吗？"

护士小声提醒她道："患者刚醒过来，情绪可能不太稳定，您还是不要刺激她

为好。"

秦路双眼无神地看着天花板，又看了看自己缠着纱布的手——她居然又被救了回来。

不知道过了多久，她开口叫了一声"妈"。

厉新握住了她的手："妈在，妈以后再也不逼着你学习了，我只是想让你好好学习，考一个好学校，以后有一个好未来，我也没想到我给了你那么大的压力。"

"不是因为这个。"

"那是因为什么？你告诉我呀，我是你妈，没什么是你不能跟我说的。"

秦路抿着唇，眼泪顺着眼角滑落下来。

"是不是在学校有同学欺负你？我去找老师问问去。"

秦路摇头："不是。"本来许肆救了她是做了好事，却因为她的事莫名承受那些谣言。

她鼓起勇气，开口："我要跟你讲一件事，可能说完你会生气，会觉得我给你丢脸了，但是这件事我必须说。"

听完秦路说的话，厉新哭得全身发抖，然后搂住了病床上的秦路："你是傻吗？发生这样的事情你为什么不说？为什么不告诉妈妈？"

秦路声音发颤："我是准备告诉你的，但是你让我必须去学校，后面我就打消了告诉你的念头。"

厉新后悔得想掐死自己："我要去学校把他给撕碎，居然敢这么对我的女儿！"

"如果不是那三个男生闯进来救我，我的人生就彻底毁了。"

厉新很心疼秦路，不停地责怪自己那天为什么没有听她说话。

"妈，你觉得我让你丢脸了吗？"

"这怎么能是你的问题？分明就是他的错，我要报警，我的女儿躺在病房里，而他现在还好端端地坐在教室里上课，凭什么？凭什么他没有受到应有的惩罚？"

"妈，你不觉得报警会让你丢人吗？"

"傻孩子，别想了，快睡吧。"

救护车刚走没多久，警车又来了，警笛声响彻整个校园。

所有人都很好奇到底是发生了什么事，竟然惊动了警方。

一个穿着警服的男人突然来到了十七班，冲里面开口："找一下你们班的许肆。"

方子新正在上课，看到警察也是一愣，看向后排的许肆："外面有人找你。"

许肆依旧是那副睡不醒的样子，从座位上站起身走了出去。

杨世昆和郝明猜了个大概，追在许肆后面冲方子新开口："我们也一起去。"

"哎。"方子新喊了一声，又叹了口气，冲底下的人开口道，"那我们先继续上课。"

……

警察看着面前的三个少年,开口道:"你们坐。"

许肆看了一眼刘兴法,然后坐下了。

"你们三个是目击者?"

许肆闻言"嗯"了一声。

"简单描述一下当时的情况。"

许肆不急不缓,语调没有什么起伏:"当时我们路过器材室,听到里面有声音,接着听到里面有人喊救命,我们就直接破门而入了。"他说完,看了一眼刘兴法,"踢开门,看到他想对一个女生做不轨之事,那个女生告诉我们,他拍了她的私密照片。"

那名警察闻言点了点头,记下了许肆说的话,和报警的那个女孩家长所说的相差无几。

刘兴法却义正词严:"警察叔叔,他们分明就是诬陷我,我从来没有对那个女生做过那些事,我俩平常在班里都没什么交集,我怎么可能对她做那种事?而且我平常都在学习。"

警察从七班班主任了解到的也是这样,平常两个人确实没什么交集,刘兴法的成绩也是很优异,他问刘兴法:"那你怎么解释报案人说你试图猥亵她,还拍了她的私密照片?"

刘兴法还是一脸无辜,伸手指了一下许肆:"他平常就爱打架惹事,分明就是他威胁了秦同学,所以秦同学才会想不开的,而且他们还威胁我,我脸上的伤全部都是他们打的,这件事根本就和我没有关系。"

刘兴法很擅长装好学生,当时许肆删了他手机里的照片,他以为只要他死不承认,又没有证据,他们就不能拿他怎么样。

杨世昆被他颠倒黑白的言论气笑了,语气嘲讽:"刘兴法你装什么大尾巴狼呢?你自己做了什么事,你不清楚吗?还在这里装好学生。"

刘兴法闻言,假装有些害怕地往后坐了坐:"警察在这里,你们可不能对我动手。"

许肆懒得同他废话,淡淡地开口:"我有证据。"

口是心非可不是乖学生

许肆说着掏出了手机,打开录音机,播出来一段音频。

少年带着些冷意的声音响起:"你知道你今天在做什么吗?"

紧接着是杨世昆暴躁的声音:"你装什么大尾巴狼呢,你这是犯罪,你懂吗?还拍人家小姑娘的照片,你是个男人吗?真恶心。"

"我错了,我不该偷拍她不好的照片,也不该对她动手动脚,念在事情没发生,放过我吧。"录音里，刘兴法的声音完全没有现在警察面前的淡定。

里面夹杂着秦路的声音，还有少年用有些生硬的声音问她要不要报警。

做笔录的是一名女警官，一头利落的短发，面容秀丽，闻言抬起了头，看向刘兴法："你不是说你和这位女同学从来没有接触吗？"

刘兴法的表情都凝固了，他攥紧了手指："原来是没有什么接触，我们没有过多的交流。那天我分明就是被他们逼着说那些话的，他们在学校里整天欺负同学，是他们威胁我说那些话的，我是无辜的，警察姐姐。"

杨世昆被他的厚颜无耻气到了，拳头捏得咔咔直响，他怒视着刘兴法："我从未见过如此厚颜无耻之人。"

许肆的反应倒是很平静："如果我没记错的话，器材室里是有监控的。"

高双双看着面前的少年："器材室里有监控？"

许肆"嗯"了一声，然后开口："之前器材室里丢过器材，学校就在里面装了监控，这事没有几个人知道。"

高双双看向一旁的男警官："去找学校调取一下监控。"

"别去了，我承认，是我将秦同学带入器材室的，后面他们说的也是真的。"

高双双再次打量刘兴法——看起来斯斯文文的，成绩也算是学校顶尖的，原本毕业了考上一所好大学，前途一片光明，却因为恶念毁了自己。

刘兴法被警察带走了，他本可以有一个美好的未来，却全部毁在了自己的手上。

回去的路上，杨世昆问许肆："肆哥，器材室什么时候装过监控呀？我怎么不知道这件事？"

"没有监控。"许肆瞥了他一眼。

"肆哥你诈他呀！肆哥真聪明。"

"走一边去。"

许肆几人被叫走后，十七班的人都闹翻天了。

"那个女生不会是因为肆哥想不开了吧？怎么肆哥被突然叫走了？"

"因为你个头，和肆哥有什么关系？"

"难道是追不到肆哥，为情所困？这也不是没可能，那姑娘也不用太难过，毕竟肆哥跟个冰块一样，焐都焐不热。"

"你别说，还真有这个可能性。"

"嘘，听我说，有没有一种可能，那个女生是肆哥的秘密女朋友，因为家长不同意被迫分开，所以那个女生想要为爱殉情。"

"我呸，你不如说明天的太阳从西边升起！肆哥会喜欢什么样的女生，反正我是想不出来。"

"我听说七班的刘兴法也被叫走了。"

一阵沉默过后，众人又开始新的猜想。

……

许肆刚进班，全班同学的目光都落在了他身上，他面色很冷，看起来很凶，他径直回到自己的座位上。

杨世昆听着众人窃窃私语，忍无可忍地开口："你们想象力那么丰富，干脆去写小说好了！"

还不到一节课的时间，这些人不知道编出了多少版本。

那些人不敢去烦许肆，都来问杨世昆。

"行了，行了，别问了，反正那个女生不是因为肆哥，肆哥没有做错什么事。"杨世昆看着那一张张八卦的脸，有些无语，"有本事你们去问肆哥，就知道来烦我。"

"如果敢去问肆哥的话，谁来问你。"

江荞对他们说的那个女生有印象，不久前她见过秦路，还伸出手扶了秦路一把，她以为秦路是身体不舒服，没想到居然会……

她垂下眼，盯着练习题看了一会儿，然后继续做题了。

杨世昆扭头小声问许肆："肆哥，可以告诉别人这件事吗？"

许肆抬眼看他："看学校和警方的处理。"

"可是，肆哥，他们都在传你欺负同学，恐怕不知道真相的七班学生又要说你打了他们班的好学生，还害得他们班的同学想不开。"

许肆的语气漫不经心："那又怎样？我又不活在他们嘴里。"而且事实不会因为这些人的三言两语而改变。

两个人的声音虽然小，但是江荞听得一清二楚，她有些微微走神，停下了手中的笔。

"想知道？"

江荞的身旁突然传来声音，她扭头对上了许肆有些戏谑的眼神，她摇头："不想知道。"

"口是心非可不是乖学生。"

"我又没说过我是乖学生。"

许肆轻笑了一下，眸子里染上些笑意，看上去没有那么凶了："那你就是承认你口是心非了。"

江荞才反应过来自己是被他绕了进去，她抿着唇，盯着他看了一会儿才开口："才没有。"

许肆对上那双澄澈的眼睛，笑道："不逗你了，你学习吧。"

不是说不想知道？

江荞看着因为刚刚走神在纸上戳出来的一团墨渍，拿起笔继续做题。

许肆靠在椅子上开始玩手机上的"消消乐"，他的指尖轻轻滑动相同的色块，看着屏幕上弹出了一句"great（很棒）"，还剩最后几步。

"那个女生……是因为什么？"

许肆看向她，语气里带着些笑意："你不是说不想知道？"

"那算了。"

乖学生的脾气还挺大。

许肆一改吊儿郎当的神色，说："刘兴法。"

江荞眼里闪过一丝错愕："所以你是因为这个才打他？"

许肆"嗯"了一声。

"你怎么不解释呢？任由他们在背后说你坏话。"

许肆声音平淡："解释不解释对我来说没什么影响，他们说什么都和我没有关系，我不在意。"

"可是……哪有人会喜欢被别人误会呀？"

许肆看她，轻笑了一下："不在意就不在乎他们说的话。"

也是，不在乎的话哪里会在意那些人说了什么？

江荞瞥了一眼他手机上的"消消乐"，指了指其中几个："消这几个。"

"你也爱玩这个？"

"不玩游戏。"

"那你平常除了学习还做什么？"

江荞想了一下，回答他："跳舞，看书。"

许肆倒是想不出来乖巧的女生在舞台上是什么样子，不过她说的看书这一点他一点儿也不意外，符合她古板乖巧的好学生形象。

他按照她刚刚说的，通过了那关，冲江荞开口："谢了，小同学。"

另一边，七班的传言就不太好听了。

"怎么兴法也被叫走了？"

姚丰安愤愤不平地开口："还能是为什么？肯定是许肆欺负了兴法，所以被叫走了呗。"

"那秦路到底是怎么回事呀？平常也挺开朗的，怎么会突然……这么想不开呢？"

"因为许肆呗，看他就不像什么好人，肯定是他做了什么不好的事情。"

"不知道就在这里乱说什么呢？有证据吗？就在这一口一个许肆，你们那么喜欢说，有种去许肆面前说呀，就会在这里嚼舌根。"

替许肆说话的男生名叫余霄,他以前最讨厌那些打架的坏学生,直到他的朋友被外校的人欺负,却被他眼里的那些"不良少年"救了,他对许肆一行人才彻底改观了。

姚丰安有些阴阳怪气:"你这么替许肆说话,你不会跟他是一伙的吧?"

余霄冷笑了一下:"我只是陈述事实,好过某人什么证据都没有就在这里乱叫。"

"你说谁乱叫呢?"

"说谁谁自己知道,没有证据就在这随便散播谣言。"

姚丰安气得一拳头就挥了过去,被余霄攥住了手腕。

两个人谁也不让着谁,虽然姚丰安更高一些,但是他身上长的都是虚肉,论力气,他根本比不过余霄。余霄按着姚丰安撞在了桌子上,书哗啦啦掉了一地,后面的一排桌子被撞得歪七扭八。

坐在后面的女生被吓得站起身,往后退了几步。

七班班主任赶到的时候,两个人已经被拉开了,但是谁也不服气。

李洁看着两人:"都快考试了,还不把心思放在学习上,闹什么闹呢?跟我去办公室。"说着,她就拽着两个人走了。

"哟,李老师真可怕。"

……

两个男生被李洁像拎小鸡崽一样拽进了办公室。

她看着站在自己面前低着头的两个男生,语气有些凶:"说话呀,刚刚不是打得挺凶吗?说说,因为什么。"

姚丰安先开了口:"他说我乱叫!"

李洁微眯了一下眼睛,看向一旁的余霄:"是这样吗?为什么突然说他乱叫?"

"我一开始不是这样说的,今天刘兴法被警察叫走了,还有十七班的许肆,再加上又出了那件事,班里的人都议论纷纷,姚丰安一口咬定是许肆欺负了刘兴法,还把秦路同学逼得做傻事。好歹是受过九年义务教育的人,没有任何证据就随便在班里散播这种言论,不知道会给别人带来多大困扰吗?"

李洁点了点头,开口道:"你说得对。"

姚丰安不满:"老师,许肆本来就不是什么好人啊,前几天在食堂的时候,许肆还把餐盘扣在刘兴法的头上,这不是明摆着欺负人吗?"

李洁的手指敲了敲桌子:"我想你对这件事可能有什么误解,刘兴法同学很快就要被学校开除了。"

姚丰安瞳孔一缩:"开除?兴法为什么要被开除?明明他才是受害者呀?为什么呀?老师,难道许肆家里有钱,他就可以在学校里横行无忌吗?"

李洁神色严肃地开口:"这是学校领导研究后一致决定的。刘兴法同学不仅违反了学校规定,而且他做的事也违反了法律,影响恶劣,学校不接受这样的学生,所以一致决定将他开除，通知很快就会下达到各个班级。你也是大孩子了，应该知道舆论的影响吧？没有什么证据不要随意传播这些言论，影响很不好。许肆同学在这次的事情中表现得非常好。"

"许肆？怎么可能？"

李洁瞥了他一眼："事实就是如此，刘兴法在学校器材室试图猥亵一名女生，还好许肆及时赶到了，帮了那名女生。秦路是这段时间压力太大生病了……总之她的事和许肆完全没关系。"

"猥亵？怎么可能，兴法他明明……不是这样的人，而且许肆为什么不解释，为什么不解释当初他要打刘兴法的原因。"

李洁笑了一下，语重心长地开口："人不可貌相，还是说连警察的话你都不信？许同学之所以不解释，是因为他要保护同学，如果这件事传出去，受到伤害的女孩子怎么办？"

姚丰安沉默了，他现在才知道，自己根本就是被刘兴法利用了。

"今天放学前，都给我交一份检讨。"

真相大白

"妈，警方怎么说？"

厉新揉了揉秦路的头："那个男生已经被抓起来了，这些事你就不要操心了。"

"不是，我是说那个帮我的男同学。学校是怎么处理这件事的？澄清了吗？因为帮我，他被学校很多人非议，我不介意这件事被别人知道，但是我不能给他带来困扰，我不能恩将仇报。"

"路路，你们老师已经给我发信息了，会给这件事情一个说法，也会保护你的隐私。"

秦路喃喃自语道："那就好，那就好。"

只要能帮到许肆，就算学校不帮她隐瞒这件事，她也觉得没关系。

"路路，妈妈知道是我给你的压力太大了，是妈妈不好，过几天我就去学校给你办理休学，带你出去散散心。"

之前，她把希望全部寄托在女儿秦路身上，逼秦路去学习，从来没有考虑过秦路的心情，也没有问过秦路的想法，现在她想通了，学习成绩再重要也没有秦路开心重要。

秦路摇头："我没事，妈，我过段时间就回学校。"

"行，路路想去学校就去学校。"

……

晚自习，学校将处理结果传达到各个班级。

李洁看着底下埋头写题的学生，清了清嗓子："先停停手中的笔，我有一件事要讲。"她扬了扬手里的纸，"这是违纪通知单，这件事的影响非常恶劣，而且这个人是我们班的。"

违纪被通报是常有的事，一般都是班主任念一下处理结果，然后警告自己班的学生不要犯类似的事。

姚丰安和余霄都知道这件事，两个人看着她手里的纸，想法各异。

"七班的学生刘兴法品行不端，强奸未遂，严重违反了法律和学校纪律，影响极其恶劣，经学校领导一致决定，给予退学处分。"

此话一出，七班的同学都蒙了。

他们口中的可怜人，居然做了这种事。

李洁继续道："一些不实的传言我也听说了，有人说秦路是因为许肆才做了傻事的，说许肆欺负其他同学，这都是不实的言论，事实是许肆和他的两个朋友制止了刘兴法，帮助了那个女孩儿。至于秦路同学，是因为近期学习压力大，加上刘兴法前段时间联合一些同学排挤她，她没有及时调节自己的情绪，才会发生那样的事情。在此也要提醒大家，马上高三了，同学们一定要劳逸结合，有任何问题及时和老师、家长还有同学沟通。"

讲桌下的七班同学躁动不安，又因为李洁在讲台上，不敢大声讨论。

另一边的十七班。方子新站在讲台上，冲底下开口："我要说一件事情。"

底下的学生停下手中的笔，齐刷刷地仰起头看他。

"七班的刘兴法同学品行不端，强奸未遂，经学校领导一致决定，给予退学处分。"

"天啦！"

"什么情况？强奸未遂？"

"刘兴法前几天还卖惨说我们肆哥欺负他。"

"真恶心。"

底下议论纷纷，方子新拍了拍桌子，示意安静："听我说完。"

众人这才安静下来。

方子新看了一眼坐在后面没什么表情的少年，扯出一抹笑："还要表扬三位同学，许肆、杨世昆、郝明见义勇为，他们三个人及时帮助了那名女生。"

杨世昆真想立刻冲到七班，站在那些说许肆欺负同学的人面前，将违纪通知单狠狠地摔在他们的脸上，让他们好好看清楚，到底是谁欺负人。

方子新又继续说："不过刘兴法还不只做了这一件事，他私底下还联合其他同学打压秦路同学，导致她学习成绩下降，秦路心理压力太大才发生那样的事。那些说许肆欺负同学的言论都是不实的。"

"我就说肆哥不会无缘无故打他吧。"

"天哪！"

"真是气死我了，我今天还跟七班一个人吵架呢，居然说我们肆哥逼秦路做了傻事，我真想捂住他们的嘴巴，根本就是因为刘兴法好吧！跟我们肆哥有什么关系！"

"那个女生也太惨了吧。"

"真想看看那些人的反应。"

许肆面上没什么表情，听方子新说这些事的时候，微微顿了一下，听到后面，才重新低下头做自己的事。

方子新看着乱哄哄的班级，没有再维持纪律。这件事对所有人的冲击力都很大，讨论一会儿也是正常的。

方子新将目光投向后面坐姿随意、表情冷淡的少年，他似乎对这些事毫不在意，出于相貌的原因，看起来有些不好惹，有时候脸上还带着伤，让他看起来多了几分痞气。

可确实如上一任班主任所说，许肆不坏。

杨世昆扭头，对着许肆开口："让刘兴法蹦跶太久了，终于真相大白了，前些天那些人不分青红皂白指责你的时候，我都要气死了。"

许肆语气平淡："我又不活在他们嘴里。"

杨世昆知道许肆不在意，但是他听到有人说许肆，还是很生气。

许肆正低头摆弄手机，听到身旁的人小声叫了一声自己的名字。

他抬眼看她："怎么了？"

"这件事并不是学校说的那样吧？"

许肆饶有兴趣地看着她："怎么说？"

"两件事一前一后发生，这很奇怪。"江荞说话的时候神色很认真。

"就不能是巧合了？"

"漏洞太多了。"江荞说完，又补充道，"不过这也是学校为了保护她，我知道的。"

许肆听出了她话里的意思，勾起唇角轻笑了一下："还挺聪明。"

他忘了，这位乖学生在之前的学校可是佼佼者。

"只是觉得有很多不合理的地方，猜的。"江荞说完，紧接着说，"不过我不会告诉别人的。"

许肆"嗯"了一声，然后道："我知道。"

十七班因为这件事足足闹腾了半节课。

秦路也在当晚收到了很多人发给她的信息，让她养好身体，早日出院，不要再想不开，七班的人都在等着她回来。

小没良心的

"快看，快看，门口有个美女。"

"长得真好看。"

"来找谁的呀？"

"反正不是找你。"

"当然知道不是来找我。"

门口的女生穿着一身黑白拼接的裙子，长了一双狐狸眼，眼尾微微上挑，五官明艳极了，笑起来让人如沐春风。她轻轻敲了敲门，礼貌地开口："老师，我找一下江荞可以吗？"

李秋红看了一眼外面的女生，开口道："江荞，外面有人找。"

江荞听见熟悉的声音，抬头向门口看去，对上了姜知许笑盈盈的目光。她站起身走了出去。

"果然长得好看的人都和长得好看的人玩，江同学的朋友也是美女。"杨世昆忍不住咂舌道。

郝明闻言笑了："不过也有例外。"

"怎么讲？"杨世昆有些不解。

"比如说肆哥那么帅，你却……"

"郝大头，你看我下课不把你的狗头打碎。"杨世昆看了一眼讲台上的李秋红，想要现在就把郝明给踹飞出去。

郝明坏兮兮地开口："难道你觉得你比肆哥帅？"

杨世昆看了一眼后面的许肆，少年额前的碎发柔和了凌厉的五官，脸上的伤已经结痂了，无端透着几分痞气。

"你胡说，当然是肆哥最帅。"

天台上。

姜知许将面前的江荞抱了个满怀："想我没？小朋友。"她身高一米七三，比江荞高上小半头。

"想你了，"江荞一双杏眼弯弯，眼底是藏不住的欣喜，"不过，阿许你怎么会突然来A市？"

"还不是因为有个小没良心的自己来了A市，转学手续办好了才告诉我，而且我前段时间不是说了等有空了就来看你？"

江荞"嘿嘿"笑了一下。

姜知许捏捏她的脸，拧着眉开口："你怎么又瘦了？是不是又没好好吃饭？"

江荞摇头："没有，我一直有好好吃饭。"只不过身体越来越差了，有时候吃了会吐。她看着姜知许，"你那边不是很忙吗？要不然在我家住几天再走吧？"

姜知许笑道："不走了。"

江荞有一瞬间的愣怔："啊？"

"我说不走了，就留在这边了，你在这里，我也在这里。"她的荞荞没有多少时间可以活了，哪怕只有最后几天，她也要陪着荞荞。

她和江荞相识在十年前。

那时，姜知许母亲过世不久，而父亲姜平爱赌博，很快就将家里的钱财输得所剩无几，还欠了不少外债。因为没有钱还，又怕债主找上门，姜平带着姜知许换了住处，最后住进了姜知许外婆留下的房子里。

姜平时常喝得酩酊大醉才回家，或是在赌场里输了钱回来拿姜知许撒气。姜知许从小的愿望就是逃离姜平，逃离这个家。她唯一的盼头就是赶紧长大，直到她遇见江荞。

有一天，姜平喝醉了酒，砸了很多东西，将姜知许关在了门外。楼道里的灯有些昏暗，姜知许坐在门口，她很饿，也很害怕。她永远都记得那天，她坐在门口，忽然一个和自己差不多大、穿着白裙子的女孩儿停在她的面前，将自己手里的牛奶递给她，问她："你是新来的邻居吗？这盒牛奶给你喝。"

姜知许记得，自己当时没理她，她却毫不在意，还坐在了自己旁边："这个牛奶我很喜欢喝，真的很好喝，你不喝吗？"是草莓味的牛奶，牛奶盒上还残留着小女孩儿的体温。

直到现在，姜知许都记得那天穿着白裙子的女孩儿脸上甜甜的笑容。那个女孩儿闯进了她的生活，一待就是很多年。

后来，姜知许才发现，江荞也没有看起来那么幸福，江荞的父母常年不在家，把她完全交给家里雇佣的阿姨照顾。

姜知许初中毕业的时候，江荞上初二，她告诉江荞："我不念了。"

江荞听完，将攒的压岁钱全都拿出来给她，足足有好几万块钱，对她说："我有钱，你继续把高中念下去。"

姜知许揉揉江荞的头，笑了一下："我成绩不好，本来就不是念书的料，我家小朋友一定要好好读书呀。"

一开始，姜知许在餐馆当服务员，江荞每周末都会跑到店里去陪她。她在忙，江荞就在一旁抱着小书包写作业，看起来乖巧极了，偶尔会抬头看她，然后冲她笑。

那天很晚了，姜知许还没下班，一位喝醉的客人拉着姜知许的胳膊就想要占她便宜。

在一旁写作业的江荞噌地站起身子，抄起手里的作业本打掉了那人的手，严肃地说："先生，餐馆是来吃饭的，不是你可以放肆撒野的地方，想要消遣的话去别的地方。"

那男人还要再说什么，店长从里面走了出来："怎么了？发生了什么事？"

江荞指着那男人，一字一句说得认真："姐姐，这个人喝多了调戏员工，咱们这里可是正儿八经吃饭的地方，他未免有些过分了吧？"

店长闻言，严肃地说："先生，你要是再这样的话，我就要报警了。"她是知道姜知许家里的情况的，也很心疼这个姑娘。

那男人见状不好再说什么——他哪里是喝醉了，分明就是借着酒醉找借口做坏事。

江荞平常看起来没什么脾气，但是有关姜知许的事情，就比谁都在意。

回去的路上，姜知许拉着江荞的手，一对眼睛笑得弯成了月牙："今天我家荞荞真棒。"

江荞冲她扬起一抹笑："阿许，我这次考试考进了班里的前三名。"

"是谁那么棒呀？原来是我家的小朋友荞荞。"姜知许捧起她的脸揉了揉，"等以后你念了大学，我就去你读书的那座城市工作。"

"好。"

蝉鸣聒噪，夏夜的风都带着些热气，路灯光将两个人的身影拖得很长很长。

以后有我

姜知许和江荞一路上有说有笑，姜知许说，等她再多挣一点儿钱，她就从这个家搬出去，绝对要离那个"人渣"远一点儿。

她和江荞走到单元门口的时候，发现楼道里围了很多人，有的是住在同楼层的，也有些是面生的。

有人认出了姜知许，对着她指指点点，人群议论纷纷，中间夹杂着一些难听的话语。

"亲爹都死家里了，还不知道在外面干吗呢。"

"你瞅她穿的那个样子，看起来就不像什么好姑娘。"

"养大这么一个女儿也不知道有什么用，爹死在家里了，女儿还能在外面玩呢。"

江荞气得将手里的塑料袋都捏紧了，她挡在姜知许的身前，冲那些人开口："说够了吗？知道是什么情况吗就在这乱说！随意谈论别人的家事，这么大的人了还当着人家的面议论，真的觉得自己很有礼貌吗？"

认识江荞那么多年，那是姜知许第一次听到江荞说话如此不客气，那些人被江荞的话噎住了，灰溜溜地离开了。姜知许不知道该如何形容自己那天的心情，她一直以来想要逃离的家没了，姜平死了，她没有难过，甚至没有掉一滴眼泪。葬礼那天，亲戚们都骂她冷血，亲爹死了她连一滴眼泪都不掉，说她是一个没有心的人，只有她自己知道，她心底里有多恨这个人，多讨厌这个家。

母亲在的时候,她过得还算幸福,母亲死后,她几乎生活在阴暗的世界里,完全看不到希望,每天都要面对来自姜平醉酒后的谩骂和殴打,身上的伤好了又添,她心底的某个角落在悄悄腐烂。

但是厄运并没有结束——他人走了,还留下一屁股债务给她。

所有人都在指责她,说她冷血,说她没有孝心,说她爸那么多年养了一只白眼狼,姜知许懒得去反驳一句。

只有江荞心疼地抱着她,哭得小脸都皱巴巴的:"阿许不怕,以后有我,我会一直陪在阿许身边的。"

她觉得自己就好像一堆碎片,被江荞一片片捡起,拼凑在一起。

……

姜知许从包里掏出一个小盒子,递给江荞:"给你带的小礼物,打开看看喜不喜欢。"

江荞打开盒子,里面是一条项链,银色的链子,坠着一个月亮形状的小挂坠。

"我的是星星,你的是月亮,我永远都围绕着我的小月亮。"姜知许将项链拿出来,然后戴在了她的脖子上。

星星可以有很多,但是她的小月亮只有一个。

江荞捏着那枚坠子,笑得眼睛弯弯:"好好看呀,阿许,我很喜欢。"

姜知许捏了捏她的鼻尖:"在这边怎么样?还适应吗?"

"还行,同学也都挺好的,下周就要第一次考试了。"

"我担心什么都不会担心你的学习。"姜知许脸上的笑容明媚极了。

她还记得她读初二那年,因为作业写得太烂总被老师说,后来江荞干脆把她的作业一起做了,结果第二天她就被叫到办公室了。

她以为是上初一的江荞写初二的作业做错太多了,没想到的是,老师将作业放在桌上,语重心长地开口:"看看,这作业不是也能做得挺好的吗?怎么之前就不好好做作业呢?"

那天,姜知许回家的一路上都是有些蒙的。

她又想到了江荞的病,心中有些酸涩,她家小朋友才十七岁呀,就患上了那个病。

"阿许?"

"啊?"姜知许回过神来,对上江荞有些疑惑的眼神。

"我说阿许你来这边准备做什么呀?"

姜知许笑了一下:"去一家工作室当摄影师,以后还可以给你拍很多很多好看的照片。"

"好。"江荞冲她笑得很甜。

"你来这边没有人欺负你吧?"

江荞很认真地摇了摇头:"没人欺负我的,阿许。"

"你也出来挺久了,你先回去上课吧,有时间我再来看你。"姜知许说完,又叮嘱她,"一定要注意身体,学习不要太累了。"

"我知道的,阿许也要多注意休息。"

"好,那我就走了。"

江荞回到班里的时候,已经是第三节课了,她看了一眼时间,离下课还有半小时。

杨世昆突然转头,笑眯眯地问她:"江同学,刚刚那个来找你的美女是?"

"是我一个很好的朋友。"

"我有一个朋友,他想和你的朋友认识一下。"

江荞有些疑惑地看着他。

郝明扭头冲江荞开口道:"你当他胡说就行。"

杨世昆:"……"有句脏话不知道当讲不当讲。

许肆靠在椅子上,突然听到身边的人开了口:"刚刚他俩是什么意思?"

"无中生有,是他自己想要认识。"

许肆看到江荞神色认真地点了点头,便收回了目光。

李秋红在讲台上坐得腰疼,准备下来转转。

江荞抬头看了一眼走下来的李秋红,然后伸出手戳了戳许肆,提醒他:"老师下来了。"

她看着许肆轻车熟路地将手机藏了起来,然后收回了视线。

李秋红停在杨世昆的桌前,拧眉道:"杨同学,你这个字……写得真是独具一格,有它自己的想法。"

"谢谢老师夸奖。"

李秋红点了点他的作业:"真以为我夸你呢?我拿张纸让乌龟爬一会儿,都比你写得好看。"

杨世昆接道:"乌龟爬得快不快?我让小乌龟替我写作业吧。"

"少贫嘴,你去买本字帖,一天练一页,送到我办公室,我每天都会检查。考试的卷面分很重要,语文嘛,只要你往上写,字迹工整,就不至于没有分,但是你这个字就很难说,如果可以负分,那我想给你负分。"

"好。"

李秋红看了一眼许肆,又转回了前面,继续坐在讲台上写教案了。

许肆偏头看了一眼正在写作业的江荞:"谢了,小同学。"

江荞应道:"不客气。"

余额不足

"你们干吗随意闯进我家，还乱搬东西？"沈妤纯看着那些穿着工作服往外搬东西的人，质问出声。

"您是沈妤纯沈小姐吗？"

"是。"

"那就没错了，这是梁先生交代的，还让我转告您，他只是拿走属于他的东西。还有，梁先生说，他的资产，离婚以后，沈小姐您一分钱都不会得到。"

"我跟他结婚十几年，他就送我一个净身出户？"沈妤纯气得抓住了面前人的胳膊。

"沈小姐，我就是来传话的，还请沈小姐不要为难我。"

……

"你好，女士，您的银行卡余额不足。"

沈妤纯愣了一下，接过收银员手里的银行卡，神色尴尬："不好意思，我换张卡。"她又从包里掏出一张卡，递给了收银员。

"不好意思，女士，这张卡也是余额不足。"

沈妤纯说了句"抱歉"，又换了张卡，还是余额不足，她感觉收银员看自己的表情都变了，似乎是带着一些鄙夷。

"给您添麻烦了，我付现金可以吗？"

"可以。"

沈妤纯掏了半天，才从包里找出来两张纸币，一张五块的，一张十块的，她将手里的东西放在收银台上："抱歉，这些东西不要了。"

"没钱出来买什么东西呀，浪费别人时间。"

沈妤纯听到了身后大妈说的话，没有回头，咬着唇继续往前走了。她终于知道梁正之前些天说的"别后悔"是什么意思——她的卡全被停用了，家里的保姆也全部被辞退了。

她低头看了一眼手表，已经快到十一点半了，梁介然快放学了，以前都是家里的司机去接，现在她只能自己去接了。

"妈妈。"梁介然小跑着扑进了沈妤纯的怀里。

沈妤纯揉了揉他的脑袋："有没有等急呀？"

"没有。"梁介然牵着沈妤纯的手，问她，"妈妈，今天没有司机叔叔来接我们吗？"

沈妤纯顿了一下，才开口："司机叔叔不在，然然跟妈妈一起坐公交车吧。"

梁介然从来没有坐过公交车，拉着沈妤纯的手，语气有些兴奋："好耶！"

下班高峰期，坐公交车的人很多。沈妤纯拉着梁介然的手，被挤来挤去，有些抓不稳扶手，好几次都差点儿摔倒。

"妈妈，好挤呀，然然下次不想坐公交车了可以吗？"

"好，妈妈下次不带然然坐公交车了。"沈妤纯握着梁介然的小手，不知道接下来应该怎么办——她的卡全部被停了，她手里一点儿钱都没有。

沈妤纯之前被许珩宇娇养惯了，从来没有下过厨房，后来又嫁给梁正之，家里请了保姆，大事小事都不用她动手，她根本就不怎么会做饭。

"好吃吗？"

梁介然咬断筷子上的面条："好吃，但妈妈是不是没放盐呀？"

沈妤纯又跑去厨房端来盐罐子，往碗里加了一些盐，看着梁介然，有些愧疚："妈妈做得不太好吃，然然先凑合吃。"

梁介然乖巧地点头："好。"

送完梁介然去学校，沈妤纯在家里翻箱倒柜地找了半天，没有找到一点儿现金，那些值钱的东西全部被梁正之带走了。

她找到一个结婚时候带过来的包，还是之前许珩宇给她买的，后来她觉得过时了，随手就塞进了柜子里。

她拿着包去了回收奢侈品的地方。

"小姐，请问您要卖什么东西？还是买什么？"

沈妤纯拿出自己的包："这个。"

"小姐您稍等，我去请鉴别人员过来。"

"好。"

沈妤纯等了一会儿，出来一个男人，他拿起沈妤纯带来的包看了一下，冲她礼貌地笑了一下："小姐，这款包可以回收，但是给不了很高的价格。"

"能给多少？"

那男子伸出了两根手指头。

"两万？"

"两千。"

沈妤纯有些不信："怎么可能？这包买的时候好几万。"

男人的脸上依旧挂着礼貌得体的笑："小姐，你也知道，这是之前的款了，已经过时了。这个牌子现在出了很多新品，已经很少有人再买这个老款的包包了。而且你这款包已经变形了，磨损也很严重，能给这个数是因为我比较喜欢收藏这些，换一家店绝对不可能比我这个数更高。"

沈妤纯犹豫了一下，最后妥协："行。"

"那小姐您是要现金还是？"

"现金吧。"

沈好纯刚从店里出来，迎面走过来一个女人。她戴着墨镜，穿着一身高定红裙，挎着大牌限量款包包，脚上踩着一双足足十厘米高的高跟鞋。

"哟，这不是我们的沈大校花吗？怎么从回收店出来了？怎么会混到这种地步呀？"尚锐摘下墨镜，露出一张精致明艳的脸。

从前沈好纯就一直说要嫁一个有钱老公，后来和尚锐喜欢的男人结婚了。再后来，尚锐听说沈好纯和许珩宇离了婚，转头嫁了一个有钱人，而许珩宇这么多年都没有再娶。

她是打心底讨厌沈好纯——明明从骨子里就嫌贫爱富，却还一副自命清高的样子。

沈好纯握紧了手上的袋子，未承想在这个时候遇见了老熟人："不劳烦尚大小姐费心了，我过得很好。"说完，她便从尚锐旁边走了过去。

尚锐打量了一会儿沈好纯的背影，勾起一抹笑来——沈好纯看起来面容憔悴，身上的裙子都有些皱了，似乎还是去年的款，看起来过得也并不怎么样呀。

回到家，沈好纯坐在沙发上发呆，梁正之带走了所有值钱的东西，还冻结了她的卡，是成心想把她逼上绝路。

她将脸埋进膝盖间，发出低低的啜泣声。不管怎么样，她都要照顾好然然，然然是支撑她走下去的唯一动力和精神寄托。

突然间，她的脑海中闪过之前说会一直对自己好的许珩宇，还有拉着她胳膊求她不要走的许肆。

许肆。她猛然想起来，她还有一个儿子许肆。

沈好纯决定，她一定要抽个时间去学校里看一看许肆，不管怎么样，他都是她生的。

共用一把伞

周五，早晨。

"起来了吗？荞荞，妈妈给你做了早餐。"田泠敲了敲江荞的房间门。

江荞推开门，开口道："起来了。"校服穿在她身上看起来有些空荡荡的，几缕碎发垂在脸旁，小脸白净。

田泠坐在江荞对面，看着她默不作声地将三明治里的番茄片拿了出来，吃了几口，就停住了。

她将热牛奶递给江荞："喝口牛奶，荞荞。"

江荞一个三明治就吃了不到半个，又喝了几口牛奶，乖巧地冲田泠开口："我吃饱了，妈，我去上学了。"

田泠从冰箱里拿出来一个便当盒子，递给江荞："把这个蛋糕带上，上午饿了吃。"

江荞看了一眼蛋糕上的杧果块，轻声道："妈，我从来不吃杧果。"

田泠伸出去的手明显顿了一下，冲江荞笑了一下，将蛋糕收了回来："那荞荞你路上慢点儿。"

"嗯，我知道。"江荞说完便拎着书包准备离开了。

等红灯的瞬间，刘妈看向坐在副驾驶上乖巧的小姑娘："夫人她不常在家，所以可能不太了解你的饮食习惯，你也别怪她。"

"我知道，我不怪她。"江荞说完，又提醒她，"绿灯了。"

刘妈这才收回目光，踩下脚底的油门。

江荞到得很早，班上还没什么人，她坐在自己的座位上，看着自己桌上多出来的牛奶，明显愣了一下。

她拿起来看了一眼，便又放在了桌子上。

许肆刚来，依旧顶着那张睡不醒的脸，他走进来，坐在了江荞的旁边。

早上的阳光很好，大课间却突然开始下起绵绵细雨。临近中午放学的时候，雨越来越大。放学了，大雨也丝毫没有要停歇的意思，反而越下越大了。

"荞荞，你带伞了吗？"罗星问江荞。

江荞摇了摇头。

罗星看着外面的雨，有些发愁："怎么办啊，雨越下越大了。"

"罗星，我带伞了，我们三个用一把。"

"好。"罗星说完，又看了一眼江荞，"那你怎么办啊？荞荞。"三个人打一把伞已经很挤了，要不然她们可以带上江荞的。

江荞冲罗星笑了一下："有人来给我送饭，我可以多等一会儿。你们先去吃饭吧。"

"那我们就先去吃饭了。"

因为这场雨来得令人猝不及防，班里很多人都没带伞，很多男生又开始上演"认大哥"的戏码。

"你早上带伞居然不提醒我是吧？"

"我带伞的时候问过你们呀，你们自己说的天气很好不会下雨的。"

"似乎是有这么一回事的，那你给我带个饭吧，掉渣饼，加什么菜都行。"

"叫大哥。"

"……"

"不叫大哥不给带。"

"大……大哥，给带饭吧。"

"多带一份吧，大哥，我想吃食堂一楼的盖浇饭。"

"还有我，大哥，想吃砂锅米线。"

……

就这样，一个有伞的男生带着全宿舍的希望出发了。

江荞看着噼里啪啦下个不停的雨，又等了一会儿，然后迈着步子冲进了雨里——

她再不去门口的话，刘妈会等着急的。

她的白鞋被雨水溅湿了，豆大的雨滴打在脸上，打湿了她额前的头发。正当她疑惑着雨怎么突然变小的时候，她看到自己头顶上突然出现的那把伞，还有少年那张看起来有些凶的脸。

许肆将伞塞进她的手里："伞给你用。"

江荞愣了一下，看着他冲进了雨里，迈着步子追了上去："许肆，你等等。"

江荞将伞打在他的头上："谢谢你的伞。雨下这么大怎么会不需要伞呢，这伞还挺大的，你不介意的话，就一起打吧？"

许肆本来想说不，对上她认真的视线，"嗯"了一声。

"肆……"杨世昆打着伞冲出来，刚喊出声，看到前面的两个人，揉了揉眼睛，确定前面打着同一把伞的人就是他的肆哥和江荞。

郝明用胳膊顶了他一下："怎么还杵在这里不走了？下大雨给你脑子淋湿了？走路都不会了？还是饿傻了？"

杨世昆瞪了他一眼："郝大头，你一天天的脑子里就只有吃，你看前面。"

郝明看着前面的两个人，然后同杨世昆相视一笑，两个人坏兮兮地跟在后面看着许肆和江荞。

两个人走了几步，江荞听到身边的人说："要不然我来拿伞吧？"

"啊？"江荞偏头看他，发现自己把伞举得太低了，伞直接压在了许肆的头顶。

不过也不能全怪她，许肆高她太多了，她只有一米六五，堪堪过他的肩膀。

江荞有些尴尬地小声说了一句"对不起"，然后将手里的伞递给了他。

许肆看到她的脸又红了，不禁想：还真是容易害羞的乖学生。

"你去门口？"许肆偏头看她。

江荞"嗯"了一声，然后从兜里掏出一张纸巾擦了擦自己被雨水打湿的头发，又看了一眼许肆，掏出一张纸递给他："你头发也湿了。"

许肆接过她手里的纸，说了声"谢谢"。

两个人挨得很近，江荞能感受到许肆身上的体温，她从来没有和男生靠得这么近过，不由得有些耳热。

雨一直不停歇，越下越大。许肆停了一下，提醒道："水坑。"

江荞低头看了一眼地面上的小水坑，然后迈了过去，小声说了句"谢谢"。

终于到了门口，江荞看到了等在门前打着伞的刘妈，冲许肆笑了一下："谢谢你的伞。"

女孩笑得很甜，一双眼睛弯弯的，看起来乖巧极了。

许肆看了她一眼，想知道她除了"谢谢"和"对不起"之外还会说什么，这一会儿工夫已经听她说了好几声"谢谢"。

算我买你的

刘妈看了一眼离去的男生，收回了视线："今天炖了玉米排骨汤，快进车里。"

江荞笑了一下，开口道："谢谢刘妈。"

车里开了冷气，刘妈给江荞盛了一碗排骨汤，然后将菜摆了出来，有些内疚地开口："早上是想让你把伞装着的，都拿到车上了，结果忘了让你带着。"

"没事。"江荞冲她笑了一下，"排骨汤真好喝。"

刘妈听她说好喝，笑得脸上的皱纹都舒展开了："好喝就多喝点儿。"她想起刚刚那个男生，问她，"刚刚和你一起过来的那个男生，是你同学吗？"

"现在的同桌。"

刘妈笑道："你这个新同桌人还挺好，还把你送到门口。"她刚刚留意到，那个男生把伞倾斜向江荞的头顶，自己的胳膊都淋湿了。

"嗯，人确实挺好的。"就是真的有点儿凶。

江荞回到班里的时候，突然被人叫住了。

"江荞。"

江荞回头，看见门口站了一个高高瘦瘦的男孩子，五官清秀，戴着黑框眼镜。他冲江荞笑道："今天早上的牛奶，好喝吗？"

之前他听别人说，十七班新转来的一个女生长得特别好看，他还有些嗤之以鼻——能有多好看，直到那天江荞从他旁边经过。

明明大家都穿着校服，可穿在她的身上却是不一样的感觉。

女生的长相很干净，皮肤很白，有一双宛若秋水的明净澄澈的眼睛，鼻子小巧，身材纤细，即使扎着最简单的马尾，也美得惊艳。只是一眼，就让人移不开视线。

江荞努力地回想了一下，确定她对这个男生一点儿印象都没有，她想起早上桌上突然多出来的牛奶，问他："早上我桌上的牛奶，是你放的？"

林时樾点头："对。"他将手里的零食递给江荞，开口道，"这个零食给你。"

江荞冲面前的人开口："你等一下。"

江荞拿着那瓶牛奶又走了出去，然后冲面前的男生礼貌地开口："我不知道牛奶是谁放在我桌上的，牛奶我没有动过，还给你，谢谢你的好意。"

林时樾也不尴尬，没有去接她手里的牛奶："我没有别的意思，江同学，就是觉得你挺特别的，想和你认识一下，交个朋友。"

杨世昆远远地看到江荞在班级门口同一个男生说些什么。

江荞从口袋里掏出二十块钱："行，牛奶算我买你的。"她说完，把钱塞在男生手里，转身进了十七班。留下林时樾看着自己手里的二十块钱，有些蒙。

"让一让。"

林时樾听到男生冷冷的声音，然后回过神来，让开了。他看向里面的江荞，她似乎真的和之前他认识的女生都不一样，很有意思。

杨世昆目睹了全过程，回到教室就忍不住跟郝明咬耳朵："哈哈哈，江同学真是笑死我了，这么独特的拒绝人的方式我还是头一回见到。如果我没理解错的话，就是那个男生给江同学送牛奶，江同学拒绝了，可是那男生死皮赖脸地让江同学收下，结果江同学直接塞给那男生二十块钱，让我猜猜她说了什么，可能是'拿着我的钱离开'。哈哈哈，哈哈哈，我要笑死了。"

郝明也忍不住笑了："像江同学这么拒绝人的，我还是头一次见。"

不过，他见过最离谱的还是许肆，之前有一个女生来找许肆，因为许肆的表情太凶了，直接给人家小姑娘吓得话都说不出来。

罗星冲江荞招了招手，看着她走到自己面前，小声问她："刚刚那个男生还挺帅，他对你说啥了？"

江荞想了一下，回答她："他说觉得我挺特别的，想和我交朋友，然后我就把早上他给的牛奶还他了，他说送给我喝，我就给了他二十块钱，算我买他的牛奶。"

"噗。"罗星没忍住笑出声来，她还以为江荞说了什么话，原来是这样，怪不得刚刚那个男生站在门口的表情有点儿蒙。

"不能随便收别人的东西。"尤其是男生的，这是阿许告诉她的。

罗星忍不住开口："你好乖呀。"她看着江荞身上没有什么水渍，有些好奇，"你身上没怎么湿欸！"

"和别人用的一把伞。"

"那就好。"罗星说完，突然想起了什么，"我还没有你的联系方式。"

江荞问她："微信还是QQ？"

罗星"嘿嘿"笑了一下："两个都要。"说着，她将自己的本子和笔都递给了江荞。

江荞写完，将本子还给她："那我就先回去了。"

"好，我晚上回去就加你。"

江荞回到座位上就开始低头写题，桌子被人轻轻敲响了一下，她抬头对上杨世昆的视线："怎么了？"

杨世昆笑嘻嘻地问她："你今天跟门口那个男生说了什么呀？"

"嗯？"

"我说今天那个男生来找你干吗呀？你跟他说了什么？"

江荞又把刚刚跟罗星说的话重复了一遍。

杨世昆看到许肆抬了一下头，义正词严地开口："什么觉得特别想交朋友，这话一听就是渣男，江同学离这种男生远一点儿。"

"渣男？"

"是啊,你听他的语气,这不一听就是渣男吗?不明确表达自己对一个女生的感情,只说想跟你交朋友,而且你听听,他这语气多么熟练,一听就知道绝对是一个追姑娘的老手了。"杨世昆觉得自己说的话有道理极了。

江荞似懂非懂地点点头,冲他笑了一下:"我知道了,谢谢。"

又乖又好看的姑娘,谁不喜欢?怪不得今天肆哥会把伞给她用。

肆哥的好同桌,算是守护住了。

3 Chapter

第三章
乖学生

> 不是你说要我买的水?

> 这我让你买你就买,那么乖呀?

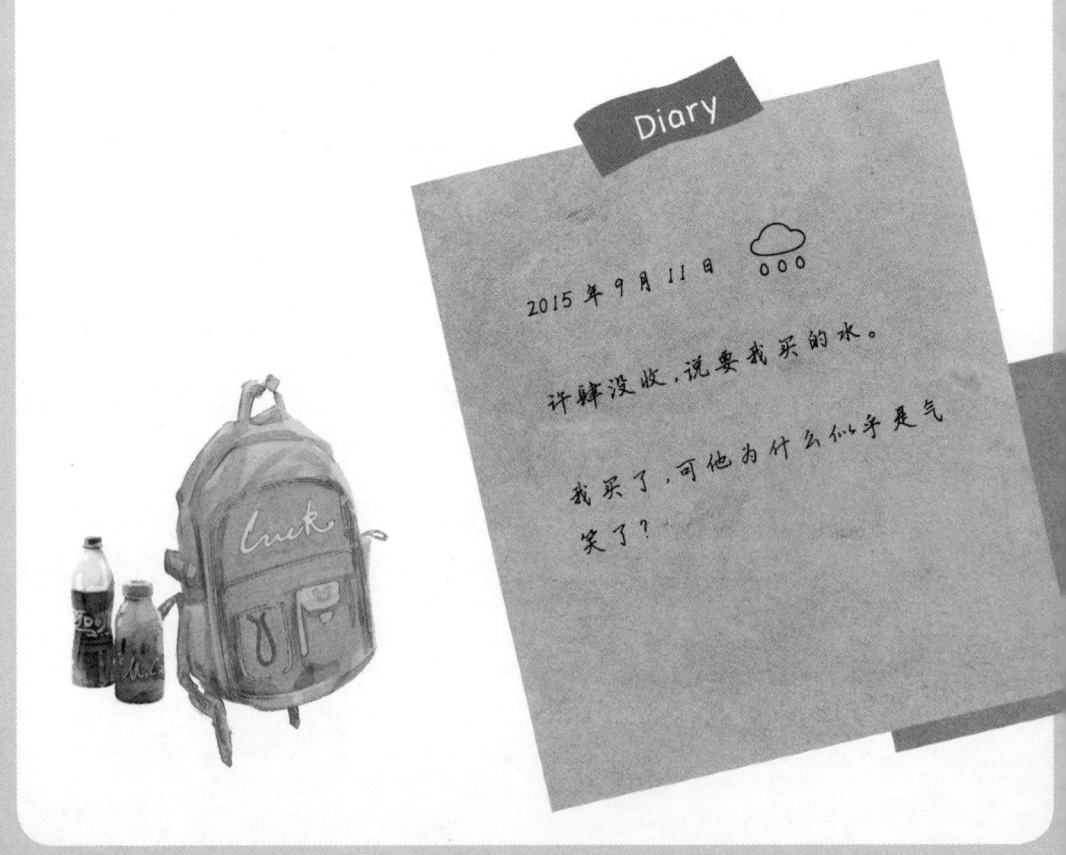

Diary

2015年9月11日 ☁

许辞没收,说要我买的水。
我买了,可他为什么似乎是气笑了?

有些可爱

下午的体育课。

医生不建议江荞参加剧烈的体育活动，所以她一早就给学校递交了医院证明，不用上体育课。

"荞荞，你也一起去楼下吧，我们活动完还能跟你一起玩呢。"罗星笑嘻嘻地冲江荞开口。

"好。"江荞应道。

九月的太阳还有些毒辣，江荞一个人坐在看台上，在阳光下，皮肤白得近乎透明。

她看着下面站得整整齐齐的队伍，无意间和站在最后一排的许肆对上了眼，少年的五官凌厉，面上没什么表情，还是看起来有些凶。

江荞很快收回了视线，低下头看书。

二十班的体育课和十七班的体育课在同一节，只不过不是同一个体育老师。

沈沫站在人群里，一眼就看到了坐在看台上的江荞。她假装自己生理痛不能跑，然后坐在了江荞的旁边。

江荞一直低着头看书，有时用笔在书上写写画画，非常专注，连自己身旁什么时候坐了一个人都不知道。

"喂。"

江荞抬头，看到了面前的女生，穿着黑色短袖，一头栗色的卷发扎成了高马尾，五官很好看。她认出了这就是那天让自己离许肆远点儿的女生。

"怎么了？"

沈沫却突然凑近她："你不是跟许肆坐同桌吗？"

江荞"嗯"了一声。

"那你一定知道他平常喜欢喝什么饮料吧？"许肆平常上完体育课就喜欢跟男生们去打球，这是沈沫听自己好姐妹说的。

江荞摇头："我不知道。"

沈沫看着她茫然的表情，觉得有些无趣——她干吗要来问这样一个看起来乖乖的学生！她站起身准备离开，突然被江荞拉住了手腕。

江荞看着她上衣后摆上的一抹红，提醒她："你衣服脏了。"

沈沫扯了一下衣服，看到了后面鲜红的血迹，骂了一句"该死的"。没想到月经突然"造访"，还弄脏了衣服。

江荞将自己手里的书递给她："你可以遮一下。"

沈沫看着她手里的书，愣了一下，才开口："谢了。"

"你带那个了吗？"江荞问她。

沈沫回想了一下，似乎没有，因为她记着她的月经要过些日子才来，就没有带。

"你不介意的话，就用我的吧，我楼上有。"江荞看着她微微走神的表情，指了指楼上。

沈沫盯着她看了一会儿，并没有在她眼中看出别的情绪，啧，还真是个乖小孩。她之前还威胁她，她现在却要借给自己卫生巾。沈沫有点儿想说谢谢，却还是故意傲娇地开口："好。"

两个人一起去了操场后面的厕所，江荞冲她开口："你在这里等我一下。"

"好。"

不出几分钟，江荞就回来了，因为刚刚跑过，她还有些微喘，鼻尖上出了一些汗。她的手里还拿了一件外套，她把外套和卫生巾递给沈沫："外套可以遮一下，这个牌子我不知道你用不用得惯。"

这下轮到沈沫沉默了，她看着手里的东西，半天才憋出一句："谢谢。"

沈沫看到江荞笑了一下，很乖很乖的样子，她说："不客气。"

三圈很快就跑完了，体育老师很快又开始带着班上的人做操。

周方正看着下面动作做得乱七八糟的学生，气不打一处来："做个操都做不好吗？不想做的话，那跑圈好了，一个人跑十圈，跑完就不用做操了。"

回应他的只有一片沉默。

"能不能做好？"

"能。"回应他的声音响亮。

周方正看着底下逐渐整齐的队伍，这才满意地点点头。

"原地集合。"周方正吹了吹口哨，然后看着面前的人开口，"解散。"

男生大多数抱着球打球去了，女生有的去了超市，有的坐在阴凉处同小姐妹说说笑笑。

罗星坐到了江荞的旁边："好累呀，荞荞，我要热冒烟了。"

江荞笑了一下，然后伸出手给她扇了扇。

沈沫突然走了过来，她腰上系着外套，表情看起来有些高傲。她走到江荞面前，停下了。

罗星以为她是来找江荞麻烦，直接就挡在了江荞前面。

沈沫看了她一眼，冲她身后的江荞开口："给你的。"

江荞看了一眼她手里的东西："不用了。"

沈沫凶巴巴地开口："我不喜欢欠人人情，给你你就拿着。"她不知道江荞喜欢什么，就随手从货架上拿了几包糖果，还有一瓶牛奶。

"好。"江荞接过了她手里的东西。

沈沫动了动嘴，还想再说什么，又觉得不太符合自己的形象，看了一眼江荞，走了。

没走几步，她又折了回来："外套我洗干净再还给你。"

"没关系的。"

只有罗星一脸蒙，根本不知道两个人在说什么。

沈沫走远了，罗星看着江荞手里的塑料袋，然后伸手从里面掏出了几包糖果和一瓶牛奶，更感到莫名了："荞荞，她怎么突然给你送吃的？还有你们说的外套，什么意思呀？"

江荞的声音柔和，语调很缓慢，将刚刚的事情重复了一遍。

"荞荞，她之前还威胁过你呢！你怎么那么善良呀，今天还借那个给她。"罗星说完，又嘀咕了一句，"如果是我的话，我巴不得她裤子脏了出丑呢。"

江荞认真地开口："她之前也没跟我说什么。"

罗星看着她认真的神色，没忍住又捏了捏她的脸："傻荞荞，你怎么这么单纯、这么可爱呀。"

江荞有些茫然地看着她。

另一边的沈沫，盯着江荞看了一会儿，看见江荞看了过来，又故作高冷地收回了目光。再看过去的时候，她看到江荞笑了。

笑什么笑，再笑把你的牙给掰掉，沈沫凶巴巴地想着。

沈沫又无端觉得她有些可爱。

那么乖呀？

江荞看不懂篮球规则，她是被罗星拉过来的。她嘴里含着一根棒棒糖，看向篮球场上的一群少年。

"荞荞，你快看许肆，好帅呀！"罗星拉了拉江荞的胳膊。

虽然许肆平日里有些凶，看起来一副生人勿近的模样，但是不得不承认，许肆是真的帅，还带着些痞气和野性的感觉。他虽然看起来瘦，打篮球的时候却很有爆发力，他之前撩了一下衣服，她似乎还看到了腹肌。

江荞应了一声，顺着罗星手指的方向，看到了许肆，明明他身上还穿着那身校服，却和其他人有些不一样，至于是哪里不一样呢？江荞一时半会儿也说不出。

旁边两个人左右夹击，许肆一个假动作晃过了两个人，将球投了出去。

篮球稳稳当当地落进篮筐里，许肆和队友击了一下掌，笑了一下。

旁边的女生发出热烈的欢呼声。江荞也有些看入迷了，平常的许肆看起来散漫，总是一副睡不醒的样子，打篮球的时候却像是浑身都发着光。

许肆在篮球场上无疑是最惹眼的，无论是容貌还是球技。

不知道什么时候，沈沫又出现在两个人的旁边，她手里拿着一瓶水，忽然凑近江荞开口："糖果好吃吗？"

江荞认真地点头，掏出一根，递给她："你吃吗？"

沈沫摇摇头，笑道："我不吃糖。你能不能帮我一个忙？"

"什么忙？"

沈沫握着手里的水："你帮我把这瓶水送给许肆。"

江荞语气里带着疑惑："你为什么不自己送呢？"

沈沫脑海里回想了一下之前她给许肆送水，许肆看都没看她一眼，从她旁边直接走过了。唯一一次许肆搭理她是因为她差点儿把水撑在许肆脸上，许肆冷淡地告诉她："我不喝。"

后来她发现许肆不仅不收她的水，也不收别人的水，也就心理平衡了。

拿着水想送他的人有很多，敢送的没几个，自然被拒绝的就没几个，也不存在收不收这个问题了。

沈沫冲江荞笑了一下："我去送，他不会要的。你帮我试一下，好不好？"

江荞盯着她手里的水，半晌才开口："我去送，他也不会收的。"

"你俩是同桌，他肯定会收的，好不好嘛？"

江荞想说他俩虽然是同桌，但是根本没有那么熟。

"好不好嘛？帮帮我吧。"

江荞还是答应了下来，接过了她手里的水。

许肆看到伸过来的手，刚想说不要，就对上了那双眼睛。他愣了一下——江荞居然会来看打篮球，真是有些令人意外。

"给我的？"

杨世昆看看许肆，又看看江荞，嘴角收不住了，他赌肆哥一定会收的。

江荞对上许肆那张凶巴巴的脸，还是有些怕。她咽了咽口水，攥紧了手里的水瓶："不是，是沈沫让我给你送的水。"

许肆突然低下头，笑了一下。因为两个人离得很近，他看得到江荞脸上细小的绒毛，她的睫毛纤长浓密，像一把小刷子一般，她刚刚说话的时候，空气中还有着淡淡的糖果味。

乖学生还挺爱吃糖。

他突然凑近，让江荞愣了一下。少年刚打过球，脸上还流着汗，顺着凸出的喉结流进了衣领里。

"这么喜欢给人跑腿呀？小同学。"

江荞对上他的视线，抿着唇没有说话。

许肆盯着她瞧了一会儿，然后开口："我不要她的水，你把水还给她吧。"

江荞"嗯"了一声，听到他说："我要你买的水。"她还没反应过来，就看到许肆抱着球离开了。

杨世昆跟在许肆后面，又回头看了一眼江荞，他想不明白，为什么肆哥没有收呢？

没人知道许肆跟江荞说了什么，但是这么一位脾气不好的主儿突然凑近江荞笑了，倒是着实让人有些意外。

江荞将手里的水递给沈沫："他没收。"

沈沫开口道："好吧，谢谢你了。"许肆没收也在她的意料中。

许肆刚从外面回来，就看到自己桌子上放了一瓶水，而江荞正低着头不知道在写什么。

他坐下来，拿起那瓶水，被气笑了："还真买了呀？"

江荞觉得他着实奇怪："不是你说要我买的水？"

许肆被她认真的模样逗笑了："我让你买你就买，这么乖呀？"

江荞眨着眼看他，没有说话，这倒是让许肆无端多了几分自己在欺负人的感觉。

"是说不想让你替别人送东西，所以说要你的水，懂了吗？"他也搞不懂自己为什么解释，也许是因为看她的模样感觉像是自己欺负了她一样。

"我知道了。"江荞说完，便转过头去写作业了。

许肆也不知道她到底听没听进去，可是她听没听进去关他什么事？

他掏出手机，又打开了"消消乐"。

"肆哥，打游戏吗？"杨世昆扭头冲许肆开口。

"不玩。"

"好嘞，肆哥。"杨世昆眼尖地看到许肆桌上的水。

刚刚他们和许肆一起出去没买水呀，那么这水……难不成又是肆哥的仰慕者送的？

"江荞。"

江荞停下了笔，看向许肆："怎么了？"

"今天的水，不是沈沫强迫你送的吧？"

江荞摇头，然后认真地开口："她没有强迫我，她说自己送你肯定不会收，让我帮忙送。我想说我送你肯定也不会收，但是她都拜托我了，我就答应了。"

许肆看着她一板一眼回答的模样，像个小学生一样，觉得有些好笑。

还真乖，别人求求就答应了。

江荞看着他，突然开口："你不喜欢沈沫吗？"

许肆"嗯"了一声。

江荞又道："好吧。"

许肆莫名在她这个"好吧"里面听出了几分可惜的意味来。

你什么都别想拿到

沈妤纯等在小学校门前，看到一群"小萝卜头"走出来，却迟迟不见梁介然出来。以往这个时间梁介然早就跑出去了，怎么今天还没有出来？

她一直等到校门口所有的人都走光了，也没等到梁介然，她从包里掏出手机，拨通了梁介然班主任的电话。

对面很快就接了电话。

"喂，老师你好，我想问一下梁介然怎么还没出来。"

"梁介然妈妈呀？他刚放学的时候就被他爸爸接走了，孩子爸爸没告诉你吗？"

"……"

"喂，听得到吗？梁介然妈妈。"

沈妤纯气得全身在发抖，她攥紧了手里的手机，半晌才回过神来："谢谢你了，吴老师，刚刚我已经和他爸爸确认过，孩子是被他接走了。"

"那就好。"

"给您添麻烦了，我就先挂了。"沈妤纯说完，就挂断了电话。她捏着手机，有些发愣。

"让一下，挡着道了不知道吗？"一个司机看着站在路中间的沈妤纯，忍不住开口道。

沈妤纯往旁边让了一下，说了声"对不起"，又不小心撞到了旁边过马路的一个女人。

"怎么走路的呀？长那么大两个眼睛是摆设吗？从来没见过直接往人家身上撞的。"女人瞥了一眼沈妤纯。

"对不起，我不是故意的。"

"对不起能当饭吃呀？说对不起有用的话要警察干什么？"

"哎呀，你少说几句吧。"女人旁边的男人看了一眼沈妤纯，忍不住劝起来。

那女人闻言就火了："我少说两句？你凭什么让我少说两句？怎么？她撞到我了，我还应该跟她说谢谢你？"

"人家撞到你，也道歉了，咱不要得理不饶人，这件事就这样吧，都早点儿回家吧。"

"诸光兵，你脑子进水了吧，胳膊肘往外拐？看到长得好看的女的眼睛都直了，都走不动道了是吧？她撞到我了，你还说让我得饶人处且饶人，你没事吧？"

那女人骂完，又看了一眼沈妤纯，"啧"了一声，紧接着开口："接个孩子穿得花枝招展，像个狐媚子一样，也不知道穿给谁看的。"

"你少说几句得了，人家就撞你一下，你至于没完没了吗？还骂人呢。"

沈妤纯没时间跟他们耗，梁介然被梁正之接走了，她必须赶紧过去。可是她刚准备走，就被那女人拽住了。

身后的司机忍不住骂道："你们几个人有病啊？在路中间骂架，去一边骂行吗？挡到路了不知道吗？"

那女人本来还想说什么，看着后面堵成一列的车流，拽着沈妤纯走到了路边。沈妤纯一边挣脱对方的手，一边开口："我有急事，我已经给你道歉了，你还要怎么样呢？"

那女人还是一直拽着她不撒手。

沈妤纯是好日子过惯了，很多年都没遇见这种人了，那女人越骂越难听，围观的人越来越多，她觉得面子上有些过不去。眼看着那女人的手就要伸到自己脸上，沈妤纯也顾不得形象了，叉着腰就跟面前的女人对骂了起来。

派出所。民警给面前的三个人做完笔录，得知是因为撞了一下，两个人当街骂起来还大打出手，揉了揉太阳穴，有些无奈："多互相理解谦让一下，这点儿小事哪里值得动手打架呢，是不是？"

那女人还想再说什么，被身旁的男人拉了一下，然后低头说"是"。

在派出所里，她还是不敢那么张狂的。

沈妤纯只想赶紧走，点头道："是。"

出了派出所，沈妤纯掏出镜子，照了照自己的脸，头发已经被扯得凌乱了，脸上还有被那个女人挠的痕迹。不过那女人也没占到什么便宜，毕竟在嫁给许珩宇之前，沈妤纯也曾和街坊对骂过。

她理了理自己的头发，蹲在路边，拨通了一个电话，打了好几遍，对面才慢悠悠地接了起来。

沈妤纯攥着手机，语气有些激动："然然呢？你把然然带到哪里去了？"

"你这说的是哪里的话？然然也是我儿子，我把我儿子接回家，没什么问题吧？"梁正之站在巨大的落地窗前，勾着唇笑了。

"你到底想干什么？梁正之？"

梁正之笑道："我不干吗，我就是想告诉你，沈妤纯，如果我们离婚了，你一分钱也拿不到，然然你也别想见到。"

"我们结婚十年了,你就给我一个净身出户的交代?梁正之,你还是人吗?我可以不要钱,你把然然给我,你把然然还给我!"沈妤纯说着说着眼泪就掉了下来。

"你做梦!沈妤纯,你一个离过婚的女人,清高个什么劲呢?我想要什么样的女人没有,你真把自己当回事了是吧?就算咱们走司法程序,你一个连工作都没有的人,你觉得法院会把孩子判给你吗?"梁正之觉得有些好笑。

"爸爸,我什么时候能去找妈妈?"梁介然手里抱着一个娃娃,一脸单纯地开口。

"然然乖,先下去吃饭。"梁正之蹲下身来揉了揉梁介然的头,然后冲一旁的保姆开口:"先带然然下去吃饭。"

"好的。"

沈妤纯听到了梁介然的声音,神经都绷紧了,她对着手机声嘶力竭地喊道:"梁正之你不是人,你把然然还给我!你还给我!"

她刚说完,电话就被掐断了。

沈妤纯无助地哭了起来,整个人毫无形象可言,她的头发凌乱,哭得脸上的妆都花了。

天色渐晚,沈妤纯站起身来,失魂落魄地往前走,她走得很慢。

这下她什么都没有了,她真的什么都没有了,她唯一的精神支柱,也被梁正之带走了。她走着走着,突然崴了脚,她的高跟鞋鞋跟又卡进了下水道盖子的缝里。

俗话说得好,人在倒霉的时候做什么事情都不顺。

沈妤纯蹲在路边去拔自己的高跟鞋,费了好半天劲才拔出来,可是鞋跟断了。

就这样,她提着高跟鞋,一个人狼狈地光脚走在路上。

平常她是最在意自己形象的,如今她也不在乎路上的行人是怎么看她的了。

你又算得了什么

沈妤纯整个人躺在浴缸里,闭上了眼睛,直到浴缸里的水都凉了,她才站起来擦干了身子,穿上了浴袍。

一旁的手机响个不停,沈妤纯滑开手机按了接听。

"给我打三十万块钱。"

沈妤纯沉默了一下,才开口:"不是前阵子刚给你打过钱吗?怎么现在又要钱?"

"你前段时间才打了多少钱?早就花完了,你弟弟现在要娶媳妇了,还差三十万,你快给我打过来。"

"我没钱,妈。"

"没钱?怎么可能?你嫁进梁家,你怎么可能没有钱?好呀,你是眼里根本就没有我这个妈,我现在说话都不管用了,问你借钱也不给,你是想逼死我,你是想逼死我吗？！"

"……"

"我怎么就那么命苦呀，就养了这么一个白眼狼，嫁了一个有钱的老公，却要看着亲弟弟连老婆都娶不上，你真是好狠的心呀，你好狠的心！我怎么就生出你这么一个女儿。"

"他结婚，你也知道是他结婚，他结婚关我什么事？他结婚凭什么要我来出钱？你从我这里拿的钱还不够多吗？我每个月给你们的生活费还不够多吗？你想让我怎么做？你到底想让我怎么做啊？"沈妤纯最后一句话几乎是吼出来的。

"那算妈求你，你就借我三十万块钱，让你弟弟把这个婚给结了，行吗？"

沈妤纯开口："我没钱，我说了很多遍，我没钱，你不要再给我打电话了，生活费我会按时打给你。"

"你不给我打钱，那我去找我女婿要。"反正即使沈妤纯不给，梁正之也会给的。

听到崔宝芝要打电话给梁正之，沈妤纯还是妥协了："给我点儿时间，我会把钱打到你卡里，不要再给我打电话了。"

挂了电话，沈妤纯靠在沙发上，翻遍了手机的通讯录，却发现她居然没有几个可以借钱的朋友。

这么多年，梁正之满足了她物质上的需求，但她一直都挤不进那些富家太太的圈子，后来索性就不挤了。刚结婚那几年，梁正之在外表现得对她无比体贴，才让那些富家太太对她态度好了些。

只不过也都是一些虚伪的交往和恭维。她犹豫再三，拨通了一个经常聚在一起的太太的号码，那边很快就接通了。

"喂，王太太。"

"妤纯啊，怎么了？"

沈妤纯犹豫了一下，说明了打电话的原因："我想从你手里先借点儿钱行吗？"

那边的女人明显笑了一下，然后故作惊讶道："借钱？你老公那么有钱，你怎么会问我借钱？"

沈妤纯沉默了一会儿，又听见那边讥讽的声音："哈哈哈，你不会以为我是真的想跟你往来吧？完全是看在你老公的面子而已，现在我们圈子里谁不知道，你和梁正之要离婚了，没有了梁正之，你又算什么？"

沈妤纯沉默地挂了电话。

当初她嫁给许珩宇，家里就是死活不同意，但是许珩宇对她确实好，婚后经常贴补沈家，崔宝芝这才看许珩宇顺眼一些。

后来，许珩宇的生意做大了些，崔宝芝才正式接纳了许珩宇这个女婿，隔三岔五就跟自己那群老姐妹说自己的女儿嫁了一个有钱老公。

再后来，许珩宇破产了，沈妤纯同许珩宇离了婚。崔宝芝骂她没有心，生了一个孩子说不要就不要了，还说许珩宇之前就能挣那么多钱，只不过是被人给骗了，肯定还能翻身。

可是沈妤纯不想陪他过那种苦日子，更不想带着一个拖油瓶，转头嫁给了梁正之。梁正之家庭条件殷实，是许珩宇不能比的。崔宝芝脸上这才有了笑，说她的选择是对的，如果带着一个孩子，就嫁不过去了。

这些年，崔宝芝没少从她手里拿钱，每个月都要生活费不说，还经常上门来要钱，一次比一次要得多，从刚开始的几百几千元到后来的几万几十万元。

在崔宝芝眼里，梁正之是开公司的大老板，手里的钱不知道有多少，这点儿钱对他们来说不过是毛毛雨而已。如果她现在告诉崔宝芝，说梁正之出轨了，她还要同梁正之离婚，她都能想象出来，崔宝芝会用怎样难听的字眼骂她。

不是叫她忍着别离婚，就是骂她之前选错了人，放着许珩宇和儿子不要，嫁错了人吧？活该人家对你不好。

沈妤纯坐在沙发上，都要崩溃了。她脑海里突然浮现一个人，于是她打开手机，拨通了一个号码。

加个微信，小同学

"喂。"

沈妤纯几乎是刚听到那边的声音就忍不住要哭出来，她咬着唇，硬憋着眼泪："喂，你能不能借我点儿钱……我有钱了立马还你。"

"你要多少？"

"三十万元。"

过了一会儿，就听到一条短信提示音。

"×××于9月9日17：15向您尾号为××××的工商银行卡完成转入交易，金额为300,000.00元，余额为301,230.07元【工商银行】。"

"你近来可好？"

沈妤纯声音里都带着些哭腔："不好，不好，一点儿都不好。梁正之出轨了，还把然然带走了。我什么都没有了，我妈还逼着我给她打钱。"

许衍宇手里的杯子都快捏碎了，他沉默了半晌，才开口："你在哪儿？我去接你。"

"就在原来住的地方。"

……

周末的时候，江荞最爱去的地方就是书店，一坐就是一天。

因为是周五，书店里看书的人挺多，靠着书架坐着的，靠着窗子站着的，到处都是人。

江荞走到一排书架前,被一本书吸引了目光,刚想抽出书,旁边突然伸过来一只手,和她拿了同一本。

她轻声说了句"抱歉",转而抽出来旁边的另一本书。

夏辰安看着江荞,愣了一下。她身上还穿着蓝白色的校服,看起来格外乖巧,很瘦很白,一双好看的眸子澄澈极了,很纯净的气质,只一眼就能抓住人的目光。

他刚反应过来,眼前的女生就不见了。他低头看了一眼自己手里的书,又想起了刚刚那个女生。

江荞靠在书架上,一直看到书店快关门,她才合上了手里的书,看了一眼外面渐晚的天色。

那本《夏天、烟火和我的尸体》她挺喜欢,便买下来了。

路边的小野猫徘徊在卖烤肠的小摊旁边,"喵喵"地叫着,江荞买了几根烤肠,蹲下来喂小猫。

那是一只小黑猫,身上还带着伤,有些怕人,看着江荞递过来的烤肠,害怕地躲进了旁边的绿化带里。

江荞怕它不敢吃,将烤肠放在了路边,然后走远了一点儿,看着那只小猫伸出头来将那根烤肠叼走了,她笑了起来。

她站起身来,准备回家。

一条不知名的小巷中。

少年穿着黑色的短袖,黑裤子,眉眼都带着冷意。

黄毛这次旁边有了人,有了底气:"我可不怕你,许肆,上次我身边没有人,这次可不是。"

说完,他冲身旁的男生告状:"钱哥,上次就是他打我,到现在我身上还疼呢。"

被叫作"钱哥"的男子穿着花衬衫,刘海烫成了卷,闻言吐掉了嘴里的烟,看向面前的许肆:"少年,劝你识相点儿,钱哥的人你也敢动。"

说完,他准备拍拍许肆的肩膀,却被许肆抓住了胳膊。钱武疼得龇牙咧嘴,然后骂了句"你找死"。

黄毛手里拿着钢管,见状就要冲许肆砸过来。许肆一把抓住他的手,夺走他手里的钢管。对面十来个人一拥而上,但也没在许肆手里讨到什么便宜,但他终究寡不敌众,结结实实挨了一钢管。

杨世昆和郝明很快赶到了。

"肆哥!"杨世昆看着周围那么多人,暗骂这些人真是无耻。

"我没事。"他看了一眼杨世昆,又开口道,"他们又没讨到便宜。"

杨世昆忍不住骂道:"黄毛,上次肆哥就不该饶了你,你居然不讲武德带人堵肆哥,

找打是不是?"

加上又来的几个人,许肆很快就占了上风。

许肆手里拿着那根钢管,看着面前的男人,语气嘲讽:"你不是很能打?"

江荞路过的时候看到的就是这个场面,她拿着书愣在了原地,一时之间不知道是该直接走还是怎么办。

许肆抬头就看到了江荞。女孩背着书包,身上穿着蓝白色的校服,手里还拿着一本书,看起来同周遭的一切显得有些格格不入。

许肆走到她面前,看着她淡定的表情,莫名笑了:"这次不怕了?"

"怕。"江荞看着他凶巴巴的脸,咽了咽口水。

许肆将手机塞给她:"等着。"

江荞愣愣地站在原地,手里拿着他的手机,看着他又回去了。

"别再来了。"

黄毛跟着那些人落荒而逃。

许肆走到江荞面前,看着她果真乖乖地站在那里给他拿着手机。

看到他走过来,江荞将手里的手机递给他:"你的手机。"她盯着许肆脖子上的伤看了一会儿,提醒他,"你的脖子,流血了。"

许肆不在意地抹了一下,语气随意:"我知道。"

"这么晚了,你不要一个人走小道。"

江荞"嗯"了一声,然后道:"我知道了,我先走了。"

许肆跟在她旁边:"送你一段,刚好顺路。"

"谢谢。"

杨世昆看看许肆,又看看江荞,说:"肆哥,那我们就先走了。"

"嗯。"

路上,江荞看到一家超市,冲身旁的人开口:"我去趟超市。"

许肆应道:"好。"

江荞拿着手里的创可贴准备付钱的时候,看到许肆进来了,他从架子上拿了一瓶牛奶,问老板:"一共多少钱?"

"八块钱。"

许肆付完钱,从她手里接过创可贴,将牛奶塞进她手里。

江荞有些愣愣地看了看自己手里的牛奶,又抬头看着他撕开了创可贴的包装,把它贴在了脖子上,贴得有些随意。

"加个微信,小同学。"

"啊?"

见到了吧

"没有微信?"

江荞愣了一下,然后点头:"有。"

许肆将手机递过来,看着她输入自己的号码,又接回手机,点了搜索。

他点了"申请添加好友",便收起了手机。

"刚刚……"江荞问了一半,有些欲言又止。

许肆笑道:"觉不觉得我刚刚在欺负人?"他听过太多说他欺负人的言论。

"不觉得,他们也有很多人。"江荞说完,又补充道,"不过他们都是纸老虎。"

许肆被她的话逗笑:"刚才那个黄头发男生之前欺负学校里的一个男生,总威胁那个男生给他拿钱,后来跟我保证不会再欺负他。"

"那他今天也太过分了吧,还叫了那么多人打你。"

看着江荞一脸认真的表情,许肆觉得她还真是单纯,低头瞥见她手里拿着的书,问她:"去了书店?"

"对,书店关门了就回来了。"江荞应道。

江荞怀里抱着书,快到自己家所在路口的时候,同他开口:"我快到家了,谢谢你送我。"

"不客气。"

许肆看着那抹纤细的身影离开了。

乖学生真爱说"谢谢你"。

回家的路上,许肆才后知后觉自己的后背疼得厉害。

他推开门,看到楼下坐了一个女人,女人穿着一条白裙子,一头栗色的卷发,容貌精致,瑞凤眼,涂着橘色调的口红,不知道正同对面的许珩宇说着什么。

许珩宇穿着西装,戴着银丝边眼镜,一贯冷淡的脸上带着笑,一双眼睛恨不得粘在面前那个女人身上。

只一眼,许肆就知道那个女人是谁——就是当初丢下他的沈妤纯。

"小肆。"沈妤纯听到开门的声音,高兴地站了起来,打量着这个自己足足有十年没见过的孩子。

许肆冷淡地看着她,没有说话。

"小肆都长这么高了。"沈妤纯走到他面前,兴奋地开口,"我是妈妈呀,我这么多年真的很想你。"

"我没妈。"

许肆刚说完,沈妤纯就愣住了。

"混账玩意,怎么跟你妈说话呢?"许珩宇看着许肆,开口骂道。

许肆嗤笑道:"从她说不要我的那天起,我就默认自己没妈了。我是个人,不是个物件,不是你想要就要,不想要就可以随手扔掉的。"

他说完,又看了一眼沈好纯:"你想我的话,那么多年你早就来找我了,再不济也可以给我打个电话,是怕带着我这个拖油瓶,影响你再嫁是吧?"

沈好纯的眼泪掉出来,抓住许肆的胳膊:"小肆,当初是妈妈不好,是妈妈太自私了,你原谅妈妈,原谅妈妈好不好?我真的没有别的意思,我就是想见见你。"

"见到了吧?"许肆说完,推开门就准备走。

许珩宇在后面拉住他:"谁允许你走的?"

许肆看了一眼许珩宇拉着自己胳膊的手:"松开我。"

许珩宇抬起手就准备抽许肆,被沈好纯拉住了。

沈好纯看着他脖子上贴着的创可贴,语气焦急:"你脖子怎么了?小肆,你是不是跟人打架了呀?"

"和你无关。"许肆甩开许珩宇的手就出去了。

"小肆,小肆,你去哪里呀?"

许肆无视后面的声音,直接走了。

许珩宇看着沈好纯哭,心揪成了一团,拍着她的背安慰道:"别哭了,他不懂事,你别怪他。"

沈好纯一边哭一边开口:"我知道我当时做得不对,是我对不起他,可是那么多年过去了,我真的很想他,我只是想看看他而已,他居然那么讨厌我。"

外面的路灯亮着,稀疏的星星挂在漆黑的夜幕上。

许肆一个人坐在马路边,看着车水马龙,人来人往,他觉得自己的后背更疼了。他站起身,随手拦了辆车准备去医院。

许肆滑开手机,看到了微信好友同意添加的信息,还有杨世昆发来的语音消息。

他点开听了一下杨世昆发来的语音。

杨世昆问他到家没。

许肆回了句"嗯"。

杨世昆一个电话打了过来。

许肆看着屏幕上跳动的名字,点了接听。

"肆哥,肆哥,你把江同学送回家没?"

许肆开口道:"顺路送了一段。"

杨世昆"嘿嘿"笑了一下,突然听到许肆这边的声音:"肆哥,你那边怎么还有马路上的声音?你没回家吗?"

"出来了。"

"肆哥今晚不回家了吗？发个定位，我去找你。"

"不用了。"许肆说完，便挂断了电话。

另一边的杨世昆看着手机，有些蒙，他也没说什么呀，难道肆哥有事？

许肆走进一家诊所，问坐在那里的医生："背撞伤了擦点儿什么药？"

那位医生抬眼看他："背撞到了什么？"

"钢管。"

"……"

那医生沉默了一下，大概明白他说的是什么意思了，然后从药柜里拿出来两盒药："这是吃的药，治疗跌打损伤的，我再给你拿一瓶药酒，你记得涂一下。"

许肆"嗯"了一声，付了钱，拎着袋子走了出去。

杨世昆越想越不对劲，又打了电话过来。

"干吗？"

"肆哥你是不是心情不好？"

许肆沉默了一下，开口："没有。"

"肆哥，你给我个地址，我去找你。"

"肆哥。"

"肆哥。"

"……"

许肆被他吵得不行，把定位发了过去。

杨世昆很快就赶到了，他看着坐在路边的许肆："肆哥，我来了。"

许肆看了一眼穿着大裤衩子和拖鞋向他跑过来的杨世昆，没有开口。

杨世昆一眼看见他手里的药袋子，问："肆哥，你生病了？还是哪里不舒服？胃疼吗？"杨世昆一连串抛出来好几个问题。

许肆淡淡地开口："治跌打损伤的。"

杨世昆想起来那根钢管："肆哥，不会是黄毛那个浑蛋干的吧？"

许肆"嗯"了一声，没再说话，杨世昆却无端觉得他心情不是很好。

跟着心走

二十四小时便利店。

杨世昆看着许肆不停闪动的手机，提醒道："肆哥，你的手机……真不用管它吗？"

许肆瞥了一眼，然后将手机翻了面，淡声道："嗯。"

那人还在继续打许肆的电话，许肆看了一眼手机："出去接个电话。"

"你有完没完？"许肆站在便利店门口，周身都带着低气压。

"我让你回家。"

"不回。"许肆说完,轻笑了一下,语气讽刺,"你俩现在不是挺好?让我回去干吗?"

"我说了当初是我没本事留住你妈妈,是我的错,不是你妈妈的错。"

"啧。"

"你今天又打架了?"

"关你什么事?"许肆说完就挂断了电话。

十年几乎从未过问一句,没给过他一次笑脸,现在突然开始关心他,许肆觉得很可笑。

许肆看向杨世昆:"你回家吧。"

"那你呢?肆哥。"

许肆手里拎着药袋,看起来还算清醒:"我去买点儿东西。"

"你真的不回家了?肆哥?"杨世昆的困劲消了一半,有些茫然地开口。

许肆"嗯"了一声,伸手拦了辆车:"你回去吧。"

杨世昆还想再说什么,对上许肆看过来的视线,开了口:"肆哥,你有事随时跟我打电话。"

临走之前,他又问了一句:"肆哥,你要不要跟我回家住?"

"不用,我有地方住。"

"好吧,那肆哥你记得把新地址给我。"

许肆推开房门,仿佛还能看见当年奶奶坐在摇椅上抱着他的场景,头发花白、穿着花衣裳的老太太怀里抱着一个号啕大哭的小孩。

七岁那年的事情仿佛还历历在目。

"我们小肆那么可爱,是她没有眼光,她不要,奶奶要。"

"我的心肝哟,怎么哭成小花猫了?"

"小肆,看看,奶奶做了什么好吃的,你最爱吃的鸡腿!"

"多吃点儿,长得高高的,以后长得比奶奶还高。"

"我们小肆最怕疼了,哎哟,怎么腿摔破皮了?奶奶给你吹吹,吹吹就不疼了。"

"坐好喽,奶奶拿医药箱过来了,给你消消毒,消消毒好得快。"

后来许肆考进了市里最好的初中,许珩宇对此嗤之以鼻。

只有李诗敏戴着老花镜,拿着录取通知书看了一遍又一遍,语气里满是骄傲:"我家小肆真棒,考进了市里最好的初中。"

房间里还贴着2010年虎年的年历海报,那时候李诗敏笑着将年历海报贴在了最显眼的地方:"我家小肆十二岁了,本命年了。看看,奶奶特地买的年历海报,好看不?"

"这才十二岁，都比奶奶高那么多了，还那么帅，以后长大了绝对迷倒一片小姑娘。"

　　"我们家小肆本命年要穿红色的衣服。看看，奶奶给你买了什么。"

　　那时候许肆嘴上嫌弃李诗敏买的红袜子，却仍然穿着去上学。

　　每次许肆考得好，李诗敏都要给他做上满满一大桌子菜，她还告诉身边的老姐妹："我家小肆以后可是要上最高学府的人。"

　　许肆第一个本命年刚过完没多久，李诗敏就病重了，即便如此，许珩宇也没从外地回来。

　　许肆一个人在手术室外面坐了一夜，他看着医生走进走出，然后冲他摇摇头。

　　许珩宇这时候才赶回来，许肆恨他，恨他什么都不在乎，眼里只有沈好纯。奶奶在自己面前念叨了那么多遍"小宇"，也没见到许珩宇一面，最后带着遗憾走了。

　　许肆一个人抱着骨灰盒睡了一夜，唯一疼爱他的人也走了。

　　他后来再也没有回过这里，这里到处都是回忆。他锁上门，将钥匙藏了起来，他不允许许珩宇回来，更不允许许珩宇动这个家里的东西。

　　许珩宇不配。

　　许肆看着照片上慈祥的老人，点燃了三根香，拜了一拜："奶奶，她回来了，奶奶一定知道我说的是谁吧？我不想原谅她，哪怕过了那么多年，我也不想原谅她。

　　"奶奶你总说，跟着心走，才能过得开心。我不知道我现在做的事是不是对的，我只知道，现在的我不想原谅她。"

　　许肆推开李诗敏的房间，他小学时候画的画还被贴在墙上，已经泛黄了。画上是一个老人和一个小孩，笑得很开心，上面写着："我最最重要的人。"

　　他还记得把这幅画拿给李诗敏看的时候，她开心极了。

　　墙上还贴着许肆从小到大得过的奖状：最佳进步奖，语文第一名，数学第一名，英语第一名……

　　他玩的弹弓、滑冰鞋、水枪、弹珠，还有很多小玩意全部被装在一个箱子里，就连他用过的草稿本，都被整整齐齐地放在书柜里。

　　小学三年级时，他用参加数学竞赛得到的奖金给李诗敏买了一条围巾，质量不好，颜色也算不上好看，可她依旧戴了很多年，逢人就说是自家孙子买的。

　　窗子上挂的千纸鹤，还是之前他和李诗敏一起折的。

　　……

　　许肆又推开了自己房间的门，桌子和床上还罩着防尘罩，是李诗敏知道他爱干净，怕房间里落了灰，特意给他蒙上的。

　　他将防尘罩收在柜子里，将窗帘拉上，换上了新买的被子和床单。

　　许肆掏出袋子里的药酒，却不知道怎么涂，费了半天劲才涂好药。他躺在床上，

看着天花板，不多久就陷入了睡梦中。

仙女一样

周六。

江荞没有跟姜知许说，便直接来了她工作的地方。

"小姜呀，今天店里来了一个姑娘长得真好看。"

姜知许随意应道："是吗？"

"跟个小仙女一样，穿着一身白裙子，简直美到我的心里了。她说是来等人的，怎么没有这样的小仙女来等我？"

姜知许听到这个形容，莫名想到了江荞，她也顾不上调整摄像机了，直接就跑了下去。

"哎，小姜，你认识吗？你怎么跑那么快呀？"

姜知许刚下楼，就看到了坐在楼下的江荞。

她穿着白色的裙子，长度刚好到膝盖下面一点儿，乌黑的头发披散在肩上。她坐得很直，低头翻着手里的书。

江荞总是这般沉浸在自己的世界里，仿佛周遭的一切都与她无关。

"荞荞！"

江荞抬头，看到了姜知许："阿许，你下班了吗？"

姜知许看了一眼手表，笑道："今天早上没什么客人，没怎么拍，现在就可以下班了。"说完，她冲身后的青年开口："朋友来了，我先去吃饭了。"

身后的青年穿着白衬衫和浅色牛仔裤，栗色的碎发，眼若桃花，戴着金色金属框眼镜，笑起来让人如沐春风："行。"

江荞举了举手里的两个蛋糕："给你带的蛋糕。"

她和姜知许最爱吃芋泥千层，可惜楼下的那家蛋糕店已经搬走了，再也找不到了。

姜知许接过她手里的蛋糕："谢谢我的宝，走，我带你去吃好吃的。"

她拉着江荞来到一家店，那家店主打养生汤，菜的味道也不错。她点了份猪骨山药汤，又点了江荞爱吃的几个菜，随后将菜单递给了服务员。

"怎么样？这边学习压力大吗？"

江荞摇头："还好。"

"作业多不多呀？"

江荞笑了一下："作业我都做完了。你在这里上班累吗？"

姜知许将第一口蛋糕喂到江荞嘴边："还好，老板是认识的人，就是刚刚你看到的那个，是之前同学的朋友，叫姚景和，人挺不错的，就是不常见到，大部分时间是师父带着我。"

江荞吃下她喂过来的蛋糕，唇边勾起一抹笑："那就好。"

说到这个，姜知许有些发愁："就是最近要出的图缺了模特，真让人发愁，原来约好的那个模特有事来不了了。我总不能去大街上随便抓个美女就拍照吧？"

江荞忍不住笑道："也不是不可以。"她又问道，"要拍什么样的图呀？这么发愁。"

"要那种，很惊艳很明媚的，长相里带着些英气，拍一组古风照片。"

"阿许，你有没有想过，其实你可以出镜。"江荞表情很认真。

"荞荞，你就不要打趣我了。"之前总有人说她的自身条件那么好，为什么不当模特，要当摄影师，只有姜知许心里很清楚，她一面对镜头就不知道自己的手脚要放在哪里，还是适合给别人拍照。

"阿许，我是认真的，你真的可以试试。"

两人说话间，菜已经上齐了。姜知许盛了一碗汤，放在江荞面前："喝汤，这家店的汤味道还不错。"

"好。"江荞喝了几口，开了口，"确实不错。"

两个人吃完饭，姜知许又要回去工作了。

江荞抱着书坐在一旁看着姜知许，就像之前她一边写作业一边等姜知许下班一样。

司海看了一眼乖乖坐在一旁看书的江荞，小声开口："小姜，能不能介绍介绍你朋友？"

"去你的，我家小朋友还在读高中呢，以后是要上重点大学的人。你少打歪主意。"姜知许瞪了他一眼。

"好吧。"司海看了一眼江荞，有些遗憾。

"明天就是要交图的日子了，我们到现在连模特都没有呢。"司海愁得头都要秃了，他看着后面穿着花衬衫、直筒裤，五官明艳的姜知许，两眼放光，"小姜，打个商量，要不然你试试吧？"

江荞从书里抬头："阿许，你真的可以试试看。"

姜知许还没说话，司海就把衣服塞进了她怀里："小姜，快去试试。"

姜知许被司海推进了试衣间。

她出来的时候，所有人都眼前一亮。

姜知许本身五官就比较明艳，这一身红色的汉服仿佛就是为她量身定做的。

江荞认真评价："好看。"

就连一旁姚景和的眼里也多了几分惊艳："不错，换个妆造更好。"

姜知许的头发扎成了高马尾，用红色的带子系着。面对镜头时，她有些僵硬。

江荞放下手中的书，凑到她耳边说了几句话。

下一秒，姜知许的表情立刻严肃起来，无端多了几分冷艳，她手里拿着弓，好似她就是那英姿飒爽的女将军。

拍完了照片，司海偷偷问江荞："你刚刚跟她说了什么？"

江荞只是笑笑，说了句"保密"。

一堆人围在摄像机面前，欣赏着刚刚拍出来的照片。

姜知许冲姚景和开口："要加工资啊，又当摄影师又给你当模特的。"

姚景和笑着开口："那是自然的。"他看着姜知许，接着说，"你有没有考虑以后当模特？"

姜知许摇头："暂时没有，我这次拍照只是为了救场。"

姚景和有些失望，但是想着以后的日子还长，有的是机会："也行，你拍照技术也不错。"

姜知许一脸骄傲："那是自然。"

……

吹着晚风，姜知许骑着车载着江荞。

"我以后要赚大钱，开豪车接我的小朋友。"

江荞语气里都带着笑意："会的。"

你也没人要吗

许肆醒来的时候外面已经黑了，他摸了半天，才从枕头下面摸出来手机。

他看了一眼时间，已经晚上八点多了，背上还是很疼，胃也有些抽痛。他穿上新买的拖鞋，先去了楼下的药店买了瓶药，又去了之前常去吃饭的那家餐馆，还没开口，老板娘就先一步开了口："一份牛肉面，不要香菜要葱花，加辣加醋。"

许肆有一瞬间愣住，随即开口："今天不要辣。"

"好嘞，不要辣。"那老板娘说完，笑着问他，"挺长时间没见到你了，都长这么高了。"

"您还记得我呀？"

"当然记得了，你和你奶奶来我这吃了那么多年的面，我怎么会不记得，就是后来没怎么见过你了。"

"我奶奶去世后，我就没回来过了。"少年说话的时候垂着眼，无端多了几分落寞。

那老板娘闻言愣了一下，然后拍了拍自己的嘴："瞧瞧我这臭嘴，你别介意哈。"

"没事，都过去好几年了。"

老板娘将一份打包好的牛肉面递到许肆手里："你看我这……都忘了问你是不是要带走的。"

许肆接过她手里的面："没事，我本来就是要带走吃的。"

他又买了几根火腿肠，去喂楼下的流浪猫，那是只小黑猫，瘦瘦的，一双眼睛很亮。

老一辈的人常说养黑猫不吉利，这可能就是它没人要的原因吧。

"你也没人要吗？"回应他的只有"喵喵"几声。

许肆喂完最后一根火腿肠，站起身拎着牛肉面准备走了，发现那只小猫跟在他的身后。

"别跟着我了，我自己都未必能顾得上自己，何况再加上一个你呢！"许肆停下来，看了一眼那只小猫。

直到他走到家门口，发现那只小黑猫还跟着。

许肆蹲下来和它对峙了一会儿："不许跟着我，我没有东西给你吃了。"

许肆关上门，将手里的东西丢在饭桌上，打开打包盒，看到面上铺了满满一层牛肉，他掰筷子的手顿了一下。

他吃了几口，胃里有些东西了。过了一会儿，他就着温水，吞了几片药。他又想起那只小黑猫，不知道走了没有。

许肆打开门，看到它还在门口坐着。

"你跟着我没什么好的，快走吧。"

那只小黑猫目不转睛地看着许肆。

许肆最后还是妥协了："你没人要，我也没人要，那你以后就跟着我吧。"

小黑猫不知道有没有听懂他说的话，"喵喵"叫了几声。

许肆让它进了门，带着它去了浴室，他调好水温，将小黑猫放进了盆里，用沐浴露给它洗了好几遍。

小黑猫洗澡的时候很乖，一双黑亮亮的眼睛看着许肆，一动也不动，任他在自己身上冲着水。大部分猫会怕水，这只猫洗澡倒是很乖。

许肆还没洗完，胃里翻江倒海一阵难受，他对着马桶吐了起来，直到把胃里的东西吐空了，他才觉得好受些。

那只小黑猫挣扎着从盆里出来，湿漉漉地走到了许肆旁边。

许肆漱了一下口，看它："还没洗完，回去。"

小黑猫又乖乖地回到了盆里。

他给小黑猫洗完澡，又用吹风机给它吹干了毛发，抱着它去了自己的房间。

家里并没有猫窝，许肆从杂物间里找出来之前养狗时用的狗窝："今天就先委屈你一晚上了。"

小黑猫在窝里"喵"了几声，倒是丝毫没有嫌弃的意思。

许肆看着自己亮起的手机，滑开了屏幕，看着杨世昆一条又一条发来的信息和图片。

杨世昆："肆哥，肆哥，你醒了吗？"

杨世昆："你还没给我发地址呢，肆哥。"

杨世昆："肆哥，你醒来给我回个信息。"

杨世昆："超大份米饭。"

杨世昆："这家饭真好吃，肆哥你醒了我去给你送。"

杨世昆："今天的晚霞也挺好看。"

杨世昆："肆哥，你醒了一定要给我回个信息，这家饭真的超级好吃。"

许肆看完了他发的信息和图片，回了句："醒了，买饭了。"

杨世昆直接一个电话打了过来，许肆看了一会儿，点了接听。杨世昆兴奋的声音从手机里传出来："肆哥，你都不知道，那家饭真的超级好吃。"

"我吃过了。"

杨世昆闻言有些失落："我知道。"他敏锐地察觉到许肆的情绪有点儿低落，"肆哥，你不舒服吗？"

"没有。"

"肆哥，你现在住哪里呀？"

"奶奶家。"

"奶奶家饭好吃吗？我可以去蹭饭吗？"

"她去世了。"

"……"

在沉默的这几秒里，杨世昆"头脑风暴"了一会儿，憋出来一句"对不起"。

许肆倒是不在意："没事，好几年了。"

"肆哥，你这算是离家出走吗？"

许肆沉默了一下，才开口："不知道。"

杨世昆想起来之前自己离家出走，还没撑住几个小时，肚子饿得不行就回家了，到家了才发现全家人根本没在意他出走了。说白了，他离家出走就是和自己赌气呢。

"你爸爸不是不常在家吗？你们吵架了？肆哥。"

"不是，我妈来了。"

"你们吵架了吗？"杨世昆想不明白这个关系，而且他就没听许肆提过他的妈妈，他以为许肆妈妈已经去世了，一直不敢问。

许肆声音很轻，提了几句之前的事。

杨世昆快气炸了："居然还有这种事，气死我了！肆哥，不回家，绝对不回家，她怎么还好意思回来的，想来就来，想走就走吗？她把你当什么了？"杨世昆说完，又问了一句，"那叔叔的态度怎么样？"

许肆本人倒是淡定："他巴不得她回来。"

这下轮到杨世昆沉默了，他所有的好教养都用在这沉默的几秒里了——毕竟是肆哥的父母，他虽然很生气，但是也不敢说得太过分。他沉默了半天，才开口："肆哥，你先给我发个地址，缺什么我去给你送。"

"不用。"许肆又道，"我睡一会儿。"

"地址先给我再睡，肆哥。"

许肆发了个定位过去，揉了揉自己的胃部，盖上了被子。杨世昆知道许肆是胃病犯了，不敢再多跟他说话。

稀疏的星星挂在漆黑的夜空上。

许肆因为胃疼，蜷缩着身子睡觉，怀里不知道什么时候拱进来一个温热的小东西。

吃糖能变得开心

周一升国旗，许肆踩着点到了操场。

"哎、哎、哎，别走。"何国士推了推眼镜，看着许肆开口，"你怎么不穿校服？"

"洗了。"

"你怎么不把自己给洗了？说了多少遍，周一升国旗要穿校服，你怎么左耳朵进右耳朵出呢？回去写八百字检讨交给我。"

许肆开口道："知道了。"他站到了班级队伍的最后。

何国士在主席台上慷慨激昂地发表讲话，都已经说了三十分钟，丝毫没有要停歇的意思。

杨世昆忍不住感慨："老何还是一如既往地发挥稳定。"

郝明赞同道："谁说不是呢？"

许肆神色淡淡，没有说话。

轮到优秀学生代表讲话。什么感谢老师、感谢父母的栽培……这些话杨世昆早都听腻了，说了半天，才总算结束了。

回到教室，学生睡倒了一大片。

何国士不知道什么时候从外面走到了讲台前，他看着底下睡倒一片的学生，拍了拍桌子，声音中气十足："正是朝气蓬勃的年纪，怎么能天天睡觉呢？"

底下有人有气无力地回了一句："困。"

"春困秋乏夏打盹，只要你懒惰，就没有不困的时候，不要给自己找借口，知道了吗？这周五就要考试了，可以开始复习了。同学们，不要再睡觉了，不要只做思想上的巨人，要付诸行动，如果我没记错的话，你们班上次考了年纪倒数第一吧。努努力，还是有一部分同学能考上大学的，我不想以后看到班里有些同学在垃圾场里捡垃圾。"

杨世昆回道："何主任，这也不至于去垃圾场里捡垃圾吧。"

何国士说："你不好好学习，以后就只能去菜市场捡菜叶子吃。"

杨世昆："……"

何国士说了半天，一直到上课铃响起，他才冲外面的老师笑了笑，然后退了出去。他站在外面冲里面喊道："不许睡了。"他又看见坐在后面的许肆，提醒他："记得把检讨给我。"

"知道了。"许肆应了一句。

"什么检讨呀？肆哥。"

许肆抬了下眼皮，淡淡道："没穿校服。"

"好吧。"

江荞看着许肆从抽屉里摸出一张纸，半节课时间就只写了"检讨"两个字。

"我今天没穿校服，严重违反了校规校纪，我现在已经深刻认识到了自己的错误，我保证……"

听着身旁的声音，许肆抬眼看了一眼江荞，将她说的话写了上去："怎么感觉你很熟练的样子？"

"我从没写过，但是检讨不就是这样写吗？"

许肆沉默了一会儿才开口："谢了，小同学。"他东拼西凑大半节课，总算将检讨写完了，扭头发现江荞还在写数学题。

乖学生真是无时无刻不在学习。

中午吃完饭。

许肆听班里人说外面有人找他，他刚出门，就看到了等在外面的沈妤纯。

"小肆。"

许肆看了一眼沈妤纯，将她拉到了一边："你到底有完没完？说只是想看我一眼，你看也看了吧？能不能不要再来打扰我的生活了？算我求你了行吗？"

沈妤纯握着手里的东西说："我没有别的意思，我只是怕你吃不好饭，所以才来给你送吃的。"

"第一，我不需要你送的东西；第二，我现在过得很好，你不要来打扰；第三，别再出现在我面前。"许肆说完，便迈着步子离开了。

班里大部分人已经开始午休了，许肆没有回去，他去厕所洗了一把脸，心情仍有些烦躁，看起来更凶了。他靠在外面的栏杆上，眼神失焦了。明明他已经说得很清楚了，他已经努力让自己不去在意那些事了，为什么她要一次又一次地来打扰他的生活呢？为什么呢？

那些事就像是烙在他身上的疤痕，明明已经结了痂，沈妤纯却不断地出现，就像是在撕裂他身上的疤，一遍又一遍提醒他之前发生了什么。

他无法原谅沈好纯，更没办法原谅许衍宇，他的心里反复挣扎，不断有小人跳出来跟他说："她是你妈妈，再怎么样也是你妈妈，你身上流着的是她的血。"

可是他永远都记得那天沈好纯决绝地告诉他："我不想带着一个拖油瓶。"

之前说不要他了，他好不容易接受了这个事实，为什么还要回来找他，为什么还要打破他平静的生活呢？

李诗敏临死时都在念叨着小宇，即便如此也没有等到许珩宇回来。他后来才知道许珩宇没有及时回来是因为沈好纯发烧了，许珩宇跑去外地看她了。

粉白纤细的手指伸过来，许肆抬头对上江荞的视线，她的眼底藏着笑意，睫毛上还带着水珠，也是刚洗完脸出来。

她的手打开，手心里躺着一颗糖，粉白的糖纸。

"为什么给我糖果？"

"感觉你不是很开心，吃糖能变得开心。"

许肆黑白分明的眼睛里终于有了焦距，他从她手里接过糖果，声音有些艰涩："谢谢。"

糖是草莓味的，化在嘴里甜甜的。

江荞站在他旁边，看向前方："虽然不知道你为什么不开心，但是吃些甜的，总归是会开心些。"

许肆偏头看她，听见她又开口："之前我每次不开心的时候，我就会吃很多糖，差点儿吃坏了牙齿，但是确实开心了。"

"如果之前丢下你的人回来了，你会原谅她吗？"

江荞想了一下，冲他摇头："不会，让我难过的人，我为什么要强迫自己去接受她？让自己更不开心吗？"

"你说得对。"

江荞盯着他看了一会儿，然后递过去一张纸巾给他："快上课了，我先回去了。"

虽然许肆平日里看起来很凶，现在看起来也很凶，但是看着他站在那里的时候，无端地在他身上看到了几分落寞。江荞看出来了，许肆不开心。

许肆接过那张纸巾，看着那抹纤细的身影慢慢离去。

好想妈妈

"爸爸，然然什么时候能去找妈妈？"梁介然一边吃着碗里的饭，一边含糊不清地开口。

梁正之本来在看报纸，闻言抬头看了一眼梁介然："你好好吃饭，不要那么多话。"

梁介然吃了一口饭，还是不死心地问道："可是然然想妈妈了，然然想吃妈妈做的饭。"

梁正之将报纸丢在一边："妈妈不会回来了，然然以后就跟着爸爸过。"

"为什么妈妈不会回来了？"

梁正之想起沈妤纯，又想起助理送过来的消息——还没跟他离婚呢，就那么迫不及待地投入她那个前夫的怀抱了，沈妤纯就是一个水性杨花的女人。

"别在我面前提那个女人，吃你的饭，别问那么多。"梁正之一拍桌子，烦躁地开口。

"妈妈才不是坏人。"

"别废话，吃饭，别在我面前再提起她。"

梁介然"哇"的一声哭了出来，然后丢下了手里的筷子："爸爸好凶，然然再也不要理爸爸了。"他说完就哭着跑上了楼。

"梁总，然然他还是个孩子。"一旁的助理孙明焱忍不住开口提醒他。

"别在这碍眼。"梁正之没好气地道。

到了要送梁介然去学校的时间，他却把自己关在了房间里不出来。

孙明焱敲了敲门："然然，要上学了，快开开门。"

梁介然坐在门口，靠着门："我不去上学，我不去。"

"然然乖，上学要迟到了。"

"我不去。"

梁正之不知道什么时候上了楼，他站在门口看了一会儿，问孙明焱："他不出来？"

"对，然然不愿意出来。"

梁正之拍了一下门，声音很大："梁介然，我数三个数，你给我出来。"

"不出去。"

"三。"

"二。"

"一。"

"梁介然，你到底出来不出来？！"

"我不出去。"梁介然用手抹了抹眼泪，然后大声喊道，"我不出去！"

梁正之气得脸都红了："行，你有本事这辈子都不要出来。"

孙明焱看着生气的梁正之，忍不住开口道："然然他再怎么说也还只是个孩子呢。"

"我们梁家的事有你多嘴的份？"

孙明焱低着头不敢说话。

"他有种，我倒是要看看他能在里面待多久。"

梁介然坐在门口抱着自己的小兔子玩偶，他用手抹了抹自己脸上的眼泪，喃喃道："妈妈，爸爸好凶，然然好害怕，然然好想妈妈。"

他哭了一会儿，觉得有些饿了，他中午本来就没有吃多少，又哭了那么久，这会感觉更饿了。他从地上爬了起来，坐在自己的椅子上，将抽屉里的日记本掏出来开始写日记。

  2015 年 9 月 × 日。
  今天爸爸好凶，然然好害怕，爸爸说妈妈不会再回来了，可是然然好想妈妈。

  他写完日记，将自己的小日记本锁在了抽屉里。
  梁介然突然想起今年过生日的时候梁正之给他买过一只电话手表。他觉得太丑了，一直没有戴过，他记得好像放在了书架顶上。
  他搬来小板凳，踩在板凳上够了半天，才终于碰到了那个盒子的边边。
  他太矮了，没办法拿下来。
  梁介然看了一圈，发现了床底下的小木箱。他跳下板凳，将小木箱从床底下抽了出来，费力地放在了板凳上，然后爬了上去。
  终于，他将那个盒子够了下来，可是一个没踩稳，连人带着盒子摔了下去。
  "然然，你在里面干吗呢？我怎么听到那么大的动静，你不会摔倒了吧？"孙明焱贴在门上，恨不得立刻冲进去。
  "你走开。"梁介然说完，揉了揉摔疼了的屁股，然后坐在地上打开了那个盒子。
  盒子上已经落了一层灰，里面只有充电线和说明书，并没有电话手表。
  "然然第一个要存妈妈的号码。"
  "好。"
  梁介然想起他后来把手表拿出来玩过，还存了妈妈的号码，但他想不起来把手表放在了哪里。
  他将盒子丢到一边，在房间里翻箱倒柜地找了一遍，还是没有找到。他坐在地上看了好一会儿，突然看到书架上小熊脖子上挂的东西，可不就是那只电话手表。
  梁介然将电话手表拿了下来，手表已经没电了，他充了一会儿电，坐在地上拨通了沈好纯的电话。
  沈好纯看着手机上跳动的号码，点了接听，梁介然带着哭腔的声音传了过来："妈妈，你在哪里？然然好想妈妈，爸爸好凶，然然好害怕。"
  "然然，你没去上学吗？"
  "没去，爸爸好凶，然然害怕，然然不想去学校。"
  沈好纯在这边听得整颗心都揪了起来，她握着手机不断地安抚梁介然："然然别怕，然然别怕。"她说着说着，自己就先忍不住哭了起来，她连个正式的工作都没有，怎么能获得梁介然的抚养权。
  "梁介然，你到底出不出来？"
  "妈妈，然然先挂了。"梁介然挂掉了电话，将电话手表藏在了被子里。他跑到

门口去打开了房门。

梁正之盯着梁介然看了一会儿，冲孙明焱开口："送然然去上学。"再怎么说，梁介然也是他的亲骨肉。

最后，梁介然被送去了学校。

沈妤纯握着电话，无力地坐在了门边，心想：梁正之真不是人，居然凶然然。

许珩宇听到了动静，走过来将她扶了起来："地上那么凉，怎么坐在了地上？"

沈妤纯抓着他的胳膊，激动地开口："梁正之那个浑蛋，然然还是他的亲骨肉，他居然那样对然然。"

许珩宇拍了拍她的背，安抚她："你冷静一点儿，你冷静一点儿。"

"我怎么冷静，我怎么冷静呀？然然跟我说他怕，他好想妈妈，你让我怎么冷静呀？"

许珩宇安慰了她好一会儿，沈妤纯的情绪才算稳定下来。

沈妤纯红着一双眼睛，哭着抱住了他："那么多年你就不怪我吗？你为什么不怪我？你为什么还要帮我？"

许珩宇说："我不怪你，我只怪自己没本事。"

"你不会也骗我吧？"

"不会骗你。"

"你真的不会骗我的，对吧？"

"不会。"

沈妤纯喃喃道："反正我只是一个一无所有的人，我什么都没有了，我也不怕你骗我。"

许珩宇抓住她的手腕："我不会骗你，永远不会，然然的抚养权我会帮你争取到。"

沈妤纯又想起了许肆："小肆他还是不肯接纳我怎么办？"

"只是时间问题，他会接纳你的。"

"真的吗？"沈妤纯有些不敢相信。

"真的，他一定会接纳你的。"

第四章
小古板

4 Chapter

> 小同学，你又在说教我？

> 我没有。

Diary

2015年9月21日 ☀

我觉得他不该如此，他应该生活在阳光里，而不应该如此颓废，于是我想劝劝他，他叫我小古板。

他笑起来的样子，还挺好看的

转眼就到了周三这天下午。

方子新拿着考场分布座位表进了教室："静一静了，考场座位表出来了，按照上学期的期末考试成绩排。"他说完，将那张纸投在了电脑屏幕上。

他看了一眼下面，然后开口："江荞，你没有成绩，所以学校就把你安排在后面的考场了，下次有成绩会按照成绩排的，但是也可能会随机排，具体看学校安排。"

江荞点头："我知道了，谢谢老师。"

杨世昆突然反应过来，看了一眼座位表，然后回头冲许肆和江荞开口："肆哥，江同学，你们一个考场欸，好巧啊，现在坐同桌，考试也是前后桌。"

许肆"嗯"了一声。

"对，好巧。"江荞开口。

杨世昆看到了自己的座位号，兴奋地冲前面的男生开口："你跟我一个考场。"

男生闻言笑道："我们上次也是在一个考场。"

"哈哈哈，可能我们太有缘分。"

杨世昆拍了拍郝明："我俩一个考场，到时候我们一起去考场。"

"你刚刚不是还说跟别人有缘分？怎么？不一起？"

"说的什么话？别人比得了你吗？大头。"

郝明听闻他的话，轻哼一声："是早饭重要吧？"

"我是那种人吗？"

"是的。"

许肆看了一眼，江荞考号是四十号，他是三十九号，无论怎么排都是前后桌。

杨世昆开始耍无赖："我不管，你得等我。"

"知道了，给你带早餐。"

"这还差不多。"

"……"

搬桌子的时候，不知道谁的杯子打碎了，班里开始有人嚷嚷着："碎碎（岁岁）平安。"

江荞收拾完自己的书，正在搬书，突然感觉手上一轻，一抬头看到许肆将自己手里的半摞书给拿走了。

许肆依旧是那副很凶的表情，低着头问她："搬去哪里？"

江荞愣了一下，然后指了指："外面。"

许肆送完书，又将她手里剩下的书接过去抱去了外面。见他进来，江荞轻声说了句："谢谢。"

少年身姿挺拔，穿着宽大的校服，五官有些凌厉，此时眉眼都带着笑，他说："不客气，小同学。"

江荞盯着他看了一会儿，其实许肆笑起来的样子一点儿不凶，还是很好看的。

第一场考的是语文，江荞拿着东西去了考场，她坐在倒数第二个靠窗的位置，她把自己的东西放在了桌上。

许肆进来就看到了坐在窗边乖乖看书的江荞，旁边一个男生拿着糖果走近江荞："江同学吃糖吗？"

江荞闻言抬头看了一眼面前的男生，摇头："不用了，谢谢。"

曾琪又看向后面的许肆："肆哥吃不吃？"

许肆冷淡地瞥了他一眼："不吃。"

曾琪坐在江荞面前，套近乎地开口："江同学，我是坐在前排的，你可能对我没印象。"

江荞"嗯"了一声。

"江同学来的第一天我就记住你了，你是我们班最好看的女生。"

江荞不知道怎么接话了，半晌才开口："谢谢。"

"江同学，你语文好不好？"

"还行。"

曾琪一番拐弯抹角，终于问出了自己想问的话："我想问，有没有什么语文快速提分方法？"

"语文主要靠知识积累，想快速提很多分应该不行。"

曾琪闻言眸子里的光都灭了。

李秋红说他再考不到七十分就让他出去听课，她对别人的要求是及格，到他这里就是七十分了。

他还记得李秋红恨铁不成钢地跟他说："你再怎么着也不至于语文只考四十多分吧？作文随便写一写也有三十多分，你来告诉我你四十多分是怎么考的？人家许肆是没参加考试，成绩不计入平均分，你还不如不参加考试，唉。"

江荞注意到他的表情，想了一下，冲他开口："不过，我可以把笔记借给你，里面有做题技巧，你可以看看。"

闻言，曾琪眼底那抹光又亮了，他双手合十："谢谢江同学，谢谢江同学。"

江荞轻声道："不客气。"说着，她将包里的笔记本递给了曾琪。

曾琪如获至宝般拿着笔记本回自己座位去了。

沈沫拿着两瓶牛奶绕到后面，将其中一瓶递给许肆："给你喝。"

"不要。"

沈沫被拒绝习惯了，一点儿也不在意。将另一瓶牛奶递给江荞，别别扭扭地开口："顺手买的。"

江荞接过她手里的牛奶，笑道："谢谢。"

监考老师走入考场，将试卷分发下去，简单提醒了几句记得写名字之类的话，便坐在了讲台上。

过了一会儿，她下来转了一圈，叫醒了几个刚开考就睡觉的人："醒醒，考语文睡什么睡呀？作文写写还能得三十多分呢。"

其中一个男生抬头揉了揉眼睛，又趴下继续睡了。

监考老师："……"

江荞先是翻到最后看了一眼作文题目，便提笔开始答前面的题目了。

许肆看了一眼乖乖写试卷的江荞，觉得她和这个考场有些格格不入，下次，她应该就会被分到其他考场了。

离考试结束还有十五分钟的时候，江荞停下手中的笔，检查了一下自己的答题卡，又确认了一遍自己没有漏题。

考试结束的铃声响起，监考老师提醒坐在第一排的同学去收答题卡。

收完答题卡交给老师，江荞整理着桌子上的东西准备离开。

曾琪凑到江荞面前："江同学，你觉得这次考试难度怎么样？"

"还行。"

"看了你的笔记，我终于会写主观题了，等我考好了回头请你吃零食。"曾琪算了一下，如果选择题能拿一半的分，作文再拿三十多分，前面再凑一凑，还愁考不到七十分吗？

"不用了。"江荞说完，站起身准备离开了。

罗星看着江荞回来送东西，笑着问她："考得怎么样呀？荞荞。"

"还行。"

"考一门忘一门！明天见喽，荞荞。"

"明天见。"

下次一定问她的名字

杨世昆考完语文后整个人蔫头耷脑的。

进考场的那一刻,他觉得自己简直是被上帝眷顾的宠儿,除了郝明,前后左右也都是他认识的人,紧张感顿时少了很多。

可惜,监考老师一进门,一桶凉水给他从头到尾浇了一遍,简直是"透心凉,心飞扬"。

他也真是好运气,三十分之一的概率都能让他碰上学校的"女魔头"监考。

一整场考试,他连脖子都不敢扭动一下,整个考场安静得只有翻试卷和落笔的沙沙声。

周五,最后一门考试科目是英语。

还没放听力,监考老师就看见很多学生开始涂答题卡了,有些莫名其妙:"听力部分还没开始放呢,怎么现在就开始涂答题卡?"

底下有人回她:"听了也是听不懂,不如提前把听力题答了。"

"好吧……"

听力部分结束,监考老师开始走动,看到一个正在用刀刻橡皮的,问:"你这是准备掷骰子?"

那男生闻言开口:"掷到'一'就是 A,掷到'二'就是 B,掷到'三'就是 C,掷到'四'就是 D。"

"那如果掷到'五'或者'六'呢?"

"那我就奖励自己再来一次。"

"……"

监考老师瞪了他一眼:"不像话,收起来。"

男生迅速将桌子上的东西收了起来。

监考老师又看到摆弄小字条的沈沫,忍不住提醒她:"这位同学,你打小抄有点儿太明显了吧?"

沈沫冲监考老师咧嘴一笑:"不是小抄,老师。"她说完打开字条给老师看,"我抓阄呢。"

监考老师沉默了一会儿,无奈地板着脸开口:"把字条收起来或者丢垃圾桶里,等下被我看到你拿出来这个,直接按作弊处理。"

"好。"沈沫将自己手里的东西丢进了垃圾桶。

铃声响起,最后一门考试结束,广播通知所有人回到自己教室,开个班会就可以放学了。

江荞走到放自己书的桌子旁边，看了一眼旁边的那一堆书，翻开看了一下名字，确认是许肆的，想起早上他帮自己搬书，准备帮他把书搬回去。

她抱着书走了几步，突然脑袋被人轻轻拍了一下，一抬头对上许肆的视线。

"一下抱那么多干吗？"许肆接过了她手里的书。

江荞有些呆愣地跟在他身后："你不是也抱那么多吗？"

许肆打量了一下她细瘦的胳膊，什么也没说，但是江荞觉得自己被看不起了。

班里不少人已经开始对答案了，同一道题对出来三个结果，问第四个人，又是一个不一样的结果。

搬完东西，方子新准备开一个短暂的班会。

"考完了就不要对答案了，好好度过一个愉快的周末，一切都留给发布成绩那天吧。"

班里大部分同学还记得之前陈松说的话。

"那陈松老师呢？"

方子新笑了一下："我已经向学校申请了，应该下周就会给个结果，同学们耐心等一下。"

陈松这周以身体不舒服为由没来上课，到底是不舒服还是不想来上课，大家心里都跟明镜似的，但谁都没有说破。

看着方子新这不在意的模样，杨世昆恨不得长出来八个脑袋，直接一举冲到学校前十，然后让陈松给老方道歉。

当然，这些也只能在梦里想一想。

这时，方子新笑道："好了，我也不多说什么了，祝同学们有一个愉快的假期。"

看着江荞一本一本地往包里塞着书，许肆有些疑惑："考完试了还要带那么多书回去？"

江荞"嗯"了一声，然后乖巧地开口："回家看。"

许肆沉默了一会儿，然后开口："好吧。"

夏辰安守在书店里等了一下午，都没有看到上次见到的那个女生。

他看了看手表，准备再等一会儿，再抬眼的时候，就看到了她。

她依旧穿着一身蓝白色的校服，不算好看的样式，但是穿在她身上就莫名地和谐？她很瘦，也很白，哪怕未施粉黛也让人惊艳。

夏辰安看到她环顾了一下四周，似乎是没找到位置，然后她往书架那边走去了。

江荞上次买的书已经看完了，她转了一圈，停在一个书架前，上面摆着很多悬疑推理小说，大都是她看过的。

她抬头，在书架上层看到了一本书，书名吸引了她。她踮脚还是拿不到，刚想找工作人员帮忙拿一下，有人伸出手帮她拿了下来。

夏辰安取下书，然后将书递给了她。

江荞接过，冲他笑了："谢谢你。"

女孩笑起来的样子很乖很甜。

夏辰安看着她的笑容出了神，看着她抱着书离去了，有些失落，想来上次匆匆一面，她应当是不记得自己的。

江荞拿了书就随便找了一个位置，靠着书架看了起来。她看书的速度算不上快，有时候喜欢将一句话反复琢磨很多遍。

夏辰安坐在离她不远处的位置，手里捧了一本和她一样的书，盯着她看了一会儿。

江荞看了一会儿书，抬头看了一眼外面的天色，抱着书背上自己的书包离开了。

夏辰安一抬头，发现那个位置空了。今天她只和他说了一句话，她笑起来的样子真好看。

如果下周还能碰见她的话，他一定要问她的名字。

元元

许肆看着锅里焦黑的鱼，沉默了一会儿，觉得还是喂它吃猫罐头吧。

"过来。"

小黑猫听到许肆的呼唤，跑进了厨房。

许肆将猫罐头倒进了盆里，看着它吃得很欢，伸手揉了揉它的脑袋。

养了一周，许肆发现自己都没给它起名字，总不能每次喊它都是"过来吧"。许肆决定给它起个名字，可是他看着小黑猫半天，也没想出来取什么名字比较好。

江荞正在看书，手机突然响了一下。

她看到发信息的人是许肆，有些意外，许肆的网名很简单，就是姓名拼音的两个首字母大写。

许肆先是发了一张照片，接着发了一句话。

XS："给起个名字，小同学。"

江荞点开那张图片看了一眼，小猫浑身黑不溜秋的，丢进夜色里就找不到的那种，一双眼睛黑亮亮的，倒是可爱。

许肆看着江荞回过来的信息，他盯着她的微信名"小别兔"看了半天，然后将她的备注改成了"小同桌"。

小同桌："球球。"

小同桌："元元。"

小同桌："糖糖。"

许肆看了一会儿，然后选择了第二个名字。

XS："元元可以。"

XS："谢了，小同学。"

几秒后，他就收到江荞一句"不客气"，他甚至想象得出江荞说出这句话时是什么表情。

他抱起那只黑猫，笑道："你有名字了，以后就叫你元元了。"

元元"喵"了一声，似乎对自己的新名字很满意。

许肆随便做了一碗面条应付了一下晚饭，吃完去冲了个澡。

冲完澡，他又将小黑猫抱去了浴室给它洗澡，刚用毛巾给它擦身子，就听到手机"叮叮叮"地响个不停。

许肆给小黑猫吹干了毛发，点开聊天页面，听着杨世昆发来的语音。

杨世昆："肆哥，就在这几分钟，我的心情起起落落落……"

杨世昆："我妈说我考得好就奖励我五百块钱，然后我就跑去对答案了，我发现我的数学选择题这次选对的很多。"

杨世昆："坏消息是我好像忘了涂答题卡。"

杨世昆："我要完蛋了！！！"

许肆揉了一把怀里的猫，回了信息。

XS："还有下次考试。"

说到考试，他想起了江荞，她笔都没停过地一直写，应该考得很好吧。

杨世昆一个视频电话打了过来，许肆按了拒绝。

杨世昆："肆哥你不方便接视频吗？"

XS："不方便。"

杨世昆思考着他这句"不方便"。

杨世昆："肆哥你在洗澡吗？"

说完他又想撤回——如果肆哥在洗澡怎么可能给他回信息，但他还没撤回，就看到许肆发了一张照片过来。

少年穿着白短袖，怀里抱着一只小黑猫，小黑猫的眼睛很亮，冲着镜头仰头。若不是看到那双眼睛，杨世昆差点儿看不出许肆怀里抱的是猫。

杨世昆兴奋地回了信息。

杨世昆："肆哥，肆哥，你什么时候养的小猫呀？怎么没有听你说起过？"

XS："才养几天。"

杨世昆："有名字吗？肆哥，要不然就叫小黑？"

杨世昆："哈哈哈，真的很黑，要不然叫乌漆麻黑？"

杨世昆："哈哈哈，像那个黑芝麻丸一样，哈哈哈。"

杨世昆:"对不起,肆哥,我把自己说得想笑了,哈哈哈。"

许肆听着他"哈哈哈"笑个没完,关掉了他的语音。他和元元对视了一会儿,认真地说:"不过你也确实黑。"

元元"喵喵"叫了几声,似乎有些不满自己被嘲笑了。

许肆安慰它:"不过黑猫不黑还能是什么颜色?"

元元蹭了蹭他的手心,似乎是在回应他。

....

"荞荞,喝杯热牛奶吧。"

"好,你放这里吧。"

田泠看着正在看书的江荞,有些欲言又止。

江荞身上穿着睡衣,眼睛像极了漂亮的琥珀,她盯着田泠看了一会儿:"还有事吗?"

"喝完牛奶记得吃药,荞荞。"

"好。"

江荞应了一声,端起牛奶喝了几口,然后合上了手里的书。

她和姜知许聊了几句,姜知许说今天还要继续加班,她叮嘱了几句就没再说什么了。

她听见了隔壁的争吵声。

"荞荞还在生着病,江知恩你到底有完没完?"

"如果不是荞荞生病了,你以为我还愿意跟你过?"

"你有种把那女人带回家,当着我的面聊,你俩聊个够,行吗?!"

"我说了多少遍,客户,客户,你到底要我解释多少遍?你总这样疑神疑鬼有意思吗?天天说我在外面有人了,我到底有什么人了?你能不能别疑神疑鬼了,你这样我真的很累。"

"你以为就你累吗?那么多年,你什么时候过问过荞荞,对别的女人倒是热情得很,看到我现在烦了是吧?我给你生完孩子,变成黄脸婆,你就厌烦了是吧?"

"田泠,说真的,我觉得咱俩真的没有过下去的必要了,吵了那么多年,你不觉得累吗?"

久久的沉默之后,江荞听见了田泠的声音:"你不想过了,那就离婚吧。"

江荞听到摔门的声音,将耳机塞进了耳朵里,看到姜知许的视频电话邀请。

"你不是要加班吗?"

"这会儿休息,和你视频一会儿。"

姜知许穿着复古印花衬衫和卡其色的短裤,今天化了淡妆,眼线衬得她那双狐狸眼更加勾人,她的头发扎成了简单的丸子头,此刻正靠在沙发上休息。

看着江荞的表情,姜知许忽而凑近屏幕:"怎么了?小朋友,不开心吗?"

江荞摇头："没有。"

"你不开心瞒不住我的。"姜知许，继续追问，"怎么了呀？说给我听听。"

"我真没事，阿许。"

两个人说了几句，姜知许那边又忙了起来："晚上开空调你要盖好被子，记得吃药，不开心的事改天你想说了再告诉我。我这边要忙了，拜拜。"

江荞回她："你也注意休息。"

姜知许冲她抛了个飞吻，然后挂断了电话。江荞躺在床上，看着天花板，四周已经安静了，她的手机响了一下。

江荞点开手机，看到许肆发来的一段视频和一条信息。

XS："它很喜欢你取的名字。"

江荞点开视频，听到许肆喊着元元，那只小黑猫靠近了他的手。

那双手生得好看，十指修长带着骨感，指甲修剪得干干净净。

江荞又点开视频看了一遍，笑了起来。

小同桌："很可爱。"

小同桌："它喜欢这个名字就好。"

你们一定很期待吧？

周日这天，临近晚自习时间。

杨世昆看到许肆进了教室："肆哥，你昨天怎么突然不回我信息了呀？"

许肆抬头看了他一眼，没有说话。

"我真的不是故意要笑它长得黑的。

"真的不是故意的。

"但是……它是真的很黑。

"肆哥，你生气了吗？

"肆哥。"

许肆抬头看了一眼杨世昆："没生气，闭嘴。"

"好的，肆哥。"

班里的人陆陆续续来了。

杨世昆去门外转了一圈，回来就兴冲冲地叫嚷道："家人们，好消息！我刚刚听到外班的老师说我们班这次出了个高分。"

班里瞬间炸开了锅，都在讨论这个考得特别好的同学是谁。

开学第一天的那个传言，从发现江荞是女生之后就被大家认为不可信了，众人也就没把江荞是学霸这件事当回事。

杨世昆凑到王霖面前："这次你不会冲前面了吧？"

王霖挠了挠头："应该不是我，我这次数学有道大题都没做出来，物理也是，估计连前三百都进不去。"

王霖一直是十七班的第一，勉勉强强能稳定排在年级二百名左右，虽然他的成绩在班里遥遥领先，但是跟那些尖子班的学生比就有些不够看了。

班里的"万年老二"是一个平时看起来文文静静的女生，坐在第一排。

杨世昆又凑到李静静面前："不会是你吧？"

"啊！难道我昨天的祈祷有用了？"

李静静突然的一声惊呼把杨世昆吓了一跳："我以为你不爱讲话呢。"

李静静旁边的女生看了他一眼，淡定地开口："从来都没有的事。"

杨世昆回到座位上，突然又想起自己的数学成绩，有些发愁。

大家都不知道这个考得特别好的人是谁，但是许肆觉得那个人就是身旁淡定写题的江荞。

方子新刚进班，就感觉无数道目光落在了他身上。他清了清嗓子："虽然我也很着急想知道这个成绩，但是它还没全部出来。大家好好上晚自习吧。"

"老方，出了哪一门成绩，公布一下吧。"

"就出了一门英语，别的还没出来。"

"读一下吧，老方。"

方子新拗不过底下一声声哀求，打开手机念了起来："这是随机读的，不是按照分数。"

"……"

"杨世昆四十分。"

杨世昆差点儿要哭出来了——回家他妈不得给他揍开花。

他看了一眼笑得无比灿烂的郝明，说："你笑什么笑？"

"郝明三十九分。"

这下轮到杨世昆笑了，他龇着大牙指着郝明："叫你嘚瑟，还没我分数高，我比你多一分。"

郝明："……"

郝明："不是都差不多？"

"哎呀，要我说这你就不懂了吧，三十九分和四十分之间的差距还是很大的，虽然我只比你高了一分，但是思想上我比你高了一个度。"

杨世昆听完郝明的三十九分，瞬间觉得自己只考了四十分也不是那么让人难过了。

郝明："……"

"许肆三十五分。"

许肆没什么表情，继续玩自己手里的笔。

"王霖一百二十五分。"

王霖闻言舒了口气，他的英语考得还不算太差。

"还得是老王。"

"老王刚刚还说自己考得差呢，一百二十五分，让我这个考了九十分还沾沾自喜的人怎么活？"

"老王太牛了，哈哈哈。"

王霖谦虚地摆了摆手："没有，没有。"

杨世昆又开始龇着大牙乐了，比自己考了高分还开心。

"李静静一百三十二分。"

李静静最擅长的科目就是英语，几乎霸榜班里英语第一，众人对此都没有什么意外的。

方子新又陆陆续续读了几个名字。

"江荞。"

方子新看到后面的数字，愣了一下。

"怎么了？老方？"

"怎么卡住了？"

"太低了还是太高了？"

方子新按捺住自己激动的心情，又重复了一遍："江荞，满分，校年级排名，第一。"

刹那间，底下比过年了还热闹，叫嚷起来。

"牛啊，满分。"

"我这辈子都没见过满分。"

"谁还记得，当初老杨说新来的是个男学霸，当时我一看是个女生，还以为老杨乱说的呢，原来真是学霸呀！"

"牛、牛、牛，太牛了。"

"不知道该说啥，只能送上一句'太牛了'。"

一瞬间，所有人的目光都落在江荞身上。

江荞本人倒是很淡定，闻言只是抬了一下头，又低下头继续写题了。

方子新念完分数，然后再次开口："别的试卷还在批改，大家上晚自习吧，等下看班老师就来了。"他说完，就离开了班级。

许肆看着乖乖写题的江荞："小同学，考得真不错。"

"谢谢。"江荞说完，又不知道怎么夸他那个三十五分，想了一下才开口，"你很有进步空间。"

许肆轻笑了一下，不知道是说给自己听，还是说给她听："分数对我来说没有意义。"

一瞬间,江荞好像在他眼里看到了什么,也只是一瞬间,很快他的眼神又恢复如初。

"老杨,你哪得来的消息?"

杨世昆笑道:"没有听得很清楚,就是听到咱们班出了一个高分。"

"那估计说的就是英语了。"

看晚自习的是物理老师,大热天的,他手里拿着一个玻璃杯,夹着一本物理书就进了班。

他坐在讲台上,先是喝了一口杯子里的水,然后开口:"大家有不会的题可以上来问我。"

坐在讲台下的学生问他:"老师,您不改试卷吗?"

彭鸣宇开口道:"早就改完了,就等他们核分了,不出意外,晚自习期间应该就能出全部科目的分数了。"

班里很多人对物理分数都不期待。

"你们也别着急,等其他科目分数也出来了,我就给你们读。"彭鸣宇说完,就戴上眼镜看报纸了。

"其实也可以不读的,好像也没有那么想知道。"

"突然就不那么好奇分数了。"

"可以不读的,我同意。"

"我没别的要求,别考零分。"

彭鸣宇推了推自己的眼镜,抿了一口茶,然后笑了:"物理成绩出来了,你们肯定很期待吧?那我这就读一下。"

那我努努力,让你爱上学化学

彭鸣宇慢悠悠地念了几个个位数,又推了推鼻梁上的眼镜:"你让我怎么说你们?个位数?考试闭着眼睛写也不至于考个个位数吧。"

底下是一片沉默。

彭鸣宇念着念着顿了一下,然后开口:"你们班这次有一个高分。"

众人屏息听着他接下来的话。

"江荞,九十八分。"

彭鸣宇念完有些疑惑:"江荞同学是新转来的吧?这个名字有点儿陌生,站起来让我认识认识。"

看着江荞站起身,彭鸣宇笑得开心极了,咧着嘴开口:"不错,不错,江荞同学考得非常不错。这次的物理试卷很难,我都做错了一道选择题呢。"

底下爆发出一阵热烈的掌声。

"牛呀。"

"我要是能考这分数，我回家玩游戏我爸都给我送零食你信不信？"

"我考这分数我爸能亲自给我下厨你信不信？"

"那你牛。"

"……"

许肆发现自己淡定的小同桌的耳朵染上了薄红。

杨世昆回头冲江荞开口："太牛了吧，江同学。"

江荞小声回他："谢谢。"

班里出了高分，十七班的同学一个个都表现得比自己考了高分还激动。

班里正议论着呢，方子新突然从门外探头进来，他冲彭鸣宇点点头，然后走进了班里，冲底下的学生开口："数学成绩已经出来了，这次咱们班史无前例出了一个高分。"

"江荞同学，一百四十五分，据我所知，那些尖子班考得最好的也就一百四十八分。"

"让我们鼓掌！"

班里又响起一阵热烈的掌声。

方子新走了，紧接着生物老师来了。

"这一次……"

话还没说完，班里就有人开始接她的话了："班里出了一个高分，江荞同学对不对？"

生物老师愣了一下，有几分疑惑："欸？有人跟你们说过了吗？"

"没有。"

"欸？那你们怎么知道？"

同学们异口同声道："因为在你之前，已经有好几个老师说过了。"

生物老师说了句"好吧"，然后开口："我把分数投到屏幕上，你们自己看一眼。"

化学老师是个男老师，名叫张润发，和周润发就差一个字。他刚开始带十七班的时候，自我介绍的第一句就是："我叫张润发，张是弓长张，润发是周润发的润发。"

他本人比较幽默，虽然十七班的化学成绩不好，但是同学们在他的课上也比较活跃。

他今天穿着一身板正的西装，他刚进门，班里的学生就问他："你要结婚了？"

"那倒不是，我相亲去了，今天这身帅不帅？"

底下同学异口同声地喊道："帅。"

张润发"哈哈"笑了两声，开口道："我现在过来是有件事要通知的。"他说完，看了一眼下面的同学，接着说，"我想问一下我们班新转来的江荞同学是哪位？"

江荞再一次站起身："是我。"

"江同学呀，你是不是不喜欢我？"

江荞被问蒙了，先是愣了一下，然后认真地摇了摇头："没有，你的课挺有意思的。"

张润发摸了摸下巴:"听别的老师说,你别的科目成绩都名列前茅,却唯独我教的化学不在前面,这让我很有挫败感呀,江同学。"

江荞顿了顿,才道:"我就是不喜欢化学。"

"我不帅吗?江同学。"

江荞盯着他看了一会儿,认真开口:"帅,挺帅的。"

"那我努努力,让你爱上化学这门学科。"

"好。"

"坐下吧,好孩子。"

江荞刚坐下,底下就有人问他:"老师,江荞化学考多少分?"

"和她别的科目成绩比是没法看的,但是比你们大多数人考得多,六十二分,及格了。"

众人:"……"或许不该问的,果然就算是不喜欢的学科,学霸的成绩也能碾压他们中的一部分。

办公室里。

"恭喜啊,方老师,听说你们班那个新同学好几门成绩都进了年级前十,英语还考了全年级第一。"

方子新的嘴角都要扬上天了:"对。"

"就是听说好像有点儿偏科。"

坐在另一边的张润发一脸受伤的表情:"对,江同学不爱化学,我很受挫,这让我觉得自己的人格魅力受到了质疑。"

方子新笑着打哈哈:"但是她也及格了。"

张润发点头:"说得对,我会努力让江同学爱上化学。"

杨世昆在纸上算着江荞的总分数,数学一百四十五分,化学六十二分,生物九十五分,物理九十八分,英语一百五十分,目前总分是五百五十分。他忍不住咂舌道:"就算江同学不加语文分数,也比我高两百分,果然,人和人之间是有差距的。"

郝明开口道:"不如说她一个数学加英语顶你六门的总分。"

杨世昆:"……"这话虽然很扎心,但是不得不承认,这是事实。

一下课,杨世昆就跑去尖子班打听他们班最高分是多少,问了一圈,打听到不加语文的分数,最高分是五百六十八分。

杨世昆兴冲冲地跑了回来,冲江荞开口:"江同学,我问了一圈别的班,目前最高分是五百六十八分,比你高了十八分,也就是说你可能能挤进年级前十,那样陈松就得给老方道歉了。"

江荞写字的笔一顿,她听进去了后半句:"等最后一门成绩出来吧。"

杨世昆是个大喇叭,才一会儿就把别的班的最高分昭告全班了,班里瞬间像炸开的油锅一样。

"江同学牛啊。"

"如果江同学语文分数高的话,那陈老师就必须给老方道歉了吧。"

"天,不加语文就有五百五十分,我加上两个语文的分数能有五百五十分就不错了。"

"还没出语文分数,我已经开始紧张了怎么办?"

打脸陈松

周一,早上第一节是李秋红的语文课。

她看了一眼底下无精打采的学生:"醒醒了,语文成绩还没出来,大家对对答案。"

说着,李秋红把答案投在了电脑屏幕上:"对对吧。"

"啊!"

李秋红瞥了一眼曾琪:"你乱嚷什么?"

"我这次对了一半。"

李秋红狐疑地拿起他的试卷看了一眼,看到了试卷上的红钩:"这次倒是考得不错,继续努力。"

曾琪点头:"收到。"他冲后面的江荞投去了一个感激的眼神——还得归功于江荞的笔记。

试卷还没讲一半,就下课了。

"老师,语文分数出来了?"讲台旁边的学生问她。

"这次你们倒是积极得很,让我来看一眼。"她刚打开手机,旁边就伸过来好几个脑袋。

"出来了。"

话音刚落,讲台上就冲上来更多人。李秋红摆摆手,示意他们下去:"行了,行了,别上来了,我读一下。"

"老师,老师,先看一眼江荞同学的。"

"老师,先看江荞的。"

李秋红拧着眉看了他们一眼,有些不解:"不看自己的要看别人的,真是奇怪的要求。"

坐在讲台旁边,位置最优越的那个同学恨不得将手机抢到自己手里看,他站在李秋红旁边催促道:"再翻,应该还在下面。"

李秋红瞪了他一眼，看到了江荞的名字："江荞，语文一百四十分。"

"多少分？语文？"

"我第一次看到有人语文考一百四十分。"

"这肯定能冲年级前十了吧？"

杨世昆说："别说年级前十，我觉得年级前三都有可能。"

李秋红点开了江荞的答题卡看了一眼："等下次上课，我把江同学的答题卡投出来给你们看看。她选择题一道没错，作文扣了九分，前面的题就只扣一分。"

"前面就只扣一分？"

"真厉害！"

李秋红又读了几个名字，上课铃响起，讲台旁边的男生忍不住开口："老师你别走呀，这节课没人上。"

李秋红看他："我第二节课还有课呢。"

李秋红看着方子新走进来，冲他礼貌地笑了一下，拎着自己的东西走了出去。

被连着恭维了一早上的方子新笑得嘴都合不拢，他站在讲台上，笑道："这还是我们班第一次有人进入年级前十，让我们鼓掌恭喜江荞同学考了年级第三。"

杨世昆开心得都快把手拍烂了。

方子新示意底下安静："班里的成绩单还在整理，等会儿整理好了就打印出来，人手一份。"

"老方，这不是妥妥打脸陈老师了？他说我们班没人能考进年级前十，有人考进去了就给你道歉，现在我们班不仅出了年级前十，江同学的英语还是满分。"

"就是，就是。"

"江同学英语单科可是全年级第一。"

"陈老师必须道歉！"

"必须道歉！"

方子新沉默了一会儿，才明白过来："所以你们从昨天晚上到现在一直这么关注分数，就是因为这个？"

"虽然我们考不了那么好，但是江同学考了好成绩，她也是我们十七班的人。"

"他看不起我们无所谓，看不起你绝对不行。"

"必须让他道歉。"

方子新听着下面一句句话，眼眶有些润湿："其实我都不在意他说的那些话，我只是有些生气他说我们班。"

"无论说我们班，还是说你，都不行。"

"还得多亏江同学，帮我们争了这口气。"

方子新看着底下的学生，一个大男人没忍住泪目了，他背过身去擦了一下眼泪，

然后转过来："谢谢你们。"

当时他和陈松吵架很生气，吵完了也就忘了，没有放在心上，没想到这帮孩子居然一直记挂着这件事情。

陈松听说十七班出了个年级第三，本来正在备课，气得笔都捏断了——只要他不承认之前自己说的话，就不用道歉，可他低估了十七班的人。

大课间，十七班的两个男生敲了敲陈松所在办公室的门。

杨世昆捧着十七班的成绩单递给陈松，礼貌地开口："陈老师，这是我们班的成绩单，您看一下。"

陈松看了一眼："我早就看过了，还有什么事吗？"

"您之前说的话，您不会不记得了吧？"

"我不知道你在说什么。"

杨世昆学着他的调重复了一遍他之前说的话："最好是，这种班我一天都待不下去，你们班能有一个挤进去前十的，我就当着全班给你道歉，算我陈松说错了。"

一瞬间，办公室里知晓此事的人都在憋笑——陈松性子傲，又是心直口快的性格，之前得罪了不少人。

陈松恨不得把杨世昆的嘴撕烂，他一把抢过杨世昆手里的成绩单："我知道了，不用你提醒我。"

杨世昆笑容灿烂："陈老师您记得就好，别忘了履行您的承诺。"

陈松捏着那张成绩单去了方子新所在的办公室，脸臭得像是便秘了十天一样。他一言不发地走到方子新的旁边："之前是我说错了，我给你道歉。"

"你不用给我道歉，你应该给十七班的那群孩子道歉。"

陈松看了一眼方子新："你不要得寸进尺，我给你道歉，已经很给你面子了。"

"最好是，这种班我一天都待不下去，你们班能有一个挤进去前十的，我就当着全班给你道歉，算我陈松说错了。"

"哎呀，我不小心点到了。陈老师，你不会生气吧？"方子新对面的女老师故作惊讶地捂嘴，然后她又笑着说，"我知道陈老师最大度了，肯定会原谅我的，对吧？"

最后，陈松臭着脸去十七班说了一句"对不起"。

杨世昆将陈松在办公室的样子学了一遍，然后又学刚刚方子新对面女老师说的话："陈老师，你不会生气吧——哈哈哈，哈哈哈，笑死我了，我宣布以后她就是我的'女神'了。"

十七班回荡着"哈哈哈"的笑声，江荞也跟着笑了。

许肆看着她笑道："这次还多亏了你，你可是大功臣。"

江荞冲他扬起一抹笑。她的眼神澄澈，笑起来好看极了。

我不是什么好人

物理课上。

许肆的试卷早就不知道塞到哪里去了，他就托着下巴盯着江荞认真做笔记。江荞被他盯得有些莫名其妙，看了他一眼，又转头继续做笔记了。

许肆觉得她认真听讲的样子实在有意思，她的笔记很工整，上课的时候坐得很直，碎发被随意地别在耳朵后面，耳垂小小的。

江荞本来还能认真做笔记，但是旁边那道视线若有若无地落在自己身上，她感到有些无所适从。顿了顿，她扭头问许肆："你没有试卷吗？"

"早就不知道丢哪里去了。"

江荞将自己的试卷放到两个人中间："一起看吧。"

许肆推了推她的试卷："我又不听课，你看吧。"

江荞顿了一下，劝道："其实我觉得你也应该好好听课的，你的基础……不算差，听听应该还是听得懂的，不懂的我可以教你……"

许肆本来在撑着下巴看她，忽然凑近了些："你在说教我吗？小同学，是老方让你跟我说这些的吗？"

此时坐在办公室的方子新莫名其妙地打了一个喷嚏。

"没有。"江荞认真地解释道，"虽然学习不是唯一的出路，但是我觉得无论成绩好坏，都应该试试看，不学怎么知道你不行呢？"

下课铃响了。窗外走过很多出去透气和上厕所的人，讲台上的声音还在继续，风扇吱吱呀呀地转着。

江荞看到许肆笑了一下，似乎是自嘲，他说："我本来就不爱学习。"

江荞莫名地想起他昨天说的那句话——成绩好坏对我来说没有意义。到底是怎样的人才能说出这种话呢？她无从得知。

下午，江荞正在写作业，感觉旁边的窗户上突然笼罩了一个阴影。

一抬头，她对上了何国士那张脸，何国士给江荞比了个"嘘"的手势。

江荞不动声色地拉了拉许肆的衣角，提醒他老师来了，然后乖巧地坐正了身子。

何国士从前面进来，一把将坐在最前面的那个男生压在课本底下的一本小说给抽了出来。那男生看得正投入，以为是自己同桌呢，一甩胳膊，抬头就对上了何国士那张放大的脸，吓得差点儿晕倒。

何国士的目光又落在坐在后排的许肆身上："你刚刚藏什么呢？许肆。"

许肆突然感觉到一只温软的小手轻轻碰了碰他的手，他微微侧头看了一眼江荞，看到江荞冲他眨了一下眼。

他把手里的手机递给了江荞，她的指尖带着温热，两个人的手短暂地相碰了一下。

许肆心底升起一丝异样的感觉,被她触碰过的地方有些痒痒的,像是羽毛轻拂过的感觉。

他将手放在桌面上:"什么都没有。"

江荞很快将他递过来的东西塞进了书包里。

何国士走到他面前,看向江荞:"他刚刚在干什么?"

"我不知道。"江荞从没跟老师撒过谎,但她足够镇定。

何国士盯着许肆看了一会儿,最后决定搜桌肚:"你先让让。"

许肆退到了后面,何国士走到了他的座位旁边,将他桌肚里的书一本本拿出来。

抽屉里面干干净净,什么都没有。

何国士有些不信,他又低头在桌子上看了一圈,确认什么都没有,他不清楚刚刚是不是看错了:"行,你坐着吧。"接着喃喃自语道,"难道是我老眼昏花看错了吗?不应该呀,我刚刚就是看到了呀,真是奇怪了。"

许肆将他的话一字不落全部听了进去:"何主任,我觉得您可以去配一副新眼镜。"

何国士被他的话一噎,瞪他:"你上次的检讨书还没给我呢。"

"上次的检讨书早就放在你桌子上了。"许肆将自己桌子上的东西收了进去,然后坐好了。

何国士回想了半天,然后想起了桌子上那份没写名字的检讨,傲娇地开口:"你没写名字。"

许肆嗓音淡淡:"何主任你眼神还真是不好,名字就在那张纸的背面。"

"反正就是你的问题,谁让你不把名字写在正面的。"

许肆只是笑笑,没有说话。

最后,何国士带着他没收的几本小说和三部手机,离开了十七班,他准备去其他班再转悠几圈。

"许肆。"

"嗯?"少年的尾音带着疑惑,对上江荞那双眼睛,这双眼睛实在是太过清澈,不掺任何杂质。

江荞摸着书包里的东西,声音温温柔柔的:"这个我什么时候还给你?"

"先帮我保管一下吧,小同学,保不齐他会杀个回马枪。"

"哦,好。"

"谢了。"许肆冲她弯了弯唇角。

少年的眼眸本就比别人要黑上几分,碎发随意遮挡在额前。他的五官优越,一双瑞凤眼,高鼻梁,连薄唇都是恰到好处,他平日里没什么表情,导致他看起来有些凶巴巴的,此刻笑起来显得格外好看。

江荞盯着他看了一会儿。

"怎么？"

江荞冲他扬起一抹笑："没事，就是觉得你笑起来的时候也挺好看的。"

这种话许肆不知道听过多少次，但从来没有一个人像江荞一样，看向他的眼神纯粹，只是说你笑起来很好看。

"不觉得我凶了？"

"我什么时候说你凶了？"江荞有些疑惑地看着他。

许肆看着她这副神情，更想逗逗她："刚开学你不是觉得我凶吗？"

江荞想不明白他说的是什么意思，刚想开口，突然看到少年冲她扬起一抹笑："不过，还是离我远点儿比较好，我可不是什么好人，你没听大家怎么介绍我的吗？"

江荞闻言缩了缩脖子，许肆得逞地笑了一下。

小古板

傍晚，晚霞绚烂，天空就好像醉酒姑娘的小脸，被染成了红色。

沈沫等在十七班的教室外，她来还江荞的外套。也是为了来看许肆几眼。

少年身材出挑，即使穿着一身校服在人群中也格外显眼，眉眼冷淡极了。

沈沫看着走过来的许肆，叫住了他："许肆。"她看着许肆准备越过她去，"帮我把这个还给江荞。"

许肆这才停下，垂眼看了一眼她手里的东西。

沈沫又递出一瓶饮料："这个是我给你的。"

许肆只接了她手里的外套，然后进了教室。

沈沫看着许肆离去的背影，揉了揉自己的脸，默默感叹"许肆真帅呀"。

江荞回来就看到了桌上的衣服。

"沈沫说还你的外套。"

"谢谢。"江荞冲他扬起了一抹笑，然后将外套塞进了自己的抽屉里。

江荞写了一会儿题，甩了甩自己有些发酸的胳膊，胃部突然抽痛起来。她停下笔，不动声色地掏出外套抱在怀里，伸出手揉了揉自己的胃部。

疼痛感一下又一下地刺激着她的感官，痛得她脑子有些发晕。

许肆察觉到她的动作，偏头看了她一眼，却发现她的脸色惨白，平日里红润的唇也透着不自然的白，他连忙问："你不舒服？"

江荞咬了一下下唇："没事。"

胃里一阵又一阵传来痛感，痛到她脸色发白，口腔里的肉几乎被她咬破，本以为她近来状况还不错，没想到这次发病来得这么快。

看着江荞痛得将衣角都攥皱了，还强忍着说自己没事的样子，许肆站起身走到了李秋红面前。

"怎么了？"

"同桌身体不舒服，我送她去医务室。"

李秋红抬头看了一眼后面的江荞，然后开口："去吧。"

江荞低着头，突然听到许肆的声音："我送你去医务室。"

许肆也不等她回答，把她扶了起来，打开后门就出去了。

班上有些人注意到了，看了两人一眼。

"看什么看，作业不够写是不是？"

班里的人都低下了头。

许肆扶着江荞，她紧抿着唇，分明是夏天，她的胳膊却是凉的，她真是瘦极了，细瘦的胳膊一只手就能握住。

江荞没走几步，突然身子一软倒下了，许肆眼明手快地接住了她。

他把她抱了起来，几乎没什么重量。此刻江荞看起来脆弱得仿佛凋零的花朵一般，小小的一团。

许肆抱着她冲去了医务室。

校医经常见到许肆，他刚想调侃几句，突然看到他怀里的女生，问："这是怎么了？"

许肆将她放在医务室的床上："我也不知道，上课的时候她就开始不太舒服了，刚刚送她来医务室的路上，突然晕倒了。"

校医沉默了一会儿，语气认真："万一她有哮喘、心脏病或者别什么的病，都是拖延不起的，打120吧。"

后面传来一个弱弱的声音："我没事。"

江荞身上还盖着医务室的被子，她又重复了一遍："我没事，不用打120。"

许肆在她面前蹲下来："哪里不舒服？"

江荞沉默了半天，才开口："胃。"

许肆说了句"知道了"，他从校医那里拿来一杯水和几粒药，开口道："吃了吧。"

江荞只接了他手里的水："我吃过药了。"

许肆盯着她看了一会儿，然后开口道："那你躺着休息一会儿吧。"

他说完，拉上帘子又出去了。

江荞喝了几口水，躺了很久，才觉得胃里的钝痛感没有那么严重了。她正看着自己发白的指尖，帘子突然被拉开了。

许肆一只手里拎着她的书包，另一只手里拿着一个极不符合他形象的粉色保温杯走了进来。

"给你。"

"啊？"江荞有些莫名其妙地看着他。

许肆将保温杯塞进她手里，然后在她面前坐下，开口道："你不是说肚子疼？"

江荞拧开保温杯盖，盯着里面的温水看了一会儿，反应过来他误会了，解释道："不是因为那个肚子疼。"

许肆顿了一下，明白过来："反正……你就喝了吧。"

江荞"哦"了一声，然后乖乖捧着杯子喝了几口，就把杯子放在了旁边的桌子上。

"身体不舒服干吗还硬撑着？"

江荞看着他凶巴巴的样子，突然间一点儿都不怕他了。她轻声道："谢谢你，许肆。"

少年只是看起来凶，实际上是个很细心，且内心很柔软的人。

"总那么爱说谢谢，打算怎么谢我？小同学。"

"不知道，反正就是谢谢你。"

江荞突然想到了他说的话："为什么你会觉得学习没有意义呢？"

"因为唯一在乎我成绩的人走了。"

江荞沉默了一会儿，看着他那双黑眸，突然觉得他眼里的情绪复杂极了。

"对不起，我不该问这个的。"

许肆扬起一抹笑："反正都过去很多年了。"

"但是不管怎么样，我还是希望你能好好学习吧，因为……"

许肆忽然凑近了她，伸手揉了一把她的头发："小同学，你又在说教我？"

江荞的脸瞬间爆红："我没有。"

许肆看着她，突然低低地笑了起来，一双眼睛都笑弯了，似乎是愉悦极了："小同学，啊不，我应该叫你小古板，是不是呀？一直想劝人好好学习的小古板同学。"

江荞的脸更红了，瞪了他一眼，然后别过头去了。

"生气了呀？小……同学。"

"没有。"

许肆拿出刚刚在超市找零找的糖果："糖果吃吗？只有这个糖果，凑合着吃一个？"

江荞拿了一颗他手里的糖果，刚送进嘴里，就听见他说："吃了之后，我以后叫你小古板可不许生气了。"

江荞恨不得立刻就把糖果吐出来。

床单挺粉

许肆将另一颗糖剥开，塞进了嘴里，是葡萄味的，味道不好不坏，有点儿像口香

糖的味道。

窦森掀开帘子走了进来，冲江荞开口："好点儿了吗？要不然给你挂个水？"

江荞点头："好多了。"

窦森看了看许肆，又看了看江荞，语气调侃："你俩关系不错呀！好朋友吗？"

"我们是同桌。"江荞说话的声音轻柔，耳朵有些红了。

"哈哈哈，这样啊，怪不得。"

刚刚都没看清许肆怀里的女孩子长什么样，窦森此刻打量着面前的女孩子，发现她长得很乖，穿着校服，扣子规规矩矩地扣到了最上面一颗。

和许肆站在一起，颇有几分大灰狼和小白兔的感觉。

许肆有些痞气地笑了一下："我这个小同桌，上课不舒服还硬撑着，来的路上走一半就晕倒了。"

窦森听完，冲江荞开口："同学，身体不舒服一定要及时就医，不要觉得不好意思跟老师说就拖着不去。"

江荞小声道："我知道了，谢谢。"

窦森忍不住多嘴："现在高中压力大，生病很正常。还有，你太瘦了，同学，得多吃点儿。"

江荞看了看自己瘦弱的胳膊，明知道自己是不可能吃胖的，还是乖巧地点头："好。"

"离放学还有一节课，你就再休息会儿吧，旁边有书，你想看就看，不想看，你俩聊聊天也行。"窦森说着，就掀开帘子走了出去。

书架上放着几本书，许肆随手拿起一本，问她："看吗？"

江荞看了一眼他手里的书，是《小王子》，她点头："看。"

医务室里开了冷气，一时间屋内只有书页翻动的声音。

许肆瞧着她低头看得认真，有几分疑惑："有那么好看吗？"

江荞把书摊开，她也没说一起看，就那么把书放在了两个人的中间。

看完一页，江荞问他："看完了吗？我翻页了？"

许肆看了她一眼："谁说我跟你一起看了。"

江荞也没说话，慢慢地翻了一页，又看完一页，她没着急往后翻，旁边伸过来一只手，翻了页。

江荞没忍住低头笑了一下，又将视线落到书上。

两个人就这么一个坐在椅子上，一个坐在床上，静静地看了将近一个小时的书。

《小王子》中写道：

　　小王子曾对物理学家说："我还有朵花，她比所有的花都漂亮。"当物理学家说，花的美稍纵即逝、不能长时间保留时，小王子的眼中闪过的是慌张与落寞。

他后来见过很多玫瑰，唯独她是独一无二。

哪怕这本书江荞已经看了好几遍，再读的时候，还是有不一样的感觉。

下课铃声响起。江荞的视线从书本转移："下课了。"

许肆"嗯"了一声，看着她掀开被子下了床。

江荞将那本书放回书架。

"我直接送你去学校门口吧，免得你又晕倒了。"

江荞回他："不会再晕倒了。"

许肆跟在她身后："走吧。"

室外的空气都是滚烫的，蝉鸣聒噪。一些说不清道不明的东西似乎发生了变化。

少年看着身旁乖巧的女孩，勾了勾唇角。

到了门口，江荞回头看了眼许肆，冲他挥了挥手："拜拜。"

"拜拜。"

江荞上了车，不一会儿，看着许肆骑着自行车出来了，从旁边路过的时候，还往她这边看了一眼。

"荞荞这次的成绩我看到了，考了年级第三，六百九十分呢。"

听到这个，江荞笑了一下。

刘妈笑道："成绩已经发给夫人了，她今天不在家。家里炖了汤，还热着呢，就等你回去喝。"

"谢谢刘妈。"

许肆刚到家打开门，那一团黑黑的身影就滚到了他的脚边，"喵喵"地叫着。

他打开灯，将地上的小黑猫抱了起来，揉了几下："等着我呢？"

元元"喵喵"叫了几声，蹭了蹭他的手心。

许肆给它喂了点儿吃的，便把手机丢在桌上，进浴室去洗澡了。

江荞回到家，坐在餐桌前，小口小口地喝着汤。

江知恩从房间里出来，倒了一杯水，喝了几口。他看着坐在餐桌前的江荞，却不知道该说什么，沉默了一会儿，问她："今天身体有没有不舒服？"

江荞摇头："没有。"

"最近学习还跟得上吗？要是实在不舒服，咱们就办理休学。"

"成绩发在家长群了。不用。"

江知恩想去看看她的成绩，却发现自己根本就没有加入江荞班级的家长群。

刘妈将家长群里的信息点开给江知恩看："荞荞这次考了学校的年级第三，

六百九十分呢。"

江知恩闻言笑了笑，冲江荞开口："荞荞真厉害。钱还够花吗？我再给你转点儿。"

江荞笑了一下："谢谢爸，不用了。"

江荞很乖，很听话，成绩一直都是名列前茅，可是江知恩始终觉得他走不进这孩子的心里。他端起杯子冲江荞开口："早点儿休息。"

"好。"

她喝完汤，将碗送进了厨房，刚准备刷碗，刘妈就接了过去："荞荞去洗澡吧，我来洗就好了。"

江荞说了句"刘妈辛苦了"，就回了自己的房间。

洗完澡出来，已经快十一点了，江荞吹干头发，从书架上拿下来那本《小王子》。她突然想到了什么，拍了张照片发给许肆。

许肆还在逗猫，听见手机响了一下，滑开，就看到了江荞发来的信息，是一张图片。他没急着点开，而是先把江荞的备注改成"小古板"。

小古板："我有这本书，明天带去学校给你看。"

许肆轻笑了一下。

XS："床单颜色挺可爱。"

收到这条信息，江荞蒙了一下，看了一眼自己粉色的床单。

晚安，小古板

江荞的视线又转到了桌上的那个粉色保温杯上，这时，许肆发来了一条信息。

XS："挺好看的，适合你。"

她盯着这句话看了半天，摸不清他是什么意思。许肆又发来了一条信息。

XS："不用给我带书，我不爱看。"

江荞想想今天他说"谁跟你一起看了"，却还是坐在一起看了那么久。她将那本书装进书包，准备明天带过去给他。

小古板："你上次发的照片中的小猫是你养的吗？"

许肆很快又拍了张照片过去。

XS："你说它？"

小黑猫被少年抱在怀里，很乖巧，许肆穿了一件白色短袖，一双手很是修长好看。

小古板："对，它很可爱。"

XS："挺乖的，非跟着我回家，我就养了。"

江荞想起了之前自己养的那只猫，还没养很久，一天江知恩和田泠回来，就把她的猫送走了。

她没有哭也没有闹，只是问田泠："为什么送走我的猫？"

那时候的田泠满不在乎地说："不知道哪里来的小猫，就算洗了澡也不知道身上带了多少病毒，脏死了，还掉毛，麻烦得很，所以我就把它送走了。"

江荞沉默了一会儿，才问她："送哪里了？"

"丢了。"

"丢哪里了？"

田泠说了个位置，就看到江荞推开门出去了。

"你干吗去？"

"找猫。"

江荞找了很久很久，也没有找到她的猫。她不理解，为什么田泠不常在家，回家还要把她喜欢的小猫送走。

后来田泠为了哄她开心，给她买了一只宠物猫，但是她没有收。

江荞愣了一会儿，才回过神来。

小古板："我之前也养过猫，被我妈丢了。"

XS："小可怜。"

XS："我爸不喜欢小动物，因为那个女人不喜欢。"

小古板："那你……"

XS："我自己住。"

XS："我想养什么就养什么。"

XS："羡慕吗？小同学。"

小古板："羡慕。"

XS："有机会可以让你摸摸我的猫。"

小古板："那我真谢谢你。"

XS："怎么听你的语气不像谢谢我？"

小古板："你感觉错了。"

XS："哦。"

江荞莫名被他的话逗笑，将许肆之前发的那张小黑猫的照片翻了出来并保存了下来，将这张照片设置成了两个人的聊天背景。

她想起那个粉色保温杯，准备把钱转给他。

小古板："今天那个杯子多少钱，我转给你。"

XS："不用了，请我喝瓶水就行。"

江荞也没再说什么，准备看会书就睡了，刚翻开《小王子》，就看到许肆的信息又发过来了。

XS："还准备学习？"

119

小古板:"不学了,看会儿书。"

XS:"行。"

江荞将手机放在了一边,然后又翻开了《小王子》,不知不觉她就看到了半夜十二点多。

江荞揉了揉眼睛,将书放在一旁,看到许肆发过来的信息,迷迷糊糊地回了个语音,就睡着了。

许肆看到那条语音时愣了一下,点开就听见江荞那句带着困意的"晚安",声音软软的。

许肆莫名又点开听了一遍。

他看了一眼自己上面发的信息。

XS:"晚安,早点儿睡觉,小古板。"

元元听着那句语音,叫了几声。许肆抬眼看它:"你叫什么?又不是跟你说晚安。"

元元跳上床,窝进了许肆怀里。

许肆笑它:"你倒是挺会给自己找舒服的位置。"

第二天一早。江荞是被刘妈敲门的声音叫醒的。

她应了一声:"这就起。"

她洗漱穿衣,收拾好书包,又装了两瓶奶,就准备去学校了。

她到班里刚坐下,上课的铃声就响了。

许肆饶有趣味地看了她一眼:"哟,小同学今天差一点儿就迟到了,一点儿都不像你的作风。"

江荞看了他一眼,没有说话,掏出了自己的书。

"现在还会不理人了,小同学。"

江荞转头,冲他开口:"你其实可以背背文言文,挺有意思的。"

"比如?"

江荞将他抽屉里的书掏出来,打开:"这篇就挺不错的。"

许肆看了一眼,笑道:"小古板又开始劝人学习了。"

江荞没理他,又继续背自己的书了。

许肆看了一眼那篇文言文,还没看几行就发现有他不认识的字,觉得没意思。

早自习下课,江荞从书包里掏出那本《小王子》和一瓶牛奶,一并放在了他的桌上。

许肆盯着桌子上的牛奶看了一会儿,恍然大悟道:"改变策略了?给好吃的劝人学习了?"

江荞解释道:"你不是说请你喝水?"

许肆想起自己昨天的话,捏着那瓶奶,笑道:"谢了。"

"不客气。"江荞又掏出了一瓶奶，放在了自己的桌子上。

郝明提着早餐过来了："肆哥，早餐。"

许肆接过他手里的东西："等会儿转钱给你。"

"这是我家里做的早餐，不用给我转钱。"郝明将另一份递给杨世昆："吃吗？老杨。"

杨世昆一把接过他手里的早餐："吃啊，怎么不吃？"

郝明说："十块钱。"

杨世昆开始装傻："你当我刚刚耳朵'瞎'了？"

郝明重复道："十块钱。"

杨世昆继续装傻："那我现在聋了。"

郝明说："老杨，我走了。"

杨世昆一口一个小笼包，回头冲许肆夸赞道："肆哥，还挺好吃。"

许肆"嗯"了一声。

杨世昆熟络地问江荞："吃早饭了吗，江同学？"

"在家里吃了。"

杨世昆咧嘴笑了一下，随后眼尖地看到了两个人桌上的牛奶一模一样。

他脑子还没想明白是怎么一回事，话就说出去了："肆哥，江同学，你俩的牛奶一样。"

江荞回他一句："我带的。"

杨世昆"哦"了一声，转过头来觉得自己似乎发现了什么不得了的事情，忍不住回头看了两人好几眼。

许肆抬头："眼睛不想要的话，就捐出去。"

"想要。"杨世昆感觉到了杀气，赶忙转了回去。

帮忙带个水吧，小同学

"小同学，你是不是不上体育课？"

江荞抬眼看他："对，我请假了。"

"帮我带瓶水呗，小同学。"许肆凑过来。

江荞的皮肤很白，他可以清楚地看见她脸上细小的绒毛，睫毛长长的。

许肆盯着她卷翘的睫毛看了一会儿。

"好。"

许肆将饭卡放在她桌上："帮我带瓶水，别的你想买什么随便刷。"

江荞盯着那张卡看了一会儿，然后装进了兜里，小声开口："我想把超市买下来。"

"什么？"

江荞看着他探究的目光："什么都没有，你听错了。"

许肆盯着她看了一会儿，笑道："这可不实际。小同学，超市我是买不下来的，不过你在超市里随便买点儿东西，我倒是请得起的。"

江荞盯着他有些戏谑的表情，忍不住开口："不是听见了吗？听见了还问我。"

许肆笑了一下："那不是想听你再说一遍。"

江荞没有再说话。

罗星从前面跑过来找江荞："荞荞，快上课了，一起下去吗？"

江荞应道："好。"

学校小道两旁种着梧桐和银杏，此时已经开始落叶了。

初秋已经来临，但是气温丝毫没有降下去，在太阳的炙烤下地面都是烫的。

罗星握着江荞的手："荞荞，你这次考试考得也太好了，我如果考这个成绩，我妈估计都能兴奋得一整夜睡不着。"

江荞冲她笑笑。

"荞荞，那我以后能去问你问题吗？"

江荞点头："当然可以啊。"

"啊啊啊，荞荞你真是我的宝贝。"罗星兴奋地拥住江荞，看到旁边路过的许肆和杨世昆几人。

杨世昆热情地开口："江同学，罗同学。"

江荞冲他笑了一下。

许肆怀里抱着球，眉眼有些冷淡，看起来不太好接近。他偏头看了一眼被罗星搂在怀里的江荞，冲她开口："小同学，别忘了我的水。"

江荞应道："知道了。"

少年腿长，不一会儿江荞和罗星就被落在了后面。

杨世昆后知后觉地反应过来："水？带水吗？肆哥是让江同学给你带水吗？"

许肆应了一声。

杨世昆更加肯定了江荞的不一样——别的女生送过来的水，肆哥看都不看一眼，刚才却主动让江荞带水，果然不一样。

罗星看着几个人走过去，冲江荞开口："他让你给他买水吗？"

江荞从兜里摸出他的卡："嗯，我不上体育课，帮他带瓶水。"

罗星笑道："哈哈哈，果然肆哥这种男生也不能拒绝甜妹。"

"甜妹？"江荞还没反应过来罗星是在说自己，有些茫然。

罗星捧着她的脸："哎呀，荞荞，你真的很'甜妹'好不好？你这个蒙蒙的表情，天啦，我一个女生都觉得甜死了。"

江荞还在反应罗星说的上一句话，被她捧着脸，一双眼睛里都透着疑惑。

沈沫今天破天荒地穿了校服上衣，但是依旧没有穿校服裤，头发扎成了高马尾，校服最上面的扣子没有系，面容明艳，透着张扬。

她嘴里叼着一根糖走了过来，看了江荞一眼，从兜里摸出一根棒棒糖："吃吗？刚刚找零给的，你不吃我就给别人了。"

江荞接过她手里的糖果，笑道："谢谢。"

沈沫看着她乖巧的模样，心中顿生一种感觉——该死的，居然觉得这好学生有点儿可爱。沈沫为了维持自己高冷的形象，依旧冷冷地看着她："听说你上次考了全年级第三名？"

江荞认真地冲她点头："嗯。"

"考得挺不错。我走了。"沈沫走了一半又折回来，冲江荞开口，"对了，衣服已经还给你了。"

江荞冲她笑道："我知道。"

沈沫带着自己身旁的女生走了。

罗星有些蒙："荞荞，你什么时候和沈沫这么熟了呀？"

江荞摇头："没有。"

"那她刚刚还给你糖果。"

江荞盯着自己手里那根棒棒糖看了一会儿："也算熟了点儿。"

"找零可不会找这种几块钱一根的棒棒糖。"

江荞看着手里的糖，笑了。

上课铃响起，罗星冲江荞开口："荞荞，我先去站队了，拜拜。"

"好。"

江荞坐在阴凉处，看着大家上体育课。

每节体育课，一开始就是先跑三圈。跑在后面的几个人似乎已经跟不上了，嚷着让前面的人跑慢点儿。

有人羡慕她不用上体育课，可她连进行剧烈运动的条件都没有。

江荞抬头看了一会儿被风吹得哗啦作响的树叶，从兜里摸出那张卡，准备去超市给许肆买水。

来到超市里，江荞对着货架上的一堆饮料却犯了难——货架上有很多品种的饮料。

江荞犹豫了一会儿，只拿了一瓶常温的矿泉水。

想了想，她将常温的水换成了冰的，又拿了一袋糖果和两瓶水。

江荞用许肆的卡刷了帮他买的冰水，又自己付了糖果和另两瓶水的钱，然后用袋子装着这些东西出去了。她回到阴凉处，掏出刚刚沈沫给的那根棒棒糖，撕开包装纸将糖塞进了嘴里，然后站起身把包装纸丢在了垃圾桶里。

她不知道许肆什么时候喝水，乖乖地坐在那里等着。操场上，体育老师正在教同学们做什么操。

许肆看了一眼坐在阴凉处的江荞，她嘴里叼着一根棍棍，旁边放着买给他的水，低着头不知道在看什么。许肆想，看得那么认真，难道是在看地上的蚂蚁？

小古板的爱好真有意思。

我不介意

江荞抬头，刚好和许肆的视线对上，过了一会儿，又错开了目光。

许肆看着她微粉的耳朵，心想，小古板还真是容易害羞呀。

做完操，体育老师将队伍原地解散，班里的一部分男生抱着篮球去了篮球场。

罗星在江荞身旁坐下，看着她旁边的水："一会儿去送水啊？"

"嗯。"江荞将手边的另一瓶水递给罗星。

"谢谢荞荞。"罗星灌了几口水，觉得自己整个人都神清气爽，又活过来了，"咱们班和别的班要一起打篮球，去看看吗？"

"好。"

罗星看着她手里还剩两瓶水，有几分疑惑："怎么还有一瓶？给沈沫的？"

江荞乖乖地点头："嗯，她今天给了我糖。"

沈沫果然也在看他们打篮球，江荞将手里常温的水递给她："给你。"

沈沫有些意外地接过："谢了，我正准备去买水呢。"

江荞"嗯"了一声，站在她的旁边。

许肆一偏头就看到她在给别人送水，突然就觉得有点儿刺眼——小古板还真是热心肠，一下子带了三个人的水。

旁边的男生将球传给许肆，许肆三步上篮，球稳稳地投入了篮筐。

周围的女生爆发出尖叫。

少年似乎浑身都透着光。

沈沫激动地抓着网，问江荞："帅吧？"

江荞点头道："嗯。"

二十班领头的男生使了个眼色，几个人都开始针对许肆。杨世昆被旁边的男生狠狠撞了一下，摔在了地上。

许肆晃过几个人，投进了球，看了一眼杨世昆："怎么了？"

"肆哥，他们撞我。"

一个有些瘦的男生开了口："他们刚刚也撞我了，撞了好几次。"

还有一个男生也开口："也撞了我。"

许肆闻言，神情瞬间冷了下来："说好的二十班和十七班今天只是随便打一场，过几天再正式比，你们这是什么意思？"

黎焕笑嘻嘻地开口："肆哥，打篮球嘛，碰撞很正常的。"

许肆看了一眼后面的杨世昆，他的腿和胳膊都擦破皮了，伤处还不少，胳膊看样子还脱臼了。许肆冲郝明开口："郝明，你先送他去医务室。"

郝明扶起杨世昆："老杨，还能走吗？老杨。"

杨世昆疼得龇牙咧嘴："我要疼死了。"

郝明和另一个男生架着杨世昆走了。

黎焕"嘿嘿"一笑："就撞到了一下，肆哥不会生气吧？"

二十班的其他男生害怕许肆，但是黎焕不害怕。他刚转来六中没多久，不理解为什么学校的人都要那么害怕许肆，他在以前的学校就没怕过谁。

就许肆那副样子，看起来也没什么力气，不就是长得凶了点儿吗？

他还想再说什么，许肆直接拎着他的领子，低声道："我警告你，打篮球就打篮球，少在我眼皮子底下玩阴的。"

黎焕一张脸都憋成了猪肝色，他拽了拽自己的衣领，趁许肆不注意就准备反击，却很快被许肆拦住了，许肆拉着他的胳膊直接就转了个圈。

黎焕糗态百出，连连求饶："松开，快松开。"

许肆松开了他的手，黎焕一下就跌倒在地。许肆蹲在地上，提着他的领子，嗤笑了一声，神色冰冷："话不要让我再说第二遍。"

十七班了解许肆的人都知道，许肆这是真生气了。

二十班领头的男生跑过来打圆场，将黎焕扶了起来，冲许肆开口："肆哥，班里新来的人不懂事，你别生气。"

许肆只是看了他一眼："管好你们班里的人。"

好好的一场联谊赛，因为二十班的一颗"老鼠屎"毁了。

那个男生舔了舔唇，又不好意思再问许肆要不要继续打。

旁边的很多女生刚才看情况不对，早早就撤了。罗星拉拉江荞的袖子："荞荞，我们……要不然还是走吧，万一等下他们打起来就不好了。"

沈沫双臂环抱，走到二十班领头的那个男生面前："打篮球就打篮球，本来就是联谊赛，玩这种手段就没意思了啊。你以后别说我们是一个班的。"

宋登瀛笑得有些憨厚，挠挠头，有些不好意思地开口："这次确实是我们班的问题。"

"那可不就是我们班的问题。"沈沫又道，"本来还给你们所有人都买了水，突然就不想给你们喝了。"

二十班的男生闻言，纷纷问道："买了水？在哪里？"

沈沫语气凶巴巴的："还好意思喝？"

那群人看了一眼黎焕，心里都在责怪他。

"一个人一瓶，自己去拿吧。"沈沫从箱子里掏出一瓶水，单独递给许肆："每个人都有，你也喝一瓶？"

"不了，谢谢。"许肆略过她，走了。

他看了一眼站在门口的江荞。让她送水，她果真就乖乖地站在门前等着他出来。

许肆心底升起一抹说不清道不明的感觉，他走到江荞面前："我的水呢？"

江荞把手里的水递给他，没有说话。

两个人的指尖短暂地触碰了一下，许肆发现她的指尖很凉："傻吗？那么凉的水就一直攥着？"

江荞看了一眼自己的手，认真地和他解释："我以为你一会儿就出来了。"

许肆沉默了一下，觉得是自己的问题："那我下次早点儿出来。你有纸巾吗？小古板。"

江荞掏出一张纸巾递给他。

听到他后面那句"小古板"，江荞咬了咬唇，在他用纸巾擦脸的时候，忽而开口："好像是我用过的。"

"我不介意。"

江荞："……"

这算投怀送抱了吗？

"我没用过那张纸。"

许肆笑道："我知道。"他有些痞气地笑了一下，"你就是用了，那又怎么样？"

江荞知道他又在逗自己，索性不开口了。

如果杨世昆听到了，怕是要惊掉下巴——肆哥用他的杯子喝水前都一脸嫌弃地擦了好几遍杯口，这次居然说："那又怎么样？"

原来这事还分人？

许肆擦完了汗，拧开了那瓶水灌了几口，水顺着他的脖子往下流，滑过他凸起的喉结。

许肆问她："怎么，你只给她们买了水，没给自己买？"

江荞开口道："我的水在教室里，我不用买水。"她怕他误会，又小声解释道，"我给你买水是刷的你的卡，别的东西是我自己付的钱。"

"刷我的也行。"许肆看着她乖巧的模样，又看了一眼她细瘦的手腕，"我去医务室看看杨世昆，走了。"

"等下，你的饭卡。"

许肆看了一眼她手里的饭卡，笑道："你先帮我保管一下。"

江荞"哦"了一声，看着他走了。

医务室里，杨世昆在同窦森唠嗑。

窦森有些八卦："哎，同学，前几天来的那个长得凶凶的男生，你们是一个班的吧？"

"你说肆哥？啊啊啊。"杨世昆一阵惨叫过后，发现自己的胳膊能动了，而且除了摔倒擦伤的地方，别的地方都不疼了。

窦森挑眉道："怎么样？可以正常活动了吧？"

杨世昆活动了几下胳膊，惊讶出声："真的不疼了。"

窦森笑了一下，然后开始拿消毒药水。

"所以你刚刚跟我聊天是为了转移我的注意力？"

"对，趁你不注意，把你错位的骨头给正回来，怎么样，我手法还不错吧？"

杨世昆给他竖起了大拇指。

"不过你的胳膊还得消消毒，擦伤面积有点儿大，忍着点儿。"

杨世昆看了一眼旁边的郝明："如果你不介意的话，你的胳膊可以给我咬一下吗？"

郝明看都不看他："我介意。"

许肆从外面走了进来，窦森一见他，调侃道："哟，来了？"

许肆"嗯"了一声，看向杨世昆："他的胳膊怎么样？别的地方有没有事？"

"还好，就是胳膊脱臼了，刚刚已经复位了，别的地方还得消消毒。"

许肆问他："行，多少钱？"

窦森说了个数，就看到许肆扫了桌子上的二维码。

"钱付过了。"许肆又看了一眼杨世昆和郝明，"我走了。"

杨世昆跟他挥手："好，肆哥拜拜。"

他消完毒，拎着一瓶碘酒和一袋棉签回去了。

"都怪二十班那个不长眼的，要不然我也不会那么疼。"

"郝明，你别走那么快，你大哥我的腿都快瘸了。"

"疼死我了。"

……

杨世昆走了一路，骂了一路。

回去后，当他得知许肆教训了那个撞他的人，他开心得嘴角都快咧耳根去了。

郝明说："你龇着大牙乐什么呢？不疼了？"

杨世昆瞪了他一眼:"走开。"

下午的第四节课。

"同学们,这节课大扫除啊,等下学校可能会来检查卫生,请同学们一定要把自己座位下的卫生打扫干净,还有靠窗户的同学,把窗户擦一下。"

"好!"

江荞拿着扫把,冲许肆开口:"你让让,我扫一下座位底下。"

许肆站起身,看着她拿着扫把扫地,自己就去教室后面拿拖把。

江荞刚扫完两个人桌子底下,准备去拿拖把的时候,就看到许肆拿着拖把过来了。

"你坐着吧,我来拖地。"

江荞也不跟他抢活,乖乖地坐在旁边,看着他把两个人的凳子放在了桌子上,然后开始拖地。

拖完了地,就该擦玻璃了。

许肆从讲台上拿了两条抹布:"我去把抹布洗了,你等我一会儿。"

江荞伸手去拿他手里的另一条抹布:"我也洗一条。"

许肆盯着她看了一会儿:"行,一人洗一条。"

从厕所里出来的时候,江荞看到了站在门口的许肆。

许肆语气调侃:"又不是洗脸的,洗那么仔细啊?"

江荞认真开口:"怕擦不干净玻璃。"

"小古板还真是认真。"

江荞看了他一眼,没有说话。

擦玻璃的时候,江荞擦朝向楼道的那一面,许肆站在教室里面擦。

江荞认真地擦着玻璃上的污渍,一抬头对上了许肆的视线。她听不清许肆说了什么,但是从他嘴型看出来,似乎叫的是"小古板"。江荞看了他一眼,沉默着继续擦玻璃。

用湿抹布擦几遍,再用干抹布擦干就行了。

江荞身高有限,高处她实在是够不着,便进教室搬了一张凳子出来。

她站在凳子上,突然感觉背后多了一个人,一回头看到了站在后面的许肆,她有些疑惑:"你怎么出来了?"

许肆扬了扬手里的抹布:"还不是看你够不着。"

江荞指了指脚下:"我有凳子。"

"没事,多个人也能帮你扶着凳子,不是吗?"

江荞没有说话。

许肆扶住凳子以后,她确实感觉脚下踩得稳一些了。

江荞擦完一块玻璃,便打算下来挪动凳子换个地方擦,谁知下来时没踩稳,眼看就要摔下去,幸好许肆从后面扶住了她。

江荞撞上了他硬硬的胸膛，整个人就像是被他从后面虚抱在了怀里。她感觉到周身被许肆的气息包裹住，是淡淡的洗衣液的味道。江荞刚想开口道谢，就听到身后戏谑的声音："你这算是投怀送抱了吗？小同学。"

江荞知道他嘴里说不出什么好话，索性没有理他。

许肆看着她红透的耳尖："好了，不逗你了，擦玻璃吧。"

············

第五章
你别怕

5 Chapter

> 害怕吗？小古板。

> 不害怕。

Diary

2015 年 9 月 22 日

面前突然亮起了火光，是蜡烛，他说只有这个了。

感觉心像是被撬开了小缺口。

接回梁介然

"梁先生,您好,我是来接回梁介然的。"

梁正之看着面前西装革履的男人,气得脸都红了:"休想,你告诉沈好纯,她这辈子都别想见到然然。"

王金瑾闻言只是笑了一下:"梁先生,我想您应该已经知道了,您和沈小姐的儿子梁介然已经判给了沈小姐。"他说完,将法院的判决书递了过去。

梁正之看了一眼,然后将他递过来的纸接过去撕得粉碎:"梁介然是我儿子,你凭什么带走?"

王金瑾脸上依旧挂着得体的笑:"梁先生,我刚刚已经说过了,孩子已经判给了沈小姐,我的工作就是将这个消息带给您,然后带走沈小姐的儿子然然。"

王金瑾是许珩宇的私人律师,跟着许珩宇十几年了,什么胡搅蛮缠的人他都见过,早就练就了处变不惊的本领。

"她的儿子,现在想起自己的儿子了?沈好纯那个女人现在是不是和那个狗男人在一起了?"

王金瑾舔了下唇,开口:"梁先生,我想您应该弄明白一件事,您和沈小姐已经离婚了,沈小姐现在是单身状态,她和谁在一起,和您都没有任何关系,而且据我所知,梁先生和沈小姐离婚是因为您出轨吧?还有,我们许总不是什么狗男人,他有姓名的。"

他说完,将许珩宇的名片递了过去。

梁正之接了过来,看了一眼名片上的名字——

这不就是这几天搞他们的对头公司吗?怪不得当时他觉得那个名字熟悉。

梁正之准备关门送客,王金瑾一只手卡在了门边:"梁先生,麻烦您先把然然送出来。"

"你已经影响到我的生活了,你信不信我告你私闯民宅。"

"您知道我只是想接回然然,您把然然送出来,我绝对不会再打扰您。"王金瑾又同他解释,"如您拒不履行,我只好向法院申请强制执行。"

他话音刚落,梁正之就抓起门旁的摆件砸向他的脑门。

王金瑾摸了一下自己的额头,发现流血了。

梁正之骂道:"来一次我打你一次,你信不信?"

不知道什么时候梁介然从楼上下来了，他的脑袋从后面冒出来："叔叔，是妈妈让你来接然然的吗？"

梁正之看着突然冒出来的梁介然，冲身后的助理骂道："你是废物吗？一个孩子你都看不好，居然让他跑出来，给我把他带上去。"

孙明焱闻言上前抱住了梁介然："然然别乱跑，跟助理叔叔一起上楼去好不好？"

梁介然在他怀里哭喊道："我不要去楼上，我要妈妈，我要妈妈。"

梁正之被他吵得头疼，扭头骂道："哭、哭、哭，就知道哭，你有什么可哭的？"

梁介然哭得更凶了："妈妈，我要妈妈，坏爸爸，然然不要坏爸爸。"梁介然一边哭一边在孙明焱怀里挣扎。

孙明焱的眼镜都被打歪了，敢怒不敢言。

王金瑾冲梁正之开口："梁先生，麻烦您让一让，我们要接走然然。"

梁正之一只手拦着门："这是我家，你们凭什么进来？"

王金瑾道："梁先生，然然是想跟妈妈的。请您配合一下。"而后招呼身后穿着西服的大块头保镖："把他带到一边去。"

梁正之立刻被两个五大三粗的保镖控制起来了，他号叫着："保镖呢？我养你们都是吃闲饭的吗？保镖呢？！"

王金瑾冲他笑了一下："都在外面呢。"他冲孙明焱开口："把小孩放下。"

孙明焱是个懂得审时度势的人，他立刻放下了梁介然。

梁介然哭唧唧地跑上前，抱住了王金瑾的大腿："你是妈妈派来接然然的，对不对？"

王金瑾揉了揉他的脑袋："对，我是沈小姐派来的。"

离开时，王金瑾冲梁正之礼貌地笑道："梁先生，孩子我就接走了，今天多有打扰。"

"把然然给我留下！"

王金瑾关上门上前，冲梁正之笑了一下。

……

沈好纯看着哭得眼睛红红的梁介然，心都要碎了，她将梁介然抱在怀里："然然，妈妈来接你了。"

梁介然扑进了她的怀里，连手里的小玩偶都不要了，两个人母子情深了好一会儿。

许珩宇看着两人，没有说话。

梁介然注意到旁边的男人，拉了拉沈好纯的袖子："妈妈，这个叔叔是谁呀？"

沈好纯这才反应过来，自己只顾着和梁介然说话，都忘了介绍旁边的许珩宇。她拨了一下刘海，冲梁介然开口："然然，这是许叔叔，这次多亏了许叔叔，要不然妈妈就见不到然然了。"

梁介然乖巧地开口："叔叔好。"

许珩宇看着面前七分像沈好纯的小人："你好，小然，外面热，你和好纯先上车吧，车上开了空调。"

沈好纯点头："好，我们先上车，然然。"

"妈妈，那我们现在去哪里呀？还回我们之前的家吗？"梁介然有些好奇。

沈好纯顿了一下，这些日子她一直待在许珩宇那里，倒是没有考虑过接回孩子后应该去哪里。

"就先住在我那里吧，也方便，家里平常也没什么人。"许珩宇看了一眼沈好纯，"你若是想去工作，我都替你安排好。"

沈好纯沉默了一会儿，才开口："谢谢你。"

停电

晚自习。

江荞正在低头写题，突然眼前一片漆黑。

若不是整栋楼都爆发出欢呼声和尖叫声，她还以为自己突然看不见了。

"停电了，啊啊啊。"

"不用写作业了！"

"笑死我了，你看那谁脸上发光了。"

"……"

脸上发光的几个人很快就收起了"违禁品"，生怕等下被老师抓到。

黑暗中，江荞不知道谁轻轻碰了碰她。

正疑惑，她就听见许肆的声音："害怕吗？小古板。"

"不害怕。"江荞这般说着，声音里的颤抖却出卖了她——她其实有点儿害怕。

虽然她看起来很镇定，但她对于黑暗有着不太好的回忆。

那是一个很冷很冷的冬日，那时候她才五岁，江知恩和田泠也都在家。

还记得那天两个人吵架吵得特别凶，江荞很害怕，坐在地上哭得很大声。江知恩嫌她太吵，直接将她锁进了杂物间。等到两人吵完架，想起来还有一个女儿的时候，江荞已经被锁在杂物间两三个小时了。杂物间里很黑、很冷，江荞哭着哭着就不哭了，委屈被一种莫名的恐惧所替代。

从那以后，她对于特别黑的地方，心里都是有些恐惧的。

一簇火苗突然出现在江荞的面前，看着那根蜡烛上跳跃的火苗，她愣了一下。

火光映着少年的侧脸，许肆偏头看向江荞，他的声音有些低："没有别的，只有这个了。"

江荞心头一暖："谢谢。"

有人打开了自己的台灯，教室里总算有了些光亮。

方子新拿着手机从外面进来了，他用手电筒打着光："学校的电路出现故障了，已经打电话给维修工人了，不知道什么时候才能来电。"

"老方，那我们能回宿舍吗？"

方子新摇头："还不行，学校刚刚下通知，说不让学生走。"

杨世昆不用想也知道，除了何国士，没有第二个人能发出这个通知。

"老方，这么黑也不能学习呀，又不能回宿舍或者回家，那干什么呀？"

方子新拿着手机，想了一下，笑道："要不然我们就玩游戏吧？"

"玩什么游戏？"

方子新从讲台上拿了一个空的矿泉水瓶："我之前大学团建玩过这个游戏，水瓶传到谁，谁就上来表演节目，玩不玩呀？"

"那必须玩呀！"

"玩的就是刺激和心跳。"

"现在我把手电筒关上，开台灯的同学也关一下灯，我把这个水瓶交给第一个同学，由他开始把水瓶传下去，等下我喊停，然后打开手电筒，水瓶在谁手里，谁就来表演节目。"

说完方子新就把水瓶塞给了坐在前排的一个男生。

"快传，快传。"

"给你，给你，我不要。"

水瓶辗转几个人的手，随着方子新的一句"停"，落在了一个女生的手里。

方子新打开手电筒："来，上来吧，表演什么都行，冷笑话、唱歌……"

那个女生走上讲台："那我给大家唱个歌吧。"

女生的声音很甜，唱的是当下流行的歌，她一下台，班里同学们就鼓起了掌。

第二次，水瓶传到了伍葳的手里。他刚站上讲台，底下就有人开始嚷嚷。

"放过我们吧，罪不至死。"

"宿舍里的人听你唱歌都听够了。"

"兄弟们，我数一、二、三，捂好耳朵，就是对伍葳最大的尊重。"

"出去啊，行不行？"伍葳看了几眼自己的那几个舍友，"谁说我要唱歌了？我讲个笑话吧，从前有一根火柴，它觉得自己很痒，它就一直挠呀挠呀，然后你们猜怎么着？"

"把自己给挠得烧着了。"

"好冷的笑话，我都要冻死了。"

"一边去，你们几个不拆我的台不行是吧？"伍葳又开口，"我的节目表演完了。"

方子新笑道:"继续吧。"

随着方子新一句"停",这次瓶子落在了杨世昆的手里。

杨世昆问他:"老师,我能不能带搭档上去?"

"行,你看和谁一起。"

杨世昆拉着郝明就上了台:"那就给大家唱首《演员》吧。"

方子新冲两人开口:"等我找下伴奏。"他将手机的声音调到最大,然后放了伴奏。

"简单点儿,说话的方式简单点儿。"

杨世昆刚开口,底下的气氛组就开始捧场了。不得不说,虽然杨世昆平常没个正经,唱歌还是很好听的。

两个人唱完歌,杨世昆拉着郝明一起给大家鞠了个躬。

"瓶子到哪了?继续,继续。"方子新看着底下开口。

杨世昆将手里的瓶子丢给旁边的人,又随着一句"停",瓶子落在了江荞的手里。

江荞还没反应过来,手里的瓶子就被人拿了去。

方子新的手机灯光打过来,许肆站起身:"在我这里。"

江荞愣愣地看着他上了台。

"肆哥,唱歌!唱歌!"杨世昆一个人在下面喊得起劲。

江荞注视着讲台上的少年。

许肆笑了一下:"那就唱歌。"

许肆唱了一首情歌,他嗓音低沉,唱歌很好听。江荞和他对视了一眼,心跳快得厉害。

许肆下台的时候,杨世昆的手都要拍烂了。如果是别人,底下的人肯定撺掇着再唱一首,因为站在台上的人是许肆,众人不敢起哄。

许肆在江荞旁边坐下。江荞犹豫半天,还是问出了自己的疑惑:"刚刚……瓶子明明是在我手里的,你为什么要替我上去?"

许肆语气漫不经心:"你刚刚声音都发颤了,还说不害怕。"说完,他就抱着胳膊靠在了椅子上。

江荞声音轻柔:"谢谢。"

许肆偏过头看她:"小古板还真是喜欢嘴硬。"他盯着江荞看了一会儿,"现在呢?"

江荞愣了一下才反应过来他在问她现在怕不怕,她摇头:"现在不害怕。"

许肆笑了:"这次你倒是没有嘴硬。"

课代表

随着方子新一句"可以回去了",班里的学生都冲出了教室。

罗星走到江荞面前:"走吧,荞荞。"

江荞应了一声:"好。"

"走了,小古板。"

江荞抬眼看他:"拜拜。"

初秋夜晚的风还带着热气,江荞看着走在前面的少年,觉得心底似乎被人撬开了一个小缺口。

周四这天。

"醒醒了。"

第三节课,江荞终于没忍住叫醒了许肆。

许肆睁开眼,眼里还带着红血丝,不得不说,刚睡醒的许肆看起来有些凶。

"怎么了?"

江荞小声道:"这节课新的英语老师要来,你别睡了。"

杨世昆刚一回头,就看到许肆一脸没睡醒的样子靠在身后的椅子上。

许肆抬眼看他:"怎么?"

杨世昆摇头:"没事,没事。"说完,他又快速转回了头。

江荞看着许肆一副睡不醒的样子,问他:"昨天晚上你没睡觉吗?"

"睡了两个小时,有点儿失眠。"

江荞沉默了一会儿,然后开口:"可以睡前洗个热水澡,喝杯热牛奶,或者看点儿你觉得最无聊的书。"

许肆看了一眼自己抽屉里的那些书:"今晚试试。"

教室的门被轻轻叩响。一个有些胖的男人走了进来,他穿着白色的短袖和黑色的七分裤,脚下穿着一双白色的运动鞋。

"同学,你找谁?"

"我?"刘瑞指了指自己,笑道,"我是新来的英语老师。"

杨世昆回头冲许肆嘀咕:"他不说,我还以为他是高中生。"

许肆抬头看了一眼讲台上的人,看起来确实不过二十岁的样子。

刘瑞在黑板上写下"刘瑞"两个大字:"我叫刘瑞,以后就是你们的英语老师了,我今年二十八岁,孩子都会跑了,可不是哪个同学。"

下面的同学笑成一团。

刘瑞接着说道:"你们班的英语情况我已经了解了,底子还是可以的,努努力,我相信下一次大家一定能取得比之前好的成绩。"

伍葳忍不住开口:"老师,你还是第一个说我们有底子的人。"

杨世昆接着说道:"之前好多老师都说我们这个班没救了,回回考试倒数第一,说我们是他们带过的最差的班。"

刘瑞说:"正是这样,所以你们的进步空间很大呀。"他笑了一下,又问道,"不知道江荞同学是哪位?举手我看看。"

江荞举起了手。底下有人起哄。

"老师,江荞同学上次考了满分。"

"虽然我们英语烂,但是不影响我们班有英语年级第一。"

刘瑞又笑了一下:"好,我认识了,那英语课代表的职位就交给江荞同学了。江同学,我的办公室就在楼上。"

江荞乖巧地应道:"好。"

前任英语课代表陶桂程拍了拍胸口,总算松了一口气:"这个老师总算没有说'哪个同学是英语课代表,就继续当吧',哪有英语课代表自己英语考试都不及格的呀!"

伍葳看她:"你不就是吗?"

陶桂程瞥了他一眼:"去你的。"

刘瑞讲课方式不死板,很容易就调动起了同学们的学习积极性。

听见下课铃声,他果断地拿起桌上的书:"好了,这节课就上到这里了,剩余的内容,我们下节课再讲。课代表跟我来一下办公室。"

办公室里。

刘瑞看着面前的江荞:"刚刚只顾着自己说,都忘了问你想不想当课代表。"

江荞点头:"想当的。"

刘瑞笑了一下:"那就行,你只需要每天下了课来问我作业布置什么,收收他们的作业就行了。如果有人不配合你的工作,直接告诉我。"

"好,我知道了,谢谢老师。"

"行,今天的作业就是把学校发的资料接上次的往后面做两页,晚自习第二节课之前收,记得通知下去。"

"好。"

刘瑞看着江荞离去的背影,暗想:这个课代表还挺合眼缘。

离上课还有两三分钟,江荞捏了捏自己的本子,开口道:"英语作业是学校发的资料,接着上次的往后做两页,晚自习第二节课之前收。"

"啥?"

"没听清,再说一遍呗,江同学。"

许肆感觉到江荞似乎已经用了自己最大的声音,不耐烦地替她重复了一遍:"学校发的英语资料,接着上次的往后做两页,晚自习第二节课之前收。"

班里瞬间静悄悄了。许肆又问了一遍:"还有人没听清吗?"

先前说没听清的那几个人结结巴巴地说:"听清了。"

许肆说完就低头忙自己的，江荞看着他，轻声开口："谢谢。"

"不客气，你声音小，以后我可以帮你喊，或者写在黑板上也行。"

第五节课老师有事，改成了自习课。

江荞在写物理作业，许肆从抽屉抽出江荞给他的那本书，翻了一会儿，找到了两人之前看到的那一页。

不知道什么时候何国士从后门进来了，他走到许肆旁边："许肆，这次可让我抓到你了吧，看什么呢？拿来我看看。"

说着，他就拿起了许肆桌上的那本书，看了一眼名字，开口道："你跟我出来。"

许肆跟着他走了出去。

何国士开始念叨："你们这节课没有老师是吧？自习课是让你做作业的，不是让你看课外书的。你作业都写完了吗？在这里看课外书？"

许肆没有说话。何国士看着他："你有没有在听我说话？"

"听着呢。"

何国士看着他吊儿郎当的样子就气不打一处来："许肆啊许肆，不是我说你，也该好好学习了，都高二了，你不着急？你上课看这种课外书看得进去吗？"

许肆依旧靠着墙没有说话。

"书我拿走了，你写一份一千字的检讨给我。"

许肆突然出声："书你不能拿走。"

何国士狐疑地看了一眼自己手里的书："我为什么不能拿走？"

一起被罚

许肆对上何国士疑惑的视线："没有为什么，你怎么罚我都可以，但是别把书拿走。"

许肆话音刚落，就看到江荞出来了。他愣了一下，刚想说你出来干什么，就听到江荞开了口："老师，这本书是我的。"

"是你的书？"何国士看了看手里的书，又看一眼江荞。

"对，是我的书，您要罚，也一起罚我吧。"

何国士看了看自己手里的书："行啊，那你俩下午一起去打扫楼下卫生区的卫生，扫三天。"

江荞点头："好。"

"为什么？书是我看的，和她没有什么关系，罚我一个人就行了。"

何国士看着两人，有些生气："一个带课外书，一个看课外书，你俩都有错。高二了，你们也该收收心了，别天天脑子里只有玩，现在玩够了、玩舒坦了，以后拿什么考大学？啊？能玩着考上大学吗？我说过很多遍了，不要看小说，也不要在学校里看任何别的课外书，你有那个时间看课外书，你不如多写两道数学题，看课外书你吸收不到任何有用的知识，但是写数学题，你写一题，可能就多会一题。你俩都得好好反省，听到了没？"

江荞小声回他："知道了。"

许肆还想再说什么，何国士拿着书就准备走了，他还回头提醒两人："扫干净点儿，我会检查的。"

两个人回了座位。

杨世昆都没反应过来发生了什么，许肆就被叫出去了。许肆刚回来他就回头，有些好奇地开口："肆哥，你玩手机被何主任抓住了吗？"

许肆淡声道："没有。"

"那是什么呀？"

"看课外书。"

杨世昆又继续追问："老何把书收走了吗？"

"嗯。"

杨世昆还想再问几句，看到了许肆看过来的眼神，他果断闭上了嘴。

不知道是不是许肆的错觉，他感觉江荞从回来起就格外安静，虽然平常也很安静，但他觉得像江荞这种好学生应该是没有挨过骂的。

江荞低着头找东西。许肆看她把脸埋了下去，还以为她哭了，犹豫了半天，伸手扯了扯她的袖子。

江荞抬头看他，表情有些茫然："怎么了？"

许肆盯着她看了一会儿，确定她没哭："你是傻吗？刚刚他罚我一个人就行了，你怎么出来和我一起领罚了？"

"因为书是我给你的，所以我应该和你一起被罚。"

许肆看着她乖巧的模样，只是说道："那下午一起打扫卫生吧。"

江荞应他："好。"

其实，许肆想说那本书他会拿回来的，想了想，还是等拿回来以后再跟她说吧。

下午。吃饭前，许肆冲江荞开口："早点儿回来，我们去打扫卫生。"

"好。"

吃过饭，许肆刚进教室，就看到江荞已经等在座位上了。

"没吃晚饭？"

江荞应道："吃了，带回来吃的。"

许肆看了一眼桌子下的饭盒，拿起了旁边的扫把和簸箕："那走吧，小古板。"

他们要打扫的卫生区面积很大，地上有很多落叶。

许肆将手里的扫把递给了江荞，然后指了指前面："这一大片都是我们要扫的。"

江荞看着满地的落叶，说："好。"

江荞乖乖地拿着扫把开始扫地，许肆就跟在她的身后。两个人不一会儿就扫出了一堆树叶。

不知道地上有什么东西吸引了一群蚂蚁，江荞看着那些齐刷刷往一个方向跑去的蚂蚁，不由得停下了扫地的动作。

许肆一回头，就看到她蹲在地上，不知道看什么呢，校服穿在她身上着实有些宽大。她垂着眼，看着地上的那些小动物，竟连树叶落在了她的头上都不知道。

江荞看得认真，忽然感觉头顶上笼罩了一团阴影，一抬头，就对上少年那双黑眸。许肆忽然朝她伸出了手。

江荞有些呆愣地看着他，睫毛轻颤了几下。

许肆拿下她头顶的树叶扔在了地上，笑着问她："地上的蚂蚁好看吗？小古板。"

"还行。"

听着她认真地回答自己的问题，许肆有些没忍住，笑了，蹲在她的旁边，和她一起看蚂蚁。原来是一条死掉的毛毛虫，吸引了一群蚂蚁。

江荞看了一会儿，然后又拿起了扫把，许肆突然想起了什么："你等我一会儿。"

等许肆回来，江荞看着他手里的大扫把，不禁笑弯了一双杏眼。她指着许肆手里的大扫把："这么大的扫把是哪里来的呀？"

"问学校打扫卫生的阿姨借的。这个扫得快，等打扫完卫生，我还回去。"

"我能试试吗？"

许肆说了句"行"，然后就把手里的扫把递给了江荞。

他看着江荞扫了一会儿，准备把那扫把接过来："还是我来吧。"

江荞又将扫把递了回去。

有了大扫把，两个人的效率比刚刚快多了，不一会儿就扫完了卫生区的地面。

许肆看向她："我去把扫把还了。"

江荞乖巧地点头："好。"

许肆回来的时候，看到江荞坐在台阶上，低着头不知道在想什么。

她就那么静静地坐在楼梯上，太阳已经落山了，她身后是粉色的天。

许肆走到她的旁边，将手里的牛奶递给她，然后在她旁边坐下。

"地上脏。"江荞说着，就要从兜里掏出纸铺在地上。

"没事，反正裤子回去都要洗。"许肆满不在乎地说，拉开了手中易拉罐的拉环。

江荞看了看手里的牛奶，又看了一眼他手里的可乐。

许肆见她看过来，问她："想喝？"

"不想。"江荞摇了摇头。

许肆将可乐塞在她手里，然后变戏法似的又拿出了一罐："你喝吧。"

碳酸饮料多少有些伤胃，江荞已经不知道多久没有喝过可乐了，她轻声开口："谢谢。"

许肆看着她捧着可乐喝了一小口，自己拉开了另一罐可乐的拉环，喝了一大口。

风里还带着些热气，两个人就在台阶上坐了一会儿，冰可乐就没那么冰了。

江荞看着像是被胭脂晕染的天边，赞叹道："今天的晚霞真好看。"

许肆顺着她的目光看过去："是呀。"

江荞看了一眼手表，站起身："快上课了。"

许肆走在她后面："走吧。"

长长的小道两旁种着梧桐，已经黄了树叶，两个人并排走在洒满落日余晖的校园里。

她没来

周五这天。许肆听见上课铃响，又看了一眼自己旁边空荡荡的座位。

今天有点儿奇怪，上课铃都响了，小古板居然还没来。

一直到第三节课下课，许肆旁边依旧是空空的。

他抬头看了一眼讲台上的老师，给江荞发了个信息。

XS："怎么？睡晚了还没起吗？小古板。"

一整个上午，他发出去的消息都如石沉大海，真是奇怪。

……

"荞荞，你现在要不要吃点儿饭？"

"我去厕所。"

"我扶你过去。"

江荞摇头："不用。"

她身上穿着宽大的病号服，更衬得她人小小的一只，平常红润的嘴唇此时此刻透着苍白。

江荞扶着墙壁去了厕所，胃里什么都没有了，她忍不住干呕起来，觉得嘴里都是苦的。

田泠就站在厕所门口，听着里面的声音，心揪成了一团，她好几次都想进去，又不敢进去。

江荞打开门，她的脸本来就白，如今更加苍白了。田泠扶着她去了床上休息。

田泠问她："荞荞，妈妈给你煲了汤，你真的不喝一点儿吗？"

江荞摇头："放在那里吧，我想休息。"

田泠也不好再打扰她，关上了灯走了出去，又关上了病房的门。

江荞感觉胃里的不适感还是没有消散，她看着天花板，就像往常化疗后的无数次一样。

窗外的小鸟叽叽喳喳地叫着，阳光透过窗帘照进来。江荞看见了那缕光，伸出了手，光打在她细白的手指上。她掀开被子下了床，将窗帘完全拉开。

江荞的病房在三楼，窗外有一棵很高大的树，树顶上还有一个鸟窝，她刚刚听见的声音就源于那里。

不知道在窗户前看了多久，江荞又拉上了窗帘，病房内重新归于黑暗。她躺在病床上，不知不觉就睡了过去。

……

许肆掏出来手机，又打开了和江荞的聊天界面，他们的聊天记录还停留在早上他问的那一句话。他又关上了手机，猜想她应该是请假了。

杨世昆也注意到了江荞没来，他回头看了一眼那个空位，问许肆："肆哥，江同学是不是今天请假了？这都下午了还没来。"

"不知道。"

不知为何，杨世昆莫名就觉得许肆的表情有点儿臭，难道是谁惹了肆哥？怎么看着那么不爽？

杨世昆正疑惑呢，前面的罗星忽而开了口："好像是请假去补习了吧，前几周荞荞不也去补习了吗？"

"江同学成绩那么好还去补习啊？这还给我们留出路吗？"

罗星笑道："哈哈哈，不过荞荞确实是成绩又好又爱学习，人也好。"

"而且人长得好看又温柔。"杨世昆补了一句。

许肆低着头，将两个人的对话一字不落地听了进去，鬼使神差般他又打开了那个聊天界面，江荞还是没有回信息。

许肆从何国士那里要回来了书，只是又听了他好一顿唠叨。

何国士昨天查过了江荞的成绩，他冲许肆念叨："回去把书还给人家江同学，下次再让我看到你上课看课外书，我就让你在外面扫一个月的地。"

"好，我知道了。"

下午放学，学校的人都散尽了，许肆拿着扫把准备下楼，杨世昆和郝明立刻拿着扫把跟上。

杨世昆笑嘻嘻地开口："我们和你一起扫地，肆哥。"

许肆也没说什么，任由他俩跟在身后。

杨世昆的胳膊和腿上的擦伤已经结痂了，只是活动的时候还有点儿疼。郝明和杨世昆两个人扫着扫着就玩闹了起来。

"吃我一棍，郝大头。"

"去你的，老杨，你看我不抽死你。"

"白鹤亮翅。"

"神龙摆尾。"

杨世昆虽然行动有些不便，但是不妨碍他拿着扫把追着郝明打。

许肆简直没眼看幼稚的两人。

因为郝明和杨世昆打闹，刚扫成堆的树叶就被打散了。

杨世昆向许肆告状："肆哥，我还是伤患呢，他欺负我，刚刚还用扫把打我。"

许肆看着地上的落叶："你俩再闹就回去。"

杨世昆闻言，立刻拿起扫把乖乖扫地。

扫完了地，夕阳已经染红了半边天。

杨世昆将手机塞给郝明："给我拍个照，要拍出来我帅气的模样。"

郝明："……"

他看着摆姿势的杨世昆，拍了几张照。

杨世昆拿着手机，开口道："你这拍的什么呀？连我万分之一的帅气都没有拍出来。"说完他又把手机塞给郝明，"你给我重拍。"

郝明无语："不拍了。"

"你再给我拍一张，就一张。"

杨世昆软磨硬泡之下，又让郝明给他拍了好几张照片。

许肆看着透着粉的天边，掏出来手机，也拍了几张照片。

XS："请假了也不说一声，不够意思啊，小同学，今天的地要我一个人扫了。"

他发完信息，关掉了手机，又塞回兜里，冲两人开口："走了。"

"好嘞，肆哥。"

书店里。

夏辰安坐在离门口最近的桌子前，几乎每进来一个人，他都会抬头看看，一直在书店等到天黑，也没有看到上次那个女生。

那个女生看的那本书，他已经看完了，他幻想着两个人的又一次相遇。

他会跟她说："好巧啊，又遇见了。"

她会说："好巧。"

又或者是害羞地冲他笑一下？

夏辰安看了看手表，已经七点多了，那个女生应该不会来了。

他的脑子里又浮现出第一次看到她的场景，女孩就好像一朵纯白的茉莉花，眼神都透着清澈，他懊恼自己上次怎么就没上去要个联系方式。

是十七岁的小朋友

许肆一边撸猫，一边说话："你说，小古板补习也不至于补一天吧？"

元元蹭了蹭他的手心，似乎是在回应他的话。

许肆抱起它："你也这样觉得，是吧？"

天已经黑透了，整座城市都沉浸在夜色中。许肆逗了一会儿猫，刚打开手机，就看到了江荞回的信息。

小古板："补习去了，昨天忘了说。"

小古板："抱歉，让你一个人扫地了。"

许肆看着她发过来的信息，都没察觉到自己弯了唇角。

XS："那你怎么补偿我？"

许肆这话发出去，就看到"对方正在输入中"，可是半天也没看到她回过来的信息。

许肆刚想再说点儿什么，就看到江荞回过来的信息。

小古板："我也不知道。"

小古板："要不你说吧？"

他本来就只是打算逗逗她，谁知道她当真了。

XS："那以后打球都帮我带水。"

小古板："好。"

江荞一只手拿着手机，另一只手上还挂着点滴，她吃不下东西，只能输营养液。

回完信息，她又将手机放在了枕头旁边。

……

一个穿着红色裙子，戴着墨镜的女人进了花店。

她摘下了墨镜，花店老板被她明艳的面容晃了眼，然后热情地开口："小姐，买花送给谁呀？"

"送给一个对我很重要的小朋友。"

花店老板犹豫了一下，问她："请问是几岁的小朋友？我们这边有向日葵和零食定制花束，很适合送给小朋友。"

姜知许认真道："十七岁。"

那老板愣了一下，反应过来："那小姐您要什么花？"

"我想要绣球花，要浅紫色的，搭一点儿玫瑰花和桔梗花。"

"好嘞，您是明天要，还是等下就要。"

"现在就要，包好看一点儿，用浅色的包装，小朋友喜欢浅色。"

"那您坐一会儿，等我一下。"

花店老板的动作很快，不出十分钟就包好了花。

姜知许付了钱,抱着花走了。她又去了甜品店,没过几分钟,她又拎着一个芋泥千层蛋糕出来了。

她刚想打车,一辆黑色的车就停在了她的面前,车窗缓缓摇了下来,入目是一张熟悉的脸,姚景和问她:"你去哪里?"

姜知许正愁这个点不好叫车呢,她冲姚景和开口:"去市人民医院,谢谢老板了。"

姚景和打开了副驾驶的门,看着她抱在怀里的花:"我还以为你去约会呢。"

姜知许笑道:"约什么会?我都没有男朋友,不过你也可以理解为是和我家小朋友去约会。"

"小朋友?"

"对,我家小朋友……"

姚景和突然凑近了些,姜知许一下愣住了,到嘴边的话都没有说出来。

姚景和扯过她右边的安全带:"你抱着花不方便系安全带。"

姜知许回过神来:"谢谢。"

姚景和"嗯"了一声,然后问她:"是上次来找你的那个女生吗?"

"对。"提到江荞,姜知许脸上都染上些喜色,她小心翼翼地抱着花,另一只手提着蛋糕。

两人一路上也没再说什么话。

到了医院门口,姚景和先下了车,先是接过了她手里的花,伸手护了一下她的头顶。

姜知许从他手里接回花:"谢谢,那我就先走了。"

"好。"姚景和看着姜知许离去了,收回了目光。

病房的门被轻轻叩响了几下,江荞以为是田泠:"进来。"

姜知许抱着一束花走了进来,将花放在了她床旁边的柜子上。

"阿许。"姜知许刚刚还和她说没下班,这会儿突然出现,着实让她意外了。

姜知许看着她有些苍白的脸,心疼得不行:"受苦了,你现在感觉还好吗?"

"还好。"江荞说完,看了一眼床头旁的花,"花真好看。"

姜知许扬了扬手里的蛋糕:"还给你带了蛋糕。"

"我还吃不下东西,只能让你替我吃了。"

姜知许有些可惜地看了一眼手里的蛋糕,打开挖了一勺,塞进嘴里:"我替你吃。"

江荞弯着一双眼睛看她。

田泠刚推开门,就看到坐在里面的姜知许。

"伯母。"姜知许礼貌地开口。

田泠打量了她几眼:"你来看荞荞?"

姜知许"嗯"了一声。

"行，你们聊吧，我先出去了。"说完，田泠就出去了。

姜知许吃了一半蛋糕，问江荞："你过几天还回学校吗？"

"周日晚上就回去了。"

"不多休息几天吗？"

江荞摇头："不用。"她听见手机震动的声音，冲姜知许开口，"我看下信息。"

她打开手机，是许肆发来的信息——下午拍的一张照片。

XS："今天下午的晚霞。"

小古板："真好看。"

许肆看着那边秒回的信息，又发了一张小黑猫的照片。

小古板："都看不见它的五官了。"

许肆轻笑了一下，然后回她。

XS："融进夜色里了。"

XS："不早了，还不睡吗？小古板。"

姜知许看着江荞微扬的唇角，有些好奇："谁呀？"

"同桌。"

小古板："一会儿就睡了。"

XS："晚安，小古板。"

江荞又将手机放在了枕头旁边。

姜知许笑着问："男同桌？"

"男同桌。"

"关系不错呀，我下次要会会这个男生。"

江荞耳朵上染上些薄红："就只是同桌。"

"哈哈哈，不逗你了。"姜知许说完，看了眼手机，接着说道，"时间也不早了，你得早点儿休息。"

"我一会儿就休息，你明天还得上班，你快回去吧，这么晚了不安全，让我妈送你吧。"

"没事的，不用送我，我到家给你发信息。"

"好。"

姜知许走后，病房内又安静了。

田泠进来了，替江荞掖了掖被子："刚刚那个女生是？"

"姜知许。"

田泠回想着这个名字，反应过来："是我们之前住的小区里的那个女生？"

"嗯。"

"她可不是什么好姑娘，荞荞你怎么和她交往了这么多年。"

"妈,你说什么呢?阿许是我最好的朋友,我不许你这么说她。"

田泠看着江荞的表情,知道她是生气了:"行、行、行,妈不说了,你早点儿休息。"说完,她就出了病房。

江荞看到许肆刚刚发过来的信息。

XS:"晚安。"

她犹豫了一下,还是回了一句"晚安",很快许肆的消息又发了过来。

XS:"怎么还不睡?"

小古板:"这就睡了。"

许肆发过来一个链接。

江荞点开那个链接,就看到了标题——养生专家说:不要再熬夜了,变丑变黑还长痘!!!

她没忍住,笑了。

小古板:"你还看这个?"

XS:"偶尔。"

XS:"你再不睡,当心和元元一样黑了。"

小古板:"这就睡了,晚安。"

XS:"晚安。"

江荞看着他最后发过来的信息,都没有察觉到自己的心情变好了。

摸摸头

天气微微转凉,班上的学生也都添了衣服。

江荞刚在座位上坐下,就看到抽屉里放着的那本《小王子》,许肆还没有进教室。

江荞盯着那本书看了一会儿,不知道他是怎么把书要回来的,她将那本书收在了书包里。

六中的校服外套是黑白色的,算不上好看,但是也算不上丑。

江荞一抬眼,就看到许肆进来了。

他身上穿着校服外套,里面是一件黑色的短袖,他没穿校服裤,而是一条黑色裤子。许是因为他身材比例好,校服外套穿在他身上似乎都变得好看了些。

他的一双眸子天生就比常人黑些,看人的时候总是带着些冷意,给人一种距离感。

许肆拉开椅子在她旁边坐下:"书放在你抽屉里了。"

"我看到了,你是怎么要回来的?"

"这你就别管了,反正我有办法拿到就是了。"许肆轻笑了一下。

"何主任没有为难你吗?"

许肆想了一下自己在何国士办公室挨的那半小时的骂,摇头道:"没有。"

江荞松了口气:"那就好。"

……

"同学们,今天已经九月二十八号了,学校通知国庆节放假时间是从三十号开始,也就是周三下午,十月四号下午来学校。"

"为啥国庆节只有四天假?"

方子新笑了一下:"你们已经高二了。"

"那是不是高三的国庆节只放一天呀?"

"对,今年高三的就只放一天假。"

"……"

方子新又道:"不过国庆节过后就是秋季运动会了,开三天。这次的运动会,我们学校联合十七中一起办,就在我们学校。"

"太好了,那我就可以见到我十七中的朋友了。"

"只要是不上课都开心。"

方子新开口说道:"大家请安静,现在开始上课吧。"

……

"刘妈,你回去吧。"

"好,荞荞下午有什么想吃的吗?"

江荞想了一下,回她:"想吃糖醋排骨。"

"好。"

江荞看着刘妈开着车消失在了视线里,准备回学校。

"哟,美女,一个人呀?"

江荞看了一眼旁边的几个男生,加快速度准备往门口走去。

其中一个男生的头发染了三种颜色,他拦在了江荞面前:"我跟你说话呢。"

江荞没想过在学校旁边也能遇见混混。今天刘妈来得晚了些,校门口的位置被其他家长占完了,她就把车停远了一点儿。

她咬紧下唇:"我不认识你们。"

"认不认识没关系,就是想跟你交个朋友。"珂咭笑道。

江荞没有说话。

"六中的呀?小妹妹。"

"……"

珂咭见她不说话,低头看了看她的校徽:"哟,真是六中的,好学生嘛,怪不得瞧不上我们这些人呢。"

不知道为什么,江荞觉得他话里的"好学生",跟许肆话里的"好学生",似乎完全不是一个意思。

江荞鼓起勇气开口："没有瞧不上，我要上课了，麻烦你们让我回去。"

"哈哈哈，这小妹妹说要回去呢，我们要不要让她回去？"珂咭说着，看向身旁的两个男生。

其中一个男生的头发跟泡面一样，闻言他上下打量了几眼江荞："那可不行呀，哥，还是第一次看到六中有那么乖的学生。"

"你们想干什么？我可以给你们钱，我真的得回去上课了。"江荞藏在袖子里的手都攥紧了。

"钱？小妹妹，你也太瞧不起我们几个了吧？我们不要钱，我也没什么恶意，就是想跟你交个朋友，小妹妹。"

珂咭话音刚落，便听见一个男声从身后响起。

"你也配。"许肆眸子里带着冷意，他说着就将江荞一把拉到自己后面。

江荞看着挡在自己身前的人，不由得心跳都慢了半拍。

杨世昆刚刚跟许肆说那边不是江同学吗，下一秒就看到身边的人不见了。

"泡面头"刚想骂，被珂咭拦住了。

珂咭有些讨好地笑着："肆哥，是您的人啊？我们不是故意的。"

"我同桌，少打她的主意，你们职高的人，手未免伸得太长。"

珂咭听出了许肆话中警告的意味，点头道："肆哥教训得是，这次是我们不对。"他看向许肆背后的江荞："小妹妹，给你道个歉，你就原谅我们吧。"

"嘴巴放干净点儿。"

珂咭明白了他话里的意思，立刻改口："对不起，同学。"

珂咭旁边的"泡面头"不明白珂咭为什么这么怕这个六中的男生，刚想开口说话，就被珂咭一个眼神瞪了回去。

杨世昆和郝明也跑了过来，他们看了看珂咭，又看看被许肆护在身后的江荞，立刻明白是怎么回事，杨世昆没忍住骂道："你不看看你什么样，我们江同学什么样，这不纯属癞蛤蟆想吃天鹅肉吗？也不瞧瞧自己那熊样。"

珂咭被骂得脸白一阵红一阵的，又碍于对面是许肆，憋着不敢说话。

"赶紧给我消失。"

珂咭听了这话，扭头就跑。

杨世昆在后面骂道："别让我们在六中门口再看到你们几个。"

几人跑远了，"泡面头"没忍住问珂咭："他不就是六中的学生吗？怕他干什么？"

珂咭一巴掌拍在他的头上："之前我跟咱们学校王哥混的时候，亲眼看到过他把王哥按在地上，惹谁都别惹他，他根本不像个学生。"

"泡面头"吓得缩了缩脖子:"还好刚刚我没说话。"

许肆看着江荞一副被吓到了的样子,伸出手轻轻揉了揉她的头,安抚道:"没事了。"

他脸上还挂着笑,和刚刚凶巴巴浑身戾气的模样完全不同,一双眼睛里似乎都带着光,语调也比平常温柔许多。

一起吃饭

江荞没来由地乱了心神,反应过来他是在安抚自己,低声开口:"谢谢你。"

杨世昆在一旁看着,怀疑自己看到的是假的肆哥。

他和郝明对视了一眼,都在对方眼里看到了惊讶和不可置信。

许肆低头看她:"走了,小古板。"

江荞就这样跟着三个人一起回班里。

微凉的风吹在身上很舒服,江荞又侧过头看了一眼身旁的少年。

路过门口的时候,门卫还多看了一眼江荞,可能是觉得她和旁边的三个人有些格格不入,又或者是许肆平常惹的事太多,门卫都对他眼熟了。

九月三十日这天下午,班里有些人显得躁动不安,恨不得立刻冲出教室。

方子新嘱咐完放假事宜后,提醒道:"带好你们的作业。提前祝同学们国庆节快乐!"

班里瞬间响起几乎要冲破房顶的一声"假期快乐"。

许肆看了一眼正在收拾东西的江荞,笑道:"假期快乐呀,小同学。"

江荞轻声道:"假期快乐。"

十月一日当天。

"荞荞,我和你爸爸要去你外婆家住几天,你去不去?"

江荞闻言开口:"不去了。"

她和外婆的感情算不上深,印象最深的就是小时候一次,外婆看到她说:"要是生个男孩多好呀。"

从小到大,外婆一直不很喜欢她。

初二那年,大人们聚在一起聊天,他们的话题无非就是那些——谈论小孩成绩,聊些家长里短的八卦。

说到成绩的时候,田泠可算是挺直了腰板:"我家荞荞可是考了年级前十呢。"

江荞外婆立刻泼冷水:"女孩子读书读那么好有什么用呀?不还是一样要嫁人生

小孩的。"

在座的那么多人竟没人反驳她一句。

江荞那时候只说了一句话:"读书是为了提升自己,人活着也不是为了结婚生孩子。"

外婆说她:"年纪轻轻说话就老气横秋的,还顶嘴!田泠,你瞅瞅你是怎么教育孩子的,无法无天的,简直要骑到长辈头上作威作福了。"

从那以后,江荞就再也没有去过外婆家了。

走之前,田泠嘱咐江荞:"有什么不舒服的一定跟刘妈说,让她带你去医院,有事直接跟我打电话。"

江荞应道:"好。"

两人走后,家里又只剩下她和刘妈了。

江荞写了会儿作业,从书架上抽了本书出来看,手机响了一声,她看了一眼,是罗星发来的消息。

罗星:"荞荞,最近有部电影,去不去看呀?"

罗星:"我好想吃火锅,去不去呀?"

江荞:"好,什么时间呀?"

罗星:"现在就想出去!!!"

江荞看了一眼时间,十一点。

江荞:"好,那你等我一会儿。"

她打开衣柜,随手拿了一条浅色牛仔裤,又拿了一件白色的卫衣。

两个人约在了饭店门口见,江荞到得比较早,便先站在一旁等着。

"江同学。"

江荞正在低头看自己的鞋面,听见有人喊自己,一抬头,对上了许肆看过来的视线。

许肆今天穿了件黑卫衣,底下是一条浅色牛仔裤。

江荞同三个人打了招呼。

杨世昆笑嘻嘻地开口:"好巧啊,居然出门吃个饭都能碰到江同学。"

江荞应道:"好巧。"

许肆看了一眼她手里拎着的奶茶,问她:"等朋友?"

"对,还没来。"

"荞荞!"罗星刚跑到江荞面前,就看到了站在她旁边的三个人。

杨世昆率先同罗星打了招呼。罗星冲他笑笑,又跟许肆和郝明打了招呼。

"既然这么巧,要不然就一起吃个饭吧?江学霸,罗星同学。"

正当郝明和罗星以为许肆会说不的时候,许肆抬头看了一眼江荞,轻笑道:"一起吗?小同学。"

江荞愣了一下，点头："好。"

就这样从两个人一起吃饭，变成了五个人一起吃饭。

罗星跟其他三个人都不熟，还有点儿怕许肆，坐在角落里显得有些局促。

许肆将菜单递了过来："吃什么点什么。"

江荞钩选了几个菜，然后问罗星："你吃什么？"

罗星指了几个菜，江荞钩选完，又将菜单递给了许肆。

许肆看看就打了几个钩的菜单，又看了一眼江荞："那我再添点儿别的。"

杨世昆的脑袋凑过来："肆哥，加个猪脑花，猪脑花好吃。"

许肆看江荞："吃吗？"

江荞略带迟疑地摇了摇头。许肆说："那就不要。"

杨世昆有些想哭——他心心念念的猪脑花呀，吃不到。

许肆又点了些菜，要了几瓶饮料，接着将菜单递给了服务员。

"你好，请问您要什么锅底？"

许肆不确定江荞能不能吃辣，说道："鸳鸯锅。"

江荞没有想到这家鸳鸯锅的辣锅会这么辣，肉刚进嘴里，她的脸就肉眼可见地辣红了，她刚准备倒水，一只手就伸了过来。

少年的手生得好看，骨节分明，很是修长，连指甲都修剪得干干净净。

江荞愣愣地看着许肆递过来的酸奶："谢谢。"她喝了好几口酸奶，才觉得自己嘴里的灼烧感散去了些，对上许肆有些戏谑的眼神，她耳根有些红了。

罗星感觉到许肆似乎对江荞有些不一样，但她又觉得自己可能是多想了——两个人是同桌，熟一点儿、多照顾一点儿也正常。

一顿饭吃下来，杨世昆一直在说话，其他人时不时应上几句。

"你们两个吃完饭准备去哪里呀？"

罗星笑道："我俩还准备去看个电影。"

"什么电影，好看吗？"

一说到电影，罗星就激动起来了，也没有刚刚那么放不开了。她和杨世昆很快就聊起了电影。

杨世昆听得也有些想看了，他有些不确定地看向许肆："肆哥，一起去看吗？感觉听起来还不错。"

许肆随口应道："都行。"

"那等下就一起去看电影吧，肆哥。"

许肆看了一眼闷头吃饭的江荞："好。"

他说别怕

  这顿火锅是许肆请的，几个人从火锅店走了出来，江荞想着许肆请吃饭了，自己就把电影票给买了吧。她正专注地看着手机上的电影票购买界面，刚想问他们买什么位置，手机就被人拿了去。
  许肆抽走她的手机，似笑非笑地看着她："小古板，怎么？想偷偷买电影票呀？"
  江荞认真地开口："刚刚的饭是你请的，我买电影票。"
  许肆轻笑了一下，一双眼睛里都染上些笑意，他说："没有让女孩子付钱这个道理。"
  江荞看了一眼还在他手里的手机，没有说话。
  罗星还在和杨世昆聊天，两个人从电影聊到了狗血电视剧，又聊到了八卦，越聊越激动。
  杨世昆说："在同一个班一年多，居然没发现咱俩共同话题那么多。"
  罗星回道："之前聊天太少了，没怎么说过话。"
  郝明在旁边接了一句："只要能开口说话的，哪个你聊不起来？"
  杨世昆瞪了他一眼："走开。"
  "喜欢坐哪里？"许肆问江荞。
  "最后一排。"
  杨世昆听见她的话，一拍手："巧了，我们也喜欢坐最后一排。"
  许肆直接买了最后一排连着的五个座位的票，他拿着手机去取票，看见了爆米花，偏头问江荞："爆米花吃吗？"
  江荞抬头看了他一眼，又看了看爆米花，点点头。
  杨世昆在后面喊道："肆哥，我要可乐，我不要爆米花。"他又问旁边的罗星："你吃吗？"
  罗星点了点头。杨世昆立刻汇报："大头吃一桶，我不吃，罗星吃一桶。"
  许肆买了三桶爆米花和三杯可乐，冲杨世昆开口："自己过来拿。"
  杨世昆兴高采烈地抱走了两桶爆米花和两杯可乐。
  许肆将剩下的那桶爆米花塞进江荞怀里。
  几个人在外面等了一会儿，离电影开场还有十分钟时进去了。
  五个人坐了下来，江荞坐在最里面，旁边坐着许肆，杨世昆和罗星坐在靠过道的两个位子，依旧聊得到热火朝天。
  这是一部丧尸片，评分很高。电影开场，许肆偏头看了一眼江荞，她正认真地注视着银幕，往嘴里塞了几颗爆米花。
  爆米花那种甜腻的东西，他不爱吃。小时候他跟沈妤纯去看电影的时候，沈妤纯

总爱买爆米花给他吃，长大以后，他再也不吃爆米花了。

许肆正走神，看到江荞将爆米花递了过来，她声音轻柔："你吃吗？"

他想说"不"，又听见江荞开口道："这个味道还可以，不难吃。"

许肆半信半疑地拿了一颗，塞进嘴里，甜甜的。

他看到江荞冲他笑了一下，那一双杏眼清澈得很，笑容有些晃眼，她小声问他："还行吧？"

"就那样。"

江荞将爆米花放在了两个人中间："一起吃。"

江荞看得认真，画面中突然出现的丧尸吓得她心一颤，往后靠了一下。

一只温热的手覆在了她的眼睛上，少年清冽低哑的独特嗓音在耳边响起："别怕。"

江荞的心跳得很快，分不清是因为吓到了，还是因为他突然的动作。她下意识地抓住了捂住她眼睛的手，这下轮到许肆愣住了。

抓住他手的那只小手很温软，像是羽毛轻轻拂过他的心，让他一句调侃的话都说不出来了。

罗星刚想问江荞有没有吓到，一转头看到了平时那个不近人情、浑身带着戾气的少年正捂着江荞的眼睛。

电影院光线很暗，模糊了少年的神色，罗星却莫名觉得，他看向江荞的眼神里有几分温柔。

江荞放下了自己的手，声音里带着些害怕："还有吗？"

许肆看了一眼银幕："没了。"说完，他收回了自己的手。

江荞不敢去看他的眼睛，却听见他开口："忘了你会怕，早知道就不看这部电影了。"

"我不怕，我就是吓一跳。"江荞小声解释道。

许肆侧头看她，轻笑了一下："你不怕。"

江荞跟他的视线对上，一时间电影放的什么内容她也听不到了，只看到了少年满眼的笑意。

她收回了视线，然后坐正了身子，拿起左手边的可乐，还没送到嘴边，就听到旁边的人说："那是我的可乐。"

江荞看了一眼手里的东西，才发觉自己的奶茶在右边，她顺手就拿了许肆的可乐，她把可乐放了回去，又听到许肆的声音："这杯我喝过了。你想喝的话，我可以出去给你买杯新的。"

江荞摇头："不用了。"她捧着奶茶喝了几口，才觉得自己脸上的热度散去了些。

电影散场后，灯亮了起来。

杨世昆看着江荞，有些疑惑："江学霸，你的耳朵怎么那么红呀？"

江荞摸了摸自己的耳朵："我也不知道，可能肾上腺素飙升吧。"

杨世昆疑惑地问道："肾上腺素？"

许肆看了一眼红透了耳尖的江荞："她是吓到了。"

杨世昆"哦"了一声，还在思考肾上腺素到底是什么，似乎生物书上有讲过的。

他们从电影院出去时，已经是晚上七点多了。

罗星接了个电话，冲江荞开口："荞荞，我得走了，我妈喊我回家，说我外婆过来了。"

"那我送送你。"

"不用了，荞荞。我拦辆车就回家了。"罗星看向许肆："肆哥，荞荞就麻烦你送回家了。"

许肆"嗯"了一声。

罗星上了一辆出租车，她摇下车窗，冲几个人挥了挥手，江荞也挥了挥手同她拜拜。

许肆看了一眼江荞："七点多了，你现在回家吗？小同学。"

江荞摇了摇头。

杨世昆问道："江学霸，你爸妈管你严格吗？要求你几点回家？"

"他们都不在家。"

许肆闻言若有所思地点了点头："那就再玩一会儿，然后我送你回家。"

江荞听着他这哄小朋友一般的口气，轻轻点头："好。"

少年本来的模样

杨世昆本来想说去 KTV 唱歌吧，又觉得江荞这种文静的女生应该不喜欢去那么吵的地方，思来想去，倒是不知道去哪了。

江荞怀里还抱着没吃完的半桶爆米花，许肆看着她乖乖的样子："不想吃了就丢掉。"

"还能吃，丢了浪费。"

许肆看了她一眼，心想：小古板还挺节约粮食。

杨世昆问许肆："肆哥，那我们现在去哪里？去吃饭吗？"

"饿不饿？"

江荞摇了摇头，他们三点多刚吃完饭，她现在一点儿都不饿。

杨世昆接道："肆哥，我也不饿。"

说着不饿的杨世昆，在闻到前面卖烧饼的香味时，立刻就走不动道了。他卖力地向其他三个人推荐："这个真的很好吃，我想让你们尝尝。"

郝明拆台道："你想吃就直说。"

"大头，你可别瞎说，我才没想吃。"杨世昆又冲江荞和许肆推荐："肆哥，江学霸，真的很好吃，尝一个吧。"

"尝一个吧，肆哥。"

"尝一个吧，江学霸。"

最后，四个人一人捧着一个烧饼走了。

老街一到晚上热闹极了，卖花的、卖小吃的、卖玩具的、做美甲的、手机贴膜的……干啥的都有。

杨世昆看到了前面打枪射气球的，兴奋地喊道："肆哥，肆哥，去前面玩。"

许肆接过江荞手里的爆米花和没喝完的奶茶，看了一眼她手里的饼，提醒道："快凉了。"

江荞这才小口小口地吃了起来。

杨世昆玩了二十块钱的，二十发子弹就射中了六发，店主送了一个小钥匙扣给他。

郝明瞥他："你真不行，老杨。"

"大头你来，有本事你来。"

郝明接过了他手里的枪，第一枪就没中。

杨世昆在一旁冷嘲热讽："哎哟，刚刚说我不行的是谁呀？哟，第一发就没中，还不如我呢。"

郝明瞥了他一眼。二十发子弹郝明打中了七枪。

杨世昆笑道："你少得意，不就比我多中了一枪吗。"

郝明说："那也比你厉害。"

"呸，你厉害？就比我多中一枪，你真是猪拱门帘——全凭这张嘴。"

听着两人的对话，江荞没忍住笑了，一双眼睛都笑得弯弯的。

许肆开口道："试试？"

江荞愣了一下，然后开口："我不会玩。"

"没事，就试试。"

江荞把没吃完的半个饼放在了旁边的桌子上，接过了许肆递过来的枪。

许肆不知道什么时候绕到了她的身后，大手抓住了她的胳膊："这样拿。"

江荞被他清洌的气息包裹住，又听见他说："看这里瞄准，试试吧。"许肆说完，就松开了她。

江荞按照他刚刚教自己的动作，扣动了扳机，气球应声而爆。

她偏头，看到了许肆冲她笑了一下。

杨世昆忍不住夸赞道："还是江学霸厉害，第一发就中了。"

他刚夸完，江荞打的第二发子弹就没中。

最后，二十发子弹，江荞也就第二发子弹没中。

"江学霸学得可真快呀，简直是神枪手，一射一个准。"

江荞耳尖染上薄红："谢谢。"

店家送了一个毛绒熊，江荞抱着那熊，冲老板说了句"谢谢"。

那老板乐呵呵地开口："小妹妹，男朋友教得挺不错呀。"

江荞解释道："不是男朋友。"

老板看了一眼两个人酷似情侣装的衣服："不是情侣啊，那是兄妹吗？"

江荞还没出声，许肆就开了口："走吧，妹妹。"他的眼神里还带着笑意。

那老板"哈哈"笑了一下："你们兄妹俩的关系可真好。"

杨世昆在后面乐得嘴角都收不住。

走远了，江荞才开口："谁是你妹妹？"

"行，你不是妹妹。"许肆轻笑道。

许肆手里还拿着刚刚江荞剩下的半个饼，他扔进了垃圾桶里："凉了，不能吃了。"

杨世昆突然想到了什么："江学霸，还没加联系方式呢，我们加个微信吧？"

说到加联系方式，江荞摸了半天口袋，突然发现自己的手机不见了。许肆笑了一下，从口袋里掏出来手机递给了她："之前拿走了你的手机，忘了还你。"

江荞这才想起来，之前许肆不让她买电影票的时候把她的手机拿走了，之后她也忘记要回来了。

许肆看着她点出来二维码给杨世昆扫。

郝明说："那我也加一个。"

杨世昆莫名感觉身上凉飕飕的，怎么感觉肆哥看他的眼神有些冰冷。一定是他的错觉，肆哥是爱他的。

许肆看了一眼江荞怀里的熊："我送你回去。"

"送我？"

"嗯，太晚了。"许肆说完，看了一眼后面的杨世昆和郝明："我送她回家，你们先回去吧。"

"好嘞，肆哥，拜拜，肆哥，拜拜，江学霸。"

"拜拜。"

江荞也冲两个人挥了挥手。

"想怎么回去？小古板。"

"坐公交吗？"

许肆看了一眼时间："现在这个时间还有吗？"

"有，晚班的。"

见许肆伸手要接自己手里的东西，江荞轻声开口："不重。"

"没事，我拿着吧。"

"许肆。"

听见她叫自己，许肆低下头，凑近了些："怎么了？"

"我可以自己回去的。"

"这么晚了，哪有让女孩子自己回家的道理？"

夜晚的风还带着些许凉意，路灯的光洒在少年身上，少年眉眼带笑，看向身旁的人。

江荞对上他的视线，轻轻地"嗯"了一声。

第六章

吃点儿糖

> 给你拿个第一回来。

> 好呀。

A 中运动会报名表

姓名：许肆

参加项目：男子田径 3000 米

乱了心

看到熟悉的数字,江荞冲许肆开口:"就是这辆。"
两个人一前一后上了公交车,这会公交车上的人寥寥无几。
江荞直接走向了最后一排靠窗的位置,许肆在她身旁坐下。
公交车穿梭在繁华热闹的街道上。
江荞看向窗外,看着闪过的人和物,有几分失神。
"看什么呢?小古板,这么出神。"许肆顺着她的目光看向窗外。
江荞回过神来:"就是想起之前,不开心的时候我经常自己坐公交车,多围着那座城市转几圈,就好很多。"
"今天不开心吗?"
"开心。"
"为什么开心?"
"今天跟你们一起,玩了很多东西。"江荞说话的时候眼睛弯弯,声音都染上些笑意。
"下次我陪你坐。"
江荞轻声"嗯"了一声,她从兜里掏出来耳机,问他:"听歌吗?"
"听。"许肆接过她递过来的耳机。
温柔的女声从耳机里传来。
许肆偏头看向身旁的人,她脸颊旁边的碎发被风吹得扬起来了,脸上挂着清浅的笑。
很乖。
窗外闪过车水马龙,江荞也看过来。
手机恰好播放的是那句"我感觉,我懂你的特别"。
江荞对上少年的视线。风带着凉意吹在脸上,窗外是匆匆闪过的景,眼前是肆意张扬的少年。
许肆看见她唇边漾起一个笑,眼底仿佛有细碎的星光。
那一刻,两个人都莫名感到心跳加速。

下了车，许肆将她送到楼下。

江荞抱着熊，手里拎着爆米花，走了几步，又回头冲许肆挥了挥手："拜拜。"

许肆看着她离去的背影，轻笑了一下，然后跟她挥了挥手。直到他看着楼上江荞房间亮了灯，才离开。

江荞打开了房门，看到了客厅里的三个人，她愣了一下，礼貌道："外婆好。"

崔淑梅上下打量了她几眼，语气不善："女孩子家，哪有回家这么晚的，都八点多了，看不到吗？"

江荞没有说话。

"养了个哑巴一样，问她也不会回话。"

田泠有些不满："妈，您别这么说荞荞，八点多也不晚的，而且荞荞上高中了，压力那么大，出去玩一玩放松放松也没什么。"

崔淑梅看了几眼田泠："你就护着她，迟早给她惯坏了。"

江荞不想再留在这个是非之地："我回房间了。"

她说完，就进了房间。

崔淑梅还在背后念叨："说她两句就生气了，就会使性子，都是你们惯的。"

江荞将熊放在了窗台上，准备明天洗一洗再放到床上。

听见敲门声，她打开了门，看到了站在外面的田泠："怎么了吗？妈。"

田泠搓着手，显得有些尴尬："你外婆的话你不要放在心上。"

"我不在意。"

"本来说我们去她那里住几天的，但是她说要去看你舅舅，就后天早上的车。她在这里住两天，后天早上就走了。"

江荞"嗯"了一声，表示自己知道了。

田泠看了一眼她放在窗台上的熊，问她："和朋友一起玩的时候买的吗？"

江荞摇头："不是，打枪送的。"

"行，那我也不打扰你了，早点儿休息。"

"好。"

江荞去了卫生间洗澡，刚准备刷牙，就看到自己的牙刷被人动过了，杯口沾上了牙膏沫，杯身还带着水渍，都还没干，肯定是刚刚才用过。

她拿着牙刷和杯子去了客厅："有人动我牙刷了吗？"

崔淑梅看了一眼她手里的牙刷："怎么了？我用的。"

"妈，那是荞荞的，我不是给你拿了新牙刷和新杯子吗？你用荞荞的干吗？"

崔淑梅一下提高了嗓门："新杯子新牙刷不用钱买吗？我用她的，怎么就不行呢，现在我年纪大了，你们嫌弃我了是吗？"

江荞没有说话，沉默地回了卫生间。

"真不会过日子。"

江荞从洗手台上面的柜子里拿出来新牙刷和新杯子，刷了牙，又洗了脸。

她洗澡刚洗一半，就感觉有人推门。崔淑梅在门外喊道："我要上厕所，快给我开门，在自己家洗澡锁什么门呀？"

她又听到田泠说："妈，我们那边也有卫生间，你去我们那边上厕所。"

江荞洗完了澡，吹干了头发，把新拿的杯子和牙刷拿进了自己房间里。

她倒了杯温水，喝了几口，打开手机，看到了许肆发过来的信息。

XS："怎么到家了也不说一声？小古板真没有礼貌。"

隔了二十分钟，他又发了一条消息。

XS："我到家了。"

许肆正在吹头发，听见手机响了一下，他解锁了手机。

小古板："到家了，洗澡去了，忘了和你说。"

XS："小没礼貌的。"

许肆看着"对方正在输入中"，好一会儿，才看到江荞回过来一条信息。

小古板："抱歉。还有，今天谢谢你。"

很正常的话，他却莫名觉得她似乎有些不太开心。

XS："怎么？喊你小古板生气啦？不开心？"

小古板："没生气。"

XS："给你看我的猫。"

许肆发了一个视频。

江荞看着视频中低头吃鱼的小猫，忍不住弯了唇角，她将视频看了好几遍。

XS："真不开心呀？"

小古板："没有不开心，在看你的猫，很可爱。"

许肆又发了几个视频过去。

江荞还没回复，看到自己的门把手被晃了几下。

崔淑梅的声音在门口响起："你在里面干吗呢？还把门锁上了。"

江荞打开门，看向她："怎么了？"

崔淑梅打量了几眼她的房间："睡两个房间浪费电，我今天和你睡。"

江荞没说好，也没说不行，就站在门前看着她。

田泠听到这边的动静，打开了门："哎呀，妈，你怎么出来了？"

崔淑梅指着江荞开口："睡两个房间太费电了，我要和她睡，你看她，这不是不让我进去吗？"

还是喜欢我叫你小古板呀?

"客房都给您收拾好了,妈你和荞荞挤一个房间干吗呀?"

"我心疼电费。"

"一晚上又用不了多少电,而且荞荞晚上还要学习,你就去客房睡吧,妈。"

崔淑梅嗤笑道:"学习?学习再好有什么用?不还是跟你爹一样,是个短命的。"

一直沉默地听着两个人说话的江荞,听闻这话,浑身如坠冰窖一般。

一直以来,她对这个话题都很逃避,如今被赤裸裸地撕开,这个人还是她的外婆,亲口说她是个短命的种。

"妈,荞荞是你亲外孙女,你就是再不喜欢她,你也不能说这话呀,你说这话太过分了吧。"

一直沉默的江荞开了口:"她说得也没错。"她的声音平淡,"我是活不长,我只想把我剩余的每一天都过得开心,做我自己喜欢的事,就这样。"

田泠一下子也有些慌了神:"荞荞,你别这样说,医生说还是有概率可以治愈的。"

江荞神色平静:"那无非是安抚人心的话,生老病死是每个人都要面临的。"她看向崔淑梅:"我知道您不喜欢我,没关系,我也不喜欢您。我要休息了,你们回去吧。"

江荞说完,就关上了房门。

"你瞧瞧,你瞧瞧她多没礼貌,这就是你们教出来的?就是这么跟长辈说话的?还不喜欢我,就这么跟我说话吗?哎哟,真是翻了天,气死我了,真是气死我了。"

田泠听了她刚刚那话,也有些生气:"妈,本就是你刚刚说话太过分了,你就少说两句吧。"

"我少说两句?我偏不,我就要说。"

门口吵吵嚷嚷的声音很快又没了,似乎是崔淑梅被拉回了客房里。

江荞看了看桌子上的沙漏,然后将它翻转了过去,她看着那蓝色的细沙通过那个小孔落了下来。

人的生命就像沙漏一样——沙子终有漏完的一刻,而人的生命也终有结束那天,她只想好好过完她余下的每一天。

手机响了几声,将江荞的思绪拉了回来,她低头看了一眼手机,发现是罗星发过来的信息。

罗星一连发了两张照片。

罗星:"呜呜呜,荞荞,我太爱我外婆了,她做饭真好吃,我要被香迷糊了。"

罗星:"哈哈哈,时髦的小老太太,还会冲镜头比'耶'呢。"

江荞将那两张照片点开看了好几眼,第一张是一个笑得慈祥的老太太在做饭,第

二张是她冲镜头比"耶",看起来温馨极了。

江荞:"看起来就好好吃。"

江荞:"哈哈,外婆好可爱。"

她突然想起刚刚似乎忘了回许肆的消息,打开和许肆的聊天界面,看到他发的最后一句话。

XS:"睡着了?"

小古板:"没有,刚刚在和我外婆说话。"

许肆几乎是秒回。

XS:"不是说家里没有人?"

小古板:"他们本来说去外婆家住几天,外婆想去舅舅家,他们就都回来了。"

XS:"你不喜欢你外婆?"

江荞盯着他的信息看了一会儿,然后回过去一个问号。

许肆看着她发过来的问号,觉得可能是自己多想了,刚想回复,就看到了江荞的回复。

小古板:"她不喜欢我,但是没什么关系,我也不喜欢她。"

XS:"你这样想就对了,就像我对我爸一样,他不在乎我,那我也不在乎他。"

许肆看着自己发过去的信息,也明白,虽然她嘴上这么说,但心里多少还是有些介意的。

XS:"要和它打个招呼吗?"

江荞看着他发过来的信息,还没反应过来是什么意思,一个视频邀请就弹了出来,她点了同意。

一只黑猫坐在了镜头前,江荞没忍住笑了,一双眼睛都弯了起来。

元元看着屏幕里的江荞,似乎是对她很感兴趣,伸出爪子拍了拍屏幕,发现触碰不到,"喵喵"叫了几声,似乎是在表示疑惑。

许肆突然入镜,他伸出手揉了揉它的脑袋:"喜欢啊?"

少年的眉眼都染上一些笑意。他穿着一件黑色的长袖,揉了揉怀里的猫,笑道:"看到好看的人就走不动道,你可真是小色猫。"

元元"喵喵"叫了几声,似乎是有些委屈。

许肆看到镜头里的江荞笑了:"它还挺喜欢你,刚开始见我还害怕我呢。"

江荞看了看镜头里的猫:"它应该挺喜欢你的,要不然怎么会跟你回家?"

"说得也是。"

许肆看着镜头里的江荞,平常她的头发都是扎起来的,现在一头黑发乖顺地披散在肩上,身上穿着浅粉色的睡衣,眼底染着笑意。

江荞看着许肆怀里的猫:"你平常不在家,都是怎么喂它?"

许肆看了一眼怀里的猫:"走之前都会在它碗里留吃的,晚上回来再喂一次。"

江荞想起刚刚看到它吃鱼时头乱甩的样子,没忍住又笑了。

元元"喵喵"叫了几声。

"快睡觉吧,小古板,它都说你该睡了。"

"好,晚安,还有它也晚安。"

许肆轻笑了一下:"晚安,小没良心的。"

江荞忍不住问他:"怎么我的名字又变了?"

"那你还是喜欢我叫你小古板?"

"……"

"那晚安,小古板。"

江荞直接挂断了电话。

许肆看着被挂断的电话,笑着把江荞的备注从"小古板"改成了"小没良心的"。

江荞又点开了许肆刚刚发过来的那几个视频,看着看着,她又笑了起来。

第一个视频是元元正喝着水,似乎是头太重了,一头扎进了碗里,许肆一边笑,一边把它拎出来。第二个视频依旧是元元在喝水,它喝着水,脑袋又扎进了那个小碗里,旁边是毫不掩饰笑出声的许肆。

她听着少年愉悦的笑声,自己也不由自主地弯了唇角。

护短

零星的星星挂在天边。

江荞听见门口有窸窸窣窣的声音,她放下手里的书,抬头看了一眼门口,透过门缝,她看到了一丝白色,她有种被人偷窥的感觉,让她很不舒服。

江荞关掉台灯,躺在了床上,那窸窸窣窣的声音才消失了。不用想,她也知道刚才站在门口的人是谁。

一大早,崔淑梅就起来了,她来到江荞门前,刚准备拍门,门就开了。

两个人对视了一眼,江荞没有说话,直接从崔淑梅的旁边走了过去,她手里还端着昨晚拿进房间的杯子和牙刷。

"哎哟,你这孩子,还防着我,把你的杯子和牙刷带到房间里去是什么意思?"

江荞闻言只是看了她一眼,淡声道:"口腔内的细菌比较多,如果共同使用一个牙刷的话,不卫生容易造成交叉感染。"

"那我小时候还嚼碎了喂你妈吃饭呢,怎么没见你妈感染什么病毒?"

江荞知道和她讲不通,干脆也就不说了,她直接绕过崔淑梅去卫生间刷牙。

田泠有些无奈:"妈,你干吗说这个?以前是什么年代,现在都21世纪了,嚼碎了喂吃的本来就不卫生，更别说用同一把牙刷了。"

"那你和你弟弟小时候就是我这么喂大的呢，不也没什么事吗？"

"时代不一样了，妈。"

"你们就是嫌弃我老了，跟不上时代了。"

田泠也有些无奈了："早饭做好了，先吃饭吧。"

江荞喝了杯牛奶，又吃了几个蒸饺，就停下了筷子。

田泠忍不住问她："荞荞吃饱了吗？要不要再吃点儿别的？还有油条和包子呢。"

"我吃饱了。"说完，江荞便回了房间，她把房间的门从里面锁上了，戴上了耳塞开始写作业。

江荞写完了两张试卷，才停下手中的笔，听到敲门声，她起身去打开了房间的门。

刘妈端着水果盘站在门口，她笑道："写作业呢？荞荞。"

"对。"

"吃点儿水果，刚切好的，我看你早上也没吃什么。"

江荞接过她手里的水果盘："谢谢刘妈。"

刘妈冲她笑了一下："好了，好了，你快进去吧。"

"好。"

……

江荞听见外面的吵嚷声，打开了房门。

崔淑梅指着刘妈的鼻子骂道："你怎么做事的？盘子都端不稳，花那么多钱雇你有什么用？白吃饭的吗？"

"我刚刚递给你，我以为你接住了。"

"找什么理由和借口？明明就是你自己没拿稳，你为什么不把水果盘放在桌子上，你把水果盘递到我手里干吗？那么重，我一只手接得稳吗？"

刘妈低着头没有说话。

江荞出了房门，看了一眼地上的水果："摔了就摔了，捡起来不就行了，而且是你没接稳，你说刘妈干什么？"

看到江荞胳膊肘往外拐，崔淑梅气不打一处来，她一拍大腿："哎哟，我就是老了，没用了，惹人嫌了，为了一个外人，都能跟自己亲姥姥这样说话。"

"您说我的时候可没觉得自己是我亲姥姥。"

崔淑梅被江荞一句话噎得说不出话来。

半晌，她喊道："田泠，你出来，你看看，你来看看，这就是你教育出的好女儿，就这么跟她外婆说话的。"

田泠妆才化了一半，闻言走了出来，她了解清楚情况以后，觉得只是一件小事："一个果盘而已，摔了再切就行了。"

"水果不要钱啊？盘子不要钱啊？都是大风刮来的吗？"

崔淑梅还在不依不饶地说个不停，被田泠好说歹说拉回了房间里。

江荞看着站在旁边的刘妈，安抚道："刘妈，你别在意。"

"我不在意，本来就是我不小心。"

"不怪你。"

刘妈听了她的话，心头一暖，眼眶有些润湿。

江荞冲她笑了一下："我等下去书店，中午别做我的饭了。"

"好。"

江荞收拾好自己的东西，拎着包走了出去，她冲刘妈开口："我走了。"

"钱还够花吗？"刘妈说着，就从兜里掏出来几张红票子，要塞进江荞手里。

"我有钱的。"江荞把刘妈拿钱的手推了回去，接着说，"那我就先走了。"

"路上小心。"

"好。"

江荞坐公交车去了附近的书屋。

她找了个靠窗的位置，然后掏出了作业，写完作业的时候已经是中午了。

江荞将东西收拾进包里，掏出了手机，看到了杨世昆发来的消息。

杨世昆："江学霸，作业写完了借我看看呗。"

江荞又重新打开了包，将那几张卷子拍了下来，发了过去。

杨世昆回得很快。

杨世昆："不愧是江学霸，写得真快，谢谢！！"

杨世昆又发了"鞠躬"和"撒花感谢"的表情包。

江荞回了句"不客气"，然后去了附近吃饭的地方。

许肆感觉到什么东西踩了自己几下，他从睡梦中醒来，听到了几声"喵喵"叫。

他伸出来一只手摸索半天，才从枕头下面掏出来手机，看了一眼时间，已经中午十二点了。

许肆坐起身子，跟元元对视了一会儿："你饿了？"

元元又"喵喵"叫了几声。

许肆抓了一把头发，然后开了个罐头倒进了它碗里："倒是把你给忘了。"

他去厕所里刷了个牙，洗了把脸，才觉得清醒一点儿。他回到房间，点开微信那些未读信息。

杨世昆："肆哥，江学霸简直就是我的神，这才第二天，她就把作业全部写完了，太神了。"

杨世昆："肆哥，你要不要答案？我发你一份。"

发信息的时间是十点半，也就是说小古板十点半之前就起来写作业了，还真乖。

许肆又盯着杨世昆发的信息看了一会儿，莫名有些不爽，他回了句"不要"，然后给江荞发了条消息。

XS："起挺早啊。"

许肆准备做点儿饭吃，打开冰箱，里面空空如也。他这才想起自己根本没有买菜，他准备下去买份饭，再买点儿菜。

许肆看了眼元元："我去楼下吃饭，你去吗？"元元"喵喵"叫了几声，跟在了他的旁边。

许肆去买了一份盖饭，又去了超市，买了几包泡面，又买了点儿菜。

路过卖零食的地方，他看了一眼货架上的糖果，想起小古板似乎喜欢吃这个味道，他顺手就拿了一袋。

许肆抱着元元经过水产区时，元元"喵喵"叫了起来，一副不愿走的样子，眼神里满是渴望。

许肆盯着它看了一会儿："不是刚吃完罐头？馋猫。"说它馋猫，许肆还是给它买了几条小鱼。

他听见手机"叮"了一声，点开看了一眼。

小没良心的："？"

她是女生

许肆看着那个问号，轻笑了一下。

XS："你不是早上给 ysk 发答案了？"

元元抓了抓许肆的裤腿，许肆将手机收进了兜里，然后看了它一眼："知道了，这就走了。"

许肆拿着东西去了收银台付钱。

到楼上，许肆开了门，将饭放在了桌子上，把菜塞进了冰箱里。

他拎着那袋鱼，冲元元开口道："晚上吃。"

元元不满地叫了几声，抓了抓他的裤腿，一人一猫又僵持了一会儿，最后许肆妥协道："我吃完饭就喂你。"

他滑开手机，看着江荞发过来的信息。

小没良心的："？"

江荞吃完饭，又回了书店，看着他发过来的那条信息，对着那个名字缩写看了半天，也没想出来到底是谁。

XS:"杨世昆。"

江荞看着他发过来的三个英文字母,这才反应过来,他刚刚说的是杨世昆。

小没良心的:"哦哦。"

小没良心的:"我六七点起来的。"

XS:"真早。"

XS:"还在学习?"

小没良心的:"没,在外面书店。"

许肆吃了口饭,又回复了她一句。

XS:"早点儿回家。"

看着她乖乖回过来一句"好",许肆都能想象出她乖巧的模样。

他吃完了饭,然后从冰箱里拿出来一条鱼,鱼是处理好的,直接煎就行。

元元直接跳到了许肆肩上,看着他拿着锅铲去翻动锅里的鱼。许肆只觉得肩膀一重,偏头和一张黑猫脸对上了,他伸手揉了一把它的脑袋。

许肆将煎好的鱼放进了元元的碗里:"真是馋猫。"

……

江荞回到家里的时候已经是傍晚了。

刘妈擦着手从厨房走出来:"荞荞,吃晚饭了吗?炉子上还煨着汤,喝一点儿吧?"

江荞闻到了鱼汤的味道:"我吃过了,谢谢刘妈。"

她拎着包回了房间,却在打开房门的一刹那察觉到了不对劲——

桌子上的东西摆放的位置和她走之前完全不一样。

江荞将包放在桌上,打开了床旁边的柜子,里面的东西也被人翻乱了。她又看了一眼最下面的抽屉,还好她上了锁,放在里面的日记本没有被拿出来。

但是柜子里姜知许写给她的那些小字条,都被翻过了。

江荞蹲在地上,指尖攥得发白。虽然姜知许写的都不是什么特别隐私的话,但是被别人翻出来看了,她还是有些生气,觉得胸口似乎堵了一口气,让人有些窒息。

她蹲在地上,默默收拾好那些字条。她还没出去找崔淑梅呢,崔淑梅就进来了。

崔淑梅看着她在收拾那些字条,阴阳怪气道:"真是没有一点儿礼义廉耻,留着哪个男生写的字条?还张嘴闭嘴小朋友、宝贝的,你爸妈送你去学校是让你和男孩子鬼混的吗?"

江荞将那些字条收拾好,都装进了一个铁盒子里,然后站起了身。

崔淑梅一把拍掉她手里的盒子,开口道:"跟你说话呢,听不到吗?耳朵是聋了吗?留着哪个男生写的字条呢?!"

盒子掉在地上,发出清脆的响声,里面的字条散落一地。

江荞看了一眼地上的字条,咬紧了下唇。她仰起头,一双眸子里染上些怒气,她

开口道:"第一,这是我的私人物品,你凭什么随意乱动;第二,请你不要再随意出入我的房间;第三,她是女生。"

江荞说完,蹲在地上重新收拾起那些字条,然后又装进了盒子里。

"两个女生写什么暧昧的话?还说你是好学生呢,在学校跟别人传字条倒是传得开心。"

江荞直视着她:"和您有什么关系?"她说完,抱着盒子就走了出去,关上了大门。

"荞荞,干吗去啊?"刘妈着急地从厨房走了出来,只看见门被关上了。

田泠和江知恩本来还在拌嘴,听见声音,也从房间里出来了。

刘妈看向两人:"荞荞出去了。"

崔淑梅骂道:"让她出去,养不熟的白眼狼!"

江知恩一听就火了:"妈,有您这样说话的吗?荞荞是您的外孙女,您怎么能这样说她?太难听了吧?"

"我说话难听?你们就是看不惯我,觉得我年纪大了,说话不中听了,人也不中用了,一个两个的都嫌弃我。"

田泠有些无奈,又有些着急:"妈,没有人嫌弃你。荞荞怎么出去了?"田泠不常在家,但是在她眼里,江荞就是一个很乖的小孩,直接冲出家门这种情况,她还是第一次见到。

崔淑梅添油加醋地将事情说了一遍。

江知恩拧着眉听她说完了话,捕捉到了她话里的关键点:"所以妈你是去了荞荞房间里,还翻了她的东西?"

"我就去她房间里看看,帮她收拾收拾房间,不就是几张破字条吗?我看看又怎么了?跟个宝贝一样,说她几句还不乐意了,还离家出走,最好一辈子都别回来了,最好就死在外面。"

江知恩听见这话不乐意了:"再怎么样,您一个当长辈的也不能去随便翻看别人的隐私呀。妈,本来荞荞就还在青春期呢,您怎么能乱看她的东西呢?还有您最后一句话未免说得太过分了吧?什么叫'死在外面'?"

崔淑梅闻言就开始抹眼泪,拉着田泠的手哭诉:"你看看他说的是什么话,为了一个小辈就跟我这么说话,怪不得她那么硬气,原来背后有你这个爹撑腰呀。"

"这么多年我们不在家,本来就亏欠了荞荞,荞荞懂事得都让人心疼,宠她都来不及,怎么能是您口中的惯着她?"

"好,你们都不喜欢我,都讨厌我,那我走,我收拾收拾东西,我这就走。"

江知恩也火了:"要走您就走吧。"

田泠听他说这话,有些生气:"你怎么跟妈说话的?妈是做得不对,可你也不能让妈走吧,这大晚上的,你让她一个老人去哪里?"

江知恩语气里都带着怒气:"你怎么不想想荞荞一个未成年的小孩这么晚了能去哪里?!"

离家出走了呀?

江荞怀里抱着那个盒子,不知道走了多远,她停下了脚步。

有一个小朋友坐在秋千上,小短腿一晃一晃的,他身后是一个看起来很温柔的女人,女人推着他荡秋千。

玩了一会儿,女人冲那个小朋友伸出了手:"宝贝,很晚了,该回家了。"

江荞看着他们手牵手准备回家的样子,微微失了神。

"小妹妹,早点儿回家,要不然妈妈会着急的。"那个女人突然冲江荞说了一句话。

江荞回过神来:"谢谢,我一会儿就回去了。"

"跟姐姐拜拜。"

那个可爱的小朋友伸出小胖手冲江荞挥了挥手。

江荞也冲他挥了挥手,轻声道:"拜拜。"

一大一小牵着手离开了,江荞抱着那个盒子,坐在了秋千上,有一下没一下地荡着秋千。晚上的风里都带着些凉意,她上身只穿了一件单薄的长袖,忍不住搓了一下胳膊。

许肆正在玩"消消乐",突然收到了一条信息,本来以为是杨世昆,刚想滑掉,看到了备注,他又点了进去。

小没良心的:"之前你说的话,还作数吗?"

XS:"现在?"

XS:"你还在外面?"

许肆看了一眼时间,已经晚上九点多了,小古板怎么会这么晚了还不回家?

江荞发过来一个"嗯"字。

XS:发个定位。

看着江荞发过来的定位,许肆发了一句"等我"。

他下了床,随手拿了一件外套套上,又拿起桌子上的头盔和钥匙就准备出发。

元元伸出爪子拉了拉许肆的裤腿,许肆低头看它:"怎么?你也想去?我可没有手抱你。"

元元又拉了拉他的裤腿,"喵喵"叫了几声,于是许肆背了个包,把它塞进了包里。

许肆骑着电动车,衣服被风吹得鼓起。元元从包里探出了头,许肆开得太快,它被风吹得眼睛都睁不开。它准备把脑袋缩回去,结果头太大,能钻出来,却缩不回去了。

就这样,它吹了二十分钟的风。

许肆停了车,摘了头盔,将元元从包里拎了出来,揉了一把它的头。

他看到了坐在秋千上的江荞,小小的,看起来有些落寞。

他走到江荞面前:"怎么这么晚了还不回家?离家出走啊,小古板?"

江荞听到了熟悉的声音,抬头看了他一眼:"算是离家出走了。"

许肆闻言愣了一下,他本来是开玩笑,没想到这乖学生居然真的会离家出走。

许肆也没问为什么,看了一眼江荞身上薄薄的外套,脱掉了自己的外套塞到她手里:"我穿过的,天气冷,不介意就穿上。"

江荞看着他身上的短袖:"那你穿短袖不冷吗?"

"我不怕冷,我身体好。"

许肆接过了她手里的盒子,看着她乖乖地把外套给穿上了,穿在许肆身上大小刚刚合适的外套,穿在她身上却有些大了,许肆没忍住低笑了一声。

江荞看了他一眼,有些不明所以。元元在许肆怀里挣扎了几下,要往江荞怀里去。

许肆低头看了它一眼:"得,我今天喂你的鱼也是白喂了,没良心。"他又冲江荞开口:"抱吗?它还不算轻。"

"抱。"江荞闻言接过了他怀里的猫,小猫软乎乎的,它在江荞怀里很乖,还用头蹭了蹭她的手心。

许肆低下头来同江荞说话:"走吧,去散会儿步。"

江荞抱着猫,跟在他身后。

许肆将她那个铁盒子放进了身后的包里。

江荞看到许肆在自己面前停下来,他低下头,两人间的距离有些近。

她心跳漏了半拍。

"拉链。"

那双手手指修长,骨节分明,看起来格外赏心悦目。

许肆替她拉好拉链,笑道:"好了。"

这会儿,马路上只有零星几辆车,路灯光将两个人的影子拉得很长。

"带你去个地方,小古板。"

"好。"

两个人走了一会儿,许肆回头看了一眼她抱在怀里的猫:"把它给我吧,它最近长胖了。"

元元"喵喵"叫了几声,满是对许肆的不满,它仿佛在说:"我没胖!"

元元不情不愿地被许肆抱走了,许肆捏着它的脸好一阵揉搓。

江荞看着一人一猫,心情突然畅快不少。

两人在一座桥边停下,这是一座看起来再普通不过的石拱桥。

"过来,带你看月亮。"

江荞仰头看了一下漆黑的夜空，只有零星几颗星星，更别说月亮了。

可许肆说看月亮，她便相信是有的，她跟在许肆后面，走到了桥对面，桥底中央挂了一盏暖黄色的灯，倒映在水面上恰好如一轮弯月。

"还真的是月亮！"江荞那双漂亮的眸子里染上几分惊喜。

许肆看向她，笑了："有没有感觉开心点儿？"

江荞愣愣地看着他，随后认真地点了点头，冲他笑了。

她笑起来的时候一双眼睛弯弯的，宛若月牙一般。

江荞笑起来的时候真的很乖，许肆第一次见到江荞笑的时候就这样认为。

许肆从包里掏出一袋糖果："你说的，吃糖能让人变开心，那就吃点儿糖吧。"

江荞接过他手里的糖，又笑得眼睛弯了起来，她打开糖果袋，然后取出一颗糖递到了许肆手边："你也吃一颗。"

许肆接过她手里的糖，剥开糖纸把糖扔进了嘴里。

两个人站在桥对面吹了一会儿风，江荞问他："你真的不冷吗？"

许肆看了她一眼："不冷。"他看了一会儿江荞，问，"是因为你外婆你才离家出走吗？"

江荞点了点头："我小时候她就不喜欢我，那时候我妈说我成绩好，她说女孩子读书有什么用，长大还是要嫁人。"

许肆听完她的话，语气认真："人各有志，能把书念好也是一种本事，人活着又不是一定为了结婚生子，人这一辈子有很多事可以做，去做自己喜欢做的事，去做有意义的事。"

他又问她："她这次说你什么了？"

真是小没良心的

江荞面上很平静，眼底却无端多了几分别的情绪。

"刚来她就用了我的牙刷杯子，明明给她准备了新牙刷和杯子；她晚上还在我门口听墙脚，早上看见我端着新杯子出去，她说我嫌弃她，又说了很多别的。今天我去书店，回来发现她翻了我的东西，还看了阿许写给我的字条，她以为是男生写的，骂我不知廉耻。"

许肆沉默了一会儿才开口："怎么会有这种老人，你爸妈什么态度？"

他也明白，事情肯定远不止江荞说的这般，要不然她一个那么乖的小孩，也不至于离家出走。

"不知道，他们总是会偏向我的，因为觉得亏欠。"

"亏欠？"

"我可以说是家里请的保姆刘妈照看着长大的。他俩很少在家,在家也总是吵架,我觉得刘妈更像我的亲人。"

许肆闻言开口:"似乎每个人都有自己的烦恼,只不过从表面看不出而已。"

江荞突然想起来之前少年一个人靠在栏杆上有些落寞的身影,以及他问自己的那句话。她问许肆:"那你呢?为什么会搬出来自己住?"她又补了一句,"如果觉得被冒犯了,你可以不回答。"

许肆闻言只是笑了一下,语气颇为不在意:"没什么冒犯不冒犯的。我七岁那年,我爸破产,我妈抛下我俩走了,我问她能不能别走,她说不想带拖油瓶,但是她最近又回来了,说想我,是不是很可笑?"

江荞认真地点了点头:"不想原谅那你就不原谅。"

"不过我可能比你幸运了那么一点儿——我爸从来不管我。曾经有一个很疼爱我的人,只不过她现在已经不在了。"

他看到江荞冲他伸出了手,掌心里又是一颗糖果。

许肆被她逗笑:"早就过去了,小古板,我现在早就不在意这些了。"

两个人站在桥对面聊了很久,旁边还有一只认真听着的小猫。

许肆看了一眼时间,已经快十二点了,他看着江荞:"该回家了,小古板。"

江荞轻声道:"好。"

江边的风吹在身上有些凉飕飕的,许肆看着她穿着自己外套的样子,总想笑:"走了。"

身后传来一声乖巧的"好"。

他们路过一条街,街道上灯火通明,还有些小吃摊,热闹极了。

许肆回头问她:"忘了问,你晚上吃饭了吗?"

江荞点头道:"吃了。"

十几分钟后,许肆把她送到了楼下,江荞的手里拎着一杯酒酿元宵。

许肆把她的小铁盒子还给了她:"还进得去家里吗?"

"我有钥匙。"

"行,等你进去了发个信息给我。"

江荞走了几步,又返回,她将外套脱了下来,递给许肆:"谢谢你今天陪我,还带我看月亮,也谢谢你听我说了那么多。"

许肆没忍住又笑了:"上去吧。"

江荞冲他挥手:"拜拜。"

元元冒出头,冲江荞叫了几声,江荞伸出手揉了揉它的脑袋,轻声道:"拜拜。"

江荞打开门,看到了坐在沙发上的几个人。

"看，能出什么事？这不是回来了吗？"崔淑梅看到江荞手里的东西，语带讽刺，"我瞅着她倒是不像伤心的样子，出去还买了喝的呢。"

江知恩看她："行了，妈，别说了。"

田泠看着江荞："你去了哪里呀？荞荞，一个女孩子在外面很不安全，爸爸妈妈很担心，你知道吗？"

"在外面转转。"

"女孩子家，大晚上还离家出走，翅膀真是长硬了！这就是你们口中的乖孩子？这就是你们教育的结果？要是让我带，我绝对打到她不敢出去乱跑。"

江知恩终于忍无可忍："妈，你能不能别说了，今天荞荞因为什么离家出走，你心里不是很清楚吗？总说这些有意思吗？您不喜欢荞荞，明天就去找您孙子吧。"

"田泠怎么找了你这样一个人，帮着小辈骂长辈，我还是你妈吗？你不知道尊老吗？她大晚上跑出去,我骂她几句怎么了？闺女是你的宝贝蛋，骂她几句你就心疼啦？"

江荞看着三个人又要吵起来，她面色平静："我回屋了。"她也不管三个人有没有听到，她扭头就准备走了。

这时候刘妈打开门从外面进来了，她看了一眼江荞："你回来了，荞荞。"

江荞回头看了一眼发丝有些凌乱的刘妈，"嗯"了一声，冲她开口："我就是出去转转，你快回去休息吧。"

说完，她就回了房间，将门给反锁上了。

那杯酒酿元宵还是温热的，江荞又喝了大半杯。

许肆抱着元元，问它："你说，她是不是进不去了？还没发信息说到家。"

话音刚落，他就听到了手机响了一声，打开一看，是中国联通发来的消息。

许肆刚准备收起来手机，听见手机又响了一下，这次是江荞发的。

小没良心的："我到家了。"

XS："好。"

看到他的这句"好"，江荞拉开窗帘，往楼下看了一眼。果不其然，她看到穿着黑色外套的少年还站在马路边，怀里抱着一只几乎要融入夜色的黑猫。

……

江荞翻看着刘妈发过来的信息，有很多条，她还打了很多个电话。

他们都说担心她，可出去找她的只有刘妈，而他们，甚至连一个电话都没打。

……

许肆回到家已经是半夜十二点多了。

他打开了灯，将头盔放在了桌上，把包里的元元放了出来。然后，他看见江荞发过来的信息。

小没良心的："到家没？"

XS:"到了。"

还真是小没良心的,到了家差点儿把他给忘了。

看着江荞发过来的那句"晚安",许肆轻笑了一下,心想她总算有点儿良心了。

……

"荞荞,你姥姥今天就要走了,你要送送她吗?"

江荞:"……"

崔淑梅哼哼道:"我才不要她送我。"

江荞还是没说话。

田泠有些尴尬:"行,那我送你走,妈。"

江荞看着三个人出了门,回了自己的房间。

想累死我呀?

十月八日下午,十七中高二(4)班。

"辰安,我们学校过两天要和六中一起开运动会了。"

"辰安?"

看着夏辰安没有反应,游力拍了一下他的肩膀。

夏辰安抬头看他:"怎么了?"

"刚刚喊了你两遍,你都没听到,你最近怎么老是走神呀?春心萌动了吗?"

游力本来是调侃,却看到夏辰安的耳朵有些红了。

"你的耳朵怎么那么红?"

夏辰安摇头:"我不知道。"他摸了摸自己有些发烫的耳朵,接着开口,"在想一件事。"

"什么事?"游力看着他的表情,一脸八卦。

"我想找一个人。"

游力一听来劲了:"什么人?我们学校的吗?有什么特征没?"

"只是见过两次,只记得她穿着蓝白色的校服,还记得她一双眼睛生得特别好看,很清澈。"

"这样找人好比大海捞针了。你在哪里见到的?"

"书店,当时她穿着蓝白色校服,背着书包,整个人很干净、很纯粹,像纯白的茉莉花一般。"

"蓝白色校服?"游力问了一句,忽而想到了什么,"六中和一中都是蓝白色校服,但是只知道这些也找不到人呀。"

夏辰安看了一眼窗外:"我在书店遇见过她两次,而且是在同一个时间段,可是后来我在那个时间段再去书店，却没有等到她来。"

"可能她后面没再去那家书店了吧。"游力有些遗憾。

"你一开始要跟我说什么？"夏辰安问他。

"我们学校要和六中一起开运动会，你不知道吗？"

夏辰安摇头。

"好吧，好吧，你根本就不关心这些。"

……

夏辰安脑子里又浮现出第一次遇见那个女孩时的情景。

直到很多年以后，他才知道那就是一见钟情。

也是直到那时他才发现，真的会有人能一下就闯进别人的心里。

距离运动会开始还有几天。

方子新正在讲台上安排运动会的事宜。

"运动会要选一个人去举牌子，是同学们投票选，还是我随机抽签？"

底下同学们异同口声："投票。"

方子新闻言笑了一下："同学们的心里有什么合适的人选吗？"

"当然要选班里的门面担当了。"

"江荞。"罗星的声音比班里男生还兴奋。

杨世昆的大嗓门也喊得可起劲了："必须选江学霸，咱们班门面好吧！"

许肆看着耳尖逐渐红透的江荞，踢了一下杨世昆的椅子。

然而杨世昆并没有领会到他想传达的信息，只是回头问他："肆哥，你也这么觉得对吧？"

许肆一个"不"字还没说出口，杨世昆比刚才的声音更大了，然后班里的人都跟着起哄喊江荞的名字。许肆有些无语。

方子新比了一个安静的手势，问江荞："江荞，你觉得怎么样？你不想去也没关系，可以换别人。"

"可以。"江荞又补了一句，"去。"

方子新笑着开口："行，举牌子的事就这样定下来了，具体事宜由文体委员安排一下。另外，运动会上每个班都要出两个节目，有愿意参加的吗？"

一说到出节目，有一个女生举了手。

方子新冲她点头："表演什么？"

"尤克里里弹唱。"

"好、好、好。"方子新又道，"还有吗？到时候学校要筛选节目的。"

又有几个人举起了手。

"你们表演什么？"

那几个人互相看一眼，回他："小品。"

方子新走后，许肆问江荞："你真的想去吗？不用勉强自己做不喜欢的事。"

"还好。"

之前，她身体还好着的时候，她经常代表班里出节目，也去过市里参加比赛，后来生病就没有再参加了。

许肆开口："还好就是表示你并不想。"

江荞被他逗笑，摇头："那倒没有。"

晚自习刚下课，班里的文体委员就拿着报名表满班问有没有谁想报名参加运动项目的。

文体委员是个女孩子，叫李沫，她的脸圆圆的，一双眼睛也是圆圆的，很可爱。她问了一圈，都找不到跑三千米的人。

看着江荞旁边的空位，她想起来之前班里的人说许肆跑步很快，但是许肆从不参加运动会，看起来又凶，她是有些怕许肆的。她认为班里同学也就只有江荞跟许肆说话最多了。

李沫冲江荞开口："江同学，帮个忙呗。"

江荞从书中抬起头："怎么了？"

"就是……"李沫想了一下，有些犹豫，"你能不能帮我问一下你同桌，他报名运动会的项目吗？"

江荞点头："好。"

李沫搓了搓手，说出了自己的另一个目的："还有，我想问问你，要不要做运动会后勤呀？"她怕江荞拒绝，又补充道，"只需要送送水、喊喊加油之类的。如果你不想……"

"好。"

李沫没想到她答应得这么干脆，于是将手里的报名表放在她桌上："记得帮我问下你同桌，如果他能答应跑三千米就更好了。"

"好，我知道了。"

李沫感激地看了一眼江荞，心道：新同学真是人美心善又好说话。

江荞见她回头，冲她笑了一下。

许肆从外面回来，看到自己桌上的那张纸，拿起来看了一眼。

江荞跟他解释道："这是运动会报名表。"

许肆偏头看了她一眼，有些疑惑："嗯？"

江荞小声解释道："是文体委员让我给你的。"

许肆拿着那张表看了一会儿，突然想起，小古板似乎是不能参加运动会的，他指了指报名表:"帮我选一个。"

江荠看了一眼那张报名表,想起李沫的话,她伸手指了指"3000米"。

"想累死我呀?小没良心的。"

江荠刚想说"那就换个别的",就看到许肆伸手拿了她桌上的笔,在那张纸上"3000米"的选项上画了个钩。

"三千米有点儿长。"

许肆盯着她看了一会儿,那表情似乎在说:你也知道呀?

江荠还没开口,就听见他说:"我能跑。"

"好,那我给你送水。"

"好啊,小古板。"小没良心的还算有点儿良心,许肆眼里都染上些笑意。

给你拿个第一回来

江荠还是没忍住,又问了一遍:"你跑三千米真的可以吗?"

三千米要在四百米的操场跑道上连着跑七圈半,她是跑不下来的。

"怎么,瞧不起我?"

"没有。"

许肆轻笑:"给你拿个第一回来。"

江荠看他又在逗自己,笑道:"好呀。"

许肆将那张报名表传了回去。

杨世昆有些激动:"肆哥,你终于要参加运动会了?"

江荠疑惑道:"你之前都不参加的吗?"

"不参加,没意思。"

"那肆哥你这次怎么参加了?"

许肆闻言只是淡淡地看了杨世昆一眼:"我想参加就参加了。"

杨世昆冲许肆竖大拇指:"还得是肆哥,从不参加运动会,一参加就报一个最累的。"

许肆没有接话,只对他说:"传过去。"

"好嘞,肆哥。"

李沫看着报名表上少年肆意洒脱的签名:"许肆",运动项目三千米上打了一个黑色的钩。

她激动得真想出去跑两圈——去年好说歹说都没人报三千米,她自己上的,跑完差点儿晕过去。

她回头看了一眼不知道在和许肆说什么的江荠,莫名觉得这两个人有点儿像大灰

狼和小白兔，无论是体型差还是气质。

最终，十七班的两个节目都入选了。

班里参加比赛的运动员提前去练了好几次，举牌子的江荞也彩排了好几次。

运动会前一天的晚自习上。

方子新看着底下有些躁动的学生，冲坐在讲台旁边的两个学生开口："去把我办公室的两个大箱子抬过来。"

"大箱子？老方你买的什么呀？不会是给我们订的试卷吧？"

方子新笑了一下，神神秘秘地开口："去搬过来就知道了。"

"好。"那两个男生又喊了坐在第一排的两个男生，不一会儿四个人就搬着两个大箱子进来了。

其中一个男生嘀咕道："还挺重，里面不会真的是试卷吧？"

方子新闻言只是一笑，指挥他们把箱子放在讲台上。

"不会老方是从哪里整来的秘密试卷吧。"

"你别说，还真有可能。"

"不是吧，不是吧，运动会也要刷试卷吗？"

方子新指了指窗帘："坐在窗户旁边的人把窗帘给拉上。"

"老方你不会要放电影吧？"

"答对了。"

班里瞬间响起欢呼声。

"爱死你了，老方。"

"啊啊啊！"

"让隔壁班的羡慕去吧。"

方子新做了个"嘘"的手势："小声点儿，隔壁两个班还在上课呢。"

班里的人闻言纷纷捂住了自己的嘴巴。

隔壁十八班的班主任听到声音抬头看了一眼，心想隔壁十七班这是怎么了？

十八班的同学说："老师，隔壁十七班肯定在放电影。"

十八班班主任道："不信谣不传谣，写作业吧。"

十八班的同学："……"

江荞准备解开绑窗帘的系带，不知道是谁系得那么紧，她试了几下都没解开。这时身后伸过来两只手，许肆轻笑道："终于见到小古板不擅长做的事了。"

两个人之间的距离有些近。

江荞小声道："系得有点儿紧。"

"你坐着吧，我解就行了。"

少年几下就将绑窗帘的系带解开了。江荞轻声冲他开口道谢："谢谢。"

许肆笑："不用谢，小古板。"

很爱说谢谢的乖学生。

窗帘都拉上了，方子新打开两个大箱子，其中一个大箱子里面是AD钙奶、瓜子、橘子还有薯片。

"来、来、来，来几个人给大家分一下。"

伍葳直接就冲上了讲台："我来分，我来分。"

杨世昆也冲上了讲台："还有我，还有我。"

杨世昆拎着那袋瓜子，给每个人的桌子上抓一把。路过郝明座位时，他只抓了一把瓜子放在郝明同桌的桌面上，语气坏兮兮的："别给他吃。"

郝明："……"

杨世昆发完了郝明后面人的，才绕回去给他抓了一把瓜子："疼你，给你的多。"

"走开。"

杨世昆又走到江荞和许肆的面前，他抓了一大把瓜子，放在两个人桌子的中间："肆哥，江学霸，我给你们多抓点儿。"

许肆闻言，神色淡淡地"嗯"了一声。

江荞说："谢谢。"

班里每个同学都分到了一瓶AD钙奶、一个橘子、一把瓜子，还有一小包薯片。

方子新见东西分完了，问底下："关灯吗？"

在一阵喊"关灯"的声音中，许肆的一声"不关"显得特别突兀。

杨世昆回头看许肆："肆哥，为什么不关灯？你不是不怕黑吗？"他突然反应过来，"江学霸怕黑是吧？"

江荞应道："还好。"只要不是突然变黑，她都能接受。

"还好"就是怕，杨世昆立刻扯着嗓门叫道："不关灯。"

方子新听到杨世昆的声音，笑道："那就关了后面的灯，留前面两个。"

放的是一部喜剧电影，班上的人被逗得前仰后合，欢笑声此起彼伏。

与此同时，十八班的班主任冲班里的学生开口："看看人家十七班，学习都能那么快乐，说不定下次考试成绩就超过你们了。"

十八班学生集体沉默——他们还是觉得十七班在看电影。

江荞拿起桌上的AD钙奶，戳了半天，吸管都没戳进去，正疑惑，就听见许肆的声音："反了。"

江荞这才注意到自己把吸管拿反了，突然手里的AD钙奶就被许肆拿了去，许肆插上吸管，没什么表情地又递回给她。她捧着那瓶AD钙奶，有些微微失神。

一下课，十七班门口就围满了十八班和十六班的同学。

杨世昆看到了一个自己认识的人，冲他招手："进来看，进来看。"

那男生冲他摆摆手，然后开口道："还有作业没写完。"

上课铃响起，门口那些围观的人才散去。

明明是喜剧电影，却让人笑着笑着就哭了。江荞正在摸抽屉里的纸巾，一张纸巾就递了过来。

她接过许肆手里的纸巾，看着许肆的视线还落在屏幕上，轻声说了句"谢谢"。

第三节课快结束时电影就播完了，结局是好的。

许肆看着她有些微红的眼睛，莫名想起了兔子。

第七章
我教你

"别看了,她和别人讨论问题去了。"

> 哈哈哈,好搞笑。
>
> 它现在在干吗呢?
>
> 看我和你聊天呢。
>
> 它挺喜欢你的。

是吧？肆哥

十月十二日，运动会当天。

沈沫上下打量着江荞，语气惊讶："你就穿校服上场呀？"

江荞点了点头："对。"

"太普通了，简直浪费了你这张脸。"

江荞闻言笑了一下："就穿校服了。"

沈沫沉默了一下，然后开口："开幕式还没开始，那你陪我去趟更衣室吧。"

"好。"

沈沫准备了两条裙子，一条白色，一条红色。

她把校服外套脱了下来，塞进江荞手里："帮我保管一下。"

江荞乖巧地开口："好。"

沈沫化了淡妆，换上了红色的裙子，让人眼前一亮，她问江荞："可以吗？"

江荞认真地点头："好看。"

沈沫又试了那条白色的，问她："这条呢？"

"也好看，但是红色的你穿更好看。"

沈沫长相明艳，更适合红色的裙子。

她拿着白色的裙子，看向江荞："你试试这条，我就只在刚刚试穿了一下。"

"我？"

"对，快试试。"沈沫说着，将手里的裙子一把塞在江荞手里，把她推进了更衣室。

半晌，江荞出来了。

她本就长得甜软干净，扎着乖顺的马尾，脖颈纤细，哪怕未施粉黛，依旧让人惊艳。裙子的长度刚好到膝盖下面一些，露出的小腿纤细雪白。

沈沫看了她一会儿，认真道："你别穿校服了，就穿这件。"

江荞看了看身上的裙子，问她："可以吗？"

沈沫疯狂点头："可以，你连口红都不用涂。"

……

游力拉着夏辰安的胳膊，语气兴奋："辰安，辰安，快看那个穿红裙子的姑娘，还挺好看的，是六中的还是咱们学校的？"

"辰安？"

那一抹白色的倩影猝不及防地闯进了夏辰安的眼里。

"后面那个穿白裙子的姑娘绝了，跟个小仙女一样。"游力的眼睛都要看直了。

夏辰安回过神来，冲游力开口："我看到她了。"

游力有些不明所以地开口："谁？你看到谁了？"

夏辰安还是一直看着穿白裙子的女生："书店里碰见的那个。"

游力瞬间反应过来："哪个哪个？是哪个？"

"白裙子。"

游力："拔刀吧。"

……

杨世昆看到穿着白裙子的江荞："肆哥，肆哥，快看江学霸，真不愧是咱们班的门面担当。"

许肆"嗯"了一声，他早就看到了江荞。

白裙子很适合她。

许肆的目光落在了她身上，久久没有移开，他听到了旁边很多人都在问穿白裙子的女生是谁。

小古板倒是挺招人喜欢。

"那个穿白裙子的女生是哪个学校的？六中的？简直长在我审美上了，等下我一定要去要她的联系方式。"

"好像是六中的，要是咱们学校的，我不可能没见过。"

"我也想转去六中了。"

杨世昆觉得许肆的表情变冷了些，是为什么呢？

方阵走完，沈沫走到了江荞面前，傲娇地开口："走吧，去换衣服。"

还没到更衣室，江荞就被几个男生拦住了去路。

"同学，能不能要个微信？"

江荞礼貌拒绝："不了，谢谢。"

那几个男生还想再说什么，沈沫把江荞拉到了身后，语气有些凶巴巴的："自己没有微信吗？要别人的。"

说完，她拉着江荞走了，留下那几个男生面面相觑。

江荞看着没什么表情的沈沫，笑道："谢谢。"

"不用太感谢我。"

江荞被她逗笑。沈沫看起来性格乖张，其实也有可爱的一面。

沈沫看她笑，凶巴巴地开口："笑什么笑？快去换衣服。"

其实她想说"裙子薄会容易感冒"，但是她没说，因为她要立住人设不能塌。

江荞轻声道:"好。"

从更衣室出来,江荞就准备回自己班去看节目。

"同学。"

江荞抬头看着面前的男生,有些熟悉,他身上穿着十七中的校服。

对上江荞看过来的视线,夏辰安准备好的话全都卡在了喉咙里,他心跳乱得厉害。

终于,江荞想起了面前这个人,不确定地开口问他:"我们……见过?"

夏辰安道:"书店里,我们见过两次。"

江荞反应过来,似乎是见过的:"你是不是之前帮我拿过书?"

夏辰安点头:"是。"他紧张得手心都出汗了,"我们真的很有缘分,又在这里遇见你。"

江荞说了句:"确实。"说完就没有了下文。

夏辰安正觉得自己是不是把天聊死了,就听见她开了口:"我要去我们班那边了。"

除了"好",夏辰安也不能说别的了。

远远的,罗星冲她招手:"荞荞,来这里坐。"

江荞坐在了罗星旁边,身后就是许肆和杨世昆。

罗星有些兴奋:"刚刚那个男生真帅,可惜不是我们学校的。你俩认识吗?我看到他和你说话了。"

江荞如实答道:"书店里遇见过两次,刚刚觉得眼熟,他一说我就记起来了。"

罗星感叹:"缘分真奇妙,什么时候也能让我偶遇这种帅哥。"

江荞闻言笑了一下:"在路上。"

两个人的聊天内容一字不落地落入了许肆的耳朵里,他的手顿了一下。

小古板真是单纯,那个男生分明就是另有目的,她好像一点儿都不知道。

江荞突然想起什么,回头看许肆:"你的比赛在什么时候?"

"今天下午。"

江荞闻言点了点头。

许肆问:"怎么?怕我跑不下来?"

"没有。"

许肆闻言笑了。

杨世昆一脸骄傲:"江学霸,你都不知道,你刚刚走完方阵,好多人都在问那个白裙子女生是谁,哈哈哈。我恨不得拿大喇叭喊,这是我们十七班的门面担当。"

江荞闻言笑了一下,听杨世昆又开口:"江学霸穿白裙子简直绝了,我不是说你穿校服不好看哈,江学霸,你穿白裙子真的特别好看,是吧?肆哥。"

那我呢？我好不好呢？

许肆的手又微微停顿了一下，他"嗯"了一声，按黑了手机屏幕，接着将手机收进了兜里。

江荞闻言，有些不好意思地笑了一下。

杨世昆问江荞："江学霸，刚刚那个男生不是咱们学校的吧？搭讪吗？"

"不是。"江荞又问了一句，"搭讪？"

"对、对、对，就是搭讪。"

"我和他之前在书店遇见过。"

"江学霸，你也太单纯了吧！这明显就是搭讪。"

江荞闻言一愣："是吗？"

"是啊。不过今天要你联系方式的人应该很多吧？"

"还好。"

罗星听到这个有些兴奋："有没有帅哥？就像刚刚那种。"

江荞认真地想了一下，然后摇头："我不知道。"她没有太注意那些人的长相。

许肆想了一下——如果江荞被那些人堵在路上要联系方式，她会不会乖乖地报号码给他们呢？

罗星问出了大家更好奇的事："那荞荞，你给他们了吗？"

江荞摇头："没给，沈沫问他们自己没有微信吗。"她一本正经说出来的话，逗笑了罗星和杨世昆两个人。

"荞荞，沈沫对你还蛮好的。"

"我还记得第一天沈沫还找了江学霸麻烦呢，哈哈哈，没想到你们两个现在关系还挺好。"

许肆闻言神色淡淡，倒是没有说话。

江荞语气认真："她人挺好的。"

许肆想，大概很难从她嘴里听到说谁不好。

"小古板，那你觉得谁不好？"

果然他刚问完，江荞就露出一副认真思考的模样。

许肆刚想说"逗你的"，就听见江荞开口："上一个英语老师不好。"

"为什么？"

"因为他评价你和方老师的话都很不尊重人。"

这个回答倒让许肆愣住了——竟然是这个理由。其实他自己倒是不在意这个，之前他们讨论方子新和陈松吵架，他都没看到她抬头，没想到她居然把这些事都记在了心里。

江荞紧接着又开口："还有之前那个男生，也不好。"

　　许肆知道她说的是谁，莫名有种被偏袒的感觉，他眼尾都带着笑："那我呢？我好不好呢？"

　　两个人的声音不算很大，但是全都落进了杨世昆的耳朵里。他觉得世界有些奇妙——肆哥居然会问这种问题。

　　"好。"江荞说完，又补了一句，"很好。"

　　许肆闻言笑了，一双眸子里都染上笑意，他有些好奇："为什么呢？"

　　"我自己觉得的。"

　　许肆被她的回答逗得有些想笑，他突然想逗逗她："那你觉得的可能不对。"

　　江荞想起来他之前故意吓自己，语气坚定："我觉得挺对的。"

　　许肆瞧着她呆呆的样子，觉得她可爱得过分，又乖得过分。

　　杨世昆算是看明白了——肆哥平日里对谁都是冷冷淡淡的，就连面对他们时脸上的笑容都不是很多，唯独面对江学霸，他会经常露出笑脸来。

　　他想起许肆刚刚对江荞的称呼，很疑惑，他没忍住问了出来："肆哥，你为什么叫江学霸'小古板'呀？她不古板呀。"

　　许肆开口道："那你得问她了。"

　　"江学霸，为什么呀？"

　　江荞还没开口，耳朵就先红了，她看着许肆有些戏谑的眼神："他说我总是劝他学习，是个爱劝人学习的小古板。"

　　杨世昆一脸恍然大悟。

　　罗星却觉得这个称呼莫名有些宠溺的意味，就连那句话似乎都有点儿……不过对方是许肆，她又觉得可能是自己想多了。

　　运动会的表演井然有序地进行着。

　　十七班表演尤克里里的女生上了台，底下同班的学生发出了欢呼声。

　　这个女生穿着黑色的卫衣，怀里抱着尤克里里，指尖轻轻拨动琴弦，刚开嗓就惊艳了众人，她唱的是《走马》。

　　　　窗外雨都停了
　　　　屋里灯还黑着
　　　　……
　　　　笑我放你走了走了走了
　　　　走了
　　　　……

这个女生的嗓音偏低，很容易带动观众的情绪。

江荞没来由地心头一酸。

罗星笑道："这首歌我之前没有听过。真好听，荞荞。"

江荞点头："对，好听的。"

现场突然变得像开演唱会一样。随后登台的是六中的两个男生，他们表演的是街舞，气氛顿时变得很"燃"。

罗星拉着江荞的胳膊，兴奋极了："不行了，这已经是我今天第八次心动了。"

江荞被她的话逗笑了。

十七班的那个小品也表演得很成功，底下众人笑声不断。

最后一个节目是十七中的。

身穿白色衬衫、抱着吉他的少年上了台，他长相干净，看起来很温柔，一双桃花眼似乎看谁都显得深情。

此刻，台上的他就像是夏日里的阳光，明媚耀眼，几乎是他刚上场，底下就响起一阵尖叫声。夏辰安丝毫没有怯场，他低头轻轻拨动琴弦，脸上的笑容让人如沐春风。

罗星觉得台上少年拨动的不是琴弦，而是她的心弦。

夏辰安唱的是一首情歌，他的嗓音偏低，唱起情歌来深情又迷人。

结束的时候，他冲十七班的方向看了一眼才走下了台。

罗星的心都跟着夏辰安走了："荞荞，这是我今天第九次心动了，太有少年感了吧，唱得真好！"

江荞再次被她的话逗笑。

下台后。

游力冲夏辰安开口："兄弟，你真不够意思啊，今天居然一个人跑过去跟她说话。"

夏辰安没有说话。

平常他对谁都很温和，无论跟谁说话，他都不会怯场。然而今天面对江荞时，他却大脑一片空白，完全不知道跟她说什么。

半晌，他才开口："她今天问我，我们是不是见过？"

游力一听来劲了："那你怎么回答的？"

"我说真有缘分，又遇见了。"

"没有了？你不多说点儿什么吗？先要个联系方式呀。"

夏辰安闻言有些失落："脑子宕机了，后面她说她走了，我说好。"

游力有些恨铁不成钢："平常都没有见过你这个样子，今天怎么就一句话都说不出来了呢？"

夏辰安沉默了。

等我好消息

运动会正式开始,江荞和班里后勤部的其他人在操场上搭的小棚子里看比赛。

一个女生问江荞:"江同学,你是不是不能剧烈运动?"

江荞闻言"嗯"了一声,解释道:"医生不让我运动。"

这个女生非要打破砂锅问到底:"是什么病呀?为什么不能运动?你身体很不好吗?"

"先天性心脏病。"别人问起,江荞都会以这个理由搪塞过去。

"真羡慕你,平常都不用上体育课,运动会也免去了很多麻烦。"

江荞没有说话,只是静静地看着操场上挥洒汗水的同学们,没什么可羡慕的,她连剧烈运动的资格都没有。

罗星有些生气:"你羡慕个什么呀?是身体重要还是不上体育课重要?荞荞是身体不好不能运动,我倒是希望她好好的。"

这个女生闻言语气有些不太好:"我不就说了一句羡慕吗?你至于这么激动吗?江同学都没说什么呢。"

"至于!没有设身处地体会过别人的痛苦,就不要说出这种话。"罗星一句话噎得这个女生说不出话来了。

江荞拧开桌上的一瓶水递了过来:"喝口水。"她伸出柔软的手揉了揉罗星的头,轻声道,"没关系,我不在意的。"

罗星抱住她:"荞荞真是我的小天使。"

下午。

罗星给伍葳别好号码牌:"加油呀,伍葳同学,这次也拿个第一回来。"

伍葳虽然学习成绩不太好,但是体育特别好,他冲罗星笑道:"哈哈哈,但愿。"

伍葳参加的是一千米长跑,第一圈被人撞了一下,落在了后面。

罗星紧张得心都快跳出来了,看到他没有摔倒,才松了口气,冲江荞开口:"这次可能会出点儿意外。"

江荞闻言看了一眼赛场上的伍葳,他超越了前面的一个人,又慢慢超越了第二个。

江荞开口道:"不一定。"

罗星冲班里后勤部的其他几个女生开口:"一起喊加油吧。"

十七班的其他同学也跟着喊加油。

伍葳听见了班里同学的加油声,觉得脚下生风,他在跑第二圈的时候又超了两个人。

最后半圈的时候,他超过了最后一个人,紧接着开始发力了。

伍葳将后面的人甩开了一段距离后,突然停下了,他冲后面的人扭了一下屁股,表情有些喟瑟，见后面的人追了上来，他直接冲向了终点。

所有人都被伍葳突如其来的动作逗笑了。

有其他班的老师问李秋红："这男生是你们班的吧？"

李秋红回道："我可以说不是吗？有点儿丢脸怎么办？现在否认还来得及吗？"

"哈哈哈，这孩子倒是挺有意思的，如果在我们班就好了，那班级气氛一定不错。"

李秋红闻言笑了："这倒是真的。"

夏辰安是参加三千米长跑的第二组选手之一。

第一组跑第一的是个体育生，长得人高马大。

第二组比赛还没开始。

游力替他别好号码牌："我就没什么说的了，你拿个第一回来。"

夏辰安"嗯"了一声，突然看到了绿草坪上的江荞。

许肆的手里拿着号码牌，走到了江荞面前："能不能帮个忙？小古板。"

江荞点头："可以。"她看了一眼许肆手里的号码牌，"是替你别上这个吗？"

"对。"许肆说完，就脱掉了外套，递到她手里，"顺带帮我拿下外套。"

江荞把他的外套抱在怀里，许肆低下了身子。江荞替他别好了号码牌，然后轻声开口："好了。"

许肆的号码牌上写着"017"。

许肆往后摸了一下，笑道："谢了，小古板。"

夏辰安看着两人挨得很近，那个男生在笑，她也笑了。

他匆匆收回视线，然后上了场。

不出所料，夏辰安拿了第二组的第一，引得十七中和六中的女生集体欢呼。

罗星也忍不住叫起来，旁边有女生提醒她："他是十七中的，不是我们学校的赢了。"

罗星回道："可是他帅。"

第三组比赛即将开始。

"许肆。"

许肆听到江荞的声音，看向她："怎么？"

"加油。"

许肆闻言笑了："说好的给你拿个第一回来，等我好消息，小古板。"

江荞的怀里还抱着他的外套，简直乖得不行，她轻声开口："好。"

许肆走到赛道上。

"同学，喝瓶水吧。"

"谢谢，不用了。"夏辰安拒绝了所有人的水，径直走到十七班的棚子底下。

罗星正在拉着江荞说话,听到一个男声:"能蹭瓶水吗?"

江荞看到了那张熟悉的脸,一愣。罗星的反应倒是快得很,拿起一瓶水就塞到了江荞手里。

江荞将手里的水递了过去。

夏辰安轻笑道:"谢谢。"他喝了几口水,再次开了口,"你今天穿白裙子,很好看。"

"谢谢。"

夏辰安又不知道要说什么了,对上那一双目光纯净的眼睛,他脑子一片空白。

罗星问他:"你是十七中的吧?你刚刚跑了第一,真的很厉害。"

夏辰安笑了一下:"谢谢。"他又看向一旁的江荞:"可能有些冒昧,我想问一下你的名字,可以吗?"

"江荞。"

夏辰安冲她扬了扬手里的水,笑道:"谢谢你的水,同学,有机会再见。"

江荞说了句"不客气",接着说:"嗯,有机会再见。"

比赛还没开始,许肆本是想看一眼小古板在做什么,结果看到了今天搭讪她的那个男生在她面前。

他看到江荞仰着头同那个男生说话,距离太远,他不知道两个人说了什么。

许肆莫名地感到烦躁。

帮他擦汗

裁判员提醒所有运动员就位,许肆匆匆收回了视线。

发令枪打响。

江荞听着那声音,没来由地心跳加速,仿佛在赛场上奔跑的是她自己一般。

许肆腿长,第一圈就甩了第二个人半圈。

"那个冲在第一个的帅哥是谁?不是咱们十七中的吧?"

"又高又帅!"

"直接领先了第二名半圈!"

罗星看着赛场上奔跑的少年,轻轻扯了扯江荞的衣袖,有些担心地开口:"荞荞,你说他开头冲得那么猛,后面会不会没有力气呀?"

少年意气风发,一头黑色的碎发被风扬起,衣服也被风鼓起。

江荞看着他游刃有余的模样,轻声道:"不会的。"

杨世昆站起来高声喊着加油,十七班的很多人都在为许肆喊加油。

一连几圈,许肆都遥遥领先。

他突然听见在那么多声"加油"里夹杂着一句软绵绵的"加油"。

那是江荞的声音，这让他差点儿崴了脚。

许肆微微偏头看了一眼十七班的棚子，冲过了终点线。

许肆拿了第一，观众席上响起了欢呼声，其中十七班的声音最大。

江荞记得他的话，拿着一瓶水迎了上去。

十七中本来有专门负责送水的同学，可是对上少年那张凶巴巴的脸，又不敢上前了。

六中的那些女生本来就不敢贸然给许肆送水，只敢远远地看一眼。

许肆的额头上有一层薄汗，他看着江荞一步步向自己走了过来。

江荞把手里的水递给他："恭喜。"

许肆闻言轻笑了一下："最后再说恭喜，小古板，还有决赛没比。"

江荞轻声道："好。"

许肆喝了几口水，感觉舒服了很多，他问江荞："有纸巾吗？"

江荞这才反应过来，从兜里掏出一张纸巾递给了他。

许肆感受到落在这边的视线，他一偏头，就看到了十七中的那个男生。

他没接她手里的纸巾："帮我擦一下，我有点儿脱力了。"

江荞反应慢，没有意识到他刚刚都能拿水，这会儿为什么却不能拿纸巾擦汗了。

她拿着纸巾，看着少年低下来的头，轻轻替他擦去了额头上的汗。

许肆能看到她卷翘的睫毛，她的一双眼睛是整张脸上最好看的，离得近，许肆连江荞脸上细小的绒毛都能看得清。

她的脸看起来软软的，真想捏，又怕吓到了她。

江荞对上许肆看过来的视线，心有些乱，擦了几下汗就错开了目光，匆匆收回了自己的手。

游力看着夏辰安一直盯着一处，问他："你在看什么呢？"

夏辰安收回视线："没什么。"

看他们两个人的样子似乎很熟。

"那你要到了她的联系方式没有？"

夏辰安摇头。

"那你今天突然跑到人家棚子底下去做什么？"

"聊了几句，我不知道怎么开口要联系方式。"

游力沉默几秒，提醒他："运动会只有三天，过了今天就只有两天了，你不把握好机会，说不定你俩以后都不会遇见了。"

"你说得对。"

……

男子三千米比赛过后还有跳远比赛。

杨世昆看着郝明手里的号码牌，骂道："郝大头，你是兄弟吗？你自己报名参加运动会，居然不喊我，绝交吧。"

"喊你？跳远？跑步？跳高？你觉得你哪个行？"

"咱俩绝交，没商量。"

郝明沉默了一会儿，看他："晚点儿绝交，先帮我把号码牌别上去。"

"我不。"

"快点儿，晚点儿再绝交。"

杨世昆这才不情不愿地接过他手里的号码牌，给他别了上去，然后拍了拍他的背："加油。"

郝明冲他比了个"OK"的手势。

不一会儿，杨世昆听到跳远组那边有人发出了惊叹声，似乎是有人跳出了特别惊人的成绩。

每次听到他们的成绩，他都觉得不可思议。

反正不可能是郝明。

没多久，杨世昆看到郝明过来了。

杨世昆看着他没什么表情的脸，拍了拍他的肩膀，安抚他："虽然你可能发挥得不是很好，但也不要气馁，咱们重在参与。告诉我，你跳了多少，我是不会笑话你的。"

郝明不咸不淡地开口："差点儿跳出沙坑。"

"……"

杨世昆骂道："那你一张臭脸是什么意思？不知道的还以为你成绩不好呢。"

郝明问："不是你说跟我绝交？"

杨世昆回道："绝交了，别跟我说话。"

郝明笑了。

杨世昆骂道："笑什么呀，我是不会原谅你的。"

"回去我带你打游戏。"

看着杨世昆犹犹豫豫的表情，郝明又补了一句："请你吃饭。"

"成交。"

夕阳染红半边天，运动会的第一天正式结束。

罗星提着水，江荞搬着自己的椅子，两个人并排走着。江荞正在走神，突然手里的椅子被人拎走了。

刚才不晕，现在头晕

夕阳余晖给少年镀上一层光晕，他整个人看起来很柔和。许肆看着她："我搬吧。"

"谢谢。"

"不用说谢谢。"

这倒是有些难住了江荞："那说什么？"

"说什么都行。"

"那……不客气。"

"抢我的话呀？"许肆笑了。

江荞看向他："你说无论我说什么都行的。"

许肆被她逗笑："行，那你就说不客气。"

……

十七班教室里。

方子新看着底下的学生："运动会就好好放松吧，这个晚自习我们还看电影。"

"好！"

"伍葳同学，你可是在学校出名了。今天好多老师问我，你是不是我们班的。"

班里笑声响起。

方子新又道："不过你跑得不错啊，争取拿个第一回来。"

伍葳做了一个敬礼的动作："Yes，sir（是，老师）。"

方子新扬了扬手里的U盘："运动会大家好好玩，这几天自习课都放电影。"

"好！"

班里的同学一开始对看电影很兴奋，连着看了两天后，有些麻木了。

杨世昆说道："这两天看的电影比我之前一学期看的都多，脑子要爆炸了。"

郝明说："看不到的时候你想看，看多了你又厌烦。"

"你怎么说得我像渣男一样？"

"你不是？"

"你这是造谣、污蔑！"

"你看着就像渣男。"

"……"

游力冲夏辰安开口："打听清楚了，她是这学期转来的，全校第三，跟你成绩差不多，很乖，你看到的那个男生是她同桌。"

"同桌吗？"

游力点头："对啊，同桌，六中的大名人，学校里就没人不认识他。"

夏辰安听完他的话，有些走神。

运动会的最后一天。

伍葳上场前,方子新叮嘱他:"这是最后一场比赛了,加油。"

伍葳应道:"保证拿第一。"说完他就走到起跑线处。

伍葳在旁边几个体育生的衬托下,显得瘦瘦小小的。

裁判的发令枪打响,伍葳立刻冲了出去。

他爆发力很强,虽然没有许肆那么厉害,但是在第一圈就和后面的人之间拉开了一小段距离。最后一圈的时候,他再次回头看了一眼,接着转头冲向了终点。

伍葳成功拿了第一,十七班响起热烈的欢呼声。

伍葳回到班里,在一声声恭喜中笑道:"低调,低调。"

许肆上场前,江荞将一瓶葡萄糖递给他:"防止低血糖。"

许肆喝完那瓶葡萄糖,笑道:"小古板还挺贴心。"

江荞知道他又在逗自己:"比赛加油,记得先热热身,不然可能会抽筋。"

"知道了。"许肆冲她笑了一下,笑得有些痞。

夏辰安将两个人的互动看在眼里。

热完身,裁判提醒各个运动员就位。

许肆的旁边就是夏辰安。

发令枪一响,所有人都冲了出去,许肆和夏辰安几乎是齐头并进。

江荞有些紧张地看着那道身影。

罗星指了指两人:"荞荞,那个帅哥和肆哥挨得好近,也不知道这次的第一到底花落谁家。"

虽然不是自己参加比赛,但是江荞的心跳始终跳得很快。

到最后一圈的时候,其他运动员有些脱力了,冲在最前面的依旧是许肆和夏辰安。

"许肆。"

"加油!"

许肆听见那声软绵绵的"加油",勾着唇笑了。

江荞看着他突然发力,很快和后面的人拉开了距离。

在十七班的欢呼声中,许肆第一个冲过了终点。

他在人群中搜寻着江荞的身影,在和江荞视线对上的那一刻,他又笑了。

夏辰安拿了第二名,想跑完去找江荞要联系方式,却看到那个男生也冲那个棚子走了过去。

江荞将水和纸巾递给了许肆:"恭喜啊,你是第一。"

许肆刚想开口,身旁响起一个男声:"不好意思,我又来蹭水了。"

江荞将一瓶水递给夏辰安。

许肆看了他一眼,没有说话。

夏辰安喝了几口水，看向江荞："这几天我都来蹭水，多谢了。"

"本来就是六中和十七中合办的运动会，这是我应该做的。"

夏辰安闻言笑了一下："我听说你成绩特别好，考虑以后和我一起参加物理竞赛吗？"

"还没想过。"

"那加个联系方式吧？以后有什么问题可以一起探讨。"

江荞想了想，应他："行。"

许肆沉默地听着两个人的对话。

什么讨论问题，分明就是要联系方式，小古板居然一点儿都不怀疑。

啧，真单纯。

江荞手里的纸刚递过去，就听见"砰"的一声，她看着掉在地上的水瓶，问许肆："怎么了？"

"有点儿手软。"

"头晕吗？"

"刚刚不晕，现在突然感觉有点儿。"

江荞伸手扶住他，有几分担忧："可能是低血糖了。"

许肆半个身子靠在她身上："不知道，我就是头晕。"

夏辰安捏着那张纸，走也不是，留也不是，他冲江荞开口："那我先走了。有缘再见，江同学。"

江荞"嗯"了一声，应道："有缘再见。"

许肆看着江荞微拧着的眉，觉得她真是可爱。

江荞扶他在椅子上坐下，从兜里掏出一颗糖，剥开了糖纸，把糖递到了他的唇边："吃颗糖，会好点儿。"

糖是草莓味的。

江荞又问他："喝水吗？"

许肆闻言摇了摇头。

罗星刚给别人送完水，看着许肆被江荞扶着回来，有些惊讶："怎么了？荞荞。"

"许肆低血糖了。"

"那得缓一会儿，补充点儿糖分。"

"已经吃了糖。"

罗星松了口气："那就好。"她又问道，"刚刚那个帅哥是要你的联系方式了吗？"

江荞"嗯"了一声，回答她："他说以后可以一起探讨学习上的问题。"

"不是……荞荞，你真信呀？"

"啊？"

看着江荞疑惑的目光，罗星刚想开口，就听见身旁的人说了话："要联系方式的一个借口而已。"

单人旁的"他"

罗星认同地点头："荞荞，我也同意许肆的说法，虽然那个男生真的很帅。"
江荞闻言，若有所思地点点头。
许肆看了一眼有些走神的江荞，心想小古板还真是单纯得很。
江荞想起刚刚没说完的话，轻声开口："恭喜你拿了第一。"
许肆笑了："不是说好的给你拿个第一回来。"
江荞以为他那天的话是开玩笑的，没想到他竟是认真的。
少年的笑容很灿烂，她的心跳得很快。

运动会结束。
取得名次的运动员都去领奖牌，奖状会在几天后发下来。
江荞看见少年站在了第一的位置，他穿着黑色的卫衣，面上没什么表情，鼻梁高挺，眼睛狭长勾人，一头黑色的碎发因为跑步变得凌乱。
何主任亲手将奖牌戴到了许肆的脖子上，然后拍了拍他的肩膀："跑步倒是不错。"
许肆闻言开口："何主任过奖了。"
"什么时候成绩提上来就更好了。"
"那可能有点儿难度。"
何国士又看了一眼许肆，便去给旁边的第二名和第三名发奖牌，学校请来的摄像师将这一刻记录了下来。
许肆将奖牌摘了下来，回了自己班的位置，看到江荞仰着头看他，轻声问她："看看奖牌吗？"
"看。"
许肆将兜里的奖牌掏出来，套在了她的脖子上，声音带着几分笑意："给你拿的第一，所以奖牌也是你的。"
秋天的天气有些微凉，江荞的脸却热得厉害。
她将奖牌摘了下来，然后小心地放进了兜里。
"虽然说了很多次谢谢，但是这次我还是要谢谢你。许肆，我不能参加特别剧烈的运动，这枚奖牌也算是弥补了我的一个遗憾。"

说完，她冲许肆笑了一下，笑容明媚。

许肆看着她，没来由地心头泛着甜——她好乖。

杨世昆跑过去看郝明领奖，看着他臭着脸站在第一的位置上，冲他做了个鬼脸。

郝明瞥了他一眼，那表情似乎在说：有病。

这能忍？看着郝明拿着奖牌过来了，杨世昆忍不住开口："你刚刚看我的表情是什么意思？不服啊？"

"我没说。"

"大头，奖牌给你大哥看一眼。"

"一边去。"骂归骂，郝明还是把奖牌拿出来给他看。

杨世昆拿着那金灿灿的奖牌："这是金的吗？"

"这怎么可能是金的。"

杨世昆咬了一下奖牌，认真评价："合金吧，挺硬呢。"

郝明无语。

看着郝明看过来的眼神，杨世昆瞪他："看个鬼啊！我咬一下怎么了？"

郝明没说话。

杨世昆满不在乎地将奖牌在身上擦擦，才递给他："小气鬼，还你。"

他说完就和郝明一起回到了班里的位置，他冲许肆开口："肆哥，肆哥，我看看你的奖牌。"

江荞从兜里掏出奖牌递了过去。

许肆倒是没什么表情。

杨世昆觉得自己可能错过了什么，他接过了江荞递过来的奖牌："都一样，哈哈。"他把奖牌递了回去，"还给你，江学霸。"

郝明和伍葳的奖牌，以及拿了第二名的那个女生的奖牌都被大家围着看。

这次运动会，十七班拿了不少奖牌，总积分碾压其他班。

方子新乐呵呵地开口："这次运动会我们班表现得非常不错。"

"那必须的。"

"还是老方带得好。"

伍葳已经拿着奖牌得意了好一会儿。

"体育我是教不了你们什么，这不是我擅长的。"方子新问他们，"这次运动会玩得还开心吗？"

"开心！"

方子新笑道："开心就行。我一直都觉得玩就好好玩，学就好好学。现在运动会结束了，大家收收心好好学习吧，没多久就期中考了。"

"啊？不是刚考完没多久吗？"

"也考完一段时间了，十一月份就期中考了，大家收收心，好好学习。"

底下是不情不愿的一声"好"。

杨世昆说："距离'死期'还有一个月。"

郝明回道："怎么？是不是你还要再浪一个月？"

杨世昆喊了一声，沉默了几分钟后，他转头问许肆："肆哥，打游戏吗？"

"不玩。"

许肆看到江荞还在写作业，盯着她看了一会儿。

她的字写得秀气端正。

江荞解完那一题，问他："你不写作业吗？"

"你什么时候见我写过？"

"好吧。"江荞说完，便又做自己的事去了。

江荞回到家洗完澡已经快十一点了。

她写了会儿题，听到敲门声，打开门，看到门外端着蓝莓和车厘子的刘妈。

"吃点儿蓝莓，对眼睛好。早点儿休息，荞荞。"

江荞乖巧地应了一句"好"，便端着水果进了房间。她吃了几颗蓝莓，滑开了手机，看到有好友申请，点了同意。对面很快就发来了信息。

九七："江同学你好，我叫夏辰安。"

江荞："你好。我是江荞。"

九七："我知道。"

江荞将他的备注改为"夏辰安"，看着那句"我知道"，也不知道自己该回什么，便回了句"嗯"。

许肆正在玩"消消乐"，元元突然挤进他怀里。他捏着元元的脸拍了一张照片，打开和江荞的对话框，将那张照片发了出去。

江荞回得很快。

小没良心的："它好可爱。"

XS："没在写作业吗？"

小没良心的："现在没在写。"

元元伸着脑袋看许肆发信息。

看到他发了自己的丑照，元元伸着猫爪戳了戳他的手机。

江荞看着发过来的几个字母，有些困惑。

许肆还没解释那是元元发的，就看到她又发过来一条信息。

小没良心的："等下，他说要和我讨论一道物理题。"

许肆盯着那个单人旁的"他"看了一会儿。

他更不爽了

许肆想,江荞说的那个他,应该就是今天问她要联系方式的那个男生。

元元还在盯着许肆的手机屏幕看。

"别看了,她和别人讨论问题去了。"

元元抬头不解地看着他,许肆将它按在怀里,点开了手机里的"消消乐"。他玩了一会儿,又觉得没意思。

他好奇他俩会怎么聊,是开视频讨论吗?许肆点开了微信,又点开了和江荞的聊天页面。

夏辰安问的那道物理题,江荞之前做过类似的,她把自己大概的解题思路写在纸上拍了照发过去。

那边很快就回了信息。

夏辰安:"我用的是别的方法。"

夏辰安也发了一张图片。

夏辰安:"谢谢你给了我另一种思路。"

江荞仔细看了他的解题思路和步骤,也很简洁,两种方法都可行。

她回他"不客气"。

江荞看到突然弹出来的信息,一愣。

XS:"gshjakkakoqofwg"

小没良心的:"?"

大概过了一分钟,许肆回了信息。

XS:"那两条信息都是元元踩的。"

XS:"怎么?讨论完了?"

小没良心的:"讨论完了,他就是想问一下我的解题思路。"

小没良心的:"我还以为是你不小心碰到手机了。"

XS:"哦。"

XS:"不是,是它。"

很快,许肆发了一张照片过来。

江荞点开,看着那张大猫脸,没忍住笑了。

小没良心的:"哈哈哈,它在干吗?"

XS:"看我跟你聊天。"

XS:"这小家伙见了你一次就走不动道了。"

小没良心的:"有机会再看它。"

XS:"好。"

XS:"早点儿休息。"

许肆看着那边发来的信息,弯了弯唇角。

小没良心的:"晚安,它也晚安。"

XS:"晚安。"

许肆看着直勾勾盯着自己手机屏幕的元元:"跟你说晚安呢。"

元元"喵"了一声,爪子拍了拍他的手机,似乎是在问:这次怎么不能用手机看她?

许肆轻笑道:"她要做作业。"

夏辰安翻看了六中的校园网,果然找到了江荞的照片,而且有很多,哪怕是抓拍,女孩依旧让人惊艳。

她穿着白色的裙子,身材纤细,侧脸宛若剪影一般,手里举着一个红色的牌子,上面写着:高二(17)班。

夏辰安将这张照片设成了两个人的聊天背景,给江荞发了句"晚安",江荞很快也回了他一句"晚安"。

第二天早上。

江荞正在低头看书,突然听见旁边有人喊了她的名字:"江荞。"

江荞抬头看他:"怎么了?"

"我……我想问个题。"

江荞点头:"可以。"

江荞接过他手里的笔,很详细地给他讲了这道题。

一开始,江荞讲了一个公式,他没有听明白。江荞问他:"听懂了吗?"

刘树祥害怕她说自己笨,犹豫了半天才开口:"刚刚有一个公式我没有听懂。"

"哪个?"

听他说完,江荞翻开物理书:"那个物理公式就是由这个公式演变过来的。"她说完,又给他演示了一遍。

刘树祥认真点头:"我听懂了,谢谢。"

江荞闻言冲他笑了一下:"不客气。"

这道题刘树祥已经问了好几个人,但他还是听不懂,他都有些怀疑是不是自己的智力真的有问题。这次,刘树祥发现他居然听得懂!

刘树祥心想:江同学好温柔,讲题好认真,我居然真的听懂了,我不是智商有问题。

他犹豫半天,又开口:"其实我还有题不会。"

"哪道题?"

刘树祥指了几道题。

江荞大概讲了一下解这几道题的方法:"这三道题都是一个题型。"

刘树祥认真点头。

许肆刚从外面回来,就看到自己座位上坐了一个男生,江荞正在低头给他讲题。

刘树祥看许肆来了,慌忙站起身:"下次有不会的题,我再来问你。"

"行。"

许肆坐下来,调侃道:"小同学还挺厉害,可以出师了。"

"很简单的题。"

"还挺谦虚。"

江荞闻言看了他一眼,对上他戏谑的眼神:"我也有不会的题。"

"你不会,那班上估计也没有会的人了。"许肆说完,突然想到了加江荞的那个男生,他似乎成绩很好。

毕竟江荞的成绩在学校是头几名,两个人能一起讨论问题,肯定成绩差不多。

这么一想,他突然有点儿不爽。

这一天,来问江荞问题的人有很多,虽然之前也会有,但是都不如今天这么多。

不知道是因为刘树祥宣传了新同学讲题很温柔,很有耐心,能让人听懂,还是因为昨天方子新说距离期中考试没有多久了。

许肆看着每次课间自己桌前都围着那么多人,看着江荞低着头给别人讲题,别人说谢谢的时候,她还会冲别人笑一下,这让他更不爽了。

大抵是喜欢上了

江荞给别人讲完题,看到许肆的表情似乎不太好。

她轻声问他:"是不是吵到你了?"

听到她软绵绵的声音,他心中的不爽莫名散去了大半,只说了句"没有",就低头继续睡觉了。

覃振兴正在问江荞题,冷不丁看到江荞身旁那位抬头了。

许肆表情很凶,眼白还有红血丝,头发被压得有些乱。

覃振兴感觉到了压力,似乎是他吵到许肆休息了。

他拿着手里的试题册,冲江荞开口:"江学霸,谢谢你刚刚给我讲题,别的题我等下问老师就行了。"

江荞说了句"好",看向旁边的许肆,看着他有些微乱的头发:"吵醒你了?"

许肆一脸"你说呢"的表情。

他盯着江荞,看着她抬头看了一眼自己,随后摸了一下脸,露出有些不好意思的笑来,莫名就有些可爱。

许肆盯着她看了半天。

江荞以为他还在生气，拉了拉他的袖子，递给他一颗糖果。

许肆根本就没有生气，他看着她递过来的糖果，伸手拿走了："哄我呀？小古板。"

"啊？"江荞以为他让她哄他，就轻声道，"你别生气了。"

小古板似乎误会了他的意思，许肆弯起嘴角，不过这样似乎也不错，他莫名心情就好了起来。

晚上。

许肆洗完澡喂完猫，躺在床上玩"消消乐"，脑子里突然冒出来一个想法——那个男生现在会不会在跟小古板聊天？

可是，他跟小古板聊天关自己什么事？

这么想着，许肆便给江荞发了一张元元的照片。

XS："看元元洗澡。"

照片里的猫浑身湿漉漉的，站在水盆里，一双眼睛还在看镜头，模样有几分好笑。

江荞回他信息很快。

小没良心的："哈哈哈，好搞笑。"

小没良心的："它现在在干吗呢？"

许肆又拍了一张元元的照片，发了过去。

XS："看我和你聊天呢。"

XS："它挺喜欢你的。"

元元拱了拱许肆的胳膊，似乎是对他发了自己的丑照有些不满。

许肆捏着它的猫脸："乖一点儿，别乱动。"元元一爪子踩在他身上。

许肆盯着它瞧了一会儿："是不是最近的伙食太好了，我怎么瞧着你的脸变大了？"

元元挤到他怀里，伸着脑袋凑近他的脸，似乎是在说：我没变胖。

许肆笑道："行，你没胖，是我胖了。"

很快，他又收到了江荞的消息。

小没良心的："我也挺喜欢它的。"

元元一张大脸凑近了手机屏幕，许肆将它的头拉了回来："看什么看？说喜欢你呢。"

元元似乎是听懂了，开心地从许肆身上跳了下去，在床单上滚在滚去。许肆立刻拍了个视频发过去。

小没良心的："它怎么了？我怎么看它很开心的样子。"

XS："开心你喜欢它呢。"

小没良心的："好可爱，哈哈哈。"

两人聊了一会儿，许肆突然又想起那个男生。

XS："作业写完了吗？"

小没良心的："刚写完。"

小没良心的："早点儿休息，你好像白天都很困。"

XS："好。"

许肆发完信息，突然又想问一句："那你呢？不睡觉吗？还是在和他讨论问题？"

可是他觉得最后一句有点儿怪怪的，最后还是没有发。

他怎么总在想这个问题？真奇怪。

看着江荞发过来的"晚安"，许肆也回了句"晚安"。

漆黑的夜空中散落着几颗星星。

许肆睡不着，便躺在床上玩了会儿游戏，他觉得眼睛有些干涩，于是揉了揉。

……

许肆放下手机，脑子里突然冒出一张脸。

她笑得很甜，小脸只有巴掌大，很白，一双眼睛似乎能看进人的心里。

许肆摸了摸自己的心口，心跳得很快，嘴能骗人，但是心脏不会。

喜欢聪明的

长夜漫漫，有人早就陷入了熟睡当中，有人深夜无眠。

第二天。

江荞看到许肆进来，两人的视线对上，她刚想跟他打招呼说"早上好"，就看到他错开了目光，径直走过来，坐在了她的旁边。

江荞有些疑惑地看了他一眼。

早读时，江荞想问许肆语文课本能不能借她看一眼，她的书上记的笔记太多了，看着有点儿眼晕。

她刚开口，许肆就将语文书抽出来，放在了她的桌子上，然后趴下睡觉了。

上完早读，江荞想把书还他，手刚递过去，一句"谢谢"还没说出口，许肆就拿走了她手里的语文书，然后塞进了抽屉里。

第二节课。

江荞想要去上厕所。她伸手戳了戳许肆，他一言不发地站起身，给她让开了位置。

她洗完手回来，许肆又是一言不发给她让开了位置。

第三节课是语文课。何国士来查班。

江荞刚想戳许肆，却发现他没睡觉，低着头不知道在想什么。

何国士走了。

李秋红让他们自己先看一会儿课文，她出去和隔壁班语文老师讨论问题去了。

　　杨世昆正在低头看课文，突然觉得有人戳了自己一下，本来以为是许肆，他一转头，看到了江荞递过来的字条。

　　杨世昆看了一眼许肆，他想说："我真的不知道江学霸为什么会跟我传字条。"

　　在许肆杀人的目光下杨世昆接下了这张字条。

　　上面写着："你知道许肆怎么了吗？他是不是心情不好？"

　　杨世昆不知道该怎么回答这个问题，不过肆哥昨天看着挺开心的呀。

　　他犹豫半天，回了她："肆哥可能昨天没睡好，心情不好吧。"

　　他将字条折好，偷偷回头，发现许肆又在盯着自己，他不敢跟许肆对视，将手里的字条扔到江荞桌子上。

　　江荞在看字条，突然感觉到旁边人的视线落在了自己手里的字条上面。

　　她护住了手里的字条，偏头就对上了许肆的视线。

　　她开口道："我就是问他一个问题，我没有说你坏话。"

　　许肆"嗯"了一声，再没有说话。

　　江荞又看了一眼字条，心想他可能是睡眠不好吧，睡眠不好会让人心情不好。她看完，把手里的字条撕碎扔进了兜里。

　　下课，江荞刚出去，杨世昆就回头冲许肆解释："肆哥，我发誓，我不是故意要跟江学霸传字条的，就是她问我，你是心情不好吗？"

　　许肆沉默了一会儿，才开口："没有心情不好。"他又问，"那你是怎么说的？"

　　"我说你可能没休息好，所以才有点儿心情不好。"

　　许肆还没说话，就看到江荞从外面回来了，他对上江荞的视线，又错开了目光。

　　一切都变得奇怪了起来。

　　这一节课，两个人又没怎么说话。

　　"走，老杨，出去'放水'去。"

　　"你怎么'放水'还要我陪你呀？人家女生上厕所结伴，你一个大男人还要人陪，也就是你大哥我疼你，走吧。"

　　郝明："……"

　　许肆又出去了，罗星从前排跑过来找江荞聊天。

　　她捧着脸开口："荞荞，你知道吗？最近网上很火的那个男团的队长真的好帅呀！我昨天看了那个视频，我觉得我的'血槽'都要空了！太帅了！"

　　看着江荞有些懵懂的表情，罗星反应过来："我忘了，荞荞你不追星，你应该不知道我说的是什么。就是一个中国的男团，里面的男生真的都好帅，有奶狗类型的，也有狼狗类型的，都超级帅，还有，他们队长真的绝了，腿长一米八。"

　　看着罗星激动的模样，江荞笑着开口道："既然你喜欢，那他一定很好。"

罗星激动地抓住她的手:"真的很帅,荞荞,太可惜了,可惜你不追星,我昨天看他跳舞的视频,我激动得都要喷鼻血了。"

江荞听着她说,一直看着她笑。

罗星把那个队长的血型、身高、特长……全说了一遍。

她看着眼睛弯弯的江荞,反应过来自己似乎说了太多:"荞荞,你听我说了这么多,会不会觉得我很吵呀?而且说的全是你不知道的东西,会不会有点儿无聊?"

江荞摇头:"不会呀,虽然我没有关注这些,但是听你说,感觉很有意思。"

罗星抱住她的脖子就要亲她:"荞荞,你真是我的宝贝。"

看到许肆在江荞身旁坐下了,她又刹住了车。

许肆倒是没什么表情,又在低头忙活自己的事。

罗星突然有些好奇江荞喜欢什么类型的男生,于是问:"对了,荞荞,你喜欢什么类型的男孩子?"

江荞想了一下,认真开口:"温暖,善良,聪明。"

落在许肆耳朵里,他只听见了"聪明"两个字。

聪明?成绩好的?

小老师

上午最后一节课是自习课,江荞看到许肆似乎在抽屉里找什么东西,找了半天。

江荞看到他掏出来一本崭新的物理习题册。

正当江荞以为他是准备把书全部拿出来再找东西的时候,许肆将那本习题册平放在桌子上,然后翻开看了一会儿。他翻了好几页,不知道现在学到了哪里,索性随便翻到一页。

许肆读了第一题,看完题干,感觉自己什么也没看懂。他对着剩下那些题又看了半天。

然后他发现,自己一道题都不会。

许肆合上了习题册,眼不见心静,虽然上面的字他全都认识,但组合在一起了,他就不知道是什么意思了。

"你哪里不会?我可以教你。"

说全部不会未免过于丢脸,许肆便回绝了:"不用你教我。"

"真的不用吗?"

"不用。"

许肆看着江荞又将头转了回去,开始做自己的习题了。

十几分钟过去,江荞递过来一张纸,上面密密麻麻地写着做题过程。

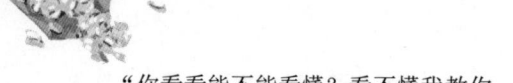

"你看看能不能看懂？看不懂我教你。"

许肆嘴硬道："我不看。"

几分钟后，他拿着那张纸看了起来。她把解题过程写得很详细，每个公式他似乎都看得懂，也都学过，可是放在一起他就不知道是什么意思了。

许肆看了半天，还没开口，感觉到江荞凑了过来，她的声音轻柔："哪里看不懂？"

许肆指了指第一道题的步骤。

江荞立刻拿着笔给他讲解。跟着她的思路，许肆大部分听懂了，只是有些地方还是不明白。

江荞抽出物理书："等下我跟你说哪个公式是考试重点，还有公式的演变过程。"

"好。"

江荞讶异于他今天怎么这么好学，又给他讲了后面的一道题，将这一章节的重点公式写在草稿纸上，开口道："这一章的重点公式也就这几个，后面的几道题都是同类型的题。你自己先看看，不会再问我。"

"好。"

"想学好英语，掌握单词是基础，语文可以多背文言文、古诗，数学和生物也不难。"至于化学，她也不太喜欢。

"你在管我呀？小古板。"许肆看着她认真的表情。

"算吧。"江荞说完，鼓励地开口，"你基础不算很差，肯定可以学会的。"

许肆差点儿将那句"我聪明吗？"问出口，他看向江荞："那我不会的都可以问你吗？"

"当然可以。"江荞也没问他为什么突然想学习了，但是他想学习，江荞很开心。

他曾经也是奶奶眼里成绩优异的少年，明珠不该蒙尘，而他，也不该一直颓废地活着，她觉得他本就是该生活在阳光下的少年。

杨世昆一回头，惊奇地发现肆哥居然开始学习了，这比太阳从西边出来还让人感到不可置信。

"肆哥，你在做什么题？你居然开始学习了。"

许肆闻言抬头看了他一眼，那表情似乎在说：一边去。

杨世昆缩了缩脖子："肆哥，你学习吧。"

……

中午休息的时候，许肆还在研究那几道物理题。

江荞讲题的时候他觉得豁然开朗，自己做的时候，还是卡壳了。

他越看越心烦，索性随便蒙了个答案写上去，见江荞探头过来看，他连忙捂住自己的习题册。

江荞轻声道："我看看。"

许肆这才不情不愿地挪开了自己的手。

江荞看了一眼他写的选择题，四题错三题，她指着做对的那一道数学题："这不是还对了一题吗？挺好的，慢慢来嘛。"

许肆沉默了一下，才开口："那道题……我蒙的。"

江荞抬头看了他一眼，轻声道："任何事情都有一个过程，不要着急。"

"你觉得我笨吗？"

江荞说喜欢聪明的，那她会觉得他笨吗？

"不笨，如果我连着四年不听课，我一定也什么都不会。"江荞说完，又问他，"你是不是昨天没睡好？"

许肆想起早上杨世昆告诉自己江荞问他的话："对，昨天晚上元元闹人，所以没睡好。"

"这样啊，我还以为是你不想理我。"

"没有。"许肆说完，又补充了一句，"没有不想理你。"

许肆将手里的试题放在她桌上："给我讲讲吧，小老师。"

江荞笑道："好。"

江荞一步步引导他去做那道题。

许肆跟着她的解题思路，豁然开朗。他仿佛置身于迷雾当中，突然有了亮着的一盏灯，于是便有了继续前行的方向。

下午的化学课上。

张润发刚到班里就笑眯眯地开口："同学们，昨天的作业做完了没有啊？"

班里响起一片响亮的"写完了"。

杨世昆嘀咕道："没关系，他从不检查。"

下一秒，张润发就开了口："把你们的作业都放在桌子上，我来检查检查。"

杨世昆把习题册掏出来放在了桌上，但是没有翻开。

张润发只是四处转了一圈："大部分同学是完成了的，小部分同学没有完成，我等下讲题的时候你们听懂了再补上，这再不补上可就说不过去了，同学们。"

"好。"

张润发讲完一道题，问下面："听懂了吗？"

"听懂了。"

张润发点头笑道："听懂了就对了，能听懂是因为我讲课的方式是对的。"

杨世昆没忍住笑了。

许肆听着这句话，有些若有所思。

这节课，许肆没有睡觉，也没有玩手机，居然抬头听课了，这让张润发很吃惊："许肆同学这节课精神头不错,看来也是被我的魅力吸引住了,继续保持。"

许肆会听课?班里的人齐刷刷地回头看许肆。

许肆穿着黑卫衣,外面套着校服,黑色碎发遮住了额头,他面上没什么表情,眉眼冷淡极了。他坐姿算不上端正,透着几分痞气,他正一本正经地看着黑板。

许肆是真的在听课。

他们以为许肆是心血来潮听会儿课,结果后面的几节课,许肆都在听。

众人发现,许肆居然真的开始学习了。

送他板砖?

"小妹妹,你要买什么书呀?"书店老板是一个很面善的男子,笑眯眯地看着江荞。

"高中的学习资料。"

"就在后面的两排书架上,你看看你要什么吧。"

"好,谢谢叔叔。"

架子上整整齐齐地摆放了很多学习资料,文理科的都有。

江荞看了半天,一套试卷吸引了她的目光。她抽出来那套试卷,试卷上写着"简易基础版",适合零基础入门学。

她翻了几页,发现里面的解题过程都很详细。

江荞又看到一本课外书,东野圭吾的《红手指》,她很感兴趣,便和学习资料一起买了。

书店老板叹了口气:"我就是卖书的,可惜我儿子不爱看书。"

江荞闻言笑道:"每个人喜欢的东西都不太一样。"她看见老板扯了一个袋子,开了口,"不用袋子了,我装书包里就行。"

"好。"

江荞把六本学习资料都装进了自己的书包里,那本课外书她拿在了手里。

她刚想回家,突然又想,如果今天把书给许肆的话,这两天是周末,他还能做些题。她掏出手机,给许肆发了个信息:"你现在有时间吗?我有东西要给你。"

许肆回信息很快,几乎是秒回。

XS:"你在哪里?"

江荞发了个定位过去。

XS:"等我。"

江荞坐在外面的椅子上看书,很快就看入迷了。

十几分钟后,一辆电动车在她面前停下,她都没有发现。

许肆下车,摘下了头盔。他一眼就看到了坐在椅子上看书的江荞。他走到江荞旁边坐下，看了一会儿江荞手里的书："小古板。"

江荞这才抬头，她都不知道许肆是什么时候来的。

"刚刚看你看得入神就没有叫你。"

江荞将自己怀里的书包递给他："这里面的东西是给你的。"

许肆接下她手里的包，还挺重，里面装的不会是砖头吧？

小古板送他砖头干吗？难道小古板要警告他——不好好学习就用板砖拍他？许肆的脑子里已经天马行空地开始想象了。

他拉开拉链，看到里面整整齐齐地躺着六本学习资料，并没有什么板砖。

许肆拿出来一本，盯着"简易基础版"几个大字看了一会儿，问她："为什么是简易基础版？"

"你现在基础有点儿薄弱，先做这个，然后可以做基础版，接着就是做进阶版。"

"你今天下午不是还说我基础不错吗？"

江荞沉默了一会儿，不知道该如何开口，怕说不好打击了他的信心——他好不容易想学习了，万一不想学了那就麻烦了。

她斟酌着字句："之前应该是不错的。"但是她没想到许肆从初二开始，一直到现在，都没认真学。

"那我们现在去哪里？"

江荞摇头："不知道。"

"奶茶店去吗？给我讲题，小老师。"

江荞应道："好。"

江荞捧着一杯热奶茶坐在许肆的旁边，她翻了几页习题册，然后开口："今天你写这几页，做我圈着题号的题，旁边都有思路指导。你如果哪里看不懂，就直接问我。"

"好。"

江荞低头看书，许肆则低着头写江荞给他圈的题，两个人相处起来倒也和谐得很。

他偷偷看了一眼她。

她的睫毛真翘。

江荞察觉到他在看自己，问他："怎么了？"

许肆收回视线："没事。"

江荞以为他在看自己手里的奶茶："你刚刚只给我买了一杯，你喝吗？我给你买一杯。"

"不用。"

"真不用吗？"

"不用。"

几分钟后，许肆拿着一杯奶茶开始写题。

奶茶甜腻腻的，他不喜欢喝，但是和她一起喝，他就没那么不喜欢了。

最后几题比前面的题稍难，许肆卡住了。他看了一眼专心看书的江荞，准备等她看完再说。

江荞抬头看了他一眼："哪里？"

许肆指了指最后几题："这几题，都不会。"

他听着江荞讲题，她的声音轻柔，听着很舒服，而且她很会引导他的思维。

江荞讲完了那两题："懂了吗？"

许肆点点头："如果我以后经常问你题，会不会耽误你做题？有点儿浪费你的时间了。"

江荞摇头："不会，我一般做的是后面还没开始学的题目。"

许肆沉默几秒才开口："好。"他又问她，"你晚上吃饭了吗？"

江荞摇头。

"请你吃饭，算是小老师给我讲题的报酬。"许肆说完，便拎起江荞那个粉色的书包，直接背在了身上。

包背在江荞身上很正常，背在他身上显得有些小了，而且包的颜色过于粉嫩，他背着显得有些不伦不类。

江荞看着他背包的样子，没忍住笑了起来。

许肆回头看她："笑什么？"

江荞摇头："没事。"

……

两个人吃完饭，时间已经不早了。

许肆送她到楼下："快回去吧。"

江荞轻声道："好。"

许肆突然想起自己身上还背着她的书包，叫住她："等等。"

江荞回头看他。

"书包还没还给你。"

"你先把书装回去，下次再还我。"

"行，拜拜，小古板。"

江荞看着他身上挎着一个粉粉的书包，还是觉得有些好笑。她开口道："刚刚给你打钩的数学题，回去记得做，做不完的话，明天做也行。"

许肆调侃道："怎么？还准备查作业呀？小老师。"

"我觉得这个想法不错。"江荞说完，冲他挥了挥手，进去了。

许肆看着那一抹纤细的身影逐渐淡出视线，直至消失。

很快，许肆看到楼上亮灯了，他知道，江荞是到家了，他收到了一条信息。

小没良心的："我到家了。"

他抬头，看到一只小手冲他摇了摇，似乎在说再见，然后江荞把脑袋伸了出来。

可以以后都打视频吗？

许肆看着那冒出来的脑袋，伸出手指了指自己的手机，江荞低头看了一眼手机。

XS："我走了。"

他冲江荞挥挥手，很快消失在夜色里。

江荞看着许肆发过来的信息。

XS："可以开视频吗？不会的题你教我，小老师。"

许肆刚点完发送信息，就将给江荞的备注改成了"小老师"，下一秒，江荞的信息就来了。

小老师："可以。"

一个视频邀请弹出来，许肆点了同意。

江荞将手机摆在桌上："你先写，有不会的问我。"

"好。"

许肆低头写道题，写了几道题，偷偷抬头看了一眼。江荞低着头，不知道在看什么书。她的表情很认真。她穿着奶杏色的睡衣，一头长发乖顺地披散在肩膀上。

许肆看了几眼，又收回目光继续写题。

元元跳到许肆肩膀上，一张大脸凑近了屏幕，"喵喵"叫了几声。

江荞本来在看书，抬头看到了一张猫脸，她笑道："元元，还记得我吗？"

元元伸出爪子拍了拍屏幕，一张大脸贴在了屏幕上。

许肆把它拎了回来："你凑那么近干吗？"

元元挣扎了几下，似乎还要凑到镜头前。

江荞没忍住笑了："你继续写题吧，我跟它视频一会儿。"

"行。"许肆看着一人一猫视频，有些吃醋意。

他写完题好一会儿了，抬头看着镜头里的江荞："我写完了，小老师给我检查一下。"

"你把摄像头转过来我看看。"

许肆的字像他本人一样，有些张扬，不是老师喜欢的字体，但也算不上难看。

"第二题，第五题，最后一题，你再看一遍。"

许肆乖乖地又审了一遍题。

"看出来什么了吗？"

"第二题看错题干要求了。"

"重新做一遍。"

许肆又重新做了一遍，仰起头看江荞，发现她也在看自己，似乎是在监督自己。他冲江荞笑了一下："写完了。"

江荞又检查了一遍："不错，这次对了。另外两题也重新写一遍。"

"行。"

许肆看了好几遍，也不知道自己错在了哪里，于是江荞又给他讲了一遍。

讲完了题，许肆却不舍得挂断视频电话，他看着江荞："以后可以都给我开视频讲题吗？我不打扰你写作业。"

江荞认为他现在是求知若渴，笑道："可以。"她顿了一下，又道，"周末没事的话，我也可以给你讲题。"

许肆抑制不住地嘴角翘起："好。"

"早点儿睡觉，晚安，许肆，还有元元。"

"晚安，小老师。"

……

杨世昆本以为许肆学习只是图一个新鲜感，没想到连着一个星期他都在乖乖学习，上课也不睡觉了，回家也不打游戏了。

虽然有时候许肆上课也会睡着，但是总会被江学霸戳醒。

十月十九日周四下午。

江荞收拾完东西，冲许肆开口："我这周要补习，可能到很晚。这几天就不能开视频给你讲题了，周一再检查你的作业。"

"好。"

江荞都是自己预习，提前学后面的内容，做后面的题，许肆不知道她还有什么需要补习的。

可能小古板做的是更难的题目吧，许肆想。

晚上回到家。许肆掏出英语资料，刚翻开，下意识地就将手机摆在了桌子上。他将手机收了下去，他忘了，这几天不讲题，也不开视频。

许肆写了一会儿，下意识地抬头看了一眼，手机屏幕里没有江荞。

他突然发觉自己很不习惯。

这些天他以为自己爱上了学习，原来他只是喜欢小古板教他——

只是想要看见她而已。

元元跳到他的肩膀上，许肆揉了一把它的脑袋："别看了，今天没有她。"

元元"喵"了一声，似是不解。

"小古板她去补习了,今天不讲题,也不开视频。"不知道是说给元元听,还是说给他自己听。

明明已经化疗很多次了,每次进医院的时候,江荞闻见消毒水的味道,还是觉得很难受,身体本能地产生抗拒。

她不喜欢医院,这一次,她直接昏睡过去了,一直睡到周五中午才起来。

刘妈见江荞醒来,开了口:"荞荞,夫人有事外出了。我煲了汤,还在保温桶里,喝一点儿吗?鸽子汤,炖了很久,可鲜了。"

江荞点头:"好。"

她去洗漱完,喝了点汤,又睡了过去。

到下午,她又被痛醒了。

她整个人蜷曲在病床上,疼得脸色发白,嘴唇都要咬破了,额头上出了很多冷汗。

刘妈看着她这副难受的模样,急得眼睛都红了,她跑出去叫来了医生。那女医生看了一眼江荞:"这是正常的化疗反应,我只能开点儿止疼药给她吃一吃。她本来就瘦,身子比较弱,要多补充营养,多吃含纤维素比较多的蔬菜,含脂肪、蛋白质比较多的肉类。"

"谢谢医生。"刘妈跟医生道了谢。

江荞吃了药,又喝了半杯温水,一张脸毫无血色,身子单薄得让人心疼。

刘妈出去问医生,江荞现在的身体如何。那医生看了一眼病房里的小姑娘:"身体是比以前好一些,但她这已经是晚期了,治愈的概率很小,至于后期怎么样,也不好说,但是你们家属要做好心理准备……"

后面的话刘妈听不下去了,她说了声"谢谢",没忍住在外面偷偷抹眼泪。

她推开门走进来,替江荞掖了掖被角,然后又出去了。江荞看到了刘妈微红的眼眶,却不知道自己该怎么做。

许肆一直等到很晚才收到江荞的信息。

小老师:"我今天的课补完了,你的作业记得写,周一检查。"

XS:"补到这么晚啊?"

小老师:"嗯。"

XS:"早点儿休息,晚安。"

小老师:"晚安。"

江荞将手机放在一边,身上的疼痛已经缓解了些,她起身下了床。

她拉开窗帘。

可惜今晚夜空中没有星星。

第八章
听小老师的

> 小老师在管我呀?

> 嗯。

A市六中高三（17）班成绩表

姓名	总分	班级排名
江荞	692	1
……		
许肆	204	54

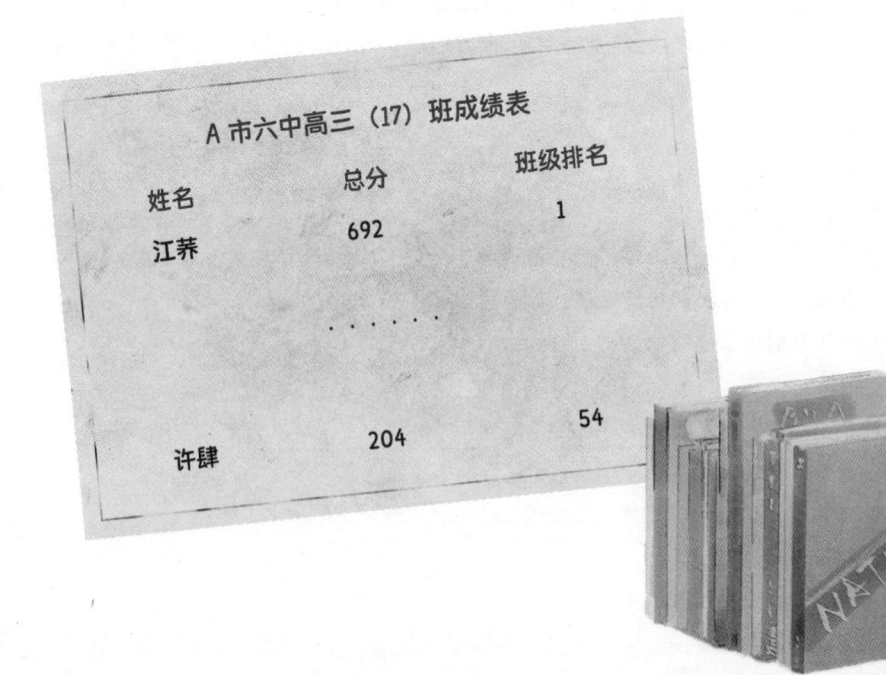

出事

转眼已经到月底了，十月三十一日，这天是周六。

两人提前约好下午三点在奶茶店见。

许肆两点十分就出了门，他穿着黑色卫衣，外面套着一件同色的外套，下身也是一条同色的裤子。

他刚准备出门，元元跑出来跳到了他的肩膀上，许肆看它："怎么？要跟着一起呀？"

元元"喵喵"叫了几声，许肆带上了它。

才出门一会儿，他就听到手机响了。

他点了接听。

"肆哥，我被人堵了。"

"你在哪里？"

"就在水乡街这边的小巷子里。"

许肆看了一眼时间，还有五十分钟，他给江荞发了个信息。

XS："今天不讲课了。"

许肆赶到的时候，看到杨世昆脸上已经挂彩了。

杨世昆看到许肆，仿佛看到了救星，开口道："肆哥。"

为首的那个头发染成七彩的男人饶有兴趣地看了许肆一眼，拎起杨世昆，笑道："真是个废物，打两个电话就叫来一个人，瞧不起谁呢？"

杨世昆"呸"了一声。

眼看着那个男人就要一巴掌抽在杨世昆脸上，许肆一把攥住他的手，然后甩开了他。

那个男人没站稳，摔倒在地。他从地上爬起来，看了一眼许肆，笑道："有意思，有意思。"

杨世昆被许肆挡在身后，他提醒许肆："肆哥，小心点儿，他们还有棍和刀。"

少年眉眼很冷，面上没什么情绪，他看了一眼杨世昆："没事。"

一对多，许肆和杨世昆难免落了下风。

许肆胳膊被划了一个口子，血浸湿了袖子。

郝明匆匆赶到，他下了出租车是跑着过来的。他看了一眼杨世昆跟许肆，冲那些

人开口："我已经报了警，你们一个都跑不掉。"

染着七彩头发的那个人叫根哥，他闻言轻嗤一声："你吓唬谁呢？我都没看到你拿手机出来，还报警，你当我是三岁小孩，会相信你这种拙劣的谎言？"

杨世昆小声问郝明："你真报警了吗？"

"嗯，来之前肆哥就跟我说要报警。"

他话音刚落，一阵警笛声由远及近传来。

根哥反应过来他不是开玩笑，他顾不得撂狠话，低声骂了句，冲身后的人开口："我们走。"

可已经来不及了，身穿制服的警察堵住了几个人的去路。

为首的是一名女警官，叫高双双，恰好是之前处理刘兴发那件事的警察。

她看向许肆三人："又见面了。"

许肆微微点头。

"你们谁报的警？"

郝明闻言开口："是我。"

"说说吧，怎么回事？为什么打架？"

杨世昆闻言开口："警察姐姐，他们欺负我表弟很久了。我表弟特别乖，成绩也好，被他们吓得都不敢去上学了。我找他们理论，结果他们堵我，一群人打我一个。"

"是这样吗？"高双双看向根哥。

根哥闻言涨红了脸："那个学生仔根本就没什么钱，我也没有问他要过几次钱。"

"我表弟所有的零花钱都被你们要走了，他现在连学校都不敢去了。你别说得好像你很无辜一样。"

根哥刚想骂，做笔录的男警官开了口："这不是要几次的问题，你这种行为本质上就是欺凌，现在又打架斗殴，影响属实恶劣。"

"我看你分明就是认识他们，所以袒护他们。"根哥刚刚将高双双跟杨世昆三人打招呼看在眼里，一脸不服气。

高双双神色一凛，看向他："之前他们三个见义勇为做好事，有问题吗？"

根哥嘀咕了几句，没再言语。

做完笔录，一群不良少年被带回了警局。

临走前，高双双冲杨世昆开口："接下来的事我们会处理，如果你表弟还被欺负，可以报警。"

"我知道了，谢谢警察姐姐。"

警笛声逐渐远去，杨世昆看到许肆身上的伤，问他："肆哥，你胳膊受伤了，要不要去医院？"

"不用。"许肆掏出来手机看了一眼——完了，已经四点多了，等他赶到书店估计就五点多了。

"肆哥,可是你的胳膊在流血。"

许肆看着江荞没有回他信息,不知道她是不是还在那里等着。他将手机塞进兜里,冲杨世昆和郝明开口:"我还有事,先走了。"

他又看了一眼杨世昆身上的伤:"记得去医院。"

"那你呢?肆哥。"

"再说吧。"

许肆赶到奶茶店的时候已经五点多了。

他透过玻璃,没有看到那个身影。

是不是小古板以为他不学了,所以没有回他信息。

许肆推开门,店员被他吓了一跳——他身上很脏,衣服上沾着土,表情看起来凶巴巴的。

"今天三点多有没有一个女生来这里?大概这么高,长得很乖……"

他话还没有说完,听到身后有人喊他名字:"许肆。"

疼吗?

许肆回头,看到了站在他身后的江荞。

她身上穿着奶白色的裙子,外面披着一件浅紫色的开衫。

她今天真好看。

江荞看着他,呼吸一滞:"你打架了?"

许肆人生中第一次感觉到了心虚:"是。"

现在这副模样可能会吓到了她——浑身脏兮兮,衣服上还有血。他又怕江荞会生气他又去"打架"了,而且今天他还说不学了。

一只柔软的小手触碰了一下他,江荞的声音软绵绵的:"疼吗?"

许肆有些错愕地看着江荞,他点头又摇头。

见江荞一直盯着他脸上的伤口,半晌他才开口:"我怕你等我,给你发了信息,你是不是没有收到?"

"手机没电了,我今天没带,留在家里充电。"

"抱歉,让你等了这么久。"

江荞摇头:"没事,是因为我没带手机,而你发信息给我了。"她背起自己的包,冲他开口,"先去药店,上点药。"

她拉起许肆的袖子,就要拽他出去,触及一片湿润。她低头看了一眼自己的手。

红色的，是血。

江荞抓住许肆的胳膊，把他的衣服袖子卷到了上面，看着他胳膊上的一道刀伤，很长，周围还有干掉的血迹。

"许肆，你是傻了吗？胳膊受伤了不知道先去医院吗？"

她以为许肆只是脸上和手上受了点儿伤，没想到胳膊上还有伤，还是刀伤。

江荞平常说话都温温柔柔的，也很爱叫他全名，但是这次许肆听出来了——她生气了。

许肆低着头看她，有些无措地开口："我……"

江荞仰着头看他，没有说话，那一双总爱弯着的眼睛里没什么情绪。

"对不起。"

"你自己的胳膊受伤，你跟我说什么对不起？"

她生气了，真的生气了。

去诊所的路上，江荞一直抿着唇没有说话，也不看许肆。

许肆看着她板着一张小脸，内疚得不行，他知道是自己错了。

诊所里。

江荞抓住许肆的胳膊跟医生开口："他胳膊上有伤，脸上也有，麻烦您上点儿药。"

"把袖子撸起来我看看。"

许肆自己把袖子卷了上去。

医生凑近看了一眼："你到后面来，先消消毒，再包扎一下。"

"好。"

江荞跟着进去了。

医生给许肆脸上的伤消了毒，提醒他："胳膊上的伤口有点儿深，消毒的时候会很疼，你忍一下。"

"没事。"许肆说完，冲江荞笑了一下。

江荞别过去脸不看他。

医生将酒精棉球按在许肆伤口上，许肆盯着那棉球看了一会儿，突然感觉到江荞走近了。

"张嘴。"

许肆听话地张了嘴，江荞往他的嘴里丢了一颗糖果。

许肆冲她笑，她看了许肆一眼，然后又别过头去，还是不看他。

糖果在口腔里化开，甜甜的，是草莓味的。

对许肆而言，受伤是家常便饭，最严重的时候胳膊骨折过，所以他并不怕疼。

见江荞一直不看他，他夸张地"嘶"了一声。

江荞看他："是不是疼？"

许肆点头："嗯。"

江荞把胳膊伸在他面前："疼就抓我。"

许肆只是轻轻地握住她的胳膊，他可舍不得抓她。

上完了药，医生用纱布给许肆的胳膊包扎了一下，问他："还有哪里有伤吗？"

许肆如实回答："背上。"

"掀开衣服我看看。"

许肆脱掉外套，掀开了自己的卫衣。

江荞抬头看了一眼，他背上红了一道，还有些微微肿起。

少年的肩宽，腰劲瘦，背上的肌肉线条好看，蝴蝶骨也明显得很，他身上的皮肤冷白，更衬得他背上的那道红色突兀得很。

那医生拧着眉看着他背上的伤："你这是软组织损伤，我给你喷点儿药，然后再拿点儿药吃。"

"好。"

江荞一直盯着医生给他喷药，后知后觉地反应过来，不禁红了耳根，移开了目光。

医生给许肆喷好药，又给他开了几盒口服药。他看了一眼旁边的江荞，小声开口："少打架，会让你……妹妹担心的。"

许肆看了一眼江荞："我知道了。"

"生气了哄哄就好了，女孩子嘛。"

许肆笑道："您说得对。"

回去的路上，江荞还是不理他。

许肆拎着药，轻轻扯了一下江荞的衣服："别生气了，小古板。"

见江荞不说话，他又试探性地叫了一声"小老师"。

江荞扭过头来看他："我没生气，我只是觉得你太不把自己身体当回事了，不是因为你来晚了或者别的。"

"我真忘了。"

又或者说他早就习惯了——受伤了反正也没人在意，伤口早晚会痊愈。

许肆说完，又怕她误会什么："杨世昆今天被人堵了，情况紧急。"

"我知道，一定不是你先招惹别人的，但是真的很危险，你今天胳膊还被刀划了。"她仰起头看许肆，"所以，你以后能少打架吗？"

"以后我一定少打架。"许肆保证完，又道，"那小老师这次能原谅我吗？"

"我没生气。"

"好，你没生气。"许肆轻扯了一下她的包，"我帮你背着。"

江荞看了一眼他的胳膊："我自己背。"

"就是划了一个口子,又不是胳膊断了。我背吧,还挺沉呢。"许肆说着,就扯下了她的书包带子。

"今天就不讲题了,下次吧。我们现在去干吗?"

"请你吃个饭,算是为我今天的事赔罪。"

江荞看了他一眼。

小老师真疼我

许肆立刻改口:"不是给你道歉,是我想请你吃饭,可以吗?小老师。"

江荞轻声"嗯"了一下。

饭桌上。

许肆看了看桌上清一色的绿色蔬菜,又看了看对面的江荞。

"吃青菜对身体好。"

许肆一双黑色的眸子里带着盈盈笑意:"小老师真疼我。"

江荞夹了一筷子菜放进他碗里:"吃饭。"

许肆一直笑着看着她:"谢谢。"他又想起了什么,"快期中考试了,要验收补课结果了。你对我有信心吗?小老师。"

他喊小老师的时候眼底都带着笑意,莫名有些勾人。

"肯定会比之前进步。"

"那是自然,我上次没有分数。"

江荞沉默了。

许肆想了一会儿,问她:"如果我进步十五名,我来向小老师讨一个奖励,可以吗?"

"可以。"江荞又补充了一句,"只要是我能做到的。"

"好。"

"大头,疼死了,轻点儿。"杨世昆躺在床上,龇牙咧嘴地开口。

郝明看看手里的棉签,不确定地问他:"我动作已经很轻了,还是很疼吗?"

"疼死了。"杨世昆疼得脸上仿佛戴上了一副痛苦面具。

郝明看到他身上还有脚印,擦药酒的手顿了一下:"下次肆哥和我不在的时候,你别逞强,听到没有?"

杨世昆一听这话激动地坐了起来:"他把我表弟逼得都不愿意去上学了,我都要气死了。"因为碰到了身上的伤,疼得他龇牙咧嘴的。

郝明把他重新按回床上:"没上完药呢,别乱动。"

"我就是气。"

"我知道。"

杨世昆抬头看到他脸上的伤,问他:"你脸上的伤不用擦点儿药吗?"

"不用。"

杨世昆从药箱里翻出来一个创可贴,直接贴在了他的脸上:"可以了。"

郝明没有说话,任他在脸上捣鼓,收起了药箱。

杨世昆坐在他的床上,嘀咕着:"完了,我这副鬼样子,回家指定还得挨顿毒打。"

他忽然凑近郝明:"哎,大头,你说,如果我跟我妈说我脸上的伤是摔的,你说她信不信?"

郝明开口道:"我相信阿姨的眼不盲。"

"那怎么办呀?完了,男女混合双打,铁定小命不保了,我妈说不定直接给我逐出家门。"杨世昆躺在床上,仿佛已经看到了自己挨打的样子。

他叹了口气——一顿毒打估计是跑不掉了。

"我如果被逐出家门,那我就去投靠肆哥,但是我怕肆哥嫌弃我。"杨世昆自言自语道。

"那你找我。"

"阿姨不是等下要回来吗?"

郝明摇头:"没事。"

杨世昆在他床上滚了一圈:"那就这样了,你得收留我。"

郝明看了他一眼:"别滚了,床单被你弄上药酒了。"

"知道了。"

"我去弄点儿饭。"

郝明做饭,杨世昆就搬着板凳坐在旁边眼巴巴地等着吃。

葱白炒香,加入切碎的番茄,然后加水,水烧开后加入搅成絮状的面糊,再倒入搅散的鸡蛋液,加入青菜,最后放入调料。

杨世昆闻到了香味,站起身去看锅里的东西:"大头,这会好喝吗?"

郝明回头看他:"不好喝你别喝。"

几分钟后,杨世昆抱着碗喝得停不下来:"你刚刚怎么做的?真好喝。"

郝明没说话,又给他盛了一碗,接着去做别的菜了。他炒菜,杨世昆就在旁边探着脑袋看。

郝明有些无奈:"别喝了,一会儿喝饱了。"

"最后一碗。"

杨世昆看着桌上的几个菜:"平常没看出来呀,大头,你做饭还挺好吃,真是'贤夫良父',以后不知道便宜了哪个姑娘。"

郝明瞪他："吃饭都堵不住你的嘴。"

杨世昆掏出手机，拍了一张照片："大头第一次下厨，我得记录一下。"

"一边去。"

杨世昆拍完照片，就发给了许肆。

杨世昆："肆哥，有生之年我居然能吃到大头做的饭，哈哈哈，必须记录一下。"

他发完，刚吃一口饭，突然又想起了什么，冲郝明开口："大头，也不知道肆哥有没有去医院看看胳膊。"

郝明闻言顿了一下："那你发信息问问。"

"刚刚发信息了，肆哥没有回我，我打个电话吧。"杨世昆说完，就给许肆打了视频电话。

对方已拒绝。

杨世昆愣了一下，看向郝明："肆哥拒绝了。"

"可能在忙。"

"好吧。"

"吃饭吧，快凉了。"

说到这个，杨世昆立刻来了精神。

另一边。江荞看许肆挂了电话，问他："你不接吗？"

"杨世昆。"

"接一下吧，他可能是担心你。"

于是，许肆又给杨世昆打了回去。

杨世昆听见微信电话的声音，嘴里的菜还没完全咽下去，就滑开手机，一看备注是肆哥，他直接点了接听。

"肆哥，你去医院了吗？"

"去了。"

杨世昆盯着许肆后面的背景看了一会儿："哎，肆哥，你在吃饭吗？我怎么看你像是在饭店。"

"对，在吃。"许肆说完，将手机镜头朝向江荞。

杨世昆欢快的声音从手机里传出来："江学霸。"

江荞本来在吃饭，看到许肆举过来的手机，吃饭的筷子一顿，冲杨世昆挥了挥手。

杨世昆龇着大牙乐："江学霸，肆哥今天是去找你吗？"

江荞点头："是。"

杨世昆眼尖地看到他们桌上的菜，有些疑惑："怎么全是绿色的？肆哥，江学霸，全素宴？"

许肆笑了："这你得问你江学霸。"

关心我呀？

江荞闻言微微红了耳根，半晌才憋出一句话："我喜欢吃青菜。"

杨世昆这种神经大条的自然是听不出来什么："吃菜好呀，我妈天天说我不爱吃蔬菜呢。"

许肆轻笑："对，吃菜好。"

"肆哥，江学霸，你们吃饭吧。我们就不打扰了，拜拜。"

"行。"

许肆挂了电话，对上江荞看过来的视线："小老师那么疼我，那我得把这些菜全吃了。"

江荞看他："你说的全吃了。"

许肆托着下巴看她："全吃了。"

江荞之前听杨世昆说过，许肆一直都不爱吃那些绿绿的菜，所以这次她故意点了一桌子。

她看着许肆一筷子一筷子地夹菜，吃得开心，有些怀疑自己之前听到的到底是不是真的。

杨世昆打开门，先探头进去，发现家里似乎没有人，刚踏进去一只脚，就听到一个声音："回来了？"

他吓得捂住了自己的脸。

徐雁看他捂着脸，指了指旁边："过来，坐下。"

杨世昆的心扑通乱跳，比他和好看姑娘说话时跳得还快，难道这是暴风雨前的宁静吗？

他走到客厅，看到沙发上整整齐齐坐着的几个人，有些茫然——怎么舅舅一家都来了？

徐子木叫他："表哥。"

杨世昆在他旁边坐下，小声开口："怎么了？你们怎么都来了？"

徐子木只是笑。

徐庆池先开了口："小昆呀。"

杨世昆坐直了身子，"哎"了一声。

"这次多亏了小昆，小木在学校受欺负那么久，也不告诉我们，就说不想去学校了，我和你舅妈都不知道怎么了。"

徐子木拉住杨世昆的胳膊："那几个小混混已经给我道歉了，还把之前从我这里要的钱全部还给我了。"

杨世昆这才反应过来，笑道："应该的，应该的。"

徐雁笑道:"哥,虽然这孩子平常爱瞎闹,但是够义气。"

徐庆池笑了一下,拍拍杨世昆的肩膀,还没开口,杨世昆就疼得龇牙咧嘴。

"你这脸上的伤也是因为替小木出头被人打的吧?以后可不准这么鲁莽了,一定要告诉我们或者老师。"

杨世昆点点头。

"舅舅请你下馆子去。今天我们出去吃。"徐庆池说着,偷偷从兜里掏出一个红包,在徐雁没注意的时候塞进了杨世昆的兜里。

杨世昆摸了摸红包,还挺厚,他咧嘴冲徐庆池笑了一下:"谢谢舅舅。"

他这一笑不打紧,牵扯了脸上的伤,忍不住抽气。

许肆和江荞吃完饭去取车,许肆才想起来元元还在电动车上挂着的包里。他拉开拉链,元元从包里跳了出来,直接钻进了江荞怀里。

许肆开口道:"它最近吃胖了,我来抱着吧。"

江荞还没开口,元元就一头埋进了江荞的怀里。

许肆沉默了。

"没事,不重,我抱着吧。"

许肆拍拍元元,它抬起头来,一人一猫对视了一会儿,元元重新把大脑袋埋进了江荞怀里。

他盯着元元的后脑勺,真想把它从江荞的怀里拎出来。

江荞问他:"你受伤了,早点儿回去休息吧?"

"没事,我的腿还是好好的。小老师在关心我呀?"

江荞被他不着调的话说得有些耳热,抬头看了他一眼:"没有。"

许肆每次看到她这样的表情,总有种自己在欺负人的感觉,他弯了唇角。

夜市上很热闹,树上挂了很多彩色的小灯,往来的人很多。

江荞抱着猫走在前面,见许肆没有跟上来,就回头看他。许肆本来想拍她的背影,刚好抓拍到她回头的瞬间。

照片上,五彩斑斓的彩灯下是温柔的少女,她扎着高马尾,脸上挂着清浅的笑意,怀里抱着一只小黑猫。

"你在干吗?"

许肆扬起手机给她看:"刚刚想拍一张你的背影,恰好你回头了。"

江荞看着手机上的照片,笑道:"拍得挺好的。"

许肆收起来手机:"那是自然。"人是好看的,怎么会拍得不好看。

路过一家卖宠物用品的小店,江荞抱着元元进去了,许肆跟在后面。

许肆刚想说不给它买东西,却看到江荞已经认真地挑选起来了。

那老板看着旁边有些凶巴巴的男生："带妹妹出来玩呀？"

许肆看看江荞，又看了一眼老板："是啊，带妹妹出来玩。"

"你们兄妹俩感情真好。"

江荞抱着猫，解释道："我们不是兄妹，是同班同学。"

那老板恍然大悟："不是呀？我眼拙了。"

江荞一阵耳热："是同桌。"

那老板笑了起来："好朋友呀？怪不得，看着就关系很好。"

许肆嘴角挂着浅笑，看着江荞开口道："是，我们关系很好，是吧，小同桌？"

江荞"嗯"了一声，拿起一件蓝色的衣服，问许肆："这件可以吗？"

许肆看了一眼那件蓝色的衣服，又看看元元："我觉得可以。"

元元似乎是知道给自己买衣服，兴奋地"喵喵"叫了起来。

江荞刚想付钱，手机就被许肆抽走了，她回头看许肆："我是给元元买东西，你把手机给我。"

许肆低着头看她，对上她的视线，他才将手机还给了她。

许肆提着那件给元元买的小衣服，问江荞："抱着它累吗？要不要我抱？"

江荞摇头："不用，元元不是很重。"

逛完出来，许肆便打车送江荞回去。

许肆护着她的头，看着她坐了进去。

江荞刚坐进去，就看到许肆抱着猫也跟着坐了进来："你怎么也上来了？"

许肆笑："送你回家呀。"

"其实可以不用那么麻烦的。"

"不麻烦。"

许肆将江荞送到了她家楼下。

江荞叮嘱他："伤口别碰水，记得换药。"

"知道了，小老师。"许肆说完，冲她挥了挥手，他看着楼上亮起了灯，才离开。

"大佬"的同桌

秋风染红了枫叶，十一月带着丝丝凉意来了。

许肆在江荞旁边坐下，将东西放进抽屉里。

今天江荞穿了白色的衬衫，外面是一件粉色带着白色毛边的外套，衬得她一张小脸粉粉的。

江荞察觉到许肆在看自己，转头看他："怎么了？"

许肆摇头："没事。"就是觉得她穿这件衣服格外可爱。

他抽出来英语单词本和语文书："小老师，今天的任务是什么？"

江荞从他手里抽出英语单词本："今天背单词吧。"

"好。"

许肆看了几句，然后凑过去问她："这个单词怎么读？"

江荞看了一眼，问他："Ambulance，听起来读音是不是像'俺不能死'？所以是救护车的意思。"

许肆没忍住笑出来："记住了，小老师这记忆方法真不错。"

江荞看他："快背吧。"

她自己看了一会儿书，冲许肆开口："今天晚上考语文，选择题不管看不看得懂都要选一个，客观题写满就行，作文记得分段，可以套用我跟你说的模板。"

许肆笑："知道了，小老师。"

下午，考场分布图出来了。

方子新将考场分布图投屏到黑板上："这次考试的考场分布图出来了，同学们不要有心理压力，发挥出来自己最好的水平就行。"他又叮嘱了几句。

许肆看了一眼考场分布，他在另一栋楼的五楼，而江荞就在他们班这栋楼的一楼。

两个人不在同一栋楼考试。许肆看着那张考场分布图，有些失神。

江荞以为他是紧张，轻轻拉了拉他的袖子，声音柔和："别紧张。"

许肆转头看她："我不紧张。"

"那就行，考试加油。"

"好。"

……

之前考试，许肆一抬头就能看到江荞，现在她在第一考场，他在最后一个考场。

考试的时候许肆听江荞的话，不管是会的还是不会的，他全部答了。

写完作文的最后一句话，许肆抬头看了眼讲台上方的钟，还有十五分钟考试结束。

她肯定早就写完了吧？许肆想。

江荞写完作文的最后一句时，还有十五分钟，她检查了一遍语文试卷，心想，这次试卷题目不难，题量也不大，许肆应该能全部写完。

晚上。

江荞刚收拾完躺下，就收到许肆的视频邀请，她点了同意。

映入眼帘的首先是一张黑黑的猫脸。

许肆把元元抱到一旁："知道我跟你开视频，它就贴过来了，恨不得趴到屏幕上面。"

江荞没忍住笑了。

许肆将元元禁锢在怀里。

江荞问他:"你今天语文考得怎么样?"

"还行,全部写完了。"

江荞想了一下,又问他:"那就行,作文分段了吗?"

"分了。"

"考试的题,跟我给你买的试卷的难度不太一样,你有个心理准备,我买的那套试卷是用来给你打基础的。"

"知道了,小老师。"许肆看着在自己怀里扭来扭去的元元:"你乖一点儿。"

江荞没忍住又笑了。

两人聊了一会儿,江荞开了口:"明天还有考试,你早点儿休息,晚安。"

"晚安,小老师。"

挂了电话,许肆揉了一把元元的脑袋:"你这小急猫,开个视频比我冲得还猛。"

元元不满地叫了几声。

许肆看着两人的聊天背景,笑了——她真的看起来好乖。

第二天。

做简易基础版题目做了一段时间的许肆,已经有了一点儿信心。不过在拿到数学试卷的那一瞬间,他顿时觉得补习的路漫漫——他也就前两题看懂了。

好不容易还有一道选择题看懂了,他尝试做了起来,可是算了半天,得出来的答案跟四个选项都不同。

许肆看了一眼四个选项,最后选了一个和自己算出来的答案最接近的。

第二场考试是物理。

江荞刚上完厕所回来,就看到坐在自己座位上的许肆。学校里几乎没有人不认识许肆,第一考场的人都有些意外——许肆为什么会突然来这个考场。

难道是这里有人招惹了他?可是他坐的那个座位似乎是个女生。

许肆站起身,让江荞坐着,然后把怀里暖着的热牛奶递给她。

江荞接过他手里的牛奶,想说"谢谢",又想起许肆之前说的话,改口道:"不客气。"她将牛奶放在桌上,问他,"你怎么过来了?"

如果她没记错的话,许肆的考试地点应该是在另一栋楼的五楼。

许肆听着她说"不客气",有些好笑:"不看到小老师,我有点儿不安心,所以过来看看你。"

"没事,大题会做就做,不会就写你知道的公式,多选题选一个就行。"

"知道了，小老师。"许肆看着她，提醒她，"牛奶凉得快，你早点儿喝。"

"好。"江荞看了一眼手表，"你快回去吧，没多久了。"

她将许肆送了出去，又回了考场坐下。

突然间，江荞觉得考场上很多人的视线都落在她身上，她抬头看了一眼，那些人又收回了视线。

卢岩坐在江荞的后面，目睹了一切。他戳了戳江荞，有些好奇地开口："同学，你和刚刚那个男生……是什么关系呀？"

"同桌。"

"这样啊。"

"嗯。"

卢岩想起刚刚许肆不仅自己站起来让她坐，还给她带牛奶，跟她说话的时候还一直带着笑。

原来是"大佬"的同桌呀。

学校的人都传许肆很凶，经常打架，但是他看到过许肆护着自己学校的人，而且不止一次。

"大佬"似乎也没那么可怕，而且他跟江荞说话的时候一点儿也不凶。

你会觉得我烦吗？

第三天最后一科考完的时候，所有人都回班里收拾东西。

江荞刚准备搬桌子，就听到身后人的声音："我来吧。你歇着吧，小老师。"

江荞知道是许肆，他似乎是跑着上来的，还有些微喘，头发有些微乱。她轻声说了句："好。"

许肆把她的桌子推进去，又将自己的桌子推进去，看着江荞拎着椅子，他从江荞手里接过去："我来吧。"

江荞出去抱两个人的书，书又被他接走。

收拾完一切，江荞刚坐好，王霖和李静静就拿着数学试卷过来了。

王霖冲江荞开口："江学霸，数学选择题最后一道题你选的什么？我和李静静的答案不一样，她选的是A，我选的是B，我们两个因为这个争执半天了。"

杨世昆看着两个人红红的脸，确实像争执半天的样子。

"我记得我选的是C。"江荞从抽屉拿出自己的数学试卷给两人看，确实是选的C。

李静静说："这题选C呀，吵了半天，结果咱俩都是错的。"

江荞点头："对，选C。"

"为什么呀？"李静静看了看那题，觉得自己的解题思路没错。

王霖也觉得自己的解题思路没错。

李静静先给江荞讲了一遍自己的做题思路，有些不解："江学霸，我这题做下来很流畅，我也不觉得哪里有问题呀。"

江荞从头到尾都没有打断她，听到最后才开口："你做的辅助线不对。"她一句话就点出了李静静的问题所在。

李静静恍然大悟道："原来一开始我的思路就是错的。"

王霖用手指画了一条线，开口道："画在这里呢？"

"可以画在这三个位置。"江荞拿着试卷给两人讲解，王霖和李静静就站在她的座位旁听着。

江荞的思路清楚，声音温温柔柔的。

许肆看着挤在一起的三个脑袋，心里一阵不爽——他的小老师也给别人讲题，还离得这么近，他却不能。

江荞讲完，两个人都恍然大悟。

王霖说："谢谢江学霸。"

李静静也道："谢谢江学霸。"

一开始江荞听这个称呼总觉得有点儿别扭，同学们叫的次数多了，她也就听习惯了，她轻声开口："不客气。"

两个人又拿江荞的数学试卷对了一下别的选择题和填空题的答案。

王霖叹气道："完了，第二道选择题看错了，最后一道选择题写错了，填空题也有一个没算出来和一个错了。"

杨世昆听了这话，忍不住开口："你可别说这话，你选择题得的分都和我总分差不多了，你完了的话，那我怎么活？"

王霖冲他"嘿嘿"一笑。

李静静和王霖对完答案就走了。

杨世昆拿着江荞的试卷看了一眼，好消息是他最后一道选择题对了，坏消息是他选择题一共就对了四道。

郝明看他愁眉苦脸的样子，问他："怎么？考试睡着了？什么事能给你愁成这样？"

"我的选择题只对了四个。"

"你怎么知道？"

"对的江学霸的试卷，你对对吗？"

郝明对完答案，杨世昆更郁闷了："怎么回事，郝明，还是不是好兄弟了？你是不是背着我偷偷学习了，要不怎么对了那么多？"

郝明看了一眼自己的试卷："没有。"

许肆看着江荞的试卷被传来传去，心里更是不爽。

想来借江荞别的科目试卷对答案的同学看到许肆阴沉沉的表情，又回去了，心想是不是谁招惹了这位"大佬"？

一只软白的手伸到了许肆面前："你的试卷给我看一眼。"

许肆看着她伸过来的手，差点儿把自己的手放在她手里。

他犹犹豫豫地掏出自己的一沓试卷，放在江荞桌上："我可能错了很多。"

江荞冲他笑道："没关系。"

许肆见她看自己的试卷，莫名有些紧张，看到她的表情没什么变化，他才松了一口气。

江荞拿起数学试卷，指着第三题开口："前几天打视频电话的时候，我不是讲过这种题型吗？"

许肆看了一眼那道题，想起来那天看她看得有点儿走神，所以没有听太明白。

江荞看他不说话，以为他那天是没听懂却不好意思再问一遍："没事，你听不懂的题，可以再问我一遍，我讲到你懂了为止，知道了吗？"

许肆听着她温柔的声音，有些愧疚："知道了，小老师。"

他问她："那我问你很多遍很多遍的话，你不会觉得很烦吗？"

"不会呀。只要最后你能听懂就行。"

"那你会觉得我不聪明吗？"

江荞顿了一下，回他："如果是我讲过好几遍的题，你一直不会的话，我不会觉得你笨，只会觉得你不认真。"

"我会认真的，小老师。"

还有点儿可爱

十一月九日，周一。

"所有成绩都已经出来了，我把排名表打印出来了，一组发一份，你们传着看。"

杨世昆拿着成绩单冲江荞笑道："江学霸，你又拿了全校第三！恭喜恭喜！"

"谢谢。"

杨世昆继续说道："肆哥，你等等，我看看你在哪里。"

杨世昆从上面往下看，惊喜地说："找到了，找到了，肆哥，你排班级第五十四名，比上次进步了八名！"

全班一共有六十二个人。

许肆"嗯"了一声。

江荞看向杨世昆："等下你们看完了给我看看。"

"好嘞，江学霸，等我看完各科分数就给你。"

过了一会儿，成绩单传到了许肆的手里。

许肆看了一眼排在最上面的江荞的分数，六百九十二分，又看看自己的，才两百多分，两个人的名字几乎隔了一整张成绩单。

许肆对上江荞看过来的目光："小老师教我也有半个多月了，我是不是让小老师失望了？"

江荞笑了，眼里是盈盈笑意："没有呀，你真的很棒，这次进步了八名。"

她说完，伸出小手拍了拍许肆的头："没有一蹴而就的事情，你已经很棒了。"她的手软软的，在他的头顶轻轻拍着。

许肆心里雀跃，对上她亮晶晶的眼睛："小老师是在安慰我吗？"

江荞认真地开口："不是，我是在夸你。"

许肆看着她弯着的眼睛，也跟着笑了起来。

"许肆。"

许肆听见她叫自己，看向她："怎么了？"

"其实你一点儿也不凶。"

许肆一点儿也不凶，他只是外冷内热。

虽然有时候说话有点儿不着调，总喜欢逗她，但是他很温暖，也很善良。

许肆看着她："怎么说？"

江荞笑了一下，有些不好意思地开口："一开始我觉得你挺凶的。"

许肆看她："嗯？"

"第一天见面的时候，我觉得你挺凶的。"

许肆忽然收起了面上的笑，露出一副严肃的表情，凶巴巴地看着她开口道："那现在呢？"

江荞摇头道："不凶。"

还有点儿可爱，她忽然想起之前那次说他不凶，许肆也是这样吓她。

江荞将许肆错的题全部看了一遍，问他："先讲数学？"

"行，小老师想先讲哪个都行。"

阳光透过窗户洒在女孩脸上，许肆看着她，她的头发丝被阳光照得发着光。

耳边是江荞轻柔的声音，他想起她那件带着白色毛边的粉外套，她穿上特别好看，可爱得不行。

江荞用笔轻轻敲了一下他的脑袋："在想什么？"

"没想什么。"

"认真听。"

"好。"

秋风吹得窗外的树叶哗哗作响，同学们有的在闲聊，有的在吃零食，有的在走廊

上跑来跑去，也有的在默默学习。

青春的模样大概就是如此吧。

教室的后排，是紧紧挨着的两个脑袋，男孩时不时看向身旁的女孩。

周二。

体育课前。

"小老师，今天还是老样子，给我带瓶水，什么水都行，你想喝什么随便买。"

江荞接过他手里的卡："好。"

天凉了，江荞给他带了一瓶常温的水。她坐在阴凉处看着一堆人上体育课，拧开自己手中的牛奶喝了一口。

体育课结束。

许肆朝江荞走去，他脱掉校服外套，递给江荞："帮我拿一下，小老师。"

江荞乖巧应道："好。"

来看许肆打球，等着他出来给他送水，似乎已经成了江荞的习惯。

罗星的朋友哭了，她跑去安慰了，江荞一个人坐着。

过一会儿，沈沫走了过来。

"喂，吃不吃糖？"沈沫从兜里掏出一根棒棒糖递给江荞。

江荞接过："谢谢。"

沈沫站在她旁边，看着场上打篮球的男生："我瞧着你最近和许肆关系倒是挺不错。"

江荞想起之前的传闻，她突然不知道该怎么回答这个问题。

沈沫搭上她的肩膀，小声道："我没想到，你俩一个甜、一个痞，一个乖、一个野，却能成为朋友。其实我很羡慕你，羡慕你的好人缘，就连许肆都那么护着你。"

"啊？"

江荞听到她的话有些愣神。

沈沫看着她呆呆愣愣的表情，伸手捏了一把她的脸："怎么这副表情？吓到你了？好学生。"

江荞摇头："没有。"

她的脸软软的、滑滑的，捏起来手感真不错，这般想着，沈沫又捏了几下。

沈沫接着说道："你知道我为什么想跟许肆做朋友吗？你是不是听到过一些传言？"

江荞认真点头，如实回答："听到过一些。"

"我这人爱较劲。"

江荞有些没明白她话里的意思。

沈沫将棒棒糖塞进嘴里，然后冲江荞一笑："我自诩人缘不差，独独在跟许肆交朋友这件事上屡屡受挫，所以第一次见到你的时候，我有点儿嫉妒，也可以说是羡慕。现在我想明白了，也不是想跟他交朋友，只是因为我喜欢得不到的东西，我这人是不是很奇怪？"

江荞摇头："没有，人都向往自己得不到的人或物，这很正常。"

沈沫闻言笑了："你真可爱。"

这是她发自内心的评价，之前她总会害怕说什么话会塌了自己的人设，但是她觉得江荞是真的可爱，还乖。

江荞冲她笑道："其实我觉得你也挺可爱的。"

沈沫闻言倒是笑了："可爱？这么多年还是第一次听到这个评价，有说我不乖的，说我叛逆的，说我是不良少女的，说什么的都有，但是说我可爱的，你是第一个。"

"是真的可爱。"

沈沫觉得面前的女孩真是有意思极了，和她之前见过的那些成绩好的女孩子都不太一样，江荞身上总是带着一种想让人亲近的吸引力。

沈沫看见许肆出了球场，撞了江荞一下："他出来了，我走了。"

我以为是我的特权

许肆穿着烟灰色卫衣，底下是再简单不过的秋季校服裤，蓝黑色的裤子侧面有一条白色线条。

他怀里抱着篮球，一双黑眸里带着笑，一步步朝江荞走来。江荞看着他走过来，又回头看了一眼已经走远的沈沫。

许肆在她面前停下，顺着她的目光看去："在看什么？"

江荞摇头："没什么。"她将手里的水递给许肆，"喝点儿水吧。"

许肆接过她手里的水喝了几口，看到她手里还拎着一个袋子，里面还有两瓶水。

这时，杨世昆和郝明也从里面出来了，江荞将手里的袋子递给两人。

杨世昆很开心："谢谢江学霸。"

看着许肆看过来的视线，他不知道该不该接江荞递过来的水。

"拿着呀。"许肆开了口。

在许肆似笑非笑的目光下，杨世昆硬着头皮接了装那两瓶水的袋子，然后急忙开口："我们先走了，肆哥。"

许肆低头看江荞，江荞因为他突然靠近有些无措："怎么了？"

许肆只是笑："我还以为带水是小老师给我的特权。"

他的言外之意就是小老师以后能不能只给我带水。

江荞看着他，认真地开口："是顺带给他们买的。"

许肆想了一下只有自己的水是她亲手递过来的，心里这才舒服了些。

江荞怀里还抱着他的外套，从兜里掏出一包纸巾，拿出来一张递给他："擦汗。"

许肆接过她手里的纸巾，笑道："好。"

罗星一阵小跑到江荞面前，她看看许肆，又看看江荞："荞荞，我们先回去了。"

江荞应道："好。"

许肆擦了汗，看向江荞："走吧，一起回班里。"

"嗯。"

许肆偏头看了看旁边的江荞，无声笑了。

周三这天中午，学校大门口外。

杨世昆叽叽喳喳地同许肆说中午吃什么，突然一个女人走了过来。他认出来这人是谁，挡在许肆面前："阿姨，你有什么事？"

沈好纯看着许肆旁边的两个男生，看起来都不像是好学生，又听到杨世昆的质问。

她拧了拧眉——她同自己儿子说话，他拦在面前算什么？这小孩真是没素质，也不知道许肆交的都是些什么狐朋狗友，才会变成如今这副模样。

"我来找小肆，麻烦你让让。"哪怕这般想着，沈好纯的脸上还是挂着淡笑。

"哥哥。"梁介然看见了被杨世昆挡在后面的许肆，冲过去就要抱他。

许肆低头看着那小萝卜头一样的男孩，他里面穿着红色的毛衣，外面是一件黑色的小外套，模样有五分像沈好纯。

许肆看着男孩笑盈盈地要扑过来，下意识地躲开了，冷声道："我不是你哥哥，别靠我那么近。"

梁介然委屈巴巴地站在原地，不知道该不该往前走——哥哥好像不喜欢他。

沈好纯拉着梁介然，冲许肆开口："小肆，我就是带弟弟来看看你，没有别的意思。他听说他还有一个哥哥，吵着闹着要来看哥哥，我就带他来了，我也很想看看你。"

许肆垂眼看她："你之前不是已经看过我了吗？"

"我就是最近又很久没看过你了，想你了，你一直不回家，我也不放心。"

许肆冷着脸看她——他为什么不回家，难道她不清楚吗？

沈好纯将保温盒递过去，冲许肆开口："我也不知道你喜欢吃什么，然然喜欢喝鸡汤，我想着你应该也会喜欢，所以就给你带了，还有一些炒菜。"

许肆听着她的话，觉得有几分可笑："我不吃你带的饭，拿回去吧。我已经说过很多遍了，别来打扰我的生活。"

梁介然还想去拉许肆的手，被杨世昆挡住了。他看着挡在自己面前凶巴巴的男生："我要找哥哥。"

许肆冷眼看了他一眼："我不是你的哥哥，别来烦我。"

梁介然往后退了几步，没站稳摔倒了，然后坐在地上"哇哇"哭了起来。

杨世昆看到沈好纯看过来的视线："阿姨，我可没有碰他一根手指头，是他自己摔在地上的，可不能怪我。"

他说着，要拉起梁介然。

沈妤纯先他一步把梁介然扶起来了，她蹲在地上，抹去梁介然的眼泪："然然不哭，妈妈在呢。"她说完还轻轻揉了揉梁介然的头。

许肆冷眼看着这一切，看着两个人上演母子情深的戏码，心中有些苦涩。

难道这就是"爱哭的孩子有糖吃"吗？所以乖的那一个就活该被抛弃是吗？

许肆还记得沈妤纯当初说的话，她说她不要他了，说他是拖油瓶。他看着梁介然依偎在沈妤纯怀里，准备离开。

沈妤纯抱着梁介然站起身，想要去拉许肆的袖子，被郝明挡住了。虽然郝明并不清楚是怎么一回事，但是他了解许肆，许肆绝对不会无缘无故这样对待一个人。

"小肆，把饭带走吧，合胃口的话我下次还来给你送。"

许肆看她，冷声道："你听不懂吗？我不需要你送饭，更不需要你来看我，别再出现在我面前了。"他说完，径直走进了校门。

杨世昆在后面追他："肆哥，不吃饭了吗？肆哥，你别回去呀。"

许肆停下脚步看他："我不想吃了，你们去吃吧。"

"不行啊，肆哥，你的胃不好，怎么能不吃饭呢？"

许肆只是轻轻地摇了一下头，走了。

沈妤纯抱着梁介然，看着许肆走远了，想要追进去，被门卫拦住了："您好，女士，家长不经允许不能进入校园。"

沈妤纯看向杨世昆："能不能帮我把这个给小肆？"

杨世昆感到无语，怎么会有这么阴魂不散的人："阿姨，算我求您了，别来打扰肆哥了行吗？他现在过得挺好的，也挺开心的，您别来打扰他了，行吗？"

"我只是想看看他。"

胃不好要吃饭，乖

"真不是我说话难听，你想看的话之前什么时候不能看？那么多年不出现，现在突然出现算什么？而且肆哥是个人，不是什么物品，不是你想要就要，不想要就随手丢下的。肆哥人很好，没有你的话他会过得更好，所以，别出现了。"

沈妤纯提着保温桶的手攥紧了："我会等到小肆原谅我的那天。"

她说完，就抱着梁介然走了。

杨世昆气得仿佛头顶都要冒烟了，这都什么跟什么呀？她在固执个什么劲儿？抱着另一个孩子过来，难道不是会让肆哥更难过吗？

郝明也猜了个七七八八，也是心中无奈，他看着气得脸通红的杨世昆："别气了。"

杨世昆道:"大头,我真无语了。肆哥本来就胃不好,她还总来烦肆哥,肆哥估计中午又不吃饭了。"

郝明想起刚刚:"我也无语,不过我们还是先买饭吧。"

教室。

"江学霸,能不能帮个忙?"

江荞看着杨世昆,有些疑惑:"怎么了?"

杨世昆大概讲了一下刚才发生的事情:"我劝的话,肆哥肯定不会吃饭。"

江荞听他说完,微微拧眉:"饭呢?"

杨世昆将手里的饭递给江荞:"交给你了,江学霸。"

"行。"

许肆正低着头看题,过去半天了,一道题都没看进去,本来心里就烦,现在更烦了。

桌上的书突然被人抽走,许肆抬头看了一眼江荞:"怎么了?"

江荞把饭放在他桌上:"别看题了,先吃饭。"

许肆对上她的视线,没有说话。

"你本来胃就不好,一定要吃饭,乖。"

许肆听着她的语气,总觉得她在哄小孩。

"我吃。"

江荞这才笑起来:"一会儿我帮你看着老师。"

"谢谢小老师了。"

杨世昆看许肆吃饭了,松了口气,冲江荞竖起了大拇指——还得是江学霸!

江荞只是冲他笑笑。

许肆吃了几口饭,听见江荞说:"我听杨世昆说了。"

江荞见许肆停住筷子看自己,说:"你一边吃一边听我说,一会儿老师就来了。"

"没有人是圣人,我也没有那么大度,如果我是你,我也不原谅,甚至不想看见她。"

"小老师在开导我?"

"不算。"江荞看了他一眼,"……其实也算吧。"

"有被安慰到。"许肆刚说完,江荞就笑了。

"但是你别因为这个太影响自己的心情,然后不吃饭,行吗?"

"小老师在管我呀?"

江荞看着他,点头:"嗯。"

"我听小老师的。"

江荞听他说这句话,莫名心里有些痒痒的。

午休时间。

江荞睡着了，她的脸突然转了个方向。

许肆盯着江荞的脸看了很久。

她的皮肤很好，睫毛很长，卷卷翘翘的……

许肆盯着她看了好一会儿，看到她睫毛轻颤了一下，似乎是要醒了。许肆闭上了眼睛，假装自己睡着了。

下午第一节课是方子新的，他喜眉笑眼的，一进教室，他就冲底下的学生开口："同学们，这次我们班考试成绩超过了十八班，我们不是倒数第一了！"

"好耶！"

"哈哈哈，万年倒数第一终于翻身了！"

"太棒了！"

方子新看着底下的学生："安静，安静，这是一个好的开始，希望同学们在期末考试时能取得更好的成绩。"

"好！"

十七班喜气洋洋，另一边的十八班却是死气沉沉。

十八班班主任声音洪亮："不能让十七班下次还骑在我们头上，大家对下次考试有没有信心？"

"有！"

下次考试，又是万年倒数第二和万年倒数第一的"战争"。

许肆写完最后一道生物题，已经是晚上十一点多了。

他看着屏幕里依旧埋头写题的江荞，不忍打扰她。

江荞写完题，抬头对上许肆的视线："写完了？"

许肆点头："对，但是有些题不是很懂。"

"没事，我给你讲。"

江荞给他讲题，元元就蹲在许肆的肩膀上听着，眼睛一眨不眨地看着手机屏幕，听得认真。

江荞讲完，许肆看了一眼元元："听懂了吗？"

元元"喵喵"地叫着，似乎在说自己听懂了。

江荞看着镜头里的一人一猫，忍不住笑了："今天就讲到这里了。"

"辛苦了，小老师。"许肆看看手里的资料，又冲江荞开口，"估计我在寒假之前就能把这几本写完了。"

"到时候给你换新的，换基础版的。"

"好啊。"

江荞看着旁边的元元，有些欲言又止，终于还是开口："它……长胖了吗？衣服刚买的时候有点儿大，现在看着合身了。"

许肆看了元元一眼："可不嘛，它吃得特别多，应该改名猪咪。"

似乎是听出他说自己的坏话，元元在他的怀里扭来扭去。

江荞笑道："多吃点儿好，胖点儿可爱。"

许肆笑："你也得多吃点儿。"他之前抱她去医务室的时候，感觉都没什么分量。

江荞说："好。"

许肆还想再说什么，听见江荞那边似乎是手机响了。

"我看个信息。"

"好。"

江荞看完信息，冲许肆开口："你先睡觉吧，我跟他讨论完一个问题就睡。"

不用明说，许肆也知道这个"他"是谁，他非常不爽地开口："我等小老师一起睡。"

江荞给夏辰安大概讲了自己的解题思路，两个人的想法有很多地方都是一致的，只是后面有些小分歧。

夏辰安："听说你这次又考了全校第三，恭喜呀。"

江荞："谢谢。"

发完这个，江荞发现自己刚刚忘了挂视频电话，她看着盯着自己看的一人一猫："讨论完了。"

许肆依旧不爽地开口："好。"

他说完，突然反应过来，又问她："你们之前是开视频讲吗？我是不是耽误你们了？"

他后一句话的语气有点儿酸酸的。

江荞有些茫然地开口："不啊，我和他不熟，就是写在纸上，再拍照发过去，互相看一下对方的解题思路。"

"所以小老师只和我开视频吗？"

"是。"

听到她的回答，许肆弯了唇角："快休息吧，小老师。"

"晚安，元元。"

"那我呢？"

"你也晚安。"

第九章
好小的手

"小老师,你这手套也太小了。"

17班大家庭(62)

伍葳:话说,这个群里有江学霸吗?

王霖:看一下不就知道了。

李静静:江学霸好像不在。

伍葳:@杨世昆,有没有江学霸的微信?快拉进来。

"。"邀请"。"加入了群聊

我是江荞。

恭喜。

丑苹果

又过去了一个月，冬天已经切切实实地来了。

十二月二十四日，这天格外冷。

许肆比江荞到得早些，他提前将两个人的保温杯都灌满了热水，然后掏出兜里的暖宝宝，撕开上面的贴纸，等着它发热。

他看着江荞进了教室，她穿着白色的羽绒服，戴着焦糖色的围巾，一张小脸都埋在围巾里，只露出一双眼睛。

许肆站起来让她进去，看着她在座位上坐下，又摘掉围巾和手套。

江荞伸手去拿保温杯，发现水又是灌满的，她拧开盖子喝了一口，冲许肆笑了。

"伸出手来，小老师。"

江荞乖乖把手伸到他的面前。

许肆将两个暖宝宝放在她的手心里："揣兜里暖手。"

"那你呢？"

许肆笑了一下，用手背贴了一下她的指尖："我不冷。"

他的指尖温热。

江荞从书包里掏出来一个包装好的苹果，递给许肆："今天是平安夜。"

许肆笑道："谢谢小老师了。"

许肆看着她又掏出来好几个苹果放在抽屉里，他问道："这些都是给谁的？"

江荞指着苹果挨个说："这个给罗星，这个给沈沫，这个给杨世昆，这个给郝明。"

许肆看看那几个苹果，又看看自己的，觉得自己的这个包得最好看。

他就准备了一个苹果，可是昨天没有买到好看的包装纸，而且他之前从不过这种无聊的节日，所以他根本不会包苹果。

许肆从书包里掏出那个苹果递给了江荞："平安夜快乐，小老师。"

"你也是。"

杨世昆和郝明嘻嘻哈哈地从外面进来了。杨世昆看着江荞手里的苹果，忍不住笑出声："江学霸，你这丑苹果是谁送的？怎么包得那么丑？哈哈哈。"

许肆问："丑？"

杨世昆坚定地说道："丑啊！肆哥，你不觉得丑吗？"

许肆没说话。

　　江荞顿了一下，才开口："这苹果是许肆送我的。"

　　这下轮到杨世昆沉默了。

　　他沉默半天，开始为前面的话找补："看看这配色，看看这丝带，多高端大气上档次，是我刚刚有眼无珠。"

　　许肆没说话。

　　江荞从抽屉里掏出两个苹果递给杨世昆："给你和郝明的。"

　　杨世昆都不敢去看许肆的表情，他从江荞手里接过那两个包得很好看的苹果："谢谢江学霸。"

　　他选了一个自己喜欢的包装，将另一个递给郝明："江学霸给的。"

　　郝明冲江荞开口："谢谢江学霸。"

　　上午第二节课。

　　"下雪了！"

　　正上着数学课，不知道谁喊了一句，所有人都开始往外看，白色的，宛若柳絮一般的雪花正在飘落。

　　方子新停住在黑板上写粉笔字的手，也往外看去，真的下雪了，他看向底下一个个好奇的小脑袋："大家可以出去看看，看完赶紧回来。"

　　这话一出，十七班的学生都一窝蜂地往外冲去。

　　许肆看向江荞："去看看吗？"

　　"看。"

　　江荞用手去接飘落的雪花，雪落到手上就化了，凉凉的，她笑得眼睛弯弯的。许肆站在旁边看她，也跟着笑了。

　　"上课了，上课了，快进来吧。"

　　看完雪，班里的学生又一窝蜂地都冲进了教室。

　　下课了，外面已经变成白茫茫一片了。

　　许肆从外面进来，两只手合得严严实实的，冲江荞开口："猜猜我手里是什么？"

　　江荞摇头。

　　许肆打开手，里面是一团白雪，已经快在他手心里化掉了。

　　江荞伸出手去戳了戳那团雪，指尖凉凉的。

　　B市不常下雪，她上次看到雪还是好几年前了。

　　"雪不大，雪大的话可以堆雪人。"

　　"我已经很多年没有堆过雪人了。"

　　"今年如果下大雪，我们可以一起堆雪人。"

江荞笑道："好啊。"

雪很快就在手心里融化了。

江荞看了看许肆冻红的指尖，从抽屉里掏出自己的手套："你的手都冻红了，戴手套暖暖吧。"

她的手套是奶白色的，毛茸茸的。

许肆接过她的手套，有些没忍住笑了，他比了比，冲江荞开口："小老师，你这手套也太小了。"

江荞看了一眼，自己的手套在他手里显得小得过分。

她把手套从他手里拿过来，突然想起自己兜里的暖宝宝，她掏出一个，放在许肆的手心里："一人一个。"

"好。"

第三节课刚下课，沈沫就抱着一个小盒子等在十七班的门口，她冲窗边的人开口："叫一下江荞。"

看到江荞，沈沫把手里的盒子递给她："送你的。"

江荞接过她手里的盒子，抱在怀里，将一个苹果递给她："刚想去给你送东西。"

沈沫接过江荞手里的苹果："谢谢了。"

江荞冲她笑得很甜。

"外面冷，你快进去吧。"

"好。"

沈沫送完东西就走了，江荞打开那个小盒子，里面是很多不同口味的棒棒糖。

罗星给江荞准备了橙子当礼物，寓意着"心想事成"。

"能不能帮我叫一下许肆？"

杨世昆听了这话，看到那女生手里的东西："同学，肆哥不收别人东西。"

那女生惋惜地往里面看了一眼："好吧。"

杨世昆刚松一口气，就听到一个男生说："同学，能不能帮我叫一下江荞？"

他看了一眼里面："江学霸不在。"

那男生将手里的东西递给杨世昆："麻烦帮我把这个转交给江同学，是替十七中的一个人送的。"

杨世昆有些犹豫，不知道能不能替江荞先收下。

那男生又道："你一说十七中的，她应该就知道了。"

听了这话，杨世昆觉得两人应该认识，他接过东西："行。"

是不是偏心？

"江学霸，你十七中的朋友给你送的东西。"杨世昆见江荞进来了，冲她开口。

"十七中？"

"对呀，那人说是你十七中的朋友。"

江荞一脸蒙："我没有十七中的朋友呀。"

杨世昆看了看手里的东西，有些疑惑："我也不知道，他说，一说十七中你就知道是谁了。"

许肆从外面进来，看着两人："怎么了？"

杨世昆拿着手里的东西，跟许肆说刚刚的事："刚刚有个男生，说是替人送东西，他说，一说是十七中的人送的，江学霸就知道是谁了。我以为是江学霸的朋友，就替江学霸收下来了。"

许肆沉默了一下："之前要你联系方式的那个男生。"

许肆这么一说，江荞想起来了。

杨世昆抱着那东西有些无措："对不起啊，江学霸，我没问清楚这东西怎么办？要不要还回去？"可他也不知道刚刚那个男生是哪个班的，都没办法还回去。

"没事，不怪你，给我吧。"江荞接过盒子打开，看到了里面的字条。

许肆坐在旁边，表面上在看书，实际上在偷偷看江荞拆盒子。

字条上的字迹工整："江同学，平安夜快乐。"

署名是一个"夏"字。

江荞收起来那个字条，又看到里面的糖果和巧克力，然后把盒子塞进了抽屉里。她问许肆："我应该回个什么东西？"

许肆说话语气有点儿酸溜溜的："我不知道。"

"我不喜欢欠人情，回个东西，算是两清。"

许肆听了这话，心里舒服多了："明天圣诞节，随便送点儿东西就行了。"

"好。"

……

晚上，两个人讲完题。

"许肆，这些可以吗？"

许肆看着她举起来的糖果和一个圣诞帽，点头："可以。"

江荞将那些东西放进礼物袋里："好。"

两个人又聊了一会儿，江荞说："我问问他朋友在哪个班，明天托他朋友把这些东西送过去。"

"行。"虽然知道是为什么，但许肆心里还是多少有些不爽。

还没给夏辰安发信息，江荞就先收到了他发来的消息。

夏辰安："平安夜快乐！"

江荞："平安夜快乐！谢谢你的礼物，以后不用那么麻烦了。"

夏辰安："不麻烦。"

江荞："你朋友叫什么？我让他带东西给你。"

夏辰安看着她发过来的信息，笑了。

夏辰安："十二班，王革。"

江荞："好。"

第二天。

一上课，方子新看到了一桌子的小礼物。他冲底下的学生开口："你们留着钱自己买吃的，不用给我送东西。"虽然这么说，但他心里还是暖暖的。

"我们还有钱吃饭，老方。"

"圣诞节快乐！"

方子新看着底下一张张笑脸："圣诞节快乐，各位同学。"

……

江荞将东西拿出来，准备去送给王革。

许肆见她要去送东西，开了口："我帮你去送吧。"

"可以吗？"

"嗯。"许肆接过她手里的东西，问她，"哪个班？"

"十二班。"江荞从兜里掏出来一张小字条，递给他，"这个人，你把东西给他就行。"

"好。"许肆拎着东西就走了。

十二班的人看到门口的许肆，一时之间纷纷交头接耳，心想是不是班里哪个人招惹了他。

坐在门口的男生跑出去，问许肆："肆哥，您找谁？"

许肆低头看看手里的字条："找你们班的王革。"

"王革，有人找。"

一个瘦瘦高高的男生从里面走了出来，看着门口的人，有些发怵——他也没招惹许肆呀。

"王革？"

"对。"

许肆将手里的东西递过去，这下不只王革蒙了，十二班的人全都蒙了——许肆怎么会来送东西，还是给一个男生。

"替我同桌来送东西。"

"啊？"王革有些蒙，他替同桌送东西？

王革听见这句话的第一反应就是，他同桌是什么来头，居然能让许肆帮忙送东西。

"昨天，你不是替你十七中的朋友给我同桌送了东西？"许肆看着他淡声道。

"肆哥，你是江荞的同桌呀？"王革总算搞清了。

许肆"嗯"了一声，然后开口："把这个给你朋友。"

不知道为什么，王革感觉许肆说这句话的时候样子更凶了，是他的错觉吗？

他接过来那个东西："好，谢谢肆哥。"

许肆"嗯"了一声，然后就走了。

王革拿着手里的东西，看着许肆走远了，才松了一口气——刚刚压迫感太重了。

江荞看到许肆回来："怎么样？给了吗？"

许肆点头道："小老师交代的事情，那必须办好了。"

江荞闻言从抽屉里拿出来一个礼品袋子："这是给你的圣诞礼物。"

"我也有礼物呀？小老师。"

江荞笑道："对。"她将手里的东西递给了许肆。

许肆从袋子里掏出来一顶白色的帽子，上面印着简单的字母，好看倒是好看，就是感觉尺寸有点儿小。

许肆拿着那帽子在自己头上比了比，又拿在手里看了一会儿。

江荞开口道："这顶帽子是给元元的。"

许肆又掏出来一根红色的绳子，上面挂着一个精致的银色小铃铛。

"这个也是给元元的。"

许肆又看了一眼袋子里面，最下面放着一本书，上面印着一排大字："史上最全的英语资料，适合英语基础薄弱的同学！"

许肆将那套习题册拿出来，没忍住笑了："小老师，你是真疼我呀，圣诞节送我习题册。"

江荞认真地解释："这本资料真的很不错，我在网上看了很久，然后就给你买了，你真的可以做一做。"

"小老师买给我的，我哪有不写的道理。"许肆停顿了一下，继续笑着说道，"不过，小老师，你是不是有点儿偏心？元元有两个礼物，我只有一个。"

偏你

江荞愣了一下，摇头："没有，没有偏心。"

许肆看着她:"小老师是没有偏心,只不过一颗心全部给了元元。"他说完,自己都觉得有些酸。

江荞听到这话,有些耳热:"没有,偏你。"

听了这话,许肆愉悦极了:"我也有圣诞礼物给小老师。"他掏出抽屉里早就准备好的礼物递给江荞。

"打开看看。"

许肆没给女生买过东西,但是他之前在商场看到这条围巾的时候,就想买下来送给江荞,他觉得很适合她。

江荞掏出来,看到一条纯白色的兔毛围巾,手感很好。她冲许肆开口:"我很喜欢。"

说着,她就把围巾戴上了。

江荞今天穿的是一件浅粉色的羽绒服,和白色的围巾很搭,她本就皮肤白,围巾衬得她一张小脸粉白粉白的,整个人看起来软软糯糯的。

许肆看着她:"这条围巾很适合你。"

江荞笑道:"我很喜欢。"

……

江荞这天收了很多圣诞礼物。

江荞也给姜知许准备了圣诞礼物,不过要等放学以后才能去她上班的地方给她。

没想到中午吃完饭刚回来,江荞就在教室门口看到了最想见的人。

姜知许喊她:"荞荞。"

"阿许!你怎么来了?"

"今天圣诞节呀,我不允许我的小朋友没有收到我的圣诞礼物。"

姜知许说着,将手里的东西递给她:"你脖子上的围巾还挺好看的。"

"同桌送的。"

"男同桌女同桌呀?还是之前那个同桌吗?"

"男同桌,还是他。"

姜知许知道江荞是个有分寸的人:"那荞荞改天再跟我说。"

"好。"江荞冲她笑了一下,"阿许,你只穿一件大衣冷不冷呀?"

"不冷,还是我家小朋友心疼我。"姜知许将手里的另一袋东西递给江荞,"水果有点儿凉,别一下吃太多,我怕你胃受不住。"

"好。"江荞将东西都拿在手里。

"江学霸!"

身后传来杨世昆兴奋的声音。

江荞冲他笑了一下。

姜知许一眼就看到了三人里的许肆。

他比另外两个男生都高一些，容貌也更出众，一头利落的黑发，骨相优越。他身上穿着黑色的短款羽绒服，里面是一件米色的毛衣，底下是校服裤包裹着长腿。

姜知许看他表情冷淡，有一种强烈的疏离感，但是看向江荞的时候，目光就变得柔和了。

"阿许，我同桌，还有他同班同学。"

许肆看向姜知许，自我介绍："许肆。"

"姜知许。"

"果然美女的朋友都是美女。"杨世昆说了一句。

姜知许被他逗笑："你这同学嘴真甜。"

江荞笑了一下。

杨世昆倒是自来熟："实话实说。"

许肆冲江荞开口："进去了，小同桌。"

江荞应道："好。"

三个人进去了。

"阿许，等我一会儿，我去给你拿礼物。"

"好。"

江荞回到教室拿了一个袋子出来，然后递给姜知许，里面是一条围巾，还有一双摸起来软乎乎的羊绒手套。

姜知许拿出来那条围巾："你怎么知道我缺一条围巾？"她说完，就把围巾戴在了脖子上。

"好看。"

姜知许捏了一把江荞的脸："还是我家宝贝嘴甜。"

"离放寒假没有多久了，你们有假期吗？"

姜知许想了一下，回她："可能没有，新年那段时间可能约拍的人更多。"

"好吧。"

"不过陪你的时间肯定有的。"姜知许揉了一把她的脑袋，随后看着陆陆续续走进教室的学生，"他们都进去了，你也快进去吧，小朋友。"

江荞回头看了一眼，然后开口："好。"

她冲姜知许挥挥手，然后进了班里。姜知许给她送了一顶毛茸茸的帽子，还有她最喜欢吃的糖果和蛋糕。

放学时，江荞看着抽屉里的东西犯了愁，许肆看着她开口："小老师，需要帮忙吗？"

虽然是问句，但是许肆还没等她回答，就把她手里的东西接了过去。

江荞轻声道："谢谢。"

"还说谢谢呀？"

"那不客气。"

杨世昆看了一眼许肆，又看了一眼江荞，自觉地开口："肆哥，我和大头先走了，你送江学霸吧。"

许肆"嗯"了一声，他手里拎着江荞的东西，肩上背着她的粉红色书包。

江荞怀里抱着姜知许给她买的蛋糕，走在许肆旁边。她看着许肆手里的大包小包："重不重呀？"

许肆偏头看她："不重。"

"喂，前面那两个同学，站住。"

许肆听见身后熟悉的声音，停下了脚步。

何国士推推眼镜，看看许肆："怎么又不穿校服？"

"校服洗完还没干。"

何国士刚想说什么，看到许肆背着的书包："你怎么背别人的书包？"

"何主任，她东西太多了，我帮她拎东西也有错吗？不是您说，同学之间要团结互助吗？"

何国士瞪他："下次记得穿校服。"他盯着江荞看了一会儿，总觉得这小姑娘挺眼熟。

江荞看着何国士，解释道："主任，我俩是同桌。今天是圣诞节，东西太多了，他帮我拿一些。"

何国士一拍脑袋，他想起这小姑娘是谁了，之前转学到十七班的那小姑娘，还考了全校第三名。

好多老师都想从方子新手里要走她，跟他提了好几次，但是他觉得还是得尊重人家小姑娘的意愿，后来他就忘了这事。

江荞和许肆现在是同桌，不仅成绩没有退步，还把许肆带得成绩进步了，倒是不错的。

许肆看着面前似乎是走神了的何国士："何主任，我们可以走了吗？"

撞进怀里

何国士回过神来，清了清嗓子："走吧。"他看了一眼许肆，"帮助女生是男同学应该做的。"

许肆看了他一眼，一脸莫名其妙。

何国士还在想那件事情，要让方子新问问那个小姑娘要不要换到好班去。

每周五放学后江荞都要去书店看书，到了这天刘妈就不会来接江荞。

学校外的小道两侧种着梧桐树，早在秋天的时候就已经落光了叶子，现在只剩下光秃秃的树枝，在凛冽的风里，倒是显得有几分寂寥。

树上的鸟也早就迁徙去了温暖的南方。

江荞是有些怕冷的，她裹紧了脖子上的新围巾，看着许肆裸露在外的手，她问道："你冷吗？许肆。"

许肆摇头，看着她埋在围巾里的小脸："要不然我叫个车吧？"

他等公交车倒是无所谓，但是天确实有些冷，他不想让江荞等。

他话刚说完，江荞就冲他开口："不用叫车，许肆，你低一下头。"

许肆乖乖地低下头，江荞将围巾戴在他的脖子上，绕了个圈："太冷了，我的围巾你凑合戴一下吧。"

许肆轻笑："小老师不嫌弃我就行。"

江荞摇头："不嫌弃。"她说完，看到了朝他们驶来的绿色公交车，冲许肆开口，"公交车来了。"

"好。"

江荞上了公交车，投了两个人的钱。车上已经没有空位了，越来越多的人上车，江荞被挤了一下，差点儿摔在了地上，幸亏许肆拉住了她。

许肆抓住扶手杆，然后将江荞圈在怀里："站不稳就抓住我。"

"好。"江荞抬头，轻声叫他，"许肆。"

许肆低头看她："怎么了？是太挤了吗？"

"不是。东西挂在你胳膊上重不重呀？"

许肆轻笑："小老师未免太过小瞧我了，不重。"

公交车突然急刹车，江荞本来是抓着许肆的胳膊，这下猝不及防撞进了许肆的怀里，她拽着许肆的衣服才站稳。

许肆觉得今天坐公交车似乎不是一个好选择，他低头看了一眼怀里的江荞，小小的，乖乖的，看得他心里软得不行。

许肆看她揉鼻尖，空出一只手去捏她的鼻尖："撞疼了？"

江荞摇头："没有。"

许肆看着她乖巧的样子，真想伸手捏她的脸。

公交车开了一段路，很多乘客下车了，总算宽敞些。许肆看着旁边的空位，冲她开口："小老师，快去坐那个空位。"

江荞坐在那个空位上："你手里的袋子给我，我先放地上。"

"好。"

车里开了空调,江荞将围巾往下拉了拉:"许肆,你热吗?要我帮你先把围巾摘下来吗?"

"不用。"许肆低头看着她,眼里都带着笑,"回家送完东西,然后你去哪里?还去书店吗?"

江荞想了一下,回他:"去。"

"你今天不补课的话,我跟你一起去。"

"行呀。"江荞冲他笑道。

下了公交车就到了江荞住的小区。

许肆送她到楼下:"我在楼下等你。"

"好。"

许肆看着她小手拎着那些东西:"拿得完吗?要我送你上去吗?"

"不用。"

虽然江荞说不用,许肆还是送她到了电梯口:"我在楼下等你。"

江荞乖巧道:"好。"

没过几分钟,江荞就从电梯里出来了。

许肆抬头:"还挺快。"

"只是上去送个东西而已。"

书店里。江荞将自己的围巾摘下来占了个位置,小声冲许肆开口:"你平常喜欢看什么类型的书?"

许肆看着她凑过来的脑袋,低声道:"我不常看书。你平常喜欢看什么类型的?"

江荞想了一下,回他:"悬疑推理,还有别的很多类型的书都爱看。"

"那我跟你一起看看。"

"好。"

江荞带着许肆来到她最常看的一个书架前。

书架上有很多书,江荞上上下下看了一会儿,指了指最上面一层:"许肆,帮我拿下来最上面一层的《消失的13级台阶》。"

许肆拿下来那本书,递到了江荞手里:"有没有什么推荐的书?帮我选一本,小老师。"

江荞看了一圈,想了一下,抽出来那本《夏天、烟火和我的尸体》,冲许肆小声开口:"上次我来书店看的这本,挺好看的。就是不知道你喜不喜欢这种类型的。"

许肆轻笑:"没事,看看就知道了。"

两个人面对面坐着,许肆翻看着那本书,周围很安静,只有书页翻动的声音。

他抬头看了一眼江荞,她坐得很直,和平常上课时的坐姿差不多,正入神地看着书。

许是察觉到许肆的视线，江荞抬了头，凑近了些，小声问他："这种类型的书你喜欢看吗？不喜欢看就去换一本。"

"喜欢看，不用换。"

江荞冲他轻笑了一下："那就好。"

她笑得很甜，许肆也跟着她笑起来。

许肆看得正认真，察觉到一只小手拉了拉他的袖子。

江荞小声开口："这本书掉页了，我去跟店员说一声，然后去换一本。"

许肆站起身："我跟你一起去。"

"好。"

江荞拿着书去了收银台。

"有什么问题吗？"

"这本书掉页了，少了两张，你看一下。"

穿着红色工作服的女店员接过江荞手里的书："确实掉页了，谢谢。"

"不客气。"

女店员登记了一下书的编号，然后把书留在了收银台，冲江荞开口："书架上还有其他拆封的书，你可以换一本看。"

江荞说："我知道了，谢谢。"接着，她小声冲许肆开口："走吧。"

她还没走几步，听到身后有人喊她："江荞。"

敌意

那是一个男生的声音，许肆立刻回头，江荞也回了头，看到了身后的那个男生。

夏辰安看着江荞，笑着开口："好巧啊，又遇见了。"

"好巧。"江荞说完这句，就没了下文。

夏辰安看了一眼江荞旁边的许肆，认出来是之前江荞给擦汗的那个男生。

许肆也在看夏辰安，然后不动声色地朝江荞又靠近了些。

夏辰安冲许肆开口："你也是六中的吧？我是十七中的，夏辰安，之前我们在运动会上见过的。"

许肆自然记得他是十七中的，看了他一眼，眼神略带不善："我是她同桌。"

"这样啊，你们是一起来书店的吗？"

许肆点头："对，一起。"他刻意咬重了"一起"二字。

夏辰安听了他的话，问他："介意多一个人吗？"

许肆开口道："挺介意的。"

夏辰安也不尴尬，岔开了话题："圣诞节快乐呀。"

江荞回他："圣诞节快乐。谢谢你的平安夜礼物，我让你同学转交给你的礼物收到了吗？"

提到那个礼物，夏辰安的心情有些复杂——江荞在里面塞了一个字条，内容很礼貌，也很疏离。

她写道："谢谢你的平安夜礼物，但是以后请不要送了。这是回礼，也祝你圣诞节快乐。"

这明显就是要和他划清界限的意思。

"收到了。"

江荞问他："字条你也看了吗？"

夏辰安"嗯"了一声："看到了。"

一旁的许肆有些蒙，字条？什么字条？小古板怎么没有跟他提字条的事。

江荞礼貌地冲他笑了一下："那我们进去继续看书了。"

夏辰安也不好再说什么，只说："好。"

此刻许肆还在思索：字条？什么字条？到底写了什么？

江荞看着旁边走神的许肆："许肆，帮我再拿一本刚才看的那本书吧。"

"字……好。"许肆脑子里想着字条，差点儿脱口而出。

江荞看着他将书拿下来，然后接了过去，直到坐在椅子上看书，许肆脑子里还在想那个字条的事。

江荞很快翻到了自己看的那一页，她刚看了一会儿，感觉有人拉了拉她的手指。

她有些茫然地看向对面的许肆，许肆指了指手机，示意她看。

她掏出来手机滑开屏幕。

XS："他说的字条，是什么字条？怎么昨天没有听你说。"

江荞反应过来许肆是在问刚刚她和夏辰安说起的字条，她没有跟许肆说起过。

许肆看着江荞发过来的信息。

小老师："就是跟他说以后不要托人过来送东西了，这是给他的回礼，也祝他圣诞节快乐。"

许肆看了这条信息，心里的不快才消散了些，他又想起夏辰安说的"又见面了"。

XS："你们之前在书店遇见过吗？"

小老师："对，第一次在书店遇见时，我和他看中了同一本书。之后又有了第二次见面，我够不到书，他帮我拿下来了，后面就没遇见过了。"

许肆看完她发的消息，猜想两人之后一定还在书店里见过，只不过她没有注意。

怪不得之前运动会，他会一直和江荞搭话。

许肆有些不爽，他决定以后周五江荞不补习的话，他就陪着江荞来书店看书。

见许肆一直盯着手机看,却没有回信息,江荞伸出手在他面前晃了晃,然后又给他发了一条信息。

小老师:"去吃饭吗?"

XS:"好。"

江荞和许肆去书架上拿了两本未拆封的书。

她来到收银台掏出在这家书店办的会员卡准备付钱,却被许肆抽走了手机。

"我有会员卡,卡里有钱,我付钱。"

许肆对上她看过来的视线,这才点头。

江荞付了钱,将那本书塞进他的手里:"去吃饭吧。"

许肆偏头看她:"好,去吃饭,请小老师吃饭。"

"不能总是你请我吃饭。"

"小老师都送我书了,我请吃饭怎么了?而且今天晚上和周末还得麻烦小老师给我补习,每次请小老师吃饭花的钱就算是我交的补习费,可以吗?"

"行吧。"

身后,夏辰安一直注视着两个人。他看着两人出了书店。

他的暗恋还没见光,似乎就要宣告结束了。

吃完饭,许肆照常送江荞回家。

晚上。

"小老师,看它。"

江荞看向镜头里的元元,它被许肆抱在怀里,脖子上戴着江荞给它买的那串铃铛,头上戴着江荞送的白色帽子,看起来可爱极了。

元元似乎是察觉到江荞在看自己,它冲镜头摇了摇头。

"很可爱,很适合它。"

许肆笑了,揉了一把元元的脑袋,看着它又要凑近手机屏幕,把它拉回了自己怀里。

"下次补课带它一起出来吧。"

许肆看了元元一眼:"不了吧,怕它吵到别人。"

这话一出,元元可不满了,它跳到许肆肩膀上,冲镜头"喵喵"叫着,似乎在跟江荞告状,诉说自己的不满。

"它挺乖的,可以带着它一起出来。"

"好,下次带着它。"

元元似乎是听懂了一般,头昂得高高的。

江荞笑了起来。

"听见你夸它乖,开心呢。"

……

后来的几个星期，每个周六许肆都带着元元一起去找江荞。

许肆每次看到元元趴在江荞怀里，他都会觉得自己捡回来的是一个"逆子"。

偏偏江荞喜欢它喜欢得不得了。

寒假快乐

"其他班的老师都争着抢着要你，我觉得还是要问问你的意见，你是想转进那些排名靠前的班，还是留在现在的班级？"

江荞转头看了一眼十七班的同学们，又看了一眼正捧着书在背单词的同桌："方老师，我挺喜欢现在这个班的，不用转班。"

方子新看着她："好，老师尊重你的意愿。"

……

进入一月后，期末考和寒假也不远了。天气越来越冷，拿笔时手都会冻僵。

一月二十六日，周一。

何国士在走廊里没走几步就摔了个大屁股蹲，他站起身揉了揉屁股，又看了看地上结的薄薄的一层冰。

他冲十七班骂道："怎么值日的？地拖完了不知道用干拖把再拖一遍吗？"

十七班的值日生出来给他道歉："抱歉，何主任，忘了再擦一遍。"

何主任气得吹胡子瞪眼，他抬手摸了摸自己那本来就不多的头发："重新拖一遍，虽然快放假了，但也不能偷懒。"

"是、是、是。"

何国士说完就走了，结果刚走到十八班门口又摔了一跤。

不久前，十八班的人看到十七班的被骂，个个都幸灾乐祸，这会儿个个都笑不出来了。

不久后，十八班班主任站在讲台上，声音铿锵有力："期中考试居然被十七班给碾压了，这次期末考试，我们势必要超过十七班！"

"好！"

杨世昆冲郝明开口："前几次考得差都无所谓，这次的成绩直接关系到能不能过好这个年，到时候家里的亲戚一来，问你家小孩考了多少，考得太差的话，我妈会觉得我丢人。"

郝明回道："你说得也是。"

杨世昆有些愁眉苦脸。

"反正往年都是这么过来的。"

杨世昆更伤心了：谢谢，你不如不安慰我。

上午第四节课是张润发上的，他迈着"六亲不认的步伐"进了教室。

"老师，这次的试卷是您出的吗？难不难呀？"

张润发闻言摸了摸自己的头发："不难，快过年了，老师怎么会出那么难的卷子让你们考不好试、过不好年呢？你们说是不是？"

"老师，您能不能偷偷给我们透点儿题？试卷不是您出的吗？"

张润发眯了眯眼睛："这不行，我从不做这种事，不过……"

十七班的人都在等着他的下半句话。

"你们求求我，也不是不可以告诉你们重点。"

"张老师最帅了。"

"老师和周润发一样帅！"

"简直就是A市周润发！"

十七班的人越夸越离谱，张润发比了个暂停的手势："新学的那一单元考一道大题，其他重点我也会和你们说，明天就考试了，可以临时抱一下佛脚。"

"好！"

"老师，您就是我'男神'！"

中午。许肆手里拿着那套试卷，冲江荞开口："小老师，我就快写完了。"

试卷只剩下薄薄的几张没写了。

江荞看了一眼："很棒，新的资料书已经买好了，等你写完了就给你新的。"

"小老师，还记得我的奖励吗？"

江荞冲他笑了一下："记得，希望这次你能进步十五名。"

"两次加一起可以吗？小老师。"

江荞想了一下，点头："也行。"

杨世昆回头冲江荞开口："江学霸，我英语听力听不懂怎么办？"

江荞想了一下，回他："可以闭上眼去仔细听。"

"好，这次考试我就试试江学霸的方法。"

江荞笑道："好。"

她又冲许肆笑道："加油呀。"

许肆轻笑："好。"

……

英语考试时，杨世昆听江荞的，闭上了眼，他听着那一连串的英文单词，差点儿睡着了。他睁开眼，搓了搓自己的脸，才终于精神了一些。

音频播了一大半，杨世昆总共也没听懂几句。

有了江荞的鼓励，许肆做题丝毫不慌。

随着最后一门考试交卷，期末考也宣告结束了。

江荞回教室的时候，看到许肆正在拉两个人的桌子。

她刚抱起来书，就听见许肆的声音："小老师，把书放桌上吧。"

江荞乖乖地把书都摞在了桌上："我和你一起搬桌子，太重了。"

"不用了，你把杯子拿进来就行了。"

刚收拾完桌子坐下，杨世昆就愁眉苦脸地冲江荞开口："江学霸，完了，这次英语听力我完全听不懂呀。"

江荞看他："听力？"

"对，我听你的闭上眼去感受它，结果我差点儿睡着了。"

江荞不知道该说什么了。

"不是江学霸你教的方法的问题，而是我的问题。你做听力题就好像音频直接跟你说，这题选A，这题选B。我做听力题就是有人在我耳边叽里呱啦，什么都听不懂。"

江荞没忍住笑出了声。

"江学霸，你觉得这次试卷比上次难吗？"

江荞觉得跟之前没什么区别："还好吧。"

杨世昆叹了口气："还是听天由命吧，还能快活几天。"

方子新进来了："各科课代表去印刷室领试卷，试卷有点儿多，每个人再找个人一起去。"

江荞去领英语试卷，许肆跟在她后面："我去帮你，小老师。"

江荞低着头数试卷，许肆在一旁偷偷看她。数完试卷，许肆抱着试卷走在她旁边，他怀里抱着厚厚一摞，只给江荞留了一份试卷。

"老方，这也太多了吧！"

方子新笑了笑："试卷都是学校统一印的。"

"太多了吧，写不完呀。"

"光写名字估计都要写很久！"

方子新笑道："按照老师的要求写就行了，不要求你们全部写完。"

"太好了！老方万岁！"

"老方万岁！"

方子新又交代了关于放假和开学的事："祝同学们假期愉快！收拾收拾东西就可以走了，提前祝同学们新年快乐！"

"老方假期快乐！"

"假期快乐，假期快乐！"

许肆看向他的小同桌:"寒假快乐,小老师。"
"寒假快乐!"

给你堆的小雪人

二月即将来临。

似柳絮一般的雪花在空中飘落,雪逐渐大了起来,纷纷扬扬地落下来,变成鹅毛一般大小。

江荞起床拉开窗帘,就看到外面白茫茫一片,树上、房屋上都铺满了洁白无瑕的雪。

下了一夜的大雪,现在外面还飘着小雪。

江荞吃完早饭就回了自己的房间,她看了一眼手机,才早上九点多。

她想,许肆应该没醒。

她刚准备翻开作业本,就听见手机响了。她看了一眼手机,来电显示是许肆。

"喂。"

"小老师,快看看窗外,下雪了。"

江荞看了一眼窗外:"我看到了,下雪了。"

"小老师,你往楼下看看。"

江荞走到窗边,往楼下看去,她看到了许肆。他穿着白色的羽绒服,底下是一条蓝色牛仔裤,怀里抱着黑色的小猫。

许肆在楼下冲她举起手,江荞看清了,他的手里是一个小雪人。

他的声音从手机里清晰地传出来:"小老师,给你堆的小雪人。"

少年的声音有些低沉,尾音却动人心弦。

江荞从衣帽架上拿下来自己的围巾和手套,冲许肆开口:"你等我一下,我这就下去。"

"好啊,等你,小老师。"

"荞荞,外面冷,还下着雪,带上伞。"

江荞一边在玄关处换鞋,一边冲刘妈开口:"好。"

"还回来吃饭吗?"

"不吃了。"

江荞戴好围巾和口罩,刚走出楼门口就看到了雪地里的许肆。

他站在雪地里冲她笑,少年墨发黑眸,眸子里盈满了笑意,薄唇,唇角是上扬的,笑起来好看极了。

真是奇怪,他不笑的时候看起来有些凶,笑起来却格外明媚,有着少年人独有的朝气,惹眼极了。

江荞没来由地心跳加速，说不清道不明的情绪在胸腔中炸开，然后蔓延开来。

江荞向他跑过去："你冷吗？许肆。"

"不冷。"许肆说着，给江荞展示自己手里的那个小雪人。

小雪人的眼睛是用两颗黑豆镶嵌的，胳膊是用树枝做的，虽然简陋，但是很可爱。

江荞接住他手里的小雪人，用另一只手摘下自己的围巾准备给他戴上。

许肆接过她手里的围巾，然后绕回她的脖子上："我不冷，你戴好围巾就行了。"

江荞又从兜里掏出来一双手套递给他："那你戴上手套。"

"好。"许肆看着她，笑得弯了一双眼睛。

江荞戴的手套是奶杏色的，给许肆的那一双是驼色的，两双手套都是毛茸茸的。

元元在许肆怀里胡乱扭着，要往江荞怀里去，许肆揉了一把它的脑袋："小老师手里拿着雪人呢，我抱着你。"

元元不满，一直伸着脑袋看江荞，似乎在问江荞：为什么抱雪人不抱我？

许肆看着它气呼呼的样子，没忍住又笑了，心想：也有你吃瘪的时候。

"去哪里堆雪人呀？许肆。"

"就去附近的公园吧。"

"好。"

公园里，一群小朋友在地上滚雪球。

元元挣脱许肆的怀抱，撒了欢地在雪地上跑着，然后一头扎进了雪里，拔出来脑袋继续跑。

许肆和江荞没忍住笑了。

"我已经很久没有堆过雪人了。"

江荞上次堆雪人还是前些年和姜知许一起，堆的是那种小雪人，因为B市的雪不会下那么大。

许肆的手机响了起来，他摘下手套按了接听。

"肆哥，肆哥，下大雪了，外面好好看。"

"看到了，我在外面。"

"你在哪里呀？肆哥，我去找你玩，哈哈哈，我们一起堆雪人。"

许肆看了一眼江荞："在和同桌一起堆。"

那边沉默了一会儿。

"那肆哥你和江学霸玩得开心，晚点儿我去找你。今天这个天气好适合一起吃火锅，肆哥你问问江学霸，要一起吃火锅吗？"

许肆把手机放到江荞耳边："你跟她说。"

"江学霸，我是杨世昆。"

江荞自然是听得出他的声音："我知道，我听出来了。"

"哈哈哈，江学霸，要一起去肆哥那里吃火锅吗？"

江荞看了一眼许肆："可以吗？"

许肆看她："有什么不可以？"

江荞便冲那头的杨世昆开口："可以。"

杨世昆兴奋的声音从那边传过来："好嘞，江学霸，有什么喜欢吃的吗？我和大头先去买。"

"我都行。"

"那你有什么忌口吗？"

江荞还没说话，许肆就贴近手机开了口："别买太辣的锅底，她不吃羊肉，不吃内脏，还不吃茼蒿。"

面对他的突然靠近，江荞的心跳漏了几拍，她看了一眼许肆，他偏头冲她笑了一下。

"好、好、好，我都记下来了，中午的时候去找你和肆哥，江学霸拜拜。"

"拜拜。"

许肆从她手里接过手机，按了挂断。

他居然留意了她的忌口，江荞有些愣愣地看着他，心里感到无比温暖。

"在想什么？"

江荞回过神来："没什么。"

"一起堆雪人吧？"

"好。"

江荞将那个小雪人放在地上，然后开始滚地上的雪。许肆帮着她把雪移过来，她滚雪球，元元在旁边用爪子和脑袋把雪移过来。

不一会儿，江荞就滚了一个大雪球。

另一边的几个小朋友在玩夹鸭子游戏，夹了整整齐齐一排雪白的鸭子。

其中一个扎着两个小鬏鬏的小女孩冲江荞开口："漂亮姐姐，你在堆雪人吗？"

江荞点头："对。"

"姐姐看我们的小鸭子。"

江荞看着那一整排的小鸭子，认真评价："很可爱。"

许肆也道："很可爱。"

得了夸奖，那小女孩笑得眼睛都弯成月牙了。她看看许肆，又看看江荞："哥哥和姐姐长得都很好看！"

她笑起来好乖

江荞的耳尖逐渐粉了，她冲那小姑娘开口："谢谢。"

那小女孩继续笑着说："妈妈说，好看的人和好看的人一起玩。"

江荞笑着揉了揉她的脑袋，小女孩又"嗒嗒嗒"地跑去找自己的小伙伴了。

江荞将手里团好的那个雪球放在雪人的身子上面，她看向许肆："没有眼睛怎么办？"

许肆从兜里摸出来两枚黑纽扣，放在她的手心里："用这个。"

"你怎么还带着这个？"

"说好的带小老师一起堆雪人，当然要准备齐全。"

江荞又给雪人添上了胳膊和鼻子。

看着江荞扬起的唇角，许肆也忍不住唇角上扬——她笑起来好乖。

"堆完了，许肆。"

许肆看着两人一起堆好的雪人，称赞道："好看。"

他掏出来手机准备拍照，江荞见状伸手比了个"耶"，元元的大脑袋也入了镜。

许肆果断按下了快门键。

许肆盯着刚刚拍下的那张照片看了一会儿，更换了自己的微信头像。

许肆家楼下。

江荞将那个小雪人安置在楼下，冲许肆开口："他们来了吗？"

话音刚落，许肆的手机就响了。

"肆哥，肆哥，我们到了，你在家吗？不在家我们就在楼下转转，等你和江学霸一会儿。"

"在楼下，还没上去。"

"好，肆哥你等等我们。"

几分钟后，杨世昆和郝明提着大包小包过来了。杨世昆咧着嘴冲江荞开口："江学霸，肆哥，我们来了。"

江荞冲他笑笑。

许肆看向三人："行，先上楼吧。"

许肆推开门，然后从玄关的柜子里掏出三双新的棉拖鞋。他看看江荞，又看了看手里的拖鞋："家里没来过女客人，没有女式拖鞋。"

"没事。"江荞穿着那大了一截的拖鞋进去了。

许肆看着她穿那双拖鞋走路的样子，有些想笑。

许肆把房间打扫得很整洁，可能是因为只有他一个人住，显得有些空旷，总觉得少了点儿什么。

江荞想要去厨房帮忙，被许肆按在了沙发上。他把温水递到她手上："你坐着等就行了，我去厨房看看。"

他将电视打开，接着把遥控器塞到江荞的手里："你想看什么就自己找。"

江荞的怀里抱着猫，看着他们几个男生在厨房里忙活。

"啊！"

"杨世昆你叫什么？"

"差点儿给我手指头切掉了。"杨世昆看着自己的手指，心有余悸地开口。

"走开，你去旁边玩，我切菜。"

江荞探出头："我也来帮忙吧。"

许肆抬头看她："那你过来一起择菜吧。"

于是，江荞择菜，许肆在一旁洗菜。

杨世昆在一边看郝明切菜，边看边夸："大头，你这一看就是练过的，刀工真不错。"

郝明被他夸了之后，也差点儿切到自己的手。

杨世昆想要找点儿事情做，看向几人："你们先忙着，我去弄锅底。"

所有的配菜都端上桌，锅底也煮开了，外面又开始飘小雪了，屋里却热闹、温暖。

杨世昆激动地开口："开吃吧！"

他刚说完，又急忙道，"等等！"

郝明看他："又怎么了？"

"差点儿忘了，我还买了可乐。"杨世昆将几瓶可乐拿了过来。

"太凉了，别给她喝。"

许肆站起身："我去给她烫瓶奶。"

江荞总觉得许肆把她当成小孩子。不一会儿，许肆将热牛奶塞在她手里，然后打开了面前的可乐。

见江荞看着自己手里的可乐，许肆冲她开口："太凉了，你不能喝。"

"我不喝。"

外面寒风冷得刺骨，四个人围在桌前吃火锅。

杨世昆打开手机，刚想拍照，就看到班级群里发消息了。

方子新："@全体成员 成绩出来了。"

伍葳："老方，我还在吃饭呢。"

李静静："激动人心的时刻到了。"

王霖："搓手，期待！"

曾琪："不想看，不想知道，这个年过不成了。"

……

大家聊得热火朝天，方子新很快把一张成绩表发到群里。

杨世昆问三人："群里发成绩了，要看看吗？"

三人都停下筷子看他。杨世昆刚打开成绩表，就看到了排在上面的江荞的名字。

他兴奋地开口:"江学霸,你这次又是第一。"他接着往下看,"让我看看校排名……"

话音刚落,许肆就开了口:"第二。"他又小声同江荞开口,"恭喜呀,小同桌。"

江荞弯着唇角冲他笑。

"江学霸牛呀,年级第二,我要是能考这名次,可以直接写进我家族谱。"

郝明看了他一眼:"下辈子吧。"

"闭嘴!"杨世昆说完,又紧张兮兮地往下滑。

滑了一半,杨世昆的手都紧张到出汗了,还是没看到自己的名字。

看着杨世昆神神道道地嘟囔着什么,郝明问他:"你叨叨咕咕什么呢?"

如果仔细听,就能听到杨世昆说的是:"太奶呀,保佑我,保佑我别考倒数十名,要不然就是男女混合双打了,太奶保佑我,保佑我呀,太奶。"

杨世昆还没翻到自己的名次,郝明就开了口:"第五十名,别翻了。"

"你……"杨世昆一句话没骂完,激动道,"你说什么?!第五十名,哈哈哈,太好了,屁股保住了。"

"什么屁股保住了?"郝明总觉得他这句话有些怪异。

"回家不用吃'皮带炒肉丝'了,之前我妈拿着衣服撑子追我三条街,那次好像是因为我物理考了零分,她气得说脚踩答题卡上都比我考得多。"

郝明道:"那可不是吗?"

江荞没忍住笑出声来。她探过头去看许肆的手机。

许肆看着突然伸过来的脑袋,愣了一下。她的小脸粉嫩,一缕碎发垂在耳边,露出的耳垂小巧、精致,像极了洋娃娃,软软香香的。许肆很想揉一揉她的脸。

"我刚看到,肆哥第四十九名!江学霸太牛了,我也想让江学霸给我补习了!"

杨世昆刚说完这话,就觉得一道冷飕飕的目光落在自己身上。

天赋型选手

杨世昆抬头对上许肆看过来的视线,改口道:"江学霸平时也挺忙的,我就不麻烦江学霸了。"他这才觉得那种冷飕飕的感觉散去了些。

同学们在私底下建的没有班主任的班级群里聊天。

梁山伯揍英台:"我天!江学霸这次直接'杀'到年级第二了,下次估计就'杀'到第一了。"

Lily:"哈哈哈,看谁还瞧不起我们十七班。"

伍葳:"话说,这个群里有江学霸吗?"

王霖:"看一下不就知道了。"

李静静："江学霸好像不在。"

伍葳："@杨世昆 有没有江学霸的微信，快把她拉进来。"

……

紧接着越来越多的人开始"艾特"杨世昆。

杨世昆的手机响个不停，打开手机就看到微信群里好多人让他拉江荞进群。

杨世昆差点儿以为自己被什么诈骗信息轰炸了。

"江学霸，微信群里他们都让我拉你进去，可以吗？"

"可以。"

江荞话音刚落，杨世昆就看到了群里的消息。

"."邀请了"。"加入了群聊。

群里的人安静了几秒——他们在这吵了半天，原来许肆都看到了。

【。】："我是江荞。"

群里是清一色的"欢迎"和"恭喜"，让人意外的是，平时不在群里说话的许肆也发了一句话。

【.】："恭喜。"

众人摸不清"大佬"的情绪，只觉得江荞对他来说似乎有点儿不一般，而且两人又是同桌。

江荞回复了一句"谢谢"，就放下了手机。

杨世昆笑道："肆哥，肆哥，我建一个我们四个人的小群。"

"嗯。"

杨世昆拉完群，问许肆："肆哥，你怎么换头像了？"

"下午刚换的。"

杨世昆点开了那张头像，屏幕里的手很小，纤细莹白，一看就知道不是许肆的手。

他偷偷瞄了一眼江荞的手，又看看头像上的手。

确认无误了！就是江学霸的手。

许肆抬眼看杨世昆："看什么呢？"

"肆哥，照片里是江学霸的手吗？"

许肆"嗯"了一声。

"江学霸的手好小呀。"

江荞伸出来自己的手看了一眼："我的手不小呀。"

许肆将手放在她手上，足足比她的长了快两个指节。他轻笑道："还不小呀？"

少年的手很大，手指修长好看。

"我以为我自己的手挺大的。"

……

元元一直窝在江荞怀里，四个人吃火锅，它就用脑袋去蹭江荞，江荞时不时地揉它脑袋。

许肆看向它："我去给它喂点儿吃的。"

许肆伸手去抱元元，然而元元赖在江荞的怀里不出来。

杨世昆忍不住笑起来："它倒是挺黏江学霸。"

许肆看了一眼元元，没有说话——他怎么养了个"小绿茶精"。

一顿火锅吃完，已经是下午两点多了。

杨世昆肚子胀得鼓鼓的，整个人靠在椅子上："太饱了。"

郝明看他："收拾收拾桌子，刚好消消食。"

"还用你说。"

江荞想帮忙，许肆拦住她，开口道："不用，我们收拾就行。你喂元元吧，猫粮和罐头都在架子上。"

…………

收拾完，四个人都窝在沙发上看电影。

那是一部很文艺的爱情片，男女主因为难以言说的误会分开时，江荞正欲抽纸巾，旁边就递过来一张。

许肆看着她微红的眼睛，语气温柔，似是安抚："只是误会，会和好的。"

江荞认真点头。

好在他们的爱情没有败给世俗和时间，影片的最后，男女主人公在黑夜里靠在一起看烟花，好不唯美。

江荞看着屏幕里的烟花，眼睛亮晶晶的。

许肆注意到了她眼底的喜欢和向往，看了一眼外面渐晚的天色："去不去放烟花？"

"这边可以放烟花吗？"

"当然可以呀！"杨世昆看向有些疑惑的江荞。

"我们那边好几年不让放了，我也很多年没见过烟花了。"

许肆拉了一下她的袖子："走，带你去放烟花。"

江荞见他表情认真，扬起一抹笑来："好。"

废弃的旧楼前有一片空旷的地方。

许肆将烟花放下，问江荞："要试试吗？"

江荞有些犹豫。

许肆将手里的打火机递给她，笑道："试试，我数三、二、一，点完火你就跑。"

"好。"

江荞蹲在地上点火，还没点着，她就吓得缩回了手。

许肆冲她笑着开口："再点一次试试。"

江荞刚点完就吓得站了起来，许肆抓起她的手跑到一边。他的手很大，很温暖。

江荞看着两个人交握着的手，心乱得不行。

许肆在慌乱之中抓了她的手，她的手又小又软，他看着两个人交握着的手，有点儿不舍得松开。

杨世昆看着没有动静的烟花桶，走近了些："怎么回事？难道没有点着吗？"

"砰！"

一束亮光飞上了天，紧接着又是好几束亮光飞上了天。

杨世昆吓得跌坐在地上："这烟花真不懂事，吓我一跳。"

郝明拉着他起来，退后了几步。

五颜六色的烟花在空中炸开，绚丽无比。

江荞在看烟花，许肆在看江荞。

杨世昆在后面拍烟花，两人的身影也一同入了镜。

一箱烟花很快放完，杨世昆冲两人举起自己手里的袋子："肆哥，江学霸，这里还有一些小烟花。"

郝明抽出来一盒仙女棒："老杨，你还玩这个？"

杨世昆一把夺过他手里的仙女棒："这是肆哥给江学霸买的。"

说完，他就把手里的仙女棒递给了江荞。

江荞打开盒子，抽出仙女棒递给许肆一根，又分别递给郝明和杨世昆一根："一起玩。"

她说完，点燃了四个人手中的仙女棒，看着耀眼的火光，一双眼睛都弯成了小月牙。

杨世昆又点了一箱烟花，先是一阵火光，接着噼里啪啦地喷出来很多五颜六色的火花，然后炸开。

江荞笑道："这个也好看。"

杨世昆还想用手里的鞭炮吓唬郝明，郝明握住他的手腕："你敢往我帽子里扔，我就把你炸了。"

"不扔就不扔。"杨世昆说完，从兜里摸出一个东西递给郝明，"请你吃糖。"

郝明看清他手里的东西："真当我不知道这是什么？是不是吃进嘴里会'爆炸'那种？"

"大头真聪明。"

"哼，走开。"

另一边，许肆在教江荞玩别的烟花，江荞拿着那长长的一根，问他："这是什么？"

许肆解释道："会从里面喷小烟花，要试试吗？"

江荞有些跃跃欲试，从他手里接过了打火机，她点燃了自己的，许肆把自己的凑

过来点燃。

噼里啪啦炸出来很多火花，好看极了。

四个人玩了很久。

江荞忍不住笑道："今天很开心，玩了之前从来没玩过的游戏，看了烟花，还放了很多没玩过的炮。"

杨世昆问她："以前放假可以放烟花的时候，江学霸没玩过吗？我们平常就是放烟花、打游戏，到处跑。"

"小时候家里不让玩，长大以后又不让放了。"

"江学霸，那你以往过年都干什么？"

"写作业，去书店看书。"

许肆看着她："你不介意的话，以后都可以叫上我一起玩。"

江荞看向他："可以吗？"

"当然可以，你在说什么傻话，小老师。"

江荞就说了一句"很久没看过烟花"了，许肆就带她来放烟花。

江荞呆呆地看着许肆，又笑了。

临近九点，三个人将她送到她家楼下，江荞冲他们轻轻挥了挥手："拜拜。"

"拜拜。"

红包

正月二十九这天。

许肆看着家门口的三个人，有些意外："你们怎么都来了？"

江荞扬了扬手里的对联和小灯笼："来给你送这个的。"

杨世昆笑道："肆哥，快过年了，怎么可以没有对联！"他接着亮出了手里的饮料和零食，"当然也少不了这些！"

郝明也拎了一袋子菜："快过年了，不能没有物资。"

许肆家的冰箱被塞得满满当当。

杨世昆拿着对联在门前比画，冲郝明开口："大头，大头，贴这里可以吗？"

"歪了，歪了，往旁边移一点儿。"

江荞和许肆在给房间里贴一些窗花，四个人贴了好一会儿才全部贴完。

江荞将那两串小红灯笼挂在门口，所有事情算是完成了。

杨世昆靠在沙发上："肆哥，这阵子我都来不了了，过年要走好多亲戚。"

郝明紧接着开口："我也是。"

江荞说："我应该不走亲戚。"

杨世昆笑嘻嘻地问许肆："肆哥不介意我们蹭个饭吧？"

"不介意。"

杨世昆拍了一把郝明："快让我们最贤惠的男人给我们露一手。"

郝明嘴上骂着，但还是拎着菜进了厨房。

杨世昆刚进去就被他赶了出去："别进来给我添乱。"

"不添乱就不添乱。"

江荞和许肆进去帮忙，杨世昆又跟进去凑热闹。

江荞切配菜，许肆怕她切到手指，接过她手中的刀："我来吧。"

看着许肆熟练地切菜，杨世昆有些好奇："肆哥，你们仨怎么都会切菜，就我一个人什么都不会。"

"因为你是废物。"郝明即使在做饭也不忘回头骂他。

"大头，你要上天啊？"

郝明回头瞪他："等会儿一口饭你都别吃。"

"那不行。"杨世昆巴巴地凑到他面前，"嘴要贫，饭也得吃。"

"立刻离开我的视线。"

……

看着端上来的四菜一汤，杨世昆搓搓手，笑道："肆哥，江学霸，快尝尝，大头虽然看着不靠谱，但是做饭挺好吃的。"

郝明"哼"了一声：就当成你在夸我吧。

江荞夹了一筷子菜，尝了一口说："确实好吃。"

许肆也道："好吃。"

郝明有些不好意思地挠挠头。

杨世昆笑嘻嘻地开口："这次过年总算不用吃'皮带炒肉丝'了，简直开心！"

郝明笑他："出息。"

江荞没忍住笑了。

吃完饭，许肆将几人送走了，本来热闹的房间又变得静悄悄了。

他看着屋里红色的羊年日历和窗花，虽然屋里一如既往地很空旷，但是总算有了些年味。

……

大年三十这天晚上，阖家团圆，每家每户都沉浸在欢乐、热闹的气氛中。

刘妈这天做了满满一大桌子菜。

原本，江荞邀请姜知来家里吃饭，但是她突然因一个加急的单子被喊了回去。

江荞看着桌上的菜，脑子里想的是阿许会吃什么，许肆一个人在家又会吃些什么。

江知恩一个劲儿地给江荞夹菜："荞荞多吃点儿，你太瘦了。"

"谢谢爸。"

虽然如今生活在一个屋檐下，但是四人显得有些疏离又礼貌得过分。

江荞看向还在厨房里忙活的刘妈："刘妈过来一起吃。"

刘妈在围裙上擦擦手，笑道："我就不一起吃了，等会儿我随便吃点儿就行，还差一个汤呢。"

田泠看她："就三个人，不用整那么多菜，刘妈过来吃饭吧。"

刘妈这才上了桌，给自己添了一双碗筷。

她在江家也有十七年了，从江荞刚出生她就被请过来做保姆。

她没有生育能力，被原来的婆家嫌弃，很早就离婚了，这么多年，她对江荞就像照顾自己的亲生女儿一样。

田泠看着江荞一直吃饭不说话，也不知道该说些什么。

还是刘妈打破了这个僵局："荞荞这次考了年级第二，还是班级第一。"

江知恩夸赞道："荞荞真厉害。"

田泠也跟着开口："荞荞真棒。"

江荞说了句"还好"，就没有了后话。

"我给荞荞转五千块钱，算是对荞荞这次考年级第二的奖励，压岁钱明天照常发。"江知恩说着就要拿手机给江荞转钱。

江荞摇头："不用，我有钱。"

"这是爸爸的一份心意，你就收下吧。"

"那也行吧。"

一顿饭吃得有些尴尬，江荞吃完饭就回了自己的房间，她收到了姜知许发来的信息。

姜知许和很多同事出去聚餐了，她看着照片上笑得明艳的姑娘，这才笑了起来。

江荞给许肆点了外卖，她看着许肆发过来的信息和照片，不禁笑了。

XS："小老师可真疼我，这么多菜只有我一个人吃。"

小老师："多吃点儿好。"

……

临近十二点，春节联欢晚会还在继续，主持人正在倒计时。

"十。"

"九。"

"八。"

……

"二。"

"一。"

"新年快乐！"

江荞收到了许肆的信息，紧接着就是姜知许、杨世昆、郝明、罗星，还有沈沫的信息。

江荞挨个回了句"新年快乐"。

四个人的小群里，杨世昆发了个红包。

杨世昆："新年快乐！"

三个人都是抢了几十块，就江荞抢了三块五。

杨世昆："哈哈哈，谁的手气这么烂？三块五，哈哈哈，哈哈哈……笑死我了，倒霉蛋，哈哈哈……"

杨世昆的信息发出来不到几秒钟又撤回了。

江荞愣愣地看着他撤回的信息，然后她就收到了许肆发的信息。

XS："不抢群里的红包，我给你私发。"

许肆连着发了四个红包。

江荞看着他发过来的四个红包，没忍住笑了，领了第一个，二百元，她就没再领第二个。

小老师："后面的就不领了，新年快乐！"

XS："本来就是给小老师的红包，快收了。"

江荞这才收了后面的三个红包。

小老师："明天有东西给你。"

XS："好巧，我也有礼物给小老师。"

两人聊了一会儿，许肆就催江荞去睡觉了。

新年不快乐

"荞荞，你去哪里呀？"

江荞怀里抱着保温饭盒，一只手里拎着给许肆还有元元的礼物，冲刘妈开口："我出去一下，晚点儿回来。"

许肆早上给她发了信息，说要来给她送东西。

江荞一眼就看到了他，许肆今天穿了件白色的羽绒服，里面是一件咖色的毛衣，底下是黑裤子，显得少年腿长极了。他怀里抱着元元。

她将手里的饭盒和袋子递给许肆："新年快乐。"

元元叫了几声，似乎在强调自己的存在。

"你也新年快乐。"江荞冲它开口。

元元这才高兴起来。

许肆接过她递过来的东西，有几分疑惑："这是什么？"

"饺子，猪肉芹菜馅的，昨天晚上包的，今天早上我刚煮的，就是不知道你爱不

爱吃。"

许肆轻笑："爱吃。"

小老师亲手煮的饺子，他怎么会不爱吃呢？

"我不知道这边过年吃不吃饺子，B市那边过年都要吃饺子的。"

"这边也吃。"许肆说完，从兜里掏出来一个小盒子，"这是给小老师的礼物。"

江荞接过他递过来的东西，塞进了兜里，问他："你怎么来的？不会是骑车来的吧？"

许肆想了想自己停在不远处的电动车，有些心虚："是。"

"不冷吗？"

许肆摇头："不冷，戴头盔和手套就不冷。"他又怕她不信，又补充了一句，"真的不冷。"

江荞用手碰了一下他的手指，还是温热的，这才信了他说的不冷。

"外面冷，你快回去吧。"这天已经有零下七八摄氏度了。

"你也快回去吃饺子，不快点儿吃就凉了。"

许肆应道："好。"

江荞叮嘱他："路上骑慢点儿。"

"一定会的，小老师。"

许肆看着江荞上了楼，将饭盒小心地放在了前面的包里，骑着电动车离开了。

元元被风吹得冷了，将脑袋缩进了包里。

许肆将车停在楼下，他一只手抱着猫，另一只手提着饭盒和礼物，慢慢地上了楼。元元知道他要开门，跳到了他的肩膀上。

看着门口几个西装革履的男人，许肆有些警惕地又看了一眼楼层，确定自己没有走错。门口挂的一串红灯笼掉在了地上，许肆捡起那串红灯笼重新挂上，冷冷地出声："你们来干什么？"

"许总让我们来接你回家。"

"回去转告他，就算他亲自来，我也不会回去。"

许肆将饭盒和礼物放在地上，从兜里掏出钥匙，钥匙还未插进去，他就发现门锁被换了。他感到一阵无以言说的怒意传到四肢百骸："许珩宇让你们换的锁？"

前些年许肆还能客气地喊他一声爸，现在不想喊了。

"是，许总和夫人都很关心你，想让你回家。"

"他凭什么？我问你，他凭什么让人换锁？你让他来见我，让他过来见我！凭什么换掉这里的锁！他不配让人动这里的东西，他有什么资格？！"许肆气红了眼，声嘶力竭地喊道。

为首的那个男人冲许肆开口:"抱歉,这是许总的命令。"

许肆拨通了许珩宇的电话,那边很快就接通了。

"喂,小肆。"

"别叫我名字,你凭什么让他们换这里的锁?"

许珩宇闻言开口:"我只是想让你回家,你要知道,你妈妈很想你。"

想他?这真是他这辈子听过最好笑的事,许肆直接挂断了电话。

"许总让我们务必带你回家。"几个男人说着就要来拉许肆的胳膊。

"滚,别碰我!"

那些人根本不管许肆说了什么,他们只知道要带许肆回家。

许肆甩开面前人的手,作势要挥拳:"我不回去,你们别碰我。"

那些人对许肆的动作称不上温柔,甚至可以说粗暴,许肆同他们扭打在一起。

元元扑上去伸出爪子去抓他们,被一个男人抓住,扼住了脖子。

许肆将那个人撞倒在地上,从他手里抢走了猫,但是他自己又被撞到了墙上,他的脸颊红肿起来。

他感觉自己心里绷着的那根弦彻底断掉了,他再次同那些人扭打在一起。

饭盒被踢开了,里面的饺子也撒了出来,门口挂的红灯笼也不知道又被谁扯了下来,掉在地上被踩脏了。

许肆从地上爬起来,将红灯笼挂了回去,将掉出来的饺子捡回去,盖上了饭盖。他一只手抱着饭盒,另一只手抱着元元。

他做错了什么?他究竟做错了什么?为什么要一而再,再而三地打扰他的生活?

就凭她一句"想他了",就什么都可以一笔勾销了是吗?

他做不到,他觉得自己现在过得挺好,为什么他们还要打扰他的生活?

许肆冲那些人开口:"滚开。"

那些保镖还是严严实实地挡在门前,冲许肆开口:"请你跟我们回家。"

许肆转身抱着猫,拎着饭盒和礼物就下了楼。

那些人没有追,而是给许珩宇打了电话:"许总,他不愿意回来。"

"我自有办法让他回来,你们就在门口守着。"

"是。"

许肆一个人在大街上走了很久,不知哪家放了烟花,烟花在空中炸开。

家家户户的门前都贴上了红对联。

许肆随便找了个路牙坐下。街上又噼里啪啦地响起了鞭炮声,大家都沉浸在新年的喜悦当中。周围很热闹,到处都是欢声笑语,可是热闹不属于他。

许肆打开街边的水龙头,用水冲干净那份饺子。

他坐在街边,用筷子夹起一个饺子塞进了嘴里。

许肆分了几个给元元，一人一猫吃完了那份早就冷掉了的饺子。

芹菜猪肉馅的饺子，凉了，热的时候肯定更好吃。

"元元，我们又没有家了。"寒风刺骨，不知少年是在跟自己说话，还是在跟旁边的小猫说话。

不知道哪户人家里传出来一句"新年快乐"。

"新年不快乐。"

第十章
差一点儿

10
Chapter

> 别管我了，江荞。

> 为什么？为什么不管你了？

Diary

2016年1月4日

他说让我别管他了。
他说求我。
让我放弃他吧。

怎敢亵渎月光

许肆坐在路边，只觉全身上下都是冷的，只有怀里的猫有着些暖意。

偏偏这时候许珩宇又打来了电话。

"你到底想干什么？"

"小肆，我劝你还是乖一点儿，你乖乖回家，我可以考虑让我的人走，你以后还是有机会回去那座房子的。"

"……"

"小肆，我的耐心有限度……"

许肆的指尖攥得发白，他挂断了电话，站起身走了几步。

街道上车水马龙，人来人往，他有些恍惚。

许肆的手都冻僵了，他忽而有些自嘲地笑了一下。

A市某别墅区。

"小肆，你回来了。"杨冠看见许肆脸上和身上的伤，担心地开口，"小肆，你怎么受了那么多伤？"

许肆抬头看了他一眼，没有回答他的问题，而是问道："他在不在里面？"

"是说许总吗？许总和夫人还有然然一起吃饭呢。"

许肆"嗯"了一声就推门进去了。

许珩宇舀了一勺饭喂到梁介然的嘴边，看着他吃下去："然然真乖。"

"妈妈，哥哥回来了。"

"小肆。"

许珩宇都没抬头，冲两人开口："不用管他。"

许肆径直走到餐桌面前，面无表情地看着许珩宇去喂一个和自己毫无血缘关系的孩子，他开口道："让你的人走。"

许珩宇放下手里的筷子，抬眼看他："就这么跟你父亲说话的？"

许肆没有说话，听见自己的手机响了一声。他掏出手机看了一眼，是江荞问他"饺子好吃吗"，他回复一句"好吃"。

"许肆，你的礼节教养都去了哪里？"

见许肆一直低着头看手机不说话，许珩宇一把夺过他手里的手机摔在地上。

手机被摔坏，许肆蹲下身去捡。

许珩宇看不惯他这副样子，一脚踢开了地上的手机。

许肆站起身，看向面前的男人，嘲讽地说道："呵。父亲？礼节教养？我只知道从奶奶去世的那天起，我就永远不会原谅你。"

许珩宇站起身，看着他脸上和身上的伤，一字一句戳在许肆的心窝上："你是我的种，再怎么讨厌我，你也是我的种，你身上流着我的血，就你那烂成绩，没有我，你就是个什么都不是的垃圾。"

许肆捡将那已经摔得四分五裂的手机塞进兜里，手机屏幕划破了手，他也不在乎。

是啊，他是垃圾，怎么敢亵渎月光？

这场闹剧该到此结束了，他已经打扰她很长时间了。

他就是阴沟里的烂泥，就该一辈子生活在黑暗里，发烂、发臭。

而她那般美好的存在，和他本就不是一路人。

梦醒了，也该醒了。

梁介然从来没有见过这般样子的许珩宇，吓得哭了起来。

许珩宇低头去揉他的头，柔声道："然然不哭，吓到你了是吧？"

"好可怕，呜呜呜。"

许珩宇看向沈妤纯，温柔地开口："先送他上去吧。"

沈妤纯犹豫地看着许肆："可是……"

"你先送他上去。"

沈妤纯拉着梁介然的手上了楼，梁介然还在哭个不停，被她抱在怀里："然然不哭，不哭。"

许肆看着这一切，觉得刺目又讽刺，所以为什么要有他呢？

既然都不喜欢他，都不要他，为什么还要让他出现？为什么把他生出来又不要他？

他根本就是多余的那一个，他的存在简直可笑。

许珩宇看着他："你的期末成绩我看了，你也不是学习那块料，再努力也是无济于事。"

许肆冷眼看他。

"好好待在家里，我会安排公司的事给你。"

"我对你的破公司不感兴趣。"

许珩宇闻言笑了："我也没准备以后让你接手，公司的股份我会留给你百分之五，其他的全给然然，你以后辅助他就行。"

许肆觉得他的话有几分可笑，不禁笑得讽刺："我不会要你的股份，而且你凭什么觉得我会去辅助别人？"

"就凭我随时都能让那栋老房子夷为平地。"

许肆的后槽牙都快咬碎了，他看着面前的人，指关节攥得咯咯直响："许珩宇，你摸摸自己的良心，你还是人吗？你还有一点儿孝心吗？

"奶奶过世前一直喊你的名字，可就是没等到你回来见她最后一面！而那个女人，已经嫁人，和别人生了孩子，不过是发烧而已，你就坐飞机去看她。奶奶是带着遗憾走的！！"

许衍宇面上没有丝毫愧疚，只道："没赶上，我也很遗憾。"

许肆真想把他的心剖开，看看他的心里是不是除了沈妤纯就再没有别的了。

"我怎么就看不出你有一丝一毫的愧疚？那是奶奶留给我的房子，你凭什么踏足？你凭什么？你拿这个威胁我，你到底有没有心？你心里到底有没有奶奶？"

许珩宇看着他："许肆，这不是你跟我说话该有的态度。"

"少跟我讲什么态度不态度，我看你替别人养孩子养得挺开心呀，哈哈哈。你那么善良，怎么不把福利院的孩子全养了，既然生而不养，为什么要留下我？为什么要有我的存在？你告诉我为什么？！"

许肆气得额角青筋暴突，声嘶力竭地冲面前的男人吼着，似乎要把自己这么多年的怒意全部发泄出来。

"那是你妈妈的孩子，就是我的孩子。"

许肆气极："她不是我妈！"

许珩宇听了这话，抬手就抽向许肆的脸，却被他挡了回去。

许肆怒视着他。

许珩宇看着许肆："你不过是一个失败的试验品，没有她，对我来说，你什么也不是，就算你身上流着我的血，对我来说你依旧什么都不是。"

许肆气得全身发抖："所以为什么要有我？"

"我说了，你只是失败的试验品。"

别管我了

正月初二。

"江学霸，你能联系上肆哥吗？"

"不能。"

"好吧，那江学霸。等你联系上了肆哥一定给我发个信息。"

"好。"

江荞告诉许肆，自己拿到了A市新舞杯比赛的报名资格，时间就是正月初九，在市里最大的剧院。

　　这可能是她最后一次上台表演，她希望他能来，可是他没回复这条消息。

　　晚上，三人依然联系不上许肆。

　　江荞、杨世昆、郝明三人一起去许肆家找他，却发现许肆家所在的单元门被铁门隔开了，铁门上面还有一把大锁。

　　杨世昆觉得有些奇怪："怎么上锁了？肆哥不是还住这里吗？"

　　江荞隔着大铁门往里面看了一眼，门口的红灯笼已经没有了，她开口道："他可能搬走了，还没来得及告诉我们。"

　　杨世昆还是觉得很奇怪："肆哥怎么会不提前告诉我们呢？"

　　郝明想了想，开了口："可能手机坏了，还没来得及买新的。"

　　三人看着那扇铁门，均是神色复杂。

　　正月初三。

　　杨世昆、江荞和郝明还是没有联系上许肆，于是三人决定去报警。

　　到了派出所说明情况后，警察只是笑着开口："据你们所说，你们这个同学是自己一个人住，但是大过年的有没有可能他是去了亲戚家？十七八岁的一个男孩子，怎么可能在自己家就丢了，你们回去再等等消息吧。"

　　三人只得回去了。

　　回去路上，杨世昆气愤地说："就是联系不上才来派出所的呀，他居然觉得我们在逗他玩！"

　　江荞没有说话，又一次点开了和许肆的对话框。

　　那条消息，他还是没有回。

　　正月初四。

　　江荞还是没有收到来自许肆的消息，她和许肆的聊天界面还停留在大年初一那天她问他"饺子好吃吗"。

　　她轻轻点了点许肆的头像，界面显示她"拍了拍"许肆。

　　江荞刚丢下手机，就听见微信的消息提示音，她点开手机，是许肆发来的消息。

　　XS："抱歉，手机坏了。"

　　江荞敲了几个字，然后又删除了，想了片刻，发了一条信息。

　　小老师："我有东西给你。"

　　那边许肆很快回了信息。

　　XS："刚好我也有事找你。"

　　十几分钟后，许肆又发了一条信息。

XS："我到你家楼下了。"

江荞出了电梯，看见了楼下的许肆。他穿着一身黑，戴着围巾，只留一双眼睛露在外面。

她走到许肆面前，问他："你怎么把手机摔坏了？"

"不小心。"

江荞觉得今天的许肆有些不一样，但是哪里不一样，她又说不出。

她将手里的书递给许肆："你那套试卷写完了，刚好给你换新的。"

许肆没有接她手里的东西。

"以后不用补习了。"少年的嗓音有些低哑。

江荞拿着书的手微微僵住，她抬头看向许肆："为什么？"

"不为什么，不想学了。"

"可是你的成绩已经进步了，说不定下学期就可以达到中等水平了。"

许肆听着她的话，指甲都嵌进肉里。他看着江荞，一字一句地说道："别管我了，江荞。"

江荞对上他看过来的视线，少年的眼眸很黑，眼底没什么情绪，身上有一种"拒人千里之外"的气场。

就像……就像两个人第一次见面时的样子。

他鲜少喊她的名字。

江荞想知道为什么，为什么她都快把他从泥潭里拉出来了，他又要陷进去。

江荞还是问出口了："为什么？为什么不管你了？"

对上这双清澈的眸子，许肆怕自己多一秒就会缴械投降。他错开她看向自己的视线："求你，别问为什么，放弃我吧。"

就让他这样烂在阴沟里吧，别管他了，也别问他为什么。

如果她再多问一句，他就想告诉她为什么。可是他不能——他自己生活在烂泥里，为什么还要拉她下来？

她是他不敢亵渎的月光。

江荞怀里还抱着那几本书，有些沉。她沉默良久，动了动嘴唇："好。"

江荞抱着书离开，许肆看着那道纤细的身影，似乎是下了很大决心，也转身离开了。

没走几步，江荞还是忍不住回头看了一眼。少年迈着步子走得很快，似乎没有丝毫留恋。

她眸子里闪过几分复杂的情绪。

江荞不知道的是，在她转头后，许肆回头看了她许久。

许肆不敢摘掉脖子上的围巾，他脸上的伤已经结痂了，脖子上的伤还是很刺眼。

……

"这部手机还能修吗？"

看着那人摇头，许肆将手机重新装回兜里。他这一天跑了很多地方，得到的都是"不行"和摇头。

许肆揣着那部手机，看到了对面小巷子里的一家手机维修店，他还是进去了。

"上呀，上呀！"

"太'菜'了吧！"

老板正蹲在地上打游戏，看到有人进来，他抬头看了一眼："等会儿，这就打完了。"

许肆也不急，在店里的椅子上坐下。其实，他修手机只是想找回之前拍的江荞的那张照片。

"又输了，猪队友！"那老板骂完，将自己的手机丢在柜台上，问许肆，"修什么手机？"

许肆掏出兜里那部破碎的手机："能修吗？"

那老板拿起来看了几眼："里面有很重要的东西？"

许肆点了点头。

"没问题，交给我吧。"

"多少钱？"

那老板闻言笑了一下："自然是不修好不要钱，你明天来拿手机，还是今天晚上拿？"

许肆问他："你多久能修好？"

"三个小时吧，不过也说不定。"

"我在这里等着。"

天色渐晚，许肆还待在那家小店里，他盯着老板在那捣鼓手机。

店里开了空调，算不上冷。

老板看许肆一直盯着，指了指旁边："那边箱子里有泡面，你饿了去随便拿一桶泡了吃。"

许肆摇头："我不吃。"

又忙碌了一个小时，老板伸了个懒腰，冲许肆开口："好了，你看你里面有什么重要的东西，赶紧转出来备份。"

许肆接过手机："好。"

他将那几张照片还有杨世昆发的视频全部传输到了新手机里面备份。

"哎、哎、哎，小伙子，你这里面到底有什么？值得你在这里等我三四个小时。"老板看着他低头弄手机，好奇地开了口。

许肆抬眼看他，眸子里的情绪有些复杂："一些很重要的照片。"

怎么会不委屈呢？

"肆哥，这几天我们和江学霸都要急死了，还去派出所了，警察说让我们回去等消息。"

听到江荞的名字，许肆顿了一下。

之前只是听到她的名字，他就忍不住地欣喜，现在心头却有些泛酸。

他沉声道："以后别提她了。"

"啊？为什么呀？肆哥，你和江学霸闹别扭了吗？"

"不为什么。"

许肆不想说，杨世昆也没有再问。

"肆哥，你怎么不住原来那里了？"

"搬回家了。"

虽然许肆还是和以前一样，一副冷淡的模样，但是杨世昆能感觉到他不开心。

回去以后，杨世昆还是没忍住给江荞发了信息。

杨世昆："江学霸，你和肆哥之间怎么了呀？"

江荞很快就回了信息。

江荞："没什么事，别问了。"

虽然不知道是什么事，但是杨世昆觉得这两个人一定有事。

江荞给许肆买的东西，被他反锁在了柜子里，即便如此，他还是不放心，因为许珩宇什么事都做得出来。

许肆打开那个柜子，又将那条红色的围巾拿出来，贴在脸上蹭了蹭。还有那块手表，许肆戴在手上，似乎是在说给自己听："小老师的眼光真好。"

还有她给元元买的衣服，红色的，很好看，很喜庆，他将东西都收好，锁进了柜子里。

晚上。

江荞躺在床上，拿出许肆送她的新年礼物，是一条项链，银色的细链子吊着一个蝴蝶形状的小坠子。

她想起许肆说的话，将项链收进了盒子里，那几本书也被她放在了书架上。

"喂，是小泠吧？你妈今天早上跳舞时突然晕倒了，现在送医院去了，联系不上你弟弟，只能找你了。"

"我这就去，在哪家医院呢？"

那人报了一家医院的名字。

……

"开快点儿,开快点儿。"田泠坐在副驾驶上,不停地催促着江知恩开快点儿。

江荞坐在后面,出神地看着前面。

三人刚到病房门口,一个看起来五十多岁的男医生就冲田泠开口:"你就是小泠吧?"

田泠点头:"谢谢您了。"

"不客气。"医生说完就出了房间。

"你是病人的什么人?"

"女儿。"

医生看了田泠一眼:"病人是腔隙性脑梗死,应该尽快安排手术,预计手术费用最少要十几万。您还是和其他的兄弟姐妹商量一下吧。"

田泠拨通了田临昌的号码,那边响了快一分钟才接通了。

"妈住院了。"

那边沉默了一会儿,问道:"严重吗?"

"严重,要动手术,手术费最低要十几万元。"田泠想说让他过来看看,到时候他俩轮流照顾,手术费不用他掏。

"我这边信号不好,挂了。"

虽然不是免提,但田临昌的声音还是清晰地传到了病房里其他人的耳朵里。

那位医生看了一眼病床上的老太太。

"费用我全出,麻烦您尽快安排手术。"

那位医生看向田泠,开了口:"好。"

手术进行得很顺利,之后还需要住院观察几天。

崔淑梅醒来的第一句话就是:"小昌呢?小昌怎么没来?"

田泠抓着她的手,不知道该说什么。

江荞则平淡地陈述事实:"没来,一听手术费最少十几万元,他直接挂电话了。"

崔淑梅咳了几声,抓起桌上的杯子就往江荞身上砸,她骂道:"你这小丫头乱说什么?小昌那么孝顺,怎么可能不来看我,你骗我,一定是你这死丫头骗我。"

江荞被泼了一身水,她从桌上抽了几张纸巾,默不作声地擦干。

崔淑梅还在吵着闹着要见小昌和她的大孙子。

第二天中午。

田泠和江知恩出去拿药了,江荞留下来喂崔淑梅吃饭。

崔淑梅是怎么看江荞怎么不顺眼,认为江荞不爱说话,天天跟个哑巴一样。

江荞喂她,她不吃。

江荞将饭放在一边:"等您想吃,再自己吃吧。"

她只是轻轻地把碗放下，落在崔淑梅眼里却是她不耐烦了。

崔淑梅一下将饭碗掀翻了，汤汤水水洒了江荞一身。江荞站起身就准备离开病房。

崔淑梅还在后面骂着："你摔什么碗？我还没死呢，你就这样了，我要是死了，你不得骑在我头上？你是不是巴不得我去死呀？"

江荞回头看她："我有素质。"

意识到江荞在讽刺自己，崔淑梅骂得更难听了，各种污言秽语往外吐。

还是值班的护士过来提醒她："在医院里请保持安静。"

江荞撞上了回病房的田泠，田泠看着她身上的脏污，问她："荞荞，这是你外婆弄的吗？"

"嗯。"

田泠不知道该说什么好了："你外婆脾气不好，让你受委屈了，你快回家换衣服吧，以后不用你过来医院了，我们在这里忙就好了。"

"好。"

看着江荞离去的背影，田泠叹了口气。

刚进病房，崔淑梅就开始跟田泠告状："她刚刚是什么态度？我说不吃就是不吃了，她摔什么碗？我还没死呢，她就这么对我，刚刚还讽刺我没素质呢，这就是你养出来的好女儿。"

田泠这几天也是忙得焦头烂额，冲她开口："妈，你少说几句吧。"

这话一说，崔淑梅更火了："你怎么也让我少说点儿？我老了，不如以前了，这就嫌我话多了，你让我见小昌，我要见小昌。"

江知恩有些无语："他要早来早来了，医药费就是我们全出的，还说你儿子好呢。"

"你是我养大的女儿，不就该给我出医药费吗？要不然我养你干什么？小昌一定是有事才没来，不像你们心肠歹毒，把别人想得那么坏。"

江知恩知道跟她说不通，索性不说了。

江荞回了家，刘妈看着她衣服上的脏污："荞荞，这是你外婆弄的吗？"

江荞"嗯"了一声。

刘妈直接气红了眼，揉了一把她的头："好孩子，你受委屈了。"

"我不委屈。"

刘妈心疼地看着她，怎么会不委屈呢？

醒不过来

正月初六。

田临昌带着老婆，提着果篮来医院看崔淑梅。

田临昌的老婆下巴很尖,看起来有些尖酸刻薄,她的头发一直很稀疏,不久前才拉直了头发,现在看着头发更少了。

她嘴上涂着特别艳丽的口红,脸涂得很白,给人一种怪异感。她冲崔淑梅扯出一抹笑来:"妈,前几天我太忙了,走不开,我给您削个苹果吃。"

田临昌也道:"忙完了我们就过来了,一直惦记着妈的身体呢。"

"好、好、好,我这边没什么事,有你姐姐照顾。"

崔淑梅卧在病床上,看着田临昌笑出一脸褶子。

连一旁的护士都有些看不下去,测完身体数据就立刻出了病房。

护士想:唉,这是什么事?医药费全是女儿出的,结果也不讨好,还是只念着儿子一个人的好。

这天下午。

江荞又踏进了那间病房,她看着那扇看了很多次的窗户,有些微微失神。

"我过来陪着你,你外婆那边有你舅舅就行。"田泠看着江荞,开口道。

江荞冲她摇头:"不用,有刘妈陪我。"

田泠虽然有些放心不下,但是江荞都已经这么说了,她还是去了崔淑梅那边。

这次化疗,江荞沉睡的时间比以往久。

刘妈看着病床上紧闭着双眼的女孩,她的脸很苍白,跟白纸一样,嘴唇也泛着白,现在的她像极了躺在橱窗里虽然精致却毫无生气的洋娃娃。

刘妈守了她一整夜,第二天江荞才醒过来。

江荞睁开眼,看看面前的姜知许,又看看刘妈。

"荞荞,刘妈说你昏迷了。"

"嗯。"江荞看着天花板,"我这不是醒过来了吗?"

姜知许有些欲言又止。

江荞很清楚自己的身体,她知道她可能随时都醒不过来了,说不定是下次或者下下次。

她又想起那张脸,那天他眼睛里的情绪复杂,让她看不懂。

他的语气几乎绝望,他让她放弃他。

眼泪顺着江荞的眼角滑落,她闭上眼睛,满脑子都是他那句"放弃我吧",还有他最后躲避的眼神。

"你怎么哭了?"姜知许手忙脚乱地去抽桌子上的纸巾,轻轻擦去她脸上的眼泪。

刘妈也是有些慌乱地抓起她的手:"荞荞,我们都在,你是不是受委屈了?你告诉我们,告诉我们。"

江荞只是摇头:"我没事,就是眼睛有点儿酸,忍不住想要掉眼泪。"

这套说辞，姜知许和刘妈都是不信的，但是江荞不想说，她们也就没有再问。

"你们两个小丫头先聊天吧，荞荞想吃什么？刘妈去给你做。"

"想吃板栗炖鸡。"之前她和许肆出去，总爱点这个菜。

"好、好、好，我这就回去给你做。"

姜知许将她抱在怀里："小朋友不难过，我一直都在。"

江荞靠在她肩上，只是重复着一句话："只差一点儿，明明就只差一点儿。"明明就快拉他出泥潭了。

姜知许捧起她的脸："什么只差一点儿？"

"阿许还记得我同桌吗？"

姜知许想起那个神情冷淡，只有在看向江荞时眉眼才染上温柔的少年："我记得，你告诉我，怎么了？"

听江荞说完，姜知许的心情也有些复杂，她相信那是个很好的少年，可能他们两个人终究不是一路人吧。

江荞人比较慢热，可能和一个人要接触很久才能敞开心扉。姜知许明白许肆对她的重要，却也深深感到无奈。

江荞收拾好情绪，冲姜知许开口："我没事了。"

姜知许看着她捧着那碗板栗炖鸡发呆，又心疼又难过。

江荞喝了几口汤，冲刘妈扬起一抹笑来："刘妈炖的汤真好喝。"

刘妈轻揉她的脑袋："荞荞喜欢就好。"

许肆坐在餐桌前，看着那一家三口其乐融融、父慈子孝的样子，他感觉到深深的恶心。

梁介然夹起一筷子菜，放在许肆碗里："哥哥吃菜。"

许肆抬眼看他，冷淡出声："不要用自己的筷子给别人夹菜，很脏。"他说完，就把碗里的东西倒在了桌子上。

梁介然捏着筷子，有些无措："对不起，哥哥，我不是故意的。"

许珩宇将筷子一摔，看向许肆："真是愈发没规矩，怎么和弟弟说话？你那么大了，不知道让着弟弟吗？"

许肆抬眼看他，眼里没有任何情绪。他一字一句地说道："没规矩是因为小时候就没了妈，长大又没了爹。"

他又补充了一句："他不是我弟弟，我不会让着他一毫一分。我没有你那么心善，把别人的孩子当宝贝。"

"混账东西！"

沈好纯拉拉许珩宇的袖子："你别那么凶，小肆也不是故意的，而且你这样会吓到然然。"

不是故意的？啧，他就是故意的。

许肆慢条斯理地吃完饭，站起身，冲许珩宇开口："我已经按照你说的做了，也麻烦你记得你的承诺。"

他凭什么认为自己会心甘情愿地替别人铺路，还要巴巴地感谢他？

做梦。

许肆跟许珩宇对峙了一会儿，许珩宇被沈妤纯拉着坐下了，许肆直接上了楼。

晚上。

许肆正在屋子里打游戏，听见有人敲门。他警惕地打开房门，看到门口的梁介然，问："干什么？"

梁介然怀里抱着他最喜欢的娃娃，他仰起头冲许肆开口："哥哥，我害怕，可以和哥哥一起睡吗？"

许肆低头看他："找你妈去。"说完，他就关上了门。

其实，许肆并不讨厌梁介然，但是每次看到梁介然，仿佛都在提醒自己——你是多余的。

许肆看见一张字条被从门缝塞了进来。

他捡起来看了一眼。

上面的字很稚嫩："哥哥对不起，我不知道哥哥有洁癖，还害哥哥被爸爸骂了，是然然不好，哥哥别生气了。"

许肆捏着那张字条，有些恍惚。

他还只是孩子，他有什么错呢？

可自己又有什么错？

骄傲的小玫瑰

第二天，江荞出院了。

正月初八，江荞要上台表演的前一天晚上。

江荞在自己的房间里练舞。

原本这支舞是她高一时就要上台表演的节目，只不过那年她生病突然晕倒，也就错过了那次上台的机会。

再后来，她就再也没有登过台。

这支舞蹈她当时练了很多遍，距离现在已经过去一年了。

她本以为她会忘记，但是音乐响起的时候，她不自觉地就跟着音乐跳了起来，一个动作接着一个动作。

一曲终，江荞的头上出了些薄汗。

她还是没忍住，点开了她和许肆的聊天界面。

她打了几个字又删掉，最后还是什么话都没有发。

她想问"你会来吗？"

她又觉得他不会来。

正月初九，A市最大的剧院里。

江荞在后台化妆。

化妆师瞧着江荞通透粉白的皮肤，赞叹道："你这皮肤太好了，我都无从下手，我感觉不用加任何修饰就很好看了。"

江荞说了句"谢谢"。

化妆间很多人的目光都落在了江荞身上，只因为这姑娘的模样太好看了。

江荞坐在镜子前，她的头发盘了起来，用一根木质的发簪固定住，发簪上有一朵将开未开的小玫瑰。

她要表演的是一支古典舞，浅粉色扎染的伞是她的表演道具，伞面上垂着很多白色的细布条。

化完妆，江荞换上了自己的裙子，那是一条纯白色的裙子，衬得她腰肢纤细极了。她的脖子纤细莹白，戴着一根细细的链子，仔细看的话，能看到上面的小坠子是蝴蝶形状的。

她只涂了一点儿口红，也惊艳得不可方物。

在后台候场的时候，不少男生都不约而同地看向角落里的那个女孩。

江荞套了一件羽绒服，安静地坐在角落，戴着耳机去看自己一年前跳这支舞的视频。

"你是第几个上台呀？"

江荞摘下耳机，礼貌地回复："你刚刚说什么？"

"我说你是几号？"

"二十号。"

那男生给江荞看了一眼自己的号码牌："我在你前面一个上台，我叫沈金安。"

"江荞。"

沈金安穿着黑色带帽卫衣，底下是军绿色工装裤，头上戴着一顶黑色的帽子，露出几缕碎发。

他打量了江荞一会儿："你跳古典舞？"

江荞点点头，问他："你跳街舞还是爵士？"

"爵士。"

姜知许早就赶到了，她跟工作人员说了半天，可工作人员还是不让她进后台，她只好进场在座位上坐着。

江荞收到了姜知许的信息，她说"加油"。

江荞回了一个"好"字以及一个笑脸。

沈金安看着她低头浅笑："家人也到场了？"

"是好朋友。"

沈金安闻言笑了一下。

很快沈金安就上了场。

江荞在后台望向观众席，她并没有看到许肆，心中不禁有些失落。

沈金安的表演很有张力，底下观众的尖叫声此起彼伏。

很快就到她上场了，她将羽绒服脱掉放在了换衣间。

舞台上所有的灯光都灭了。

再亮起的时候，一个穿着白色裙子的姑娘站在舞台中间，裙摆堪堪到她脚踝，她手里拿着一把伞。

江荞冲底下甜甜一笑，鞠了一躬。

许肆站在暗处，穿着一身黑，包裹得严严实实，他看着舞台上的江荞。

江荞一出场，底下的观众全都看愣了。

"这台上的小仙女是哪个学校的？"

"长得真好看呀！"

"终于知道诗里的'芙蓉面，腰似柳'到底是什么样子了。"

……

舞台上的江荞和平常的江荞完全不一样。

舞台上的她浑身上下都散发着自信的光芒，仿佛连头发丝都在发光。她一颦一笑都勾人，她的动作很柔，像她的性格一样。

纯白色的水袖随着她的动作轻轻舞动。

江荞拿着伞，随着音乐转了几个圈，裙摆轻轻扬起。

她的伞掉落在地上。江荞轻轻仰起头，清甜的笑容不见，自由纯洁的白天鹅被束缚起来，挣扎又热烈，即使没有任何言语，也让人感到深深的悲伤和凄凉。

许肆看到了她脖子上那条灯光下亮闪闪的银色项链，那是他春节送给她的。

他从来没有见过她的这一面。

众人都觉得她宛若茉莉花，纯洁又美好。

而许肆却觉得她像一朵骄傲的小玫瑰，惊艳、骄傲，不可方物。

一舞终了，少女轻轻冲下面鞠了一躬，裙摆轻扬。

恍惚间，江荞觉得自己看到了许肆，可是再往人群里看，那个身影又消失不见了。

刚刚都屏息看着舞台的观众们此刻爆发出热烈的掌声。

许肆看着她下了台，一个男生冲她竖起了大拇指，那是他没见过的男生。

沈金安看着她下台穿上自己的羽绒服："这次第一非你莫属了。"

江荞摇头："不会。"

"你太谦虚，你看着吧，绝对是你。"

……

到了颁奖的时候，江荞不负众望拿了第一名，她在所有人的目光下走向舞台中央。

主持人问她："你有什么想说的吗？"

江荞握着话筒，看着底下："我有一个很好的朋友，我想把这支舞跳给他看，虽然不知道他能不能看到。"

她的生命只剩下最后一段时光了，所以她希望他向阳而生，永远热烈美好。

要像他的名字一样，活得肆意又张扬。

听到这话的许肆恍惚之间和台上的江荞对视上。

穿着白裙子的姑娘纯洁又美好，许肆裹紧自己的围巾，落荒而逃。

"加个好友吗？"沈金安鼓起勇气问江荞要联系方式。

"抱歉，不加了，因为我以后再也不会跳舞了。"

沈金安觉得有些惋惜，还是礼貌地开口："没关系，我就是觉得有些可惜，你的舞跳得那么好。"

江荞只是轻笑："也恭喜你拿了第三。"

"和你的第一比起来算不了什么了。"

……

"阿许，我好像看到他了。"

姜知许知道她说的是谁，将围巾裹在她脖子上："宝贝，你就别想了。"

江荞抬头看了一眼："好吧。"

但她还是觉得她真的看到许肆了。

道歉

另一边。

匆忙赶回去的许肆正跟着许珩宇一起出席当晚的慈善晚会，同行的还有沈妤纯和梁介然。

许肆穿着白色西装，胸前别着水晶胸针，剪裁合体的西装衬得少年的身姿挺拔，在人群中格外惹眼。

这场慈善晚会是云家举办的,在 A 市云家和许家齐名。

云嘉年看着许珩宇怀里穿着小西装的男孩:"这位就是令公子吧?可真可爱。"

许珩宇捏捏梁介然的脸,冲他开口:"给你云叔叔打个招呼。"

梁介然乖乖地问好:"叔叔好。"

云嘉年的视线又落到许珩宇后面着一袭黑色长裙的女子和神色淡漠的少年身上:"这位就是令夫人吧?许总可藏得太紧了,这么多年我都没见过一次。"

这条黑色的裙子完美展现出沈好纯的好身材,V 领恰到好处地露出她精致的锁骨,脖子上戴着镶有粉钻的项链,微卷的头发垂到锁骨处,完全看不出来是快四十岁的人。

许珩宇揽住沈好纯的肩,冲云嘉年一笑。

"这位是许家大公子?模样生得真好。"

许珩宇看了一眼后面的许肆,只是维持着面上的淡笑:"样貌随他妈。"也就样貌这一样说得过去。

许肆礼貌地打了个招呼便离开了,随便寻了个座位坐下了。

宴会热闹极了,整个 A 市商圈的人都来了。

许肆一个人坐在角落处,既不吃喝,也不和人攀谈,显得有些格格不入。

"一起喝杯饮料吗?"

许肆摇头:"不了,谢谢。"

几乎是刚进来,云朝朝就被角落里的少年吸引了视线。少年的模样无可挑剔,身上带着淡漠的疏离感,看着他一个又一个拒绝女生,莫名就引起了她的探索欲。

云朝朝坐在他旁边。

许肆还在低头玩"消消乐"。

云朝朝探头看了一眼,很诧异,居然有人在这种场合坐在角落里玩"消消乐"。

许肆关掉手机,不动声色地往旁边坐了一点儿:"有事吗?"

云朝朝冲他甜甜一笑:"可以请你跳个舞吗?"

她长相甜美,今天穿了一条粉色的蓬蓬裙,腕上戴着一条珍珠手链。

"不了。"许肆说完就继续低头玩"消消乐"。

云朝朝站起来,假意崴脚,就要摔在许肆身上,许肆往后躲了一下。

这样低劣的手法,他还是第一次见。

云朝朝摔在了地上,模样有些窘迫,还洒了许肆一身饮料。

她也是被云家娇宠大的公主,她看着神色冷淡的少年,心中涌起怒意。她站起身,趾高气扬地看着许肆:"我都要摔倒了,你为什么不扶我?"

"难道不是你自己摔的吗?"

云朝朝气得不行,她被身边的人给恭维惯了,无论是相貌还是家世都是极好的,所有人都会让着她、宠着她，娇惯着她，这样跟她说话的人，许肆是第一个。她用手指着许肆："你怎么能这么跟女孩子说话？"

"又不是我把你推倒的，是你自己故意摔的吧？"许肆只是双臂环抱看着她，没有任何表情。

被揭穿的云朝朝脸泛红，她质问道："你是哪家的？怎么这般没有教养？没有人教过你礼节吗？"

"抱歉，我还真没有。"

许珩宇发现了许肆这边的状况，跟旁边的人说了句"抱歉"就过来了。

云朝朝对待长辈自然很礼貌："许叔叔。"

许珩宇冲她点头："怎么了？朝朝，是不是小肆惹你生气了？"

听闻这句"小肆"，云朝朝大概知道了许肆就是许珩宇那个从来没有带出来过的儿子，大抵也是不受宠的。

云朝朝娇嗔道："许叔叔，他也太不绅士了。"

许珩宇也不问什么事，看向许肆，收起笑容，用命令的口吻开口："给朝朝道歉。"

许肆看向他，觉得有些可笑。他"哦"了一声，然后开口："对不起啊，纯属是因为看别人故意摔倒不想扶。"他说完就走了。

气得云朝朝脸都绿了，但她面上还得维持礼节性的微笑。

许珩宇追上了许肆。

许肆看了他一眼："做什么？"

"我让你道歉，你是没有耳朵还是没有脑子？我还想让你跟云家处好关系呢，现在算是全被你搅黄了。"

"我没道歉？您是耳背吗？我那么响亮的一句对不起，你听不见啊？要不要我拿大喇叭在里面喊？"许肆看了他一眼，"您那么喜欢那个什么朝朝，可以替我再道一次歉。"

"许肆，你说的什么混账话，没教养的东西！"

"对啊，有人生没人养，可不就是没教养，您说得对。"

许珩宇听着他说的话，气得就要一巴掌抽在他脸上。

许肆抓住他的手，轻笑了一下："许总这只手多金贵，可不要打坏了。"他说完就甩开了许珩宇的手。

许珩宇对上许肆看过来的视线，有些气急败坏："不孝顺的混账。"

"许总孝顺，自己亲妈病重都不回来看，我这是向您学习。

"你让我来我也来了，其他事我也按照您说的做了，没什么事我就先走了。记得你说的话，让你的人赶紧离开。"

"你凭什么认为我会听你的？"

许肆看他:"你不是还想有人帮梁介然吗?你让你的人滚,房子还我,我以后帮你照顾梁介然,要不然我不介意和你斗个鱼死网破。"

"你还是太嫩了,许肆,你斗不过我的。"

"哦。"许肆没有理会他,转身离开了。

他知道他以后的路不好走。

你做什么

次日早上。

许肆听见了敲门声,开门就看到了梁介然,他怀里抱着玩具:"哥哥,然然可以进来吗?"

许肆低头看他,神色冷淡地开口:"不可以。"

"然然洗澡了,身上不脏的,而且我不会乱动哥哥东西的,就玩一会儿,好吗?哥哥。"

"不行。"许肆说完就关上了自己的房门。

没过一会儿,许肆又听见了敲门声,他打开门,低头,又对上了梁介然的目光。

他举着手里的奶酪棒:"哥哥吃这个,然然可喜欢吃了。"

小朋友吃的东西,他又不爱吃,幼稚。

"不吃,别烦我。"

许肆说完,又把门关上了。他在屋里,凳子还没坐热,就看到从门缝里塞进来一张字条。

许肆捡起那张字条,上面写着:"然然很喜欢哥哥,想和哥哥玩一会儿,我保证不吵哥哥,也不打扰哥哥。"

他看了一眼那张字条,把它丢进了垃圾桶里。

他不明白梁介然为什么总缠着他。

许肆不理,梁介然又塞了一张字条进来。

这次许肆没看字条,直接打开了门,把他拎了进来:"自己玩,别烦我。"

梁介然和屋子里的元元大眼瞪小眼,他冲许肆开口:"哥哥,这只小黑猫叫什么名字?"

"跟你有什么关系?"

梁介然追着元元跑,元元就是不让他摸。

"哥哥,它怕人吗?为什么不让我摸?"

"它不怕人,是因为讨厌你才不让你摸。"

许肆看着他坐在椅子上,以为他下一秒就要哭出来,结果他只是冲自己扬起一抹

笑:"那我多来找它玩,它就不讨厌我了。"

元元被梁介然追得满屋子乱窜,最后躲到了许肆的身上。

梁介然跑到许肆旁边,看着他戳"消消乐",有些好奇地问他:"哥哥,你在玩什么?"

"你很吵。"

梁介然做了一个拉链封嘴的动作,搬过来一张小板凳,乖乖地坐在了他的旁边。

许肆想着他无聊了就会走了,就不会再来烦自己了。

结果梁介然就坐在他旁边看着他玩了一早上的"消消乐",许肆觉得这小孩也是够无聊的。

临近吃饭的时候,保姆来敲门。

"知道了。"

保姆找了一圈都没找到梁介然,在外面跟沈好纯汇报情况:"夫人,然然不见了,不在房间里。"

梁介然跑到门口,打开了房门,冲沈好纯开口:"妈妈,我在哥哥这里,一会儿就和哥哥一起下去吃饭。"

沈好纯有些惊讶——许肆居然让梁介然进了门。她看了一眼许肆:"那你等下和哥哥一起下楼吃饭。"

"好。"

梁介然说完就跑进去喊许肆:"哥哥,吃饭了,快下去吃饭。"

许肆抬眼看他:"你先去。"

梁介然想等许肆,但是看许肆还在玩,便推开了门准备先出去。他回头冲许肆开口:"哥哥快快下去吃饭,饭会凉的。"

"知道了。"

许肆看着他跑出去,才将手机放在了桌上,接着起身出去了。

梁介然跑得快,下楼梯的时候脚下没踩稳,一下摔了下去。

许肆急忙冲下楼梯,却没能抓住他。

许珩宇听见了声音,看到了摔在地上的梁介然和他身后的许肆。

许珩宇走过去将梁介然扶起来,发现他的脸上都摔破皮了。

家庭医生给梁介然上了药。

许肆看着他被沈好纯抱在怀里,哭得小脸皱巴巴的,真想说一句"你哭的样子真丑"。

"就是受了点儿皮外伤,没什么事,但最好还是去医院查一下,以防脑震荡。"家庭医生冲许珩宇说道。

"下去吧。"

许珩宇看着站在旁边的许肆，抓起桌上的水杯就朝他泼去，杯中的水是凉的。

许肆抹了一把脸，看向他："你做什么？"

"你脑子有病是不是？许肆，我知道你讨厌然然，但你也没必要把他从楼梯上推下去吧？我怎么就生了你这么个混账？"

听了这话，许肆反问："你是哪只眼睛看到我把他推下去了？"

梁介然从沈妤纯怀里探出头："不是哥哥推的，是我自己不小心摔下去的。"

"然然不怕，我替你做主，不用怕这个混账东西。"

"可是真的不是哥哥推的，是然然自己摔下去的。"

许珩宇揉了一把他的脑袋，然后就对着许肆劈头盖脸一顿骂："你的眼睛是做摆设用的吗？他在前面摔倒了你看不见吗？你怎么做哥哥的？你不会带好他吗？我生你有什么用？"

"我从来没说过我是他哥哥。"

"他的身体里流着的血有一半跟你相同，他就是你弟弟，你这个混账东西还没有你弟弟一半懂事，我当初养只狗都比你有用。"

"哦。"

既然不喜欢，又不管不问，那不如不生。

许珩宇气得抓住他的胳膊就要打他，但他哪里扭得过许肆呢？

许肆甩开他的手："别碰我。"

"我碰你怎么了？我是你老子，我碰你怎么了？！"许珩宇说着就拿起桌上的东西往他身上砸。

许肆避之不及，被他扔过来的花瓶砸了一下，花瓶落在地上摔碎了，到处都是花瓶碎片。

梁介然躲在沈妤纯怀里哭："不怪哥哥，别骂哥哥了。"

许珩宇还在骂许肆："你都把弟弟弄摔倒了，他还在替你说话，许肆，你到底懂不懂事？"

梁介然究竟是不是他弄摔倒的，即使搞清楚也已经没什么意义了，许肆攥紧拳头，转身上了楼。

许珩宇还想去追，沈妤纯拉住他："别骂他了。"

许衍宇这才作罢。

许肆回到房间，在穿衣镜前脱掉上衣。他胸前和腰间有多处青紫的痕迹，如今腰间又多了一处淤青。

许肆面无表情地用手按了一下刚刚被砸青的地方，从柜子里找出一瓶药酒，在腰间涂抹并揉开，然后穿上了上衣。

他不该存在

他听见外面似乎有什么声音。

许肆站起身，靠近门，听清了门外的声音。

"谁都不准给他送饭，晚上也不许，听见了没？"

"是，许总。"

许肆坐回椅子上，外面的人还在继续说着什么，但是他都不感兴趣。他戴上耳机，靠在椅子上玩手机。

……

到了晚上，许肆的胃逐渐感到有些不适——胃里什么东西都没有了。他的胃一下又一下地抽痛着，越来越厉害，他还有些反胃。

元元安静地待在他的怀里，暖乎乎的，倒是让他舒缓了很多。虽然胃里很难受，但是他不想出去吃饭。

听到有人敲门，许肆打开了门，看到门口的杨冠："怎么了？他让你传话给我？"

杨冠往后偷偷看了一眼，挤进许肆屋里。许肆看着他一副做贼的样子，有些莫名其妙。

杨冠从怀里掏出一张煎饼馃子，塞在许肆手里："许总吩咐厨房不准给你留饭，这是我吃饭时间出去给你买的，许总不知道，你趁热吃。"

说完，不等许肆反应，他就跑了出去。

许肆看着手里的煎饼馃子，有些微微失神，他从来没见过这么大的煎饼馃子。

他喂元元吃了一个罐头，自己吃了不到半个煎饼馃子，就吃不下去了，胃里却依旧像是被针扎一般痛。

许肆倒了点儿温水，翻出来一瓶胃药，他晃了晃，才发现里面已经空了。

他又找出来一盒胃药，有些出神地看着那盒药，这是之前江荞给他的。

许珩宇将他在那边房子里的东西都收拾回来了，像丢垃圾一样丢给他，并且告诉他："你的垃圾都给你收拾回来了，安心住着，做完我让你做的事，我自然会让你回去。"

许肆抠出来几颗药，丢进嘴里，喝了口温水吞下。

他在床上躺着，迷迷糊糊的，听到有人敲门。

许肆没有搭理，不一会儿，门外传来一道稚嫩的声音："哥哥，你在里面吗？"

"不在。"

过了一会儿，许肆以为梁介然已经走了的时候，又听见一句怯生生的"哥哥"。

许肆从床上下来，穿上拖鞋走过去，打开房门。他看着脸上贴着创可贴的梁介然。

那双眼睛像极了沈好纯。

他冷淡开口："干什么？"

"我可以进去吗?"

许肆抿着唇没有说话,只是静静地看着梁介然。

梁介然在兜里掏呀掏,掏出来几块巧克力:"对不起,哥哥。我请哥哥吃巧克力,今天我又给哥哥惹麻烦了。"

许肆想,哪里是他惹麻烦了?分明自己的存在就是个麻烦。

自己不该存在的,不该的。

许肆没有接他手里的巧克力,只道:"我没生气,你回去吧。"

梁介然还想再说什么,对上许肆的视线,他头低了下去,半晌才低声开口:"我不是不替哥哥说话,我越说叔叔越生气,我不敢说话。哥哥对不起。"

许肆心里明白,那件事和梁介然是否替自己说话没有关系,只是因为许珩宇不喜欢他而已。

见许肆没有说话,梁介然又小声地问了一句:"那我以后还可以来找哥哥吗?"

许肆拿走了他手里的一块巧克力:"回去吧。"

"好。"

……

晚上十一点十分。

许肆胃疼得醒来,他蜷曲在床上,额头上冷汗淋漓。他从床上坐起来,穿上了外套,打开门就准备出去,元元立刻跳进他的怀里。

许肆把元元包在了衣服里,他打开手机,看到了杨世昆发来的信息。

杨世昆:"肆哥,肆哥,你休息了吗?"

杨世昆:"肆哥?"

许肆回他了一句"睡了"。

很快,杨世昆的信息一条接一条地发了过来。

杨世昆:"肆哥你吃饭了吗?"

杨世昆:"你不会是胃病犯了吧?怎么才睡一会儿就醒了。"

杨世昆:"你在哪里呢?"

杨世昆:"你在家吗?"

杨世昆:"还是在外面?"

XS:"外面。"

许肆在外面转了一圈,才看见一家还没有关门的社区医院。他裹紧了衣服,走了进去,一位四十余岁的男医生抬头看了一眼许肆,直接站了起来,有些不敢相信地问他:"你这肚子……怎么回事?"

怎么肚子这么大?

"你说这个?"许肆指了指自己凸起的腹部,冲元元开口,"出来。"

元元从许肆怀里拱出来，冲那位医生"喵喵"叫了几声。

那医生松了一口气："差点儿没吓死我。"

许肆沉默着。

"哪里不舒服？"

"胃疼，反胃。"

"你先去那边，坐着躺着都行，我给你挂点儿水就好了。"

"好。"

杨世昆还在问许肆在哪儿。

XS："社区医院，挂水。你不用来。"

看杨世昆又狂发了一堆消息，许肆给他发了个定位。

那位医生看了一眼许肆的手："你这血管挺清晰。"

"谢谢。"

见许肆似乎不爱说话，医生也没再多说什么，只是嘱咐道："水挂完了喊我换。"

"好。"

杨世昆很快就赶到了，他穿了一件深绿色的羽绒服，底下是一条直筒牛仔裤，冷得直搓手。他推开门，冲医生笑道："来找我朋友。"

医生大概知道他说的是谁，指了指里面："他在里面呢，你进去看吧。"

杨世昆推开病房的门，看到许肆正靠在床边，微阖上眼，好像是睡着了。

杨世昆还没开口，许肆就睁开了眼睛。

"肆哥，我还以为你睡着了呢。"

"没有。"

"肆哥，你是不是又没吃饭？"

许肆没说话，只是冷淡地看向他。

杨世昆不敢再多说什么，想起之前也只有江荞能劝许肆好好吃饭。

他也是为你好

就是不知道江学霸和肆哥之间到底发生了什么事。

"肆哥，你先睡一会儿吧，我出去一趟。"

"好。"

许肆靠在枕头上，将被子搭在身上。虽然睡不着，但他还是阖上了眼睛。

不一会儿，杨世昆提着吃的回来了，他将山药小米粥放在桌上："肆哥你喝一点儿，喝完休息一会儿。"

许肆"嗯"了一声。

"我还给元元买了火腿肠。"

杨世昆说着,冲元元伸出了手,然而元元并不理他。

他嘀咕道:"难道我之前笑它黑被它听到了?"

"听到了。"

杨世昆沉默了一下。

"我不笑你了,请你吃火腿肠。"杨世昆说着,冲元元挥了挥手里的火腿肠。

元元不理他,把头埋在许肆的怀里。

杨世昆有些挫败,他看见输液瓶快没药水了,喊了一句"医生"。

那医生给许肆换了一瓶药水:"挂完这瓶还有一瓶。"

杨世昆看了一眼:"这么大一瓶呀?"

"对。"

许肆冲杨世昆开口:"估计还要一两个小时,你先回去吧。"

"我不要,我在这里帮你看着。"

许肆抬头看了杨世昆一眼,没说不也没说好。

"不过,这街上的诊所都关门了,怎么就你一家还开着?"

医生叹了口气:"这个说来话长了。"

"那您长话短说。"

"我本来都是十点关门的,但是有一天因为有事关门特别早。就是那一天一个小孩摔到了脑袋,流了很多血,他妈妈平常带孩子看病都是来我这里,可是那天我不在。那时候也还没有那么多社区医院,结果在救护车赶到的时候,那小孩由于失血过多人没了。我时常想,如果那天我在,帮忙止血或是什么,也许……"

杨世昆听完,有些唏嘘。

许肆看向他:"那也不怪您。"

"我知道,我只是觉得有点儿遗憾。"

"所以您之后都守到很晚才关门?"

"对。"

"原来是这样。"

医生冲两人笑了一下:"你们继续聊天吧,我去外面守着。"

桌子上的山药小米粥被许肆喝了几口,他问杨世昆:"你这么晚不回家,可以吗?"

"没事,我妈到我表舅的二姨的三妹的表弟的侄媳妇家里去了,不知道什么时候回来。"

许肆听他说了一串,也没搞懂他说的是哪个亲戚:"好。"

挂完水,许肆觉得胃里的钝痛感少了点儿。他低头看了一眼时间,已经是午夜一点多了。

"肆哥今晚去我家睡吧。"

许肆摇头:"不用了,我送你回去。"

"不用送我,肆哥,我自己随便拦辆车就回去了。"

虽然杨世昆说不用,许肆还是把他送到了家。

杨世昆冲许肆挥手:"肆哥,到家了给我发个信息。"

"好。"

许肆又拦了辆车回去。

他刚到门口,就发现门被锁死了,不仅前门,后门也锁死了。他试了一下指纹,也解不开,这时,他收到了杨冠的信息。

杨冠:"许总把门锁了,说不让你回来。"

许肆看见那条信息,回了句"好"。

他抱着元元去了附近的二十四小时便利店,刚坐下,就收到了杨世昆发的信息。

杨世昆:"肆哥,肆哥,你到家了吗?"

XS:"到了。"

杨世昆:"能进去吗?不让你进去的话,我去接你来我家。"

XS:"进不去,不用你接。"

杨世昆:"你现在在哪儿呢?肆哥。"

XS:"别来,你睡觉吧。"

杨世昆:"反正我也没什么事,我喊大头一起去找你。"

XS:"别,睡吧。"

杨世昆看着他发过来的话,能想象到他的表情。

杨世昆:"那肆哥你注意安全,天亮了我去找你吃早饭。"

XS:"不用,有空再吃。"

杨世昆:"那肆哥你明天记得补觉,我过几天用压岁钱请你吃好吃的。"

XS:"好。"

许肆关掉手机,低头看了一眼怀里的元元:"今天是回不去了,倒是要委屈你在这里待一夜了。"

元元在他怀里蹭了蹭,许肆伸手揉了一把它的脑袋。

他已经很久都没收过压岁钱,之前李诗敏会给他,后来就再也没人给他了。

李诗敏走后这些年,许肆从来没有要过许珩宇一分钱。李诗敏留给了他一张银行卡,足够让他花到大学毕业。

许肆打开手机视频APP(应用程序),随便找了部电影看。可能是因为电影太无聊,又或许是因为他这一天太累了,他睡着了。

他醒来的时候才五点多,手机屏幕早就黑了。

外面天也还是黑的。

许肆抱着猫，漫无目地走在街道上。他不知道自己要去哪里，该去哪里，能去哪里。

最后，许肆还是回了许家，这次门一推就开了。

许肆看到了正在楼下吃早餐的许珩宇。

他戴着金丝边眼镜，穿着蓝色的西装，看到许肆进来，他抬头说："去哪里鬼混了？"

"不是你把门锁了不让我进来？"

许珩宇看着他："大半夜鬼混不回来，就是要让你进不来，我就是故意要把你锁在外面。一天天的，书念不好，不知道在哪里鬼混，没规矩的东西。"

"哦。"许肆说完就抱着猫上了楼。

八点，沈妤纯悠悠醒来，她收拾妥当后，端着早餐来敲许肆的门。

许肆开门看见她，又看了一眼她手里的早餐，说："不吃。"

"你也别怪你爸爸。他是因为你昨天太晚没回来才生气的，他也是为你好。"

许肆冷声道："说完了吗？"

沈妤纯愣了一瞬。

"说完了就走吧。"许肆说完就关上了门。

因为他昨天太晚没回来生气？还不如说希望他一辈子不回来更可信些。

他不和她当同桌了

转眼到了正月十二，A市六中开学的时间。

天气还没有变暖，空气中依旧带着刺骨的寒意。

江荞刚进班里就被方子新叫出去了。

"老师把你的座位调到第三排了，和王霖坐同桌，刚好你们还能讨论问题。"

江荞闻言抬头，对上方子新的视线："可我不是跟许肆坐同桌吗？为什么突然调开了？"

方子新面露尴尬，停了半晌才开口："其实是许肆来找我调座位的。我也挺意外的，我觉得你俩关系挺好的，而且在你的帮助下，他期末考试成绩进步了很多。"

他也不知道为什么，突然接到许肆电话的时候他还挺意外的。

江荞报着唇没有说话。

"可能他是怕耽误你学习吧。"

"我知道了，谢谢老师。"江荞说完，还是下意识地从后门进去，突然又想起她已经不坐在后面了。

杨世昆看到了江荞，他想喊"江学霸"，又硬生生地憋了回去。

许肆也在看江荞，见江荞抬头，他又错开了视线。

明明还是那张脸，江荞却觉得他变了很多——更瘦了，瘦得下巴都变尖了，一双黑眸冷淡极了，很空洞，头发也剪短了。他穿着一身黑，看起来很凶，很不好接近。

明明他们才十来天没见，江荞却觉得好像又回到了去年刚开学的时候，甚至关系还不如那个时候。

两个人擦肩而过，谁都没有开口说话。

江荞看到了他脸颊和脖子上的疤痕，他怎么受伤了？她动了动嘴唇，却发现自己也没有什么立场去问他。

杨世昆看着这幅场面感到十分揪心——明明过年之前大家还好好的，怎么突然就这样了呢？

江荞在第三排坐下，李静静回头开口："真是便宜你小子了，我也想和江学霸坐同桌。"

王霖摊手："没办法，江学霸现在是我同桌，你排排队喽。"

李静静看着他欠揍的样子，想捶他。

她冲江荞笑道："欢迎江学霸入驻前三排。"

"谢谢。我的桌椅是你们搬的吗？"

王霖摇头："不是，本来想帮你搬来着，然后发现你的东西已经全部都在第三排了。"

江荞听闻这话，有些微微失神，她心中有一个猜想，但很快又被她否定了，她让自己别多想了。

许肆看着自己旁边空荡荡的座位，总觉得有些不习惯。原来一转头就能看到的人，现在坐到了前排。

他还是保持着原来的习惯，趴着打瞌睡时，习惯性地对着江荞座位那边。

杨世昆戳戳许肆。

"我再睡一会儿，等下……""喊我"两个字还没说出口，许肆看到了身旁的空的座位，嘴角扬起的一抹笑很快淡下去。

杨世昆在前面提醒他："肆哥，要收寒假作业了。江……江学霸马上就过来了。"

许肆从抽屉里摸出一沓整齐的试卷递给杨世昆："帮我给她，我睡一会儿。"

杨世昆怕他没写，翻看了几页，却发现他竟然一张不落地全部写完了。

江荞收作业收到了杨世昆这里，杨世昆将手里的两份试卷递给江荞："肆哥的和我的。"

江荞闻言"嗯"了一声，接过他递过来的试卷，她又转过身去收其他人的试卷了。

许是察觉到她去别的地方收试卷了，许肆抬了眼，看着她怀里抱着一摞试卷。

王霖从座位上出来，冲江荞开口："江学霸，我帮你送去办公室。"

江荞说了句"谢谢"，然后让他帮忙抱了一半。

王霖看着最上面的试卷是许肆的，有些惊讶："江学霸，真牛，肆哥居然交了试卷。"

"有什么问题吗？"

"别的课代表从来不问肆哥要作业的。"王霖又小声说了一句，"因为他从来不写作业，而且太凶了。"

江荞听他说完，顿了一下，语气认真："他不凶。"

王霖反应过来："江学霸你之前是跟肆哥坐同桌的，怎么突然调了座位？"

这个问题让江荞有些不知道该如何回答。

她还没开口，王霖就自顾自地说道："可能是老方怕你俩坐在一起会出意外。"

"出意外？"

王霖笑道："对呀，青春期嘛，可能老方就是怕你俩早恋才调开的，我觉得是这样。"

江荞轻轻地说了句："可能吧。"

许肆看着两个人从外面走了进来，匆匆收回了视线。

他现在无论做什么都提不起来兴致。

许肆抬头，看到王霖拿着作业本在跟江荞说话，两个人似乎在讨论问题。

她今天穿着粉色的羽绒服，戴着一条白色的围巾，扎着高马尾。

许肆看到她拧了一下眉头。

好像没有他，她会过得更好，可以跟优秀的人一起讨论问题，而不是浪费时间给他讲题。

可是看着她和别人在一起，他还是觉得很刺目。

晚上回到家，许肆靠在椅子上玩手机。元元不停地凑过来看他手机，这一段时间它都是这样。

他放下手机，看着元元："不会再开视频了，以后都不会了。"

元元似是不解，伸出猫爪子碰了碰他的手机。

许肆不知道是在说给它听还是说给自己听："已经打扰她很长时间了。"

元元晃了晃脑袋，脖子上的铃铛跟着晃动，这个铃铛也是江荞买给它的。

夜深人静，天色黑得仿佛泼了墨一般，稀疏的星星点缀在夜空。

许肆没忍住点开相册，视频里的江荞笑得很开心，模样甜软又乖巧。

他伸出手摸了摸手机屏幕上的她，仿佛这样他就能触碰到她。他看着她的笑，也跟着笑了起来。

看了好一会儿，他才收起手机。

深夜，有人熟睡，有人失眠。

第十一章

祝你快乐

> 小猫不能吃蛋糕，而且这是她买给我的。

生日快乐，不止今天。

举手之劳

许肆完全恢复到了认识江荞前的样子,或者说变得比认识江荞之前更淡漠。

他越来越不爱笑,对谁都是一副冷冰冰又不好接近的样子。他开始频繁请假,就算来了学校,一到下课,教室里立刻就看不到他的身影。

二月二十三日,周二。

江荞回头,看到后排的那个座位又是空的。

一直到中午的时候,她才看到许肆。许肆回来就趴在桌上睡觉。

许肆抬了下头,刚好和往后看的江荞对上视线。

江荞看到他脸上贴的创可贴。他倒是没什么反应,又趴下继续睡觉了。

下午的体育课上,江荞没有再去看许肆打球。

但是听到球场外有人欢呼,她还是没忍住隔着绿色围栏往里面看了一眼。她没有看到许肆,他不在。

沈沫叼着棒棒糖向江荞走过来:"在看什么?看许肆呀?他不在,一解散就走了。"

江荞摇头:"不是。"

沈沫的胳膊搭上她的肩膀:"怎么回事?你们闹别扭了?"

江荞摇头:"没有,没事。"

沈沫也没再问,只是掏出来一把棒棒糖:"选个口味。"

江荞拿了一根草莓味的。

沈沫又冲罗星开口:"选一根吧。"

"谢谢。"罗星拿了一根橙子味的。

罗星突然发现看起来凶巴巴还有点儿嚣张的沈沫,好像也没有那么凶。

沈沫同江荞讲了一会儿话,就去找自己的朋友了。江荞和罗星在操场上看别的女生做游戏。

突然间,她毫无预兆地感到一阵眩晕,彻底晕过去前,江荞听到几声惊慌失措的呼喊。好像是罗星在喊她。

江荞醒过来发现自己躺在医务室的病床上,她的嘴里还含着草莓味的糖果。

罗星忍不住开口:"荞荞,你吓死我了。"

沈沫道："我大老远就看到你晕倒了，把我吓坏了。"

"没事，我就是低血糖犯了。"

校医看着江荞，又说了和之前一样的话："你太瘦了，得多吃点儿。"

沈沫也附和道："确实太瘦了，瘦得让人心疼。"她还记得之前校运动会江荞穿裙子的样子，很瘦，现在似乎又瘦了些。

江荞应道："好。"

她问两人："是你们送我来的吗？"

说到这个，沈沫顿了一下，才开口："不是，是许肆，他说自己还有事就走了。"
当时她看到江荞晕了，就赶忙朝江荞跑去，但是许肆比她更快。

风带起少年的头发，他跑得很快，他停在江荞的面前，轻轻托起她的头靠在自己的身上，问罗星："她怎么了？又低血糖了吗？"

"突然晕倒了，应该是低血糖犯了。"

"我带她去医务室。"

许肆从兜里掏出一颗糖塞进她的嘴里，然后抱起她往医务室跑去。

江荞在他怀里显得小小的一只。他觉得江荞比之前更瘦了，更轻了，明明是冬天，明明穿了那么多的衣服，她怎么会又轻了。

罗星和沈沫都跟不上许肆的步子，许肆把她放在医务室，就准备离开了。

沈沫问他："怎么送过来就走？"

许肆回头看了一眼江荞："我还有事。"

沈沫没说话，看着他走了，她总觉得这两个人现在有些奇奇怪怪的。

上周的体育课，她都没看到两个人说过话，一句话都没有。

江荞听到是许肆送自己过来的，愣了一下："我知道了。"

"荞荞，你要不要再躺一会儿？"

江荞摇头："不用，我没事。"

回到班里，江荞又没有看到许肆，一直到晚自习，也没看到他回来。

王霖本来以为自己上晚自习够认真了，直到他和江荞坐同桌。他发现江荞每天都在写学校发的试卷，而且都快全部做完了。

今天江荞写完试卷，又掏出来一本习题册。

王霖看了一眼，哟，一道题他都看不懂。他看着江荞在上面圈圈点点，大概写了几个做题步骤。他没忍住出声道："江学霸，你在写什么题？"

江荞合上册子给他看了一眼："就是升级版的奥赛题。"

王霖心想：好吧，学霸果然与众不同，他连奥赛题都做不懂，她都在做升级版了。

"那你怎么只写了几个步骤？"

江荞指着那几个步骤:"一看就会做的题我一般看一眼会直接跳过,有难度的会写个大概步骤,特别难的才会详细地列步骤做。"

王霖认同地开口:"江学霸,你别说,这样很节约做题时间。"

然而他不行。

江荞"嗯"了一声,冲他开口:"确实节约时间,所以我一般都这么做题。"

王霖觉得和江学霸坐同桌后,他变得更加奋发图强了。

"不过我之前怎么没看到你写这本习题册,新买的吗?江学霸。"王霖问完,又觉得自己似乎是在问废话——人家都写了半本,他问她是不是新买的。

"不是,我平常都是回家写,今天提前写完了试卷,所以就写这本了。"

"江学霸,跟你坐在一起真是无时无刻不刺激我学习,我要继续做题了。"

江荞闻言冲他笑了一下,王霖瞬间觉得斗志满满,决定今晚要写完三套试卷。

许肆去了一趟超市,买了好几袋糖。

结账的时候,杨世昆看着他手里的那几袋糖,有些不解地开口:"肆哥,你什么时候这么爱吃糖了?"

许肆没有回答,付了钱就把糖塞进了自己的兜里。

江荞之前因为低血糖晕倒过,所以自那天以后,他的兜里都带着糖。

一开始是以备不时之需,后来是因为想买给她吃。

……

到晚自习第二节课,许肆回了教室,江荞抬头看了他一眼,又低下了头。

下课后,她去了许肆那里,轻声开口:"今天,谢谢。"

许肆没有抬头:"举手之劳。"

江荞感觉两人莫名变得无比生分,好像陌生人一样。

许肆看着她的背影,很想说一句"多吃点儿",她现在太瘦了。

他摸着抽屉里的糖果袋子,想起之前他在抽屉里摸到一包糖时的心情。

她真的很容易害羞,也很可爱。

不知道有没有以后

许肆经常会盯着江荞的后脑勺发呆,偶尔会和回头看的江荞对上视线,他就会装作云淡风轻地移开视线,在她回头后继续盯着她发呆。

班里依旧时常看不到许肆的身影。

两个人就好像两条线,短暂相交以后变得越来越远,越来越远。

无论是相交还是平行,都是不完美的结局,都会让人遗憾。

二月二十九日，周一。

许肆姗姗来迟，被等在门口的何国士抓了个正着。他抱着胳膊看着许肆："还记得要升国旗呢？要不要看看几点了？"

"七点零三十秒。"

"就算是多一秒你也迟到了。"何国士说完，推了推自己的眼镜，"何况你还没穿校服。"

"洗了。"

何国士瞥了他一眼："糊弄谁呢，你怎么不把自己洗了？在洗衣机里转两圈，看看能不能把脑子转出来。"

许肆没有说话。

何国士看了一眼手表，快到他上台发言了，他冲许肆开口："今天就饶过你一次，下次记得穿校服。"

"好的。"

又到了何国士上台讲话的时间。他在主席台上慷慨激昂地讲着话，底下的学生都有些昏昏欲睡。

杨世昆打了个哈欠，揉了一把眼睛："本来还不困，一听老何说话，困劲马上就来了。"

郝明回头看了他一眼："猪。"

杨世昆有些支撑不住，头抵在郝明背上睡着了。

郝明感觉到后背的重量，回头看了一眼靠在自己背上的杨世昆，没有说话，只是站直了身子。

恍惚之间，杨世昆好像听见何国士说了这样一句话："上周违反学校纪律的学生有很多，其中最为甚者就是十七班的许肆，你也太放肆了。"

杨世昆的困意消了大半。

何国士紧接着又开口："明天就要迎来第一次月考了。在此之前还要表扬一位同学，也是十七班的，江荞同学，她作为这次的优秀学生代表讲话。"

江荞穿着校服，头发扎成了高马尾，宽大的校服穿在她身上丝毫不显得她胖，明明是最普通的款式，却衬得她很乖。

"我是十七班的江荞，很荣幸这次作为学生代表发言……"

明明是很枯燥的内容，但是女孩的声音温柔，让人听着一点儿都不浮躁了。很多人都抬头看，有人认出来这是之前运动会举牌子的那个白裙小仙女。

"成绩好长得又好看，还让人活吗？"

"我好像之前听过这个名字。"

"想起来了，这不就是那个'杀'出来的年级第二吗？我们班的万年老二直接被挤下去了。"

许肆将她的讲话一字不落地听完，她丝毫不怯场，吐字很清晰，说话很有条理。

她很优秀、很纯粹，就像一朵骄傲的小玫瑰，热烈又美好。

月考成绩两天后就出来了，江荞又拿了年级第二，她拿着成绩单往下翻，看到许肆的名字后面有两个字："缺考。"

他没来考试。江荞回头看了一眼后面的座位，又是空的。

"江学霸果然是实至名归，又考了班级第一名，恭喜恭喜。"李静静笑着冲江荞说。

"谢谢。"

李静静瞥见王霖的分数，足足愣了几秒，她扭头冲王霖骂道："王霖，你是不是偷学了？你的成绩怎么突飞猛进了？直接比上次多了十分。"

"跟江学霸坐同桌，想不飞都难。"跟江荞坐一起，王霖每天都斗志满满——看到比你优秀的人还比你努力，有什么理由不学？

李静静说："江学霸的下一个同桌我预定了。"

王霖冲她笑道："你预定也没用，得看江学霸的意愿。"

"那就走着瞧。"

许肆路过江荞座位的时候，看到江荞在和同桌还有前面的女生说话，他很快收回视线，然后坐到自己的座位上了。

化学课上。张润发点名表扬了江荞："江荞同学进步很大，我很欣慰呀，值得表扬，看来我的个人魅力还是很大的。"

江荞闻言冲他笑了一下。

许肆看向窗户外面，不知道为什么之前能听进去的课，现在听着觉得很没意思。

他的目光又看向坐在前排的江荞。

许肆想，可能之前觉得有意思是因为旁边坐的人是她。

晚上。

江荞摸出来之前要送给许肆的生日礼物，是她蹲了好久才从网上买到的学习资料，或许这个礼物已经不适合送他了。

她又拿出来自己给许肆新买的生日礼物。她知道许肆喜欢打游戏，所以她特地去店里给他买了一个键盘，她对这些东西并不了解，提前上网查了攻略，才去买的。

只是她不知道这个礼物应该什么时候送给他。她想给杨世昆发个信息，可是她想了半天也不知道该问什么，最后还是放下了手机。

她将两个礼物都塞进了柜子里，书架上还放着给他买的基础款的习题册，但是可能用不到了。

周五这天，江荞正在写作业，看到杨世昆过来了，杨世昆冲她开口："也不知道肆哥最近怎么了，也不让我们跟着。"

江荞闻言垂下眼，没有说话。

"肆哥最听你的话了，如果你俩和好了，江学霸你可要好好说说他，他最近总不吃饭。"

江荞想说他们并没有吵架，但还是应下来："好。"

杨世昆冲她咧嘴笑："那江学霸以后可要好好说说肆哥。"

"好。"

江荞听着这个"以后"心里有些苦涩，不知道她还有没有以后。

谢谢你，不客气

进入三月，天气渐暖。

三月十二日，农历二月初四，这天是许肆的生日。

A市某饭店包厢。

包厢里很暖，少年坐在角落里，上身只穿了一件深蓝色卫衣，底下是黑色的裤子。他面上没什么表情，只是低头玩着"消消乐"。

在座的都是A市有头有脸的公子哥。众人早就听闻许珩宇有家室，但是从未见过，所以圈子里的人对此都很好奇。

前段时间，许衍宇带着许肆参加了慈善晚会，圈子里传言许珩宇在乎的是那个小儿子，也有人说小儿子是许珩宇的私生子。

众说纷纭，在情况确定下来之前，这些人对许家还是有些畏惧，都想同许肆搞好关系，好日后巴结一下许家。

杨世昆和郝明匆匆赶来，推开了包厢的门。

尹荃看到门口的两人："这两位是？"

许肆看向门口的杨世昆："我兄弟。"

李承俊笑道："阿肆的朋友就是我们的朋友。"

杨世昆和郝明坐在许肆旁边，两人先后将生日礼物递给许肆："肆哥，生日快乐。"

许肆接过他们手里的东西放在一边，没和那些人的东西放在一起。

他们讨论的话题，郝明和杨世昆一句话都插不进去。

杨世昆轻轻扯了一下许肆的袖子，小声问他："肆哥，你不吃点儿东西的话，你的胃受得了吗？"

许肆摇头："没事。"

包厢门突然被敲响，众人都以为是服务生。

看迟迟没有动静，离门口最近的林天时去开了门，待看清门口的女生后，他有些微微失神。

　　她的眼睛很漂亮，琉璃一般的眸子，仿佛会说话一般，一张脸只有巴掌大小，皮肤很白，透着粉，上面穿着一件浅黄色的开衫，里面是一条白色连衣裙。

　　林天时见过太多形形色色的女生，但是这样让人惊艳的，他还是第一次见。他冲江荞开口："走错地方了吧？妹妹。"

　　"我找许肆。"

　　许肆听见熟悉的声音，抬头就看到了站在门口的江荞，他有一瞬间以为自己在做梦。

　　她怎么会来这里？许肆心想。

　　林天时笑道："你是？"

　　"我是他的同学，来送生日礼物。"江荞本来是想让杨世昆帮她转交一下生日礼物，听杨世昆说许肆在这里，似乎不是很开心，她还是来了。

　　"阿肆的同学呀，进来吧，妹妹。"

　　江荞一进来，整个包厢的人的目光都落在了她的身上。

　　"阿肆，你这同学长得不赖呀。"

　　"妹妹，来，坐我们这边。"

　　"跟我坐，跟我坐。"

　　许肆看着抱着礼物的江荞，以为她会走，结果她递出了自己的生日礼物。她轻声开口："生日快乐，许肆。"

　　许肆有些说不清自己现在的心情，他的手指蜷曲了几下，声音艰涩："谢谢。"

　　江荞听着他的话，有一瞬间的恍惚——之前许肆认为说谢谢会显得两人太生疏了，可现在他又跟自己说谢谢。

　　"不是阿肆的同学吗？留下来一起玩吧，妹妹。"

　　"来坐我这边。"

　　"坐我这里。"

　　许肆想着她肯定不喜欢这种氛围，应该会走了，结果江荞说"好"。

　　杨世昆立刻往旁边挤了挤，给江荞腾出来一个座位："坐这里，江学霸。"

　　江荞坐在了杨世昆和许肆中间。

　　"还不知道妹妹叫什么名字？"林天时的视线一直落在江荞身上。

　　"江荞。"

　　"光吃饭聊天有什么意思，不如一起玩个游戏，玩吗？"

　　"玩什么？"尹荃问道。

　　林天时说了规则："扑克牌里随意抽一张，谁抽到'大王'，我们来定个'惩罚'，做不到就自罚三杯，我们这有苦瓜汁和柠檬汁，怎么样？"

李承俊笑道："行、行、行，阿肆觉得怎么样？还有阿肆的三个朋友。"

许肆闻言开口："都行。"

杨世昆倒是没什么事，不过他有些担心江荞，他看了一眼江荞，听见她开口："可以。"

江荞进了这里，可不就像兔子进了狼窝吗？杨世昆觉得他们的"惩罚"一定特别狠。

为了营造游戏氛围，众人还将包厢里的灯光调暗了。

"那就玩这个。"林天时说着，拿着挑拣出来的牌，洗了一下："来吧，来抽牌吧，各位。"

许肆看了一眼自己的牌，红桃 A，他的目光瞥向江荞手里的牌，

那张"大王"赫然在她手里。

林天时笑着开口："来、来、来，看看'大王'在谁手里呀。"他说着，将自己的牌翻转过来，黑桃 K。

许肆看着江荞，还没动作，这时江荞将自己的牌翻转过来了，其他人看了一圈，发现那张"大王"就在江荞手里。

"原来在江妹妹手里。"

"不如……让江妹妹随便选一个人亲一下。"

此话一出，在座的大部分人开始兴奋起来。

许肆的那句"不行"都被淹没了。

"选我，选我。"

"看我，看我。"

"哈哈哈，反正就亲一下，又不会少块肉。"

李承俊道："哎呀，妹妹，喝苦瓜汁或柠檬汁多没意思，你不如随便选个人亲一下，反正只是亲一下而已。"

许肆冷淡地看了他一眼。

李承俊被他看得有些脊背发凉，明明许肆还比他小了两岁，但是他的表情有些让人害怕——太有压迫感了。

他舔了舔唇，但是刚刚的话又不能收回了——他似乎是惹许肆生气了。

可是一开始也没看他替这姑娘说话呀，还以为两个人关系就是普通同学，如今看，是自己猜错了。

林天时看着场面有些僵了，想打个圆场，还未开口，就看到许肆抓住了江荞的手腕。

许肆将江荞圈在那个小角落里，然后一寸寸低下头去。

他托着江荞半边脸，用两个人才能听到的声音开口道："我不会真的亲你，放心。"

两个人的鼻尖几乎快要触碰到，许肆到这个距离就堪堪止住。

众人都看不清，看着许肆的动作，都觉得他是真的亲下去了。

许肆的喉结动几下，然后撑起身子坐了起来，如果不是包厢里的光线太暗，就能看到他微红的耳尖。

周围的人还在起哄。许肆冲其他人开口："游戏玩完了，我送她回去。"

林天时也跟着站起身，问他："你还回来吗？阿肆。"

许肆抓起自己的外套，回头看了一眼："你们先玩吧，我晚点儿回来。"

晚上的风有些凉。

江荞走在前面，许肆就走在她后面。他把自己手里的外套披在江荞身上。

江荞看了一眼自己身上的外套，又看了一眼他身上的卫衣，开口道："我不冷。"

许肆看了一眼她的裙子："穿着吧，晚上凉。"

说完他就站在江荞旁边，一言不发地掏出手机开始叫车。

"车还没来，等我几分钟。"

江荞看着他进了旁边的便利店。

许肆很快出来了，从兜里掏出一瓶牛奶，塞在江荞手里，没有多余的话。

江荞握着那瓶牛奶，熟悉的口味，熟悉的牌子，还是温温热热的。

她有些恍惚，仿佛回到了之前。许肆会给她买热牛奶暖手，然后送她回家，但是他现在喊她江荞，跟她说谢谢，也不爱笑了。

车很快来了，江荞想脱下身上的外套还给他。

"送你回去。"

他的声音很冷淡，听不出任何情绪。两个人坐在车后排，皆是无言。

江荞觉得他们之间好像真的很生疏了，她偏头看了一眼许肆，发现他正低垂着脑袋，已经闭上了眼。

许肆没有睡，他只是不知道要怎么面对江荞。

很快到了目的地，许肆从车上下来，护住江荞的脑袋等她下车。

两个人并排走了一会儿。江荞想起他的胃，先开了口："你晚上吃饭了吗？"

"没吃。"

江荞顿了一下，还是忍不住开口："不按时吃饭对胃不好。"

若是之前，许肆定要笑着调侃："怎么？小老师在关心我呀？"

但是现在，他的手指蜷曲了几下，只道："谢谢。"

冷风吹过，许肆有些想抱住她，他只是想要她的一个拥抱，一个拥抱就行。之前受伤也只有江荞会问他疼不疼，他想说，他现在很难受，心里很难受。

但是他什么都不能做。

他把江荞送到了楼下。

江荞将身上的外套脱掉递给许肆："你的外套，谢谢你送我回来。"

"不客气。"

临走前，许肆看着江荞："以后别去那种地方，那不是你该去的地方，也别来找我了。"

江荞还没说话，许肆就走了，她看着少年离开的背影，心中说不出什么感觉。

谢谢你，不客气，分明是再正常不过的两句话，她却觉得很难受。

江荞又想起刚才看到许肆的那一幕，许肆一个人坐在角落里，脸上没什么表情，看起来有些孤独——他似乎过得也并不快乐。

江荞刚打开门，就听见屋里的争吵声，田泠和江知恩见她回来，这才收敛一些。

田泠问她："荞荞，吃晚饭了吗？没吃晚饭的话，妈妈去给你弄点儿吃的。"

江荞摇头道："不了，不饿。"

江荞回到房间里，从兜里掏出那瓶带着体温的牛奶，她盯着它发了好一会儿的呆。

江荞不知道的是，许肆一直站在楼下，看到她的房间亮灯了，他才离开。

只要江荞拉开窗户，就能看见守在楼下的许肆，就像之前的每一次，他确定江荞安全到家了，才会离开。

路上，许肆收到杨世昆的消息。

杨世昆："肆哥，他们那些人玩了一会儿就走了，你不用再回这边了。"

XS："他们有没有为难你俩？"

杨世昆："没有。"

杨世昆："你送江学霸到家了吗？"

XS："嗯。"

杨世昆："我和大头先回去了，肆哥你一定注意安全！"

XS："好。"

生日快乐，不止今天

许肆回到家里，先洗了个澡。他坐在床边，开始拆江荞送的礼物。

打开盒子，里面是一个键盘，是他之前看过但没买的键盘，价格不便宜。

许肆将键盘拿出来放在腿上，看到里面还有一张小字条。

字条上的内容很简单："生日快乐，不止生日。"

许肆小心地收起来了那张字条，放在随身携带的钱包里，他将键盘放在桌上，然后又拆开郝明和杨世昆送的礼物。

杨世昆送了一双鞋，郝明送了一顶帽子。许肆将它们放好，靠在枕头上，又拿出那张字条看，有些失神。

手机突然响了，上面显示是外卖，许肆看了几眼，按了接听。

"喂，你好，这里是外卖，您的蛋糕已经送到。我手里还有好几个订单，所以不能送上去了，麻烦您下来拿一下可以吗？"

许肆愣了一下，有些疑惑："我没有订蛋糕。"

"不对呀，让我看一下，您叫什么？"

"许肆。"

"那就对了，应该是您的朋友给您买的，订单上清清楚楚写的就是许肆。"

"哪里？"

那人说了地址。

许肆很快意识到蛋糕是江荞定的，她以为他还住在那边。

"你先放在小区楼下，我晚点儿就过去拿。"

"行，你快点儿来拿，我怕被人拿走了。"

"好。"

许肆穿上外套，拿着头盔就赶紧下了楼，他骑着车消失在夜色中。

他在奶奶家的楼下拿到了蛋糕，拎着蛋糕又骑车回了许家。

许肆回到自己的房间，打开蛋糕盒子，是一个黑森林蛋糕，他点燃了蜡烛。

许肆闭上眼睛，许了一个愿望。

他许愿：希望小老师快乐，哪怕无我。

然后他吹灭了蜡烛，切了一块蛋糕给自己吃。

许肆坐在椅子上，一口一口吃完了那块蛋糕，看着元元凑过来，问它："怎么？你也想吃蛋糕？"

元元凑近去看他的蛋糕。

"小猫不能吃蛋糕，而且这是她买给我的。"

也祝你快乐

他说完，便把元元抱在了怀里，揉了一下它的脑袋。过了一会儿，他把蛋糕放进了房间的冰箱里。

他掏出手机，准备给江荞发信息，敲敲打打半天，又删掉，最后只发了几个字。

XS："收到了，谢谢。"

许肆看着两个人的聊天背景，愣了很久很久，手机振动了一下，他看到了江荞的回复。

小老师："生日快乐，不止今天。"

这是许肆今天的第三个生日蛋糕。

晚上在包厢，众人给许肆定了一个大蛋糕，一群人围着许肆唱生日歌，然后分蛋糕，

热闹极了，但是许肆感觉不到丝毫的快乐。因为那些人都不是真心的，他们只是因为他的身份和他待在一起。

蛋糕很快被服务生撤走——只是来走个过场而已。

而第一个蛋糕是在中午放学的时候，他和杨世昆、郝明三人一同吃的，杨世昆还声情并茂地唱了一首生日歌。

那一刻，他才有过生日的感觉，但是他总觉得少了一个人——少了江荞。

许肆看着江荞发过来的那句话，又敲敲打打半天，最后才回了一句话。

XS："也祝你快乐。"

敲门声响起，许肆打开门，看到了站在门口的梁介然，他低着头瞧他："怎么了？"

梁介然拿出来藏在身后的小蛋糕："哥哥生日快乐。"

许肆看着他手里的蛋糕，眸子里染上几分好奇："你怎么知道？"

"今天你和妈妈打电话，我在旁边。"

许肆了然，"嗯"了一声，接过了他手里的蛋糕，轻声说了句"谢谢"。

原本沈妤纯让他中午回来过生日，他说自己在外面过，就没有回来。

梁介然杵在门口没有走，小心翼翼地开口："我可以进去吗？哥哥，我就玩一会儿，不烦哥哥。"

许肆打开门让他进来了，他把平板电脑丢给梁介然："玩什么自己找。"

梁介然偷偷看了他一眼，然后自己找了小游戏玩。

又响起了敲门声，许肆开口："进来。"

沈妤纯拎着一个精美的袋子站在门口："小肆，这是妈妈送你的礼物，祝你生日快乐。"

许肆看了看她手里的袋子，语气平淡："放那里吧。"

沈妤纯动了动嘴唇，还想再说什么，许肆已经站起身走过去，接过了她手里的东西，冷淡出声："请回吧。"

许肆说完就关上了门，他把东西直接塞在柜子里，没有一丝一毫想打开看的意思。

梁介然玩了一会儿游戏，叫他："哥哥，这里不会玩。"

许肆瞥了一眼，然后给他示范了一下："懂了吗？"

"懂了。"

许肆收回目光，他打开梁介然送的那个蛋糕："我不喜欢吃甜的，你吃了吧。"

梁介然挖起一勺蛋糕，送到许肆嘴边："哥哥，我还没吃，是干净的勺子，哥哥吃一口吧？"

许肆对上他期待的目光，吃了他喂的那口蛋糕。

梁介然笑得一双眼睛都弯了，转身去吃剩下的蛋糕。

江荞躺在床上，翻来覆去睡不着，满脑子都是今天在包厢里发生的事。

她掏出手机，看到了许肆回的信息，他说"也祝你快乐"。

江荞看了一会儿，就把手机塞回枕头下面。

她又想起刚和许肆遇见时少年的样子，他低下头问她怕不怕的样子，他笑着喊她小古板的样子，他说别怕的样子，他一把把她护在身后的样子，他回头冲她笑的样子……

人人都说六中的许肆很凶，但是只有江荞知道，他是个骨子里很温柔、很温暖、很善良的人，也很聪明。他的好和善良是不分人的，他会替受欺负的人出头，会因为怕女生名声受损选择自己背负骂名，即使被别人议论也不在乎。

十六七岁的少年，恣意又张扬。美本就没有定义，十六七岁正是美好的年纪。

她希望他永远肆意张扬，永远活得洒脱，他不该堕于黑暗中，也不属于黑暗。

…………

许肆躺在床上，想起今天江荞的样子，像极了受惊的小白兔。

他翻来覆去睡不着，她祝他永远快乐，他更希望她永远快乐。

江荞的生活又回到了之前的状态，吃完早饭就开始刷题，刷完试卷，她就拉开窗子，休息一会儿。

阳光洒在身上，暖洋洋的，很舒服。

江荞的桌边放着温热的茶。阳光也偏爱好看的人，光洒在她的脸上，少女的头发丝都在闪闪发光，整个人甜软又乖巧。

临近中午的时候，江荞收起桌上的书，准备去看看姜知许。

以往到了周日，姜知许不忙时，江荞都会去找她。

江荞拎着奶茶推开了店门，姜知许不在一楼，她猜想姜知许应该在楼上忙着拍照。她看了一眼时间，准备在楼下等一会儿。

快十二点的时候，姜知许从楼上下来了，她一眼就看到了靠窗坐着的江荞。

江荞穿着一件浅蓝色的外套和一条黑色的百褶裙，扎着高马尾，十分乖巧地坐着。

她看见江荞往这边看了，下意识地就转头。

江荞站起身朝姜知许走去，她看着背对着自己的姜知许，喊道："阿许。"

姜知许整理了一下自己的衣领，确定遮住了，才回头冲江荞扯出一抹笑来。

江荞注意到了她的动作，轻扯她的衣领看了一眼，赫然看到了脖子上的三道指痕。

江荞盯着她的脖子，冷声道："这是谁弄的？阿许。"

早就不疼了

姜知许对上江荞看过来的心疼的眼神："我没事，荞荞，现在已经不疼了。"

早上，姜知许接了一个男客户的单，客户名叫万宇洵，他要求在室内拍。

室内不冷，她脱掉了自己的外套。

姜知许给万宇洵拍照时，总觉得万宇洵在有意无意地瞄她，她提醒自己不要多想，专心拍照。

过了一阵，万宇洵说自己的手脚太僵硬，要姜知许给他指导动作。于是姜知许大概示范了一下。万宇洵跟着摆了几个动作，姜知许上前帮他调整了一下，紧接着就去调整相机了。

刚拍了几张，万宇洵就要看看照片，姜知许便让开身子让他过来看。

万宇洵又道："翻下一张照片。"

姜知许便凑过来操作，谁知道刚走过来，万宇洵的手就搭上了姜知许的腰。姜知许躲开了他的手，偏头看了他一眼。

万宇洵长得斯文，看起来文质彬彬的，还冲姜知许露出一个温和的笑容来。

姜知许有些怀疑自己是不是太敏感了，她退后，站在旁边。

照片刚拍完，万宇洵就要选片。姜知许就把照片全部调出来给他看："你选最喜欢的几张，其余的不要也行。"

"好。"万宇洵说完，指着一张照片开口，"你过来看看这张照片，看看这里能不能修一下。"

姜知许就凑近了些，她突然感受到那只双手又摸在了她的腰上，而且一直往下。

姜知许抓住他的手，冷淡出声："你干什么？不止一次了！"

"你穿成这样不就是想被人摸的吗？"

姜知许一瞬间气血涌了上来："你自己内心肮脏，还要怪别人穿什么？"

况且她今天穿的是再普通不过的卫衣和牛仔裤。

万宇洵有些恼羞成怒，抓住姜知许的手腕，反身就锁上了门："这个房间里只有我们两个人，我就算做点儿什么也不会有人知道。"

他说着伸出两只手，有些猥琐地冲姜知许笑了。

姜知许一脚踢在他的两腿中间："滚啊。"

万宇洵吃痛地捂住小腹，骂了一声，伸手就掐住了姜知许脖子，凶狠地开口："还敢说你不是勾引人。"

门外的姚景和拧了一下门把手，发现打不开，扭头冲司海开口："这门是谁锁的？"

"不知道啊，不是小姜在拍照吗？怎么锁门了？"

"滚啊。"

姚景和和司海听到里面的声音，也顾不得去找钥匙了。

"我数三、二、一，再不开门就把门撞开。"姚景和开口道。

"三。

"二。

"一。"

两个人撞了一下，没撞开。

姚景和冲司海开口："你让开点儿。"说完，他就一脚踹开了门。

两个人看见姜知许已经被万宇洵逼在了角落里。

姚景和冲上前就给了他一拳，转身拉起姜知许，神色担忧："没事吧？"

"没事。"姜知许摇头。

万宇洵躺在地上，挣扎了一下起身，抹了一把唇角："我可是你们的客户，你们就是这样对待客户的吗？"

姚景和安抚姜知许："别怕，告诉我，他做了什么？"

"刚刚拍照的时候他就对我动手动脚，然后还说我穿成这样就是想勾引人。我就回击了他一句，他就把门锁了想要对我不轨。"

姚景和冲万宇洵露出一个得体的笑来："不好意思，我们店不接待你这种没有素质的客户。女生穿什么是她们的自由，爱美是每个人的天性，不是你肮脏下流的借口。司海，报警。"

"好的，老板。"司海立刻拨通了110报警电话。

"你不能报警，我又什么都没做。"

"在女孩不情愿的情况下，强行摸别人腰就是猥亵，而且你多次言语骚扰，还是等着警察来吧。"

"我就死不承认你能怎么着？"

姚景和严厉地说道："我们店里除了试衣间和厕所，都有监控。"

没多久，三个穿着警服的男人推开了店门："谁报的警？"

司海说："是我。"

姚景和跟警察简单讲述了事情的经过，他说话很有逻辑，他告诉警察："那个房间里有监控。"

最后万宇洵被警察带走了。

"喉咙吞咽痛吗？"姚景和问她。

姜知许摇头："就是被掐了一下，所以留了点儿痕迹。"

姚景和看着她脖子上的指痕："等我一会儿。"

他从自己的办公室拿来一个小药箱，蹲下来给姜知许的脖子涂药。

他的手指骨节分明，修长好看，指尖还有些微凉。他将药酒涂在姜知许的脖子上，然后轻轻地揉开，他冲姜知许开口："活血化瘀的，多涂几次，不会留痕迹。"

"谢谢。"

姚景和说："穿什么是自己的自由，不用管他，只要场合合适，穿你想穿的衣服，做最好看的自己，这是你们每个女性的权利，不该被束缚。"顿了一下，他又继续道，"心脏的人看什么都是脏的，不用在意他说的话。"

姜知许说了句"谢谢"。

听姜知许说完，江荞感到很气愤："你老板说得对，每个女生都有穿衣自由，只要场合合适。"

姜知许笑着揉了一下她的脑袋。

"出了这种事，阿许为什么不告诉我？"

"从小到大已经让小朋友担心很多次了，所以不想你替我担心。"

"脖子还疼吗？"

"不疼，早就不疼了。"

不敢看她

又一周过去。

三月十九日，周六，烂尾楼。

许肆怀里抱着猫，坐在一块破木板上，出神地看着不远处。

年前，他和杨世昆、郝明，还有江荞一起来这里放烟花。

许肆听见一阵窸窸窣窣的声音，回头看到了杨世昆和郝明。

杨世昆冲他挥手："肆哥。"

两人在他旁边坐下。许肆有些意外："你们怎么过来了？"

杨世昆当然不会说之前偷偷跟过一次许肆，发现他每周六都会来这里，他笑了一下："猜的。"

许肆没有说话，静静地坐在那里出神。

"肆哥，其实这个地方很适合搞烧烤。"

许肆看了一眼，点了下头："确实。"

"以后我们四个可以一起来烧烤。"杨世昆一不留神就把自己的心里话说了出来。

许肆只是重复了一句"我们四个"，他又想起，之前他们四个一起在他的小家吃火锅，那时他还有一个称得上家的地方，可是现在什么都没有了。

"许肆，好久不见。"

听见这话，三人都起身回了头。许肆看着脸上带着一道疤的男人，冷淡出声："你是谁？"

你是谁？王云飞气得脸都绿了，好不容易给他逮着可以找回面子的时机，许肆却问他"你是谁"。

珂咭在旁边出声道："我们职中的老大。"

"不记得。"

王云飞看着面前神色淡漠的少年："你记不记得无所谓，你只需要知道你今天完了。"

"哦。"

王云飞冲身后的小弟招招手："都过来，给我拦住他们几个。"

许肆挑眉看他："你这是什么意思？"

王云飞自以为很帅地撩了一下头发："就是字面意思。"

"你们学校的人还是一样不讲规矩。"

"你管我们讲不讲规矩，能打赢不就完了？"王云飞开口道。

杨世昆有些无语："带十几个人打三个，亏你想得出来，也不觉得丢人。"

"我们找的是许肆，你俩识相的话现在可以走。"

杨世昆说："我们才不走。"

郝明也道："不走。"

很快，一堆凶神恶煞的男人将三个人团团围住。

许肆看着挥舞过来的拳头，后退了一步，躲开了，接着攥住那个拳头拧了一下。

那个男人也没想过许肆的力气会这么大，痛得脸都变形了。

许肆偏头看了一下杨世昆和郝明，看到郝明护着杨世昆，才松了一口气。他冲怀里的元元开口："去一边躲着。"

元元似乎听懂了他的话，"喵喵"叫了两声，敏捷地避开几人，跳到了高处。

突然，许肆被旁边的人踹了一下膝盖，一条腿跪在了地上，他刚用手撑着地准备起来，就又被按了下去。

"肆哥！"

"肆哥！"

"喵！"

王云飞看了一眼杨世昆和郝明，嗤笑道："玩兄弟情深吗？你们还是担心一下自己吧。"

许肆看向就要冲下来的元元："听话，在上面待着。"

元元看着许肆，将爪子又收了回来。

王云飞拍手哈哈大笑，在许肆面前蹲下："许肆，你居然还有心情管你那只破猫。你今天就跟我服个软，保证以后都不再过问我们职中的事，我就放过你。"

许肆冷声道："做梦去吧。"

王云飞骂道："真是敬酒不吃吃罚酒。"

另一边的杨世昆已经生生挨了好几拳，其余的都被旁边的郝明挡掉了。郝明踹开面前的男人，将杨世昆拉到后面："你躲我后面，你来前面做什么？"

"难道你让我看着你挨打吗？小时候说保护你,难道现在做你背后的缩头乌龟吗？"

听见这话，郝明心中有些复杂："现在不是逞强的时候。"

杨世昆说："我扛揍，我能挨几拳。"他话音刚落就被一个男人推倒在了地上。

"许肆，我叫你不服软。"

王云飞拎起地上的棍子就往许肆身上砸。

"住手！"一道女声突然响起。

江荞扬起手机，冲那些人开口："我已经报警了。"

王云飞回头看了一眼突然出现的女生，他手里的棍子生生止住了，停在了许肆头上几厘米的地方。他骂了句脏话，冲身后的人开口道："今天真是触霉头了，兄弟们，赶紧撤。"

那些人都跟着王云飞飞快地跑了。

许肆从来没有想过，在自己最落魄的时候，居然会遇见江荞，他甚至不敢抬头，不敢去对上她看过来的视线。

带你回家

"许肆。"

许肆趴在地上不敢抬头看她，想把自己埋进土里算了。

江荞蹲在他面前，伸出素白的手指，拨开了他的头发，看到了他额头上、脸上和脖子上的伤，眼眶一下就红了，她又叫了一声："许肆。"

许肆听到她的声音带着哭腔，一抬头就对上了那双发红的杏眼。

这一刻，许肆彻底慌了，突然觉得什么都不重要了。

"对不起。"许肆也不知道自己为什么要道歉，但他就是想说对不起，他挣扎着从地上爬起来，"我没事，我真的没事。"

他现在的样子狼狈不堪，双手都是脏的，他甚至不敢伸出手去触碰她。

江荞冲他伸出手："我们回家，许肆，我们回家。"

许肆看着她，心头一颤："回哪里？"

"回家。"

"好，回家。"

其实他已经没有家了，但是她说回家，那就还有家。

许肆知道她可能已经知道了，他扯出一抹笑来："我跟小老师走，小老师还愿意收我这个学生吗？"

"许肆，你现在这个样子笑起来很难看。"

"小老师是嫌弃我了？"

"嫌弃。"

元元刚刚就从高处跳了下来，它看看许肆，又看看江荞。

杨世昆看着两个人重归于好，笑着笑着就想哭，哭是因为嘴烂了，笑起来扯到伤口了，真的很疼。

他冲郝明开口："肆哥和江学霸终于要和好了，眼睛想'尿尿'。"

"真是煞风景。"郝明无语。

江荞看向另一边的杨世昆和郝明："你们两个要去医院吗？"

杨世昆冲她开口："江学霸，我们自己去就行了。"说完，他拉着郝明就离开了。

"你怎么会突然来这里？"许肆问。

"我去了你原来住的地方，才知道你已经不在那里住了。"

几分钟前。

"小姑娘，你找谁？"

江荞指着许肆家的门，问她："阿姨，这家住户搬走了吗？"

"搬走了，前些时间就搬走了，好像是被逼着走的。可怜哟，还是大年初一的时候，当时突然来了好多人，把这个住户的门给换了锁。我下楼倒垃圾，看到那个男孩被四五个男人抓着，那些人让他回家，他不回。

"最后那个男孩抱着猫，还提着一个饭盒走了。那小孩我是有印象的，他从小就和爸妈不亲，就是不知道他爸为什么逼他回去，还要在大年初一这天，弄得都挺不开心的，也不知道那么冷的天他能去哪里……"

后面的话江荞没有听了，只是想，怪不得，怪不得他从大年初一那天起就没了音信。那天那么冷，他一个人到底去了哪里？他能去哪里？

想到这里，江荞的泪水忍不住在眼眶里打转。她现在只想把许肆叫出来，当面问清楚。

……

许肆盯着江荞发红的眼眶，又心疼又内疚，他看着江荞："小老师在心疼我吗？"

江荞说："心疼。"

江荞直接伸出胳膊抱住了他，她柔软的双臂环住了他的腰，把脸埋在他的胸前。

许肆愣在原地，半天说不出话来，他的心跳快得要飞出来。心中像是有无数炸开的烟花，噼里啪啦，心扑通扑通跳个不停，脑子也兴奋得发蒙。

他觉得今天即使再多挨两脚，只要能得到她一个拥抱也是值得的。

许肆突然反应过来自己身上太脏了，伸手推开了江荞："我身上太脏了。"

江荞仰头看他，没有说话，一双杏眼水光潋滟，睫毛扑闪扑闪的。

许肆被她盯得心跳有些乱。

"小老师为什么抱我？"

"心疼，所以抱抱你。"江荞一想到那个阿姨说的话，就觉得很窒息。

"那小老师以后可以都心疼我吗？"

看他没个正经，江荞开口道："不行，以后都不心疼你。"

"那看来我得让自己惨一些了。"看着江荞看过来的目光，许肆又改口道，"以后都不会。"

江荞将地上的元元抱起来，冲许肆开口："先去医院。"

"小老师，我这身上疼得都不能走了，扶下我可以吗？"许肆说着，半倚半靠在江荞身上，表情有些可怜兮兮的。

江荞对他的话深信不疑，把他的胳膊搭在自己的肩上："我扶着你。"

"好。"许肆觉得自己整个人都轻飘飘的，身上的伤也不疼了。

江荞拦了辆车，然后和许肆先后上了车，冲司机开口："去最近的医院。"

"身上疼。"

江荞剥了一颗糖塞进他嘴里，把他的头按在自己肩膀上："睡一会儿，睡一会儿就不疼了。"

不知道是太安心还是太累了，许肆真的睡着了，到医院时还是江荞叫醒他的。

江荞先下了车，然后将他扶下了车。

医生建议许肆先拍个片子，做个全身检查，许肆却觉得没什么："骨头不疼，涂点儿药就行了。"

他看着江荞面无表情地看着他，立刻改口："需要做什么检查？医生你给我开个单子吧。"

江荞陪他一项又一项做检查，之后又拿着检查结果去找医生。

医生看着他的检查结果，开口道："腹壁软组织肿胀挫伤，我给你开点儿药膏。胃部充血，所幸并无大碍，身上多处淤青。拿着这个单子，去外面缴费拿药。"

"谢谢医生。"

那医生看看许肆，又看看江荞："小年轻，少打架少惹事，别老让家人担心。"

许肆点头："医生您说得对。"

"不是家人，是同学。"

那医生推了推眼镜，看了看两个人。

许肆拿着单子站了起来，江荞又过来扶他。两个人出了病房，她将许肆扶到座椅上，将元元递给他："你在这坐着，我去旁边拿药。"

"好。"

队伍挺长的，许肆还是没忍住站起身，走到了江荞的面前。

"干吗不坐着休息一会儿？"

"怕你累着，小老师去坐一会儿，我排一会儿。"

"你是伤患。"

"我腿没事，就是有点儿疼。"许肆冲她笑。

"回去坐着。"

"好。"

江荞排队拿完药，回头就看到许肆眼睛一眨不眨地看着她，冲她扬起一抹笑。他怀里的元元也在盯着她。

以后还是麻烦小老师管我了

"嗞，疼。"

"知道了，我轻点儿。"郝明小心翼翼地将药酒倒在手心里，揉在他受伤的地方。

杨世昆疼得龇牙，又不敢咧嘴，因为会牵动嘴角的伤。

郝明给他上完了药，才松了一口气。

"趴着，大头。"

"做什么？"郝明抬头看他。

"给你上药呀，今天我都没有挨几下打，全让你一个人挨了。"

"要是全打你那小身板上，你还受得住？"

"一边去，大头，瞧不起谁呢！我呸，我那么英勇神武。"

郝明看着他拿着药比画："还上药吗？"

"别催，这就来。"

还是之前的那座小桥上，两个人吹着晚风，看着繁华热闹的城市。

"小老师，为什么没有放弃我？"许肆以为他们两个从那天以后就是再不相遇的平行线了。

他自己都快放弃自己了，但是她没有。

江荞看向他："因为我认识的许肆不是这样的。"

"那是怎样的？"

江荞看着他突然凑过来的脸，感觉耳根有些发热，她语气认真："很好，很好很好。"

肆意张扬，发着光，优秀且坚韧。

许肆听着她一连说了三个"很好",轻笑道:"原来小老师对我评价这么高呀?"

江荞没有接他的话,只是看向他:"大年初一那天外面冷吗?"

她不想问他为什么不告诉她。因为换作是她,或许做不到许肆这样。

江荞又回想起许肆那天来见她时的装扮,她终于知道,为什么那天许肆见她要戴围巾,因为脖子上和脸上都有伤。

"冷啊,小老师送的饺子全都冷掉了,还脏了好几个。"许肆看到她的眼睛带着些泪光,立刻改口,"不冷,不冷,一点儿也不冷,我那天穿得可厚了。"

江荞是真真切切地在心疼他。

"改天再给你煮,吃热的。"

"好。"许肆看着她,勾着唇笑了,"那天真的不冷,只是觉得有些不开心。"

他们都说新年快乐,但他不快乐。

江荞看着他,心想,大过年的,唯一算得上家的地方都回不去了,怎么会开心呢?别人都在享受新年到来的快乐,而他只有孤独和挣扎。

他会不会有一瞬间抱怨过老天的不公——为什么别人都在迎接新年的到来,而他不能呢?江荞突然有些舍不得离开了,但是她说了不算。她不知道自己还能不能撑到下一个新年,如果可以的话,她一定要祝他新年快乐。

"那天还发生了我不知道的其他事情,对吗?"江荞看着他,循循善诱,想要让他自己说出来。

许肆不想对她撒谎,点头道:"是。"

"他还说了什么话?"

许肆顿了顿,拣着好听的话说:"他说我是垃圾,没有他,我就是个什么都不是的垃圾。"

他话还没说完,一只柔软的手就抚摸了一下他的头。她的声音温柔,一字一句敲打在他的心上:"你是你,不用依附于任何人,更不是他口中的什么垃圾,不要妄自菲薄,好吗?"

"好。谢谢小老师没有放弃我。"

"是你自己没有放弃。"

"我爸想培养我,以后给那个没有血缘关系的弟弟当助手。我那个所谓的弟弟很单纯,还总喜欢来找我玩。"

"我能说一句话吗?"

许肆看她:"你说。"

江荞看着许肆的侧脸,问他:"你讨厌他吗?"

"谁?"

"你那个弟弟。"

"谈不上讨厌，也说不上喜欢，毕竟他没做错什么。"

"可你也没做错什么，许肆，错的不是你，而是他们。"江荞看着他，语气认真。

这句话许肆想过很多遍，但是从江荞嘴里说出来，还是感觉很不一样。

"还是小老师疼我，无条件偏向我。"

见他又开始不正经，江荞只是看了他一眼。

"很认真地问你一个问题，你不觉得给我补课算是一种困扰吗？"

"做让自己开心的事，并且你变得越来越好了，为什么觉得对我来说会是困扰呢？"

许肆心底紧绷的最后一道心理防线彻底松懈了。他总觉得自己打扰到了她，原来她并不觉得是打扰。他突然想通了，为什么就不能是他追赶上她的脚步呢？

"那就好。"

江荞想了一下，开了口："认识你之后，我做了很多之前没有做过的事，也感受到很多之前没有感受过的快乐。我很享受，也很喜欢这种感觉。"

以前，她经常做的事就是在房间里看书或者刷题。她确实学到了很多东西，但是很多好玩的东西她都没玩过，也没有感受到那种抵达心底的快乐。

她很喜欢跟许肆，还有大家相处时的那种松弛的感觉。

两个人相视一笑。

"忘了说，舞台上的小老师，真的很好看。"

"我就知道那天是你。"

许肆有些错愕："你看到我了？"

他明明把自己包裹得严严实实，还没结束他就走了。怎么会？她怎么会看到他？

"只不过当时我有些不确定。"

"果然还是逃不过小老师的眼睛。"

"你该回去了，身上的伤还没有涂药。"

许肆从桥上起身，然后"嘶"了一声。

"哪里疼？"

"哪儿都疼。"

江荞拨开他额头上的头发，又看到了他手上的伤，问他："身上还有很多伤吧？"她只听到医生说身上有多处淤青。

"回去给小老师看看不就知道了？"

江荞反应过来他说的"看看"是开视频看，耳朵直接就红了："不看。"

许肆看着她红透的耳尖："不逗你了。"

元元似乎是察觉到两个人之间的气氛，盯着江荞。

江荞抬眼看他："许肆，你再这样打架，迟早有一天会破相的。"

"那小老师会嫌弃我吗？"

"不知道，大概会吧。"

"那以后还要麻烦小老师管我了。"

小老师你笑什么呀？

道路两旁的树早就发了新芽，生机勃勃，来往车辆络绎不绝。

晚上的Ａ市热闹极了，这次许肆不再觉得孤单，而是心中泛着甜。

许肆半个身子靠在江荞身上，但是不敢压着她。她太瘦了，他怕她撑不住。

路灯下，女孩的侧脸很好看，皮肤宛若上好的珠玉一般，白皙透亮。

许肆低头瞧着她，嘴角轻轻扬起。

……

江荞家楼下。

"你等我一会儿，我有东西给你。"

"好。"

没过几分钟，许肆就看着江荞拎着一个袋子下来了。他看见了里面的试卷和习题册，忍不住笑道："伤还没好呢，小老师可真疼我。"

"手没受伤，还能写。"

许肆看着她，只是笑。

"低头，许肆。"

许肆乖乖地低下头来，江荞从兜里掏出一个粉色的创可贴。

"小老师，会不会太粉了？"

"我只有这个。"

许肆嘴上说着粉，还是乖乖地低着头让她贴。

江荞看着他脸上的伤口，撕开创可贴贴在了上面，她轻声开口："这个里面有药的，也不会在脸上留下黏黏的痕迹。"

"好。"许肆看着她笑。

江荞又从兜里掏出来一把创可贴："洗脸之后记得换一个。"

许肆从她手里拿走几个："剩下的还是留给你吧，我用不到那么多。"

"我不经常受伤。"

"那先放小老师那里。"

江荞将手里的创可贴重新装回兜里："行。"

"快上去吧。"

"好，再见。"江荞看了眼他怀里的元元，补充道，"还有元元。"

"小没良心的，跟你道别呢。"许肆挠了挠元元的下巴。元元仰着头，叫了几声，似乎很开心。

许肆看着她上了楼。江荞走到楼梯拐角的时候，回头冲他笑了一下，他也忍不住勾起唇角。

…………

"小老师，今天就要开始做题吗？"

江荞抬头看了一眼屏幕里的许肆："嗯。"

"好。"

没过几分钟，许肆就抬起头冲江荞开口："我怎么做着觉得和之前不一样了？"

"因为这是基础版的习题册。"江荞看着许肆，"等你写完这些，以后试卷上基础题的分就能拿到了。"

"好，那我从今天开始继续刷题。"

她看着许肆脸上的粉色创可贴，觉得有些违和感，不禁低着头笑了起来。

许肆看她肩膀微微抖动："哭了？"

他头脑风暴一遍，还不知道为什么就想开口道歉，一看到她红了眼眶，他就觉得是自己错了。

他还没开口，就看到江荞掩着唇抬头了。

看着她眼睛弯弯，像小月牙一样，还好没哭，许肆松了一口气。

"你在笑我吗？小老师。"

"没，你写题吧。"许肆写题，元元趴在他肩头看江荞。

元元喵呜喵呜叫了半天。

"它可能是那么多天都没有看到你，想你了。"

"那你明天带它出来。"

"好。"许肆话音刚落，就听到一阵敲门声，他冲江荞开口，"你等一会儿，我去开门。"

"好。"

许肆打开门，看到门口站着的梁介然："干吗？"

"可以来哥哥房间里写作业吗？不会的题我想问你。"

许肆没说行，也没说不行，只是低着头看他，半响才开口："进来吧。"

许肆指着旁边的桌子："你就坐在这里写作业，别烦我。"

"好，谢谢哥哥。"

江荞看到镜头里的小男孩，两个人的眉眼有几分相似，只不过许肆五官更清冷一些，没表情的时候看起来很凶。

许肆低着头写题，偶尔抬头看江荞一眼，发现江荞一直盯着自己，他没忍住笑道："怎么？小老师在监督我？"

江荞回过神来:"嗯,在监督你。"

她看着屏幕里笑得温柔的少年,有些恍惚。她会把他后续所有需要用的资料整理好,就是不知道她还能不能看到他登上山顶的那天。

梁介然看着许肆对着手机笑,抬头看了一眼许肆,原来哥哥也有这么温柔的一面。他乖巧地坐在小板凳上,收回了自己的视线。

许肆正在写题,察觉到一双小手伸了过来,他看向梁介然:"干吗?"

"写完了,哥哥检查。"

"真麻烦。"许肆翻开他的作业,从头看到尾,除了一题没写单位,其他的全对。

梁介然和手机里的江荞对视上。

许肆指着那题开口:"没写单位。"

"我下次一定不会马虎的,谢谢哥哥。"

许肆"嗯"了一声,听见梁介然开了口:"哥哥是在和女朋友开视频吗?"

"小小年纪哪里听来的话?"许肆语气凶巴巴的,耳尖却是红了。

梁介然掰着手指头不敢说话,偷偷看了一眼江荞。

江荞笑道:"我是哥哥的同学。"

梁介然乖巧地开口道:"姐姐好。"

"你好。"

许肆将作业本重新塞进他手里:"回你房间玩去吧。"

"我明天再来找哥哥。"梁介然抱着作业开心地出了房间。

"他倒算是可爱,让人讨厌不起来。"许肆听她夸他可爱,明天就不想让他进来了。

见许肆沉默,江荞又道:"你背会儿单词吧。"

"好。"

许肆一边读单词,一边在纸上写,感觉记得差不多了就用纸盖住中文意思,然后尝试回忆前面的英文,再反过来试一遍,把没记牢的圈出来多背几遍。

没多久,他就记完了要背的三十个单词。

"明天复习一遍,再背新的单词。"

"好。"

临睡前,许肆看着屏幕里的江荞,问她:"他真的很可爱吗?"

江荞反应过来许肆说的是他那个弟弟:"他没有你可爱。"

"我?"许肆听过很多评价,独独没有听过"可爱"这个评价。

他一瞬间有些愣怔和不可置信。

"对,没你可爱。"

许肆看她笑得一双眼睛都弯了:"你笑什么呀?小老师。"

你追上我，我就考虑

许肆因为刚刚做题写不出，头发被自己抓乱了，有几根还不羁地翘在头上，他的脸上还贴着那个粉色的创可贴。

江荞越看越觉得他可爱，笑道："没什么，就是觉得你有点儿可爱。"

"小老师说什么就是什么。"

江荞看着两个人的对话框，把给许肆的备注改成了"有点儿可爱的小许同学"。

周一。

杨世昆正小心翼翼地往嘴里塞着灌汤包，一抬头看到许肆进来了。

少年穿着宽大的校服，身姿挺拔，校服裤包裹着长得过分的腿。他眉眼冷淡，脸上贴着极不符合形象的粉色创可贴。

那是早上许肆对着镜子重新贴了好几次才贴好的。

杨世昆都看愣了，许肆今天居然穿了一身校服，脸上还贴了一个……粉色的创可贴。他觉得自己可能没睡醒。

班里的人看到许肆脸上的创可贴，第一反应觉得自己可能眼花了。

许肆倒是没什么表情，直接走到了自己的座位上，拉开椅子坐下了。

"肆哥，吃早饭吗？大头带的灌汤包，可好吃了。"

"不吃。"许肆刚说完"不吃"，抬头看见江荞进来了。

两个人对视了一眼，江荞又看了一眼杨世昆手里的东西。

许肆直接接走了杨世昆手里的另一份早饭，全程不到十秒钟。

杨世昆回头看了一眼，看到了在前面坐下收拾书包的江荞——果然还得是江学霸！

"肆哥，你怎么贴了个粉色创可贴？"

许肆抬眼看他，没有说话。

杨世昆恍然大悟："是江学霸给的吧？"

"嗯。"

早上第一节课。

许肆坐在后面，看着前面的江荞，恨不得把她连人带桌子扛回来。

他托着下巴看前面，才走了一下神，江荞回头看了他一眼，他又坐直了身子。

早上第二节课。

王霖看着停在自己面前的许肆，咽了咽口水，想了半天也不知道自己哪里惹到了许肆，也想不出许肆找他会有什么事。虽然他跟许肆的接触并不多，但还是有些怕的。

"座位借我坐一会儿。"

"啊？哦、哦、哦，肆哥你坐。"王霖站起身把座位让给了许肆。

"书背了没？"

"背了，小老师要抽查吗？"

"不用，我信你。"

"好想跟小老师坐一起，没有同桌的感觉一点儿也不好。"

"你之前不是也没有同桌吗？"江荞还记得第一天刚来的时候，同学们就告诉她，许肆一直都是没有同桌的。

"那不是后来有了吗？"

江荞看着他，停顿了一下，然后开口："等期中考完，应该是要调座位的。好好考，到时候跟老方说一声，我们坐在一起。"

"好。"许肆听了她的话，眼底是掩盖不住的欣喜。

王霖看了一眼许肆和江荞，莫名在许肆的表情里看出了……温柔？

因为许肆平常看别人的表情太过于冷淡了，看他同桌却面上带着笑。

他之前认识的可能是假的许肆。

快上课了，王霖看着许肆站起身，少年又恢复那副冷淡的模样。

原来肆哥不是凶，只是对他们凶。

傍晚。大家都去吃饭了，班里只剩下零星几个人，阳光透过窗子洒进来。

许肆坐在江荞旁边，听她讲题。

江荞讲完，许肆冲她开口："你先吃饭，我继续做题。"

许肆看着她捧着饭盒，小口小口地吃着，脸颊微微鼓起，他真想伸手戳一戳她的脸。

他这般想，也这般做了。

江荞有些愣愣地看着他伸出来的手。

许肆收回自己的手："没事，你继续吃饭吧。"

"好。"

傍晚的晚霞温柔，身旁的少女令人动心。

之后的好几周，晚饭时间，透过十七班的教室窗户都能看到两个紧紧挨着的脑袋，他们的身上洒满了落日余晖。

四月九日，周六，自习室里。

许肆正在低头写题，感觉到江荞的目光。

"许肆，你头发是不是有点儿长了？"

"好像是。"许肆仰起脸看她。

江荞取下来手腕上的头绳，抓起他的一撮头发，想要在他的头顶上绑一个小鬏鬏。

许肆低着头让她随意摆弄。

江荞给许肆扎完,越看越喜欢,掏出手机就准备拍一张照片。许肆夺走她手里的手机,把她拉到自己旁边,伸出手在她脸颊旁边比了个"耶",拍了张照片。

江荞看着那张照片,笑了起来。

元元叫了几声,试图刷一下存在感。

"知道了,带着你再来一张。"许肆说完,又冲江荞开口:"小老师,笑一个。"

镜头里是笑得很甜的少女和笑容灿烂的少年,两个人的中间是一只黑色的小猫。

两人写了很久的题以后,许肆揉了揉发酸的胳膊,问她:"出去逛逛吗?小老师。"

"好,也是要劳逸结合的。"

两个人并排走在绿意盎然的小道上,许肆看着旁边的江荞,突然生出一种想要一直一直走下去的想法。

"小老师,毕业以后你想去哪座城市念书?"

"想去Q大,南方气候温和,风景特别好。"那是她从初中起就向往的学校和城市,只是不知道她还有没有机会去那里。

江荞看向许肆:"那你呢?"

"小老师去哪里,我就去哪里。"

见江荞愣住,许肆认真地看着她,说:"我的意思是,我想和小老师去同一座城市,上同一所大学。"

江荞听见了自己的心跳声,一下又一下,震得她有些发蒙。

少年的声音温柔,一下又一下撞击着江荞的心,梧桐树下穿着黑色卫衣的少年,让人心跳不已。

"许肆。"

"小老师,你说,我在听。"

"如果你能追赶上我的脚步,我就考虑跟你一起去同一所学校。"

她不敢许下任何承诺,更不敢答应他任何事情,因为她不知道她还能活到哪一天。

许肆笑得一双眼睛都弯了,他轻声开口:"我会努力学习追上小老师的。"

对上他笑盈盈的目光,江荞却没来由地想哭,她有种深深的无力感。

"可以抱一下吗?小老师,算是鼓励我一下。"

江荞心跳加速,回过神来轻轻地冲他点了下头。

得到江荞的应允,他也只是虚抱住她的肩膀,用胳膊轻轻地把她圈在怀里。

江荞感受到他心跳的律动,宛若擂鼓一般,一下又一下。人的嘴巴会骗人,但是心跳不会。她的眼眶湿润。

这天是四月九日,她永远记得。

许肆松开她:"之前感觉撑不住的时候,我就在想,小老师能给我一个拥抱就好了。后来小老师真的抱了我,我也算愿望成真了。我觉得我真的很幸运,能够遇见小老师。"

江荞盯着他看了半天:"傻。"

遇见许肆才是她的幸运,她的世界本来枯燥无味,突然闯进来一个少年,那块贫瘠的土地又焕发出勃勃生机,变得绿意盎然。

"我可不傻,小老师。"许肆的耳尖还是红的,心中久久不能平静。

林荫下,并排走着两个人,穿黑衣服的少年目光一直落在身旁的女生身上。

第十二章

我在呢

新年快乐,许肆。

新年快乐,小老师,不只今年,还有以后的岁岁年年。

Diary

2017 年 1 月 27 日

今天一起守岁了。

可能是最后一次守岁了。

拿什么释怀

"阿许,他说想跟我去同一所大学。"

姜知许自然知道她说的那个他是谁。

"阿许,可是我不能答应他。"

姜知许看着她空洞的眼神,没来由地心中一阵酸涩,她很想哭:"我知道,我知道的。"

"我一个将死之人,我拿什么答应他?"

江荞说这话的时候,眼神是空洞的,面无表情,仿佛陈述的是别人的事,而不是她自己的。

她只希望他能越来越好。

"荞荞……"

姜知许从来没有听江荞说过这种话,她印象里的江荞是开朗的、自信的,做任何事情都游刃有余,永远从容、镇定。

明明她更小一些,可是从小到大总是她挡在自己面前。

知道江荞生病的时候,姜知许消化了足足一个月都难以接受这个事实,她怕自己一觉醒来就看不见江荞了。

但是江荞很坦然地接受了这个事实,好像从不畏惧死亡,经过一次又一次的化疗,她每次都是笑着说她没事,以至于姜知许都忘了,她已经胃癌晚期了。

上天好像从来没有善待过她的小朋友,为什么会如此不公平?

她还没到十七岁,她才刚刚到最好的年纪。

"阿许,有时候我也会觉得很不公平,我永远都没有以后了。"江荞说这句话的时候,冲姜知许柔柔地笑了一下。

姜知许却觉得她还不如不笑——她这笑容太苦涩,太难看了。

"荞荞……"姜知许已经有些哽咽了。

为什么她家小朋友要遭受病痛的折磨?明明这么优秀,却连一起上大学的承诺都不敢说出口。

"我没事了,阿许,我跟他说,如果他能追赶上我的脚步,我就考虑跟他去同一所大学,如果……我说如果,我真的没有撑到那天,麻烦阿许告诉他,他……"

姜知许轻声开口，打断了她接下来的话："荞荞，自己的事情自己做，这件事我不帮你，我希望以后你能亲口告诉他。"

其实她也可以答应他，也许，毕业后他们可以谈一场轰轰烈烈的恋爱。

可他呢？拿什么释怀？又该用多久来释怀呢？

几个月？一年？还是一辈子？他该怎么走出来？他以后又该怎么办？

或许从来没有在一起过比在一起后又失去更容易让人接受些。

造化弄人，似乎遗憾和错过才是青春里的必修课。

"好。"如果可以的话，江荞也想自己的事情自己做，想说的话自己亲口说。

"我希望小朋友能亲口说。"

江荞又重复了一遍："好。"

晚上九点四十分，江荞收到了许肆的信息。

有点儿可爱的小许同学："小老师，快看外面，听说今天十点有流星雨。"

小老师："好。"

江荞拿着手机去了阳台，她拉开窗帘，打开了落地窗，搬了张小板凳坐在了上面。

或许是大城市的灯光太亮，只有零星几颗星星挂在漆黑的夜空上。

江荞还记得，小的时候她曾经在乡下住过一阵子，虽然记忆不太美好，但是她对那满天星河记忆犹新。

有点儿可爱的小许同学："小老师，你是打开窗子看的，还是在阳台上看的？"

小老师："阳台。"

有点儿可爱的小许同学："多穿点儿衣服。"

有点儿可爱的小许同学："还有两分钟。"

小老师："好，你也是。"

有点儿可爱的小许同学："抗冻。"

江荞看着那句话，有些想笑。

十点整。

天上还是那几颗星星，江荞仰头看了一会儿，没有看到流星雨。

许肆的视频通话邀请弹出来，江荞接通，看到了镜头里的少年，他身穿灰色卫衣，怀里抱着黑猫。

"许肆，你冷不冷？只穿一件卫衣。"

"我抗冻。"

"好像今天看不到流星雨了。"

江荞话音刚落，就有几颗星星瞬间滑过漆黑的夜空，像是数道耀眼的白线。

"许肆，快许愿。"

"好。"

江荞连忙闭上眼睛。

许肆看着镜头里的江荞,也闭上了眼睛。

流星雨很快结束了,江荞拿着手机回房间,刚好碰见了出来喝水的田泠。

"荞荞,还没睡呀?"

"没呢。"

"早点儿休息。"

"好。"

简单说了几句话,江荞就回了房间。

视频没有挂,许肆听到了江荞和她妈妈的对话,觉得这两个人像是陌生人一样——说话很客套。

江荞重新将手机放在桌上,调整了一下位置,冲许肆开口:"做题吧,我看着你写。"

"好。"

"等下次考完试,就可以不写那么多了。"

"听小老师安排。"

许肆写完习题,已经是十一点多了。他看向镜头里的江荞,她低着头在看书,模样恬静又美好,他不由得多看了一会儿。

江荞从书中抬头,对上了许肆的视线:"写完了?"

许肆冲她点头,问她:"明天能不能麻烦小老师跟我一起去剪头发?"

"好。"

第二天中午,许肆在楼下等江荞。不一会儿,江荞走了过来。

她今天穿了一件浅紫色外套,下身是浅色牛仔裤,扎了一个"公主头",还夹了几个小发夹。

很温柔,不只衣服,还有她。

许肆留意到她手里拎着的东西,有几分疑惑:"这是什么?"

温柔至极

"饺子,热的。"

"小老师还记得呀?"

"记得。"一直记得,江荞又在心中补充了一句。

许肆坐在楼下的公园里,吃着保温桶里的饺子,冲她开口:"果然还是热的好吃。"

江荞没有说话，只是笑了一下，看着他继续吃饺子。
　　许肆一个不剩地吃完了，拎着那个保温桶，冲江荞开口："小老师陪我去剪头发吧？"
　　"好。"
　　理发店里。
　　许肆将买来的零食塞到她的怀里，从兜里掏出一瓶牛奶递给她："趁热喝。"
　　"好。"
　　许肆把自己的手机也塞给她："密码是你生日，里面有小游戏，你自己玩一会儿。"
　　"好。"江荞突然有些没反应过来——他是什么时候知道她生日的，她有些好奇，"你怎么知道我生日？"
　　"之前填资料的时候不小心看到了。"
　　江荞有些意外他居然看了一眼就记住了。她坐在旁边的沙发上，喝了一口牛奶，看着理发师给许肆剪头发。
　　许肆的手机弹出来一个电话，江荞拿着手机走到他面前："有人打电话。"
　　许肆扫了一眼备注："帮我接一下。"
　　"好。"
　　杨世昆的声音从手机里传来："肆哥，你在哪呢？"
　　"剪头发。"
　　"我去找你。"
　　"别来。"
　　杨世昆愣了一会儿，反应过来："肆哥是跟江学霸在一起吗？"
　　江荞听不见杨世昆说话，看到许肆看了一眼自己，说了一句"是"。
　　许肆挂断了电话，又把手机递回江荞手里。江荞玩了一会儿小游戏，抬头看到许肆冲自己走来了。
　　"走吧，小老师。"
　　"好。"
　　许肆将她手里的零食，还有装有保温桶的袋子都接过来。
　　两个人走了一会儿，江荞突然感觉不对劲，她一下蒙了。
　　"怎么了？"许肆看着她耳尖突然红了，有些窘迫地站在那里一动不动。
　　江荞有些局促，不知道该怎么开口。
　　"肚子不舒服？"
　　"嗯。"
　　许肆脱下身上的外套系在她的腰间："先去厕所。"
　　到了最近的厕所门口，许肆冲她开口："你等我一会儿，我很快回来。"

江荞站在门口，不一会儿就看到许肆提着一个很大的黑色袋子过来了。

许肆把手里的东西递给她："快去吧，我在外面等你。"

江荞一到厕所，打开那个袋子就蒙了——里面足足装了七八包不同牌子的卫生巾，她收拾好，才洗了手走出去。

一抬头，她就看到了等在外面的许肆。

她走到许肆面前，小声问他："你怎么买了那么多？"

"我也不知道你平时用哪个牌子，问了店里面的阿姨，她们说这几个好用，我就都买了。"

江荞有种说不出的感觉。

"肚子难受吗？"

"还好。"

许肆将兜里的暖宝宝掏出来，递给她："已经热了，你贴着吧。"

少年的语调温柔，看向她的神色也是温柔极了。

许肆看着她贴好暖宝宝："不逛了，吃个饭我送你回去。"

"好。"

吃饭的时候，许肆递给江荞一个小袋子："喝点儿，喝了肚子舒服。"

江荞打开袋子，看到里面的红糖小丸子，都不知道他什么时候去买的。

"许肆，外套我洗干净再还给你。"

"不用了，小老师，你就别碰凉水了，改天直接拿给我就行了，今天也别熬夜了，早点儿睡觉，我监督你。"

"好。"除了说"好"，江荞说不出别的话。

少年真是温柔至极。

四月十一日，周一。

"同学们，周三的理综考试我们要用合卷了，可能对于有些同学来讲是好消息，但是对于一部分同学是灾难，请同学们合理规划时间。"

"好！"

王霖说："听我表姐说，好像第一次用合卷考试，分数都会浮动。"

李静静道："我表哥说他本来平常三门加一起还能考一百六七十分，用了合卷以后，第一次考试一百分都没考到。"

"真的假的？"王霖忍不住感叹，"那我岂不是要考砸了？"

李静静瞥了他一眼："不信，上次考试之前说自己没怎么学，考完总分就增加二十分。"

"哎，你这人……"王霖说完，看着低头写题的江荞，问她："江学霸，第一次用合卷考试,你紧张吗?"

"还好,写过。"

"你有往年的试卷吗?"

"有。"江荞说完,掏出来一本试卷递给他。

王霖翻看了几张,看到一张做完了的试卷,他以为江荞没对答案,翻到后面才发现有红笔做的记号,原来是她只错了几道题。

"借我看一张,我用铅笔写。"

"不用,你直接写就行了。"

"谢谢同桌。"

"不客气。"

一下课,王霖看到许肆过来,自觉地离开了座位,跑到第一排去了。

许肆将一瓶牛奶放在江荞的桌上。

江荞拿起牛奶,发现还是温热的:"这才第一节课下课,你什么时候去买的牛奶?"

"早上带的,放在兜里暖的。"

"下次别这样了。"

"为什么?"许肆盯着她的表情,有些心疼。

"牛奶凉。"

"那有什么关系,总不能给小老师喝冷的。"许肆笑得有些痞气。

有预选了

周二,晚上。

"这次考完试,会有座位上的调动,前十名可以自由选择同桌和座位。进步大的同学,也可以自由挑选同桌和座位。"

杨世昆开口道:"比起考前十名,还是太阳从西边出来现实点儿。"

伍葳问方子新:"老方,我可以申请不坐在讲台左边吗?"

"那你坐讲台右边,换一下,不容易斜视。"

伍葳沉默了。

李静静回头冲江荞开口:"江学霸,同桌有预选没?如果没有的话,我以后想跟你坐同桌。"

王霖道:"李静静,你怎么挖墙脚还当面挖呢?"

"有什么不行?"

"我也想和江学霸坐。"

江荞看着两人你一言我一语快要吵起来,她开口道:"有预选了。"

"谁?"王霖和李静静同时开口。

李静静想不出谁那么早就已经问了江荞,她居然不是第一个。

"许肆。"

李静静沉默了几秒——她早该想到的,之前许肆跟江荞就是同桌,两个人看起来关系特别好。

最主要是许肆对江荞真的很不一样。

王霖问江荞:"那我可以预定下下次吗?"

李静静说:"王霖,你真不是人。"

江荞声音平静:"我可能以后都是跟他坐同桌。"

"既然坐不了同桌,那我抢一个前桌的位子也是好的。"

王霖点头:"我觉得也是。"他们是不敢跟许肆抢同桌的。

方子新低头看了一眼手机:"周五考完试,就直接放假了,老师们周六都要去听公开课。"

这话一出,底下的人就开始激动了。

周五这天,考试刚刚结束,方子新简单交代几句,就宣布放假了。

"肆哥,江学霸,我们去户外烧烤吧?"

许肆看了一眼江荞,问她:"想去吗?"

江荞点头。

超市里,许肆推了辆小推车,冲江荞开口:"你想吃什么随便拿。"

杨世昆是肉食动物,直接奔着海鲜水产生禽区域去了,购物车被塞得满满当当。许肆推着购物车去前面付钱。

江荞手快他一步付了款。

"谢谢小老师请客。"

杨世昆也道:"谢谢江学霸。"

郝明跟着开口:"谢谢江学霸。"

江荞看着他们每个人都提了一包东西:"我也拎一个吧?"

"不用了,你抱着元元就好了,太沉的话你就给它丢地上。"

"不沉。"

杨世昆打开房门,看到徐雁坐在沙发上看电视剧,他开口道:"妈,我回来了。"

徐雁头也不抬。

"妈,我还带了三个朋友。"

徐雁站起身,看到了门口的三个人,她笑道:"都快进来。"

她听到三声"阿姨好"，笑得仿佛脸上都快开花了。她看向后面的江荞："小肆，小明，哎，还没见过这个娃娃。"

杨世昆跟徐雁介绍："江荞，也是我们班的。"

徐雁激动地开口："我知道，我知道，是你们班第一。"

"妈，你还记住了？"

"总在排行榜第一名看到她的名字，就记住了。这娃娃成绩好，长得也这么好看。"

江荞被夸得有些脸红。

徐雁招呼三个人坐下。

许肆将水果放在桌上："这是给阿姨带的一点儿水果。"

"你们常来玩就行了，带什么东西。"徐雁说完，拍了一把杨世昆的脑袋："倒水去。"

"知道了，老是打我头，都不聪明了。"

"本来就笨。"

许肆说出今天来的目的："阿姨，我们今天想借用一下厨房。"

"什么借用不借用，直接用就行了。"徐雁看到他们手里拎着的食材，问他，"是要整烧烤还是出去野餐？"

"烧烤。"

"刚好家里有个烧烤架子，等下我送你们去玩。"

杨世昆端着几杯水过来了，有些不满："妈，怎么不见你对我这么好说话。"

徐雁瞪他："你闭嘴。"

喝了水，几个人就去厨房忙活了。

杨世昆看着郝明腌羊肉："大头，你怎么什么都会？"

徐雁说："是你什么都不会。"

杨世昆沉默了。

江荞在后面偷偷笑，她还挺羡慕杨世昆和他妈妈之间这种相处模式的。

就觉得是你

有了徐雁的帮忙，几人很快就将食材准备好了，她开车送四个人去目的地。

"阿姨，你跟我们一起吧。"

徐雁看向许肆，笑道："你们年轻人一起玩吧，我就不参与了，要不然你们玩不开。晚点儿你们结束，阿姨来接你们，送你们回家。"

"不用麻烦了，您早点儿休息，到时候我们自己回去就行了。"许肆开口道。

"那你们如果不好打车一定要给我打电话。"

"好。"

杨世昆跟郝明搭好了架子，杨世昆把炭放了进去，然后点燃。

"肆哥，江学霸，大头，你们想先吃什么？羊肉串可以吗？"

江荞应道："可以。"

杨世昆一边烤羊肉串，一边开口："新疆羊肉串，客官，来一串吗？"

"走开。"郝明瞪他。

江荞看看两人，又看了一眼许肆，笑了。

杨世昆烤了满满一大把羊肉串，分给三人："我再整个烤五花肉。"

晚风徐徐，吹在身上惬意得很。

"干杯！"

四个杯子碰在一起，江荞的那杯牛奶分外显眼。

烤五花肉在架子上"滋滋"冒油，许肆将五花肉拿下来，撒上烧烤调料，第一串先递给了江荞。

"好吃吗？"

江荞点头。

杨世昆笑道："这个料整得太绝了，别说五花肉了，烤鞋底子都好吃。"

"你想吃鞋底子？"

"怎么恶意解读呢？大头。趁着还没出成绩，好好玩，要不然等出了成绩，徐女士能揍飞我。"

"祝你好运。"

"怎么说话的？大头，你就不能祝我不挨打？"

"有点儿难。"

"你走开。"

空旷的烂尾楼，飘散着烧烤的味道，不时传来少男少女的笑声。

江荞很喜欢跟他们待在一起的这种感觉。

周日晚上，刚进班，同学们就告诉江荞成绩出来了。

江荞一如既往地发挥稳定——全班第一，全年级第二。

江荞翻着成绩单，找到许肆的名次，第四十一名，已经快挤进前四十了，考了三百多分，比上次进步了八名。

许肆这些天都学习到很晚才睡，每天都熬夜看书、写试卷、背单词，以及刷往年例题中的基础题目。

他的英语不算差，分数勉勉强强接近及格线，但是别的科目还需要加强。

许肆很聪明，记忆力也很好，只要是江荞画出来的知识点，基本上他都能记住，很多题也是她一点他就会了。

但是他落下的实在是太多了,所以只能从基础补起来,打好基础后,才能一点儿点儿地往上赶。

方子新看着成绩单上江荞的名次和成绩,火箭班的老师跟他提过很多次,想要江荞这个学生,但是江荞不愿意去好班,她还是想留在现在的班级。

火箭班里的学习氛围确实好一些,而且火箭班的学生最低分都有五百多分,而这个成绩在普通班可以排进前十,甚至前三名。

十七班又是普通班里特别差的,考五百多分以上的学生寥寥无几。

江荞是突然杀出来的一匹黑马,第一次考试总分就接近七百分。

只是……

方子新从第一天就知道她的情况,他打心眼里觉得难过和可惜。他看向坐在前排的江荞,她面容恬淡,乖巧极了。

无论从哪方面,她都挑不出来问题。

方子新收回目光,看了一眼自己手里的成绩单,随后他的目光落在第四十一名的许肆上,有些讶然。

之前不知道为什么,许肆主动找他调了座位,之后便看到许肆又回到了之前那种堕落的状态。他想起自己和少年在办公室里的谈话。

"你的成绩进步了,为什么突然提出不和江荞坐同桌了?"

"老师,我太打扰她了,影响她学习。"

听到他的说辞,方子新也无话可说。

方子新又想起这段时间,他每天下午都能看到两个人在班里学习,包括下课的时候,许肆也经常拿着试卷去找江荞问问题。

看到许肆越来越努力,他很欣慰。他感觉到了许肆的这番改变,应该是因为江荞。

方子新收回思绪,开口道:"你们都先出去吧,重新排座位,一个个进来,我喊名字。"

第一个被喊进来的是江荞,方子新问她:"你想坐哪里?和谁坐?"

"最后一排,许肆。"

方子新闻言往外面看了一眼,喊道:"许肆,进来,坐在江荞旁边。"

江荞坐在了许肆的座位上,许肆把她的椅子搬了回来,紧跟着坐下。

"王霖,你坐哪里?可以选一个同桌。"

"我坐倒数第二排,同桌选李静静吧。"

王霖说着,就坐在了许肆前面。李静静坐在了江荞前面,刚坐下,就跟王霖开口:"算你识相。"

王霖只是笑笑。

杨世昆看着自己想要的位子就这样没了，愁容满面。怎么那个位子这么抢手了？

陆陆续续念了二十多个名字，杨世昆听见了郝明的名字。

"老位子，同桌杨世昆。"

杨世昆屁颠屁颠地跟着郝明进去了，他小声问郝明："大头，你这次怎么也进步那么多？你背着我学习了？"

"我是光明正大学的。"郝明看着他，"到时候肆哥和我都考走，你别哭。"

"那我从今天也开始学。"

罗星还跟原来的同桌坐在一起。

到了搬桌子换座位的时候，许肆搬着江荞的桌子往后面一排走，江荞拎着自己的书包跟在他后面。

许肆拿过她手里的书包："我背着。"

"我拿吧。"

"没事，我背。"许肆背着她的粉色小书包，搬着她的桌子就往后排走。

搬完桌子，他又折回去把江荞的书箱子给搬了过来。

李静静看着两人，感觉自己之前认识的许肆是假的。

肆哥不是不跟女生讲话又不近人情的吗？狠厉又冷漠。好像在江荞面前统统都没有了。

许肆将江荞的东西放好，然后看着她坐下，托着下巴冲她笑。

他终于又如愿以偿和江荞坐了同桌，嘴角抑制不住地向上翘。

"之前就想问，上次我的桌子是你搬的吗？"

"是。"

"我知道是你。"

许肆看她："为什么？"

"就觉得是你。"

生日快乐

六月到来，空气闷热，蝉鸣聒噪，学校道路两旁的梧桐枝繁叶茂，散发着勃勃生机，一片绿意盎然。

不知不觉，江荞已经来这所学校快一年了。

两个人每天都一起刷题，虽然很枯燥，但是只要看到江荞，许肆就会觉得这样的生活很充实，很美好。

六月十七日，这天是周五。

"小老师，习题写完了。"

江荞看了一眼时间，晚上十一点了，她问他："你洗漱了吗？"

"洗漱过了，我还有点儿事，今天先提前说晚安了，小老师。"

"好，晚安。"江荞挂断了视频电话。

临近十二点，江荞有些困了，她洗漱完，从浴室出来，从抽屉里掏出来今天要吃的药。

她将药倒在手心里，丢进了嘴里，又喝了几口温水，才将药彻底咽了下去。

她听到手机响了几下，已经是十一点五十八分了。

江荞看到许肆发过来的信息。

有点儿可爱的小许同学："小老师，你要睡了吗？"

小老师："有点儿困了。"

有点儿可爱的小许同学："往楼下看，小老师。"

江荞拉开窗帘，看到了楼下的少年，他穿着米白色的短袖，手背在后面。

十二点整，少年将身后的小蛋糕拿了出来，上面还插着一根蜡烛。

她听不到他说了什么，凭嘴型判断出他好像在说："生日快乐。"

许肆的语音电话拨了过来，江荞将手机放在耳边，听见少年染着笑意的声音，他说："生日快乐啊，小老师。"

江荞披上一件外套就往楼下去。

"欸？小老师？你那边怎么有电梯声？"

许肆话音刚落，就看到江荞冲他走过来了。他捧着蛋糕，笑道："生日快乐呀，小老师。"

江荞从未想过，能有人大晚上赶来她家楼下，只为了来跟她说一句"生日快乐"。

"我很开心呀，许肆。"江荞看他只穿了一件短袖，问他，"你冷不冷呀？"

虽然已经六月了，但是晚上温度低，微风还带着凉意。

许肆摇头："不冷的，小老师。"

江荞想脱下来自己的外套给他，又觉得自己的外套对他来说太小了，她轻声开口："下次出来，你多穿点儿。"

许肆看着她，眼底尽是温柔："好，快回去吧，小老师，礼物明天给你。"

他没想过江荞会下来，他只是想跟她说一声"生日快乐"，所以晚上过来时根本没有带礼物。

"好。"

江荞回到楼上，看到了很多人发来的信息。

阿许："祝我家小朋友十七岁生日快乐！！"

姜知许还转了五百二十一元给她。

阿许："生日礼物明天给你，小朋友早点儿睡觉！"

小别兔："谢谢阿许，你也早点儿休息。"

阿许："生日红包！不许不收！收了快睡觉。"

江荞收了她的转账，又叮嘱了她几句。

江荞退出两个人的聊天页面时，才发现许肆给她连着发了十七个红包，分别代表从一岁到十七岁。

之后还有两个转账，分别是二百二十元和二百八十四元，江荞不知道这两个数字有什么含义。

有点儿可爱的小许同学："小老师，生日快乐！！"

小老师："今天真的很快乐。"

除了姜知许和许肆，罗星、郝明、杨世昆、沈沫和刘妈也在整点的时候给她发来了生日祝福。

这一晚上，江荞收到了很多人的祝福，却独独没有田泠和江知恩的。临睡前她又看了一眼微信，还是没有。

应该是不会有信息了，他们不记得也正常，毕竟没有一次她的生日他们是在场的。

每次都是刘妈提醒过后，他们才给她转账，然后发一句冷冰冰的"生日快乐"。

其实有没有他们的祝福，也都无所谓了。

许肆又发来信息，他让她把红包都领了。

第二天一早。

江荞刚走出房间，就听到田泠的声音："今天早上做面吃吗？"

"今天是荞荞的生日，给她煮碗长寿面。"

田泠闻言面色有些尴尬，她抓起手机看了一眼，今天是农历五月十四，江荞的生日，她给忘了。

江荞将两个人的对话一字不落地听了进去，她面色淡然地走了出去，进了卫生间去洗漱。

她不相信如果用心去记会记不住一个时间，如果记不住，那就是不在意，根本没有放在心上。

江荞从一开始的期待，到之后一次又一次的期待落空，早就已经习惯失望了。

每次都是对着空荡荡的桌子，只有刘妈捧着蛋糕给她唱生日歌。

再后来，就是刘妈和姜知许一起给她唱生日歌。

江荞再也不是那个期待爸爸妈妈回来陪她过生日的小孩了，她满足于现状，不再期待任何曾经让她失望的事。

让你失望的人，怎么可能只让你失望一次？不抱有期待，就不会觉得遗憾和失落。

江荞从卫生间出来，听到田泠开口："荞荞，等下把转账收了，妈妈忘了你生日。生日快乐，宝贝。"

江荞应道："好。"她在餐桌前坐下，刘妈端来了那碗长寿面，上面还盖了两个煎蛋。

田泠坐在她对面，有些没话找话："荞荞，今天中午回来，爸爸妈妈带你去吃个饭吧，之前太忙了，还从来没有给你正儿八经地过过一次生日。"

江荞夹面的筷子顿了一下，她低着头，看不清表情："不用了，我和同学一起过就好了。"

"晚上也行，晚上爸爸妈妈带你出去玩。"

江荞戳破了碗里的鸡蛋："那也行。"

……

江荞一进班里，突然很多同学冲出来跟她说：" Surprise（惊喜）！生日快乐！江学霸！"

她足足愣了几秒钟，才反应过来。

她第一反应是去看坐在后排的杨世昆。

杨世昆对上她的目光，心虚地把头转开了。

江荞微微红了耳尖，她轻声冲同学们开口："谢谢！"

唯一的一朵玫瑰

江荞回到自己的座位上，看到自己桌上大大小小的礼物盒，有一瞬间蒙了。

杨世昆笑嘻嘻地开口："江学霸，底下的是我送的。"

郝明开口道："最显眼、最丑的就是他送的。"

"去你的，大头，你的才是最丑的，我的颜色多好看。"

江荞冲两人笑道："谢谢。"

每个盒子上都贴了便笺，写明了是谁送的。

她在原来学校的时候，待的班级是尖子班，班里的人下课也不出去，每天讨论最多的就是学习。虽然很有学习的氛围，但是很压抑，每个人都像是学习机器。

江荞几乎适应了那样的生活状态，她那时候的同桌跟她说："我很累，撑不下去了。"

第二天，她的同桌就休学了，听说去外地旅游去了，江荞佩服她的洒脱和勇气。

得知自己得病后，江荞很长时间都处于迷茫状态。高一结束的时候，她提出去自己想去的城市。

虽然别的班同学和老师都说十七班很乱，但是江荞在这里待了将近一年，感受到的只有温暖和善意。

她很喜欢这种氛围，也很庆幸自己当初来了这里。

江荞一直都活得规规矩矩，从来没有做过出格和叛逆的事，看起来很乖，性子也是温温柔柔的，然而实际上，她倔强、执拗，也向往自由，骨子里带着韧劲。

"小老师，生日快乐！"许肆将手里的东西递给江荞。

江荞笑道："很快乐。"

桌子上有一个盒子分外显眼，江荞抽出来那个盒子，上面没有贴标签，不知道是谁送的。

江荞打开盒子，里面是一封信。

浅紫色的信封，封面上贴着一枝干掉的薰衣草。许肆看到那封信，立刻察觉出了不对劲。

"江同学，见字如面。"

许肆看到了第一行，和抬头的江荞对视上，把头转了过去："我不想看。"

江荞笑道："给你看有点儿不礼貌，我先看看写了什么。"

"你看吧。"许肆酸溜溜地开口。

他一直盯着江荞的表情。

信的内容很长，江荞足足看了几分钟。

> 江同学，见字如面。
>
> 首先要祝你十七岁生日快乐，希望每一岁的你都能活在自己的热爱里，也祝你前程似锦。
>
> 我知道给你写这封信可能有点儿冒昧，可我想了又想，不勇敢一次，大抵是会遗憾的。
>
> 所以我想让自己勇敢一次，请你原谅我的唐突。
>
> 第一次在书店遇见你的时候，你穿着蓝白色的校服，扎着高马尾，很惊艳很惊艳。
>
> 那天的惊鸿一瞥给我留下了很深的印象，后来书店里的每一次偶遇其实都是我的蓄意为之，我试图引起你的注意，但是你似乎从未注意过我。
>
> 运动会那次要联系方式，也根本不是因为想要跟你讨论问题，我承认我动机不纯，用这般拙劣的借口骗了你。
>
> ……
>
> 江同学，我们以后去同一所大学，可以吗？
>
> 我希望后会有期，如果你有了一起努力的人，那么我很抱歉打扰了你。
>
> 最后，还是要祝你生日快乐。

署名是一个"夏"字。

江荞看了署名就知道这封信夏辰安写的,她将信纸叠好装进信封,重新放回了盒子里。

许肆还是好奇:"男生女生?"

"男生。"江荞冲许肆开口,"手机能不能借我用一下?我给他发个信息。"

许肆不情不愿地掏出手机——江荞看了别的男生写给她的信,现在还要用他的手机给那个男生发信息。

哼。

江荞给夏辰安发了个信息:"谢谢你的生日祝福,但是礼物我不能收,也祝你前程似锦。"

她发完信息,将那个盒子递给许肆,开口道:"还要麻烦你帮我去一趟了,之前那个班,帮我把这个盒子给那个男生,让他还回去。"

"为什么?"

"我和他没那么熟,当然不能收他送的礼物。"

许肆抱着盒子出去,觉得外面的风都是甜的。

中午,某饭店包厢。

江荞坐在中间,姜知许替她戴好生日帽,把一个蛋糕放在桌上。

姜知许笑道:"我不知道你同桌也买了蛋糕,买重了。"

"没事。"

许肆将蜡烛插在蛋糕上,点燃了蜡烛。

包厢的灯被关上,许肆和姜知许一个人捧着一个蛋糕。

"快许愿,小朋友!"

"许个愿吧,小老师。"

罗星在一旁拍照片。

江荞双手合十,许下愿望,五个人一起围着江荞给她唱生日歌。

吹灭蜡烛,江荞莫名有些眼眶湿润。

她希望她在意的人都能健康快乐,无灾无难。

本来还在吃蛋糕,吃着吃着就情况突变——杨世昆抓着郝明,把奶油抹在他的脸上。

两个人的"战况"愈演愈烈,江荞看着两个人都被抹得满脸奶油,笑弯了腰。

她的这个生日,过得很热闹,也很快乐。

晚上,江荞提着礼物回到家,刚进门就听到一声:"Surprise!"

她有些愕然,看到屋里的装扮,客厅里装饰了很多气球,还有用贴纸贴的图案。

江知恩开口道:"生日快乐,荞荞。"

田泠捧着一个蛋糕:"这是妈妈做的蛋糕。"

江荞笑得很甜:"谢谢爸妈。"

若是之前他们两人给她这样过生日,她不知道会多么开心。

可如今,她心中很平静,却还是冲两个人甜甜地笑了。

切完蛋糕,唱完生日歌,江荞吃了一小块蛋糕,像是走流程一般,结束后她就提着礼物回了自己的房间。

江荞收到了夏辰安的信息。

夏辰安:"在我意料中,也算没有遗憾了。如果他做不到,我还会回来的。"

江荞:"他不会,他很好。"

夏辰安:"那就好。"

江荞坐在床上,挨个拆礼物,姜知许送的是一条裙子,罗星送的是一本手账本和一个兔子玩偶……

拆完别人的,江荞才开始拆许肆送的礼物。

那是一个精致的小盒子,里面是一条银色手链,上面坠着一朵雕琢精细的小玫瑰花,将开未开。

江荞不知道,许肆跑了很多家店,才终于找到一家可以定制手链的银器店。他将图纸交给银匠,等了好几天,才等来这条手链。

在许肆心中,她是他贫瘠的荒原里开出的唯一一朵玫瑰。

骄傲又美好。

就连世界上最美好的词也不足以形容她。

拜拜

高二下学期期末考试,许肆进了前四十名,这也是他第一次总分达到了四百分。

但是他和江荞之间的差距还是很大。

他需要再努力一点儿,更努力一点儿。

七月初,班里挂上了高考倒计时的大牌子,上面写着:"距离高考还有三百四十三天。"

大家终于感受到了高考即将来临的紧张气氛。

暑假前倒计时的天数还是"三"开头,暑假后就变成了"二"开头。

何国士天天嚷着备战高考，一遍又一遍地给高三的每个班做思想工作。

八月二十八日。

距离高考还有二百八十三天。

一个暑假过去，许肆的成绩突飞猛进，在开学后的第一次考试中直接冲进了班级前二十名，班里很多老师也注意到了他的进步。这完全归功于这个暑假，他一直在刷江荞给他买的试卷。

不过，自从许肆在期中考试时第一次突破了五百分大关之后，他的成绩就难以有大的进步了。

许肆有些着急了，他想追上她的脚步，绝不能仅仅止步于此。

江荞告诉他："要取得高分，就不能只研究透那些基础题了。"

许肆做了一次江荞平常做的题目，知道什么叫作天差地别。他切切实实地感觉到两个人之间还有很大的差距，他写着写着卷子，就不自觉地揪起了自己的头发。

江荞轻轻地扯下他的手，语气温柔："都是一步步来的，不是吗？你现在已经比之前进步了三百多分。"

许肆想起自己之前考的一百多分，点头道："我知道了。"

二〇一七年一月十六日。

江荞的身体状况愈来愈糟糕，复发的次数也越来越频繁，每天后半夜都会在疼痛中醒来。

在十二月的一次化疗时，医生建议她即刻休学，并且告诉她，她之后的日子都要在医院度过了，她却说再等等。

六中获得了几所大学的保送名额，其中有一所学校就是Q大。

这天，江荞被方子新叫去了办公室。

"江荞，今年学校有四个保送名额，其中一个名额给了你，你下学期就可以不来学校了。"

方子新也担心她的病，之前就劝她不要强撑着待下去，但是她想留下。

"方老师，麻烦跟学校说一声，我放弃这个保送名额。"

"为什么？"

江荞看到窗外路过的同学，又收回了目光："还是留给更有希望的人。"

"江荞，这个名额原本就是你的。"

江荞看向他，平静地陈述事实："高一那年，医生就告诉我，我活不过三年，我也了解我的身体状况，我没有念大学的机会，所以还是把名额留给别人吧。"

方子新不知道自己该说什么。

"谢谢方老师这段时间帮我保守秘密，我能不能请您帮个忙？"

方子新对上她看过来的视线："你说。"

"麻烦老师帮我把这个秘密继续保守下去。"

"你是说……告诉他们你被保送了？"

江荞点头："是。"然后她垂下头，轻轻地说了一句话，"我可能会偶尔来学校。这一年，麻烦您了。"

哪里是麻烦呢，若不是因为江荞，他们班不可能会有那么大的改变，就连许肆都像变了一个人。学校更不会多次在会议上表扬他们班的进步。

方子新点头："我会的。"但他还是问出了自己的疑惑，"为什么不告诉同学们这件事？"

"我不想让任何人知道这件事，不想他们为我担心。"

一开始瞒着这件事是因为她想像正常人一样，不想看到别人怜悯的目光，不想同学们因为她活不久了处处让着她，或者对她好。

渐渐地，她真的喜欢上了十七班这个大家庭，还有那个少年。

方子新看向她，认真开口："老师会帮你保守这个秘密。"

"谢谢您，方老师，这一年，我和大家相处得很开心，我很喜欢我们班。"

江荞恍惚之间仿佛回到了二〇一五年的夏天，她被方子新带进班，和最后一排的少年撞上了目光。

那时候她觉得这个少年似乎不太好相处，后来才发现，他是一个很温柔很温柔的人。

下午开班会时，方子新通知了这件事："今年我们学校给了四个保送名额，其中一个名额给了江荞同学，她直接保送Q大，之后，她就可以不用来学校了。"

同学们都打心眼里替江荞开心。

这一天，很多人问江荞她还会不会来学校上课。

江荞告诉他们："会来，但是不会经常过来了。"

她收到了很多同学的留言条、糖果和零食，甚至很多还是没有和她说过几句话的同学送的。

罗星一副要哭的样子，江荞安慰她："我会偶尔过来的。"

"就是舍不得你，荞荞。"

沈沫听到消息以后就跑来十七班找江荞。

"恭喜呀，好学生。"

江荞笑道："谢谢。"

沈沫看着她："能抱一下吗？"

江荞张开胳膊抱住她："当然可以。"

"Q大我这辈子是考不上了，你被保送，我能跟我别的朋友吹一辈子。"

江荞看着她，笑容更加灿烂了。

晚自习下课。

许肆背着江荞的粉色小书包，怀里抱着她的书箱子："小老师就在家好好休息吧，我一定一定会追赶上你的脚步。"

杨世昆和郝明也跟在一旁帮江荞搬东西。

江荞看着许肆，说："好。"

"还真有点儿舍不得小老师呢。"

江荞没来由地鼻头一酸："我会来看你们的。"

"我等小老师。"许肆笑弯了一双眼睛，"小老师相信我吗？"

"信。"许肆在她眼里几乎是无所不能的。

"有小老师这句话，我今晚要多学半小时。"

"好。"

"如果我能突破六百分，小老师能抱我一下吗？"

江荞看着他："可以。"

许肆一双黑眸里盛满了笑意。

江荞的所有东西都搬上了车，她冲许肆他们三人轻轻地挥了挥手："拜拜。"

梦中没有病和痛

一月十八日。

江荞穿着宽大的病号服，看着窗外。

窗外那棵树也不知怎么了，突然之间就枯死了。

她很快又要化疗了。

她突然想起了高一化疗时，她躺在一间跟这间布局差不多的病房里。那时候她刚开始接受化疗，心态很差，她常常想，好像也没什么遗憾的事，就这样走了也挺好的，与其痛苦地活着，不如安然地死去。

她会偷偷拿着玻璃碎片发呆。可是她有些舍不得刘妈和姜知许，她试图麻痹自己，不让自己闲下来。

江荞不知道的是，那天刘妈看到她拿着碎玻璃片发呆的时候，无法抑制地哭了起来，但刘妈擦干眼泪，装作什么都没有发生一样。只是那天，刘妈看着她吃饭，突然说了很多很多话。

刘妈说到了很久很久之前的事。

刘妈早些年过得并不好，家里人嫌弃她生不出儿子，说要把她赶回娘家。刘妈说她一直记得，江荞才三年级时，就说："你跟他离婚，我有钱，我以后养你。"孩子气的话让刘妈忍不住哭了起来。

江荞上初一时，刘妈和那个男人离婚了。那个男人却因为面子，说是自己不要刘妈，还在村子里败坏刘妈的名声，说她不检点。

平日里的江荞乖巧、文静，甚至一句脏话都说不出，被别人欺负，也最多说出一句"讨厌你"。可江荞知道这件事之后，跑去追着那个男人骂了半个村子，句句犀利，让那个男人一句话都说不出。

刘妈早就把她当成了自己的亲生女儿。而江荞也早就已经把刘妈当成了自己的亲人，对她很信任，也很依赖。

那天晚上，刘妈不敢睡觉，偷偷过来看她，看着她恬淡的睡颜，忍不住哭了起来。其实江荞没睡着，她听见了刘妈低低的啜泣声，在刘妈出去后，她丢掉了那块碎玻璃。

……

许肆旁边的座位空了出来，他把江荞的照片夹在书里，一低头就能看见，好像江荞还在旁边监督他一般。

他偶尔会盯着照片发了会儿呆，然后继续写题。

江荞告诉他这两天有事，不能经常看手机。

许肆便自顾自地把班里的很多事说给她听，也不是为了得到回应，只是看到任何有趣的事，都想分享给她。

一月十九日。

江荞又昏睡了一天，她的身体状况越来越差了。

刘妈变着花样地给她做饭，她也只能吃下一点儿。

她看着手机上许肆发的信息，直接拉到了最上面。

有点儿可爱的小许同学："小老师，今天的晚霞有点儿好看。"

有点儿可爱的小许同学："又是被物理题折磨的一天。"

有点儿可爱的小许同学："为什么小老师你不讨厌物理？"

有点儿可爱的小许同学："今天我比平常多做了一套卷子，想要小老师的夸奖。"

有点儿可爱的小许同学："我知道你在忙，要是有空看一眼信息就好了。"

……

江荞越往下翻，心里就越难过，缓了许久，她才开始一一回复许肆。

小老师："晚霞很好看，可惜没看到。"

这条信息才刚发出去，许肆就发来了消息。

有点儿可爱的小许同学："不用一句一句回复我，你看到了信息就行。"

小老师："今天的你也很棒。"

这句是回复前面的那句"想要小老师的夸奖",明明是哄小孩子的语气,但是许肆很受用。

有点儿可爱的小许同学:"今天可以开视频吗?想看看小老师。"

江荞看了看四周,然后回复他。

小老师:"已经关灯了,可以打视频,我看你写作业。"

许肆调整好手机的位置,然后冲她笑。

江荞也忍不住跟着他笑。

"小老师,那我开始写作业了。"

"好。"

许肆一直低着头写题,江荞只能听到沙沙的写字声。

"许肆。"

"我在,你困了吗?小老师。"

"没有,就是喊你一声。"

许肆从书里抬起头:"等会儿你就睡觉,我继续写试卷。"

"我看着你写。"

"好不容易现在不用每天刷题了,你别熬夜,对身体不好。"

江荞开口道:"好。"

许肆还是保持着原来的习惯,写着写着偶尔会抬头看一眼,虽然看不到江荞,但是听到她的声音,他还是觉得很安心。

将近十一点的时候,许肆将手机拿起来,冲江荞开口:"快休息,小老师。"

"好。"江荞看着手机里的少年,有些出神。

"晚安,小老师。"

"晚安。"

挂断电话后,许肆在嘴里塞了一颗薄荷糖,继续刷题。

不知不觉就夜深了。

许肆拿起手机,看了一眼时间,已经是午夜十二点了,这些时日他每天都是这样。

江荞翻来覆去根本睡不着,她疼得浑身冒汗,几乎是蜷曲在床上,素白的手指抓得床单都皱了。

她抓起桌上的止疼药,还没拧开盖子,药就掉在了地上。

刘妈就守在她的隔壁床,她慌忙起身给江荞倒水,捡起地上的药,将药倒在手心里,喂到她嘴边:"荞荞,你是不是难受?"

江荞已经疼得说不出话来,吞了药就闭上了眼睛。

刘妈轻轻拍了拍她的手,像她小时候一样哄她睡觉。她想用手去抚平江荞紧皱的眉头,却发现怎么也抚不平。

一直到后半夜，江荞紧皱的眉头才慢慢舒展开。

她身体的一些器官已经开始衰竭，甚至不用医生说，她也清楚，她没多少时间了，最多也就只有几个月了。

不知道是做了什么梦，梦里没有病和痛。

她的嘴角轻轻翘起。

一起跨年

一月下旬。高三学生开始放假，只有十天假期。

江荞搬回了家里，她不喜欢医院消毒水的味道，更不喜欢那满屋子的白色，在那里她只能感受到满满的压抑和束缚感。

一月二十六日。

"同学们，祝你们寒假愉快。"

"老方假期快乐！"

发完了试卷，嬉笑热闹过后，同学们都开始收拾东西准备回家了。

第二天就是除夕夜。

许肆收拾完东西，将桌上的那张照片小心翼翼地拿起来，揣进了羽绒服的内兜里。

"肆哥，肆哥，我们今年一起守岁吧。"

"你们不陪家人？"

杨世昆咧着嘴笑："高考前再玩最后一次，疯最后一次。"

许肆开口道："好。"

他给江荞发了个信息。

有点儿可爱的小许同学："放假了，十天。"

小老师："好。"

接着，许肆和江荞几乎是同时给对方发了一条消息。

有点儿可爱的小许同学："今年一起跨年吗？小老师。"

小老师："今年一起跨年。"

许肆盯着手机屏幕，笑了起来。

杨世昆跟在许肆后面，看着少年染着笑意的眸子："肆哥，肆哥，江学霸跟我们一起跨年吗？"

"一起。"

郝明听见他兴奋的话，看向他，语气疑惑："老杨，跨什么年？咱不是跨过年了吗？这叫守岁。"

"我呸,这叫跨年。"

"这明明就是守岁。"

两个人因为跨年还是守岁拌起了嘴,许肆看了一眼两人。

简直是小学生吵架现场。

杨世昆跟郝明争执了一会儿,谁也不服气谁。

"肆哥,肆哥,这明明就是跨年好吧,大头他非说是守岁。"

一瞬间,两个人都目光灼灼地看向许肆。

"各地习俗不一样,叫法也不一样。"

杨世昆闻言立刻硬气起来:"听见没有?大头,我没说错,只不过是每个地方叫法不一样,徐女士和我说这是跨年的。"

"好、好、好,你没说错。"

杨世昆哼了一声。

一月二十七日。

江荞匆匆吃完了年夜饭,冲两人开口:"我出去了,今天晚上和同学一起跨年。"

田泠抬头看了她一眼,开口道:"注意安全。"

江荞乖巧地应道:"好。"

江知恩问她:"钱还够吗,我再给你转两千块钱,你和同学好好玩。"

"够,不用转。"

江荞戴好手套,穿上鞋就准备走了。

刘妈将架子上的围巾拿下来,追在她后面喊道:"戴上围巾,荞荞,外面风大。"

"好。"江荞接过刘妈手里的围巾,又折回来取下另一条围巾。

刘妈从兜里掏出钱想要塞进江荞兜里,江荞小声开口:"我真的有钱,不用给我。"

"外面很冷,别冻到了。"

"不会的。"

"你晚上还回来吗?要不要我去接你?"

江荞想了一下,应道:"不用了,我自己回来就好了,你早点儿休息。"

"好。"

三个人早就等在了楼下。

许肆怀里抱着猫,看着江荞手里的围巾:"给我的吗?小老师。"

江荞看着他脖子上的围巾:"是。"

许肆拿走她手里的围巾:"我不介意再多围一条。"说着,他就把围巾绕在了自

己的脖子上。

元元"喵喵"地叫了几声，试图引起江荞的注意。

江荞注意到它身上的衣服，是她去年买给它的，穿在身上很喜庆，很可爱。

江荞揉了揉它的脑袋："真可爱。"

元元蹭了蹭江荞的手心，就要往她怀里去。

许肆按住躁动不安的它："别乱动。"

江荞笑道："我来抱吧。"

就这样，元元如愿以偿地钻进了江荞的怀抱。

罗星家里聚餐，她出不来，姜知许还要晚几个小时才能来，所以四个人准备先去看电影。

电影票是提前订好的，散场时刚好十点多。

他们看了一部喜剧电影，江荞全程不知道被逗笑了多少次。

许肆偏着头，看着她染着笑意的眸子，心中一片柔软。

江荞察觉到他看过来的视线，冲他笑："除夕快乐！许肆。"

"除夕快乐，小老师。"

电影院里很热闹，笑声不断，两个人的眼睛里映着对方，只有对方。

电影散场的时候，姜知许赶来了。

她穿着黑色的大衣，长长的卷发披散在肩上，红唇雪肤。她一看到江荞，就给了她一个大大的熊抱。

江荞趴在她怀里笑："阿许，你终于来了。"

"那边太忙了，后面的单子我都给推了。"

她同其他三个人一一打招呼。

许肆礼貌地冲她点头。

杨世昆自来熟地开口："你好，美女。"

姜知许笑道："你这朋友还是这么嘴甜。接下来我们是去哪里？"

杨世昆嚷道："放炮，放炮，过年怎么能不放炮？"

烂尾楼。

姜知许看着江荞笑得眼睛弯弯，也跟着笑了，她注意到许肆的目光一直落在江荞身上，眼神温柔极了。

五根仙女棒一起点燃，闪着金光，就像是天空中闪烁着的无数小星星一般。

短暂的绚丽以后，剩下光秃秃的一根棍子。

杨世昆冲几个人开口："我放个好玩的。"

郝明看着他手里的东西："你那买的什么玩意？"

"这你就不懂了吧？'加特林'烟花。"

杨世昆点燃了手里的烟花，半天没有反应，他刚想看看是怎么回事。

突然一声响，一道白光冲了出来，紧接着是无数道白光，烟花在夜空中炸开，绚烂无比。

杨世昆冲几个人开口道："也算是小烟花，好看吧？"

"好看。"郝明很给面子。

江荞也道："好看。"

足足放了好一会儿才结束。

姜知许从袋子里掏出来一个细长的，有些好奇："这个是什么？"

杨世昆道："就是 più bèng！"

姜知许没忍住笑了："是叫这个名字吗？"

杨世昆挠头，有些尴尬地开口："我也不知道，虽然每年都玩，但是我真不知道名字。"

看着姜知许在手里拿着就要点燃，杨世昆拦住她："别、别、别。"

"怎么了？"

"容易伤到手，你插在地上，插在地上玩。"

"好，我试试。"

姜知许将棍棍插进泥土里，然后点燃了引线。

声音果然跟杨世昆描述中的一模一样。

"我试试在手里玩一个。"姜知许说完，又拿了一根，在手里点燃了，丢在了地上。

小许同学

仿佛长了眼睛一般，那东西一下子窜到了杨世昆脚边。

杨世昆说："刺激，我也来玩一个。"

许肆拉拉江荞的袖子："站远点儿。"

江荞跟着他后退了几步。

杨世昆和姜知许玩得不亦乐乎。

"这个是什么？"江荞拿了一个圆柱形的炮，有些好奇。

"就是那种可以炸出来好多金花的，试试吗？"

"好。"

许肆看着她点燃了引线，噼里啪啦的金花炸出来，璀璨夺目。

火树银花，姹紫嫣红，短暂的绚烂以后只剩下淡淡的金光。

杨世昆看了一眼手机，开口道："家人们，家人们，还有一分钟就过年了。"

"还有五秒！"

"五。"

"四。"

"三。"

"二。"

"一。"

五个人几乎是异口同声："新年快乐！"

抬头是火树银花，烟火绚烂，身旁是令人心动的少年和朋友们，江荞看向许肆："新年快乐，许肆。"

"新年快乐，小老师，不只今年，还有以后的岁岁年年。"

江荞的心似乎是被最后四个字烫了一下，她弯起唇角，冲许肆笑了，她明明在笑，却觉得鼻子发酸。

许肆看着她甜软的笑，真想伸手抱抱她。

"许肆。"

"我在呢，小老师。"

似乎她每一次喊他的名字，他都会说"我在"。

"这段时间辛苦了。"江荞把许肆的努力看在眼里——他每天刷题都刷到深夜，眼底都熬出了黑眼圈。

"我不辛苦，倒是小老师还要陪我。"

"你进步了很多，很棒很棒。"

"多亏了小老师的帮助。"

江荞自知她只是提供了一些方法和学习资料，所有的努力都是他自己付出的，她轻声开口道："是你自己努力的结果。"

可若是没有她，他也不会从那种状态转变出来。

若是没有她的一步步引导，若是没有她当初不放弃他，绝不可能有他的进步。

杨世昆点开班群就看到了方子新发的信息。

方子新："新年快乐@全体成员。"

底下是清一色的刷屏——新年快乐。

方子新："送大家一份新年礼物。"

接着他将期末考试成绩单放到了群里。

班级群一下炸了。

王霖："真'新年礼物'。"

伍葳："回家挨打大礼包，你值得拥有。"

杨松岳："不看，睡觉，怕挨揍。"

李静静："家人们，我先看为敬。"

"真刺激，老方在群里发成绩了。"杨世昆开口道。

许肆打开手机，察觉到旁边的脑袋凑了过来。他还没点开成绩表，杨世昆就喊道："肆哥进前十了！"

许肆点开成绩单，看到自己的名次刚好在第十名，总分五百五十六分。

"很棒，许肆。"

许肆看了一眼各科分数，虽说已经进步了很多很多，但是还不够。

江荞伸出手，他低下头来。江荞揉了揉他的脑袋，许肆听见她温柔的声音："小许同学进步很大，值得表扬。"

许肆笑道："革命尚未成功，还需努力。"

听她喊自己"小许同学"，他莫名心里痒痒的，像是小钩子挠在心尖一样。

杨世昆自从踏入高三也开始好好学习了，他看了一眼自己的分数，接近四百分，他又看了一眼郝明的分数，四百五十多分。

郝明说："还能冲二本。"

杨世昆瞬间来了干劲："带我一起学，肆哥学得太疯了，我跟不上，照那样学我会累趴的。"

"好。"

"去吃夜宵吗？"杨世昆问几人。

"走啊！"姜知许笑道。

已经是凌晨两点多了，所有的铺子都关门了，只有大排档还亮着灯。

"女士优先，你们点。"

江荞跟姜知许点了几个菜，又将菜单递了回去。

许肆给江荞点了一杯热牛奶，他的所有动作都落在姜知许眼里。

姜知许看得出，他是一个很细心的人，最主要是对江荞很好。

菜很快就上齐了。

五个杯子碰在一起。

"新年快乐！"五个人几乎是异口同声。

江荞边吃饭边看着四个人玩游戏。

许肆玩游戏还不忘将剥好的虾放在江荞碗里，这一幕也落在了姜知许眼里。

她想，如果江荞没有生病的话，或许两个人未来会走到一起。

凌晨四点多，五人道别，准备各自回家。

许肆看向姜知许："我们送你回去。"

姜知许笑道："不用了，我自己坐车就行了，你送荞荞回家就好了。"

虽然这么说，许肆跟江荞还是看着她上了出租车。

姜知许冲几个人摆手："拜拜。"

江荞冲她笑着挥手："拜拜。"

"肆哥，我们也回去了，你跟江学霸路上慢点儿。"

"好。"

杨世昆和郝明也打车离开了。

许肆看着江荞："走吧，我们也回去。"

"好。"

许肆突然停下脚步，低下头凑近了些，江荞看着突然凑近的脸，一瞬间忘了呼吸。

许肆替她整理好围巾："好了，走吧。"

"好。"

江荞看着走在身侧的少年，有些微微失神。

有很多次她都想对他坦白自己的病。

之前她是不知道怎么开口，现在是不能开口。

第十三章
她不哄他了

> 高考加油,许肆。

> 还有呢?

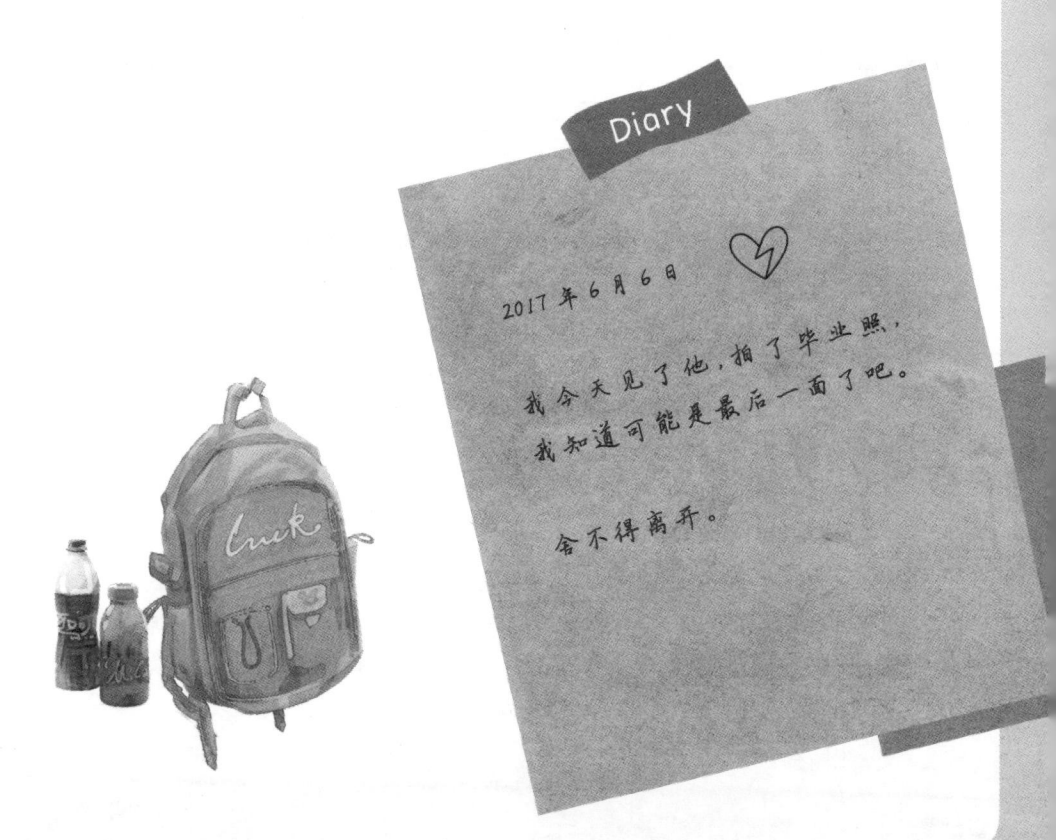

Diary

2017年6月6日

我今天见了他,拍了毕业照,我知道可能是最后一面了吧。

舍不得离开。

未来等我

二月五日，高三的学生相继返校，高考倒计时一百五十一天。

以往的语文课，底下总是睡倒一大片，而如今同学们都在埋头写题。

高考倒计时的天数仿佛一座大山，压在每个人的头顶上。

考试周期变成了一月两考。

许肆第一次月考又进步了一名，第九名，总分五百五十八分。

第二次月考进步了一名，第八名，总分五百六十二分。

似乎越往后，进步的空间就越少了。

三月一日，农历二月初四，高考倒计时九十九天。

紧张的气氛越来越浓烈。刚下课，撑不住的已经趴下睡了，还有一部分同学仍旧在埋头做题。

杨世昆伸了个懒腰，站起身准备去外面透透气。

"江学霸！"

江荞冲杨世昆笑了一下。

许肆本来在闷头做题，听见杨世昆的声音，他一抬头就看到了后门处站着的江荞。

江荞穿着一件白色外套，底下是浅色牛仔裤，巴掌大的小脸埋在围巾里。

许肆丢开手里的笔，站了起来，向门口走去："你怎么来了？"

"来跟你说生日快乐。"

江荞说着，将手里的蛋糕和礼物递给他。

许肆接过她手里的东西，眼底的笑意收不住，他说："谢谢小老师了。"

两个人还没说几句话，班里的同学都冲了出来，一瞬间把江荞围在了中间。江荞被班里的人围着问了半天。

许肆站在旁边，就差把"不爽"两个字写在脸上了。

罗星拉着江荞的手说了很多话，突然觉得后背冷飕飕的，一转头看到了身后的许肆，他的表情实在是有点儿凶。她冲江荞开口："晚点儿我再找你聊天。"

上课的铃声响起，江荞坐在了许肆旁边的座位上。

"你不回去了吗？小老师。"

江荞冲他摇头："中午陪你过生日。"

上午第四节课，李秋红一边讲课一边往后走，走到后排，突然看到了江荞，笑道："江荞回来了呀？"

江荞笑道："嗯，回来看看。"

李秋红蛮喜欢江荞的，江荞的语文成绩足以让她在别的语文老师那里吹个够。

中午，食堂角落里，三个人围着桌子给许肆唱生日歌。

杨世昆和郝明不知道江荞买了蛋糕，他们之前也订了一个。

于是，又是两个生日蛋糕。

江荞看向许肆，笑道："快许愿吧。"

许肆双手合十，许了个愿，吹灭了蜡烛。

面对两个蛋糕，三个人犯了愁。

"吃江学霸这个，我和大头定的那个回去分给班上的同学也行。"

许肆切了蛋糕，将第一块递给了江荞。

"第一块是寿星的。"江荞说。

许肆便切了第二块，然后递给了江荞。

桌上满满当当放着江荞带过来的吃的东西。

杨世昆问江荞："江学霸，最近在家无聊吗？"

江荞开口道："还行。"刚回去那些天，她有些无所适从，不知道该做什么。

后来她就把书架上的书重新看了一遍，晚上等着许肆放学回家，和她开视频讨论问题。偶尔她也会翻一翻之前和许肆的聊天记录。

吃完了东西，几个人收拾了一下桌子，把餐余垃圾丢进了垃圾桶里。

许肆开口道："我送你去大门口。"

"不用了。"

"没事，送送你。"

两个人并排走着，又遇见了在学校里溜达的何国士。

何国士现在见了许肆都是乐呵呵的，他拍了拍许肆的肩膀："加油。"

许肆笑道："好。"

何国士又将目光落在江荞身上："回来看看啊？"

江荞"嗯"了一声。

"行，你送她去门口吧。"

很快，许肆把江荞送到了校门口。

江荞看着他："还是要祝小许同学十八岁生日快乐。"

"那我可以许愿以后小老师都在身边吗？"

江荞抿着唇没有说话，因为她知道这个愿望不可能实现。

许肆却笑了："那我许愿我永远在小老师身边。"

"许肆，愿望说出来就不灵了。"

"没关系，今天我许的愿望不是这一个。"

听见上课的铃声响起，江荞抬头看了一眼在学校里狂奔的几个人，提醒他："快回去吧，许肆。"

许肆盯着她看了好一会儿，笑道："好，我先回去了。"

似乎总是许肆送她，她鲜少看许肆离开的背影。

少年长得高，背影挺拔，校服穿在他身上多了几分不羁的味道。

他一步三回头，江荞轻轻地冲他挥了挥手。

"再见，许肆。"江荞小声开口。

总有一天，她要跟许肆说再见。

风吹散了女孩的声音，带向不知名的远方。

晚上。

许肆拆开了江荞送的礼物，一个袋子里面装的是几套试卷，上面还贴着浅色的便笺。

上面写着："试卷还得刷高考真题卷。"

许肆看着那句话，没忍住又笑了。

另一个袋子里是一双篮球鞋，他试了一下，刚好合适。他突然想起，他好像从未说过自己穿多少码的鞋。

许肆掏出手机，拍下那几套试卷和那双鞋，给江荞发了个信息。

有点儿可爱的小许同学："小老师还是一如既往地疼我。"

有点儿可爱的小许同学："这双鞋我很喜欢，不过小老师怎么知道我的码数的？"

江荞那边很久都没有回复。

许肆掏出书包里的试卷，准备一边刷试卷一边等她的回复。

等他做完了一套试卷，看了一眼时间，已经晚上十一点多了。

他又打开两个人的聊天对话框，她还是没回消息。

另一边，江荞突然晕倒被送进了医院。

刘妈抱着她，从未感觉到怀里的人这么轻，几乎没什么分量感。

门外的医生小声跟三人说她现在的情况："病人的体质本来就比较弱，现在又出现了严重贫血，个别器官出现严重衰竭，所以她才会晕倒。这种情况可能以后会常发生，病人家属多注意一下。"

江荞睁开眼，看着炫目的灯光，满是白色的空间，她知道，她又来医院了。

"荞荞，想吃什么？"田泠问她。

江荞只是摇头,她眼神空洞地看着天花板:"几点了?"

"十一点多了。"

"先把我的手机给我。"

刘妈把江荞的手机递到了她的手里。

江荞看了一眼,看到了许肆发过来的信息。她脑子晕得厉害,强撑着回了消息。

小老师:"刚刚睡着了。"

小老师:"之前注意过,所以知道。"

那边许肆很快就回复了。

有点儿可爱的小许同学:"困了就继续睡吧,晚安,小老师。"

小老师:"高考加油,许肆。"

许肆看着她发过来的信息,发过去一条语音。

江荞点开他的语音听了又听。

他说:"会的,小老师未来等我。"

可她也没有几天了

四月三日,天气不冷不热。

学校道路两旁的梧桐树笔直挺拔,叶子碧绿,已经长得郁郁葱葱。

校园里同学们有的已经穿上了夏季短袖校服,有的人还穿着秋天的校服外套。

高考倒计时六十六天。

许肆看着新发下来的成绩单,总分五百九十八分。

这是他离六百分最近的一次。

他低头看了一眼江荞的照片,似是自言自语:"小老师,你说,我能考到六百分以上吗?只有六十多天了。"

过了良久,他又说:"不管能不能,总归都要拼一把。"

……

四月二十日。

许肆的总分第一次突破了六百分,他看着成绩单上的数字,笑得弯了一双眼睛。

他好想好想现在就赶紧放学,然后告诉江荞这个好消息。

办公室里。

方子新旁边的女老师问:"哎,老方,你们班的许肆居然冲进了年级前一百了,我记得他之前的成绩很差来着。"

回想最近,每次下课方子新都能看到许肆在座位上低头写题,就连晚上吃饭的时间,他也是闷头写题。

许肆的进步不是偶然,而是一点儿一点儿地进步,他亲眼见证着许肆从总分一百多一点儿一点儿提高到了现在的分数。

方子新开口道:"人一旦有了目标和动力,没什么是做不到的。"

晚自习。

许肆写完了一张试卷,抬头看了一眼时间,离放学还有十几分钟。

刚开始做这种试卷的时候,他读题读很多遍都看不懂,也就是那时候,他感觉到了自己和江荞之间的差距。

但是,现在他已经能够做出近一半的题目了。

之前下课铃声一旦响起,同学们都是一窝蜂地冲出教室,而现在很多人会待到门口的大爷来赶着走。

许肆背上书包,向门外走去,他已经迫不及待地想要告诉江荞——他做到了。

回到家,许肆将书包放在旁边,把凑过来的元元抱进怀里,给江荞发了信息。

有点儿可爱的小许同学:"这次我考了六百一十分。"

有点儿可爱的小许同学:"我做到了,小老师。"

那边江荞回得很快。

小老师:"很棒很棒。"

有点儿可爱的小许同学:"我能把奖励留到高考前吗?"

江荞看着这条信息,愣神了半天,敲了很多字又删掉,最后回复他。

小老师:"好。"

五月三十一日,高考倒计时正式进入个位数。

天气越来越热。

许肆已经冲进了全年级前十。

校光荣榜上还有江荞的照片和名字,照片上的女孩穿着校服,对着镜头笑得甜软乖巧。

江荞刚吃完午饭,就干呕得厉害,她看着洗手池里刺目的血,一瞬间心如坠冰窖。

她哆嗦着手擦掉唇边的血,捧起一捧水去漱口,却发现嘴里的那股血腥味怎么也去不掉。

江荞感觉喉间涌起一股腥甜,她又呕出一口鲜血。她打开水龙头,想要将那些血冲下去。

突然一阵头晕目眩,江荞弯着腰,抓着洗手池的边缘才勉强站稳。

她渐渐地感到意识都有点儿涣散。她抓着洗手池,慢慢地蹲下,眼前越来越黑,她伸手挥了挥,什么都看不见。

终于，她还是脱了力，倒了下去。

田泠、江知恩和刘妈一进病房就发现病床上的江荞不见了。

"荞荞。"

"荞荞。"

他们叫了几声，也无人应答。

刘妈推开卫生间的门，看到了躺在地上的江荞，她的小脸煞白，连嘴唇都没有血色。

田泠捂着唇哭了出来，刘妈将江荞抱起来放到了床上。

医生很快就赶过来了，他给江荞做了全身检查，表情凝重："要告诉你们一件事，请你们做好心理准备。"

田泠听见这话，差点儿支撑不住倒下去，刘妈和江知恩连忙扶住了她。

田泠靠在江知恩身上，声音都有些颤抖："您说。"

"我只能告诉你们，病人最多还剩三四天时间，她想做什么，就让她去做吧。"

"医生，还有没有别的方法？多少钱我们都出，多少钱都出。"

那医生看着田泠，只是摇头："没办法了，无论再做什么也只是让病人更痛苦。"

医生走后，田泠坐在椅子上，再也忍不住，放声哭了起来。

她和江知恩吵了一辈子，闹了一辈子。

他们挣了挺多钱，但是再多钱也买不回江荞的健康，也买不回来这么多年错失的陪伴。

"是我对不起荞荞，是我对不起荞荞。"田泠哭得上气不接下气，肩膀不停地抽动着。

"我也有错。"江知恩看着病床上的江荞，忍不住红了眼眶。

刘妈死命地咬着嘴唇，不让自己的眼泪掉出来："我去做饭，荞荞醒来不能没有饭吃。"

她转身出去了，眼泪再也止不住，掉了出来。

那是她从小看到大的孩子，而如今医生说，江荞只有三四天的时间了，那么乖那么乖的孩子，老天为什么那么狠心，为什么让她小小年纪就遭受那么多罪？

刘妈恨不得躺在床上的那个人是自己。

她还记得，江荞小时候最怕疼了。

刘妈切菜的时候一直走神，手指切破了才回过神来，她将手指塞进嘴里，眼泪还是止不住地往下掉。她将手指随便包扎，擦干脸上的眼泪，她强迫自己只想一件事：荞荞醒来要吃饭的。

这一天，谁也没有心思吃饭。

刘妈用温热的毛巾，轻轻地擦干净江荞的脸。

江荞的睫毛轻颤了几下，她费劲地睁开眼睛，然后剧烈地咳嗽了几下。

"荞荞。"

江荞感觉四肢百骸都是痛的,她挣扎着想要坐起来,却发现自己连坐起来的力气都没有。

其实医生说话的时候她都听到了,只不过眼皮太沉太沉,她睁不开眼睛,再后来,她就彻底失去意识了。

刘妈强忍泪水:"吃点儿饭吧,荞荞。"

江荞就吃了一口饭。

晚上。

江荞看着方子新发过来的消息,他说六月六日早上来学校拍毕业照,提前给她订了一套班服。

离六月六日没几天了,可她也没几天了。

我不能离开

虽然知道肯定会有这么一天,但是姜知许还是难以接受。

她辞去了工作。

离职那天,同事们都问她:"为什么做得好好的,你突然辞职了?"

"因为我来A市本来就是因为一个人,接下来的时间我都要陪她了。"

听到这话,姚景和抬头看了她一眼。

司海以为她要去陪男朋友:"小姜什么时候有的男朋友?我怎么不知道?"

姜知许抿着唇没有说话,她的眼角泛着红。

姚景和猜到可能和之前经常来的那个小姑娘有关:"你想回来,我们随时欢迎。"

姜知许看向他:"谢谢。"她收拾完自己的东西,去了医院。

病床上的江荞简直瘦弱得不像话,那双清亮的眼睛有些无神,她的脸也是苍白极了。

姜知许强憋着眼泪,轻声喊她:"荞荞。"

江荞冲她露出一个有些虚弱的笑。

姜知许就这样待在医院里,每天都守着她。

江荞的精气神越来越差了,每天睡觉的时间越来越多,但是她经常被疼醒,疼得整个人都缩成一团。

姜知许心疼,但也无能为力,那种看着自己在乎的人在自己面前痛苦是最难受的。

田泠和江知恩也终于明白了陪伴的意义,可惜为时已晚。

江荞每天都在倒计时,过完一天少一天,不知道是什么撑着她,她还吊着一口气。

六月四日,晚上。

江荞感觉自己呼吸越来越困难了,胸口好似压着巨石,她怎么都喘不上气来。她浑身上下插了很多管子,她的嘴张张合合。

姜知许凑近她，开口道："你要说什么？荞荞，别着急，慢慢说，慢慢说。"

"我还有一个很重要很重要的人没见。

"我不能离开。

"我答应他的事，还没做到。"

姜知许听她断断续续说了三句话，心中明白她说的是谁。

田泠问她："荞荞说的什么？"

姜知许一字一句重复了她的话："我见过那个男生，他很好很好，对荞荞也很好。"

她的傻荞荞也很好，只可惜造化弄人。

江荞艰难地挺过了那个晚上。

连医生都觉得震惊，医生原本认为她撑不过那天晚上的。

可是医学上没有完全绝对的事，可能是有什么支撑她继续活下去的事情。

六月六日这天。

洁白的被子上放着两件衣服，一件纯白色的衬衫，一条黑色的百褶裙，很有青春气息的一套班服。

江荞被扶着下了床，她换上了班服。

她看着镜子里的自己，面色苍白，她问姜知许："阿许，我这个样子，是不是很难看？"

"不难看，小朋友永远都是最好看的，永远永远。"

江荞冲她笑了一下。

姜知许从口袋里掏出口红，在她的唇上涂了一下。

江荞冲三人开口："我今天回学校拍毕业照。"

田泠和江知恩一个劲地点头："好。"

这天很热，似乎比往常都要热，蝉鸣聒噪，空气里都带着些燥意。

江荞刚进校门，就看到十七班的同学大老远冲她挥手。

许肆直接朝她跑来。

她看着冲自己跑过来的少年，白衬衫，黑裤子，骨相优越，眼眸偏黑，鼻梁很高，薄唇。

他看人的时候总是懒懒地抬起那薄薄的眼皮，仿佛什么都不足以被他装进眼里，可他每每看向江荞的时候，眼里都是带着笑的，那抹淡漠感也消失不见。

少年笑起来的样子分外撩人，穿着白衬衫的少年，永远闪闪发光，永远干净美好。

许肆冲她开口："小老师，快过来，太阳大。"

他拉着江荞来到了十七班所在的阴凉处，拧着眉问她："你怎么又瘦了？"

江荞本来就瘦，现在更是瘦得几乎没什么肉了，她寻了个理由："最近胃口不太好。"

许肆看着她，语气认真："最近天热，很影响胃口，但是多少你都得吃点儿饭。"

"好。"

许肆心里盘算着等高考结束带她去看看中医，调理调理肠胃，总归要把她喂胖些。

很快就轮到了十七班拍照了，随着摄影师的一句"茄子"，画面定格在了那个瞬间。

照片上的六十二个人，每个人都是自己青春里独一无二的主角。

照片里的女孩笑得很甜很甜，她的身后是穿着白衬衫笑得分外肆意张扬的少年。

她在看镜头，而他在看她。

拍完毕业照，大家都拿着手机到处找人合照。

这一天，江荞和很多原来都不熟的同学拍了合照，沈沫也从他们班跑过来找江荞合照。

许肆站在旁边，目光一直落在江荞身上。

沈沫跟江荞合完照，冲他开口："拍完了，把人还你。"

"谢谢。"许肆说完，笑道，"也该轮到我了吧？小老师。"

他话音刚落，杨世昆就兴冲冲地从后面跑过来："江学霸，合照，合照。"

许肆一脸不满地看着江荞跟他和郝明合照。

拍完毕业照，同学们就各自回家了。

许肆跟江荞走在学校外面的林荫小道上，江荞看到前面的少年停住了脚步。

他转身将江荞抱了个满怀，低声开口："我来拿我的奖励了，小老师。"

少年身上的味道干净清冽，带着淡淡的洗衣液的味道。

觉察到怀里的人没有动静，许肆问她："没什么想跟我说的吗？"

"高考加油，许肆。"

"还有呢？"

许肆松开江荞，见她一直没说话，他开了口："那我说，小老师在Q大等我。"

江荞没有说话，她什么都不能答应他，因为做不到。

许肆见她盯着自己瞧，问道："小老师对我有信心吗？"

"有。"

她只是对自己没有信心。

……

许肆把江荞送到了楼下，他看着江荞转身往楼门口走。

没走几步，江荞回了头，她看着后面没有离开的许肆，喊了一声他的名字："许肆。"

"我在呢。"

还是像之前一样，仿佛无论她喊他多少次，他都会——回应。

"高考加油,许肆,毕业了做你想做的事,不要拘泥于任何人、任何事。"

"好。"

"拜拜。"

"拜拜,小老师。"许肆看着那道纤细的身影消失在了视线里。

我等不到你了

六月七日,高考第一天。

全市自发组织爱心送考车队,校门口有免费的水,工地停工,所有车辆不允许在考场周围鸣笛……

全世界都在为高考这件事让路。

许肆想过很多次坐在高考考场上的情形,第一场语文考试的时候,还是没来由地紧张。他又想起江荞,才总算平静下来。

六月八日,高考第二天。

下午四点四十五分,许肆写完了英语作文的最后一个单词。

"距离考试结束还有十五分钟,没有涂答题卡的同学,请先把你的答案填涂在答题卡上。考试铃声响起的时候,就不允许作答了,否则按照作弊处理。"

许肆前前后后检查了一遍自己的试卷,确定没有错涂或者漏涂,然后将答题卡和草稿纸整理好放在桌上,等着监考老师等下收。

下午五点整,考试结束,铃声响起。

与此同时,医院某病房里,监护仪上的心电图趋于直线。

许肆突然感到心脏刺痛了一下,他愣神了一下,又很快回过神来,心想可能是他太紧张了。

广播里传来语音播报:"考试结束,请考生立即停笔,若有考生继续作答,监考员应及时制止,并予以当众警告。"

最后一门英语考完,高考宣布结束,笼罩在心头的紧张和压抑感终于消失不见。

窗外是蝉鸣聒噪,热浪滚滚。

很多人都在讨论今年的试卷很难,也有人说也就一般。

许肆只想快些出去,他想赶紧见到她。

他一出校门就坐车去了花店,买了一束纯白的玫瑰花,用的是浅绿色的包装纸,是他之前就订好的。取完花,他又去蛋糕店拿了提前订好的蛋糕。

太阳炙热,将地面烤得发烫。花朵娇嫩,许肆怕花送到她手里就没那么好看了,他将花抱在怀里，跑去阴凉处等车。

许肆穿着白色的衬衫，干净明朗，跑着的步伐都透着雀跃和欢喜。

今天恰好也是江荞的十八岁生日，他要当面跟她说生日快乐，他还要问她，考虑跟他交往吗？

下了车，他一路跑着来到江荞家的楼下。他看了一眼楼上，掏出来手机，准备给江荞打电话。

他的手机还处于关机状态，来的时候比较急，考试结束后他还没来得及开机。

手机刚开机，他就看到了江荞发过来的微信消息，是两条语音消息。

他点开了第一条语音，她说："对不起。"

第二条语音，她说："我等不到你了，许肆。"

怎么听，这两句话都像是告别。

许肆愣了一瞬，让自己镇静下来，给江荞发了信息，可是他敲字的手都有些发抖。

他的脑子里设想过无数种可能，又被自己一一否决。

有点儿可爱的小许同学："说什么对不起？什么等不到我了？"

他拨通了江荞的手机号，那边很快就接通了。

"喂。"

许肆看了一眼号码，确定没有拨错："喂，您好。"

"你是许肆吗？我是荞荞的妈妈。"

"阿姨好，是我，我是江荞的同桌。"

那边停顿了一会儿，许肆听见她说："你来一趟医院吧，荞荞有东西留给你。"

"什么意思？"

"荞荞她去世了。"

"阿姨，是不是江荞让您逗我玩呢，您先把手机给她，我跟她说几句话。"

"我也希望我在骗你。"田泠这一句话几乎是哽咽着说出来的，"你快来市人民医院吧，在……"

许肆被震惊得说不出话来，他明白了她不是在说笑，也不是江荞在逗他玩，一瞬间他如坠冰窖，浑身上下都在发抖，他感觉自己的心跳仿佛在那一瞬间骤停了，耳边是轰鸣声，他的脑子一片空白。

他拦了一辆出租车，不停地催促司机："麻烦您快点儿，麻烦您快点儿。"

许肆都不知道自己是怎么下的车，仿佛两条腿都不是自己的，他脑子里只有一件事在支撑着他濒临崩溃的意识，那就是去拿她留给他的东西。

他来到病房门前，指尖都在发颤。他推开门，第一眼就看到了床上紧闭双眼的人。

她穿着宽大的病号服，双眼紧闭，面容恬静，仿佛只是睡着了一般。

田泠已经哭成了泪人，江知恩的眼眶红红的，刘妈的眼睛都哭肿了。

许肆的双腿仿佛灌了铅一般，一步又一步艰难地挪动着，他将手里的花和蛋糕放在床头边的柜子上。

姜知许看到了许肆，冲他轻轻地摇头，语气悲怆："荞荞没撑住，没有等到你。"

下午快五点的时候，江荞仿佛回光返照一般，身体的各项指标突然又趋向于正常值。

她挣扎着坐起身，摘掉了吸氧的面罩，她声音微弱："阿许。"

姜知许的眼泪就像断了线的珠子，止不住地往下掉，她攥着江荞的手："你别说了，你说话了，你好好躺着。"

江荞深知有些话现在不说，以后就再也没有机会说了，她艰难出声："下辈子再做朋友，对不起，阿许，不能陪你到最后，也当不了你的伴娘了。这一次……这一次我要食言了。"

姜知许哭得有些喘不上来气："好荞荞，下辈子一定给我当伴娘，不许再食言了，这辈子我就原谅你了。"

"好。"江荞有些虚弱地冲她笑了。

"刘妈。"

听到江荞叫自己，刘妈蹲在她的面前，听她说话。

江荞贴近她的耳朵，小声喊了句"妈"。

刘妈刚止住的眼泪又忍不住落下来，她"哎"了一声。

"刘妈就像荞荞的妈妈一样，这么多年辛苦你了。"

"不辛苦，不辛苦。"

她被婆家嫌弃，遭受流言蜚语，是小小的江荞抱住她，告诉她是那些人不懂得珍惜她的好，也是在那时候，她才坚定了要守着江荞一辈子的心。

江荞乖巧又懂事，十几年来从没有让她操过一次心，何来辛苦之说？

她看待江荞像看待女儿一样。

江荞冲田泠和江知恩开口："以后少吵架。"

其实她挺讨厌他们这样的，只是一直没有说出口。

她在跟所有人告别。

"手机……"

姜知许将她的手机拿过来，然后找到了她和许肆的微信聊天对话框："是不是要给他发信息？你说吧，我帮你录着。"

"对不起。"

"我等不到你了，许肆。"

江荞说完最后两个字，监护仪的心电图趋于直线，姜知许看着她的手垂了下去。

与此同时，另一边高考结束的铃声响起。

医生看了一眼设备上的各项指标，沉重地摇了摇头。

她不哄他了

许肆听着姜知许的话，他的脑子一片空白，耳边轰鸣声不止。他跪在她的床边，轻轻牵起她露在被子外面的手。

明明是夏天，她的手却很凉很凉，他把她的小手抓在手心里，却怎么也焐不热。

"小老师，生日快乐，十八岁生日快乐。"

可惜江荞听不见了，永远听不见了。

许肆说完这句话，姜知许又是没忍住掉了眼泪。

明明她才十八岁，她的生命就这么戛然而止了，永远停留在了十八岁，停在了最美好的年纪。

姜知许胡乱抹去脸上的眼泪，将抽屉里的东西拿出来，冲许肆开口："这是她留给你的东西。"

许肆接过姜知许递过来的东西，指尖都在发抖。

那是一个日记本、一大盒糖，还有一封信。

原来她高考前说的那句"拜拜"，就已经是在告别了。

原来她根本不是低血糖，他早该发现的，早该发现的。

"荞荞是个好姑娘，高一快结束时就查出来了胃癌晚期。她一开始就知道自己活不久了，所以她不想让你担心，害怕影响你，其实很多次她都想告诉你自己的病。

"正处在高考这个节骨眼上，她深知一件小事就足以让人分心，所以她选择隐瞒你，就连高考前见你的最后一面，也是她硬撑着去的。医生断言她最多还能活三四天，我都不知道，她是怎么撑到了今天。

"我的傻荞荞，一直到走之前，还在替别人考虑，她却从来不考虑自己。"

姜知许跟许肆说了很多很多。

"之前你跟荞荞说以后去同一所学校，她跟我说，她一个将死之人，拿什么答应你这句'以后'。荞荞太乖了，之前我总怕她被男生骗，我第一次看到荞荞喜欢一个人，可是还没开始就结束了。"

姜知许越说越哽咽，终于再也说不去了。

许肆看着病床上的江荞，她的每一次化疗都是折磨，每次都是从阎王手里走一遭。

每一次化疗都在提醒她，时间不多了。

她化疗的时候，得有多疼呀？她刚开始知道自己得病的时候，她又是怎么接受这个事实的，许肆完全不敢去想。

她那么瘦也是因为根本吃不下去饭，怪不得一开始她就对他的胃病很敏感。

她一个人承受了太多太多，为什么那么傻？为什么不告诉他？

许肆久久地守在病床前，不愿离去，好像他不离开，江荞就没有离开。

江荞的葬礼上，来了很多人。

十七班的同学都来了，穿着黑衣服的少年站在人群里，尤为显眼，他一双黑眸里看不出情绪。

杨世昆拉拉许肆的袖子："肆哥，你难过你就哭出来吧。"

"我没事。"

杨世昆觉得许肆太过平静了，平静得让人有些害怕，别说许肆，就连他刚知道这个消息的时候也不能接受，哪怕是现在，他也不能接受。

"肆哥，我求你了，你别这样，你难过就哭出来好不好？"

许肆没有说话，只是看着照片上的江荞。

她对着镜头笑得很甜，很甜很甜。

葬礼上，众人哭成一片。

罗星很少和沈沫说话，这次两个人却抱在一起哭。

只有许肆，仿佛没有泪腺一般，从始至终都沉默着，从始至终都没有哭，连一滴眼泪都没有掉。

葬礼一结束，杨世昆就发现许肆不见了，他找遍了这里也没有找到。

他很担心许肆，他们已经失去了江荞，不能再失去许肆了。

杨世昆给许肆打电话，那边传来机械的女声："对不起，您拨打的电话已关机……"

就当杨世昆想要报警的时候，他收到了许肆的信息。

他说：我没事，别找我了。

他和郝明一下子想到了那座烂尾楼，那是他们几个之前经常聚在一起的地方。

他和郝明赶到的时候，看到许肆一个人坐在烂尾楼的那块破木板上。

许肆就那样静静地坐着，既不说话，也不动，整个人死气沉沉的，周身都是阴郁之气，好像下一秒他就要自我了结了。

"肆哥。"

杨世昆喊了一声许肆，却发现对方还是没动。他也不知道该说些什么，或许这个时候，该让许肆一个人静静。

看着许肆这副样子，杨世昆有些想哭。

不知道许肆坐了多久，他声音哑得不像话："回去吧，我自己待着。"

杨世昆很不放心留他自己在这里，却被郝明硬拽着走了。郝明开口道："你就让肆哥一个人冷静冷静吧。"

许肆一个人坐到了深夜。

不知道哪里放了烟花。一束光亮飞上天空，然后炸开，绚烂无比，紧接着是无数烟花。

许肆下意识地掏出来手机，想要拍给她看。他打开手机，刚点开相机，猛地反应过来，她不在了。

他发的信息她再也不会看到了。

恍惚之间，他又看到了他们四个人在这里一起放烟花的情景，她说祝他"新年快乐"。

眼泪顺着他的脸颊滑下来，落地无声。

少年终是红了眼。

许肆买了很多烟花，又买了一大盒同款的糖果，他一个人放烟花，一个人看烟花。

他一遍又一遍地点开那两句语音，漆黑的夜里，他反反复复听了很多遍，她谁都没有对不起，是老天亏待了她。

月明星稀，少年的身旁堆了很多糖纸。

草莓味的糖果，很甜很甜，他却感觉不到开心。

"小老师，你骗人，我都吃了这么多糖，为什么我还是不开心？"

他看完了那封信，信的结尾她说："别难过，下辈子等着我好不好？"

"骗子，我才不要等骗子。"

他不能接受这个事实，他不能接受她的离去。

是不是当初两个人刚认识的时候，他的成绩好一点儿的话，她就有勇气告诉他她的病了？

……

许肆把自己反锁在房间里，谁也不见，他已经好几天都没有吃饭了。胃部的抽痛感让他冷汗涔涔，他将手按在胃部，疼得他几乎已经麻木了。

这就已经很疼了，她是怎么熬过去的呢？

每一次的化疗和发病，她又是怎么熬过去的呢？

"我想你了，小老师。"少年的声音低哑，尾音里还带着委屈，仿佛是被人丢弃了一般。

明明知道永远都得不到回应了，他还是会每天都忍不住给她发信息。

许肆将日记捧在手里，小心翼翼地翻开了第一页。

她说："许肆，要好好吃饭，乖一点儿。"

"我不乖，我不吃饭，你什么时候能回来哄哄我呢？"

她不哄他了。

她永远都回不来了。

他从未想过，那次再见，就是再也不见。

相逢是盛夏，别离亦盛夏，他的小玫瑰永远藏在了那个盛夏。

番外一
荞荞的日记

2015 年 2 月 4 日
今天，家里又只有我和刘妈。
我好像从来都是多余的那个。
还好还有刘妈。

2015 年 3 月 2 日
开学了，好像今天也没有发生什么特别的事。

2015 年 3 月 10 日
同桌查出了抑郁症，她休学了。
临走之前还跟我说她要去做自己想做的事。
她去旅游了，很酷。
希望她能快乐。

2015 年 4 月 6 日
今天突然晕倒了，听他们说，是胃癌，我最多活不过三年了。
他们终于回来了，又在门外吵架了，他们互相指责对方不关心我。
他们以为我听不到，其实我都听得到。
他们的关注点好像错了，难道不应该第一时间问问我吗？

2015 年 5 月 6 日
突然觉得这样的生活也挺没意思的，好像也没什么牵挂。
每天都很痛，生不如死。
就这样突然死去也挺好的。
偶尔也在想，为什么老天总是这样不公？

想离开。
很想离开。
很痛苦。
晚上听刘妈说了很多话，我丢掉了那块碎玻璃片。
我不能让在意我的人难过。
我舍不得刘妈，也舍不得阿许。
可是我好痛。
哪里都是。

2015年7月12日
我做了一个决定，我想去A市。
我想去看看我最喜欢的城市长什么样子。

2015年9月1日
今天是来六中的第一天。
新班主任人很好，我拜托他隐瞒我的病情，我不想在别人的怜悯下生活。
不想别人因为我的病可怜我，处处让着我。
班里只有一个空位，新同桌是个男生。
听说新同桌很凶。
他说他叫许肆，语气很冷漠。
和传闻中一样。
英语课上没有书，他把书给了我，自己去罚站了。
他好像也没有传闻中那样不近人情。
前桌一直抖腿，他说再抖腿就出去。
他好凶，不过桌子终于不晃了。

2015年9月3日
今天是化疗的日子。
呼吸困难，痛到直不起来腰，我可能在学校也待不了多久了。
刚出去挑了个偏僻的地方走，就撞到了不该看的。
新同桌，他在打架。
他问我，吓到了吗？是真的吓到了。
后来主任来了，我骗了老师，我说许肆是送我去门口。
他说我挺仗义呀。

为什么叫我"小同学"？
我也不小。

2015年9月7日
他今天是真的好凶。
今天有女生找我，说让我离许肆远点儿。
可能她喜欢许肆吧。
不过她确实挺好看的。
今天他们又吵架了。
妈妈给我炖了鸡汤，可是太油了，我又吐了。

2015年9月8日
班主任问我和他坐一起觉得怎么样？
他很安静。坐一起也挺好的。
前面的男生很高，我看不清黑板。他丢了字条给我，被老师赶出去了，老师误会了他，说话也很难听。
这件事是因为我，所以我必须解释清楚。
晚自习他揉胃部了，他似乎也有胃病。
我把自己随身带的胃药给他了。

2015年9月9日
学校突然传出许肆打人，虽然相处的时间不长，但我觉得他不是这样的人。
众说纷纭，别的班都在传他欺负同学。
难道不应该等事情出结果再判定吗？
他说不在乎。
可是应该不会有人喜欢被误会的感觉吧。
果然不是他，但事情似乎也不是那么简单。
他应当是为了保护那个女生的名声吧。
阿许今天来学校了，她辞职后来了A市。
她是怎么知道我也很想她的？

2015年9月11日
中午下大雨了。
我冲进雨里，头上却突然多了一把伞，一回头看到了他。

说不出那是种什么感觉，他把伞给了我，我说一起打吧。
体育课，那个好看女生给我送了牛奶和水——我之前借给她外套了。
她有点儿傲娇，倒是挺可爱的。她让我帮她送水，我答应了。
许肆没收，说要我买的水。
我买了，可他为什么似乎是气笑了？
晚上从书店出来，又碰见了他，他好凶，我刚准备走，就看到他回头。
他问这次不怕了？
好吧，我还是怕的。
他说加个微信吗？他还问我，觉不觉得他在欺负人？
可明明就是那么多人先打他的。

2015年9月14日
感觉到他似乎很不开心。

2015年9月21日
今天胃痛，我本以为没人会发现，却被他觉察到了。
我在路上就晕倒了，醒来就在医务室了。
听医生说，是他抱我来的。
已经麻烦了他很多次。
我觉得他不该如此，他应该生活在阳光里，而不应该如此颓废，于是我想劝劝他，他叫我小古板。
他说，刚吃了他的糖，以后再叫我小古板就不能生气了。
突然想把糖吐了。

2015年9月22日
晚自习停电了。
他问我怕不怕。
我强装镇静说不怕。
面前突然亮起了火光，是蜡烛，他说只有这个了。
感觉心像是被撬开了小缺口。

2015年9月23日
一起被罚扫地了。

2016 年 1 月 4 日

他说让我别管他了。

他说求我。

让我放弃他吧。

2016 年 1 月 8 日

这是我最后一次上台跳舞，我希望他能看到。

可是他似乎没来。

我看到一个人很像他，很像他。

应该就是他。

……

元元伸出毛茸茸的爪子，想要拂去许肆脸上的眼泪。

许肆感觉窒息得厉害，一点儿一点儿往后翻看着剩下的日记。

2016 年 4 月 9 日

今天许肆跟我说以后想去同一所大学，我说不出是什么感觉。

我很开心，却也不开心。

我是一个将死之人。

我没有以后，我不能答应他。

……

许肆看着那句"将死之人"，心中酸涩得厉害。

2017 年 1 月 27 日

今天一起守岁了。

可能是我最后一次守岁了。

2017 年 5 月 31 日

老方说六月六号拍毕业照，可是我还能撑到那一天吗？

2017 年 6 月 6 日

我今天见了他，拍了毕业照，我知道可能是最后一面了吧。

舍不得离开。

舍不得刘妈，舍不得阿许，更舍不得他。

……

日记到 2017 年 6 月 6 日就戛然而止了。
日记最后的字迹和之前都很不同，看得出来写得很艰难。
江荞在日记本的最后留给他一段话。

希望你像你的名字一样，能够活得肆意张扬，不必拘泥于任何人。
不要难过我的离开，人总是要分开的，生老病死都是要经历的，或早或晚而已。
我很矛盾，希望你记得我，又希望你不要记得我。
如果还有缘的话，下辈子再见吧。
我是没有机会去读大学了，无论你以后去哪一所大学，带着我的那一份，念下去。

番外二
没有她以后

高考后的谢师宴,许肆没有参加,他不敢听到任何和她相关的字眼,他把自己封闭在一个小圈子里,几乎隔绝了所有人。

他的头发长了些,他对着镜子抓了抓自己的头发,抓成了一个小鬏鬏的模样。

他笑着笑着就哭了。

她说如果他能追上她的脚步,就考虑跟他去同一所大学,如今他做到了,她却不在了。

……

六月二十四日。

许肆查到了高考成绩:六百八十三分。

可他没有任何欣喜的感觉。

杨世昆考了四百三十分,郝明考了五百四十三分。

……

许珩宇坐在沙发上,从电脑屏幕上收回目光:"今天高考出分?"

"是的,许总。"

"那个逆子考了多少?"

"六百八十三分。"

许珩宇有些意外,端起桌上的咖啡,抿了一口。

杨冠想要趁机缓和一下父子俩的关系:"小肆最近这一年多都很努力,每天都学到半夜。"

许珩宇闻言笑得有些嘲讽:"努力?这个世界上最没有用的就是这两个字,再拼命,他也是个上不了台面的东西。"

杨冠低着头,没有说话。

他不明白,为什么许珩宇总是这般厌恶许肆?明明是他的亲骨肉。

许肆刚从楼上下来,许珩宇就叫住了他。

许肆抬眸看他:"有事?"

"我看了你的分数,就在本市念 A 大,学行政管理专业。"

许肆闻言,神色淡漠地看向他:"许总当真是以为自己在培养助理?"

"不然?你以为你还有别的用处?"

许肆低头对上他的眸子:"那我恐怕要让许总失望了。"

"许肆,你不要忘了那座房子。"

"许总还真是贵人多忘事,我说过,如果你还想我以后帮他的话,你就别逼我,我不介意跟你闹个鱼死网破。"

"哈哈哈。"许珩宇笑出声,看着许肆,"你不要妄想你自己能影响任何人,鱼死网破?你倒是也得有那个本事。"

许肆的拳头都握紧了,他看着许珩宇:"那你大可以另寻他人。"

"许肆啊许肆,你要知道,对我来说,你也只有那一丁点儿的价值。"

"多谢许总提醒了。"少年的声音里带着讽刺。

沈妤纯刚出来就看到两个人剑拔弩张地对峙着,出声道:"怎么了?"

许肆一言不发地上了楼。

七月初。

填报志愿那天,许肆报了 Q 大的计算机专业。

杨世昆跟郝明也报了和他同市的学校,一个学法律,一个学医。

两个人经常去找许肆,但许肆总是一个人坐在角落里。

从高考结束的那天起,许肆就仿佛变了个人,一双黑色的眸子更加深不见底,脸上再也没有别的表情。

……

七月中旬,三人陆续收到录取通知书。

许肆看着那份录取通知书,还是下意识地打开手机拍照发给她。

有点儿可爱的小许同学:"我今天拿到了 Q 大的录取通知书。"

他看了半天,又收起了手机,明知道不会得到回应,他还是想事事都分享给她。

九月。许肆拖着行李箱,来到了 Q 大。

学校大门恢宏气派,上面龙飞凤舞地写了几个大字,听说这是学校建成的时候,某位文人题的字。

入门就是一条林荫大道,每每走在这样的路上,他都会想起她。

他会带着她的那一份期许,把大学念下去,好好念下去。

宿舍是四人间。

董忻庆看着收拾东西的少年，问他："兄弟，你叫什么呀？"

"许肆。"

董忻庆性格比较外向，又去跟宿舍其他两个人搭话了。

另外两个人，一个叫刘骁，性子比较沉稳，还有一个叫程相朝，是个网游少年。

许肆花了一天的时间把学校逛完。

他拍了很多照片，一一给她介绍着学校里的环境和设施。

相处一段时间后，寝室的另外三人发现，许肆除了在班里上课，课余时间就泡在图书馆里。

他似乎不喜与人交流，但是有什么问题问他的话，他也会很耐心地帮忙解决。

董忻庆经常见到两个男生来找许肆，听其中一个说，他们上大学之前就是好朋友。

董忻庆羡慕三个人的关系，同时也好奇——那么淡漠的一个人，为什么有着和他性子截然相反的朋友。

二〇一八年六月二十六日。

许肆请假，买了回 A 市的票。

在董忻庆眼里，许肆就是一个除了学习和项目，什么都不放在眼里的人，甚至连过年他都不回家，总是一个人守在实验室里。董忻庆有些好奇——他为什么突然请假回去？

"许肆，你怎么突然请假回去了？"

刘骁也问："怎么突然要请假？"

程相朝从游戏里抬起头，同样好奇地问道："请假？"

许肆收拾东西的手顿了一下，他敛去眼底的情绪："请假回去见一个很重要的人。"

三个人以为他是家里有人过世，也不敢再多问。

六月二十七日，农历五月十四。

星星稀疏，夜空黑得仿佛泼了墨一般。

少年穿着一身黑，似乎要与夜色融为一体，他的眼底带着看不清的情绪。

许肆怀里抱着花，另一只手里拎着蛋糕，就那样一步步往前走去。

他将纯白的玫瑰花放在墓前，直接坐在了地上。

墓碑上的女孩，笑得一脸灿烂。

"小老师，我照着你说的做了，你什么时候能回来看看我？哪怕只是在梦里。"

风吹散了少年的声音，他的话久久没有人回应。

许肆打开蛋糕盒子，自顾自地开口："这是你最喜欢的芋泥蛋糕，十九岁生日快乐，

小老师。"

许肆插上蜡烛,唱起了生日歌,他将蛋糕切成了两份,自己吃完了其中一份,另一份放在了墓前。

"小老师,我想拿回奶奶的那间房子,我想自己创立一家公司,人人都笑我不自量力,可是我想试一试。如果你在的话,你会支持我,对吗?"

"我好想你。"

"好想你。"

姜知许抱着花,她捂住唇,不让自己发出声音。

花落在地上,她逃也似的走了。

她不是有意要窥探他,她也很想荞荞。

很想很想。

二〇一八年七月十日。

大学生陆续放了暑假,许肆收拾东西和杨世昆、郝明一起回了家。

七月十三日,某家餐馆里。

杨世昆一边吃饭,一边有意无意地跟许肆找话题聊天。

自从江荞走后,许肆的话越来越少了。

许肆看着两人,突然开口:"我准备自己创业。"

杨世昆一百个支持:"可以呀,肆哥,我们一起合资创业。我妈整天说我混吃等死,啥也不干,我跟肆哥一起干。"

郝明也道:"我也跟肆哥一起干。"

许肆沉默半天,才道:"你们就不问问是做什么的?"

杨世昆说:"我信肆哥,无论肆哥干什么,我都永远追随肆哥。"

郝明附和道:"我也信肆哥。"

徐雁听说许肆要自己创业,二话不说,拿了自己的养老钱给杨世昆,让他拿去投资,对许肆她是信得过的。

李诗敏生前留给他一张银行卡,里面有五十万元,加上他做项目赚的钱和拿的奖学金,手里一共有五十五万元。

杨世昆拿了十万元,郝明也拿了十万元投资。

七月十八日。

许肆和杨世昆、郝明的新公司"亿荞"正式注册完成。

三个人租下了一间工作室,地理位置有些偏僻,好在空间很大。他们花费了半个月,才终于装修完毕。

杨世昆看着装修好的办公室，笑道："总算像那么回事了。"
郝明在他旁边笑。
三个人忙累了，趴在椅子上就睡着了。

"电话又被挂了。"杨世昆放下电话，叹了口气。
"我的电话也被挂了。"郝明开口道。
杨世昆看着许肆还在继续打电话，冲郝明比了个"嘘"的手势，他小声开口："肆哥这边估计有戏。"
许肆放下电话，冲两人开口："他说先一起吃个饭，再谈合作。"
A市的某家高档餐厅。
杨世昆是第一次穿西装，总觉得有些不自在。
一个穿着灰色西装的男人推开了包厢的门。
许肆拉开椅子让他坐下："王总，您坐。"
被称作王总的人坐了下来。
杨世昆一直不敢说话，生怕说错了话。
吃饭快结束时，王论问几人："你们是想跟我合作什么？"
许肆打开早就准备好的合同和成品："我们手里有一款软件，想要跟贵公司合作一下，这款软件……"
还没说完，王论就打断了他的话："年轻人，不要那么心急。"
许肆没有说话，等着他的后话。
"要是你能喝完这些酒，我就考虑跟你谈生意。"
这一听根本就是在羞辱许肆，杨世昆气得要站起来。
许肆给了他一个眼神，端起酒杯："这一杯，我敬王总。"
王论抬眼看了他一眼，敷衍地跟他碰了一下。
杨世昆看着许肆一杯又一杯酒下肚，心都要跳出嗓子眼了。
许肆喝完最后一杯酒："现在王总可以看看合同了吧？"
王论哈哈一笑："你是说，你们做的这款软件叫作拾光？可以刷视频聊天？现在谁会用这种软件？年轻人，你在跟我说笑吗？"
"现在互联网发展迅速，以后短视频行业前途不可估量。"
王论摩挲了几下下巴，不甚在意地开口："我会考虑的。"
"王总慢走。"
杨世昆气得咬牙切齿——那个什么王总，根本就是在玩他们。
许肆当晚却因为喝了过多的酒，引发胃出血，进了医院。
……

杨世昆负责招聘，许肆负责技术，郝明负责管理。

发传单的时候无人问津，打电话总被拒接，有时候好不容易遇到同意的，也只是为了玩弄他们。

杨世昆不止一次听到："你们公司刚刚成立，万一以后跑了呢？我该去找谁呢？"

尽管杨世昆再三声明是合法公司，还是有很多人望而却步，很难招揽到可用的技术人员。

盛夏的太阳毒辣。杨世昆喝了口冰矿泉水，看着进来的男人。他穿着拖鞋，T恤短裤，看起来脸上的胡子很久没刮了，有些邋遢。

杨世昆看了眼他的简历。

985高校毕业的，之前学的是计算机专业，曾经在国内五百强企业任职过。

他有些茫然地开口："你那么好的资历，怎么会来这里？"

"之前的老板压榨人，根本就把人当牲口，后来的老板破产了，钱全砸进去了，赔得裤衩子都不剩。"

"你就不怕，再一次这样？"

刘轶无所谓地笑道："怕什么？反正我已经一无所有了，就赌一把试试。"

杨世昆站起身，跟他说了薪水和具体工作。

刘轶点头表示自己能接受："我就看不惯那些大公司的做派，所以我选择加入你们。"

杨世昆冲他伸出手："欢迎加入。"

三个人的小公司变成了四个人，杨世昆和郝明对技术上的问题帮不上忙，两个人依旧是一个负责招揽人才，一个负责宣传。

四个人不止一次累到进医院，后来才终于和一家小公司谈成合作。

对方是一个四十岁上下的男人，叫作张运喜。

他在许肆身上看到了不同于他人的气质和远见，感受到了许肆骨子里的韧劲，就像当年刚出来打拼的自己一样。

他说："看到你们四个人，就想到了曾经跟我一起创业打拼的兄弟，只不过后来我们都各奔东西了。"

曾经跟他并肩作战的兄弟后来也都逐渐陌路。

他投了三十万元，条件是以后无论这个公司做多大，他都占有百分之五的股份。

许肆欣然答应了。

张运喜带来了相关技术人员，帮忙细化软件的相关事宜。

软件研究开发了好几个月，大大小小的漏洞修改了很多遍，还加入了新的功能。

软件还未发布，他们就买了很多宣传。

十一月，软件正式发布，迅速吸引到一批用户。

一个月后，四个人拿到了公司发的第一笔分红。

晚风徐徐，四个人聚在一起吃了一顿饭。

杨世昆笑着开口："哈哈哈，徐女士可不要再说我是混吃等死的了。"

刘轶举起酒杯："认识你们很开心，喝一个，兄弟们。"

杨世昆喝得脸都红了："喝！"

郝明看他："少喝点儿，等会儿你又喝得起不来。"

"怎么可能？"

许肆靠在椅子上，捏着手里的杯子，总觉得少了一个人——少了她。

那天晚上，他喝了很多酒，可是一双黑眸还是清明得过分。

有时候，他突然有些恨自己太能喝——喝了那么多酒，他的脑子还是很清醒。

除了学业，许肆将其余的时间和精力全部投在了公司上，舍友几乎看不到他的人。他让自己忙碌起来，不让自己有空闲的时间，他以为这样他就不会想她。

可每每躺下来，哪怕只是闲一分钟，他的脑子里也全都是她。

每一年的农历五月十四，许肆都要请假回A市。

二〇二〇年七月一日。

这年许肆大三，临近暑假。

"许肆。"

听见有人喊自己，许肆回了头："有事吗？"

"我加你微信你怎么不同意呀？"

说话的女生穿着一条白色的裙子，披肩长发，模样生得精致。

"抱歉，不加生人。"

"你同意了，咱们认识认识不就熟了吗？"

许肆没有说话。

谭炳以为有戏，想要乘胜追击："我叫谭炳，跟你一个系的，处个朋友呗。"

"不感兴趣。"

谭炳还想再说什么，许肆停下了脚步，看向她，语气认真："我有女朋友，她很好，我很爱她。"

"你骗人，你从来都是一个人，哪里有什么女朋友？你可别蒙我。"

许肆掏出来钱包里的照片，递到她面前给她看一眼，然后就转身走了。

谭炳看清了照片上女孩的样子。

皮肤宛若上好的珠玉一般，水杏似的眼睛，清澈透亮，鼻子小巧精致，即便只是扎着最简单的高马尾，也美得惊艳。

怪不得许肆从来不跟女生接触，原来他早就有女朋友了。

许肆一进宿舍，三个人就围着他开始八卦："哎，许肆，刚刚那不是系花吗？"

许肆抬眸看着他们，没有说话。

"你说了什么？系花怎么直接走了？"董忻庆说完，又感慨道，"这三年虽然你总是神出鬼没的，但是追你的女生少说也有几十个了，多好看的都有，你怎么一个都看不上？"

"我有女朋友。"

这话像是平地响起一声惊雷，董忻庆惊讶得张大嘴，似乎可以直接吞下一颗土豆："天！认识你三年了，都不知道你有女朋友，你也隐藏得太深了吧。"

刘骁也说道："真不够意思呀。"

程相朝有些好奇："有没有照片？她是哪里的？不会你每年请假都是回去看她吧？那你俩这一年见一次也太少了吧。"

"是去看她。"

董忻庆一下子激动起来："你们家那边的吗？多大了？"

"十八岁。"

"你不会谈了个高中生吧？"董忻庆直接震惊了。

宿舍里最不爱讲话、最冷淡的一个人，居然谈了个高中生？简直让人震惊。

"她十八岁，如果还在的话，和我一样大，今年二十一岁了。"

董忻庆反应半天，终于听懂了这句话是什么意思，他挠了挠头，有些愧疚："对不起啊，我不该问的。"

"没关系。"

程相朝问出了自己的疑问："所以你每年请假回去，都是去看她吗？"

"嗯。"许肆说完，回到了自己的座位上。

从那以后，三人再也没提过让他找女朋友的事。

在这个爱情宛若快餐的时代，有人靠着回忆，生活了很久很久。

七月五日。

许肆的大三生活正式宣告结束，大四的课很少，几乎不用来学校，他把所有的东西都收拾好带回去了。

七月九日，晚上。

许肆坐在江荞墓前，说了整整一晚上的话，天亮了他才离开。

八月初。四人将公司搬到了宽敞明亮的办公大楼。

关键时期，杨世昆突然提出撤资，提前拿分红。

许肆什么都没说，什么都没问，只是开口："钱转给你了，不够再说。"

郝明分外激动："你是疯了吗？两年多的心血，终于到了关键时刻，你说撤资就撤资？你疯了吗？"

杨世昆只是一个劲地说对不起，后来他渐渐淡出了许肆和郝明的世界。

公司从四个人变成了三个人。

杨世昆撤资以后，资金周转不开，许肆就连发工资的钱都快没有了。

他问两人："你们确定还要继续跟我吗？"

郝明说："跟，必须跟，之前什么都没有的日子都过来了。"

刘轶也说："只要还有一口饭吃，我就不会放弃。"

就算手里紧巴巴，许肆也没有拖欠员工工资，他把手头里仅剩的钱全部拿来发工资。

三个人最穷的时候，手头里只有十几块钱，买一把挂面，只用水煮，连一瓶矿泉水都不敢买。

郝明一边吃白水面，一边骂杨世昆禽兽不如。

两人后来知道了杨世昆离开的原因。

许肆沉默。

郝明一个劲地骂杨世昆是傻瓜。

可是两人从来都没有真正怪过他，从来都没有。

可即便如此，杨世昆也不敢面对他们，他心有愧疚，完全从两人的世界里消失了。

郝明每天都要骂一遍杨世昆。

到后来就不骂了，郝明很想他回来，只想他回来。

三个人挺过了那段最难的时光，后来终于有人看中了那个软件，决定投资。

亿荞自此开始走上坡路。

杨世昆看到了亿荞的好消息，笑着笑着就眼泛泪光。但他不能再回去了，他没有脸再回去了。

二〇二一年七月。

许肆顺利毕业，亿荞已经从当初那家小小的工作室成长为在繁华地带拥有两栋写字楼的大公司。

许珩宇这段时间忙得焦头烂额，在他不知情的情况下，公司出现了很大的亏空，而且漏洞越来越大，发现的时候已经补不上了。

他的其他产业也是资金紧张，根本周转不过来。

许衍宇气得在办公室把桌上的杯子扔到地上，听见有人敲门，他骂道："都给我出去，别来烦我！"

可门口那人丝毫没有要离开的意思，反而不紧不慢地又敲了敲门，一声又一声。

许珩宇本来就忙得焦头烂额，门口的人却像是跟他作对一般，没完没了地敲门，

他打开门，对上了那张四年都没见过的脸。

许肆的肩膀更宽阔了，模样成熟了很多。

他穿着一身黑色西装，胸前别着一枚小玫瑰图案的胸针，身材比例很好，更显宽肩长腿。

许肆冲他笑："别来无恙，许总。"

"你来做什么？"

许肆没有接话，而是自顾自地走了进去："这位置，许总坐得可舒服？"

许珩宇瞪他："你做什么？"

许肆冲门外的人招招手，把合同放在了桌上："许总过目。"

许珩宇看完合同，气得直接将其撕得粉碎："公司的事情是你做的？"

"别这么说，我可没有那么大的本事。"许肆不紧不慢地开口道，"如许总所见，我不过是来落井下石的。"

"公司的人是死绝了吗？让这个逆子在我面前耀武扬威，让他给我出去！"

许肆紧接着又放下一份文件："真抱歉，我还真有在这里的权利，毕竟这个公司，我占了百分之十的股份。"

他花了整整四年，才一点儿一点儿拿到了这百分之十的股份。

"怎么可能？"

许肆看着他："你信或不信，这都是事实，我对你的公司没有一点儿兴趣，我只想要回房子。"

前些年，许珩宇以他未成年为理由，向法院申诉，以保管的借口，拿走了李诗敏留给他的房子所有权。

他知道里面的猫腻，他只恨他那时候太弱太弱，他只想有一天自己强大起来，强大到能够与许珩宇匹敌。

许珩宇看着他，恨不得咬碎一口牙齿。

又是一阵敲门声。

"进。"

一个穿着白色短袖，黑色短裤的男孩进来了。

男孩面容精致，皮肤很白，宛若洋娃娃一般，睫毛卷翘，一双黑眸宛若黑曜石一般，短裤下的腿又细又直。

许肆认出了这是梁介然。

他去读大学的时候，梁介然还在读二年级，现在应当上六年级了。

"哥哥。"梁介然看清了面前的人，惊喜出声。

许肆不咸不淡地"嗯"了一声。

许珩宇把梁介然拉到自己身后："他才不是你哥哥，他就是一个彻头彻尾的疯子，连自己亲爹都坑害。"

"不是的，哥哥不是这种人。"

许肆冷笑道："麻烦许总先审视一下自己，再说他人。"

他说完就离开了。

后来许珩宇把房产证还给了许肆，还办好了一切手续。

许肆没有动许珩宇的公司，他只是厌恶许珩宇，既然许珩宇要将公司留给梁介然，那他也没有动的必要了。

……

许肆将公司的所有事宜全部交给了郝明，他终于又回到了那间房子。

许肆把房屋收拾好，洗了个热水澡，躺在了床上。

拿回了房子，大学也念完了，他也没什么牵挂和遗憾了。

无数个日日夜夜，他都想过去陪她，可他还没做完答应她的事。

如今也算是了无牵挂了。他拿起桌上的安眠药，语气里都带着些笑意："小老师，我来见你。"

许肆刚拧开药瓶，元元突然跳过来，打掉了他手里的药瓶。

药片撒了一地。

许肆蹲在地上，一片一片捡起地上的药，他看向元元："我会把你托付给值得信赖的人。"

前几年他去读大学的时候，把元元托付给了一个宠物店老板，留了一笔丰厚的钱。

那时候他连自己都顾不上，不想再带着它受苦了。

手机突然响起铃声，许肆看着振动的手机，没有理会，可那边的人似乎是不死心一般，一直打电话。

许肆拿起电话，看了一眼是未知号码，按了挂断。

他不明白，这时候还会有谁给他打电话，可那边的人不死心又打过来，一遍又一遍。

许肆接了电话，开口道："你是谁？"

那边的人似乎是松了口气："哎呀，你终于接电话了，来拿个快递。"

许肆以为是诈骗电话，就准备挂了。

那边的人却开口道："是一个叫江荞的寄给你的快递，不是你的吗？"

"是我的。"

许肆穿上拖鞋就冲下了楼，按照对方说的地址找了过去。

他拿到了一封信。

很薄。上面的字迹他再熟悉不过。

他回到家里，颤抖着手打开了那封信。

小许同学，恭喜毕业。

不知道你近来过得还开心吗？大学里好玩吗？有没有交到新朋友？

我猜想，以你的能力，这时候大概已经把外婆的房子拿回来了。

小许同学在我眼里从来都是无所不能的。

听说大学里的女孩子都很优秀，很好看。

谈恋爱了没有呀？

如果谈了的话，那明年的信就不用收了。

没谈的话，就请你读完这封信吧。

早就听说H市的古镇很好玩，我一直想去，但是一直没有机会。

等你有时间的话，能替我去看看吗？

署名是一个"荞"字。

许肆即刻动身去了H市。

他看到了雪山，也看到了那古朴典雅的古镇。

烟雨连绵，青石板铺就的小路，一直延伸到小巷深处，每一处都带着淡淡的烟火气。

石拱桥、石板桥、木拱桥，它们横跨于在溪流之上。

乍一到这里，仿佛进了水墨画里。

许肆在这里待了很多天，拍了很多照片。

许肆带着那些照片回了A市。

他坐在墓前，对着一张又一张的照片，给她介绍那些地方。

"古镇很好看，我多希望你能有机会亲眼去看一看。

"也没关系，我替你去看一看，也算你去过了。"

……

许肆开始对生活抱有期待，他期待下一封信的到来。

二〇二二年三月六日。

许肆接到了一个电话，对方通知他拿快递。

他拿到了五个包裹。

是江荞给他准备的十九岁到二十三岁的礼物。

原来，每一年他的生日，她都准备了礼物。只是他之前看了归属地，以为是沈妤纯打来的，全部拒接了，所以他一直没有拿到这些礼物。

他坐在床上，一件一件地拆开她送的礼物。

十九岁的生日礼物是一个篮球。

二十岁的生日礼物是一件白衬衫。

二十一岁的生日礼物是一顶帽子。
二十二岁的生日礼物是一件大衣和一条围巾。
二十三岁的生日礼物是一套西服。
原来他的每一个生日，她都没有缺席。
只是他错过了而已。

三月中旬，春暖花开。
许肆收到了第二封信。
下一站是大草原，蓝天白云绿草地。
同年九月下旬，许肆收到了第三封信。
下一站是 E 市，一座比较繁华的城市。
同年十月。
郝明看到电视上的新闻，吓得直接坐了起来。
"下面让我们来插播一条新闻，今日 E 市突发地震……"
郝明给许肆打了个电话，提示对方已关机。

番外三
梦醒时见你

许肆觉得自己仿佛是做了一个很长很长的梦,他费劲地睁开眼,眼前的所有东西都是模糊的。

他觉得自己肯定是疯了,他居然觉得他好像看到了江荞。

他闭上眼又睁开,这才看清。

讲台上的女孩穿着浅紫色的裙子,长得很乖很甜,一双眸子澄澈极了,似水杏一般。

她说:"你们好,我叫江荞。"

许肆愣愣地看着她,眼睛都不敢眨一下。

他怕他一闭眼,她又不见了。晶莹的泪珠顺着他的脸颊滑落,他抬起手很快抹去了脸上的眼泪。

没有人注意到,坐在后排的男生,独自对着讲台上的人,流了眼泪。

"那里有一个空位,坐那里可以吗?"

"好的,谢谢老师。"

许肆看着江荞向自己走过来。

她又坐在了他的旁边,和之前一模一样。

这一次,许肆没有等她开口,他先开了口:"你好,新同桌,我叫许肆。"

"我叫江荞。"

杨世昆有些奇怪地看了一眼许肆——怎么肆哥今天还主动跟人打招呼。

许肆盯着她,眼眶又润湿了。

他匆匆收回视线,这还是第一次见面,他不能吓到她。

可他还是忍不住偷偷看江荞。

江荞察觉到了身旁人的视线,开口道:"怎么了?"

许肆冲她开口道:"听说你成绩很好,我以后可以问你问题吗?"

"可以。"

杨世昆听见了后面两人的对话,差点儿从椅子上摔下去。

肆哥是怎么吗?他听到了什么?问问题?他可能是没睡醒。

许肆已经足足五年没有见到她了。

他的脑子里不断浮现他见到江荞最后一面时的情景。

冰凉的手，她紧闭着双眼，医院的床单整洁。

这一次的英语课，许肆主动把书摊开在两个人面前。他开口道："你刚来，没有书吧？我们一起看。"

江荞看向他，开口道："谢谢。"

江荞在前一天晚上就跟刘妈说，不用接她了。

她背着书包就出了校门。公交车站离学校门口有一段距离，她走得很慢。

书包带子突然被人重重地扯了一下，江荞回头对上了一张凶神恶煞的脸。那人满脸横肉，眉眼处还有一道长长的疤，大夏天里，他却穿着长袖。

江荞吓得呆住了，这是她前些日子在电视上看到的那张脸——

连杀九人畏罪潜逃进A市的男人。

她强行让自己镇静下来。接着，她丢下书包就准备跑，又被男人拽了回来，她被男人拖进了小巷子里，感觉自己的小腿都在发抖。

可那人死死抓着江荞的手腕，她挣脱不开。

他从兜里掏出一把明晃晃的刀，闪着冷光。他笑嘻嘻地开口道："反正都要被抓了，死之前，无所谓再带走几个，第一个是你。"

江荞的嘴唇都咬得发白了，她死命挣扎，可是她一个瘦弱的女生，面对成年男人的禁锢，她又怎么能挣脱呢？

"有没有人……嗯嗯嗯。"

江荞被他捂住了嘴。

刀捅下来的那一瞬间，她认命地闭上了双眼。

没有预想中的疼痛，她睁开了眼，看到了一双手握住了那人拿刀的手。

那是她的新同桌。

她看着那人用另一只手从兜里又掏出一把刀，捅在了许肆的肩头上。

"许肆！"

许肆痛得闷哼一声，他扭头，冲江荞扯出一抹笑："我在，别害怕。"

他捂住肩膀上的伤口，站起身对着那个男人两腿之间就是一脚。

那个男的抬手给了他一个肘击，两个人扭打在一起。

许肆一拳砸在那个男人脸上，然后站了起来。

他后退了几步，把江荞拉到身后，开口道："你往后面躲远点儿。"

那男人嬉笑道："有意思，你是第二个。"

许肆眼睛微红："老子一根手指都舍不得碰的人，你算是什么东西！敢这样

对她！"

"你是个什么东西？"

江荞没听明白他说的话是什么意思。

"许肆！"

江荞站在后面，浑身颤抖地拨通了110和120，她说话都有些不利索。

今天晚自习下课，他跟在江荞身后，发现她没有要刘妈接，而是自己回家。

似乎很多事跟之前都不一样了。

他不放心，小心翼翼地跟在她身后，又生怕被她发现，会以为他是跟踪人的变态。

没想到突然杨世昆跟上来了，许肆跟他比了个"嘘"的手势，让他先走。

结果一抬眼看到江荞不见了，许肆几乎是冲过去的。

江荞看着他，眼睛都红了，她伸出手去捂他的伤口，却怎么也捂不住。

那么大的伤口，血一直流不止。

她不明白，为什么才刚刚认识的人，能替她挡刀子。

她掏空了整个书包，却发现她没有一件可以紧急止血的东西。

许肆抬起手，又在身上擦了又擦，他用指腹轻轻抹去她脸上的眼泪，开口道："别哭，我的手很脏。"

江荞的眼泪一直止不住地流。

"你流了血，流了很多很多血。"

许肆只是看着她，然后抬手揉了一把她的脑袋，开口道："别怕，我不会死。"

他好不容易又遇见她，怎么舍得死呢？

江荞哭得说不出一句完整的话。

许肆看着她脖子上被那个男人掐出的痕迹，伸出手轻轻碰了碰，问道："疼吗？"

"不疼。"

"害怕吗？"

"不怕。"

"真乖。"

许肆说完，就脱力地倒在了她的肩膀上。

江荞吓得捧起他的脸，不停地说："别睡，别睡。"

"我没睡，我只是有点儿累，你的肩膀借我靠一下。"

他靠在她身上，感觉一切都是那么不真实。

许肆被送进了医院里，那个男人也被警察带走了。

许肆在医院中醒来，一睁眼就看到了她。

她的眼睛还是红红的，像小兔子一般。

许肆挣扎着坐起来，江荞按住他，开口道："你肩膀受了伤，需要静养，别乱动。"

"没事。"许肆拿了个桌上的苹果，又拿起旁边的刀。

江荞看着苹果在他手里变成了小狗的形状。

他把苹果递给她，开口道："吃个苹果。"

江荞有些愣神地接过他递过来的苹果，一瞬间有些反应不过来，受伤的是自己还是他。

"今天，谢谢你，要不然我就没命了。"

"不客气。"

他庆幸今天他赶到了，他无法接受她的再一次离去。

从那天起，江荞回家的路上多了一个人的陪伴。

少年总跟在她的后面，保持着合适的距离，从不逾矩。

只要她一回头，就能看到他。

"许肆。"她大声喊他。

"我在。"

江荞停住脚步，走到他面前，开口道："谢谢你每天都送我回家。"

许肆只是看着她笑。

他要确保她的安全，把她安全送到家。

他已经失去她一次，不能再失去一次了。

许肆经常问她题目。

杨世昆从一开始的震惊，觉得许肆不对劲儿，到后来渐渐接受了。

其实那些简单的题，许肆都会，可他还是想问她。

因为这样，他才能多跟她说一些话。

许肆将牛奶放在她桌上，江荞有些茫然地看着他。

"每天都占用你那么多时间问你题，请你喝牛奶。"

江荞开口道："那就谢谢你的牛奶了。"

刚开始是牛奶，后来是水果，有时候是蛋糕和糖果。

他不知道这是梦，还是他真的回到了那个夏天。

如果是梦，他愿意永不醒来。

他不知道，会不会哪一天他醒来又回到了原来的世界。

日子一天天过去，很多事都按照之前发生时的样子。

但似乎又偏离了些。

不过,许肆还是和以前一样喊她"小老师"。

这天,许肆提前去找元元。

他找遍了整个小区,都没有看到元元。

就要放弃的时候,他突然听到旁边的垃圾箱里有声音。

他一回头,就看到一只黑猫从里面出来了。它浑身脏兮兮的,很多地方还掉了毛,似乎是被别的猫咬伤的,它嘴里叼着鱼骨头,不知道是翻了多久才翻出来的。

"元元。"

许肆喊了它一声,本以为它会吓走。

谁知道元元丢了鱼刺就冲他跑了过来,还蹭了蹭他的裤腿。

它一直喵呜喵呜地叫着。

似乎在说:你为什么不早点儿来找我。

许肆蹲下来,揉了揉它的脑袋,开口道:"你要是也和我一样在做梦,就叫一声,不是叫两声。"

他说完,又被自己荒诞的想法笑到了。

他开口道:"我在说什么?我真是疯了。"

"喵——"

元元叫了一声,蹭了蹭他的裤腿。

许肆看着他,又开口道:"你要是的话就叫两声。"

"喵——喵——"

许肆蹲下来,笑道:"带你回家,我来接你了。"

元元开心地躺在地上发出呼噜呼噜的声音。

"小老师,给你介绍一位我家的新成员。"

一只黑猫出现在了屏幕里。

"它好可爱,有名字吗?"

许肆假装思考,开口道:"还没呢,小老师要不要给它取一个?"

江荞看着它的颜色,开口道:"就叫它元元吧。"

"好啊,就叫它元元。"

其实许肆很好奇,为什么她会取这个名字。

"这个名字有什么深意吗?"

"就是希望它元气满满,而且元色在古代是黑色的意思。"

原来她之前给它取名元元,是这个意思。

元元看着屏幕里的江荞,喵喵叫着跟她打招呼。

江荞看向许肆，有些茫然，不知道它说了些什么。
"它说，你好，它很喜欢你。"
许肆看着屏幕中的女孩眼睛笑成了小月牙，她开口道："我也很喜欢它。"
……
江荞被小混混堵的时候，他又出现了。
他把她护在身后，对着那些小混混说"找死"。
那是他第二次救她。
班里停电的时候，她看到小火花突然在自己面前炸开，许肆拿着蜡烛看着她。
她的心也不知何时被撬开了一个小缺口。
他总能察觉到她的任何情绪。
会在她心情不好的时候，带她出去吹风散步，看月亮。
她的每一个喜好，他都记得很清楚。

一个温暖的下午。班里的人都走完了。
阳光透过窗子，洒在教室里的每一处。
许肆看向江荞，轻声开口："小老师，不知道有没有机会跟你去同一所大学？"
他看到江荞的耳朵红了。
可他偏偏还想逗逗她，他已经很久很久没有见过这样生动的江荞了。
"小老师，可以吗？"
江荞抬眸看他，问出了心中的疑惑："许肆，你是不是之前有想去同一所大学的人？跟我很像。"江荞仰起头，终于问出了自己想问的话。
许肆开口道："怎么会这样问？"
其实江荞很久之前就有这个猜想了，她想起来许肆第一次救她的时候，他说的话。
她觉得可能他之前认识的一个女生跟她很像很像。
见江荞有些走神，许肆开口道："没有，只有你，从头到尾，只是你。"
"我信你。"江荞看着他眼底的认真，开口道。
"小老师，你还没回答我的问题。"许肆看着她，一双黑眸里写满期待。
"可以。"
听到她的回答，许肆眉眼间都染上笑意："我会努力的，小老师相信我吗？"
"我信。"

许肆每次考试都控制着分数，一点儿一点儿地进步，为的就是得到她的夸奖。
他拿着成绩单，像个求夸奖的大狗狗一般，一双黑眸看着江荞："还是小老师教得好，我一下子就提高了这么多分数。"

江莠看着他，开口道："贫嘴。"嘴上虽是这般说，看着他逐渐进步，她也很开心。

"都是小老师教得好。"

"小老师，下次考试我能进步的话，能不能抱我一下？就当是鼓励我，好不好？"

"不行。"

"为什么？"

江莠抬眼看他，开口道："就是不行。"

许肆失落地低头，垂下了眸子，语气里都带着几分落寞："好吧。"

"张嘴。"

江莠把糖塞进他嘴里，开口道："写作业吧。"

吃到了她喂的糖，许肆忍不住嘴角翘起。

糖果很甜，他整个人都甜得要冒泡泡了。

"小老师想去哪所学校？"明知道她要去哪里，他还是再问了一遍。

"Q大，你呢？"

"小老师去哪里，我就去哪里。"

江莠突然看向他，认真地开口道："许肆，其实我一直有一个疑问，你为什么对我这么好？"

"小老师，你相不相信梦想成真？"

江莠看着他，脸上写满了茫然。

"我信，我想我之前一定是遇见过你。"

不只遇见过，还错过了。

靠着那些回忆，他一个人独自前行了很久很久。

他很想她，很想很想她。他之前没有抓住她，重来一次，他一定要抓住她。

江莠认为他又在"满嘴跑火车"逗自己。

可是看着他的侧脸，总觉得他的表情很认真。

许肆突然转头冲她笑："今天也是努力要跟小老师去同一所学校的一天。"

虽然不是第一次听他这么说，但江莠还是忍不住心跳加速。

她看着他，开口道："贫嘴。"

"我会努力跟上小老师脚步的。"

江莠看着他，开口道："我等那一天。"

高考完的那天，天气很热。

天边出现了一道淡淡的彩虹。几乎是一出考场，很多人就注意到了。许肆看着天边的彩虹，第一时间就想到了她，他掏出手机，立刻拍了一张照片。

XS："小老师，快抬头看天上。"

小老师 BAE："许肆，看天上。"

他看着那条几乎同时发过来的信息，忍不住笑了起来。

他跟江荞的考点不在一个学校，他又给她发了条信息。

XS："等我，小老师。"

小老师 BAE："好。"

江荞正坐在椅子上发呆，忽然看到了一道身影，越来越近，越来越近。

少年穿着白色的衬衫，手里拿着纯白色的玫瑰花，头发丝染上了些落日余晖。

他看着她，一双黑眸里浸染了笑意。他说："十八岁生日快乐，小老师，恭喜成年！"

江荞接过他手里的花，羞涩地笑了。

"还有礼物，小老师跟我一起去拿。"

他神神秘秘的，给她的眼睛蒙上了一根宽丝带。江荞小心翼翼地拉着他的衣角，跟在他后面。

她感觉腕上一热，少年的手握着她的手腕，一步步带着她往前走。

丝带解开，江荞睁开眼，看到了满院子的玫瑰花。

白玫瑰如玉一般，纯洁又美好。

"你……"她一时之间结巴了起来，她不知道他什么时候种了满院的玫瑰花，她听见自己的心跳声，很快很快。

许肆见过很多玫瑰，可他始终忘不了属于他的那朵小玫瑰。

十八岁生日是早有计划，这栋房子是他研发软件赚钱买下的。

那些合作公司只知道制作软件的是一个神秘人，代号 Q，并不知道他只是一名高中生。

"喜欢吗？小老师。"

江荞点头："喜欢。"

"打开盒子看看你的礼物吧。"

江荞打开盒子，里面是一条浅紫色的裙子，另一个盒子里是一双高跟鞋。

他带着她进了房间，开口道："换上吧，小老师。"

裙子很长，腰部收得很好，显得她的腰身十分纤细。她小脸粉白，很适合穿这种浅色的衣服。

一双杏眼澄澈，宛若林间小鹿一般，又似水杏一般。

许肆看着她走出来，不由得有些发愣。他的眼中尽是惊艳之色，他就知道，这条裙子一定很适合她。

他半跪在地上，小心翼翼地给她穿上了那双高跟鞋。

许肆带着江荞再出来的时候，院子里多了很多人。

那都是江荞熟悉的面孔，姜知许、杨世昆、郝明、沈沫，还有罗星……

姜知许推着小车，上面是一个三层高的蛋糕。

"宝贝，十八岁生日快乐！"

"江学霸，十八岁生日快乐！"

"十八岁生日快乐，江学霸。"

"十八岁生日快乐，乖学生。"

"十八岁生日快乐！荞荞。"

那天晚上，他们在一起玩闹了很久很久。

江荞被很多人围在中间，过完了她热闹又独一无二的十八岁生日。

少年的视线，始终落在她的身上。

傍晚，许肆和江荞一起走在林荫小道上。

"小老师，我喜欢你，你愿意跟我交往吗？"

少年神色认真，一双眸子里映着她，只映着她。

他紧张到手都攥紧了，指尖都有点儿微微颤抖，这一次发生了很多和从前不一样的事，他怕她不喜欢他了。

"许肆。"

"嗯？"

"我喜欢你，不是因为你喜欢我，我才喜欢你，而是因为我喜欢你，所以喜欢你。"

所以她不说"也"。

她也不知道从什么时候开始，喜欢上了许肆。

或许是第一次，少年替她挡了刀子；或许是停电那次；或许是学校门口那次，他把她护在身后一个人面对那些混混；又或许是他在黑暗中说别害怕那次……

太多太多。

少年的喜欢十分纯粹，她承认她动了心，很早很早就动了心。

许肆抑制不住唇角弯起，怎么都压不下去，他笑得一双眼睛都弯了起来。

"小老师，我能牵你的手吗？"他的语气温柔，带着些小心翼翼。

"可以。"

得到了她的允许，许肆小心翼翼地抓住了她的手，包裹在手心里。

她的手很小很软，柔若无骨，捏在手心里很舒服很舒服。

他感觉自己的心跳有些快。

微风阵阵，吹得树叶哗哗作响，蝉鸣聒噪。

两个人走了很久很久，一直到太阳落山。

许肆轻轻撩起她耳边的头发，语气里带着询问和小心翼翼，他开口道："我可以亲你吗？"

江荞闭上了眼睛。

许肆用手托住她的脸，慢慢低下头来。

他紧张到手有些颤抖，他听到自己的心跳声，仿佛擂鼓一般，一下又一下，震得他脑子有些发蒙。

空气里满是香甜的气息，两个人的鼻尖触碰上，许肆几乎看得见她脸上细小的绒毛。

她的睫毛很长，像小刷子般。

许肆闭上眼，将吻落在她的唇上。

柔软的触感，让他一瞬间有些脑子发蒙。

来自胸腔的震动感，一下又一下，似乎心都快要跳出来。

他满脑子都是一个问题：她的嘴唇为什么这么软？他的心乱得不行，兴奋得脑子都乱成一团糨糊。

他甚至不知道自己的手该往哪里放。

两个人都很生涩，这个吻只是一触即分。

他松开江荞，觉得自己脸热得仿佛在燃烧。

他紧张地看向江荞，发现她的脸也很红很红，两个人都不敢看对方。

终于，两个人目光相触，对视了一会儿，都笑了起来。

许肆轻轻地拥住她，将头埋在她的颈窝里，贪婪地闻着她身上好闻的味道。

他终于和她没再错过了。

……

房间里一片洁白，病床上躺着的男人，全身上下插了很多管子，他的双眼紧闭着。

突然，他的嘴角缓慢扬起。

番外四
如果有如果

九月,天气还是热极了。

Q大的校园里,道路两旁种着法国梧桐,叶子郁郁葱葱,绿意盎然。

"学妹,你是刚来的新生吧?"说话的是一个烫着卷发的男生,一米八几的身高,笑起来露出两颗小虎牙,十分可爱。

"对。"女生穿着白色的及膝裙,柔顺的黑发披在肩上,一张白净的小脸,眼睛清澈透亮,透着几分乖巧,一眼惊艳,又莫名让人想要保护她。

"学妹,你是哪个系的?"

"法学系。"

"这么巧,学妹,我也是法学系的,加个微信吧,以后有问题可以问我。"

江荞刚想拒绝,忽然手上一热,少年低沉的声音在耳边响起:"不巧,我女朋友不加生人。"

男生看看穿着白裙子的女生,又看看她旁边白衬衫、蓝色牛仔裤的男生,立刻就明白了:"不好意思。"

"真是一会儿都不能离开,女朋友太惹人喜欢怎么办?"许肆的声音带着几分调侃。

江荞红了耳朵。

许肆肩上挎着大包小包,一只手拉着行李箱,另一只手牵着她。

江荞撑着伞,看着他额角的汗,掏出纸巾替他擦汗,忍不住开口:"要不然还是我拿几个吧?太多了,你太累了。"

"不用,你给自己打着伞就行。"许肆舍不得她跑来跑去,所以让她站在原地等自己,他去快递点拿寄过来的行李,不承想自己差点被"偷家"了。

许肆把江荞送到了宿舍里,江荞来得早,宿舍还没人。

"我先去收拾自己的东西,等会儿来找你。"

江荞点头:"好,我送你下去。"

"不用送我。"

许肆下了楼,江荞站在阳台上看他。

看到他冲自己挥手，她也轻轻地冲他摆摆手。

江荞刚把东西收拾好，就进来了两个人。

一个短发的女生，叫苏文，还有一个长发的女生，叫司琪。

"咱们宿舍有个小仙女啊。"

苏文是北方姑娘，说话比较豪爽，一张嘴就让江荞红了脸。

"皮肤太好了吧。"

江荞认真地说："你们也很漂亮。"

苏文闻言笑得合不拢嘴："被美女夸是我的荣幸。"

三个人很快熟络了起来。

最后一个室友姗姗来迟，也开始收拾床铺。

苏文听见其他宿舍传来的惊呼声，以为学校出现了什么大新闻，推开阳台的门，往下看去。

下面站着一男一女，男生身穿白衬衫，身材颀长，阳光恰好洒在脸上，柔和了他棱角分明的五官。

女生站在他的身侧，一条红裙包裹着姣好的身材，皮肤白皙，勾人的狐狸眼格外惹眼。

"姐妹们，楼底下有一对小情侣颜值好高，就是两个人看起来不熟是怎么回事？"

此话一出，宿舍另外两个人同时冲向阳台。

"江荞，你快过来看帅哥美女。"

三人同时回头，却发现刚刚还在宿舍的人不见了。

她们再往下看，穿着白裙子的姑娘小跑着奔向那两个人。

刚刚还神色冷淡的少年瞬间眉眼带笑。

穿着红裙子的姑娘伸手接住了扑向自己的女孩。

苏文说："好像误会了，或许那是咱们小仙女的闺密和男朋友。"

司琪说："果然美女的朋友也是美女。"

"阿许，我还以为你今天不会来了。"

姜知许笑着揉了揉江荞的头："小朋友开学第一天，我怎么可能不来？"

江荞笑弯了一双眼睛，走在两个人的中间。

餐厅里。江荞看着自己碗里堆得冒尖的菜，看向还准备给自己夹菜的两个人，忍不住开口："我真的吃不下了。"

两人这才作罢。

"阿许，你这次在这边待多久呀？"

"不走了。"

听见这话,许肆剥虾的手一顿,看一眼眼睛亮亮的江荞,又继续手上的动作。

"真的吗?阿许。"

"真的,还记得我们之前说好的吗?你在哪里念书,我就去哪里陪你。"

"好阿许。"

姜知许笑了,把剥好的虾放在江荞碗里。

几乎是同时,许肆也把手里剥好的虾放在了江荞的碗里。

江荞看着碗里堆满的虾,又看看两人,笑了。

饭后,三个人在附近的商场转了一会儿。

许肆跟在两个人后面拎东西。

姜知许在抓娃娃机抓了娃娃,江荞兴奋地抱住她:"阿许好厉害。"

许肆眸子一沉。

三人一直逛到下午。姜知许笑盈盈地看着江荞:"我走了,有空来看你,把你还给你的小男朋友。"

许肆笑道:"慢走。"

两个人看着姜知许上了车。

晚上散步的时候。许肆牵着江荞的手,语气委屈极了:"小老师今天都没有抱我。"

"许肆。"

许肆停住脚步,江荞伸出胳膊抱住他,把脸埋进他怀里。

他下一句调侃的话硬生生地卡在喉咙里,心底是化不开的甜。

许肆每天都会给江荞送早餐,一天不落。

每当这时候,宿舍的人就会起哄:"荞荞宝贝,你的小男友来了。"

许肆平时没课的时候,经常去江荞上课的教室旁听。

杨世昆和郝明来找过两个人很多次。苏文她们从杨世昆口中得知两个人高中的故事,直呼甜死人。

这故事不知怎么就传了出去,两个人成了Q大令人艳羡的一对。

在这大学四年里,许肆击垮了许珩宇的公司,顺利拿到了奶奶家的钥匙。

沈妤纯在许肆大三那年跟许珩宇离婚了。

大四这年。姜知许提了新车,她第一件事就是开车去接江荞。

江荞坐在副驾驶上,姜知许替她系好安全带,笑容明艳:"说好的,以后开豪车,接我家小朋友,副驾驶是小朋友一个人的。"

江荞忽然想起那些年吹着晚风,两个人一起骑车经过的夜路。

她笑了,眉眼弯弯:"好,是我一个人的。"

毕业后，几人都回了 A 市。

二○二一年六月二十三日，农历五月十四，六个人聚在许肆奶奶家里。

这年姜知许和姚景和正式在一起了。

三个男人在厨房里忙活。

杨世昆试图加入，被郝明给赶了出去："别捣蛋，肆哥冰箱里有雪糕，自己拿着吃。"

"不捣蛋就不捣蛋。"杨世昆跑去开冰箱，拿出来三根雪糕，递给姜知许和江荞，又小声开口："能吃吧？"

江荞点头，接了过来，将其中一根递给姜知许。

菜很快端了出来。

许肆给江荞开了瓶牛奶。江荞喝了口牛奶，看到其他人手里都是酒，有些好奇地端起来他的酒。

许肆看向她："只能喝一口。"

"好。"江荞冲他点头，端起酒杯尝了一口，皱眉，"不好喝。"

许肆笑着轻揉了一把她的脑袋："确实不好喝，你喝牛奶。"

姜知许与姚景和相视一笑，杨世昆和郝明也是一脸被小情侣甜到了的表情。

元元坐在自己的位子上，享受着属于它的冻干和罐头。

杨世昆忽然开口："之前过年，我们四个就在这里一起吃火锅。说起来，都过去好几年了，现在变成了六个人。"

其余几人都开口："是啊。"

不知不觉已经过去四五年了，却仿佛是昨天发生的事。

饭快吃完了，许肆借口去上厕所。

没一会儿，他推出来一辆小车，上面是一个插着蜡烛的两层生日蛋糕。

江荞还没反应过来，姜知许就将生日帽戴在了她的头上，旁边的几人都说着"生日快乐"。

许肆看着面前的女孩，语气里满是愉悦："生日快乐！小老师，还有，祝我们四周年快乐。"

江荞眼眶湿润，她吹灭了蜡烛，双手合十，许愿她爱的人和爱她的人身体健康、永远快乐。

许肆首先送了礼物。

接着，姜知许捧着礼物盒子递给她："生日快乐，小朋友。"

杨世昆和郝明异口同声："生日快乐，江嫂。"

姚景和也道："生日快乐。"他倒是没想好称呼江荞什么。

这天江荞还收到了在其他城市工作的沈沫和罗星送的礼物。

夏夜里,海风习习。

六个人在海边玩闹。

许肆忽而神秘兮兮地捂住了江荞的眼睛,在她耳边轻声开口:"还有最后一个礼物。"

她看不见,只能跟着许肆一步步往前走。当她再睁开眼时,只见沙滩摆满纯洁如雪的白玫瑰,美得惊心动魄。

与此同时,烟花一簇簇飞向天边,绚丽多彩。

许肆单膝跪下,握着江荞的手,语气认真:"小老师,你愿意把我们的关系变成合法关系吗?"

在四个人的起哄声中,江荞轻轻点头:"我愿意。"

许肆给她戴上戒指,低下头,仿佛亲吻珍宝一般,将吻落在她的指尖。

从十六岁到二十二岁。

是他。一直是他。

所幸。一直都是他。

番外五
他们和她们

1 杨世昆 × 郝明

在杨世昆很小的时候,他的父亲就过世了。

对于他来说,父亲只是一个很模糊的名词。

他从不觉得自己缺爱,徐女士几乎成了他生活的全部。

徐女士也几乎从未提过他的父亲。她总是笑眯眯的,乐呵呵的。

他也撞见过她的脆弱,她不是不想他的父亲,她只是一个人默默地吞下了那些眼泪和想念。

她也是第一次做母亲,把最好的东西都给了他。

徐女士一个人能扛着两桶水上八楼,能自己换灯泡,自己做饭做家务。

小时候杨世昆被人欺负哭,徐女士带着他找到那个男孩,她说:"男子汉哭什么,我看着你俩打,谁打赢算谁的。"

徐女士看着他被人揍倒在地,一句话没说。

最后她拉着杨世昆的小手回家了,她说:"男子汉,可以被人打倒,但是一定要学会自己站起来,不要总是哭鼻子。"

那天徐女士给他做了很多菜。

杨世昆长大以后,因为考零分,徐女士拿着衣服撑子追着他跑了三条街。

杨世昆从未想过,有一天在他眼里很强大,强大得能撑起整个家的徐女士,居然会晕倒在地。

那时候他才发现,原来她那么瘦那么小。他印象里的徐女士一直都是很高大的。

医生告诉他:"病人得了脑癌,手术费需要四十多万元,后面还要住院观察。"

舅舅给他拿了十万块钱,公司刚进入上升期,杨世昆全身上下都凑不出来一万块钱。

"喂,伯父呀,我妈住院了,我能不能……"

"嘟——"

那边很快就挂了电话,杨世昆急得焦头烂额,借遍了所有亲戚,也只凑到了三万块钱。

手术以后还要住院。

他凑不出钱。他在医院的走廊坐了一夜。

他第一次知道没有钱是会让人那么无能为力。

那些天郝明总找不到他,是因为他一天打三份工,不眠不休,累到晕过去。就算这样,他也只挣到了几千块钱。

他实在是不知道怎么办了。这时候,他又接了一个电话,那边说:"病人家属,病人的状况现在很不好,应当尽快安排手术,否则,她可能撑不过三天。"

杨世昆的心都凉了。

徐女士说男子汉不可以流眼泪。可那天他还是流了很多很多的眼泪。

徐雁说:"别治了,我不想成为你的累赘。"

"你不是累赘,你从来都不是累赘,我一定会想办法的,一定会。"

徐雁长得好看,如果不是带着他的话,绝对可以再嫁。

可是她还是选择把他带在身边。其间有很多男人追过她,都被她一一拒绝了——她怕那些人对杨世昆不好。

杨世昆走投无路,他去找了许肆。他知道自己浑蛋,可他还是硬逼着自己说完了那些话,他说:"我要撤资,分红也提前给我吧。"

许肆平静地把钱转给了他,郝明问他是不是疯了。

杨世昆也觉得自己要疯了。他根本就要撑不下去了。

徐女士还是走了,在一个漫天飞雪的夜里悄悄离开了。

她不忍心再看杨世昆这样辛苦了。

她不想成为任何人的累赘。

后来,杨世昆被生活磨平了所有棱角。

习惯性地跟人说对不起,习惯性觉得自己给别人添麻烦了。

郝明是在一次酒会上看到的杨世昆,他穿着服务生的衣服,正卑躬屈膝地给一个男人道歉。

他瘦得下巴越来越尖了,似乎都不会笑了。

"打扰一下,发生了什么事?让您这么生气。"

"还不是这个服务生不长眼,刚刚把酒洒在我身上了。"

"不过是一杯酒而已,不值得,别气坏了身子。"

那人看着郝明,突然想起了什么,开口道:"你是……你是郝总。"

那人明显有些激动。

郝明跟那人交换了名片，说了几句话。

现在的郝明自信，谈吐大方。杨世昆完全不敢抬头看他，想着他没看见自己，下意识地就想跑。

"杨世昆。"

听到他叫自己的名字，杨世昆走得更快了。

郝明拽住他，开口道："跑什么？"

杨世昆却冲他挤出一抹笑："郝总还有什么事？"

一瞬间，郝明脸上的笑意消失了，他看着杨世昆，开口道："有没有人说过，你强颜欢笑的时候，真的很难看。"

杨世昆甩开他的手，扔下一句"对不起"就走了。再后来，郝明听说他辞职了。

……

郝明没想到会在三天后再遇见杨世昆。

"郝总，我让她们几个都来敬您一杯。"

郝明目光瞥向角落里的杨世昆，他穿着一身西装，目光空洞，脸上还是习惯性地挂着假笑。

"我要他给我敬酒。"郝明的手指向杨世昆。

一瞬间，所有人的目光都落在杨世昆身上。

刘陶用胳膊肘撞了一下杨世昆，开口道："聋了吗？郝总让你敬酒呢！听不到吗？！"

杨世昆端起桌上的酒，开口道："我祝郝总事业蒸蒸日上。"

他说完，一饮而尽。

郝明盯着他看了一会儿，然后开口道："跟贵公司的合作，我会考虑，前提是，我要他参与。"

他看向杨世昆，开口道："你觉得怎么样？"

在座的人都愣了。

刘陶撞了杨世昆一下，开口道："郝总跟你说话呢。"

"我不愿意。"

刘陶小声跟他咬耳朵："你疯了是不是？我们好不容易才有跟亿荞合作的机会，你是要让所有人的心血都打水漂吗？你知不知道现在多少人挤破脑袋想和亿荞合作！郝总看重你，就是给你脸了，别不识抬举。"

杨世昆紧咬着唇，半晌才开口道："以后飞黄腾达，就靠郝总了。"

"飞黄腾达。"郝明重复着这四个字，他笑道，"好啊。"

"我跟您换个位子。"

听着郝明突然开了口，刘陶站起身把位子让给了他。

杨世昆感觉到一股灼热的视线一直落在自己身上，他抬头看见郝明在跟别人说话。

他提醒自己，敬完酒就好了。当初是他对不起肆哥和郝明。

他不敢面对他们——无论是许肆，还是郝明。

散场时，外面又下雨了。

"走吧，送你回去。"

"谢谢郝总，不用了，我自己打车回去。"

郝明听着他一口一个"郝总"，撑开伞，攥着他的手腕就往自己车停的那边走。

他打开副驾驶的门，开口道："进去。"

杨世昆坐在了副驾驶上。

郝明启动车，一路上两人都很沉默。杨世昆听着车窗外淅淅沥沥的雨声，有些微微失神。

突然，车停在了路边。

郝明钳住他的下巴，强迫他看自己："杨世昆，你到底还要躲我们到什么时候？"

杨世昆沉默，郝明生气地冷哼一声。接下来的一路上两人都有些沉默。

郝明再次停车，杨世昆问他："这是哪里？"

"我家。"

郝明说着，打开了房门，郝明也没说让他换鞋，杨世昆跟在后面进去了。

杨世昆看着他自顾自地进了厨房。

房子很大，也很陌生，杨世昆开始观察四周，架子上有很多是他高中在郝明房间里见过的东西。

没一会儿，郝明从厨房出来了，手里还端着一碗醒酒汤。他把碗放在杨世昆面前："喝了。"

"谢谢郝总。"

郝明一个眼神看了过来："你要是想死的话就继续叫。"

"没醉。"杨世昆转移话题。

"哟，小菜鸟都开始几杯不倒了。"

"习惯了。"

杨世昆的语气平淡，仿佛说的是吃饭喝水一般的平常事，对这几年受过的苦却只字不提。

郝明似乎是气笑了，重复他今天的话："郝总？飞黄腾达靠我了？"

杨世昆没说话。

"当初为什么不辞而别？你是傻的吗？"

"我不是。"

"那你……"

"我自己已经活得很不如意了，我不能再拖累你，再拖累肆哥。"杨世昆说着就红了眼眶。

"杨世昆,你是傻瓜吗?"

杨世昆听得这话,没忍住鼻子一酸,他咧嘴冲郝明笑:"你是傻瓜,我是你杨大爷。"

"你笑得比哭还难看。还走吗?"

"走。"

"去哪里?"

"不知道。"

"那就留下,不许走了。"郝明听到了自己的声音在发颤,更怕明天他突然又不见了。

之前就是不辞而别,一走就是好几年。

杨世昆抿着唇没有说话。

"之前的事我和肆哥都知道了,傻不傻呀?有什么事情我们三个一起面对,为什么你要自己面对?"

杨世昆不说话,只是一直掉眼泪。

郝明开口道:"别哭了,我不说了。"

杨世昆一边掉眼泪,一边平静地和郝明说出了这几年发生的事。

郝明一把抱住他,一句话都没说,他心底泛着酸涩。第一眼看到杨世昆的时候,他就揪心一般疼。

"为什么?"

郝明不理解他这句突然的"为什么"是什么意思:"什么为什么?"

"为什么不怪我?"

"小时候你挡在我面前,怎么,长大了不允许我挡在你面前了?我跟肆哥一直都在,你把我们当兄弟吗?"

"对不起。"

"你求求我,我就原谅你。"

"郝大头,你别逼我扇你。"

郝明听着他的话,扬着唇笑了。

好在,前路漫漫,他们还有很长的未来。

2 姜知许 × 姚景和

江荞去世后,姜知许没有回原来的工作室。

一开始去A市就是因为江荞，如今江荞不在了，她突然有些迷茫了。

如果没有江荞，她可能早就死了。

江荞走后的第一年，她开了一家花店，就在A市，在她最喜欢的城市。

偶尔闲下来的时候，她还是想江荞。

姜知许脱掉鞋，赤脚走在沙滩上，她蹲下来，在地上小心翼翼地写了一个"荞"字。

很快那个字被海水冲刷掉了。

她穿着一条红色的裙子，热烈极了，堪堪到膝盖下面，露出纤细的小腿，风吹得她的头发扬起。

她一步步往海里走去。

"姜知许。"

她似乎听见有人叫她，可是她继续往前走。

一双有力的手抓住了她，她回头看到了姚景和。她忽然勾着唇笑了，一张脸明艳极了，她说："好巧啊。"

"你怎么往海里走？快涨潮了。"

"我知道快涨潮了，我不傻，涨潮之前我肯定会回来的。"

姚景和不信，拉着她回到了沙滩上。

"我真的没有想要轻生。"姜知许看着他，开口道。

她早就死过了一次，连带着对家庭的幻想，一并死在了那一年。

她只是觉得那样很放松，海水慢慢淹没她的小腿，那种感觉让她很放松。

"你现在在做什么？"

姜知许看着他，开口道："开了一家花店。"

"挺好。"

姜知许靠在椅子上，有些微微失神。

"你一开始来这里，是因为她吧？"

"嗯，荞荞是个好女孩，只可惜……老天不太公平。"看着姚景和的眼神，她总有种被看穿的感觉。

明明……明明她从来没有提过这些事。

他怎么会知道？

"你也很好，她肯定希望你能过得幸福。"

姜知许看着他，开口道："不过……你又怎么会知道这些事？"

姚景和沉默了一会儿，开口道："其实这也算是我们认识的第十二年了，是我单方面认识你的第十二年。"

姜知许震惊，她有些不敢相信地开口："十二年？"

"嗯。可能这件事对你来说是一件很小很小的事，你可能都不记得了，但是我记了很久很久。"

"不对，我听说，你一直在国外生活，前几年才回来，我们不可能遇见过啊。"

"我十二岁那年出国的，其间回来过，没有找到你。"姚景和看向她，"你还记得你读三年级的时候，曾经遇见过一个小胖子吗？"

学生时代的事，对于姜知许来说有些遥远了，她想了半天，也没有一点儿印象。

"肥猪，哈哈哈，都那么胖了还吃。"

姚景和手里的塑料袋子都捏紧了，他没有说话。

"说你呢，大胖子。"

"哈哈哈，不仅胖，还是个哑巴。"

"哑巴，哈哈哈，不会说话的哑巴。"

姚景和想要绕开他们，结果其中一个抢走了他的书包。

"哎，不给，不给。"

"来抢呀。"

姚景和跑过去抢，书包又被丢给了另一个男孩。

几个人把他的书包丢来丢去。

"干吗欺负人？"

姚景和看着突然出现的女生，她的头发扎得乱七八糟的，小脸很白净，穿着整洁的校服。

"书包，拿过来。"

为首的那个男孩不想给。

"拿过来，别让我说第二遍！"

也许是姜知许太凶了，那几个男孩真的被她唬住了，乖乖地交出了书包。

"有意思吗？嘲笑别人外貌，很没有礼貌，不知道吗？"

那几个男生不说话。姜知许看向其中一个男生，开口道："我说你长得难看，你觉得好玩吗？"

她又看向另一个男孩，开口道："我说你长得像被雷劈了一样，焦黑的，你觉得好玩吗？"

然后她的目光落到下一个男生身上，开口道："我说你真是每个牙都想住单间，好玩吗？"

三个男孩被她训得不敢说话。

姜知许将书包还给他，开口道："别听他们乱说，你很可爱。"

"谢谢。"

姚景和看着她等在门口，然后挽着一个扎着两个小辫子的小姑娘走了。

后来再遇见她，是他读初一的时候。

她在翻墙，那时候她的五官已经长开了，尤其是那一双狐狸眼，尤为好看。

他看到她冲自己比了个"嘘"的手势。

他认出了她。可她不记得他了。

后来他去国外念书，走之前，他打听到，她叫姜知许。

他合理饮食，每天都健身，终于摆脱了"胖"这个字。他记得她的话，她说他可爱。

他读完研究生就回国了。可是他回来的时候，听说她已经不念书了。他也听说了她的那些过往。

所以后来听朋友说，她要来 A 市这边的时候，他让朋友跟她说，有朋友在这边，让她可以来这里找自己。

……

姜知许听完他说这些，想起了一些，印象里是见过一个小胖子的。

她笑道："没想到你记了那么久，我都忘了。"

姚景和看向她，开口道："能给我一个照顾你的机会吗？"

姜知许有些疑惑，她看向姚景和，开口道："这是什么意思？"

"字面上的意思，我想追你。"

"可是你想清楚，我初三就辍学了，而你去过国外，见识过很多新鲜事物，还读了研究生。我们首先在知识层面上就是不对等的。

"而且你并不了解我，我这个人脾气很坏，性格也是有缺陷的，最重要的一点，我不相信男人。"

"我都知道，了解完你的全部，我还是喜欢你，给我一个追你的机会。"

姜知许看着他，开口道："你会后悔的。"

"我只后悔错过了太多年。"

……

从那以后，姚景和每天早饭、午饭、晚饭不重样地给她送。

送包、送花、送衣服、送首饰。

他说："如果你觉得困扰的话，你可以直接扔掉。"

姜知许只接受了吃的，其他的都给他退了回去。她搞不懂他是看上了自己什么。

她觉得，最多一个月，他就撑不住了。

可是姚景和足足坚持了一年，每天准时准点出现在花店门前给她送饭。

她去看江荞的时候，哭得妆都花了。他在旁边给她递纸巾，从不逾越。

后来，姜知许问他："如果我一直不同意呢？"

"那我追你一辈子。"

又是一年夏天，这天雨下得很大，似乎要将夏天的闷热全部洗刷去。

姜知许穿着酒红色的衬衫，底下是浅蓝色的短裤，露出的一双腿又细又长，一头卷发被绑在了脑后。她一边修剪着鲜花，一边听着雨声，抬头看了一眼外面。

这么大的雨，他今天应该不会来了。

她一走神，就被玫瑰花的花枝刺破了手指，她将手指放进嘴里，竟觉得有些失落。

她将玫瑰插在花瓶里，又往里面添了些纯白色的桔梗花。

门口响起熟悉的脚步声，她一回头就看到站在门口淋成了落汤鸡的姚景和。

她丢下手里的那朵桔梗花，开口道："你是疯了吗？这么大的雨你还来。"

姚景和却说："饭还是热的。"

"……"

姜知许拿出来一条干净的毛巾，丢给他，开口道："擦擦吧。"

姚景和擦干净了头发。

姜知许看着他身上湿了一半的衣服，起身去拿了两件干净的衣服，她开口道："后面有换衣服的地方。"

姚景和看着手里的男式衣服，有些茫然地开口道:"你这里……怎么有男生的衣服？"

"你说那个呀？前男友留下的，忘了扔了。"姜知许冲他咧开嘴笑，一双狐狸眼勾人极了。

姚景和去换衣服，看着衣服上的吊牌，知道她肯定是骗自己的。

他换好了衣服，竟意外地合身。他看到姜知许在吃饭，就坐在了她的对面。

"最近不忙？"姜知许抬眼看他。

"还好。"

"我忘了，你是老板。"姜知许又吃了几口菜，然后停了筷子。

"今天的饭好吃吗？"

"好吃。"姜知许擦干净嘴，姚景和将旁边的口红递给她，举着镜子看她补口红。

姜知许补完口红，看向他，开口道："忘了问你，哪家的饭？还挺好吃。"

"我自己做的。"

姜知许顿了一下，看向他，开口道："不好吃。"

"明天想吃什么？"

"都行。"

"糖醋排骨吃吗？"

"可以。"

"红烧鲫鱼呢？"

"不想吃。"

姚景和又问了几个，然后说道："那明天就做这些。"

姜知许看向他，开口道："你就不怕忙活了那么久，最后还是一场空？"

"追你是我自愿的，给你做饭也是我自愿的，追不到只能说明你不喜欢我，或者是我还做得不够好。喜欢是你情我愿的，强求不来。"

"可我还是不明白，我有什么值得你喜欢的。"

姚景和看向她，开口道："你站在那里，什么也不做，就足以让我心动。"

或许你一直在追寻阳光和美好，但是无意间也曾成为照亮别人的月光。

他是胆小鬼，小心翼翼地藏着自己的爱，一丝一毫破绽都不敢露出。知道她的过往，深知她内心对男人的排斥，对恋爱和婚姻的排斥，所以他一直不知道该怎么靠近她，才不会让她厌恶。

看到她受伤的时候，他还是忍不住关心她，给她上药。看到她因为最在乎的人的离世走不出来，甚至有轻生的意向，他觉得不能再沉默下去了。

至少也要勇敢一次。

无论是那个把头发扎得歪歪扭扭、跟他说"你很可爱"的女孩，还是那个冲他比"嘘"的手势、笑得明艳的女孩，又或是现在的她。

每一个她，他都喜欢，只会更喜欢。

姜知许看着他，开口道："可我的性格本就是破碎的，不完整的，我不适合恋爱。"

"如果我们能在一起的话，我只会觉得幸运，你的全部我都接受。"

姚景和说完，突然从椅子上跌了下去。

他就那样猝不及防地摔了下去，姜知许都没反应过来，他就倒在了地上。

姜知许扶他去后面的沙发上躺好，触及他的额头，一片滚烫。

她觉得他今天一定是疯了。

姚景和睡得有些意识模糊，一睁开眼，看见自己躺在沙发上，他的额头上还有冰凉的毛巾。

姜知许在旁边用小锅煮粥，回头看了他一眼，见他醒了，开口道："我搬不动你，只能委屈你睡沙发了。"

姚景和闻到了白粥的味道。

他坐起身，感觉头还是有些晕晕的。

姜知许搅动了几下锅里的粥，然后盛了一碗出来，冲他开口道："都发烧了你还来，再烧一会儿肯定烧成傻瓜。"

"我不知道自己发烧了，就是有点儿头晕。"姚景和说完，捧着那碗粥喝了几口，突然感觉发烧了也不错。

姜知许突然走了过来，伸出手摸了一下他的额头，又摸了摸自己的额头，开口道："不算烫了，退烧了。"

姚景和看着她，耳尖有些红了。

姜知许看着他喝粥，突然开口道："谈过几个女朋友？"

姚景和愣了一瞬，然后摇头："没谈过。"

"哦。"姜知许说完，靠在沙发上开始玩手机。

姚景和喝完那碗粥，认真地开口道："我真的没谈过恋爱。"

姜知许抬眸看他："我知道你没谈过恋爱，我也没说你谈过。"

姚景和抿了抿唇，有些紧张地抠了抠自己的手指。他开口道："可以让我以后照顾你吗？"

不知道姜知许想起了什么，她说："我讨厌结婚，一辈子只谈恋爱，你也能接受吗？"

她永远记得，所有人都说，姜平在结婚前对母亲也是很好的，送花、送礼物、买吃的。可是结婚后，姜平就变了样，酗酒、谩骂、殴打。

所以她对恋爱和结婚，从一开始就有些抵触，她看别人恋爱可以，轮到自己就不行。

"能跟你谈恋爱，是我的荣幸。"

"我没有你想象中的那么好。"

"可是在我眼里，你就是最好的。"

"那我们试试吧。"姜知许看向他，开口道。

一时间，姚景和有些手足无措。

姜知许紧接着开口："我不敢保证我会是一个好的女朋友，但我会尽量去做一个合格的女朋友。"

"你不用改变，你做你自己就好，你不用为任何人改变。"

"你妈妈会喜欢一个高中都没有念过的姑娘吗？"

"我妈早就知道你，之前就一直鼓励我赶紧追你呢，她都想亲自上阵了。"

"那你爸……"

"我爸跟我妈一个想法。"

姜知许还想开口，就看到他递过来一张卡。

她微眯了一下眼睛，开口道："这是什么意思？"

"上交工资卡。"

3 沈沫 × 宋登瀛
||||||||||||||||||||||||||

沈沫从来没想过，那么乖巧优秀的一个女孩子，生命永远停在了那个盛夏。

参加葬礼那天，她依旧不能接受那个事实。

照片上的女孩笑得依旧明媚可爱，可惜她的生命永远定格在那天。

一直以来，沈沫都是一个遇见什么事都不会掉眼泪的人，可是那天她的眼泪却怎么也止不住。

沈沫拿到了江荞留给她的信。

打开看到里面的字的时候，沈沫放声大哭了起来。

她信中第一句写着："第一次见到你的时候，我就觉得你挺好看的。"

沈沫想起来两个人的第一次见面，她还算是在"威胁"她。

她居然还会觉得自己好看，她怎么那么乖啊？沈沫几乎是颤抖着手读完了那封信。

信的最后，江荞写道：

> 很抱歉没有告诉你我生病了这件事，我不想让任何人替我担心，希望我们下辈子还能做朋友。
>
> 如果青春有迹可循，我觉得你是浓重色彩的那一笔；我始终觉得你是一个很酷的女孩，也希望你以后能做自己想做的事，成为自己想成为的人。

她算什么酷女孩？日复一日地坚持枯燥的学习才算酷。

沈沫觉得江荞才是真的酷，能把那么无趣的东西全部学会。

她将那封信收了起来，她随身携带的钱包里一直夹着一张照片，那是毕业那天她跟江荞的合照。

只要她还记得，她就觉得江荞一直都在，从未离开过。她每年都会回一趟家，讲很多有意思的事给江荞听。

大二那年，她看到了一个有些眼熟的人。

少年已褪去青涩，初有青年人的模样，依旧温润如玉，一双狭长勾人的桃花眼，似乎看谁都深情。

他出众的外表让沈沫一眼认出他。是夏辰安。

她看着他放了束白色郁金香在她墓前，什么也没说，就站着看了一会儿。

沈沫看着夏辰安："你也来看荞荞？"

夏辰安看见她，眸子里多了几分意外。他冲沈沫点头："嗯。"

"还放不下吗？"

夏辰安没有回答这个问题，声音里夹杂着复杂的情绪："我现在理解了那句话，年少时遇见太过惊艳的人，总是让人难以忘怀。"

他在高考结束后不久，知道江荞离世了，他用了很长的时间才接受这个事实。

他永远忘不掉书店里的那一眼惊艳。

沈沫深有体会地开口："确实。"

你看啊，荞荞，有这么多人都在念着你。

……

二〇二〇年七月。

大四这年，沈沫去了偏远地区支教。

那里的教育资源匮乏，条件艰苦，沈父认为她最多坚持一两个月就会知难而退，乖乖回来了。

二〇二〇年八月。

因为沈沫的反馈，学校得到社会上慈善人士的捐款，破旧的房屋得以重修。

二〇二〇年十一月。

沈沫用自己的工资给孩子们每人买了一套新的文具。

二〇二一年二月十九日。

讲台上的人早就不见了学生时代的乖张，穿着黑色的长款羽绒服，脖子上戴着红色围巾，一张明艳的小脸上满是笑意："喜欢新校服吗？"

底下是一张张朴实的笑脸，他们异口同声："喜欢！谢谢沈老师给我们买的校服！"

"还要谢谢谁呀？"

"还要谢谢江姐姐。"

江荞，这是这些学生听沈沫说过最多的名字。

一开始有学生问过沈沫："老师，江姐姐是个什么样的人？"

沈沫的脸上浮现几分温柔，似乎是陷入了回忆里。她嘴角噙着笑意："很漂亮，是我这辈子见过的最善良、最温柔的姑娘。"

"比沈老师还要漂亮吗？"

"嗯。"

"沈老师这么漂亮，那江姐姐一定是超级无敌大美女。"

沈沫被他们的话逗笑。

"那江姐姐现在在哪里？"

这个问题倒是把沈沫问住了，她沉默半天，才开口："你们江姐姐她变成星星了。"

"我妈妈也变成星星了。她做饭特别好吃，如果她遇见江姐姐，她一定会给江姐姐做很多很多好吃的。"

"我爷爷可会做玩具了，如果遇见江姐姐，他一定会给江姐姐做很多很多玩具。"

"……"

沈沫听着他们稚嫩的话语，心中说不出是什么感觉。

如果江荞还在，自己会笑着告诉她："就像你说的那样，我做了自己想做的事，我觉得这样才算酷。"

鹅毛般的雪落了下来，整个世界银装素裹。

沈沫伸出手接了一片雪花，雪花洁白无瑕，美丽又纯粹，很快在手里消融。

她摸出怀里的照片，兀自笑了起来。

照片上的两个女孩，一个笑得眼睛弯弯，一个轻扯唇角偷看旁边的人，有几分傲娇。她是别人眼里的"坏女孩"，但是江荞在相处过程中不断温暖她，让她明白：衡量一个人好坏的标准不是成绩，更不是着装与外貌，而是这个人是否有一颗善良的心。

她现在做了自己想做的，想必江荞也会替自己开心吧。

"小沫！"

听见熟悉的男声，沈沫收回思绪，回头看到了站在后面的宋登瀛。

男生身上穿着深蓝色的羽绒服，脖子上戴着米白色的围巾，看见了沈沫以后，一双眼睛就移不开了。

"我不是说了吗，不要叫我小沫。"

宋登瀛声音里带着几分小心翼翼："你生气了吗？那我不叫了。"

"随便你，嘴长在你身上，我又管不了你。"

"管得了，管得了。"宋登瀛笑得有些憨。

他注意到沈沫的手已经冻红了，就从兜里摸出一双手套，递了过去："外面冷，你戴上手套。"

"哦。"沈沫接下他递过来的手套，戴在手上，竟然意外地合适。

沈沫往前走了几步，见他杵在原地不动："不走？"

"来了，来了。"

沈沫偏头看了一眼宋登瀛，随口问道："来玩几天？"

"不走了。"

沈沫停住脚，看他："不回去继承家业？"

"全丢给我哥了，等他不想干了再说。"

沈沫想起来念高中的时候，宋登瀛考得比她好，可以去更好的大学，却非要跟她填报同一所学校。她把宋登瀛骂得狗血淋头，说他敢自毁前程，以后就再也不会理他。

因为爱情放弃更好的学校，这是最不理智的选择。

最后，宋登瀛在她所在的城市，选择了另一所大学。虽在同一个城市，但两个人一个在最南边，一个在最北边，他经常跨越整个城市去找沈沫。

沈沫的室友都觉得宋登瀛人不错，家境又好，而且喜欢了沈沫那么多年，都劝她可以考虑跟他在一起。

可那时候沈沫深知自己对宋登瀛没有超出友情的感觉。她觉得抱着试一试的态度，去接受这样一份沉甸甸的感情，对宋登瀛不公平。

沈沫大三那年到偏远的乡村支教，宋登瀛也跟来了，后来被家里强制带回了。

之后，两个人便很久都没联系过了。沈沫对这个人都快没了印象时，他又出现了。

两个人回了沈沫现在住着的小屋。

"这儿不比城里，条件就这样。我劝你早点儿回去吧，宋大少爷，你也没必要一直跟着我玩了。"

宋登瀛依旧笑得有些憨："我不走，有你在，哪里都好。"他神情认真，"不是玩。"

沈沫没接话，自顾自地烧了热水，水开了，她关掉了热水壶的开关。

沈沫想要给他倒杯水，手中的热水壶被接走了，他说："我自己来就行，你别烫到手。"

"我没有那么笨。你想留下就留下吧，随你。"

宋登瀛将杯子递给她，心情愉悦："好。"

接下来的日子里，宋登瀛会带着学生上体育课，教了他们很多没玩过的游戏，带他们学会了很多他们不知道的体育项目。

他自掏腰包给这些孩子添置了一批新的体育器材。

沈沫看着围着他转的孩子们："之前不是说最喜欢我吗？你们怎么这么快就变心了？"

那些小孩子冲过来抱住她："最喜欢沈老师，其次是宋老师。"

"这还差不多。"

六月到了。沈沫的实习也要结束了，那些孩子哭得撕心裂肺。

她忍着泪冲他们笑："我办完毕业的事，还会回来。"

宋登瀛始终站在她旁边，他说："我也是。"

沈沫始终想不明白，为什么宋登瀛对自己的感情会这么深。

后来宋登瀛告诉她，他之前是一个很内向的男生，而沈沫外向、张扬。他是因为一些很小的事才开始注意她的，他见过她喂流浪小猫，见过她替同班女生出头，见过她凶巴巴的样子，也见过她笑得明艳的样子……

无论哪种，都是鲜活而生动的她，她就是这样闯进了他平平无奇的十五岁。

他不是一个勇敢的人，还有些迟钝，有些木讷，但是他想为了自己去勇敢一次。他喜欢沈沫，从十五岁到二十岁，一直都是。

后来的几年里，无论沈沫去哪里，做什么，宋登瀛始终陪在她身边。

有一年大雪，班里三个孩子早上去了山上，一直到下午都没回来。

沈沫要去找他们，被宋登瀛拦住了，他说他去就行。没过多久，沈沫就听说了雪崩的消息。

她背着包就往山上冲，没有看到一个人影。看到地上熟悉的手套时，沈沫颤抖着手捡了起来。

"宋登瀛，你是不是傻？你可千万别出事。"

"小沫！"

沈沫听见熟悉的声音，回头看见在冲她笑的宋登瀛，她直接抱住了他，宋登瀛耳朵都红透了。

得知沈沫是以为自己出事了才慌张赶来，宋登瀛又惊又喜，看到沈沫红了眼眶，他不停地道歉，觉得自己害她担心了。

沈沫傲娇开口："谁担心你了。"

"是我的错。"

……

又是一年冬。

这天的雪大极了。

沈沫和宋登瀛坐在曾经的那个山头堆雪人。

雪若柳絮一般，纷纷扬扬地落下来。宋登瀛从怀里掏出来一个戒指盒，一激动便双膝跪下了，他紧张得话都说不利索："我……我……"

沈沫看着他："你这双膝跪地我可受不起啊。"

"你愿意做我女朋友吗？我知道我很多方面还做得不够好，没有别人优秀，也不是你喜欢的类型……"

宋登瀛话还没说完，就听沈沫说话了，她说："允了。"

他激动得都不知道该干什么了。

沈沫冲他伸出手："怎么？不给我戴上？"

"给、给、给。"宋登瀛笑得像个憨憨。

……

江荞的墓碑前，放着一束纯白的茉莉花。

两个人站在墓前。

沈沫看着墓碑上的照片："荞荞，你看，我和他在一起了，你也会替我开心的，对吗？"

一只纯白色的蝴蝶在空中盘旋了几圈，最后落在了沈沫的肩膀上。

它似乎在说：我回来了，我很替你开心。